我的萌系小甜妻

（上册）

陆轻筠 著

青岛出版社
QINGDAO PUBLISHING HOUSE

图书在版编目（CIP）数据

我的萌系小甜妻 / 陆轻筠著. — 青岛 : 青岛出版社，2020.6
ISBN 978-7-5552-8635-6

Ⅰ. ①我… Ⅱ. ①陆… Ⅲ. ①长篇小说－中国－当代 Ⅳ. ①I247.5

中国版本图书馆CIP数据核字(2019)第236471号

书　　名 我的萌系小甜妻
著　　者 陆轻筠
出版发行 青岛出版社
社　　址 青岛市海尔路182号（266061）
本社网址 http://www.qdpub.com
邮购电话 010-85787680-8015　13335059110
0532-85814750（传真）　0532-68068026
责任编辑 李文峰
特约编辑 崔　悦　田　宇
校　　对 张庆云
装帧设计 蒋　晴
照　　排 李红艳
印　　刷 三河市良远印务有限公司
出版日期 2020年6月第1版　2020年6月第1次印刷
开　　本 32开（880mm×1230mm）
印　　张 19
字　　数 409千
书　　号 ISBN 978-7-5552-8635-6
定　　价 59.80元（全二册）

编校印装质量、盗版监督服务电话　4006532017　0532-68068638
建议陈列类别：畅销·青春文学

CONTENTS

目录

上册

CONTENTS

目录

下册

第一章

她搬家了

S国，朗朗青天下，市郊墓园内，一位年轻娇美的女孩站在墓碑前，目光温柔而坚定。

她看着墓碑上年轻女人温婉美丽的黑白照片，娇嫩的唇瓣抿了抿，轻声说："姐，你放心，我不会让你的心血落到那些人手里。你说过的话我都记得，我虽然没你的天赋，但我会用自己的办法守护阮家！"

当晚，S市最高级的七星君御酒店顶楼，总统套房的门锁被人轻而易举地破坏了。

一抹娇小的身影闪了进去。

房间里一片漆黑，关着灯，什么都看不清。幸好阮萌萌生来五感就好，运动和反应神经发达。刚进屋她便发现门后还有一道红外线报警装置。她用手一捏，报警器碎掉，阮萌萌这才放心大胆地往里走。

据她的纨绔死党慕景行搜集来的情报，今晚，顶级豪门厉家的二少爷厉君廷就住在这里。

如果她能说服厉君廷得到厉家的投资，阮氏现在的困局就会迎刃而解，家里的大权也不会被继母把持。阮萌萌绕过套房外的客厅、起居室，一路走进卧室，果然看到床上隐约有个男人的身影。

她该说些什么，才能让对方被自己打动？

算了，不管那么多了，如果对方不同意她干脆就吓唬他。

阮萌萌虽然不是玩计谋的料，但天生力气大，要威逼利诱一个公子哥还怕对方反抗不成？

阮萌萌从小被姐姐护着长大，哪怕是小时候亲妈不在了，继母登堂入室，她姐都没让她被继母和同父异母的妹妹欺负。而且还因为凡事都有她姐顶着，让她养成了有些骄傲、小冲动，能动手就绝不拖沓的性格。

她迅速靠近对方。谁知，才刚踏出一步，脖子就被男人精准地卡住。

早在阮萌萌破坏门锁，捏碎报警器的时候，厉君御就听到了响动，睁开了眼睛。他不动，只是想看对方究竟想干什么。阮萌萌被厉君御掐住脖子，明显愣了一下。哪怕在黑暗中，她也能隐约看清制住她的男人有一双深邃清冷的眸。

浓重如夜的深眸仿佛是无底的黑洞。

如此近的距离，四目相对。

只是一眼，就差点儿将她整个人吸引进去。

“你……”她想说话，才发现喉咙被卡住发不出连贯的声音。

不仅如此，阮萌萌的心脏扑通扑通直跳，第一次感觉到心脏失速的滋味。她暗暗心惊，大概是做了小贼被当场抓包，心才会跳得这样快。

而同一时间，夜视能力出色的厉君御也正在看着被自己抓住的少女。

她那一双动人心魄的杏眸，漂亮的睫毛正微微扇动，她灿若星辰的眼眸看向他的时候，透着盈盈水光，娇美的唇角有浅浅的酒窝，黑发如缎，肤白似雪。

视线往下，厉君御深不见底的凤眸倏地收紧。

第二天一早，阮萌萌几乎是落荒而逃。

她刚出酒店，便接到死党慕景行的电话。

“萌萌，你快回家，你家出事了！”

“二小姐，你总算回来了……”阮萌萌刚踏入客厅，家里的老用人李嫂就迎了上来。

“李嫂，怎么回事？”阮萌萌听到二楼有响动，抬头往上看，正好看到一个搬运工从二楼走过。

“是太太，太太让人来搬家，要把大小姐房间里的东西全都搬走，那间房间要给她妈住。”

“什么？！”阮萌萌脸色大变，想也不想就往楼上跑。

她姐意外身亡，刚入土为安，这些人就急不可耐地想把她姐最后一点儿痕迹都从家里抹去。

她不允许，绝不允许！

“你，放下，不许动这间房间里的东西！”阮萌萌冲到她姐房间，正好看见一个搬运工要把房间里她姐的生前照片取下来。

几个搬运工听到动静回头，看到阮萌萌的瞬间，无一不露出惊艳的眼神。阮萌萌长着精致绝美的面孔，比刚才吩咐他们做事的太太和小姐还要好看，可以说，比电视上那些打扮靓丽的大明星还好看。

领头的搬家工人喉头紧了紧，才找到自己的声音：“小……小姐……我们是拿钱办事，这是我们的工作。”

阮萌萌漂亮水润的杏眼眨了眨，她二话不说，从包里抽出一沓百元大钞：“好，那这样，不用你们搬了，你们把东西放回原位，然后拿着这些钱离开。”

房间里的三个工人面面相觑。

阮萌萌抽出的钞票，看厚度，少说也有三千块。他们这里一共三个人，那就是一人一千。没有人会跟钱过不去，更何况眼前的女孩又这么漂亮，仿若洋娃娃。

“那好……”

工头正想答应，门外突然传来一道妖娆中夹杂着刻薄的声音。

“都不许走，把这里的东西搬出去扔掉，我给你们每人加三千。”

一个挺着大肚子的妇人，被一个看似乖巧的女孩搀扶着走了进来。工人们认识，这就是叫他们来搬家的女主人。

阮萌萌转身看向小三转正的继母秦芳，还有同父异母的妹妹阮娇娇，眼底露出寒光。

“秦芳，你不要太过分，这是我姐的房间，你要是敢动一下别怪我不客气……”

阮萌萌话里的威胁意味秦芳和阮娇娇都能听懂。两人不由自主地退后一步，有些忌惮。整个阮家谁不知道，阮二小姐的“手段”有多折腾人。

不过，秦芳看到自己已经八个多月大的肚子，顿时又多了一分底气。

她抚着肚子冷笑：“阮萌萌，你别想吓唬我。我肚子里怀着的可是你们阮家唯一的男孩，你要是敢碰我一下，别说你奶奶，就是你爸都会亲自收拾你。”

秦芳就是仗着这一点，才敢在阮诗诗刚死没多久就开始作妖。她肚子里的可是阮家的金疙瘩。只要这孩子生下来，别说阮诗诗已经死了，就是阮诗诗那丫头还在，整个阮家也没人奈何得了她。

哼，更别说阮萌萌这个只会靠姐姐庇护、毫无用处的死丫头了。

想到这儿，秦芳拉着脸对里面的工人说：“你们赶快把这间房间里的家具都给我搬出去扔了。还有那些照片、奖杯，全部扔出去，我看着头疼。”

“不许扔，她出三千，我出四千，我给你们每个人加四千！”

“哼，你有那么多钱吗？你可别忘了，你姐已经没了。信不信只要我在你奶奶面前多说一句，你所有的卡就会被立刻停掉？”

阮萌萌呼吸一滞。

有些东西要不是她姐明令禁止不让她碰，她就算卡被停了，她的钱也不见得比秦芳少。

秦芳根本不把阮萌萌放在眼里，勾唇道：“你们尽管扔，钱不是问题。

这死丫头没多少钱，她给你们加多少，我就在她的价钱上再多加一千。”

哼，跟她斗，阮萌萌还差得远呢！

“……”阮萌萌急了，恨不得一巴掌把这个可恶的女人拍飞。

可秦芳是孕妇，别说秦芳肚子里怀着的是她爸的儿子，就算不是，她也不会轻易对一个孕妇出手。无奈之下，阮萌萌只好把希望寄托在三个搬家工人身上。

“请你们不要搬，这个房间对我来说很重要！”

女孩湿润的杏眼中泛着一层雾气，水光盈盈，眼中似乎盈着泪，又仿佛没有，但她这样轻咬着下唇，湿润的眼神里透着倔强，反而更让人不忍心拒绝。

“这……”工头有些为难。

这些富贵人家的事他们不懂，但这个女孩子看着着实有些可怜。

“你们要是敢不搬，我一定会投诉你们！”秦芳气急，不知道这些蠢货犹豫什么。

“这是我姐的房间，她刚去世……”

女孩的一句话让工头拒绝的话瞬间卡在喉咙里。

“周哥，算了吧，我们还是别搬了。”

“是啊，周哥，走吧。”

“行，那我们就不搬了。”工头叹了口气。

“给。”阮萌萌脸上一喜，把手里的钱全都塞给了工头。

三个工人毫不犹豫地放下东西就往外走。

“哎，回来……你们给我回来，谁让你们走的……你们这些人简直就是蠢货！我有的是钱，你们为什么不要……都给我回来，回来！”

秦芳尖锐的嗓音几乎要将房顶掀翻。

阮萌萌没理她，径直走到姐姐的梳妆台前，伸手往梳妆台下一摸，摸到一把钥匙。

关门，上锁。

她将她姐的房门锁上，大不了以后每个周末，她打开房门看着用人收拾一遍。反正，她姐姐的东西她不会让任何人碰。

“你……阮萌萌，你这个死丫头，谁让你把房门锁上的！”

秦芳刚在走廊上大发脾气，这时候转头，正好看见阮萌萌锁门。阮萌萌不理她，锁好门，就把钥匙放包里，把秦芳当成空气，往自己房间走去。

看到这样的阮萌萌，秦芳气得浑身都在发抖。

阮诗诗和阮萌萌永远都只会无视她，十一年前就是这样。

想当初，她好不容易小三转正，嫁进阮家，以为从此可以在阮家作威作福。谁知道，阮兆天前妻留下的两个女儿竟然丝毫不给她面子。偏偏阮兆天虽然花心，却很疼女儿，父亲不偏心，她根本拿这两个死丫头没办法。

那时候，阮诗诗不过是十几岁的小女孩，阮萌萌更小，都不到十岁。结果，阮诗诗智商高到变态，十几岁就从国外拿了 MBA 学位回来，入主阮氏集团，只用几年时间就坐上了执行总裁的位置。

阮萌萌虽然不如姐姐聪明，却天生力气大，哪怕是嘴上说不过她，稍微推一把，都能让她骨头散架。

这两姐妹在这十一年里几乎就是扎在秦芳心头的一根肉刺。直到今年，一直以为再难怀上的她突然意外怀孕，而阮诗诗这个最大的眼中钉竟然出车祸死了，秦芳这才在阮家翻了身。

“阮萌萌，你给我站住，不许走！”

秦芳一直想收拾阮萌萌，仗着自己大着肚子就伸手去拽她。

“放开！”阮萌萌根本不想理这个女人，“我要回房间，你再不放手，别怪我不客气！”

“好啊，你想打我是不是？来啊，照着这儿打，照我肚子打啊！”秦芳挺起八个多月大的肚子，往阮萌萌跟前凑。

“神经病……”阮萌萌懒得理她，绕过她就往里走。

“娇娇，把路挡住！阮萌萌今天要是不打我，休想回房间！”秦芳自怀孕就被阮家人宠着，这时候早就忘了阮萌萌真要下手力气会有多大。

她让女儿阮娇娇挡在阮萌萌身后，她挺着肚子站在阮萌萌前头。母女俩堵在走廊上，硬生生把阮萌萌回房间的路堵死。

阮萌萌真想把这对母女一起扔下楼，但是不行，她知道，要是真对这对母女出手就是中了她们的奸计。

阮萌萌在心里默念三遍："世界如此美妙，我却如此暴躁，这样不好，不好……"

随后，她深吸一口气，掉头往楼梯口走。家里暂时是待不下去了，她去隔壁找慕景行。

"阮萌萌，你㞞什么啊！你不是要对我不客气吗，你怎么不动手了？"秦芳得意扬扬的笑声从身后传来，阮萌萌充耳不闻，继续往前走，身后的嘲笑声没有止住，秦芳反而跟了上来，故意在她身后冷嘲热讽。

呼——深吸一口气，阮萌萌握紧拳头，往楼下走。

她刚踩下一级台阶，身后被人猛然一推——

秦芳被阮萌萌视而不见的态度激怒，见二楼只有自己和阮萌萌，便把心一横，推了她一下。

"你干什么？"阮萌萌根本不动，侧过身来，拧着眉看她。

"你……你怎么……"

秦芳吓了一跳，没想到自己使了全力居然推不动她。如此近的距离下，被阮萌萌闪着寒光的眼神逼视，秦芳下意识往一旁退。

谁知，她这一退，却一脚踩空。

"啊——"秦芳脸色瞬变，还来不及呼救，身体已经朝楼梯方向栽倒。

"小心……"阮萌萌下意识伸手。

秦芳在惶恐中本能地拽住阮萌萌的手。她身体笨重，阮萌萌着急救人重心被带歪，再也站不住……

砰——

几声重响之后，整个别墅都安静了。

直到两秒之后，站在楼梯上的阮娇娇才反应过来。

"啊——救护车，快叫救护车，姐姐把我妈推下楼了！"

市中心医院，手术室外。

啪——

一记重重的巴掌毫不留情地甩在阮萌萌的脸上。

“你这个死丫头，生来就是到我们阮家讨债的！我儿子作了什么孽，为什么会生下你这个扫把星！看我不打死你，打死你！”

伴随着阮老太太的哭闹声，无数的拳头和巴掌砸在阮萌萌的脸上。她头上还缠着绷带，额角刚刚包扎好的伤口，因为老太太粗暴的动作裂开了。殷红的血从洁白的绷带上洇出来。

秦芳被送进医院，阮老太太和小女儿阮雪琴正好在医院看顾阮老爷子，所以来得最快。阮雪琴跟阮娇娇站在一旁，看着老太太打骂阮萌萌，就是没人上来劝两句。

围观的人，有的看不过去，想过去劝架。但到底是老人家教训孙女，就算看着可怜，也不好多说什么。

“你说，为什么被送进手术室的不是你，为什么？你从小就皮厚，不会痛，你为什么不进去躺着，为什么不换你阿姨和我的乖孙子出来！”

老太太想孙子想疯了，伸出手指，狠狠戳在阮萌萌额头的伤口上，戳得纱布上鲜红的血洇出更多。

嘶——阮萌萌倒抽一口气，往后退。

她只是痛觉较弱，不是感觉不到疼痛。

“你还躲，你躲什么躲？！你害了你阿姨，你凭什么躲？你阿姨肚子里怀着我们阮家的孙子，我告诉你，要是我的乖孙子有什么三长两短……”

阮老太太眯起眼，恶狠狠地瞪她：“我一定不会让你这个死丫头好过！”

“妈，原来你们在这儿……”正在这时，中年男人成熟的嗓音从人群外传了进来。

紧接着，围观群众看到一个成功人士打扮的中年男人从人群外挤了进来。他后面还跟着几个人。

来人正是阮兆天，阮萌萌的父亲。

他早上就去接秦芳的母亲，快回城的时候接到电话，便带着秦芳的母亲、哥哥、嫂子赶了过来。

“我找了你们半天，雪琴在电话里说得不清楚，究竟出什么事了？你们怎么都围在……萌萌，你受伤了？”

阮兆天脸色一变，看清阮萌萌的伤势，心疼极了。

“怎么流这么多血……走走，爸爸带你去找医生！”

秦芳她妈住在邻市，因秦芳怀了儿子，阮兆天宠她，今天一早，亲自开车带着秦芳的哥哥、嫂子，把她妈接来陪她。

刚才阮老太太让女儿通知儿子的时候，怕阮兆天在半路听到消息开车着急，就没在电话里告诉他实情。

“哥，你还有空关心这个死丫头，就是她把你老婆推下楼的！她害得秦芳现在还躺在手术室里，还不知道孩子保不保得住！”

“爸，我没有……”

阮萌萌刚才一声不吭，直到看见阮兆天，才终于说话。因为她知道，不论她说什么，奶奶和姑姑都不会信。在这个家，除了姐姐，只有爸爸和爷爷会相信她。

阮萌萌看着阮兆天，眼眶有些红：“爸爸，我没推她，是她自己踩空摔下去的。”

“呸，阮萌萌，你当我们都是傻子？秦芳那么紧张自己的肚子，走到哪儿都要人扶着，不敢走快一步。她那么小心翼翼的人，怎么可能自己摔下去？还有，娇娇当时也在场，难道娇娇还会骗人？！”

阮娇娇在阮家人眼里，就是标准的好孩子。她虽然没有大姐阮诗诗聪明，但从小品学兼优，在学校获得的各种荣誉奖状几乎贴满一墙。她考上了智学私立高级学院，甩阮萌萌塞钱进的市青藤学院好几条街。

听到母亲的话，阮兆天没有问阮萌萌，反而看向阮娇娇。

“娇娇，你从不撒谎。你告诉爸爸，究竟是不是萌萌推的？”

他的话一出口，阮萌萌的心霎时凉了半截。

“爸……我，我站在后面，其实也没看清……”阮娇娇乖巧清纯的小脸，有些苍白。

她看了一眼阮萌萌，又迅速低下头，看起来，像是因为害怕，而不敢开口。

“娇娇，你别怕，奶奶和姑姑，还有你爸爸都在这儿。你看，就连你外婆和舅舅、舅妈都来了……我们这么多人给你撑腰，有什么你就说！”

“是啊，娇娇，你快说吧！究竟怎么回事，是不是这个……这个人把你妈妈推下去的……”秦母抱住外孙女，哭得老泪纵横。

从听到女儿挺着大肚子躺在手术室里抢救的那一刻开始，她的眼泪就没停过。

“我……”阮娇娇反抱住她外婆，看了一眼阮萌萌，又往后缩了缩。

“我的确看到……看到姐姐，站在楼梯上，伸了手。”

“好哇！我就知道是你这个死丫头下的黑手，你这个杀千刀的死丫头，为什么这么歹毒，为什么要害我的孙子？！那么多人摔下楼梯死了，怎么没把你这个祸害一起摔死！”

“妈，你别这样……萌萌还小，你知道她的脾气。她肯定不是有心的，说不定就是一时着急，冲动了。”

阮兆天替阮萌萌挡住阮老太太，但说出口的话，却比阮老太太的巴掌更让阮萌萌心痛。

所以现在，在爸爸心里，她已经是一个丧心病狂到一时冲动就可以推孕妇下楼的女儿了？

“爸，阮娇娇在撒谎，我根本没有……”

啪——阮萌萌话还没说完，一个黑色皮包重重地砸在她的脑袋上。

“阮萌萌，你这个有娘生没娘教的！你还我女儿，你还我女儿！”阮兆天拦住了阮老太太，却没防住一旁的丈母娘。

秦母手上拿着一个黑色的名牌包，牛皮的料子，上面的五金全是纯铜做的。包很沉，里面装了好些东西。她挥着包，一下一下，恨不得使上浑身的劲儿，砸在阮萌萌脑袋上。刚才只是纱布洇血，现在，血已经从阮萌萌额角直接流了下来。

“别打了，外婆你别打了……萌萌她只是冲动，她本心不坏的，你别打她……”阮娇娇哭着替阮萌萌求情。但她被舅舅和舅妈拉住，根本“挣脱”

不开。

一旁的阮兆天有心要去拉架，但他妈和妹妹，却把他拽得死死的。

脸上的痛感越来越清晰，阮萌萌猜自己的脸大概已经被打肿了。她实在忍不下去，再一次吃痛之后，猛然推开秦母。

所有人都看到，秦母只是被阮萌萌轻轻推了一下，但是，她却像失去重心般，整个人扑通一声坐在地上。

"哎哟，要命啊，我的屁股……"

疼痛袭来，秦母根本没过脑子，扯着嗓子号叫。

"外婆，外婆你没事吧……"刚才还挣脱不开的阮娇娇，立刻上前，扶住她。

"阮萌萌，你实在太过分了！你怎么能对我外婆下这么重的手，我外婆都快六十的人了……你害了我妈妈、害了我弟弟，难道现在还要害我外婆，害我们全家才够吗……"

说着，阮娇娇哭了出来，哭得可怜兮兮，泪水涟涟。她抱着秦母痛哭的模样，就像秦母现在已经断气了一样。明明是秦母打人，阮萌萌不过反抗一下，却被阮娇娇说得十恶不赦。

阮萌萌真是不明白，这世上，为什么会有阮娇娇这样颠倒黑白的人。她偏过头，不管阮娇娇的控诉，只看向阮兆天。那张如花似玉的脸，有一半高高肿起，而额角流下的鲜血，将她原本娇软纯净的面容染得多添了几分冷然。

阮萌萌直勾勾地看着阮兆天："爸，我问你……你心里是不是认定了，这件事是我做的？"

她爸爸以前不是这样的。他虽然花心，在男女关系上背叛了妈妈，让妈妈在十一年前跳海自杀，但是，他对自己和姐姐却很好。他会听自己解释，会听自己的话，会了解自己的内心。

还记得有一次，她被人嘲笑不如她姐，说她只会在阮家做米虫的时候，是爸爸抱着她安慰她。

"爸爸以后把阮氏交给诗诗打理，然后爸爸就退休，跟萌萌一起在家里当米虫。以后，爸爸也是米虫，我们家萌萌也是米虫，米虫有什么不好，能当米虫说明有人爱、有人养。米虫光荣，米虫伟大！”

那时候的话，仿佛还在耳旁。

可是现在……

“萌萌，你别乱想……爸爸知道你的心没那么坏，这件事肯定只是你一时冲动。”

阮兆天的话刚出口，阮萌萌就觉得自己的脑袋炸了。

她仿佛看到爸爸过去无数的伟岸形象在自己的脑袋里炸成碎片。

“不，你错了……”她突然笑了，笑得额角的鲜血流得更多了。

“我是故意的，我就是故意的……我故意推秦芳那个女人下去，我故意让她一尸两命！我就是这么蠢，我就是这么笨……不用其他办法，偏偏就是要在家里，在其他人面前推她下去，给你们留下话柄！”

“你……你这个赔钱货！你……你居然真想害我孙子！”

阮老太太根本没仔细听阮萌萌的话，听到阮萌萌承认故意推秦芳下去，就已经忍无可忍地从闺女手里抢过挎包，往阮萌萌脑袋砸去。

不只是她，就连秦芳的哥哥嫂子也挽起袖子，一副要上去打人的架势。

阮兆天看着女儿，看着他最疼爱的二女儿，那张总是挂着甜美笑容的脸上出现悲痛欲绝的神情。那一瞬间，他觉得心脏抽痛，骤然间就要停跳一样。他几乎是本能反应，想去拦住母亲，拦住秦芳的哥哥、嫂子。

就在这时，手术室大门突然开了。

手术床上的秦芳和孩子一起被推了出来。

“谁是秦芳的家属？”医生一句话，终结了手术室外的闹剧。

所有人，包括刚才还感到痛心的阮兆天，包括坐在地上爬不起来的秦母，这一瞬间全都忘记了阮萌萌。

他们拥向病床，拥向医生。

阮萌萌就那么站在原地看着他们，看着爸爸、奶奶、姑姑跟着秦家人聚在一起。他们关心依然昏睡的秦芳，关心刚出世的小婴儿，却没有人关心一下失血过多的她，她的嘴唇已经煞白，身体正在摇晃。

这一刻，阮萌萌终于发现，在姐姐走后，她已经彻底不属于这个家了。阮萌萌深深看了眼阮兆天的身影，沉默不语地低下头，然后转身离开。

没有人发现，她走了。

除了自始至终都将一点儿余光落在她身上的阮娇娇。

阮娇娇看见阮萌萌摇晃离去的身影，满意地勾起了唇角。

阮萌萌低着头往外走，没有目的，没有思绪，不知道自己要去哪儿。突然之间，她竟然觉得整个 S 市都没有她的容身之处。从小到大护在她身边的人不见了，永远都会守在她身边的那个人不见了。

眼泪，一点儿一点儿浸透眼眶。

这一刻，她真的好想去找姐姐……

姐姐……姐姐……

她走出医院，外面的太阳亮得晃眼……

阮萌萌抬起头，眼前一白，瞬时倒了下去。

不知睡了多久，睡梦里，她好像回到了小时候，回到那一天，妈妈带着她去海边玩的时候。姐姐出国了，她一个人玩得无聊，想找妈妈却突然找不到了。

她到处找，最后好心的叔叔阿姨陪她找妈妈，在沙滩上，他们找到被海水冲上来的一双女士皮鞋。她认识那双鞋，那是妈妈的。从那天起妈妈走了，去了另一个世界，再也没回来。

“萌萌……你要记住，妈妈是有苦衷的，妈妈过得很辛苦……乖孩子，你要乖，听姐姐的话，妈妈爱你们……”

阮萌萌蓦地睁开眼睛！

她怎么又做那个梦了？

“小姐，你醒了。”房间里突然响起一道极其清冷的男声。

阮萌萌吓了一跳，往声音来源处看去，这才发现墙边的沙发上竟然坐着一个人。

“你、你是谁……”她抓住胸口，一副防色狼的架势。

梳着三七分发型的男人，抿着唇，推了推金丝眼镜，用冷淡的嗓音说道：“我找到你的时候，正好看见你晕倒在医院门口。”

阮萌萌想起来了，原来对方是救了自己的人。

“不好意思，我……谢谢啊……”觉得自己误会了对方，她有点儿尴尬。

“小姐不用道谢，这些都是我们应该做的。你头上的伤家庭医生已经处理过，不知道小姐现在还有没有其他不舒服的地方？”

“……没、没有。”阮萌萌总觉得这个人说话的方式透着古怪。

但究竟哪儿古怪，她一时又想不出来。

“那好，”男人突然从沙发上站起身，“既然这样，请小姐跟我走一趟。”

“走、走去哪儿？”阮萌萌微微诧异。

戴着眼镜的冷漠男人，冷淡的脸上终于出现一丝表情。他蹙着眉，看向阮萌萌：“小姐最好快一点儿，少爷的时间很宝贵，他已经等了你三个小时。”

等她？

冷漠男退了出去，迅速进来好几个女佣，开始给她换衣服。直到这时，阮萌萌才发现，她身上穿的居然是一件异常奢华的粉色轻纱睡裙。

女佣们的动作既轻柔又迅速，她们的眼神平稳而专注。即使看到布满她莹白娇躯的暧昧吻痕，她们的眼神也没有一丝一毫的变化。很快，她们就替她穿上了一件华贵粉嫩的欧式公主裙，甚至在她脖子上系了一条粉色的蝴蝶项链。

阮萌萌相信，要不是她头上正裹着纱布，这些女佣说不定会在她头上也绑一个首饰。

“小姐，好了。”

女佣们刚才还淡定的眼神，这时候恨不得纷纷化成星星眼。小姐太美了，简直就像从童话世界里走出的公主。

欧式的全身镜前，出现了一个甜美可人、好似洋娃娃般精致的少女。

她有莹白透亮的肌肤，粉嫩娇美的樱唇，一双杏眼水波粼粼，仿佛会说话一般。华贵甜美的公主裙，将她衬得纯洁娇俏。若是忽略她额间缠绕的白色纱布，以及抹过药依然红肿的侧脸，那就更美了。

“小姐，少爷正在等你，请跟我来。”戴着金丝眼镜的冷漠男子看见阮萌萌，眸光闪了闪，一抹惊艳稍纵即逝。

即使脸上带伤也能这样美，冷漠男子眸光微黯，想到了这位小姐的身份。

“嗯，那个……可不可以告诉我，你们少爷是谁？他见我想跟我聊什么？”阮萌萌看着自己身上的裙子有些不好意思。

她实在不明白，对方救了自己，还给自己穿这么漂亮的裙子想干什么。

“我叫凌北，是少爷的助理之一。”

“啊？”阮萌萌有点儿蒙，她不是问他，她问的是他家少爷的身份啊。

冷漠男子面无表情地说：“小姐可以直呼我的名字。另外，少爷姓厉，这里是厉家。至于少爷想跟你聊什么，等你们见面自然就知道了。”

凌北一席话说完，阮萌萌的大脑已经彻底进入死机状态。

厉……厉……他们少爷居然姓厉？！

阮萌萌脑海里，突然闪过一双深不见底的黑眸。

不会这么倒霉吧，厉二少一觉起来，不但没忘记昨晚的事，还顺着脑子里的印象把她给查出来了！当时明明没开灯，而且她溜得快，难道被他发现了？

阮萌萌这时候都快急哭了，刚刚在医院受的委屈，霎时被抛至脑后。

在凌北的催促下，她一脸不情愿地跟着他往外走。其间，阮萌萌默默观察四周，发现厉家的别墅实在太大了，简直就是一座宏伟的宫殿。哪怕她打得过厉家所有的保镖，只怕最后也会在这座宏大的宫殿里迷路。无奈之下，她只能老实地跟着凌北往前走。

他们穿过高高的欧式拱门和华丽气派的门厅，终于来到一扇镶着烫金绲边的厚重大门前。

咚咚——

凌北礼貌地叩门：“少爷，人带来了。”

里面没人应答，但大门却自己开了。

“进去吧。”凌北压低嗓音提醒，随后，推了她一下。

砰——

她被推进去，都来不及回头，门就关上了。瞬间，整个屋子里，陷入一种谜一般的沉默。

阮萌萌低着头站在门口，心里突然紧张起来。她见到厉二少，该说些什么呢？是抵死不认，还是抱着他的大腿求饶？

阮萌萌低着头，胡思乱想，想了半天，还是没听见任何动静。她想偷看，但对方没跟她说话，又不敢抬头。虽然昨晚的一切是意外，她只是去找他谈判，不知道怎么回事就发生了那样的意外。但毕竟，昨晚是她占了对方的便宜，不小心“玷污”了厉二少的清白，咳咳，为了表示自己的诚意，她乖巧地等着厉二少兴师问罪。

可是……嗯……怎么还是没声音？

阮萌萌忍不住了，吸了口气，直接抬起头。

她以为会看见厉二少愤怒的俊脸，谁知，入眼的却是浑身散发冷肃寒意的男人，他坐在宽大的书桌后，专注地批阅文件。阮萌萌心里顿时有点儿冒火。敢情她进来这么长时间，一直小心翼翼害怕厉二少问罪，结果对方压根没把她放在心上，注意力全在文件上面？那她为什么还要一个人忐忑半天？

她忍不住开口：“厉少，你……”

“闭嘴。”

男人磁性清冷的嗓音里，带着淡淡的不悦。

阮萌萌娇嫩的唇瓣微微张开，被男人的反应震得有些蒙，她好半天说不出话。她就说了三个字，三个字啊，他居然让自己“闭嘴”？！她不要面子的啊！

阮家二小姐也是有脾气的，要是换了其他人敢这么跟她说话，这时候她早就随手拿样东西砸过去，摔门而出了。不过今天，阮萌萌的反应显然跟平常不太一样。她安安静静地待在原处，不上前也不离开，反而乖巧地不发出一点儿声响。

呃……她想……大概，这就是做贼心虚吧。

毕竟昨晚是她睡了眼前的“厉二少”。

片刻之后，男人终于处理完手中的公务。阮萌萌听到他合上文档的声音，心里咯噔一下。她本能地抬眸朝他看去，正好撞上他抬眸射过来的目光。

两人的视线在空气中交汇。

眼前的男人有一张无可挑剔的完美脸庞。俊美锋利的五官透着寒霜，深如寒潭的黑眸正用一种极其淡薄的眼神看着她。

她的心口猛然一滞。

在看到这张脸的瞬间，她仿佛回到了昨晚。在那荒唐的一晚，她就是被这具高大伟岸的身体压在身下……

“你就是阮萌萌？”男人抬起下颌，用一种倨傲而挑剔的口吻问道，冷峻中透着磁性的嗓音带着与生俱来的王者气势。

阮萌萌愣了一下，抿抿唇，轻轻嗯了一声。她有些不敢开口，昨晚没开灯，黑漆漆的，对方未必看得清自己。一旦开口，说不定就会被他听出声音。就像，她已经知道了他的身份。

谁知，男人在听到她软娇娇的一声“嗯”后，竟然站了起来。

她以为他会走过来逼问自己。谁知，这个走起路来身材气度比顶级男模更让人垂涎的男人，只是踱到沙发边，坐了下来。他坐得漫不经心，但偏偏又透出一股说不清道不明的优雅贵气。

他的双腿交叠，明明是矜贵无比的气场，却让人感到一股莫名的危险。

“过来。”男人抬眸，视线冷冷地落在她身上。

这一刻，阮萌萌脑子里突然迸出一个词——君王！

男人有着优雅矜贵的气质，仿若君主，但凛冽的气场却让贵气中多了一分戾气。是了！这一刻，阮萌萌突然注意到了许多她忽略的细节。

眼前的这个男人，不论是发型、身高、穿着都和慕景行之前给她提供的资料不沾边。

厉家二少厉君廷，刚刚二十二岁，还在国外念书，根本不可能有这样一身冷峻、禁欲的气质。而年轻的厉二少，也不可能在日常生活中穿一套束手束脚的高级定制西装。

除非，眼前这个人根本就不是昨天被她睡了的厉家二少厉君廷。

如果他也姓厉，被称为厉少的话，那他只可能是一个人，传说中掌管整个S国经济命脉的神秘君主，在商界被称为暴君的男人——厉家大少，厉君御！

直到这时，阮萌萌才明白。

怪不得刚才，她会把眼前的男人误以为是昨晚跟她发生关系的厉君廷。因为厉君御是厉君廷的大哥。他们是亲兄弟，声线相似，五官相近，她误会了也正常。

一想到眼前这个男人不是厉君廷，那就说明自己昨晚在酒店睡了厉君廷的事还没露馅，阮萌萌心里顿时松了口气。她放下了紧张，也恢复了平时无所畏惧的心态。她提着裙摆，很是随意地坐到厉君御对面。

传说中的“暴君”固然可怕，但她阮萌萌一不需要对方施舍，二不欠对方什么，就算他一身气质沉冷得可怕，阮萌萌这种粗线条也根本不放在心上。

她这辈子就怕她姐，其他人，哼……

阮萌萌自顾自坐下，跷着二郎腿，一手托腮，抬起脸冲对面冷着脸的男人笑着。

“厉少，谢谢你救我。嗯……外面那个戴眼镜的帅哥说你找我有事？说吧，什么事？”

她边说，边托着腮冲对面的男人眨眼。没办法，这位传说中的厉家下一代掌权人实在太好看了，简直好看到人神共愤的地步。

阮萌萌有个特性，就是喜欢欣赏美的事物。换言之，她是个颜控，玩游戏都一定要选最帅、最漂亮的角色。她喜欢欣赏美男，要不是怕对方吓到，她恨不得对着厉君御吹口哨。

厉君御冷着脸听完她这番话，越听，脸色越阴冷。

他看着阮萌萌从刚才那个站在门边，规规矩矩、斯斯文文的小淑女变成现在这样没有坐相的女流氓样，眼底的阴沉越发沉重。

“不许跷腿，坐好。”他冷着脸吐出几个字，语气冰冷得吓人。

阮萌萌微眯起漂亮的杏眼，目光定在他叠在一起的修长双腿上。

他自己搭着腿坐着，凭什么管她？还有，这位厉大少是不是管得太多了，他虽然救了她，但还管不到她头上来吧？

“厉少，你虽然救了我，但是我喜欢怎么坐是我的事，你还管不着吧？”阮萌萌虽然垂涎厉大少的美色，但在不心虚的情况下，根本不怕对方。

她那双水汪汪、亮晶晶的杏眼，就这么直勾勾地盯着厉君御，哪怕是跟男人深不见底的冷眸对视也丝毫不惧。

厉君御眸色微敛……在和少女水光盈盈的杏眸对上的那一刻，好像有极其重要的东西，在脑海里一晃而过，但再想却什么都捕捉不到了。厉君御刻意忽略那抹罕见的怪异感觉，只认为是因从未有人敢当面顶撞他，才产生这么奇怪的感觉。

男人漆黑的眸比刚才更冷。

少女比他想象中还要难以管教，这让向来不喜欢浪费时间的厉君御蹙起眉头。

“从今天起，你的一切由我管。你的一举一动、一言一行由我负责。”

厉君御的声音极其冷淡，他看阮萌萌的眼神也淡薄得近乎无情。

他看阮萌萌就像在看一件需要严格对待的公事，没有一丝一毫的温度。

管教？负责？

阮萌萌粉嫩嫩的樱唇瞬间张成了鸡蛋那么大！

“为什么，你……不可能！”阮萌萌顿时从沙发上跳了起来。

“你凭什么管教我？我爸都没管我，你又是我的谁？厉大少，你玩笑开过了吧？我和你根本不认识，也没有任何关系，我们今天第一次见面！”

阮萌萌觉得这个世界都玄幻了。

她家那个几年怀不上孩子的后妈，突然怀孕。她家那个最宠她的爸爸，因为有了儿子，就突然变得不宠她了。她曾经以为是天，以为无所不能的姐姐突然没了。但这一切，都不及此刻厉君御告诉她的消息让她震撼。

她是如假包换的阮家血脉，她爸是阮兆天，她妈是陈晴之，她怎么可能跟厉家扯上关系？！

阮萌萌的反应，完全在厉君御意料之内。他微挑起眉，冷厉的眸子闪过一道寒光，并不掩饰自己对这件事的不耐烦。

“这是我父亲的命令，从今天起，你的衣食住行、教育修养、身体甚至心理上的健康，全部由我管教。”

说着，厉君御起身，迈开长腿走到阮萌萌身前。他倾身向前，亲自动手将她跷在左膝上的右腿掰了下来。男人骨节分明的修长手指扣在她膝盖上。

他俯身下来，靠得很近，阮萌萌几乎是完完全全被厉君御身上慵懒冰冷的气息笼罩。

厉君御将她的双腿并拢，迫使她保持规规矩矩、极其淑女的坐姿。

“不许跷腿，下不为例。”

他在她耳畔用极其低沉的嗓音威胁，说完，才重新站起身。

阮萌萌全程都沉浸在一种呆滞的状态中。她脑子没转过来，还在消化厉君御刚才说过的话。

直到这时，她才呆愣愣地抬起头，用不可置信的眼神看他：“你，刚才说你要管教我？凭什么……我姓阮，你姓厉……”

虽然慢了半拍，但阮萌萌好歹找回了心神。

厉君御垂眸凝视她，用极其冷然的嗓音说：“很简单，就凭我父亲是厉耀阳，而陈晴之是他第二任太太的名字。”

陈晴之……

厉君御的话，就像一道晴天霹雳，轰隆一声劈在阮萌萌身上。她被劈得头晕眼花，好半天回不过神。

陈晴之……

陈晴之……

陈晴之是她妈妈的名字！她妈妈十一年前不堪忍受丈夫花心、小三逼迫、婆婆小姑子欺负，投海自尽，早就不在人世了！

“不，不可能……”阮萌萌摇头，一直盈着光彩的眸子瞬间被眼泪浸湿。

“我妈妈早就不在了，我妈妈她十一年前就离开了我们……她、她不可能还在，她要是还在怎么可能舍得扔下我和姐姐？我不信，我不相信！”

阮萌萌有一双闪闪发亮，会说话的眸子。她冲人笑时，那双亮晶晶的杏眸里仿佛有日月星辰。但现在晶亮透彻的眼眸却被染上了一层薄薄的水雾。

厉君御看着她，不禁皱眉，向来波澜不兴的黑瞳里，奇怪的情绪一闪而过。他刚才竟然莫名其妙升起了一抹近乎同情的情绪。

呵，真是可笑。

她不过是被人养废的纨绔二代，根本不值得他花心思教养。也只有他家那个对陈晴之情根深种的老男人才会在意这种事。厉君御想到父亲的交代，深不见底的眸子里最后的一点儿怜悯也被浓重的阴沉掩盖。

“信不信是你的事，与我无关。总之，从现在起你的一言一行，由我负责。”

“不，你管不着！”阮萌萌毫不退让，用带泪的杏眸瞪着他，“我已经成年了，我今年二十岁，你管不到我！”

“可惜你现在还在念书，听说三年级你就念了三年。照你现在的情况，靠你自己从高级学院毕业，需要多久，嗯？”厉君御毫不掩饰自己的不屑，看向阮萌萌的眼神没有一丝一毫的温度。

他早调查过，阮家二小姐，从六岁多就提前入学，结果读到高级学院三年级，还是比别人多读了两年，以致现在已经二十岁，还是毕不了业。

“就算是……那也是我自己的事，我不需要你管！我有爸爸，我有家，我根本不需要你多管闲事。”

阮萌萌倔强地别过头，刻意告诉自己，不要去看他沉冷轻蔑的眼神。她自己的事，别人不清楚，她不需要向任何人交代！

“既然是这样，那你一定也不想见你母亲，嗯，你走吧，我不逼你。”

“我……”阮萌萌呼吸一窒。

她低下头，掩盖住眸底的失望："不见，不想见……"

妈妈既然没死，当初为什么不回来接自己和姐姐？她难道不知道，她一走，秦芳就会进门吗？这些年，如果不是因为自己的姐姐强大到无人能及，她们姐妹俩早就被那个女人啃得渣都不剩了。而在她们姐妹俩受人欺负的时候，她们的母亲却在厉家过着锦衣玉食的生活。

说不想妈妈是假的，但此时此刻，阮萌萌心里弥漫着抵触情绪，就好像她去见了妈妈就会对不起阮诗诗。如果现在她们母女重逢，那姐姐这些年受的苦又算什么呢？阮萌萌否定自己内心的渴望，站起身，往门外走。

谁知，她刚踏出一步，"啊——"少女娇软的惊呼声在书房内响起。

"你……你干什么？放我下来！"阮萌萌吓了一跳，那个跟冰块一样冷淡、看上去不近人情的男人居然从身后抱住了她。

"我警告你，你放我下来，要不然我……"

她的力气有多大，说出来不怕吓死他。要不是这个人是厉君御，有他们阮家得罪不起的身份，她保证会用力扯断他的手。可惜，她警告的话完全被男人当作耳旁风。

他从身后环住阮萌萌的腰，轻轻俯身，就将她打横抱了起来。

公主抱！这人是不是有病！就算他长了一张俊美无俦的帅脸，也不能肆无忌惮地撩人啊！

阮萌萌嘴上说着"不要，放开，快放我下来……"，一张巴掌大的小脸却悄无声息地红了。

天地可鉴，她绝对不是对这种冰山冷男产生了遐想，只……只是因为，她是颜控。美男俊美无俦的五官就在眼前，嗯……这样近距离接触下，她的小心脏扑通扑通狂跳，连呼吸都乱了。

"你，你到底想干什么？"阮萌萌嘴上语气强硬，但身体却老老实实地缩在他怀里，刚才还隐隐约约沾染在睫羽上的泪珠这时已经化为晶亮的水光。

厉君御冷眸微垂，用一种探究的眼神看着那张红扑扑的小脸。

果然，跟调查结果一样，这是个没心没肺、心思简单、没有城府的小女生。

“麻烦……”他冷冷地吐出两个字，低哑的嗓音却性感至极。

阮萌萌还没反应过来，已被厉君御抱着踱步往外走。

“你、你想带我去哪儿？放、放我下来，我自己会走……”向来彪悍的阮家二小姐这时候像只温驯的小兽。

她嘴里噼里啪啦地说个不停，小脑袋却乖巧地靠在男人宽阔的胸口，小脸漾着粉扑扑的红色，漂亮的星眸盛着盈盈水光。

她不喜欢厉君御，也对这个男人没兴趣，但……从小到大她还从没被哪个男人公主抱过。在这双强而有力的臂弯里，她竟然莫名其妙地产生了安全感。她甚至得寸进尺，小脸蛋在男人硬邦邦的胸膛上拱了拱。

厉君御冷着脸，刻意无视怀中少女的“挣扎”，抱着穿了一件华丽公主裙的阮萌萌穿过长廊，越过高门，走过富丽堂皇的大厅。他在厉家一众下人惊悚的眼神中，将阮萌萌带到了别墅三楼一扇紧闭的雕花大门外。

直到这一刻，厉君御才面无表情地放下阮萌萌。

阮萌萌还没站稳，身后就传来男人低沉磁性的催促声：“进去。”

他就站在她身后，两只手一左一右撑在门上，这样的动作无形中将少女禁锢其中。阮萌萌羞得连耳根都红了。别看她平时彪悍，实际上除了青梅竹马一起长大的慕景行，她都没怎么跟男生亲密接触过。

她怕自己再待下去会变得越来越奇怪，主动推开门走了进去。

这是一间奢华的欧式卧房，华丽厚重的窗帘布将整个房间遮得严严实实，屋顶的水晶吊灯并未打开。整个房间只有床头左右两侧各亮着一盏壁灯。一个身形挺拔的中年男人正坐在床边，看着床上的人，而卧室正中华丽的大床上似乎睡着一个女人。

阮萌萌一步步走近，走得越近，她看得越清。

嘀嗒嘀嗒……医疗仪器的响声突然传入她的耳中，到此刻她才发觉这个女人身上插了很多根管子。

在她的记忆中她的妈妈长得美若天仙。从小到大，许多人都说她长得最像她妈妈，可是阮萌萌知道，实际上她的美不及妈妈的一半。

就像现在，床上的女人即使在病中，即使脸上没了一丝血色，苍白羸弱，但那张脸依旧很美，就像是瑰丽绽放后即将凋谢的玫瑰，哪怕不及盛开时艳丽，却依然美丽。

床上的女人是陈晴之！是阮萌萌应该早就不在人世的母亲！

“萌萌……是萌萌吗？”床上的女人一直在昏睡，即便身旁的中年男人在她耳畔低诉着动人的情话，她也一直没有清醒过来。

可是就在听到门被打开，听到阮萌萌走近的脚步声后，她却睁开了眼睛，早就被病魔折磨得失去光泽的杏眸，在看到阮萌萌的瞬间绽放出激动耀目的神采。

“萌萌……真的是你……你终于肯来见妈妈了……你长大了，长大了……”

女人秀气的眉紧紧蹙着，珍珠般的泪转瞬从眼眶中滚落。

一直认为自己可以硬下心肠的阮萌萌，在看到那颗晶莹的泪珠滚下时，所有的心防都在这一刻瓦解，心瞬间软得一塌糊涂。她扑过去抱住陈晴之，甚至还细心地控制力道，避开陈晴之身上插的各种管子。

“妈妈……妈妈……”阮萌萌哭得很无助。

站在门边的厉君御冷冷地看着母女重逢这一幕。

他想到刚才在书房里，咬着下唇，几次都让眼泪在眼眶里打转，却不曾真正落泪的倔强少女，冷厉的黑瞳一点儿一点儿暗了下来。

当她们母女好不容易止住哭声，冷静下来后，一直站在床边用温暖的眼神看着这一幕的中年男人开口了。

“萌萌，你好，我是厉耀阳，以后你可以叫我厉叔叔。你妈妈当年并不是有意抛下你们，她投海自尽，正好被我们的游艇救了起来。你父亲曾经对她造成了很大的伤害，甚至让她患有严重的抑郁症，她用了很长时间才走出伤痛。后来，她准备回去找你们的时候，发现你姐姐已经很能干，把你也照顾得很好，你们姐妹过得很开心。她怕贸然回去，会打搅你们平静的生活，所以，这么多年即使病重，也不敢奢求能够见到你们……”

听完厉耀阳的话，阮萌萌觉得心里闷闷的。

她知道，阮兆天是好爸爸，但不是好丈夫。那些年，妈妈过得很辛苦，但会患上抑郁症却出乎她所料。

她不禁抬眸看向厉耀阳，看向这个站在S国顶端的男人。

他是S国顶级财阀，厉盛集团掌权人。但刚才他看妈妈的眼神却专注而深情。他大概真的很爱妈妈，就连妈妈在病中，他也贴身照顾。

想到过去，陈晴之在阮家每天面对外出不归的丈夫和动辄打骂的婆婆，她想大概只有像厉耀阳这样的男人才是妈妈想要的。

“萌萌，你妈妈的病其实已经拖了一段时间。我早就该送她去M国动手术。但她怕自己上了手术台，就再没机会睁眼，所以一直不肯去。我知道，她心里其实是记挂着你和你姐姐的……你姐姐在国外，回不来，所以，我只能让君御先把你接过来。”

阮萌萌在听到他说“你姐姐在国外，回不来”的时候愣了一下。但她很快又反应过来，这是厉耀阳的良苦用心，他不忍心让妈妈听到姐姐去世的噩耗而伤心难过。

“萌萌，从今以后你就留在厉家，把这里当成自己的家。你当不当我是爸爸都无所谓，但我一定会把你当女儿一样疼爱。你放心，不管以后怎么样，厉叔叔答应过你妈妈，会永远照顾你。”

“可是我……”她想说，她还有家。她还有爸爸，还有爷爷，还有一个家。

“萌萌，答应妈妈，留下来吧。”一直握着她的手，看着她舍不得眨眼的陈晴之虚弱地说道。

“我听耀阳说，那个女人怀了儿子，妈妈不放心让你再回去。你奶奶肯定是偏心的，你姐姐又去了国外，妈妈不能让你一个人在那样的家庭……妈妈过段时间离开，还不知道能不能再回来，你……你留下来，留在妈妈身边，好不好？”

陈晴之刚刚才止住的眼泪眼看又要落下来。

所有拒绝的话就这样被堵在喉间，阮萌萌舍不得看病中的妈妈哭成泪人，只能点头答应下来。

陈晴之睡下后，厉耀阳带着阮萌萌来到大厅，当着厉家上百仆佣的面，正式介绍阮萌萌。

“你们记住，从今天开始，萌萌就是我们厉家唯一的小姐。任何人不许怠慢，要对小姐像对其他少爷一样恭敬尊重。要是被我知道任何人敢阳奉阴违，我一定会严惩不贷！”

厉耀阳气场全开，不怒自威的声音让仆佣瑟瑟发抖。等他训完了人，再看向阮萌萌时却是一脸温和甚至是讨好地笑着。

“萌萌，叔叔刚才没吓到你吧？你别怕，叔叔这个人其实很好相处，一点儿脾气都没有……”

坐在一旁沙发上正吃甜点的阮萌萌听到这话，差点儿把手里的骨瓷盘摔下去。

呃……这位美大叔变脸变得真快，就连她都差点儿招架不住。

一旁的管家看得冷汗直流，老爷就连跟最小的小少爷说话都没这样的耐心，更不要说对另外三个大的。可他对这位萌萌小姐却这样温和宠爱。管家大叔悄悄记在心头，告诫自己，等下去后一定要再次警告那些用人，绝不许怠慢了萌萌小姐。

“萌萌，我先让人带你回房间休息。晚饭时间，我们再一起用餐。我特意吩咐家里所有人，今晚必须回家吃饭。我有四个儿子，刚才你见过的是老大，还有老二、老三、老四，待会儿你们见见面，年轻人在一起有话题。”

老二、老三、老四？阮萌萌把美大叔的话，在脑子里过了一遍，突然卡住。

等等，老二？！

也就是说，她马上就要见到昨晚莫名其妙地跟她睡了的厉二少厉君廷了？！

别墅二楼，奢华典雅又充满少女心的卧室里，阮萌萌正万分懊恼地扑在柔软的公主床上，抱着枕头打滚。要不是想起来控制力道，她现在说不定已经把这张挂着粉色幔帐、铺着柔软蕾丝羽被的大床拆了个稀巴烂。

她后悔，太后悔了……她怎么能一时冲动就答应妈妈留下来呢？！

阮萌萌悔得肠子都青了，又硬不下心肠反悔，只能自己在床上使劲折腾。就在这时，阮萌萌听见一道低沉冷冽的声音忽然从头顶传来：“滚够了？滚够了就下楼吃饭……”

阮萌萌就跟被人点了穴一样瞬间僵直。她缓了好半天，才扭过头，勉强维持镇定地看向声音来源处。

脱掉西装的厉君御上身穿白衬衫，下身穿黑色西裤，以一种慵懒高贵的姿态站在床边，冷冷地睨着她。

他看起来就像一头俊美优雅的猎豹，但阮萌萌知道这一切只是表象。这个男人哪怕站姿随意，看似慵懒，从他身上散发出的气场却夹杂着深不可测的危险，就像猎豹一样看似优雅，实则暗藏着足以让猎物瞬间毙命的凌厉。

对于这样的男人，阮萌萌只会欣赏颜值，要她跟这种人亲近，她怕还没混熟，就被他卖了。

她坐起身，眯着杏眸不太高兴：“厉大少，谢谢你特意叫我。但是，你进门就不知道先敲门吗？我好歹也是女生……万一我在换衣服什么的，那不是要被你看光了？”

厉君御黑瞳微沉，用一种毫不掩饰的嫌弃眼神将她从上到下打量一遍，那眼神仿佛在说，他对她的身材不会有一点儿兴趣。

“我敲过门。”男人冷冷地开口，“至于你的身体……”厉君御往前一步，俯下身，如墨的瞳仁里倒映出阮萌萌白皙粉嫩的脸，“我不关心。”

“我说过，从今天开始你的事由我负责。父亲把你交给我，你最好不要给我惹出任何麻烦。我不会过问你在阮家发生过什么，但你进了厉家，那样的事，我不容许你再做。”

男人薄削的唇将一个一个字缓缓吐出，声音慵懒磁性，话语却暗藏警告。

明明在她眼前是俊美的五官，明明她听到的是诱人的磁性嗓音，可偏偏这一刻，阮萌萌感觉不到一丝一毫的雀跃。她被那双深如寒潭、透着寒凉的墨瞳凝视，只生出一种如坠深渊的战栗感。若换了别人，这会儿只怕已经抖得跟小鸡崽一样，但她是什么人，她是阮家出了名吃软不吃硬的主。

哪怕小心脏已经抖得七零八落，她还是鼓着腮帮子回瞪对方。

“我……我在阮家做什么伤天害理的事了？”

阮萌萌眉心皱得死紧，瞬间就以为厉君御是知道了自己把秦芳“推”下楼的事。

她咬着下唇，强忍着委屈：“你根本什么都不知道……我后妈才不是我推下楼的，我是受害者。她……”

“我说的是你身上的吻痕。”男人清冷的嗓音带着淡淡的不耐烦。

替阮萌萌换衣服的用人，早就将她的情况报告给了厉君御，他实在是不想管这种频繁留级的问题学生。

“吻……吻痕……？！”阮萌萌当场傻眼了。

过了好几秒她才“啊——”地尖叫出声。

“变态，你这个变态，你给我出去！”

“萌萌，你跟君御合得来就好……叔叔还怕君御这小子总是板着一张脸会吓坏你。刚才听楼上那么热闹，叔叔终于放心了。”

阮萌萌坐在餐桌边，假装看不见坐在自己对面的厉君御。谁知，她刚端起杯子，就差点儿被厉耀阳的话呛着。她跟那个空有外表、内心险恶的冰块男合得来？

厉叔叔是不是误会了什么，难道他看不出，他们不只是合不来，而且关系还非常恶劣吗？

可惜，所有的话她只能藏在肚子里。厉耀阳对她太好，她也不好意思住在别人家还对别人的安排挑三拣四。

厉耀阳和阮萌萌说了两句，随即皱眉问管家：“君廷、君澈、君玺呢，他们三个还没下来？”

听到“君廷”两个字，阮萌萌顿时竖起了耳朵。她有些紧张，不知道厉二少见到她会不会想起昨晚的事。

坐在她对面的厉君御，视线从少女忽然间绷得笔直的身上扫过，沉冷的黑眸比刚才更黑。

“我已经派人去请了，应该快了。”管家大叔频频擦汗，每次要把四位少爷聚齐陪老爷吃饭，简直难如登天。除了向来严谨克己的大少爷，另外三个少爷真是一个比一个难搞。

厉耀阳墨眉微蹙，漆黑的眼底已经隐隐有了怒意，但视线扫过坐在餐桌边的阮萌萌，他又将快要冒出来的火气强压下去。

他在心里叹了口气，只能改日再找机会收拾那几个臭小子。

他转头，笑着对阮萌萌解释："君廷、君澈、君玺就是我另外三个儿子。他们三个最大的才二十二，最小的八岁，正是叛逆的时候，最喜欢跟我作对。"

在厉耀阳的介绍下，阮萌萌终于弄清楚了厉家四位少爷的情况。

大儿子厉君御跟她姐姐一样都是天才，从小跳级，年纪轻轻已经在厉盛集团做执行总裁。

二儿子厉君廷，今年二十二，目前正在国外留学，平时有些肆意不羁。阮萌萌的死党慕景行，就是在酒吧认识的厉二少，要不然凭慕家的地位，他也不可能弄到厉二少的行程。

三儿子厉君澈今年正好十六岁，而小儿子厉君玺只有八岁。

"君御、君廷、君澈都是我过世的太太生的孩子。只有小玺是我跟你妈妈……"

厉耀阳担心阮萌萌心里不好受，说话的时候一直在观察她脸上的表情。

"你妈妈因为失去你们，抑郁加重，后来怀上了小玺，病情才渐渐好转。她对小玺从小就溺爱，那孩子现在的脾气不是太好。"

小玺是阮萌萌同母异父的亲弟弟，但想到小儿子小霸王一样的脾气，厉耀阳不禁皱眉。

在厉家，除了厉君御，这熊孩子谁都不怕。要是他们姐弟俩见面，相处得好还行，但要是相处得不好，闹出什么不愉快，他都不知道该怎么跟晴之交代。

厉耀阳正要跟大儿子叮嘱几句，让他看好小玺，一阵脚步声正好从餐厅门外传来。紧接着，两道身影出现在餐厅门口，一个清瘦的美少年牵着另一个满脸写着不甘的熊孩子走了进来。

"阿澈，小玺……你们俩过来，我给你们介绍。"在阮萌萌面前厉耀阳的表情不似平时严肃，他跟两个儿子说话的语气也相对温和，“这是萌萌，以后就是你们的姐姐。”

厉耀阳将阮萌萌介绍给三儿子和小儿子。

随着他的话，清秀美少年和黑着脸的小正太都将眼神投射过来。

“你们好。”阮萌萌朝他们俩点头，心里却暗暗咋舌，她被这对颜值逆天的兄弟震惊到了。

厉君澈五官偏阴柔俊美，但那双清亮的眸子从搭在额前的碎发后看过来时，却带着一种难以忽视的神秘贵气。他就像中世纪油画里的贵族少年，挺拔、修长、优雅、俊美。

而站在他身旁只有八岁的小正太厉君玺，此时正用一种充满敌意的眼神看着她。小正太浑身上下透着冷气，精致的小脸上全是高傲。

阮萌萌对上那双水灵灵、和她有些相似的圆圆杏眼，能清晰地感受到其中蕴藏的敌意。呃，小正太好像很讨厌她?

不过她想了想，也对，厉君玺跟她当年失去妈妈时的年纪一样大，都只有八岁，要是忽然有人告诉八岁的她，她还有一个同母异父的姐姐，大概她也不会高兴吧。

因为身体里流着相同的血液，阮萌萌对厉君玺倒是十分包容。她主动勾起唇角，对小正太露出甜甜的笑容，脸上的酒窝让她整个人显得可爱又亲近。

谁知，小正太却狠狠地瞪了她一眼，接着冷哼一声，高傲地将脑袋扭向别处。

这下就很尴尬了。

厉耀阳轻咳两声，想让厉君御说说小儿子。谁知，一直站着没动的三儿子厉君澈却突然动了起来。他旁若无人地走向阮萌萌，在所有人奇怪的眼神中，伸出修长白皙的食指，在阮萌萌粉嫩嫩的脸颊上戳了戳，又戳了戳。

厉君澈的动作很轻柔，微凉的指尖轻轻戳在少女满是胶原蛋白的脸上。

“你、你干什么……”阮萌萌猛然反应过来，身体往后退开，捂住脸道。

那张粉嫩的小脸，腾一下烧得通红。

美少年却不看她，反而转向厉君御："哥，她看起来好 Q 好软，像棉花糖一样，她好不好吃？我可以吃她吗？"

厉君御冷眸骤凛，极其淡漠地扫了一眼红着脸的阮萌萌，冷然道："不可以。"

"哦……"美少年清亮的眸子似乎黯了黯。

他又依依不舍地看了阮萌萌一眼，才在大哥身旁坐下，正好坐在阮萌萌斜对面。

而被他比喻为"棉花糖"，还被问"好不好吃"的阮萌萌全程都是蒙的。

怎么回事，她怎么听不懂他们的对话了？他们说的是中文？他为什么会问她好不好吃？！

"萌萌，你别介意。"厉耀阳被两个儿子折磨得头疼，这几个小子，除了他们大哥的话，其他人的话一律不听。

而且几个孩子都在叛逆期，脾气一个比一个古怪。

"阿澈他从小就喜欢吃甜食，他……咳，他大概是觉得你太可爱了。"

阮萌萌："……"

太可爱了，所以问她能不能吃？阮萌萌觉得自己凌乱了。

厉耀阳正想补充几句，管家大叔又步履匆忙地走了进来。

"老爷，我刚刚发现二少爷在房间留了字条，他说他已经坐飞机回 M 国了。"

第二章

莫名转进了私立贵族学校

呼……

听到厉君廷已经提前离开的消息，阮萌萌忍不住松了口气。她其实很紧张，表面看不出来，其实脑子里一直有根弦紧绷着，毕竟昨晚也是她的第一次，让她跟一个刚刚才占有过她的男人面对面坐着，阮萌萌没把握自己不露怯。她心里悬着的石头落下来，就连双肩也跟着放松下来。

阮萌萌的动作并不大，但坐在她对面的厉君御却没有错过她脸部和身体细微的变化。他瞥到阮萌萌明显松了口气的表情，男人深邃冰冷的眸子里闪过隐晦的光。

接下来一顿饭，大家吃得算是相安无事，除了美少年搜刮了小正太的甜食，被小正太毒舌攻击之外，其他一切正常。只不过，满桌的人除了厉耀阳对她和颜悦色，剩下三人……一个冷峻淡漠，一个高傲敌视，还有一个则一直用看食物的眼神盯着她。

阮萌萌表面若无其事，内心却疯狂吐槽，越来越后悔自己选择留下来的决定。

好不容易吃完一顿饭，她回到房间，意外地发现自己之前穿过的衣服和她随身带的小包都放在桌上。阮萌萌走到桌边，从包里拿出手机，手机屏幕早已摔出裂痕，处于关机状态，这大概是她从楼梯上滚下去的时候摔坏的吧，也不知道能不能开机。

万一爸爸事后发现错怪了她，找她，打不通电话怎么办?

虽然阮萌萌之前对阮兆天的不信任有埋怨，但心里到底还是对她爸抱有希望的。她按了按开机键，短暂的停顿后，屏幕重新亮了起来。

手机没坏?

她刚开机，几十条信息弹了出来，全是她关机期间，有人打进来的未接来电提示。阮萌萌双眸一亮，她飞快地翻看着，谁知她一连串看下来，除了死党慕景行的来电，没有任何一通电话是阮兆天或者从阮家打来的，她水亮的杏眸不由得黯淡下来。

她爸竟然真的不管她了?

阮萌萌告诉自己先不能胡思乱想，她爸爸身边都是讨厌她的人，或许他只是不方便。

对，那个小不点儿刚出生，还是早产，可能她爸正忙，没时间给她打电话。想到这儿，阮萌萌心情稍微好点儿，给慕景行打电话。

“萌萌，你怎么现在才接电话?”

电话刚接通，慕景行带着关切的声音就传了过来。

“我听说你和你家那个‘洗脚婢’一起滚下楼了，是不是真的?你有没有伤到哪儿?现在圈子里都在传，说是你推她下去的……阮萌萌，你这回背锅可背大了!”

慕景行嘴里的“洗脚婢”就是秦芳，因为秦芳当年是她奶奶的保姆，照顾她奶奶无微不至，秦芳可以跪在地上给她奶奶洗脚，所以慕景行常年用“洗脚婢”这个称呼嘲讽秦芳。

而慕景行也不愧是她的好朋友，电话一接通，他只顾着关心她的情况，丝毫没有怀疑阮萌萌没有推秦芳下楼。因为是朋友，所以无须解释。真正的朋友知道你是什么样的人。

阮萌萌嘴上没说什么，心里却有点儿发酸。她理了理思绪，说出实情：“是她想推我下去，结果没推动，反而自己重心不稳，踩空了。我看她是孕妇，就想伸手拉她一把，谁知道反而跟她一起滚下去了。”

“后来在医院，我奶奶他们都来了……阮娇娇做证，说看到我伸手……”

“那你爸呢？你爸不是挺疼你的嘛，他也信了？”

阮萌萌呼吸一顿……嗯了一声，她顶着一头血离开，而她爸爸到现在也没给她打过一通电话。

慕景行好像很生气，在那边骂了几句：“我就说嘛，他怎么还有空发朋友圈，我以为你没事，原来是真不管你死活了？我妈说得对，有了后妈就有后爸，阮叔叔也太过分了，他以前没这么糊涂！”

“发朋友圈，什么朋友圈？”

“就是他终于老来得子的事啊！你没看手机吗？你爸发的朋友圈，把那个小猴子的照片都放上了。一副恨不得向全世界宣传的样子，我爸他们那一圈人都恭喜过他，说实话，我觉得那个猴子长得皱巴巴的，一点儿都不好看。”慕景行的语气带着浓浓的嫌弃，“不过我妈说，那孩子看起来长得还行，挺好的，没什么大碍。”

阮萌萌听说那个孩子没事，倒是松了口气。

虽然新生儿是秦芳的儿子，但他是无辜的。大人之间有什么恩怨，也跟孩子无关。

不过有件事，阮萌萌倒觉得奇怪：“那孩子是早产，还是因为秦芳从楼梯上滚下去造成的早产，怎么会一点儿事都没有？”

慕景行一点儿不觉得阮萌萌说这话是希望那孩子出事。他知道自家死党的性格，倒是认认真真给她分析起来。

“你爸发的照片，孩子放在保温箱里，也许跟早产有关。不过我妈看了，说没事，挺健康。”

慕景行他妈是一家私立医院的院长，不会看差。

阮萌萌哦了声，大概是那个孩子自己有福气吧。

她妈当初因为长得美，被她爸娶回家，结果十几年没有儿子。她奶奶因为这件事一直不高兴，后来又偷偷把秦芳塞给她爸。结果秦芳怀上了，还是一个女儿。

因为这件事，奶奶没少骂她妈，倒是因为秦芳长年照顾奶奶，所以奶奶没舍得骂秦芳。可是谁能想到，她妈后来嫁给厉耀阳，第二年就怀上了儿子。而秦芳嫁给她爸，却等了整整十一年才生下一个儿子。

这一切，大概就是命中注定吧。

阮萌萌唇角勾着一抹自嘲的笑。

电话那头，好半晌没听到她声音的慕景行担心地问道："萌萌，那你现在在哪儿？要不你来我家先住着？"

"我在同学家……"阮萌萌怕慕景行担心，撒了个谎，"你家不行，你家就在我家隔壁，我暂时不想撞见他们。"

反正，她读市青藤学院，慕景行和阮娇娇在智学，她的同学他也不认识。

"那好吧，你自己当心点儿，有什么事记得给我打电话。对了，我待会儿给你微信转点儿钱，你自己留着用。"

"不用了，我有钱……"慕景行已经帮她太多了。

"给你你就拿着，还跟小爷我客气什么。你又不是不知道，小爷什么都不多，就是零花钱多。"慕景行身上浓浓的暴发户气息隔着电话屏幕都能飘过来，但偏偏死党浮夸的表现让阮萌萌觉得心里暖暖的。

她明白，慕景行这是知道她的钱都给了侦探社去调查她姐的事了，所以才接济她。

想到钱的问题，阮萌萌微微蹙眉，看来真是不能没钱啊。她怀疑她姐姐的死有问题，甚至怀疑阮氏内部有问题，可这种事告诉阮家人没用，更不可能告诉她妈。所有一切只能靠自己，这也是之前跟秦芳对峙的时候她拿不出钱的原因，她以前打游戏赚的钱几乎都给侦探社了。

就算慕纨绔不会介意，但那么多钱，她不好意思总找慕景行，他还在跟爸妈要零花钱。

虽然慕景行今年也上三年级，但实际上，他比阮萌萌要小一点，他刚刚过完二十岁生日。

"慕景行，钱的事我会自己想办法，我知道你钱多，你留着改天请我吃饭。”

阮萌萌话音刚落，电话那头的慕景行立刻意会，差点儿激动得跳起来。

“萌主，不是吧，你这是准备重出江湖了？”

自从阮诗诗勒令阮萌萌不许玩游戏后，他的排位等级就从钻石一路掉到黄金。

阮萌萌有多少赚钱手段，身为死党的慕景行还能不知道吗？他现在已经快激动死了！

“萌萌，你快上线带带我。你这么久没玩，肯定手生，正好当练手。”

阮萌萌把手机拿下来，看了一眼屏幕上的裂痕，又贴到耳边：“不行，我手机摔坏了，等过几天买了新手机再说。”

“那不玩‘农药’也行啊，我们玩 LOL，你搞台电脑。”

阮萌萌就知道，只要一提游戏，慕景行这家伙比任何人都积极，她叹口气：“也不行，你忘了我在同学家吗，不好玩别人家的电脑。”

慕景行一想，也对，只能意兴阑珊地叹了口气，正要挂电话，突然想起来：“哦，对了萌萌，有件事我差点儿忘记跟你说……那个，就是关于顾铉的事。他……他现在好像在跟阮娇娇交往。”

其实前几天慕景行就知道这个消息了，但他一直犹豫，不敢告诉阮萌萌。但现在，这件事基本已经在他们的圈子内传开了，只怕很快就会传到阮萌萌耳朵里，他想，与其让其他人添油加醋告诉她，不如他说。

“顾铉哥哥……和阮娇娇？”阮萌萌喉咙微哑，有些名字叫习惯了，她竟然一时改不过来。

“嗯，是啊。听说交往一阵子了。”慕景行觉得头大，阮萌萌喜欢顾铉，并且曾经跟顾铉订婚的事在他们那个圈子里是尽人皆知的，可现在，顾铉不但跟阮萌萌解除了婚约，还跟阮娇娇交往。顾家是知道阮萌萌跟阮娇娇关系的，这样做分明是没把过去的情分放在心上。

要慕景行说，顾铉那个人在他们这群富二代里除了长得好看一点儿，能力稍强一点儿，其他真是没什么好的。可偏偏，阮萌萌从小就喜欢顾铉。她总是喜欢追在他身后甜甜地叫他顾铉哥哥。

对其他人，阮萌萌能一不小心就扯掉对方的胳膊，但对顾铉，她却从来都是小媳妇样，连说话都不敢大声。

顾家是开娱乐公司的，阮家是开网络公司的，因为两家关系好，还给他们俩订了婚。谁知道，就在阮萌萌姐姐意外去世之后，顾家却提出要跟阮家解除婚约。

“嗯，我知道了……顾铉的事以后不用再告诉我了……我不想知道……”

说完，她挂断电话。

“谁是顾铉？”谁知就在这时，身后突然响起一声低沉冷凝的嗓音，阮萌萌吓了一跳，下意识转身，正好撞进一个冰冷坚实的怀抱。

“嗯……”她鼻尖微微发酸，差点儿把眼泪都撞出来了。

从来只有她撞哭人，没有她被人撞哭的。阮萌萌捂着鼻子后退，都不知道厉君御这男人的胸肌是怎么长的，居然能硬成这样。

“你怎么又不敲门就跑进来了？你们厉家的门都是摆设吗！”

少女用水光盈盈的眸子瞅着他，满是委屈。

可厉君御根本不为所动，薄唇轻启，又重复一遍：“谁是顾铉？是他在你身上留下那些痕迹的？”

厉君御的脸色冷得吓人，那双冷冷的黑眸凝聚着连他自己都不曾发觉的寒气。

“我不知道你在说什么……”阮萌萌低头，避开他的视线。

当然不是顾铉，怎么可能是顾铉！

她不能直接否认，因为她更怕厉君御发现她的秘密。

厉君御深邃冷凝的目光落在阮萌萌身上，直到将她看得头皮发麻、后背生寒，他才突然往前一步。

啪嗒——一个巴掌大的东西被放在了书桌上。

阮萌萌侧头看过去，不禁眸色大亮。

那是一款市面上还未对外发售的顶级智能手机！

“听着……”

厉君御骨节分明的修长手指毫不留情地捏住她的下巴。

“不要给我惹麻烦。不管那个人是谁，一年内，不许再跟他有任何接触。”

她是父亲硬塞给他的麻烦。厉君御很忙，没时间把心思浪费在这种青春期的小女孩身上，特别是知道阮萌萌身上布满吻痕后，他更是觉得心烦气躁。如果阮萌萌未婚先孕，还不知道会惹出多大的麻烦。

“这部手机里有凌北、赵叔、司机的电话。三天后你的学校开学，司机会送你去，赵叔负责你今后所有的生活需要，学校的事有凌北处理。有事，直接打给他们。”

凌北是他的私人助理之一，赵叔是厉园的管家。

厉君御只把阮萌萌当作任务，并不打算亲自管教她。如果她能安分守己，他们大可以相安无事地相处到她毕业，但如果她不能，那他不介意让她体验一下忤逆他的下场。

阮萌萌腹诽，厉君廷都走了，她去哪儿跟那个人接触。不过厉君御的态度实在让人觉得嚣张霸道得过分，特别是他用力捏着自己的下巴，这哪是对女孩子应有的姿态。

阮萌萌觉得憋屈，嘴硬地回击：“厉少说笑了，我和谁交朋友、做什么事好像不在你的管教范围之内。就算我答应厉叔叔留下来，也不代表你可以对我的事指手画脚。”

“你可以试试。”男人冷眸微眯，眼底的暗流越发汹涌，“任何男人敢碰我厉君御的妹妹，我保证他再也看不到明天的太阳。”

这人有病吧!

阮萌萌有点儿烦躁：“谁是你妹妹！我跟谁交朋友，哪怕是谈恋爱也跟你没关系！”

什么都要管，他是不是疯了!

“陈晴之现在是厉太太，你说，你是不是我妹妹，嗯？”男人右手倏地收紧，阮萌萌竟感觉很疼。

咝……她忍不住出声，漂亮的杏眸泛起水光，染上一层迷蒙蒙的薄雾。

刚才还能跟自己斗气跳脚的女孩转瞬露出这种犹如受伤小兽的表情，竟让厉君御墨色的瞳不由得一滞，右手力道本能地放松，直到这时他才惊觉，萦绕在鼻息间的香气竟隐隐约约有些似曾相识，就像昨晚？

“你、你放开，你弄疼我了！”阮萌萌突然觉得心慌。

刚才那一刻，那样近的距离，男人深不见底的黑眸似乎让她看到了昨晚在黑暗中的轮廓。

她知道厉君御和厉君廷是兄弟俩，长相一定十分相似，也清楚地知道，昨晚的男人是厉君廷，而不是厉君御。可是刚才，在那样近距离的对视下，她竟然忍不住心跳加速，仿佛回到了昨夜气氛最暧昧的那一刻。

随着阮萌萌的挣扎，厉君御松开了手。

她退开后，男人鼻息之间熟悉的香气消失。

紧接着，一股消毒水的气味飘了过来。厉君御冷眸微眯，注意到阮萌萌脑袋上包扎的伤口。不似刚才那样亲密接触，在这样的距离下，他只能闻到从她身上飘来的消毒水味。厉君御微微蹙眉，果断打消脑海里的疑虑。

看来他一天找不到昨晚的女人，这种无端冒出的怀疑就永远不会消失。

想到昨晚那个可恶的女人，厉君御脸色更冷，就连看向阮萌萌的目光也透出几分阴沉戾气。

这人说变脸就变脸，她都不知道自己怎么招惹他了！

厉君御什么话也没说，只是用居高临下的眼神冷冷地凝视着阮萌萌。即使他一言不发，但他身上的威严和强势足以让任何人软下膝盖，弯下脊梁。

在对上那双冷眸的瞬间，阮萌萌心底生寒，竟然升起一种难以自控的怯意和心虚。

喀……她都不知道自己在心虚什么，但越是跟厉君御漆黑的瞳仁对视，那样的心虚感就越明显，就好像……好像她曾经做过什么对不起他的事一样。

她想，这大概就是所谓的㞞吧……

在阮萌萌二十年的人生中，能在气场上完全碾压过她的只有她的姐姐阮诗诗。她在旁人面前可以无所畏惧，可一旦面对像她姐那种气场的人，就会被压制得死死的。而现在，压制她的人里头似乎又要多了一个。

果然，她姐说得对，拳头再硬也比不过气场。更何况，她怀疑，如果真要比拳头，厉君御未必会比她差。

"你……你说的话我都听到了……"好汉不吃眼前亏，阮萌萌决定认㞞。

她咬了咬下唇，觉得嘴有些干，又不自觉地用舌头舔了舔唇瓣，这是她紧张时下意识的动作，殊不知，这样的动作落在厉君御眼底又是另一番景象。

男人垂眸，居高临下地注视着她，看到少女氤氲着水汽透着委屈的杏眸眨了眨，随后又露出一小排雪白的贝齿轻咬粉唇，厉君御黑亮的眸子顿时黯了黯。

厉君御呼吸急促。该死，他一定是禁欲太久，昨晚被那个可恶的女人破功，才会想这些莫名其妙的东西，要不然，他怎么可能对阮萌萌这种幼稚无聊的小女生产生兴趣。

男人狭长的黑瞳幽冷深邃，突然透出一股令人无法忽视的危险。阮萌萌几乎是本能反应，下意识往后退，可惜，后腰处抵着的桌面提醒她已经没有退路。

“你……你别生气。我说了，你说的话我都听，我会乖乖的……”

阮萌萌几乎是用动物的本能在跟厉君御求饶。她从小没了妈妈，这么多年能平平安安在阮家长大，她靠的不仅是蛮力、运气和姐姐的保护，还有自己对于危险最敏锐的洞察力。

虽然站在她眼前的厉君御看上去极其平静，眉眼中几乎波澜不兴，但阮萌萌就是清晰地感觉到，在这个男人体内此刻似乎正蕴藏着极大的风暴，而且这风暴让她招架不住。

“很好……”良久的沉默之后，厉君御终于开口。

他俯视着她，眼神冰冷，语气低沉得危险：“记住你刚才的话，别让自己后悔。”

说完，他转身离去。

待厉君御留下的寒凉气息消失后，阮萌萌才撑着桌面彻底松了口气。

“真是疯了，怎么会有这样的人。”

阮萌萌从未被人从气场、精神甚至体能上全方面碾压，但面对厉君御冰冷彻骨的眼神，她竟然有种从灵魂到心理甚至是身体的畏惧。

他实在太可怕了！

阮萌萌决定，以后见到厉君御一定要绕道走，打死也不去招惹这个阴晴不定的男人!

阮萌萌刚刚被厉君御从精神到“肉体”全面虐待了一遍，觉得心里憋闷坏了。

好气！她快气炸了！虐不了厉君御，她还虐不了别人吗？阮萌萌漂亮的杏眼眨了眨，视线落在桌上那个最新款的智能手机上。

她果断开机，激活，连接网络，下载游戏。现实中受挫，她要到虚拟世界里找补偿。

于是，差不多有一年没亮过的账号，突然亮了。

“萌主，你居然上线了！”

“萌主，是本人吗？我去年跟你说的那件事考虑得怎么样，要不要来我们俱乐部？”

“萌主你终于上线了，我找你几百年了！”

ID 为“萌主一统天下”的游戏账号刚登录，就收到了无数条弹窗。

阮萌萌扫了几眼，都是以前合作过的各种工作室，还有挖过她的俱乐部，不过现在，她暂时没心思接单。

一来，她离开太久，还不知道手生不生。她差不多有两个赛季没打游戏了，账号等级也掉了下去。

二来，她现在只想发泄!

赚钱的事留到明天，她现在只想虐人!

于是，这天晚上，某爆款游戏的鱼塘局（低端局）一片受虐之声。有个叫“萌主一统天下”的 ID 从最低级的青铜等级一路杀上了铂金。要不是因为白天发生了太多事，脑袋上还有伤，阮萌萌或许还能熬到后半夜，直接杀到钻石以上。

不过现在……

“差不多了。”

看到游戏界面里闪烁的铂金徽章，阮萌萌放下了手机。

心里的憋闷几乎发泄殆尽，手感也重新熟练起来，阮萌萌决定暂时放下自己的账号，从明天开始重新接单代打。

与此同时，别墅里的另一间房间内。

“哥，都怪你，你也太差劲了，连一个女生都打不过！”

“厉君玺，你就不差劲？要不是你过来gank（偷袭）的时机不对，我们会被她一抓二？”

美少年板着脸，嘴里叼着的棒棒糖此刻都变得没滋味了。小正太听到哥哥的话，一张本就没什么表情的小脸顿时拉了下来。

“也不知道是谁，连跟女生对线都赢不了。要不是你被她全面压制，她的装备会比我们多两件？”

“哼，你怎么知道那是女生？”厉君澈不肯示弱，咬着棒棒糖说。

“‘萌主一统天下’这种ID，一看就是女生。”熊孩子嘟着嘴，难得露出几分童真，“三哥，你真的太丢人了！”

美少年一听，阴柔的五官顿时染上寒霜。他转身，一把抓住熊孩子的后衣领，将厉君玺扔在床上，按着屁股，就是一顿打。

“三哥你坏，你居然打人！我不跟你打了，我不跟你玩了，我要去找大哥……”

就这样，厉家三少和四少坚固的双排友谊就此破灭。

当阮萌萌跟以前有交情的工作室打过招呼，准备退出游戏的时候，屏幕上突然弹出两条好友申请。

【大神，带我上王者，价格随你开！】申请人是“宝宝天下无敌”。

【开个价，陪我玩。】申请人是“美男和甜甜圈”。

厉君澈和厉君玺散伙之后，一直等着那位“萌主”回话，可等了一晚上，对方都没有通过好友申请。第二天一早，阮萌萌刚进餐厅，就撞见顶着两只熊猫眼的美少年和冷脸小正太。

“看什么看，没看过人熬夜啊！”熊孩子在家最横，瞪了阮萌萌一眼，端着自己的餐盘坐到一边。

厉君澈淡淡的眼神瞥向她，想到大哥的警告，他又收回视线。

“把早餐送到我房里，我在楼上吃。”厉君澈留下一句话，匆匆逃离，他怕自己会忍不住想伸手去捏阮萌萌粉嫩嫩的脸。

一顿饭，阮萌萌吃得莫名其妙。而昨晚夹杂着怒意离去的厉君御却不曾出现，不出现最好，她也不想见他！

阮萌萌吃了饭，上楼去陪陈晴之说话，直到陈晴之累了休息，她才回房间。

接下来的两天，她基本重复第一天的生活。她每天除了吃饭和陪陈晴之，就是窝在房间里打游戏赚钱。光用手机还不够，她还打着需要学习查资料的名义，找赵叔要了台性能超高的笔记本电脑。三天后，阮萌萌看到自己的银行账户中多出的两万块，晶亮的星眸闪了闪，唇角上扬，露出两个浅浅的酒窝。

搞定，照这个速度，要不了多久她就能凑齐下一笔钱，让侦探社继续调查姐姐的死因。

【@萌主，这里有一个急单，要求一天打到王者，价格不错，你接不接？】

她平常接单的 QQ 群里突然弹出消息，是一家认识的工作室找她。

【暂时不了。我明天有事，今天得早点儿休息。】

明天是开学第一天，去了学校少不了又要听老张一通训。

她是他们班的重点照顾对象，班主任老张其实对她不错，就是有点儿啰唆。

【萌主，你不是说最近缺钱吗？现在直播那么火，你技术又好，我认识的直播平台正缺人，要不你也开个直播吧？】

阮萌萌想了想，直播要露脸，还是算了，她谢绝了对方的好意，下线。阮萌萌刚关电脑，那个就快没电的碎屏手机突然响了，专属铃声传来，她几乎是下意识地接通电话。

"喂，爸爸……"阮萌萌有些激动，她爸终于主动给她打电话了。

"是我。"电话那头传来阮老太太冷冰冰的声音。

阮萌萌刚刚兴起的所有情绪都被这冰冷的语气浇灭。

"哦，奶奶……你找我有事？"

"你这个死丫头，你这是跟奶奶说话的态度？"

阮老太太声音里带气，她还没忘记阮萌萌推秦芳下楼的事，要不是她的乖孙子没事，她一定不会放过阮萌萌。

“我不管你现在在哪儿野，下个周末你给我回家一趟，有事找你。”

阮老太太一点儿也不担心阮萌萌离开之后有没有地方住，会不会吃亏。

她走了三天，接到家人的电话，居然只是为了这个，阮萌萌下意识拒绝：“我下周有事。”

“死丫头，让你回来就回来，要不是为了你爷爷，你以为我会给你打电话？”

阮萌萌听阮老太太提到爷爷，才露出一抹慌乱：“爷爷怎么了，是不是病情又加重了？”

“呸！少咒你爷爷。我告诉你，让你回来你就回来，要不然以后你别想再见你爷爷！”阮老太太骂完，就挂了电话。

“妈，萌萌都被逼得离家出走了，你……你这又是何必呢？”

在一旁听阮老太太打电话的阮兆天忍不住替阮萌萌说话。

“什么叫逼她？谁逼她了？那是她自己作孽！”

阮老太太冷哼一声，不屑一顾。

“我告诉你，下周末她回来，你别给我心软。她滚下楼那天，在医院里我们可全都看到了。她脖子、胸口上都是男人留下的吻痕，还不知道她去哪儿鬼混了。顾铉要是跟她在一起，那才是委屈了人家！”

“可是就算这样，那也不该让萌萌回来，让她去跟爸爸开口吧？顾家早就退婚，顾铉跟她早没关系了。”

“呸！顾铉退婚的事，你爸又不知道。她要是不跟你爸亲口承认是自己的错，自己配不上顾铉，你爸肯定不会答应娇娇跟顾铉在一起。反正这件事你别管了，我心里有数！”

第二天9月1日，开学第一天。

阮萌萌昨晚记挂爷爷，睡得晚，早上起来的时候厉家三少和四少都已经被司机送去学校。她匆匆吃过早饭，坐上车，准备到市青藤学院报到。

因为校服还留在阮家，她今天只穿了一件浅蓝色连衣裙，是在衣柜里随便翻出来的。不过也无所谓，反正她到了学校，老张有的是办法给她弄套新校服。可是车开到一半，阮萌萌忽然觉得不对劲。

“凌助理，这不是去市青藤学院的路。”她就算不开车，但也记路，这跟去市青藤学院根本就是两个方向。

坐在前面副驾驶的凌北冷漠地回头：“小姐，这是去智学私立高级学院的路。”

“智学？我在市青藤学院上学。”

“对，那是以前，但现在不是了。”凌北态度恭敬而疏离。

“大少爷认为，你需要转到 S 市最好的学校，才能受到良好的教育。你已经留级两次，大少爷让我转告你，如果不想第三次留级，请你配合我的工作。”

跟她说话的人明明是戴着金丝眼镜的凌北，但偏偏，阮萌萌脑海里却突然浮现出厉君御说这句话时矜贵冷漠中带着三分警告七分威胁的语气，甚至他说话时，傲慢无礼、霸道至极的神态，她也能想象一二。

好啊，他不经她同意，就擅自替她办好转学手续，既然这样，那她也不会乖乖配合，看谁玩得过谁吧!

“哦，原来是这样。”阮萌萌点点头，柔顺的黑发随着她点头的动作微微飘扬，将她整个人衬得既娇小又柔美。

“那我知道了，凌助理，辛苦你了，也请你替我向大哥转达我的感谢。”

“大哥？”凌北一时没绷住，不小心把心里的诧异说出来。

阮萌萌眉眼弯弯，她勾唇甜笑：“是呢，大哥前几天还说我是他妹妹，要是谁敢欺负我，就要让那个人看不到第二天的太阳。没想到，大哥居然真对我这么好，连学校都要替我换成 S 市顶尖的了。”

“咯，是、是吗……小姐放心，你的谢意我会转达。”

凌北转过头去，脸上僵硬的表情终于崩塌。

大少爷这次是真转性了？居然对一个没有血缘关系的妹妹关怀备至？

他还以为，大少爷只是随意打发麻烦，把这个女孩弄到最好的学校，也算是对厉董事长有交代了，就打算不闻不问了。没想到，大少爷居然真把对方当妹妹！突然明白少爷“心意”的凌北，立刻在心里将阮萌萌的地位从最低级提升到了最高级。

“小姐，学校到了。”这回，凌北亲自替阮萌萌拉开车门。

阮萌萌对他笑了笑，乖顺地下车。

厉家的豪车就停在学校办公楼楼下。今天是 S 市顶级的贵族学校——智学私立高级学院开学第一天。

这也是一所比较奇葩的学校，两极分化严重。一方面，学校里聚集一批精英“学霸”，配上学校一流的师资，培养了多位在本市、本省乃至全国可以呼风唤雨的大神级人物。另一方面，学校里的学生多为富家纨绔子弟，他们把这所学校当成镀金、混日子的所在，无心学习，攀比之风盛行。学校的校长“利”字当头，对纨绔子弟的“胡作非为”睁一只眼闭一只眼。有了校长的“表率”，一些心术不在教学的老师，也把趋炎附势的劣根性表现得淋漓尽致。

现在，从小学部到高级学院部的所有师生都聚集在大礼堂内参加开学典礼。办公楼这边，只剩下专程等着阮萌萌过来办手续的理事长助理。

“凌助理，非常不好意思。阮小姐的入学手续我们已经办好，但是按照规矩，所有插班生都必须先做一套分班试卷，依照成绩分班。”

理事长办公室内，理事长助理态度恭敬却坚决地将一套试卷递给凌北。

智学之所以是智学，除了硬件设施和师资优势之外，最重要的就是坚持原则。

凌北看着递过来的试卷，冷着脸回绝：“大少爷的意思是我们小姐只进智学最好的班级。”

“这……”理事长助理很为难，虽然厉少是智学私立高级学院最大的校董，但现在理事长和其他校董不在，他一个小助理根本做不了主。

厉少那边通知得太急，他们很多事都来不及准备。

“算了凌助理，我既然转校到智学，当然应该遵守智学的校规……考就考，没关系。”

阮萌萌拍拍凌北，从助理手中接过试卷。凌北见阮萌萌一副胸有成竹的模样，想到她毕竟复读过两年，考三年级入学分班试应该不在话下，于是，他便放心地看着阮萌萌拿着试卷，走进隔壁办公室。

不到半小时，阮萌萌交卷出来了。

“小姐，你这么快就做完了？”凌北脸上写满震惊。

他现在才知道，原来萌萌小姐这么厉害，做智学的入学测试卷居然只用了半个钟头。怪不得大少爷会认她当妹妹，肯定是看出来小姐深藏不露，是少有的天才少女。

“谁说我做完了……”阮萌萌淡淡瞥了他一眼，“我只做了选择题。”

“啊，什么？”

“其他理科的大题，每道题写了个‘解’或者‘证明’，我们班老张说了，阅卷老师心情好可能会给一两分。”

“还……还有这种操作？”凌北整个人都凌乱了。

“放心吧。”阮萌萌轻拍凌北，“我这次超常发挥，肯定比我在市青藤学院考得好。”

她打了个哈欠，懒洋洋地说：“智学不愧是名校，试卷好难啊……不过幸好，我还有必杀技。”

“什……什么必杀技？”凌北觉得，自己额上的汗好像有点儿多，他已经不想再问下去了。

“三长一短要选短，三短一长要选长，两短两长要选C，四个一样要选B，就是这个。”阮萌萌扬起下巴，水汪汪的杏眼里全是得意。

“这……这算什么必杀技！”凌北彻底爆炸，他被气得几乎要吐血。

凌北现在已经可以想象，等那位助理拿着试卷出来的时候，脸上的表情会是怎样的鄙夷。成绩不好就不好，她好歹要好好做题啊！这样乱搞，跟交白卷有什么区别？到时候丢的可全都是大少爷的脸面！

这时，拿着测试结果的助理正好走了出来。

“凌助理，结果出来了。”

凌北转身，脸上强挤出尴尬的笑容，他不敢去看对方的神情。

“阮同学刚刚做完的试卷，大题部分几乎没动笔，似乎对难题不太擅长。”

凌北心想：完了完了，这下没救了，大少爷我对不起你！

“不过基础题做得还不错，她完成作答的部分几乎全对……做错的三道题可能是没仔细审题，把多选当成了单选……”

“什么？”凌北这下蒙了。

难道萌萌小姐刚才说的那堆乱七八糟的东西真的是考试秘籍？除了把多选当单选，她居然全对！

“不过很遗憾，根据我们学校的入学规定，虽然以阮同学最后的总分可以进入年级排名中列的 G 班，但因为她只做了选择题，在大题分数为零的情况下，为了公平，她只能去最差的 M 班。”

“什么，最差的班级？”凌北不服，“不行，M 班是你们智学最差的班，我们小姐绝不能进这种班级。既然总分够资格进 G 班，那就 G 班！”

虽然 G 班比不上成绩顶尖的 A 班，但至少是中游。她从市青藤学院插班到智学就能直接进 G 班，说出去也不丢人，但要是去 M 班，他回去怎么跟大少爷交代？

“不好意思凌助理，这是我们智学的规矩。”助理很客气，但也不愿后退。

智学历次分班考试都有这样的规矩，为的就是杜绝学生作弊，只抄选择题。

“算了凌助理，M 班就 M 班。我听说智学每学期都有几次分班测试，大不了下次再考。”阮萌萌劝住凌北。

表面看她非常明理懂事，实际上，她心里早就乐开了花。智学的 M 班，那就是纨绔聚集地，她的好友慕景行正好在 M 班。

理事长助理见阮萌萌这样好说话，心里对这个孩子倒是多了几分好感。刚才那份试卷是他亲自批改的，虽然不知缘由，但看得出阮萌萌其实是故意没做那些大题。这孩子要是认真起来，前途一定不可限量。

阮萌萌都松口了，凌北自然不好再多说什么。他陪着阮萌萌办最后的手续，趁理事长助理走开的空当，问道：“萌萌小姐，你刚才说的‘三长一短，三短一长’都是真的？”

“嗯，当然。”阮萌萌点头，“不过那也得看人，不是人人都管用的。”

“哦，看人。每个人还有不同？”凌北想到自己好几次都过不去的升职考核，要是弄到秘诀过了，年终奖就能翻倍。

“当然有不同，还有运气啊。每个人的运气又不一样，就像我玩游戏首抽必出 SSR（SSR 是用来表示阴阳师手游中卡片所抽式神稀有度的级别），皮肤从来不买全靠抽，就连穿一身同样的装备，我的暴击率都比对方高。最高纪录是喝饮料，连抽十八次‘再来一瓶’。有这种强运，才能像我刚才那样玩。”

“呃……是……是吗？”凌北目瞪口呆，顿时觉得眼前的阮萌萌好像高大了许多，仿佛浑身上下都冒着金光。

这样的运气，要是去买彩票，岂不是要发大财？

“阮同学，这些是你的课本，这是你的学生卡，我已经通知了你的班主任李老师，你到高级学院部四楼办公室找她就可以了。你的校服，大约一个星期后可以做好，到时候班主任会转交给你。”

理事长助理过来，打断了他们的对话。阮萌萌接过东西装进书包，向对方道谢，然后对凌北说：“我先去报到了，放学我会自己回去，不用让司机来接我。”

“小姐，可是……”凌北的话还未说完，阮萌萌已经头也不回地消失在走廊尽头。

看到阮萌萌消失的背影，凌北想了想，对身后的理事长助理说：“厉少塞人进智学这件事，暂时不要对外提及。厉少的意思，这件事尽量低调。”

凌北一开始不明白少爷为什么不亲自下令或者直接联系理事长，不过现在，他明白了，萌萌小姐这成绩，只能进 M 班，少爷害怕丢脸。

理事长助理微微一愣，随即了然地点点头：“您放心，我知道该怎么做。”

看来刚才那位阮同学，他不用过多关照了。虽然她打的是厉少的招牌，但只怕也只是厉少推托不过的人情罢了。

就这样，阮萌萌正式进入智学，开始她第三次的三年级生涯。

高级学院教学楼内，三年级 M 班的班主任，语文老师李秀丽正在打量眼前的阮萌萌，她微眯起眼睛，用一种探究的口气问道："我们年级 A 班的阮娇娇，她跟你是什么关系？"

阮萌萌也同样眯起眼睛，没想到她来报到，对方问的第一句话居然是这个，她不禁打量眼前的班主任。这个叫李秀丽的语文老师，年纪不轻，四十岁以上，而且看起来是那种很严肃、很专业的人，这样的老师并不像故意挑事的人。

"李老师，这件事跟我报到有关系吗？"阮萌萌并未直接回答，她选择避重就轻。

李秀丽本就严肃的脸更冷了，她顿了顿，换了个问题："那阮诗诗呢，你认识阮诗诗吗？"

一听对方提起自己的姐姐，阮萌萌的呼吸短促了一瞬。她姐曾经也在智学上过学，还是智学的传奇人物。

阮诗诗十三岁就跳级进了智学高级学院部，直接读三年级，只用了一年时间就考入国外名牌大学，又用了三年时间成功从国外读了 MBA 回来。虽然阮诗诗只在智学高级学院读了一年，但阮萌萌听慕景行说过，她姐在智学有一大堆迷弟迷妹的。

"她是我姐姐。"对于和阮诗诗的关系，阮萌萌倒是毫不犹豫地承认了，那是她姐，她这辈子最在乎的人。不像阮娇娇，连跟她沾上边，阮萌萌都不乐意。

"这么说，A 班的阮娇娇就是你妹妹了？"

李秀丽的话让阮萌萌皱起眉。就是因为这样，她才不想来智学。什么事都要跟阮娇娇扯上关系，让她很厌恶。

阮萌萌没答话，李秀丽就当她默认了。

"好了，我也没其他问题，你自己去班上找个空座坐下，我还有事要忙。"

李秀丽也不提给她介绍学校和班级情况，也不提带她去班上，一句话就把她给打发了。阮萌萌不知道是不是自己的错觉，她总觉得，这位李老师在听到她回答的那一瞬间，看她的眼神不仅冷淡，而且还藏着隐隐的恨意。难道她姐姐曾经得罪过什么人？

"这种学校真是奇葩，第一次见面搞得像有深仇大恨一样……"她嘀咕着往M班走。她刚转进一条走廊，就看到五六个人正围在墙角，将一个穿着智学校服的学生一拳揍倒在楼梯拐角处。

智学也有校园霸凌?

阮萌萌不想惹麻烦，正准备绕路，人群里突然传出一个熟悉的名字。

“慕景行，叫你拿钱出来少废话！少扯些没钱的幌子，你要是再不拿钱，小心我的拳头不长眼！”

“呸……”倒在地上的慕景行强硬回击，“小爷我钱多也不给你们这些败类。有本事把小爷揍死，要不然小心小爷找你们报仇！”

“就凭你？”带头那个个子最高的胖子满脸不屑。

“要是以前我还相信，不过现在顾铉学长把你的人都撬走了。你自己看看，你以前那些所谓的兄弟有哪个会来帮你？呵呵，老实点儿，每个月按时交保护费，你还能在智学混。要不然的话……”

胖子抡起拳头，准备砸向慕景行那张俊脸。看来那个人说得对，不给这小子一点儿苦头吃，他是不会老实配合的。

就在胖子的拳头要砸在慕景行脸上时，一只纤细白皙的小手突然横出来，挡在慕景行面门前。紧接着，胖子的拳头被牢牢握住。

“要不然，你准备怎么样？”阮萌萌冷着一张俏脸，睨着眼前的胖子，而她看似娇小的手轻轻松松接下了那一拳。

胖子和其他人都愣在了当场。他们怎么也没想到，出来打抱不平的会是一个娇嫩的小女生。

眼前的少女有一头海藻般松软的黑色长发，肌肤胜雪，双眸水灵，睫羽的每一次扇动都像是可爱的羽毛在心尖上轻轻搔过。那不盈一握的纤腰，还有已经发育成熟的身体，既有青春期女孩最诱人的魅惑，又带着仿若青苹果一样生涩的气息。

眼前的少女明眸皓齿，曲线玲珑，浑身气质介于女孩和女人之间，光是被她那双晶莹透亮、水波粼粼的大眼睛一瞪，都能让人骨头酥软。胖子恨不得少女的小手再握得紧些，永远别松开。

胖子笑得浪荡：“嘿嘿，小美人，你认识慕景行要替他打抱不平？行啊，要我们放过他也不是不可以。来，你让哥哥我亲一个，哥哥保证不……不……

啊……啊……痛……痛痛痛……放手，放手，快放手！”

胖子的话全卡在了嗓子眼里，他满脸的横肉狰狞地扭曲着。阮萌萌握着他的拳头往后扯，他手臂处传来明显的咔嚓声。

“断……断了……救命……我的手断了！”

其他人刚开始还以为胖子是在故意逗这个小美女开心，谁知越看越觉得事情不对劲，直到看见胖子的脸从煞白突然涨成猪肝色，其他人才反应过来。

“放手，快放开他……”

“你松手！”

阮萌萌此刻毫不在意地将胖子的拳头甩开。随着她甩开的动作，所有人都看到，胖子的右臂以一种完全脱力的状态可怜兮兮地垂落下来。

“我……我的手……”胖子满脸惊恐地看着自己轻飘飘、毫无知觉的右手，又抬头看向阮萌萌。

他睁大了眼睛，无法相信这样一个看似娇弱的少女竟然能硬生生将自己的右臂扯得脱臼。

“敢打我们大哥！”

“大家一起上，让她瞧瞧我们的厉害！”剩下的五个人一拥而上，想借着人多抓住阮萌萌。

谁知，砰、砰、砰、砰、砰——五声之后，冲过来的五人全都倒在地上痛苦地哀号。

“不自量力。”阮萌萌对这些人嗤之以鼻，以多欺少，看来智学同样有很多败类。她转身扶起嘴张成O形，还没从震惊中回过神的慕景行。

直到两人稍稍走远，慕景行才突然反应过来。

“萌萌，我不是在做梦吧？真的是你……你居然专门跑来智学救我？！”“慕纨绔”一脸的崇拜和星星眼，恨不得抱着阮萌萌痛哭。

阮萌萌无奈：“我不是专程救你，只是碰巧。我……我今天转到智学了。”

“什么，你转到我们学校？”慕景行脸上的震惊早在阮萌萌预料之中。

因为小时候的经历，她不喜欢这种贵族学校，不喜欢跟阮娇娇在一个学校上课，慕景行早就知道。只是，阮萌萌没有发现，慕景行脸上除了震惊之外，还有一闪而过的担忧，那种担忧，似乎是他很不希望阮萌萌转到这所学校。

“别说我了，说你吧。”阮萌萌不想提自己转校的原因，那会牵扯到她妈妈。

“你不是向来混得很好吗，就那几个人，怎么敢找你麻烦？”

“唉，别提了。”慕景行不高兴地瘪瘪嘴，“还不都是因为顾铉。他和阮娇娇那对不要脸的狗男女害怕自己狼狈为奸的事被人嚼舌根，就在外面造谣。”

“明明大家都知道你和顾铉的事，你才是顾铉名正言顺的未婚妻，可那些人现在收了顾铉和阮娇娇的好处，就到处说，你从小就嫉妒阮娇娇，知道她喜欢顾铉，所以故意抢了自己妹妹喜欢的人，硬缠着顾铉。”

“我看不过去，跟他们争了几句，算是和顾铉彻底闹翻了。”

后面的话，不用慕景行说，阮萌萌都知道了，她跟慕景行、顾铉是从小一起长大的。顾铉跟她同年，比她稍大一点儿，慕景行比他们俩都小半岁。和只会花爸妈钱、整天吃喝玩乐的慕景行比起来，当然是已经上了大学，开始接触公司事务的顾铉更有号召力。

“算了，我现在只想查清楚我姐姐的事，他们俩爱怎么说怎么说。走，你带我去教室吧，我跟你一个班。”

“啊，你跟我一个班？那、那走吧。”慕景行听到阮萌萌要去教室，似乎有些心不在焉。

他看看阮萌萌，低头，看一眼又低头，不知在想些什么。

与此同时，另一边，办妥一切的凌北正在跟厉君御汇报工作。

“少爷您放心，学校的事都安排好了。M 班虽然差了点儿，但小姐说她下次考试会……”

“M 班？”手机听筒里传来一声低沉冷凝的声音，语气淡漠，但那低沉中隐隐带着质询的嗓音却让凌北忍不住打了个寒战。

“是，是 M 班……智学的人说这是他们的规矩，进学校必须根据测试成绩分班。小姐、小姐的成绩，只能上 M 班。”

“我厉君御的人，只上最好的班级。”电话那头的人嗓音依旧低沉，语气冷肃，他仿佛没有听见凌北的解释。

“可是少爷，这班都分好了……而且是您说要低调，不要让他们……”

“所以，你现在是在质疑我的决定？”男人薄唇弯起一道冰冷的弧度，即使隔着电话，凌北也能感觉到空气中冷然的气息。

“不，属下不敢。”

厉君御换了个姿势，声音冷冽到没有温度：“在那儿等着……”

“啊？”

“我一个小时后到。”

三年级M班教室。

阮萌萌刚刚跟着慕景行走进教室，就受到了全班同学的瞩目。每个看清阮萌萌长相的男同学眼底都闪过惊艳的光芒，而女同学中，有人倾慕，有人艳羡，自然也有人暗暗嫉妒。

“景行，你回来了？刚才看你被胖子他们叫走，你没事吧……”

“是啊，我们俩去叫人帮忙，结果被我堂哥他们堵上了。胖子平时就是再嚣张，也不敢对你动手，这事肯定跟A班的人有关！”

慕景行在班上的好友叶翰庭和李一帆这时也正好从教室外面进来，他们看到慕景行，立刻围拢上去。

“我没事……”慕景行话音未落，叶翰庭就发出一声惊叹。

“哎，这位同学是谁？怎么没见过？”叶翰庭的目光几乎黏在阮萌萌身上下不来了。

一旁的李一帆比叶翰庭还夸张，他看到阮萌萌娇美无垢的容颜，略显黝黑的脸竟然烧得火红火红的。

“哦，这是新来的转校生，她……她叫萌萌，老班让我带她过来。”

“呵，好可爱的名字。”叶翰庭跟李一帆不疑有他地捧场。

倒是阮萌萌微微挑了挑眉。

慕景行怎么回事？他跟这两个人介绍她的时候，好像只把她当作普通同学，而且介绍她的名字，说的也不是全名。

“对了，李老师让你跟我坐。”慕景行用手肘撞了撞阮萌萌，示意她跟自己走，“我的座位在那儿，你跟我过来吧。”

秉着对慕景行的信任，阮萌萌也没多问，对叶翰庭和李一帆笑笑，跟在慕景行后面往前走。两人落座，阮萌萌放好书包，才问：“慕纨绔，你怎么回事，为什么要装成一副不认识我的样子？”

“唉，你不知道智学现在的情况。”

慕景行拿着课本，竖起来，挡在自己面前。他见四周的同学已经没人注意这边，才压低音量小声说：“我们智学为了培养学生的自主能力，学生会的权力不亚于老师。上一届的学生会会长是顾铉，副会长是阮娇娇。顾铉毕业了，阮娇娇很有可能成为这一届的会长。

“他们在学校积威已久，你不知道……‘阮萌萌’三个字，在我们学校有多臭！虽然你不在智学上学，但智学有很多你的传闻……”

阮萌萌眼神一凛：“除了说我抢阮娇娇的男人之外，她还编造了什么谣言？”

怪不得慕景行总说，她不来智学读书是好事。原来阮娇娇不但小学、初中的时候阴她，就连她上了高级学院，不是一个学校了，还不放过她！

“比如，说你吃着碗里看着锅里的，不但抢走顾铉，还跟我纠缠不清。”慕景行看她的眼神里藏着“娇羞”。

“跟你？”阮萌萌头都要炸了。

“是啊，阮娇娇在其他人眼里就是从不说谎品学兼优的完美人设。反而是你被传成在外面混社会，认识不少不三不四的人，还经常恐吓、欺负阮娇娇的恶毒姐姐。

“还有还有，阮娇娇妈妈滚下楼梯摔得早产那件事，这才开学第一天，就已经在学校传遍了。

“但最夸张的还不是这个，诗诗姐，我以前跟你讲过的，她是智学的传奇，有一大堆拥护者。阮娇娇对外说诗诗姐的死跟你有关，要不是你那天晚上突然闹着要吃陈记的烧鹅，你姐也不会大半夜开车出去，意外遭遇车祸。”

“胡说八道，那晚明明是姐姐接到公司的电话……”阮萌萌拍着桌子站起身，正好对上刚刚走进教室的班主任李秀丽。

“阮萌萌，你在干什么！”满脸严肃的李老师冷着脸叫出了阮萌萌的全名。

一瞬间，全班哗然。

“什么，她就是阮家那个不学无术的二小姐？”

“不会吧……她看起来很漂亮啊，跟传闻里的阮二小姐不太一样。”

“人不可貌相。我听说阮二小姐脑子有问题，而且特别粗俗……你们听她刚才说的话就知道了。”

“就是，她在阮家搞得天怒人怨，害阮太太早产，害死了自己亲姐姐，还嫉妒妹妹抢妹妹的男人……不知道多可恶。”

“原来你也听过那个传闻……怎么还让这种人跟我们一个班，好恶心啊……”

络绎不绝的议论声在教室里传开。其他人根本不怕这些话会被阮萌萌听到，也不在乎班主任李秀丽会生气。因为所有人都知道，李秀丽最得意的学生就是阮诗诗，她只会比任何人都厌恶眼前的少女。

“阮萌萌我告诉你，这里是智学，不是你们市青藤学院，你最好别把在外面养成的恶习给我带进来！”

向来对学生宽容耐心的李秀丽，第一次这样毫不留情地当着全班同学的面怒斥一个学生。

要是换了其他人，来到一个新环境，面对其他同学的指指点点和班主任明显的厌恶，只怕早已手足无措，但她没有露怯，反而抬起下巴，毫不躲闪地直面李秀丽厌恶的眼神。

“李老师，我情绪激动，事出有因。我发现，虽然我不在智学读书，可智学却有很多关于我的不实传闻。任何一个人，面对这样的污蔑，都会表现出我刚才那样的愤慨。”

换了其他事，她什么都不会说，也不屑于解释，但这件事关系到阮娇娇对她的污蔑，更关系到她姐，她绝对不能就这么算了。

“身正不怕影子歪，你如果真没做过，根本不用在乎那些传言。更何况，无风不起浪……”

因为阮诗诗的死，李秀丽对阮萌萌有极大的偏见，完全不相信她的话。

“我……”

阮萌萌还要争辩，教室门外突然出现两男一女。三人身穿校服，每个人手臂上都戴着一枚袖章。

“是学生会的人，那三个都是阮娇娇的跟班。”慕景行看到来人，立刻提醒阮萌萌。

站在门口的三个学生都是三年级A班的，同时是学生会的骨干。

“萌萌，带头那个叫叶枫的就是我堂哥。他一直暗恋阮娇娇，现在过来肯定没安好心，你要小心……”

身后突然传来一个声音，阮萌萌微微蹙眉，回头一看，正好是坐在她后头的叶翰庭。

跟他同桌的李一帆这时也用担忧的眼神望着她。

跟其他人不一样，这两个慕景行的好朋友并没因为那些谣言，就对她产生排斥。

“谢谢，我知道了。”阮萌萌对他们点头，微微一笑，回过头。她根本不知道，在她转头之后，身后两个男生都不约而同地红了脸。

教室门口，李秀丽已经走出去，跟学生会的人低声交谈。她边说，边不时看向教室里的阮萌萌，脸上的表情从最开始的冷漠凝固变得越来越严肃愤怒。

“阮萌萌，你给我出来！”片刻之后，李秀丽突然朝教室里的阮萌萌大声喊道。

而阮萌萌看到站在李秀丽身后的三个人唇角勾起了得逞的弧度。

三年级M班门外走廊上。

“你说我欺负同学，校园霸凌？”阮萌萌指着自己的鼻子，以为听错了。

“对，景向劲他们几个已经说了，就是你动手打的他们。现在他们六个，两个手臂脱臼，四个小臂或小腿骨折，你还有什么话好说！”

扑哧……阮萌萌不厚道地笑了，完全不顾站在自己面前的三个学生会的人表情有多难看。她刚才还不知道“景向劲”是谁，现在倒是明白了，只怕就是那个欺负慕景行的胖子。

阮萌萌抿起唇，对着带头的叶枫微微一笑：“这位同学，你的意思是说……我转校到智学的第一天，进学校一个小时不到，就一个人揍了另外六个毫不相识的同学，并且以一敌六，还把那六个同学揍得手臂脱臼、小臂小腿骨折？”

阮萌萌的声音软软的，她的模样更是娇美可人。

看到她的模样，别说是在教室里看热闹的同学觉得不可能，就是跟着叶枫一起过来的两个学生会的人也觉得这件事有些匪夷所思。就凭阮萌萌这么娇滴滴的一个小女生，怎么可能做出那种事?

虽然心里有怀疑，但为了替阮娇娇出气，跟着叶枫的两人并不准备替阮萌萌说话。

“你一个人当然不可能，你是主谋，慕景行是从犯。景向劲他们都说了，你和慕景行认识，你们一起勒索他们。”

“叶枫你是不是有病，小爷我还需要去勒索别人？勒索人的分明就是景向劲那个胖子！”一直在里面的慕景行终于忍不住，挽起袖子往外走。

结果他刚走到门口，就被班主任李秀丽给瞪了回去：“回去，这里没你的事，你给我进去。”

李秀丽虽然讨厌阮萌萌，但对自己班上的人却护得紧。三年级这么严肃的时候，又是开学第一天，要是慕景行真牵扯进了勒索打人事件，轻则记过，重则说不定会被劝退。

李秀丽板着脸：“虽然慕景行调皮，但这孩子家里条件不错，心地也好，他肯定不会参与勒索。叶枫，这件事你们学生会查清楚点儿，我看一定是某些人刚刚转学过来，把外面不好的风气带了进来。”

“李老师分析得对，我们学生会已经做出裁决。像阮萌萌这种声名狼藉、会给学校带来歪风邪气的学生，我们智学坚决不能收。刚刚我已经代表学生会向校长提交了申请，将阮萌萌开除。”

说到这儿，叶枫看向李秀丽：“李老师，这件事如果方便，希望你也能替我们做证。”

“这……”李秀丽眼底闪过一丝犹豫。

她因为阮诗诗的关系厌恶阮萌萌，但开除对一个学生影响太大，现在又是三年级……如果可以，记过警告就可以了。

“呵，就凭你们几个就想开除我？”在一旁听到对话的阮萌萌对着叶枫勾起一抹嘲讽的笑。

她本来不屑到智学读书，要没有这件事，她巴不得被智学开除。但现在，这件事背后是阮娇娇的阴谋，她才不会让阮娇娇如愿！

“哼，阮萌萌……你估计不知道，在我们智学，学生会拥有监察和督办的权力。只要我们发现有人违规，情节恶劣，就有权向校长直接举报！”

叶枫一脸得意，仿佛下一秒，他就能看到阮萌萌跪下来给自己磕头求饶的画面。

“哦，原来是这样。”阮萌萌点点头，唇角的嘲意更深。

“我还以为智学的学生会有多厉害呢，原来在你们这些人手里，不过是被用来告状和打小报告的地方。”

“你、你说什么……”

三人脸色顿时难堪，特别是带头的叶枫被阮萌萌的话气得脸红脖子粗。一旁围观的 M 班同学里，倒是有几个忍不住偷笑。

“这个阮萌萌还真敢说，把我藏心里好久的话都说出来了。”

“就是，学生会都是前面几个班的人任职，每天就会盯着我们后面的班，眼睛都长到头顶去了，活该！”

那些人说话的音量不大不小，刚好能被叶枫听到。叶枫身为学生会骨干，平时在学校耀武扬威，根本看不起他们这些人。现在，他被阮萌萌当众打脸，又被他向来看不起的人嘲笑，心里的怒气可想而知。

“阮萌萌，娇娇是你妹妹，她身为学生会副会长原本应该在这件事中避嫌，但她为了你主动跟校长求情！我们看在娇娇的面子上，本来已经准备给你一个严惩就放过你……呵，不过现在，就是天王老子来了，你也别想再待在智学！”

叶枫说罢，上前准备直接把阮萌萌抓到校长办公室。

就在这时，一阵整齐划一的脚步声突然从阮萌萌身后的楼梯口传来。紧接着，所有人都惊了，只见一群穿着黑西装，打着黑领带，看起来就像电视剧里职业保镖装扮的人，从楼梯口排成两排走进了过道。随后，两条大长腿出现在众人的视野中。

走在两队保镖中间的男人身形修长而挺拔，近一米九的身高，让他拥有足以傲视他人的矜贵气度。一身剪裁合体的手工定制西装将他比例完美的肌肉线条勾勒得淋漓尽致。

从这个男人出现的那一刻，整个走廊的空气都凝固了。

他淡漠、清冷仿若鹰隼的眼眸带着毫不掩饰的光华，让人不敢直视，却又因为他的冷漠染上禁欲般的性感。但最为致命的是他的眼神，那种带着与生俱来的贵气的眼神不为任何人停留。

从他出现的那一刻起，那双深邃冷沉，带着一丝漫不经心的黑眸，就一直落在一个人脸上。男人走到少女跟前，驻足。

下一秒，阮萌萌揉了揉眼，一改刚才的彪悍，一头扎进男人的怀抱，两只小手环上他劲瘦的腰，哇的一声就哭了出来。

“我不在这里上学了，他们欺负我，欺负我……”

来学校的路上，厉君御已经决定，见到阮萌萌就要把消极应考的她抓回去，好好惩治一顿。他本来是到学校抓人的，谁知道，他刚一过来，就被少女扑了个满怀。当阮萌萌的小手环上他劲腰那一刻，男人整个后背的肌肉都绷紧了。

但他没有像以往面对那些投怀送抱的女人般将人踹出去，反而是在片刻的停顿后，连厉君御自己都未察觉，他的大掌已经罕见地落在少女娇弱的后背上，轻轻拍起来。

“谁冤枉你，不急，慢慢说。”厉少特有的磁性嗓音带着一点儿冷肃。他抱住阮萌萌的时候，冷眸微抬，看向站在她身后的叶枫等人。

只是一眼，那眼神中强大的威压和冷然就足以让那三个学生会的人冻成冰。

他们毕竟是学生，哪怕在学校再嚣张，也从未经历过真正的权势洗礼，此刻忍不住双腿发软，连一句话都说不出口。

“他们冤枉我打人……我……我一个女孩子，怎么可能打伤六个男生。”阮萌萌小鼻子一抽一抽的，脑袋往厉君御怀里拱，仿佛她真的就是娇娇弱弱的小女生。

“他们看不起我是市青藤学院转来的，我才转校一天，就给我安了一堆罪名。我不在这里读了，我配不上智学……”

少女带着哭腔的音调充满了委屈。

刚刚还看见她是如何呛人，如何不给学生会面子的同学，这时候全都目瞪口呆地看着阮萌萌“表演”，特别是慕景行，嘴巴张得跟鹅蛋一样大了。

别人不了解阮萌萌，他还能不了解吗？这还是他认识的那个凡事少根筋，只会跟人硬碰硬的阮萌萌吗？

然而，就是这么生硬的表现，在厉君御眼里，却隐隐让他有些心疼。她从小就没了妈妈，现在又没了姐姐，在阮家受人欺负，现在一个人来到陌生的环境，又被人排斥……

往常最厌恶女人眼泪的厉君御，这一刻，只觉得阮萌萌哭得娇滴滴的，带着一种让人想要替她拭泪的冲动。他左臂收紧，环住她娇小的身躯，皱眉低哄：“不哭了，他们冤枉你，大哥替你讨回公道。”

明明只是父亲强塞给他的麻烦，可是这一刻，他竟然升起一种想保护眼前少女的欲望。

要不然，他就把她当成老二、老三、老四那样管教吧。

“可是他们是 A 班的学生，还是学生会的人……”阮萌萌抬起头，圆滚滚的杏眼里透着晶亮的水光。

她的眼眶和鼻尖微微发红，被她用那样委屈的眼神望着，厉君御漆黑的冷眸微微一黯。

右掌在她柔软的发顶轻轻揉了揉，他低哄道："没关系，你很快也会是A班和学生会的人。智学的学生会该换届了。"

说完，他也不管其他人，俯身抱起她轻盈娇软的小身体，揉进自己怀里，转身就走。

"你……你们不能走，我还要带她去校长办公室……"叶枫忽然反应过来。

叶枫上前，想要阻拦。但厉君御的脚步根本不停，反而是他带来的保镖毫不留情地将冲上前的叶枫推倒在地。

"这里是学校，你们不能打人！"这时候，李秀丽也反应过来，上前阻止。

其他两个学生会的人被这声大喊提醒，也冲上去帮忙。可惜，保镖们将走廊封得死死的，直到厉君御和阮萌萌的身影在楼梯口消失，也没有人可以接近。

片刻之后，当保镖们离去，叶枫才愤怒地找到李秀丽。

"李老师，这件事你一定要跟我去校长那里举报。阮萌萌目无校规，擅自将暴力带入校园。刚才的那些人就是她带来的，还有，我怀疑她正在被人包养。她跟刚才的男人明显有不正当关系，你一定要替我们做证！"

"这……"李秀丽还是犹豫，虽然阮萌萌不对，但她现在却觉得叶枫这边有些咄咄逼人。

"李老师，别犹豫了。我们智学的校风不能乱，你就跟我们去吧！"

另一边，阮萌萌乖巧地窝在厉君御怀里，小脸埋在他硬邦邦的胸口前，已经烧成了绯红色。

阮萌萌蒙了……

厉君御怎么回事？怎么动不动就来公主抱了？他在家的时候，明明对自己冷淡得很啊。可是刚才，她不过随便撒个娇，告个状，他居然还真信了！

阮萌萌内心现在其实比谁都凌乱。

她在阮家的时候，从来都是被阮娇娇告状的对象。她也习惯了什么事都硬扛，不露一丝委屈、不流一滴眼泪，反正她就算哭，也比不过阮娇娇。

但现在，抱着她的男人居然真的会因为她发红的眼眶和带着哭腔的语调，而相信她……

阮萌萌有点儿不好意思。

她不是故意骗厉君御，只是刚才看到他的那一刻，也不知道为什么突然就那样做了。

“那个……你可以放我下来了……”阮萌萌轻轻扯了扯厉君御的衣领，怯生生地说。

她微抬起头，晶亮的眸底还带着浅浅的泪痕，看起来那么清澈、透亮。

厉君御低下头，正好看进那双闪着迷人光泽的杏眸里。他只觉得用无助的眼神望着自己的少女，就像是需要呵护、受伤无助的小兽。他抱着她的修长双臂，不舍得放开，反而收得更紧。

“大哥……”阮萌萌轻轻叫出声，“我，我可以自己走。”

两人靠得极近，她窝在他怀里能感觉到强烈的男性荷尔蒙气息。阮萌萌觉得身体有些软，就连向来强悍的心脏也跳得乱七八糟。这种感觉太奇怪了，她想逃，却不知道，她那声娇滴滴、软绵绵的“大哥”，在男人听起来却异常受用。

他有三个弟弟，没有妹妹。只要她乖，厉君御其实并不排斥有个可爱听话的妹妹。

“你的腿太短，跟不上。”他告诉自己，他只是想多抱妹妹一会儿。

厉君御用一个极其蹩脚的借口堵上了怀中少女的嘴。

短？她的腿短？！

她身高一米六五，身材比例完美，在女生里不算高，但两条腿也不算短。阮萌萌没想到，有一天，自己居然会变成别人口中的“小短腿”。

一米九了不起啊！穿衣服也要多浪费几米布料的好不好！

阮萌萌被男人的话气着了，心里冒出的粉红泡泡彻底破灭。她干脆老老实实待在他怀里，看他到底想干什么。

片刻后，理事长办公室里，阮萌萌被厉君御轻轻放在了沙发上。他的造访很突然，之前接待过他们的理事长助理已经急匆匆去找理事长过来。

“我们到这儿干什么？”阮萌萌扯住厉君御的衣袖，小声问。

男人垂眸，慵懒性感的眼神撩得人耳根发烫。

“告状。”他低声道。

与此同时，另一边，叶枫已经带着李老师跟重新接好手的胖子等人，来到了校长办公室门口。

“什么，还有这种事？！”王校长听完叶枫的报告，两条稀疏的眉毛紧紧拧在一起。

叶枫点头，不忘添油加醋：“是的……我们本来只想把这位同学带到校长办公室，给她记个大过，再严肃批评，谁知道，她不但不配合我们的工作，还让保镖阻拦我们的工作。”

“校长，您是知道的，智学的学生大多非富即贵，我们谁家没有几个保镖？但偏偏就是她视校规如无物，公然将暴力带进校园！”

叶枫很兴奋，他已经迫不及待地想到阮娇娇面前去邀功了。虽然娇娇是个心地善良又单纯的女孩，但他看得出来，这么多年，娇娇因为有阮萌萌这么一个恶毒的姐姐过得很辛苦。他不能放任不管，不能任由娇娇被阮萌萌欺负。他一定要借着这次机会将阮萌萌赶出智学！

王校长向来在乎智学的声誉，听到阮萌萌把保镖都带入校园的行为，只觉得难以忍受，再加上胖子景向劲在旁边一个劲儿地添油加醋。

叶家和景家是S市数一数二的人家，而那个叫阮萌萌的学生，据他所知只是阮家一个不受宠的小姐。做错事的是阮萌萌，背后没有家族撑腰的也是阮萌萌，这件事不需要调查，王校长就知道该怎么评判。

“岂有此理，我绝不能让这样的学生留在我们智学。你们等着，我这就打电话到教务处，让他们把阮萌萌的学籍给我调出来。”

叶枫和景向劲，还有学生会的另外两个同学对视一眼，眼底均闪过得意的光。而站在一旁的李秀丽则深深皱起了眉，都已经三年级了，在这种时候要将一个学生开除，真的好吗？

王校长刚用内线给教务处打完电话，搁在桌上的手机就响了。他看了一眼手机屏幕，立刻换上一副肃然起敬的神情。

“是，是我……对，是有这么一回事……不不不，我怎么可能那样处理……那都是谣言。好，好的，您放心，我一定会秉公办理……对，您说得对，我们智学绝不能冤枉任何一名学生。是，我知道了，我一定办好……这就安排下去。”

这通理事长亲自打来的电话，听得王校长冷汗直流。他怎么也没想到，一个普通的转校生居然能惊动向来不怎么管事的理事长。

王校长脸上一直赔着笑，语气也是小心翼翼的。直到挂上电话，他才长长地出了一口气。王校长擦着额上的冷汗，心里不由得生出一股后怕。

天啊，就差那么一点儿，他就把阮萌萌给开除了！

幸好，幸好他还什么都没有做。要不然，他这校长的位置不只保不住，说不定他还会得罪站在阮萌萌身后的某个大人物。想到这儿，王校长抬头看向站在办公桌后的叶枫等人，漆黑混浊的眼底充满了愤怒和埋怨。

“校长，刚才的电话……”叶枫从王校长的脸色中隐隐察觉出不妥。

但这件事摆明了是阮萌萌不对，他不知道究竟还有什么斡旋的余地。

“哼，叶枫……你们学生会实在太让我失望了！阮同学品学兼优、学业优良，能够从市青藤学院转到我们智学，实在是我们智学的荣幸！这样一个优秀的同学，你们凭什么污蔑她？”

第三章

在学校被欺负了，他给她撑腰

“校长，我……我们怎么可能污蔑她。她刚刚转来学校就勒索同学，还打伤了六个同学，这都是有目共睹的事！”

“哼，你还好意思说，人家今天刚来，为什么要无缘无故勒索同学？更何况，她一个女生怎么勒索六个男生？这种荒谬的借口，也就只有你们学生会的人想得出来！”

王校长一巴掌拍在办公桌上，气得胡子都在抖。他刚才真是被糨糊糊了脑子，才会相信这些人的话。

“不是的校长，其实勒索的人不止一个阮萌萌，她还有帮凶，M班的慕景行就是她的帮凶……”

叶枫额头全是汗，他怎么也不明白，好好的告状为什么会变成这样。

“哼，有人帮忙又怎么样？别说阮同学是女生，就是两个男生，能打赢六个人吗？你这样说是在质疑我的决断？！”

“不，当然不是。”叶枫矢口否认，脸色已经变得极为难看。

王校长看他的眼神恨不得吃了他，叶枫也不知道自己怎么得罪了校长，不住地往下低头希望降低存在感，再没有了刚才的威风。

王校长恶狠狠地瞪了他一眼，又看向站在一边的胖子："还有你，景向劲，说，是不是你欺负同学，又反过来倒打一耙？！"

"校长，我真没撒谎，我说的都是真的……"景向劲都快哭了。

虽然是他勒索在前，但被揍的人真是他啊！他说的都是事实，他们六个真的是被那个叫阮萌萌的女同学一个人给撂倒的！

"景向劲，你还不说实话！从来只有你欺负同学，什么时候有人欺负过你？别以为有你哥哥，我就不敢动你。我不想再听你的任何解释，你自己去跟阮同学道歉。"

"可是校长，明明就是阮萌萌打伤了景同学……"叶枫忍不住又抬头争辩，他不能就这么眼睁睁地看着阮萌萌逃过一劫。

谁知，他的话还没说完，就被王校长打断。

"别以为这件事只和景向劲有关，叶枫，你也一样逃不了干系！"

想到电话里的吩咐，王校长板着脸，露出严肃的神情。

"你，还有你们两个……"王校长看向叶枫，又看向站在他身后的两个同学。

"你们对新同学的污蔑已经严重损毁了学校和学生会的形象。所以，从现在开始，你们几个在学生会的职务暂时停掉，等你们亲自向阮同学道歉，获得她的原谅才能复职。"

"什么——要我们给她道歉？！"

这一下，不只是叶枫，就连另外两人也忍不住惊叫。

另一边，阮萌萌正乖巧地坐在厉君御身边。他修长的手指穿入阮萌萌蓬松柔软的黑发，轻轻地摩挲着，这样亲昵的动作，很容易让人看出男人对少女的庇护。此时此刻，站在他们身前的理事长就是这么想的。

他搓着手，有些紧张："厉少，您放心，这件事我已经安排下去了，绝不会出任何错漏。"

理事长年过五旬，穿着西装戴着领带。平时在学校看起来威严不已的大叔，此刻面对厉君御却低着头、弯着腰，表现得既低微又忐忑。

“除了转班的事，学生会那里也要严查。”厉君御双腿交叠，略显慵懒地吩咐。

他一只手轻轻抚摸着阮萌萌柔顺的长发，一只手漫不经心地敲着沙发扶手。他看向理事长的冷眸微微眯起，略微上扬的下颌带着天生高人一等的态度。

“是，一定严查。现在这批人全都换掉。”

“不用这么麻烦。”他沉冷的嗓音冷冷地打断理事长的话。

厉君御侧眸，清冷的视线落在少女粉嫩嫩的脸上，原本锋利的棱角和深冷的眸色便不经意地放软了些。

大掌在阮萌萌脑袋上爱抚地揉了揉，他淡淡地道：“我妹妹不错，让她担任下一届的学生会会长。”

“我？”一直乖顺扮演好妹妹的阮萌萌这下绷不住了。

她回头看向厉君御，食指指着自己，一脸诧异。虽然她很想看到阮娇娇吃瘪，却从没想过要抢学生会会长的位置。打游戏、逃课甚至是参加高级学院体育联赛为校争光她可以，但像学生会会长这种只属于好学生的职务，向来跟她不沾边。

谁知，听了厉君御吩咐的理事长却是一点儿犹豫都没有。

他立即应道：“厉少放心，您吩咐的事我一定照办。我们学校有规定，学生会选举在每年新学期开学后的第一个月举行。再等一个月，学生会会长的职务就会交给阮同学。”

“嗯。”厉君御点头，虽然对时间有些不满，但尚能接受。

他抬起下颌，淡淡地瞥向理事长：“你先下去。”明显，厉少这是有话要单独跟妹妹说。

虽然对这位阮同学十分好奇，不明白为什么她姓阮，却是被厉少亲口承认的“妹妹”，但理事长不敢多问，转身就要离开。

厉君御表面看来，只是智学最大的校董，但他的身份只有理事长知道。

“等等。”正在这时，男人低沉的声音再度响起。

理事长立刻停下脚步：“厉少，还有什么吩咐？”

厉君御将嗓音压得更低，比刚才的口吻还要冷肃几分："这件事，依旧保密。和三少、四少一样处理。"

"是，是，我明白……厉少尽管放心。"理事长擦了擦汗，幸好自己向来嘴严，从未将厉家两位公子在智学念书的事透露出去。

厉家人向来喜欢低调。虽然厉家是 S 国顶级豪门，隐世贵族，却甚少有人知道厉家这一代人的容貌长相。唯一一个在外张扬的只有性格不羁的厉二少厉君廷。现在看来，这位阮萌萌小姐也跟三少和四少一样，即便在智学念书，也不能让人知道她身后厉家人的身份。

理事长一走，阮萌萌立刻感觉身边男人的气息变了。

刚才还慵懒随意，似乎很宠她的人，这时已经将搭在她脑袋上的大掌收了回去。厉君御与她拉开距离，微微侧眸，正用冷峻淡漠的目光审视着她。

霎时间，阮萌萌就感觉到空气中有一股冷肃的气息将自己包围。她觉得奇怪，抬起小脸主动问："你有事想跟我说？"

她一直乖巧地坐在这儿，好像没招惹他。她实在不明白，这男人怎么变脸变得这样快。

"我说过，只要你乖乖听话，对外，我可以是你大哥，也可以替你解决所有麻烦。"

沉冷的男声在空旷的办公室内响起，是和刚才哄她时极为不同的语气，他平静冷漠得就像在谈论最寻常不过的交易。

"甚至，你和阮家那个女孩的事、你被人诬陷的事，我全都能帮你摆平。"

说到这儿，男人忽然靠近，修长的手指捏住阮萌萌小巧的下颌。他看她的眼神再没有刚才的柔意和心疼，只有冰冷彻骨的警告。

"但是……不要再跟我玩花样。最好的班级，学生会会长的位置，我会提供给你所有优渥的条件。而你需要做的就是像一个合格的厉家小姐，让我父亲和你母亲放心。至少，一个星期后的摸底测试，我不希望再出现荒唐的答卷。"

对外，他厉君御向来护短，就像看顾三个弟弟一样，不管他们做错什么，在外人面前他都会一力维护，但对内，他必须管教。没有外人在场的时候，他就是严厉苛刻的大哥。

阮萌萌刚才还因为厉君御毫无条件的维护而兴起的感动，甚至因为这样，难得乖巧地坐在他身边，任由他像对待宠物一样轻轻抚弄。结果现在，听到他用这种没有温度，并且严肃的口吻警告自己，她整个人就像被人从头到脚浇了一盆冰水一样。

“谁要你护了！我自己的事自己搞定，不需要你指手画脚。”

阮萌萌甩开下巴，从他手里挣脱。她腾一下站起身，刻意忽视心底那种酸酸的感觉。

以前没有厉君御，她不是一样过来了。她不用厉君御给她转班，不要什么学生会会长的职务，大不了不在这儿读就是了，她要转回市青藤学院！

“指手画脚？”男人墨眉轻挑，清冷深邃的眸子里闪过一丝危险。

他抬眸看向少女，嗓音冰冷刺骨：“那好，从现在开始我不管你。就算整个智学的人都在传你恶意抢走妹妹的未婚夫，说你害死自己的亲姐姐，也跟我无关。”

在来的路上，凌北已经将调查结果跟厉君御汇报了。若不是这样，他也不会在看到少女红着眼眶、一脸委屈的时候，升起恻隐之心。

听到“妹妹”两个字，阮萌萌的心防出现裂缝，等厉君御轻轻吐出“亲姐姐”这三个字，她的心便彻底动摇了。几乎是条件反射般，没有任何犹豫，她当即改变了主意。

“好，我乖乖听你的话，三年级A班我要进，学生会会长这个职位我也要。”

只要能给阮娇娇添堵，能夺走阮娇娇最引以为傲的身份，她就是乖乖听厉君御的话又有什么关系？

“嗯，这才像话。”厉君御站起身，奖励似的要将大掌落在少女的脑袋上。

谁知，阮萌萌却偏过脑袋躲开。

柔软好摸的触感落空，男人鹰隼般的黑眸倏地眯了起来。

“你在生气？”低冽的寒气再次在空气中漫开。

阮萌萌站在原处僵持了两秒，突然咧嘴笑了，露出可爱的酒窝。

“怎么会，我怎么敢生大哥的气。”她说完，还主动靠过去，两只小手环住男人的腰，小脑袋在他怀里使劲蹭了蹭，整个一副求宠爱、求抚摸的讨好样。

对于其他女人的触碰向来讨厌的男人今天却被阮萌萌打破了许多惯例。至少，她的触碰，他非但不讨厌，还觉得十分受用。

大掌再次落在她毛茸茸的脑袋上，厉君御淡淡地道："这才乖。"

阮萌萌在他怀里嗯了一声，仿佛在回应。但她清楚，抱住这个人，被这个人抚摸的时候，再也感觉不到那种被人保护，令人怦然心动的温暖气息了。

"我会让凌北给你安排名师补习，你做的试卷我检查过，基础不错，但有明显的消极态度。下次考试，不许这样。"

阮萌萌又嗯了声，乖乖点头，没告诉他自己为什么不做大题。

算了，反正她说了他也不会相信。

刚刚在心里，她对厉君御浓浓的信任感已经降到最低，现在的他又变成那个让阮萌萌既抗拒又讨厌的"大哥"了。

阮萌萌从理事长办公室出来，刚走回教室，正好在门外撞见胖子。看到那坨高大却略显笨重的身体，她轻轻蹙了蹙眉，继续往前走。

"阮同学……"景向劲一见阮萌萌就忍不住迎上去。

但他刚要靠近，脑海里顿时又闪过阮萌萌"以一敌六"的英姿，顿时又停下了脚步。

阮萌萌没理他，直接从他身边走过。因为刚刚被某人霸道冰冷地威胁过，她现在的心情很不好。

"阮同学，你等等……"横行霸道惯了的胖子，在阮萌萌面前却一点儿也不敢造次。

见她脚步不停，他只能跟小媳妇一样跟在身后。

"阮同学，我姓景叫景向劲，金狮集团就是我家的。那什么……我们也算不打不相识。今天的事，其实是我听了他们几句怂恿，就去找慕景行麻烦。你看，能不能给个面子，我们讲和怎么样？"

胖子的话刚说完，走在前面的那抹娇小的身影停下脚步。

“讲和？我跟你？”阮萌萌回头，看似纯良的杏眼闪过一道诡异的光。

“对对，我们讲和，就当我们不打不相识交个朋友。”

胖子根本没发现阮萌萌眼神不对，只觉得这萌妹子名字取得真好。虽然她揍人疼，但真是怎么看怎么萌。

“讲和，从来都是对实力相当的人而言的。”阮萌萌唇角弯弯，露出浅浅的酒窝。

她用下巴点了点胖子，笑得更甜：“你觉得，你跟我算实力相当吗？”

胖子愣了一下，差点儿没溺死在阮萌萌明媚的笑里。他深深吸了几口气，才结巴道：“不，当然不算，你比我厉害多了。那……我要怎么做，你才肯跟我交朋友？”

自从见识过阮萌萌的身手后，胖子一群人就再也兴不起一点儿抵抗的心理。要不是叶枫威胁他，要把这件事告诉他哥，他才不会跟叶枫一起去告状。不过现在好了，叶枫自身难保，他正好可以借机接近眼前的萌妹子。

“跟我交朋友？”阮萌萌笑了，“我不习惯跟手下败将交朋友。”

“那，那让我当你小弟吧！阮同学，以后我景向劲就是你的人，上刀山下火海，在所不惜！”

胖子脸上涌起一股热血，恨不得能为阮萌萌“战死”。

但这一腔热血却被阮萌萌娇软中带着冷淡的声音打断：“小弟就不用了，你进去向慕景行道歉，这件事我们就一笔勾销。”

少女用小巧精致的下巴指向玻璃窗内，在一墙之隔的窗户里面，趴满了围观的同学。每个人的嘴都张成了 O 形。他们不敢相信，眼前这个一脸委屈的庞然大物竟然就是向来在学校横行霸道的胖子景向劲。要知道景向劲的身高保守估计在一米九零左右，更不要说，他那庞大的吨位。

然而，惊吓还不算完，就在三年级 M 班所有同学震惊的眼神中，一个两百多斤的胖子，以极其迅捷的速度冲进教室，冲到慕景行的座位前。

“胖子，你……你想干什么……”叶翰庭和李一帆立刻护住慕景行，生怕景向劲要对慕景行打击报复。

谁知，胖子突然低下头，对着慕景行就是一个恭恭敬敬的鞠躬。

“慕景行，今天早上是我不对，我在这里向你郑重道歉，请你原谅我！”

慕景行虽然早就知道他们家萌萌厉害，但也没想到，她已经超凡进化到如此境界。他看着眼前的庞然大物稍稍愣了愣，才回过神。

“咳，其实大家都是同学，一场误会，没什么……算了……”

“慕同学，那你肯原谅我了？”胖子还是在弯腰鞠躬，那么大一坨站在慕景行跟前。

“当然原谅，其实我们也没什……”

他话还没说完，只见刚才还堵在自己跟前的“大肉山”嗖的一下跑出教室，蹿到了门外。

胖子气喘吁吁：“阮同学，慕景行已经原谅我了。那我以后就是你的人了，你以后可要对我负责。”

这世上，除了他哥，景向劲现在最佩服的就是眼前的小女生。

“再说吧。”阮萌萌挑了挑眉，绕过胖子往教室走。

她只说一笔勾销，可没说要收他做小弟。

“那我们就这么说好了啊……等他们几个伤好点儿，我带他们过来见老大……”

当阮萌萌再次踏入三年级 M 班的教室时，班上同学对她的态度和第一次比已经发生了翻天覆地的变化。惊艳、赞叹、倾慕，各种各样的视线落在她的脸上。

“阮萌萌，你好厉害啊……连景向劲这种麻烦的家伙你都能搞定……”

“是啊，景向劲仗着自己家世好，总是欺负我们 M 班的人。幸好有你，他以后肯定不敢再欺负我们了。”

智学是一所一切以学习成绩来排位的学校。每个年级的 A 班，都是地位最高，以及享受一切福利、待遇最好的班级。而每个年级吊车尾的都是成绩最差的学生组成的班级，能被前面十几个班轻易欺负。就像他们三年级 M 班在整个三年级排名最末，就连慕景行这种家世不错的孩子偶尔也会被排在前面的学生欺负。

“不过是搞定一个景向劲而已，有什么好得意的。她得罪了学生会，迟早是要被开除的。到时候，说不定还要连累我们班。”

“就是……你们可别忘了她过去的‘丰功伟绩’。她把怀孕的后妈推下楼，还想抢阮娇娇的未婚夫，甚至还害死了诗诗学姐。这么恶毒的人，你们跟她走得近，小心哪天被她害了都不知道。”

一片融洽之中，总会有那么一两颗老鼠屎让人倒尽胃口。

阴阳怪气说话的是班上的三个女生。她们都有一头长直发和姣好的面容，在阮萌萌来之前算是这个班最好看的三个女孩。特别是带头那个，叫卢雯雯，是 M 班的班花。

“萌萌，你别管她们，胖子既然来道歉，就说明学生会的人冤枉你的事肯定没成功，他们不能拿你怎么样。”

慕景行和两个死党凑过来，替阮萌萌挡开那三个充满敌意的眼神。

阮萌萌却毫不在乎地露出甜软笑容：“嗯，他们的确不能拿我怎么样。忘了跟你说，我明天就要转班了。”

“转班，转什么班？”慕景行听得一头雾水。

“转到三年级 A 班。”阮萌萌笑盈盈地说。

阮萌萌笑起来的时候，视线正好落在卢雯雯她们身上。

这样的笑，让她本就清纯柔美的脸蛋更添一种动人心魄的美。好几个男同学不约而同地捂住心口，仿佛心跳都要漏掉一拍。偏偏，不经意间露出这样瑰丽明媚笑容的少女却似浑然不觉一般。

她水光盈盈的眼眸下是无半点儿杂质的清澈透亮。

“你……你少吹牛了……”

被少女的美貌碾压得半点儿气势都不剩的卢雯雯，颤声喊出一句话。

“从来没有人能从吊车尾的班考进 A 班，你不可能有这种实力，学校更不会任由你胡来！”

“是吗？”阮萌萌唇边笑意不减，“这么说，我这次算是创纪录了？”

“你……你脸皮真厚！”卢雯雯气得跳脚。

“还好吧，我觉得我皮肤应该比你好点儿。”阮萌萌用食指点了点酒窝，白皙透亮的肌肤闪着迷人的光泽。

周围看到这一幕的同学纷纷发出不厚道的笑声。果然是没有对比就没有伤害，原本还算姿色出众的卢雯雯，在阮萌萌面前被碾压得渣都不剩。

“好……你给我等着！要是明天你进不了 A 班，我看你还有什么脸继续待在学校！”卢雯雯扔下这句话，生气地跑出教室。

接下来的一整天，阮萌萌都在慕景行的掩护下玩手机。

“萌主，我银行账户那一万块，是你打过去的？”慕景行趁老师不注意偷偷问阮萌萌。

“嗯。”少女没抬头，纤细白皙的手指在屏幕上飞快地操作着。

她在学校打单子没办法开声音，一切全靠双眼，就更要凭借娴熟的操作取胜。

“我就给了你八千，你多打了两千。”慕景行不敢打扰她，放低音量。

“没事，多的钱给你当零花钱。你拿去买点儿钙片、牛初乳，别忘了补身体。”

从小被她欺负到大的慕纨绔随身常备的补品就是钙片和牛初乳，不多补点儿，都怕他老了骨质疏松。

“阮萌萌——”正在这时，讲台上传来一声严厉的点名声。

一整天都没管她的李秀丽突然叫她的名字。

阮萌萌立刻操作手机屏幕里的小人，用一套利落的连招带走对方人头，接着按下“回城”，将手机丢进抽屉。她站起身，十分“专注认真”地看向老师。

“这一句，你来翻译。”

李秀丽是语文老师，三年级为了赶进度，现在正在讲文言文总结。

一整节课都在代打赚钱的阮萌萌连讲到哪儿都不知道。

“翻译这一句……”身边传来一个小小的声音，慕景行的食指指向她桌上摊开的讲义某一行。

她看了一眼，是《滕王阁序》里很出名的一句，“冯唐易老，李广难封”。她正准备胡乱翻译一通就坐下，站在讲台上的李秀丽却严厉地说道：“如果答不出来或者答错，就站着听讲。”

阮萌萌漂亮的杏眸眯了眯。她要是站着听讲，后面的单子还怎么打？

想到打了一半的游戏，她淡淡地道：“冯唐易老这句话形容老来难以得志。李广难封，慨叹功高不爵，命运乖舛。”

阮萌萌说话的语调不高不低，声音和软而温柔，就像溪水一般沁人心田。

她答题的时候，那双水亮的杏眼一直迎着李秀丽审视的目光。

李秀丽皱眉："那背后的典故呢，就不管了？"

"老师，我还没说完呢。"阮萌萌勾起唇，就知道李秀丽不会轻易放过她。

她不慌不忙地说："冯唐易老这个典故出自《史记·冯唐列传》，冯唐在汉文帝、汉景帝时不被重用，等到汉武帝时被举荐，已是九十多岁，为时已晚。而李广，身为汉武帝时的名将，多次与匈奴作战，军功卓著，却始终未获封爵。"

很完美的答案，听得整个 M 班的差生眼睛都直了。

"你们有没有看到，她答的时候连注解都没看。"

"是啊，她居然全都背下来了，而且一字不差。"

卢雯雯不屑一顾："这算什么，不过是死记硬背的东西。"

虽然她这么说，但周围的同学还是对阮萌萌另眼相看。至少在他们M班，就连这种死记硬背的东西都没几个人能一字不错地背下来。

但是，即使阮萌萌答得完美，李秀丽却没有立刻让她坐下，反而用探究的眼神将她上下打量了两遍，才一挥手："坐下吧。"

阮萌萌毫不犹豫地落座，双手伸进抽屉，拿起手机接着操作。

站在讲台上的李秀丽却有片刻的走神。她低头看向夹在教案里的一张试卷，那是一张写着"阮萌萌"名字的语文入学测试卷。李秀丽看着上面空着没写的文言文翻译，眉头皱得更紧了。她现在越来越看不懂这个叫阮萌萌的女孩了。

《滕王阁序》明明是阮萌萌很熟悉的课文，她为什么要空着，一个字也不写？

阮萌萌上了一天的课（打了一天的游戏），终于等到了放学时间，收拾好书包，跟着慕景行几人一起往校门外走。

"萌萌，你怎么回去，他们家会安排人来接你吗？"慕景行关心阮萌萌。

白天的时候，阮萌萌已经把她妈没死，并且再嫁的事告诉了慕景行。不过，她没说厉君御的身份，只说她妈嫁给了一个有钱人。

虽然慕景行觉得她妈过分，这么多年都不管她和阮诗诗，但现在至少能让阮萌萌有个栖身之所，总比阮家那群人好。

“我跟他们说放学不用接，我想先去你家。”

“去我家干什么？”他家就住在阮家隔壁，到时候碰到阮家人多麻烦。

“去拿我的装备。”阮萌萌白了他一眼，“你忘啦，我姐当初没收我所有的装备，我藏了一套在你那儿。”

手游代打来钱太慢，她还是要接一些大型游戏的单子。管家给她准备的笔记本电脑性能还不错，但键盘和鼠标都不是她惯用的，而且耳机也不行。

“那好，你在我家吃过晚饭，再回……”话还没说完，一群人突然将他们堵在了校门口。

人群中，被众星拱月般簇拥着的正是阮萌萌曾经迷恋过好多年的男人——顾铉。

她是颜控，顾铉的皮相长得极好，身材高大，英俊潇洒，带着贵公子的矜贵，但偏偏他笑起来又有一股邻家大哥哥的温柔。

他们从小一起长大，在那对母女进门之前，他曾经是对她最好的顾铉哥哥。而现在……看着曾经爱慕过的男人搂着小鸟依人的阮娇娇出现在她面前，阮萌萌突然发觉，好像过去迷恋的容貌也不算什么了。比起厉君御深邃俊美的五官，顾铉简直是长了一张平平无奇的脸。

“顾铉学长，那是顾铉学长啊……”

“还以为学长毕业后，再也见不到他了。没想到开学第一天，就能在学校门口遇见他。怎么办，我好激动！”

“你激动什么劲儿，学长是来看阮学姐的，又不是来看你。他对阮学姐还是那么好，真羡慕他们。”

“是啊，他们看起来真般配，简直就是金童玉女……”

不大不小的讨论声从四周传出来。每个路过的同学都会留下惊叹羡慕的眼神，而对于站在他们面前的阮萌萌，要么无视，要么充满了敌意。因为在智学，谁都知道，配合了两届的学生会正副会长是一对恩爱的“青梅竹马”。

至于阮萌萌……不好意思，那是谁？在其他人眼中，那不过是一个外校的，考不上智学，并且喜欢作天作地欺负阮娇娇的恶毒姐姐。

“萌萌，我听娇娇说你离家出走了？”顾铉见到阮萌萌脸上并没有任何心虚的表情。

他反而一边若无其事地抱着阮娇娇，一边状似担忧地关心阮萌萌。虽然他和阮萌萌解除了婚约，但按顾铉的说法，那都是家族的决定，是逼不得已，他对阮萌萌依旧有感情。

“我的事跟你没关系，请让让。”阮萌萌实在没心情在校门口跟这对“狗男女”纠缠，她急着回去赚钱，拉着慕景行就要冲开人群往外走。

忽然，一个清纯中透着惋惜的声音拦住她。

“姐姐，你怎么能这样跟顾铉哥哥说话？就算你因为我迁怒顾铉哥哥，但顾铉哥哥现在只是在关心你，你不应该这么没礼貌。”

阮娇娇柔柔弱弱地靠在顾铉怀里，迷离的双眸蒙了一层雾，就像随时都要哭出来似的。她的表情看起来仿佛阮萌萌给了她天大的委屈，而实际上阮萌萌一句针对她的话都没说。

“萌萌，你别任性了。你是姐姐，怎么反而没有妹妹懂事？你看，娇娇都快被你气哭了。”

顾铉蹙着眉，一脸不赞同的神情。

在他看来阮萌萌永远都是胡闹任性、毫无长进的小女孩。

顾铉见阮萌萌没理自己，以为她还跟以前一样怕惹自己生气，叹了口气，语重心长道:“你乖乖听话，知不知道，你一个人在外面无依无靠，有多危险?

“这样吧，我带你回去，亲自替你向叔叔、阿姨赔罪。你放心，虽然你推阿姨下楼的事很严重，但好在母子平安，阿姨也愿意原谅你。你回去道了歉，这件事就算一笔勾销。你以后要吸取教训，不许再这么冲动了。”

顾铉就像过去每次“维护”她一样，那么贴心，那么温柔，他永远用一种她是小孩、她犯了错，但他依然包容的语气跟她说话。这样的语气以前阮萌萌听起来，不觉得有问题，反而觉得是顾铉哥哥在关心她、维护她。

但现在……清醒之后的阮萌萌只觉得过去的自己真是脑子被驴踢了，蠢到极致。

“要赔罪你自己去，我没做错任何事……让开。”原先看到顾铉就走不动路的阮萌萌这时候只觉得这个人碍眼至极。

她绕开顾铉和阮娇娇就要往外走。

“萌萌，你怎么能变成这样？！”顾铉侧身拦住阮萌萌，一双英挺的墨眉紧紧皱着。

阮萌萌突然停下了脚步，她勾唇，回头，微微一笑，浅浅的酒窝让她整个人显得柔美娇俏。

“哦，我不明白了，我究竟变成什么样了？是变美了，变丑了，还是变得不像从前那样对你唯命是从，让你不习惯了？”

阮萌萌毫不留情地回应着，这不但让顾铉意外，更让他觉得颜面尽失。

他沉下脸，指责道：“阮萌萌，你以前好歹不像现在这样伶牙俐齿，至少我跟你讲道理，你还愿意听。”

顾铉英俊的脸上闪过一抹郁色，要不是阮老爷子那边还要仰仗阮萌萌，他根本懒得去哄这个任性又刁蛮的小女生。

“讲道理？”阮萌萌笑了出来，一点儿面子都不给对方。

“一见面就劈头盖脸地让我背黑锅，那也叫讲道理？还有，我跟你很熟吗？我凭什么要听你的话？”

“阮萌萌，说了半天，你就是死不悔改。”顾铉开口，露出痛心疾首的表情。

窝在他怀里的阮娇娇终于落下了泪：“姐姐，你以前不是这样的……我知道，都怪我，都是我不好。要不是因为我跟顾铉哥哥在一起，你也不会连顾铉哥哥的话都不听了。看到你变成这样，我真的好难受……”

“好难受是吗？那好啊，你跟顾铉分手吧，你们分了手我就跟你们回去。”阮萌萌不屑一顾地说。

阮娇娇每次都是这样，装出一副伤心欲绝的样子，实际上心里不知道高兴成什么样了。阮娇娇正哭得梨花带雨，听到阮萌萌的话，差点儿连眼泪都忘记继续往外挤了。

让她和顾铉分手？

不对呀，剧情不该是这样的。

阮萌萌那个死脑筋，她那么爱顾铉，那么讨厌自己，只要听到顾铉跟自己在一起，一定会受不了刺激大吵大闹，她怎么会……

“姐姐，我……”阮娇娇有点儿急。

“怎么样，到底愿不愿意？你们既然担心我，想劝我回去，那就快点儿分手啊……只要你们分手，我就回去。”

“阮萌萌，你不要欺人太甚！娇娇心地好才一直让着你，你要是再得寸进尺，小心我让你在智学待不下去！”

一个身影突然蹿了出来，他无法容忍自己的女神被阮萌萌欺负。

“又是你？”阮萌萌眯眼看向突然蹿出来的叶枫，眼神里透着嘲意。

“我记得今天早上你说过相同的话，而我现在还好好地待在智学，并且明天依然会准时到校。”

“阮萌萌，你少得意，今天早上只是意外！”叶枫有些底气不足。

“好呀，那就让我看看，明天会不会有惊喜发生。”对于这种备胎，阮萌萌都懒得理。

“萌萌——”就在这时，一直沉默的顾铉突然开口。他的声音沉冷严肃，一双深邃的黑眸紧紧盯着阮萌萌。

阮萌萌挑了挑眉，看向他。

“萌萌……我没想到我们解除婚约会带给你这么大的伤害。以前的你就算任性，但至少不像现在这样好坏不分……说真的，看到你因为嫉妒变成这样，我很心痛。”

顾铉皱着眉，深邃的目光落在阮萌萌脸上，他看上去就像一个看见妹妹堕落而深深自责的兄长。他自我感觉良好，到现在依旧认为，阮萌萌的反叛、忤逆，一切都是为了重新获得他的注意。

阮萌萌皱着眉，突然觉得自己以前还真是眼瞎了，她当初怎么没发现顾铉这么自恋？

喀……她差点儿把隔夜饭都吐出来。

“顾学长，心痛就该去看心脏科，而不是在这里堵我。条件我已经开了，做不到的是你和阮娇娇。所以……请你们让开，我要回家了。”

“阮萌萌，你怎么还这么固执！”顾铉厉声斥责，恨不得把阮萌萌直接抓回去。

"离开了阮家，你以为你能去哪儿？不是阮家的二小姐，你以为偌大的 S 市还有你的容身之处？！"

嘀嘀嘀——顾铉话音刚落，人群外突然传来三声响亮的喇叭声。

智学门口从来不许车辆停靠，特别是放学时间，哪怕是各家的名贵豪车，也都通通按规矩停在三百米开外的地方。可是现在，却有一辆限量版的迈巴赫不知何时已经停在校门正前方。

"那是谁家的车？"

"不知道啊……以前没怎么见过……"

"那辆迈巴赫的型号也没见过，跟我平时在 4S 店看的不一样。"

"废话，那是限量版，全球仅三辆，我就在杂志上见过。"

"那不是很稀有？我们学校还有这么厉害的人物，我怎么没听说过！"

全球仅三辆的迈巴赫，能买得起还舍得开出来的只怕不是普通富豪。智学里的有钱人很多，但这么有钱的很少。顾铉和阮娇娇的视线都忍不住黏在那辆豪车上，眼底充满了羡慕。

阮萌萌随着两人的视线不经意转过头，目光正好落在贴了深色玻璃膜的车窗上。

正在这时，车窗降了下来，露出一张深邃冷峻的脸。

"那是明星吗？怎么会有这么帅的人！"

"我……我不行了，我觉得自己快要不能呼吸了！"

周围已经有无数女生发出惊叹，有的捂嘴，有的捂心口，雀跃得就像看到偶像的小粉丝。

而坐在车后座的男人脸色却依旧冰冷，清俊英挺的五官仿佛被覆上了一层寒霜。他突然抬眸，微凉的视线落在阮萌萌脸上，下颌轻抬，然后又转开视线，看向站在阮萌萌身边的顾铉，原就冰凉的视线变得更加凛冽。

男人用一种近乎倨傲的眼神将顾铉从上到下看了一遍。

而被傲慢中带着漠视的眼神"扫视"的顾铉，只觉得浑身的血液仿佛都被冻结了。即便知道对方的眼神写满了不屑和漠然，但顾铉却连动的勇气都没有。他只能站在那里，仿若最卑微的臣民，等待着国王陛下施舍般的关注。

“亲爱的……”正在这时，一个娇软中藏着惊喜的声音突然从身旁传来。

在那股强大力量的威慑下，身体早已僵硬的顾铉突然被呼声唤醒。紧接着，他看着从前只会对自己展露甜美笑容的女孩勾着唇角，眉眼弯弯地奔向那辆限量版迈巴赫。

“亲爱的，不是让你在家里等吗？怎么亲自来接我了……”

阮萌萌跑到车边，水灵灵的杏眸扑闪着，看向车内气场冷峻、神情淡漠的男人。

“萌萌，你在干什么？”顾铉终于回神，忍不住开口。

阮娇娇也跟着叫道：“姐姐，你快回来吧……我们又不认识人家，你这样会给爸爸丢脸的！”

车上的男人看起来尊贵冷漠，那辆豪车更不是一般人能够拥有的。阮娇娇自问，就连她也不一定有能力结识这样的男人，更不要说是阮萌萌这种笨女人。

“娇娇，他……他是……”叶枫此时已经吓得说不出话，早上面对这个男人时的恐惧还历历在目。为了不丢脸，早上的具体经过他一直瞒着阮娇娇。

就在阮娇娇以为马上就能看到阮萌萌被对方漠视，当众丢脸的时候，车门突然从内打开，一只大手伸了出来，一把将阮萌萌拽进车内。

砰——门关上，迈巴赫绝尘而去。

“走啦走啦，还看什么……”第一个反应过来的慕景行拽住叶翰庭和李一帆大声嚷嚷。

他一边往外走，一边意有所指地看向顾铉和阮娇娇。

“萌萌都被她家亲爱的接走了，我们也赶快回家吧。要不然再站在这儿，我怕会被那股酸味熏死！”

“慕景行，你说什么？”顾铉这时回过神，听到慕景行的话，不由得眯起了眼睛。

“我说什么了？我没说什么啊……”慕景行两手一摊，“我就是闻到一股酸味觉得恶心，怎么，不会是从你身上传来的吧？”说罢，他还故意凑近，要去顾铉身上闻。

“慕景行，萌萌胡闹，你怎么也跟着胡闹！你们要是再这样，别怪我不念旧情！”

顾铉拿出大哥的架势，冷着脸数落慕景行。

刚才还嬉皮笑脸的慕纨绔顿时拉下脸。

“顾铉，大家都不傻，究竟是谁在胡闹，你我都清楚。你眼瞎喜欢阮娇娇这种货色是你的事，我维护萌萌是我的事，我们井水不犯河水。哪怕你把我身边的人都挖走，我也没哼哼两句，但我慕景行今天把话放在这儿，有事，你冲我来……你要是敢动阮萌萌一根头发，别怪我慕景行跟你拼命！”

慕纨绔平时没正形，这时候却显露出成熟发狠的一面。

但有的人偏偏不往正道上想，要把舆论导向歪路。

“景行……我真羡慕萌萌有你这样的蓝颜知己保护。你比我想象中更爱萌萌。”阮娇娇声音婉转好听，说的却不是人话。

“哦，原来在你眼中，一个人对谁好就是爱他。那你妈逢年过节总往我家送礼，我回去可要提醒我爸注意点儿。”

“你……”

没想到慕景行这么浑不吝，阮娇娇差点儿被气得吐血。她深吸一口气：“好，就算你不承认，但你作为萌萌的朋友总不能眼睁睁看着她自甘堕落吧？”

“自甘堕落？”慕景行露出一种“你怕不是疯了”的神情，“萌萌什么时候自甘堕落了？”

阮娇娇眼神微黯，流出一抹神伤：“她推我妈妈下楼那天，其实就已经开始彻夜不归。我妈妈不过是看到她脖子上的吻痕，教训了她几句，就被她……”

说到这儿，阮娇娇脸上的伤痛更深。

“我原本以为萌萌只是因为顾铉哥哥的事一时想不开，那晚才会出去玩玩，可是刚才你们都看到了，她居然……她居然自甘堕落到被人包养……”

说到这儿，阮娇娇再也说不下去了，回头扎进顾铉怀里，抱着他，双肩不住地抖动，好似十分悲痛。这一连串行云流水的白莲花动作，看得慕景行目瞪口呆。

阮娇娇的演技真是越来越好了，当然，眼瞎的程度也越来越深。先不说那晚，阮萌萌根本不是去“自甘堕落”，反而是“自强不息”地找厉二少借某样东西去了，就说刚才车上那位冷面帅哥，明显比顾铉好看几百倍。光凭那种长相，也只有阮萌萌包养他，没有阮萌萌被他包养的份！

可惜，在智学永远都是阮娇娇和顾铉占上风。

民意长期偏向他们。

虽然刚才厉君御的出现惊艳了不少女生，但面对哭得楚楚可怜的阮娇娇，再对比刚才高调张扬的阮萌萌，向来喜欢同情弱者的吃瓜群众顿时倒向了阮娇娇。不过一晚，阮萌萌被隐形富豪包养的传闻就传遍了智学。

与此同时，快速飞驰的迈巴赫内，某人正冷着脸，抓着阮萌萌柔弱无骨的小手，厉声道：“亲爱的……我怎么不知道，我们是这种关系？”

“嘿嘿……”阮萌萌干笑两声，“不要这么小气嘛，你知道我不是那种意思。”

这种事明摆着就是在做面子，打那对狗男女的脸啊。

谁知厉君御却一脸冷漠地垂眸。

“不知道。”他冷冷清清的眸底闪过嫌弃，“我为什么要知道你是哪种意思？”

“我……”阮萌萌气得胸闷，这人还真是难以沟通，一点儿也不通情理。

她深吸一口气，换了个软软糯糯的声音：“厉少，你误会了……我刚才想说的是亲爱的大哥……嗯，就像亲爱的爸爸、亲爱的妈妈、亲爱的姐姐一样，都是对家人的一种亲昵称呼。”

说着，她轻轻转动手腕，想从厉君御手心把自己可怜兮兮的小手抢救回来。

可男人的手却收得更紧。

“都是对家人亲昵的称呼？”男人语气低沉，那个“都”字被他咬得很紧。

“嗯，对啊。”阮萌萌还没发觉危险，不疑有他地点头。

“这么说，你也会这样称呼阿澈和小玺？”厉君御的嗓音已经低到冰点，幽黑的深眸闪过连他自己都不曾察觉的独占情绪。

阮萌萌配合地点头，漂亮的杏眸忽闪忽闪，她只以为厉君御是因为被自己冒犯，所以依旧在生闷气。她还特意给他举例：“当然，他们也是我亲爱的弟弟啊。”

谁知话音刚落，她的下巴突然吃痛。

厉君御右手扯住她的手腕，将她向前轻拽。他的左手食指和拇指则顺势捏住她小巧精致的下颌，迫使她抬起脑袋。他沉冷的视线紧紧盯着她泛起惊诧的水眸。

猝不及防间，阮萌萌娇小的身体因他强势的动作和惯性撞进了一个宽阔有力的怀抱。

男人身上自带的冰冷气场瞬间低得压抑。

面对这种气场的人，识时务的阮萌萌向来不敢造次。她立刻乖巧地扯出一抹甜笑，近乎讨好地对他眨眨眼。

“厉……厉少……有话好好说……我们文明人动口不动手。”

他怀中的少女扬起小脑袋，黑白分明的杏眸水光盈盈，散发着连她自己都未曾察觉的淡淡光华。她窝在他怀里胆怯又讨好的小模样，像极了他小时候母亲最喜欢的那只小奶猫。

厉君御墨瞳闪过一丝迷惘，忍不住伸手，用指腹轻轻刮蹭少女下巴处的软肉。

这样的抚弄就像在奖励乖巧可爱的小猫。

阮萌萌从男人顷刻间放松的肌肉线条，以及他抚弄自己的动作猜测，他八成是把自己当成某种宠物来撸了。她听说过撸猫、撸狗，这还是第一次见到撸人！

不过，人在屋檐下，不得不低头。

阮萌萌在实力绝对强于自己的人面前，从来都是表面人𡱁，私下再找机会反击的。她状似乖巧地趴在厉君御怀里，任由这位大少爷将自己当成宠物“蹂躏”，心里想的却是别的。

厉君御揉了一会儿，似乎对这种手感很满意，这才眯着漆黑的眸，淡淡地道："以后不许乱叫，走吧，带你去吃饭。"

"吃什么？法国菜、泰国菜、川菜，还是粤菜？"

一听到有吃的，"小奶猫"水灵灵的眸子闪得比刚才更诱人了。

厉君御眸色微黯，睨着她，他吐出五个字："你喜欢什么？"

"我都可以，只要不是清淡的。"

阮萌萌嗜辣、重口，想到厉君御的格调，他带她去的地方肯定比自己平时去的餐厅高级不少，她心里的馋虫就叫得更汹涌了。

谁知一个小时后，当阮萌萌看见侍应生端上今晚最后一道菜，一盅非常精致的小炖品时，她的内心已经失望至极。经过前面几道菜的摧残，她的内心很无语，但她还是忍不住问："这一道又是什么？"

侍应生将那盅小炖品轻轻摆放在她面前，在盖子揭开的瞬间礼貌地介绍："这是本店的镇店之宝，金丝碧玉小炖盅。"

金丝碧玉小炖盅？！

阮萌萌一听这名字，就知道不好。她往炖盅里一看，果然，一整颗小小的嫩白菜心静静地躺在清澈见底的高汤里。汤上面还漂着几缕切得极细，显示完美刀工的火腿丝。

这就是所谓的"金丝碧玉小炖盅"？

侍应生给两人上完菜，刚退出包房，阮萌萌就一脸埋怨地看着对面神色淡漠的男人。

"说好了不要清淡口味，为什么带我来淮扬菜馆？淮扬菜也就算了，至少也可以点红烧肉、狮子头啊，这些都是什么菜，是人吃的吗？"

一桌子清汤寡水的菜品，还都是什么镇店之宝。

要她说，花这么多钱，她还不如回去吃开水煮白菜！她心里对这顿大餐的期待有多深，受到的打击就有多大。她就说嘛，厉君御为什么会无缘无故到学校接她放学，还莫名其妙带她来吃饭，呵呵，原来都在这儿等着她，故意带她吃饭，却不给她吃肉！

厉君御仿佛听不到阮萌萌的质问，慢条斯理地吃完自己的菜品，才用餐巾擦了擦嘴，抬起眼眸，黑沉沉的视线朝她看来的瞬间带着凛冽的寒意。

"不喜欢？"男人低沉磁性的嗓音在空旷的包房里响起，"今天这顿饭人均一万二千八，两个人就是两万五千六。谁请客，谁点菜。你把这顿结了，我们立刻换地方。”

“两……两万五千六？”

这么贵，怎么不去抢！

阮萌萌顿时尿了，两万五千六，她要不眠不休地打好几天代练，还必须是运气好，老板大方，单子多，才能赚这么多。

“就这几个清汤寡水的菜，也值两万五千六？厉少，你不是被人蒙了吧？”

她好歹也是有钱人家出身，但再奢侈，也没有一顿开水煮白菜就吃掉两万多。

厉君御挑眉，墨色的冷眸微微暗沉：“你在质疑我？”

“不、不敢……”被他的眼神盯得心跳都慢了半拍，阮萌萌当即改口，“您的品位和眼光当然是一流的，要我说都怪这家店的老板心太黑。这么个小破餐馆，就是花了些钱装修，搞了个沿湖面的湖景包房，把格调提升起来了。其实做的菜很普通，根本不值这些钱。”

“哦，是吗？”男人薄唇轻轻开合，声音冰冷。

不知为何，那声音听得阮萌萌心惊肉跳。

“看来我要跟厨房说说，务必提升菜品质量。要不然，被人骂成黑心老板就不好了。”

“哪有人敢骂你厉大少，怕不是不想活……活……”阮萌萌突然反应过来，“等等，你就是这家店的老板？！”

“嗯。”厉君御冷哼一声，点头，表情平静，唇角甚至还挂着若有似无的笑意。

但森冷的弧度看在阮萌萌眼里却无比瘆人，阮萌萌这下算知道什么叫不作不死了，难怪刚才进餐厅的时候，眼睛都快长到头顶上的经理会对厉君御毕恭毕敬。她当时还以为，对方知道厉君御的身份，所以才表现得很狗腿，现在看来，她真笨！

厉家除了厉二少喜欢在外张扬，其他人在S市全都相当低调。普通的餐厅经理怎么会认识厉君御？

阮萌萌现在无比后悔，自己居然就这么把天给聊死了。

“那个……我、我去一下洗手间……”隔着一张大圆桌，她都能感觉到从男人身上散发出的寒气。

她觉得再待下去，恐怕没办法愉快地交流了。阮萌萌抢在厉君御发怒之前，借着“内急”跑路。

厉君御看着小奶猫落荒而逃的身影，右手食指和拇指无意识地摩挲了一下，唇角的笑意渐渐加深。他竟然又想抚弄少女柔软好摸的下巴了。

跑出包房的阮萌萌刚推开门，耳畔便响起一个声音。

“小姐，请问您有什么需要吗？能为您服务是我的荣幸。”

阮萌萌被这个声音吓了一跳。她抬头一看，穿着正装、站得笔挺的餐厅经理居然一直守在门外。

喀，果然是深受厉少摧残的人啊！跟她一样，一直保持着高度紧张的状态。

“喀，那个……洗手间在哪儿？”

“在那边，我带您去。”平时不苟言笑的经理这时候热情得不得了。

阮萌萌可怜对方，也不推拒他的殷勤服务。她跟在后面，刚走到走廊拐角，就看见两道熟悉的身影从洗手间里出来。

一个中年妇女扶着一位老太太。

阮萌萌认出来，中年妇女是秦芳的嫂子李萍，那位被她搀扶的老太太就是秦芳的母亲，秦老太太。

秦母当初也在阮家住过，但因为手脚不干净，被阮诗诗赶到了邻市。现在，阮诗诗去世，秦芳生了儿子，她又被接了回来。秦母和李萍没看到阮萌萌，正在兴高采烈地讨论着。

“妈，这里不错吧？等回去我们就跟秦芳说，您的寿宴就在这儿摆好了。这么上档次的地方，以前的邻居见到了，肯定羡慕得不得了。”

“可是这里的菜单，我看过了……那么贵……”

“贵怕什么啊，反正是阮家给钱。我们秦芳给阮家生了个小金孙，现在阮家还不是她说什么就给什么。”

李萍使劲撺掇秦母。

“再说了阮兆天是您女婿，他亲自开口说的，要给您风风光光办六十大寿。您挑个普通的餐馆，那不是下您女婿的面子呀！”

“对对对，你说得是，我女婿孝顺我是该给他表现的机会……”

两个人越说越高兴，仿佛已经看到秦母六十大寿那天，亲朋好友参加寿宴时羡慕嫉妒的眼神，谁知才往前走两步，突然感到一阵冷风袭来，紧接着李萍被一个大耳刮子扇翻在地。

“我让你们浪费我爸的钱！这么贵的地方，我自己都没来过，你居然还敢怂恿你妈在这儿办大寿！”

阮萌萌这一巴掌虽然没用全力，但也用了三分劲儿。

李萍被她一耳光扇翻在地，只觉得天旋地转，连自己在哪儿都不知道。倒是一旁的秦母反应快，以前在阮家住的时候她没少跟阮萌萌斗。她知道阮萌萌从不对老人和小孩动手，便抄起手上的名牌包往阮萌萌头上砸。上次她用这个包把阮萌萌砸得头破血流，再来一次简直是驾轻就熟。

“你这个没教养的，我让你打我儿媳，让你打我儿媳！你爸愿意给我钱花怎么啦……谁让你是女儿，活该你爸不要你！”

“你胡说，我爸说过儿子女儿都一样，他没有不要我！”阮萌萌接住秦母砸来的皮包，一把从她手里扯过，然后把包狠狠摔在地上。

她不对老人动手，但不代表她不会正当防卫。

“你这个杀千刀的，你居然敢扔我的包！”秦母看见自己的名牌包被扔了，气得跳脚，骂得更恶毒了。

“哼，我实话告诉你吧，你爸爸已经不爱你了。他现在每天除了上班就是回家逗孩子。哎哟，你爸爸不知道多喜欢我们家小宇，心里哪里还有你的位置，巴不得你死在外面算了。”

“不可能，我爸不是那样的人！”

“怎么不是？你在外面被人包养，跟人乱搞的事你爸都知道了。他现在只觉得你是阮家的耻辱，恨不得没生你这个女儿。你自己想想，你出去那么久，你爸爸有没有给你打过一通电话？有没有关心过你在哪里，过得好不好？”

秦母的话让阮萌萌无法反驳。她愣怔地站在那儿，好半天回不过神。

是啊，从她离家出走开始，她爸爸的确连一通关心的电话都没有打过。那个说最爱萌萌，要陪她当一辈子米虫的爸爸，居然忍心对她不闻不问。她一直自欺欺人地告诉自己，不要乱想，不要乱猜，但当所有一切被秦家人无情戳破时，却显得那样残酷、现实。

秦母见阮萌萌呆愣愣地站在那儿，立刻觉得有机可乘。她四下一看，见走廊摆台上放着一个精致的花瓶，老太太三步并作两步，抄起花瓶，转身就往阮萌萌脑袋上砸。

哗啦——瓷瓶破碎的清脆响声在走廊上传开，秦老太太一脸惊恐地看着眼前突然出现的高大身影。

眼神冰冷、满脸肃杀的男人差点儿把她的心脏给吓破。

接着，秦母不敢置信地转头，看向自己的右手。

她……她刚才是怎么了……为什么会把花瓶砸向自己的脑袋?

刚才的一切发生得太快，老太太根本没有看清。反而是正准备上前替阮萌萌挡下袭击的经理看得清清楚楚。他清楚地看到，是厉少突然出现挡了老太太的右手一下。她的右手就自己改变方向，将花瓶砸向自己的头。

“啊……血！”秦母从未见过这么多血，她伸手一摸，满脑袋都是湿漉漉的液体。

终于从一阵天旋地转中回过神的李萍，看清楚秦母的样子，吓得差点儿又晕过去。

“妈，你……你怎么样，头晕不晕？救护车，快叫救护车！”

那么多血，从老太太头上往下流。这是将近六十岁的老人啊，怎么受得了这样的伤!

“报警，告诉警察那只花瓶的价钱。”厉君御留下这句话，抱起还怔怔地站在原地没有回过神的阮萌萌，快步离开。

阮萌萌就窝在厉君御的怀里，神情依旧有些木讷，就像被吓得回不过神的样子。

厉君御一低头，看到的就是少女呆愣愣的小脸，他的墨眉倏地蹙了起来，冷峻绝美的脸上覆上生人勿近的寒霜。他抱着阮萌萌快步往餐厅外走，浑身上下都透着凌厉的气息。

沿路的侍应生避之不及，全被厉君御身上散发的强大气场吓得后背发凉。幸好还有一个机敏的领班，看到厉君御出来，立刻通知门外的司机。等厉君御走到门口的时候，低调奢华的黑色迈巴赫已经稳稳地停在台阶下面。

厉君御跨步上车，将抱在怀中的少女放在靠里侧的真皮座椅上。

车门关上，车内的气氛瞬间压抑得可怕。

“阮萌萌，你脑子有问题？那么大的花瓶砸下来，你不知道躲？”厉君御就算生气也鲜少有这样情绪外露的时候，他习惯了喜怒不形于色，即使泰山崩于前也面不改色。

他刚才见阮萌萌去了很久，怕小东西自己跑了便出来找她，看到那危险的一幕，却让他心口蓦地收紧。那一丝莫名其妙蹿起的慌乱让厉君御心情不太好，他讨厌这种无法掌控的感觉。厉君御压着声斥责，眉宇间甚至藏着一丝戾气。

几乎没见过大少爷发脾气的司机早已吓得瑟瑟发抖，缩在驾驶座上，极力降低自己的存在感。

而被厉君御训斥的阮萌萌却没有任何反应。她就像个漂亮却没有灵魂的洋娃娃，坐在那儿，眼神怔怔地看着一个点发呆，仿佛听不见他说话。

厉君御习惯了阮萌萌调皮捣蛋，跟自己作对的样子，看到她露出这样空洞的神情，墨色的眸底逐渐沉冷。

“刚才那个花瓶最多值两百万。你乖乖听话，保证以后不再做这种蠢事，我让人告诉警察那个花瓶是古董，至少值两千万。”

阮萌萌：“……”

“我数三声，你再不开口，我就让人放过那两个人。”

原本只想威胁，谁知都不用他数数，话音刚落，厉君御就看到阮萌萌漂亮的眼睛眨了眨。一颗晶莹剔透的泪珠毫无预兆地从少女濡湿的眼眶滴落下来。

厉君御眉头一紧，厉声道：“哭什么哭，把眼泪收起来。”

他教训几个弟弟向来如此。哭是弱者的行为，只有软弱的人才会用眼泪解决问题。他以为这样的训斥能让阮萌萌收起眼泪，谁知，等他说完，少女的眼泪非但没停住，反而越流越多，一颗一颗，晶莹剔透，就似不要钱般滚出眼眶。

向来讨厌弱者的厉君御冷眸闪过一抹厌烦。他倒要看看，她能哭多久！

厉君御打定主意对阮萌萌冷处理，这种小女生哭哭啼啼的行为，不能惯。可他看着看着，见少女哭红了眼眶，哭红了鼻尖，晶莹剔透的小脸上挂满泪痕，胸腔里竟泛起一种奇怪的情绪。男人用修长的五指扯了扯领带，眸色微变，心里有种难以言喻的烦闷。

他看向驾驶座前侧，正好看见后视镜里司机窥探的眼神。

“你，下车。”沉冷的男声压抑着薄怒。

司机立刻解开安全带，以最快的速度撤离。没有少爷的命令，打死他，他也不敢上车！

等司机下去，没有第三人在场，厉君御僵着脸看着阮萌萌哭。接着，他冷着一张俊脸，将坐在里侧的小奶猫提起来，抱到自己腿上。

“好了，乖，不哭……”

男人的大掌覆在少女单薄的后背上，有一下没一下地轻轻拍抚，他安慰着被他抱在怀里的小女生。

属于成熟男人的声音低哑微沉，虽然依旧冰冷，却多了一种能让人莫名心安的力量。

他从未哄过人，就连对几个弟弟都冷酷得很，没想到他会像现在这样哄着某个女孩。厉大少哄人的技术不过关，只能干巴巴地反复说那几句。

“没事的，一切有大哥。”他薄唇轻启，低沉的嗓音好听得要命，“大哥替你收拾她们。”

被这样低沉磁性的嗓音哄了好一阵，阮萌萌才慢慢从他怀里抬起脑袋。可怜兮兮的小脸被眼泪打湿，弄得跟小花猫似的，但那双被泪浸透的杏眸却亮得出奇。

她抬眸看他的时候，能在瞳孔中映出他的轮廓，仿佛全世界只剩他一人。这样的眼神让厉君御不自觉收紧呼吸。

“我爸爸……我爸爸是不是真的不要我了？”阮萌萌抬着脑袋，眸光闪闪，雪白的贝齿轻咬着粉色的唇瓣。

那张哭花的小脸写满了受尽委屈后的无助和不安。

男人眸色明显加深，有那么一瞬间，他仿佛从少女身上看到了年幼时失去母亲的两个弟弟。

“别怕，不会的。”他的大掌揉着她毛茸茸的脑袋，一边安抚一边将她轻轻摁进怀里。厉君御那颗向来只用来计算投资并购的大脑，这时候却要大材小用地替她分析家庭矛盾。

“刚才砸你的人和你的关系很不好。”他用的是陈述句，而不是问句。

“嗯，她是我后妈的妈妈，口口声声说是我外婆，其实她什么都不是……我外婆姓苗，就住在珈山路 185 号的老房子里，根本不是她！”

小奶猫好像恢复了精神，不似刚才那样萎靡。

厉君御墨瞳微眯，又揉了揉她的头，给她顺毛。

“所以，她说的话很可能是在故意刺激你，你不该为这种人生气。”

“……”阮萌萌呆滞了，听厉君御这么一分析，好像真是这么回事。

她的小脑袋在他温热的颈窝里拱了拱。

阮萌萌自己都没发现，她已经在下意识地往厉君御身上钻，想在他的怀里找个更加温暖、更加可靠的位置。从这个男人身上所散发出的安全感正在无意识地吸引着她。

“可是她说的话也并不一定都是假的。”少女的声音闷闷的，带着一种平时很少表现出的怯懦。

“我爸爸的确已经很久没找过我了。那个老太婆说得没错，我爸真的不要我了……从我离开之后，他一个电话也没给我打过。”

阮萌萌一直假装不在意，其实，她很在意。虽然现在她妈没死，虽然现在她爸爸有了她后妈，有了儿子，好像对她疏远了，可是在过去很长很长的人生中，她生命里最在乎的三个人就是姐姐、爸爸和爷爷。

她从不在乎外人的看法，甚至不在乎奶奶、姑姑对她的偏见，因为对她来说，那些人都是不重要的，可是她很在乎她爸。

就像姐姐说过的那样，她是个一根筋粗线条的女孩。这样的人不容易被外人伤害，但往往容易为心里真正在乎的人伤得遍体鳞伤。

想到已经离开的姐姐、病重的爷爷，还有渐渐离心的爸爸，她的视线变得越来越模糊。

长大后，她很少哭，在人前总是紧咬着牙关，不愿落泪，但现在，在这个温暖的怀抱里，她这些日子以来积压的所有负面情绪都好像在这一瞬间爆发。阮萌萌抱着厉君御，在他怀里放声大哭，几乎要把所有的委屈都哭出来。直到片刻之后，泪水完全沾湿了厉君御名贵的西装，她才渐渐止住哭声。

“阮萌萌，哭是解决不了问题的。”

厉君御抱着她，语气不算严厉，但眸底却透着生冷的寒意。他一直在等着阮萌萌平静。

少女的眼泪让他难得哄她，但不代表他能放任她软弱。虽然他一开始只把她当成扶不起的阿斗，不中用的纨绔二代，但现在她成为他的妹妹，他就理应管教她。

“如果你对你父亲的做法有疑问，最好的办法是面对面问清楚，而不是在这里胡思乱想。”

他拿出随身携带的深色手帕替她擦拭脸上的泪痕。

“收起眼泪，做你该做的。”

阮萌萌漂亮的眸子还带着水雾，但在刚才大哭一场发泄过后，情绪明显稳定不少。她接过手帕，后知后觉地有些脸红。

她居然当着厉君御的面哭了这么久，还……还坐在他腿上，抱着他，往他颈窝里拱……

她想退下去，又怕这样的表现太过明显。阮萌萌只能假装无所谓地继续坐在他怀里，一边用手帕擦脸，一边若无其事地问：“做我该做的……是什么？”

“第一，让刚才那两个女人吃苦头。第二，找机会跟你父亲说清楚。第三，提升自己，让阮家人后悔。”

厉君御快速地分析出三步解决方案。对他而言，出现问题不可怕，可怕的是明知有办法解决，却不去执行。

一、二、三……

阮萌萌额角抽了抽，厉君御这个人怎么这么麻烦，什么事都喜欢一二三地规划出条条框框。她在心里默默吐槽，厉君御沉冷的嗓音再度传来。

“第一件事，我替你摆平。第二件事，你自己找机会解决。第三件事，倒是可以立刻进行。”

“立刻……”阮萌萌抬眸，用一种奇怪的眼神看着他，“你有办法立刻让他们后悔？”

“不。”男人薄唇轻启，吐出几个清冷的字眼，“我有办法让你立刻提升自己。”

“啊？”阮萌萌凌乱了。

紧接着，她就被男人从怀里扯下去，丢到一旁的座椅上。随后，厉君御叫回司机。

“回厉园。”男人冷冷地吩咐。

司机不敢多问一句，开着迈巴赫飞驰而去。

半个多小时后，阮萌萌看着站在她面前，梳着三七分，戴着一副黑框眼镜，一副老学究打扮的中年人，下巴都差点儿掉下来。

“这……这就是你所谓的提升？”她回头，两只漂亮的杏眼散发着惊讶的光。

站在她身边的厉君御却沉着脸，没说话。反而是负责找人的凌北上前一步。

“小姐，这位是曹老师，将来会负责你的数学科目补习。曹老师能力出众，曾经担任智学高级学院数学组组长，并曾三次参与升级考命题工作。有他指导，你的数学成绩一定会提升不少。

“除了曹老师之外，我们还替您请了S国最好的语文、英语、物理、化学等学科名师。从今天开始，每天放学后以及周末假期，他们都会轮流给小姐您补课。”

凌北说话的语气十分自然。他好像根本就没想过，补课对一个高级学院生来说是一件多么残忍的事，而且还是同时补所有科目！

要知道，S国升级考早就文理不分科了。也就是说，从今天开始，她一共要补九门功课。

九门啊!

那会占据她所有的课余时间，难得智学给学生足够的自主空间，不需要上晚自习，她原本准备用每晚的休息时间接单子打游戏赚钱，但现在这样的安排，那她不是什么钱都别想赚了?

“不行，我不同意。”阮萌萌抗议，“我不需要补课。”

“不需要?”一直沉默的男人终于开口，语气微凉，他侧眸看过来的眼神藏着隐隐的不悦。

“刚才哭得稀里哗啦的人是谁?”他冷然地问道。

“你如果不想再被欺负，就给我乖乖上课。至少这样才不会被你同父异母的妹妹看不起。”

阮娇娇不是她妹妹!阮萌萌在心里反驳。她讨厌别人将阮娇娇当成她的妹妹，更讨厌厉君御提到她伤心落泪的事，这会让她觉得很丢脸。但更让她生气的还不止这个，有些事她根本没法跟厉君御说。

她真想爆粗口了!

厉君御这个大笨蛋，他知道什么!

少女眼底闪过的愤怒让她水灵的眸子更加闪亮。

厉君御能清晰地从她眼底看到隐藏的火光，他倏地收紧眉，语气冷硬而威严:“刚才那个老太太已经被送到医院，额上缝了针，但伤势并不严重。如果我不找她麻烦，她很快就能生龙活虎地出院。”

说到这儿，男人语气一顿:“听说她想在御棠办寿宴，你说我要不要答应?”

厉君御实在是太卑鄙了!

阮萌萌没想到这个男人居然用这样卑劣的手段威胁自己。

“好，我上课!但是厉君御，你绝不能放过那个老妖妇。还有，更不能让她在那里办寿宴，要不然我跟你没完!”

厉君御勾唇:“一言为定。”

他唇角勾起的弧度让阮萌萌觉得碍眼极了。阮萌萌从心里决定跟厉君御友尽。他刚刚在阮萌萌心里刷新的好感又消失殆尽了。

阮萌萌气鼓鼓地提起书包，不再看厉君御一眼，将书包往书桌上一放。

“曹老师，我们开始上课吧。”

厉君御见少女乖乖听话，带着凌北退出房间。

待两人离开之后，整个卧室里只剩下阮萌萌和给她补习的数学老师。

“小姐，这套考题是我根据你目前的课程难度出的。这样，你先做一遍，让我摸摸你的底子。”

老学究一样的数学老师将一套试卷放到阮萌萌面前。但阮萌萌根本不看考题，反而侧过头去。她看着老师，勾起唇角，可爱的酒窝让她的笑容甜美至极。

“老师，您见过砂锅大的拳头吗？”阮萌萌轻轻地问。

“什……什么？”老师抬抬黑框眼镜，怀疑自己听错了。

“我说……您有没有见过砂锅一样大的拳头？”

说完，阮萌萌拿起书桌上的铜质摆件，随意一捏。中年男人原本木讷的脸上顿时涌现出恐怖的神情。他居然看见一个娇滴滴的小女生将铜质摆件捏得变形了。

“我……我……”老实巴交的中年男人吓得说不出话。

“老师，这份试卷你替我写吧，不能全对，大概对一半就好。”阮萌萌将试卷推过去，接着当着他的面，从包里摸出了手机，登录游戏，“萌主一统天下”再次上线。

阮萌萌这几天忙着打代练的单子，这时候才有空上自己的号，结果她刚登录游戏，就差点儿被爆炸式的好友申请淹没，两百多条的好友申请全是来自一个叫“宝宝天下无敌”的ID。

阮萌萌额角抽了抽，这个ID是她上次登录的时候在游戏里虐过的两个菜鸟之一。

还记得她当时打完之后，“美男和甜甜圈”和“宝宝天下无敌”的菜鸟加她好友。不过，她一个都没理。没想到这么多天过去，那个“美男和甜甜圈”没再找过她，这个叫“宝宝天下无敌”的家伙居然每天都给她发好友申请，加起来居然发了两百多条，还真是个锲而不舍的人。

冲着这点儿毅力，阮萌萌终于点了“接受”，原本以为对方这时候不一定在线，谁知申请刚通过，对话框就弹出来了。

宝宝天下无敌：【哇哇哇，大神你终于通过好友申请了……宝宝每天点几十次申请，手都快点断了！】

【有事说事。】阮萌萌回过去，觉得这孩子语气夸张，八成是个“小学生”。

（小学生：游戏里的特定称呼，和传统小学生不一样，带一定调侃的贬义，指对方技术差、心态差、态度傲慢。）

宝宝天下无敌：【我上次发过消息给你的，你忘记了吗？我想让你带我上王者，价格随你开。】

“……”

阮萌萌很想告诉这孩子她真的忘了。

【代打是吧？你的号在黄金三，现在是赛季初，代练到王者至少也要五千块。】

阮萌萌开的是实在价，赛季初高分段难打，而且他们这个区又是强人最多的。

【好，我们加个微信，我把钱转给你。】

【行，那麻烦老板把账号密码发我。】有钱赚，阮萌萌还是很客气的。

【账号密码！你为什么要我账号密码？你不是骗子吧？！】宝宝天下无敌突然紧张起来。

阮萌萌无语：【你要我给你代打，你不给我账号密码，我怎么上号？】

【谁说要你代打了，我是要你带打，带我打！你开你的号带我上王者……】

阮萌萌晕了。

她没听错吧，要她带这个“小学生”一样的“弱鸡”上王者？这比让她自己打十个号的代练都难。

【我不接陪练，要么你给我账号代练，要么你找别人。】她果断拒绝，带人上分太浪费时间。

【不行，我就是要你带我上分，我只相信你。我要靠自己的双手堂堂正正打上去！】

阮萌萌：【靠你的双手刷666吗？我陪你打，还不是我刷人头，你划水。】

【你接，我出五万！】宝宝天下无敌不废话，直接拿钱砸，见阮萌萌

没回应，又加一条，【不行就十万！】

阮萌萌：“……”

此情此景让她不由得想起一句话：没有什么是钱解决不了的，如果五万不行，那就十万。想到侦探社那边的尾款，她叹了口气：【我只能每天抽两个小时带你，能不能上王者看你自己的实力。】

只要他不乱搞拖后腿，要上王者，阮萌萌还是有信心的。

【好，一言为定。你放心，本宝宝有全英雄、全皮肤、最强铭文，保证杀得对手哇哇叫。】

呵呵……

阮萌萌笑了，如果这个游戏只看谁英雄多、皮肤好、铭文强，那他就不会到现在只是黄金水平了。

第四章

她狠狠打了小三女儿的脸

两个小时后。

阮萌萌：【好了，今天差不多了，我要下了。】

厉君御给她安排的补课时间是每晚两个半小时，她怕厉君御或凌北在快下课的时候会进来，必须应付一下。

宝宝天下无敌：【再多打一个小时嘛，我刚进入状态，刚才都反杀了一个人，你再多打一个小时，我给你加钱。】

小土豪砸起钱来毫无人性，阮萌萌跟他打了两小时，就发现对方两个属性，一是话痨，二是土豪。

“加钱”都快成他的口头禅了。

【不行，我要下了。】说完，阮萌萌的头像就暗了。

厉园的某个豪华套房内，厉君玺小朋友正一脸不爽地坐在床上。他将手机往大床上一扔：“居然真跑了！”

厉君玺宝宝不开心了，有小情绪了。

自从和三哥散伙，他最近连输了好几把，要不是今晚有这个大神带着，还终止不了连败的战绩。他本来想多赢几盘的，谁知道对方居然到时间就走，太不给面子了，好歹他也是个金主！

厉君玺冷着一张小脸，开门出卧室，往书房走去。

“大哥……”见厉君御在书房，厉君玺脸上的冷漠退去，换上笑脸。

“小玺，不敲门就进来是无礼的表现。”

坐在办公桌后的厉君御脸色淡漠，即使面对弟弟也没有一丝一毫的柔意。

厉君玺抿了抿唇，看到厉君御脸上的寒霜，知道自己又犯错了。

“大哥，我下次不会了……”

全家他谁都不怕，唯独怕厉君御。偏偏厉君玺从小就最喜欢厉君御，想跟他亲近，就不得不完全按照他的规条来要求自己。

厉君玺连忙收起脸上的笑，走到书桌边，故作老成地板着小脸，一本正经地说：“大哥，我有事找你。”

厉君御听到这话，放下手中的笔，抬眸看来，黑沉沉的深眸让厉君玺小朋友小手微微一抖。

“作业做完了？”低沉的男声磁性而冷肃。

“嗯，做完了。”

“课外习题？”

“也做了……学校今天还有开学测试，我是满分。”小厉君玺唇角轻微上扬，希望厉君御能表扬他。

可是厉君御只是点了点头，修长的手指习惯性地叩在桌面上，他冷然地说：“说吧，又看中了什么，还是零用钱不够花？”

小厉君玺扬起的唇角微不可察地抿紧了，他低头，掩住眸底的失望。

“不是，是我同学的事。他最近在玩你们公司最火的那款手机游戏，被游戏里的一个人欺负了。我想帮他问问，能不能从你们公司内部的资料找到那个人的真实信息。要是可以的话，让凌北给我资料就好了。”

现在玩游戏都要实名认证，小厉君玺想挖出“萌主一统天下”的真实身份。

加钱她都不陪他玩，他好生气!

厉君御深深地看了厉君玺一眼，看得厉君玺后背直发凉。

大哥只让他假期玩游戏，开学之后就不许玩了。他这么说，应该不会露馅吧?

幸好，厉君御只是看了他几秒，便扯下桌上的一张便笺道：“把名字留下。”

厉君玺暗暗出了一口气，走过去，在便笺上留下“萌主一统天下”六个字。

两分钟后，厉君玺离开，厉君御叫来凌北。

“去手游部数据中心查一查这个 ID。”

“是，厉少。”凌北接过字条，瞥了一眼却略显迟疑，“这是……女孩子的 ID？”

厉君御冷淡地点头，漆黑的眸底闪过一抹阴鸷：“小玺可能网恋了，我要这个人的详细资料。”

与此同时，在秦芳坐月子的中心医院内，秦母正抱着儿子秦刚不撒手：“秦刚，你不能让警察把妈带走啊！妈头上刚破了个洞，这件事跟妈根本没关系，都是阮萌萌那个丧门星陷害我啊……”

接到妻子电话，第一个赶来的秦刚抱着他妈，眉头都拧成了结。

“妈，你别怕……李萍去楼上找秦芳了。小妹有本事，她一定有办法。”

“她有什么办法啊……那可是两千万……哎哟……”秦母说着都哭出来了。

她这辈子都没见过两千万，警察居然跟她说，她要是赔不起，就要抓她去坐牢。她这么大年纪的人，哪遭得起那个罪、丢得起那个人!

“妈，你小声点儿！我跟外面的警察说你还在昏迷，被他们听到就不好了。”

儿子的话让秦母立刻把哭声咽了回去。谁知她刚消音，病房门就被人从外面推开了。

“兆……兆天，你怎么来了？”看到突然出现的阮兆天，秦母有点儿蒙。

阮兆天只把陈晴之的妈当丈母娘，对她这个丈母娘根本不当一回事，直到秦芳怀上了儿子，他才对她稍微和颜悦色点儿了。

秦母也不知道他现在一个人过来，会不会帮自己。

“我怎么来了？我还要问你怎么住进来了！”阮兆天看到秦母的头上缠着绷带，不但没有多问一句，反而厉声呵斥。

“外面警察说，你在御棠闹事，把人家两千万的花瓶给砸了。你说，你一个老太太，跑御棠去干什么？就算过去，你发什么疯，要把花瓶往自己脑袋上砸？！”

“我……我不是……”秦母慌了，不小心说出真话，“都是阮萌萌不好，她骂我，我才用花瓶砸她的脑袋，谁知道……”

“什么？”阮兆天双眼大睁，“你敢拿花瓶砸萌萌的脑袋！”

阮兆天这几天虽然听秦芳的话，打算故意晾着阮萌萌，给她点儿教训，让她不再那么任性，却从心里疼爱这个女儿。

“兆天，我教训那孩子也是为了替你和秦芳出气啊。你不知道，她嘴里是怎么说你们的。”

“我不想听！”阮兆天根本不信秦母的鬼话。

“我现在就出去跟警察说这两千万我们阮家不会赔。让他们该立案立案，该抓人抓人！”

秦母和秦刚的脸都吓白了，秦母正准备哀求，一个老迈的声音突然从病房门口传来。

“兆天，你怎么跟亲家母说话的？亲家母是为了小宇才会出手教训那个死丫头！”

秦芳还在坐月子，不方便下楼，就让嫂子李萍去把阮老太太搬来救火。阮老太太口中提到的小宇，就是阮兆天的小儿子，全名阮明宇。

“在御棠的事，秦芳嫂子都跟我说了。是阮萌萌那个不孝的东西出口诅咒小宇，她们才会气得动手。要我说，这件事，亲家母她们一点儿错都没有，全怪阮萌萌那个死丫头。”

“妈，这种话你也信？”阮兆天回头，看着扶着母亲的李萍，强压着怒气。

他娶秦芳是看中秦芳年轻漂亮、会哄人，对秦芳娘家喜欢贪小便宜的兄嫂和母亲却没有好感。

“为什么不信……”阮老太太冷哼道，“阮萌萌那死丫头都能将你老婆推下楼，恨不得秦芳母子一尸两命，她还有什么做不出来的！”

“妈，萌萌对秦芳有心结，一时冲动推她下去又不是故意的。但她跟小宇连面都没见过，小宇还只是个婴儿，萌萌是我女儿，我相信她的人品，她绝不可能去诅咒小宇！”

“你……你是不是连妈的话都不听了？”阮老太太急了。

阮兆天的脾气也上来了。

“妈你也别太偏心了，萌萌再怎么说也是你孙女。她们拿花瓶砸萌萌的头，那是要出人命的！你要是想帮她们，那就自己替她们拿出两千万吧，我不管了！”

说完，他连阮老太太的话都不听，甩手离开。阮兆天这一走，阮老太太也为难了。

阮家是有钱，特别是这几年阮诗诗接手公司，开始做新媒体和直播平台之后，更是赚了不少，但要她平时帮帮腔，替秦芳他们家说话可以，可要她自己拿两千万堵这个窟窿，相当于割她的肉。

“老姐姐，现在这件事该怎么办啊？我……我不能坐牢啊……”

阮老太太不表态，谁也不敢提这茬，秦母只能眼巴巴地望着她抹眼泪。

“你放心，我们阮家还丢不起这个人，绝不会让你坐牢。”

秦母是阮明宇的外婆，过一阵就该给小宇办满月宴了，她绝不能让他的外婆去坐牢。

“你们打个电话，把娇娇叫来。我听说顾家跟御棠的老板好像有点儿交情，让娇娇去问问顾铉，看能不能托顾家牵个线，把这件事给压下去。”

第二天阮萌萌又起晚了，因为昨晚“补习”结束后，她“复习功课”到很晚才睡。

“小姐，虽然刻苦是好事，但也不能急于一时。你还在长身体，应该早点儿睡。”

私家车上，坐在副驾驶位的凌北一本正经地劝着在后座打瞌睡的阮萌萌。

“嗯……”阮萌萌打了个哈欠，“没事，不认真一点儿怎么对得起大哥对我的期望呢！他都给我请了这么好的名师，我总不能辜负，是不是？”

凌北一听，顿时有些感动。

小姐真是孺子可教，稍微点拨一下就有长进，看来过去在阮家只是被阮家人忽略了。

“对了，昨晚给你上课的曹老师对你的评价很好。他说你上课认真，反应机敏。大少爷听了很高兴，让我告诉你，他期待你一周后的测试成绩。”

“喀……是……是吗？”阮萌萌的瞌睡虫被吓醒了。

“是啊，小姐加油！我相信，你一定可以给大少爷一个惊喜！”

阮萌萌：“……”

惊喜？不是惊吓就好！

智学私立高级学院，三年级M班教室。

M班原本的班花卢雯雯正得意扬扬地对慕景行挑衅：“还看什么看啊，早自习都过了阮萌萌还没来，她这次铁定被学校开除了。”

“你知道什么，阮萌萌现在说不定已经在三年级A班教室里坐着了！”慕景行狠狠地瞪了她一眼。

“哈，你们听听，慕景行居然到现在还在吹阮萌萌转班的事！”

卢雯雯掩着嘴，跟身边的好友笑得花枝乱颤。

“我还是第一次听说，转校生得罪了学生会，还能继续待在智学。阮萌萌虽然被有钱人包养了，但再嚣张也嚣张不过学生会啊……哼，除非，她那个金主爸爸愿意多砸点儿钱，替她摆平这件事！”

慕景行怒了，要不是他不屑揍女生，这时候肯定要在卢雯雯脸上砸几拳。他也不知道昨天那群人是怎么传的。

昨天放学的时候，阮萌萌故意当着顾铉和阮娇娇面，叫那人“亲爱的”。按慕景行的想法，最多就是被人误会，以为阮萌萌谈恋爱了，交了个富二代男朋友。如果被人这样误会，他倒是觉得挺好的，至少能让一些人对阮萌萌男朋友的身份忌惮，不敢动她。

谁知道，明明昨天那么多人看到那位帅哥的长相，结果今天一早到学校，就变成阮萌萌被老男人包养，还是个跛了腿、脸上有麻子奇丑无比的老男人。

“哼，她都敢当着那么多同学的面叫金主‘亲爱的’了。她自己不知廉耻，难道还怕我们说？”

“就是，雯雯说得对。”卢雯雯身边的好友也跟着起哄。

“我们S市出了名又跛又丑又有麻子的土豪，就只有南区靠挖煤起家的黄老板。人家黄老板五十多岁，有儿有女有老婆。阮萌萌被黄老板包养，简直是丢我们智学的脸。就她这样的人，根本没资格留在智学！”

三个女生凑在一块儿，你一句我一句，说得慕景行一肚子火偏偏没办法发泄。正在这时，一道身影突然快步从教室前门跑了进来。

“大……大消息……”跑进来的人是他们班数学课代表，“我刚才在数学组办公室，看到阮萌萌了！”

“数学组办公室……她怎么会在那儿？”慕景行和卢雯雯都是一惊。

“我看见……我看见高老师正在跟她说话，她……她好像真的要转去A班了！”

三年级年级组数学办公室内，数学组组长，三年级A班班主任高汉秋正在跟阮萌萌谈话。他是数学组组长，也是M班班主任李秀丽的老公。高汉秋教数学，李秀丽教语文，他们曾经都是阮诗诗的老师，所以他跟李秀丽一样对阮萌萌没有好感。

“阮萌萌，我不管你用了什么办法转到A班……但在我的班上你就要遵守我们班的要求。三年级A班是全校最优秀的班级，你上课做什么我不会管，我对你只有一个要求，绝不允许影响其他同学！”

阮萌萌看着眼前这位四十多岁，不显老，但整个人都透着严肃范儿的数学老师，心里觉得没意思。她转学都不是自愿的，结果这些老师却像跟她有仇一样，跟她以前的班主任老张比差远了。

“高老师，您说的话我知道了。”阮萌萌淡淡地回了一句。

她懒得废话，反正上课她打游戏，只要别人不来烦她就好。

“你知道就好。”高汉秋点头，“你去班上吧，自己找个空位坐。”

“谢谢老师，那我走了。”

阮萌萌转身，正要离开，高汉秋突然叫住她。

“怎么了，高老师？”她回头。

高汉秋眯了眯眼，用颇为严肃的表情警告：“我还要提醒你一点，听说你和我们班上的阮娇娇关系不好。我不管你们俩在家里有什么矛盾，但在学校，你们是一个班的同学，绝对不许私下逞凶斗狠。”

“阮娇娇同学成绩优秀，思想单纯，她的心思都放在学习和学生会的工作上。她不像你们外面的学生，有那么多弯弯绕绕。如果你在班上故意影响她的学习，我一定会亲自向校长提议将你转班。”

高汉秋是智学的一块金字招牌，他的话在校长面前还是有些分量的。

听到高汉秋的话，阮萌萌漂亮的眸子闪了闪。

这又是一个被阮娇娇“单纯、美好”的外表蒙骗的傻瓜。

阮萌萌心底冷笑，表面却规规矩矩地应道：“高老师你放心好了，只要她不来招惹我，我也没有那个闲情逸致去招惹她。”

她的时间很宝贵好吗？

“最好是这样，你走吧。”高汉秋表情冷淡，对阮萌萌的态度十分不满。

阮萌萌不理他，刚走一步，突然回头。

“哦，对了高老师，有件事我也想问问您，您认识曹伟平曹老师吗？”

高汉秋皱起眉，严肃的神情不自觉消下去几分：“他是我的恩师，离开S市好几年了。”

曹老师自从退休后，就不在S市了，就连高汉秋想去拜访都找不到人。

阮萌萌撇了撇嘴，原来昨晚那个老头最后没吹牛，他还真教过智学高级学院现在的金牌教师高汉秋。这样想想，她昨天逼着曹老师替她写完数学作业，好像有点儿不厚道。

算了算了，反正他也是高汉秋的老师。以前他替高汉秋批改数学作业，今后高汉秋替他批改数学作业，倒是挺合适的。

“你问这个干什么？你也认识曹老师？”高汉秋见阮萌萌没回话，忍不住问。

“不，我怎么会认识高老师的恩师。我就是听人说起，随便问问。”

阮萌萌说完就走了，根本不给高汉秋继续问话的机会。

哼，她才不想让高汉秋知道，按辈分算，她可以给他当师妹了。

与此同时，三年级A班教室内，一大群同学都围在阮娇娇座位旁。

“娇娇，刚才我真在老高办公室看到你姐姐了。你姐姐是不是真要转来我们班啊？”

“是啊，娇娇，我们A班的平均分向来是全年级第一的，区里市里统考也是我们班分数最高，你姐姐要是来了不是要拖垮我们班的平均分？”

“对不起，这件事我……我也不知道……”阮娇娇被同学们围着，双眸仿佛浸了水，一张清秀乖巧的小脸上霎时流下两行清泪。

“我姐姐她早就已经不住在家里了……她、她在外面的私生活，我管不了，也不知道凭她的成绩，为什么可以转入智学，转到我们班……”

阮娇娇咬着下唇，脸上露出歉疚的神情。

“对不起，我没想到她的男朋友那么厉害，对不起……”阮娇娇满眼都是对同学们的愧疚，她笼在校服袖子里的双手指节泛白，攥得死紧。

阮娇娇表现得有多歉疚，内心就有多愤怒。

昨天出现的那个男人居然有本事把阮萌萌送进智学A班！阮萌萌，她凭什么？凭什么被赶出阮家，还能拥有最好的一切！俊美不凡的男人，全球稀有的豪车，还有能够随意插班的权势。

他们智学是S市甚至是整个S国最好的高级学院，能把阮萌萌那种废物转到智学还能转到A班，可见那个男人有多大的权势。想到阮萌萌拥有的盛世美颜，即使不愿承认，阮娇娇也知道自己比阮萌萌差了什么。

阮萌萌一定是用那张脸勾引了那个男人！

哼，不过不要紧，像阮萌萌那种空有外表、没有内在的草包，就算交往再多的男朋友，迟早有一天也会被她阮娇娇抢走，就像顾铉一样。

“娇娇……你、你别哭了。其实这件事跟你也没关系，我们不是在怪你！”

其他同学的劝导声打断了阮娇娇的思绪。

叶枫看见阮娇娇的眼泪很心疼，忍不住说："娇娇，你就是太善良了。阮萌萌交往的算什么男朋友？谁不知道那个男人其实就是包养她的金主！一个年纪轻轻的女生被那么老的男人包养，真是不知廉耻！"

叶枫昨晚回去，连夜在贴吧找水军造势。他这一开口，立刻就有人附和。

"就是，我也听说了，昨晚在我们学校贴吧有人爆料，是南区挖煤的煤老板包养的阮萌萌，就那个姓黄的。"

"哦，黄老板！我知道，有麻子还瘸腿那个？听说他跟我们学校的校董关系很好……"

因为这句话，大家都讨论起学校贴吧上的八卦来，不一会儿，就坐实了阮萌萌被挖煤的黄老板包养的传闻。

有人说："我跟你们讲，阮萌萌初中的时候就很放荡了。我发小是她初中同学，听说她初中的时候约顾学长去学校后山的小树林表白。结果，她突然当着顾学长面脱下外套，你们知道吗？她里面什么都没穿！"

"啊，不是吧？！"大家都是年轻人，听到这种八卦顿时笑成一团。

"当然是真的。听说她还问顾学长，她的身材怎么样，好不好看！"

"哈哈哈哈——"众人哄然而笑。

"你同学知道得这么清楚，他当时就躲在树后面偷看呀？"正在这时，一道柔柔的声音突然从人群中传出来。

"那当然不是，我同学也是听别人说的。"讲八卦那个男生很随意地挥挥手。

"哦，那告诉你同学的那个人当时一定在现场，要不然怎么会什么都知道。"

"应该不会吧，这种事谁会凑近去看。"那个男生还没觉出问题，反而是周围听八卦的人纷纷转头看向声音来源处。

直到这时众人才发现，话题的女主角阮萌萌不知何时已经走进了教室。

阮萌萌就站在教室门口，带着一脸凑热闹的笑容，好整以暇地看着他们。其他人顿时安静下来，背后说人坏话还被当场抓包，多多少少让他们觉得脸上发烫。

阮萌萌不管其他人，一步步走到刚才造谣的男生面前，她盯着他，忽然对他眨眨眼，水亮清澈的杏眸就像最纯净的宝石，散发着迷人的光彩，缱绻的睫羽长而浓密，被那水灵灵的美眸凝视着，轻易便能让人沉溺其中。那个男生从未在如此近的距离下见过这样一张美若天仙的脸，他的脸一下就红了。

“你说，我如果真要勾引顾铉，需要脱掉衣服问他我好不好看吗？”

阮萌萌的声音很糯很酥，配上她娇美的容颜，简直是最致命的诱惑。

被她问话的男生心跳顿时慢了半拍。在这一瞬间他忽然明白一个道理，眼前的这个女孩，只要她愿意，她大概可以轻而易举俘获这世上任何一个男人的心。

“不、不需要……”他的脑子来不及思考，心里的话脱口而出。

“谢谢。”阮萌萌勾唇，露出嘴边两个浅浅的酒窝，眉目弯弯。

她真正笑起来，便不似平时那般乖巧柔美，仿若盛开的玫瑰，明媚不可方物，娇美得让人根本无法抗拒。就连她软软的嗓音也仿佛带了魔力，轻易便能俘获人心。

在场众人突然明白一个道理。有如斯美貌，为什么还需要脱了衣服去勾引一个男人？

其他人顿时说不出话，心里已经隐隐不相信小树林里的传言。而阮萌萌说完这句，便越过那个男生，直接往教室后排走去。从头到尾没有任何一个同学敢出声阻止。就连阮娇娇也被阮萌萌刚才的表现震得说不出话。

“等等……那个位置不能坐！”看到阮萌萌就要坐到最后一排，刚才造谣的男生忍不住红着脸阻止她。

他现在……现在有点儿舍不得让眼前仙女一样的女孩吃亏。

“为什么？”阮萌萌挑眉。

整个教室只有最后一排有两个空座位看上去是没人的。

“那个位置是越君澈的，他不喜欢有人坐他旁边。”红着脸的男生跟阮萌萌解释道。

越君澈？

阮萌萌撇撇嘴，突然觉得这个名字有点儿耳熟。

“你别管她了。她喜欢坐哪儿就坐哪儿，何必跟她解释那么多。”叶枫第一个回神，对同伴说道。其他人这时候也纷纷回过神. 有的人甚至用幸灾乐祸的眼神看阮萌萌，似乎是等着看她待会儿怎么得罪男神。

阮萌萌倒是无所谓，看得出提醒自己的人是为自己好．便问他：“除了这两个座位，班上还有其他空位吗？”

“没、没有了……”没想到阮萌萌会主动问自己，那个男生脸上的红晕都染上了耳朵尖。

“哦，那谢谢，我就坐这儿。”说完阮萌萌便在靠窗的位置坐下，反正这两个并排座位都是空的，她随意挑一个就是了。

男生正想说，要不他跟她换也可以，教室门口突然传来脚步声。众人回头，只见一个穿着校服、长相俊美略偏阴柔的美少年冷着一张脸从门外走了进来。

看到走进教室的越君澈，班上一半的女生都红了脸。有几个心理素质不好的还异常明显地倒抽一口气，捂着胸口，按住扑通扑通乱跳的心脏。就连阮娇娇也抬眸向渐渐走近的美少年看去，看到他深邃的眼窝、高挺的鼻梁、俊美精致的五官，都忍不住暗暗心动。

比起顾铉，越君澈明显拥有更加出众的外貌。再加上他在智学是天才般的存在，虽然不如曾经的阮诗诗，但他以十六岁的年龄傲视整个高级学院三年级。正因如此，长相俊美、智商超高的越君澈在智学拥有男神的称号。

这样的男人无疑是优秀的。

但可惜，阮娇娇清楚地知道，不管对方外貌有多出众，她也不能跟他在一起。因为“越”这个姓不只在S市名不见经传，放眼整个S国，她也没听说过有姓“越”的大家族。阮娇娇的目标很明确，她只跟优质的男人交往、恋爱。她只会嫁给出身高贵的名门之后。越君澈不是名门望族，就算对方长得再好看，她也看不上。

阮娇娇看着越君澈暗暗评估的时候，越君澈却对周围人的注视毫不关心。他那双微微眯起，似乎还未完全清醒的眸子，从略显凌乱的短发后透出，带着一层慵慵懒懒的薄雾，散漫随意。

昨晚他打游戏太晚，小玺那家伙居然一晚上升了一大段，这让身为哥哥的厉君澈十分不爽。

可惜，他熬了个通宵，连上学都迟到了，游戏不但没打上去，反而还掉了一小段。

厉君澈像往常一样走到自己专属的座位旁，赫然发现居然有人敢坐在自己的位置上。他虽然才十六岁，但遗传了厉家人的身高优势，已经一米八三。他居高临下地看向正低着头在书包里翻找着什么，浑然不觉占了别人座位的那个人。

厉君澈狭长的眸子微微眯了眯，顿时不悦。

“滚开。”清越好听的少年音带着淡淡的磁性，只可惜，语气恶劣，夹杂着毫不掩饰的厌恶。

阮萌萌此时正埋头在书包里找手机。她昨晚睡觉前困得厉害，把手机放在柜子上充电，今早走得急，也不知道带了没有。她正着急找着，突然听到一个带着浓浓不悦的声音从头顶传来。

滚开？居然有人敢跟她这样说话！

阮萌萌抬起头，正想冲那人发脾气……

高颜值的美少年赫然出现在她眼前。

“你……你……”水亮的眸子眨了眨，她怀疑自己看错了。

“棉花糖？”看清阮萌萌那张莹白漂亮的小脸，美少年薄唇轻启，喃喃出口。

熟悉的话语，再加上绝世美颜，作为颜控的阮萌萌立刻确定了眼前人的身份。

她不由得站起身：“厉……”

“坐下，我是你的新同桌，越君澈。”厉君澈顺势坐在阮萌萌身边，动作行云流水，毫不拖沓，仿佛根本不在乎自己身旁多了一个女生。他见阮萌萌还愣着，甚至主动伸手将阮萌萌拽回座位，根本不在乎那个女生坐的座位是他的。

霎时间，整个三年级 A 班的人都凌乱了！

他们都知道越君澈性格冷漠，不喜欢跟人亲近，更不喜欢让人靠近自己的专属座位。因为他，几乎没人敢靠近最后一排靠窗的两个位置。可现在那里却坐着一个新来的转校生。

而那个转校生还被男神亲自拽着坐下，甚至男神在跟她和颜悦色地聊天？

此时此刻，就连阮娇娇都瞪大了眼睛，不敢置信地看着这一幕。她无法忍受，不懂越君澈为什么会接受阮萌萌！

他为什么不让阮萌萌难堪，为什么不把阮萌萌赶走？！

“你怎么会在这儿？你明明才十六岁。”阮萌萌睁大了眼睛，压低音量问他。

她怎么也没想到自己的新同桌居然会是“嗜甜狂魔”厉君澈。这家伙第一天见面就把她当成棉花糖，还问厉君御能不能吃她，被厉君御拒绝后，便对她爱搭不理的。两个人在家里基本没怎么讲过话，没想到他们现在却成了同桌。

厉君澈将书包放进抽屉，不太情愿地开口：“这世上有个词叫‘跳级’。还有，在学校叫我越君澈，我和小玺不想让人知道我们的身份。”

“你是说我弟弟也在智学？”

阮萌萌的问题有点儿多，厉君澈俊秀的脸上堆满了不耐烦，但他实在不想让人知道自己的身份，那会带来太多麻烦，只能解释。

“小玺在智学私立初级学院，七年级。”

厉君玺明明才八岁，在初级学院七年级就读，那就是也跳级了？！

阮萌萌无语，为什么厉家的人都是这种怪物？

“厉君澈……”阮萌萌想问问他厉君玺在初级学院哪个班。

如果可以，她想趁着午休去初级学院找他。

“叫我越——君——澈！”可惜，她话还没说完，就被身旁的美少年打断。

厉君澈挑起眉，那双比女人还漂亮几分的凤眸微微上扬，散漫中带着几分威胁。

“我警告你，在学校不要装出一副跟我很熟的样子。我让你坐这里，完全是看在我父亲的面子上。我要补觉，不许说话，不许发声，不许打扰我。”说完，他将修长的双腿随意交叠，换了个舒服的姿势，便趴在桌上直接开始补觉，明显表现出不愿跟阮萌萌继续交流的意思。

阮萌萌微微蹙眉，搞不懂厉君澈莫名其妙的态度。明明第一次在家里见到她时，他还主动伸手戳过她的脸，一副很想和她交朋友的样子，结果到了学校，却变得这样冷漠。不过无所谓了，反正她上课也是打游戏，才懒得管他。

高汉秋进来上课的时候看到的就是最后一排奇葩的景象。班上向来不爱听讲，喜欢上课睡觉，考试却总是考满分的学神越君澈，正和往常一样一个人趴在最后一排睡得昏天暗地。而在他身旁坐着的娇小身影则一脸认真地低着头，正盯着桌子下方，那姿势和动作，一看就是在玩手机！

高汉秋挑眉，额角狠狠抽动。

他没想到越君澈居然会同意阮萌萌坐在那个位置。不过看到阮萌萌，高汉秋心里又掠过一抹不爽。

虽然他亲口说过，不管阮萌萌上课干什么，只要她不打搅别人就不管她，可看她低着头“专注认真”的模样，心里怎么就那么气呢！

他真想过去把她的手机没收了！

高汉秋看阮萌萌不顺眼，但偏偏因为自己说过的话不能对她做什么，他只能假装看不到。

而当阮萌萌拿着手机，在课桌下玩得高兴的时候，耳畔蓦然响起一个略显虚弱的声音。

“给我……”少年白皙修长的手指突然握住她的手腕。

他用力一拽，害得阮萌萌手滑，把大招放了出去。

“你搞什么？我的大招都被你放了！”

“难受，给我……”俊秀的美少年白皙的皮肤透着一抹红，微挑的凤眸正似梦似醒地看着她。

他那模样看上去就像被人下了药一般，皮肤染着红晕。

阮萌萌吓了一跳。这孩子不会是发烧了吧？她顺势摸他的额头，发现厉君澈皮肤烫得吓人。她正准备跟老高报告，突然听到一声大喝："阮萌萌，你在干什么？"

高汉秋这下终于抓到阮萌萌的把柄，厉声训斥："我说过，你上课想干什么我不管你，但我绝不允许你影响我们三年级 A 班任何一个同学。"

"高老师，你弄错了……"阮萌萌觉得无语，分明是厉君澈突然发烧不舒服，她不过是关心同学。而且是厉君澈先"骚扰"她的！

她边解释，边看厉君澈，想跟高汉秋说厉君澈的情况，结果一低头，却愣住了。刚才还趴在桌上目光游离、面色绯红的俊美少年，这会儿竟然跟没事人一样坐得好好的。他泛红的肌肤早已恢复了白净，整个人看上去清醒而冷淡。

还能这样？阮萌萌顿时明白厉君澈是在坑她！

"你还敢狡辩，你看看你，就因为你一个人影响了大家上课。既然你不想听课，那就站到外面去。去走廊上罚站，一直站到下课！"

高汉秋不给阮萌萌任何解释的机会，再加上厉君澈突然变得好好的，阮萌萌根本无从解释。

行，算她倒霉。阮萌萌狠狠瞪了一眼厉君澈，一言不发地走了出去。谁知，她前脚刚出教室，厉君澈后脚就站了起来。

"君澈，怎么了？是不是还有不满意的地方？要是不喜欢跟阮萌萌坐一块儿，你可以提出来，老师给她调换座位。"

厉君澈成绩很好，尤其是数学，屡次拿奖。高汉秋对他很是优待，尽可能在各方面满足他的要求。

"不用了。"美少男面无表情，冷冷淡淡地说道，"我也出去罚站。"

"你……罚站？"高汉秋双眼大睁，以为自己听错了。

不只是高汉秋，就连其他同学也露出惊讶的表情。

"君澈，你又没有做错什么，不用出去罚站。"高汉秋安慰厉君澈。

可厉君澈却毫不领情，反而直接点明："刚才是我主动跟阮萌萌说话，也是我主动骚扰她。如果她需要罚站，那我也该罚。"

说罢，他也不管高汉秋和其他人怎么想，迈开长腿自顾自地走了出去。

"我没听错吧，越君澈居然在维护阮萌萌？"

“不可能……他们才第一天见面，男神不可能对阮萌萌一见钟情！”

“完了完了，男神这是看上阮萌萌啦！这下得有多少女生失恋啊！”

“我的心好痛，我也好想跟男神一起罚站……”

同学们的讨论声充斥了整个教室。

向来学习气氛浓郁的三年级A班第一次发生这种所有人都无心上课的情况。听到同学们的窃窃私语，阮娇娇拧着眉看向走廊方向，露出担忧的神情，就好像在担心自己的姐姐。而在无人可见的角度，她紧紧攥在掌心的指甲早已刺破了掌肉。

此刻站在讲台上的高汉秋则完全蒙了。

他现在把阮萌萌喊回来还来不来得及？越君澈，那可是他最得意的学生，他舍不得让越君澈罚站啊！

阮萌萌站在走廊上，背靠着墙，从口袋里摸出手机。

呵，上课期间走廊没人，她正好在外面打游戏，还乐得自在。谁知她刚摸出手机就听到了脚步声。她一抬头，看见厉君澈高高瘦瘦的身影从教室前门走了出来。

他偏过头，两人的视线正好在空气中交汇。阮萌萌微眯起眼睛，一脸提防地看着厉君澈。而厉君澈则若无其事地走到她身旁，靠墙，一手插在校裤兜里，神色散漫。

“你怎么出来了？”刚才高汉秋说话的态度明显偏袒厉君澈，她不信高汉秋能舍得让厉君澈这种可以跳级的天才学生罚站。

厉君澈没答话，瞥了她一眼，自顾自地从裤子兜里掏出一根棒棒糖，拆掉糖衣，塞到嘴里，甜腻的气息瞬间弥漫了他的整个口腔。

正在这时，阮萌萌听到了一声舒服的喟叹。阮萌萌整个人都呆住了，转过头，目瞪口呆地看着正在享用棒棒糖的厉君澈。美少年本就白皙的皮肤跟之前在教室里一样泛起了红晕。

果然！刚才在教室里不是她眼花，她没有看错！

“看什么看……”正在这时厉君澈偏头过来递给她一个凉薄的眼神，“不要自作多情，我不是来陪你，我只是出来吃糖。”

他酷爱甜食，想吃却吃不到的时候，就会难以自控，甚至身体都会有难受的反应。可惜，在学校不想让人知道，他嗜糖如命，要维持高冷的人设，他就不能随心所欲地吃甜食。

“你的意思是……你刚才在里面……”

阮萌萌想到厉君澈面色绯红，对自己说“难受，给我……”的样子，就觉得好羞耻呀。

“其实只是……糖瘾犯了？”

“知道就好，不许告诉其他人。”厉君澈清冷的眼神瞥来，藏着警告。

话音刚落，下课铃声正好响起。

厉君澈顺势将棒棒糖咬碎，抽掉塑料小棒，跟外面包裹的糖衣一起塞到尚未回过神的阮萌萌手里，随后，抬步离开。

他前脚刚走，高汉秋立刻就从教室里冲了出来。高汉秋担心厉君澈，怕这孩子被阮萌萌带歪。谁知，等他走到门外，只看见厉君澈远去的背影，以及还傻乎乎站在原处，一手拿着手机，一手拿着棒棒糖糖纸和小棍子的少女。

“阮萌萌——”高汉秋怒不可遏地大喊，“我让你罚站，不是让你打游戏吃糖的！”

阮萌萌同学第一天转到三年级A班就把班主任老高气得高血压差点儿犯的传闻顺势传遍整个学校，但比这条消息更夸张的却是她和智学男神越君澈之间的绯闻。

据说从不吃甜食的越君澈，为了亲近阮萌萌，特意去学校小卖部买了许多糖果，就放在阮萌萌的课桌上，任她享用。据说男神不但在小卖部买了糖果，还去学校食堂订了一个学期的午间甜品。

智学是私立学校，只要学生有钱，午餐可以任意安排。男神订了整个学期的午间甜品，也就是说，接下来的一个学期他很可能都会约阮萌萌共进午餐。只要想到这一点，高级学院部的其他女生就嫉妒得牙痒痒。越君澈真的很可爱的好不好！更何况男神还那么俊那么帅！

阮萌萌经过厉君澈一天的“摧残”，好不容易回到家，却要面对新的难题。此时此刻，在她面前凌北正在宣告厉君御新的决定。

“少爷临时出国一周，走之前特意吩咐小姐要好好学习。所以从今天开始，您每晚的补课时间加到四个小时。”

凌北话音刚落，阮萌萌就看到站在他身后的曹老师低垂的肩膀抖了抖。

房间里只剩下老曹和阮萌萌两人。

因为她数学成绩最差，厉君御的意思是每天花两小时补数学，剩下的两小时轮流上其他课。

“曹老师……这是今天的数学作业。我们班班主任好麻烦，这几套卷子都是他出的，您看着办，做对一半就好。”

阮萌萌从书包里抽出今天放学前高汉秋临时给班上同学布置的五套试卷。高汉秋说是不管她，但卷子却照样发给她了，甚至还严厉警告她必须做完，不能敷衍了事。曹老头扶着黑框眼镜，为难地接过试卷。老头子默默在心里叹了口气……唉，有钱人的钱不好赚啊。偏偏这份工作还不是他想不干就能不干的。

阮萌萌见曹老师已经动笔，便摸出手机，开始每晚例行的赚钱大计。她刚刚登录“萌主一统天下”这个账号，“宝宝天下无敌”的组队邀请就发了过来。阮萌萌点了“接受”，两人组队。

宝宝天下无敌：【你怎么现在才来，我等了你一晚上，你昨天下线的时候一分不差，今天上线却迟到了。】

刚刚组好队，金主老板的抱怨就发了过来。

阮萌萌瞥了一眼时间：【现在才六点半，刚刚好，我没迟到。】

【胡说，现在已经过了六点半，都超过四十五秒了，你有没有时间观念？】

金主老板似乎还很生气，说完这句，给她发了一个爆炸的表情过来。

阮萌萌无语：【好好好，我迟到了四十五秒，我赔给你就是了……我今晚晚下线一分钟。】

另一间套房里，厉君玺正一脸高傲地盯着手机屏幕。

“哼，明明就迟到了，态度还不好，迟到四十五秒才赔我一分钟，真是抠门……等凌北把你的身份找出来，到时候，一定把你抓来我面前，天天陪我玩！”

俊美正太盯着屏幕，喃喃自语，完全不知道，自己大哥早就准备截胡，要在他之前会会他的“网恋对象”。

与此同时，已经在私人飞机上的厉君御正用卫星电话听取凌北的汇报。

“少爷，公司这边一切正常。至于两位少爷和小姐，他们表现很好，没有松懈学业。萌萌小姐还说，等下周测试成绩出来，一定会给你惊喜，看得出来她很努力！”

厉君御嗯了一声，语气淡漠。

听上去，他对这个消息并没有多在意，但脑海里却不经意闪过一张漾着酒窝的甜甜笑脸。他微微蹙眉，压下心底对那只小奶猫的想念，冷着嗓音问：“小玺网恋的对象查得怎么样了？”

“哦，关于这件事，数据中心那边正好在做数据迁移工作。我们新买了机房和服务器，原来机房的数据需要暂时封存转移。然后……”

“给我确切的时间。”厉君御没有耐心听中间的过程，他只要结果。

凌北立刻回复：“一个星期。数据中心说，一个星期后就能完成数据转移，重新查证。”

一个星期……

厉君御深冷的眸色闪过一抹阴鸷。也好，一个星期后他正好回国。到时候，他要亲自会一会教唆他弟弟网恋的人。

“对了，大少爷，您让我给越泽少爷准备的生日礼物已经送到了欧洲分部。”

凌北的声音打断了厉君御的思绪。

“不知是您亲自带到古堡去，还是让人替您送过去？”

凌北口中的越泽少爷是厉君御舅舅的儿子，马上满十岁，患有自闭症，不爱与人亲近。

“越”这个姓不是S国的大姓，厉君御兄弟几人为了隐藏身份，在外常以“越”姓自居，其实，这个姓是随了前任厉家夫人，也就是厉君御的亲生母亲。

前任厉夫人姓越，叫越雪心。“越”姓是家族用的中文姓。她的身份是欧洲贵族雷丁顿家族的大小姐，英文全名芙蕾雅·雷丁顿。她是老雷丁顿公爵的爱女，有一个小她十三岁的弟弟越霆。厉君御这次去欧洲出差，除了处理公事之外，就是去雷丁顿古堡见舅舅越霆，以及给表弟越泽过十岁生日。

“不用了，小泽的礼物我亲自给他带过去。那孩子认生，其他人送的东西，他不见得喜欢。”

泽表弟自闭，跟父母的关系更是恶劣，除了跟波尔金家族的外孙西赛斯关系好以外，就只愿意跟他这个表哥说几句话。

凌北闻言，便不敢多问。虽然他很想再问一句，大少爷这次过去是否也会顺便在欧洲相个亲，毕竟他知道老雷丁顿公爵可是一直很担心外孙的感情状况。

厉君御不知道手下的心思，皱着眉说：“那晚在酒店的线索查得怎么样？”

没想到少爷会突然提起这件事，凌北立刻收起思绪，严肃汇报：“已经有眉目了，虽然那个女人成功避开了酒店里所有的监控器，但是酒店门口的监控镜头是没办法避开的。我们已经从第二天早上离开酒店的所有客人和车辆入手展开排查。

“只是……工作量有些大，至少也要半个月时间。”

当天早上所有离开酒店的车辆和客人都要追寻并确认身份，这件事需要极大的人力、物力及时间。面对猎物，厉君御从来都是一个合格并很有耐心的猎人。既然猎物已经在网内，慢慢收网，他不急。

刚刚结束一场“带打”的阮萌萌忍不住打了个喷嚏。

阿嚏……九月的天气还不冷，她怎么莫名其妙打喷嚏了。不是谁在骂她吧？

阮萌萌看看时间，正好八点三十一分，该结束代练了。她给“宝宝天下无敌”发了个拜拜的表情，接着瞬间下线，只剩下一个灰色的头像，让高傲小正太看着哇哇叫。

书桌前，曹老师早已做完阮萌萌的试卷，在悠闲地喝茶。他现在也学会了自娱自乐，刚才将试卷里的几道大题用 A 方法验证了一遍，又用 B 方法验算，接着又用 C 方法重做一遍。两个小时，他实在太无聊了，就这种难度的数学题，不用改变字体的话，他四十分钟就能全部搞定。

“曹老师，谢啦。”阮萌萌从曹老师面前收走试卷，凌北正好在这时敲门进来。他身后跟着一个头发半白的老头，看到房间里坐着的曹伟平时，老头还露出了一丝笑容。

“李老头居然也来了。”曹伟平在心里暗暗摇头，可怜啊可怜，又一个上了贼船还不自知的倒霉蛋。

“曹老师，辛苦你了。”凌北不知内情，带着身后的老头往里走。

“不辛苦，大小姐天资聪颖，学习也很刻苦，我稍稍点拨一下就能融会贯通，教她实在算不上辛苦。”

太轻松了，一个小时不到做完试卷，剩下的时间他就抱着茶杯打瞌睡，能不轻松吗?

“能让曹老亲口称赞，大小姐一定是非常有天赋的孩子，能教这样的学生……我求之不得。”头发半白的老头子从凌北身后走出来，用一种欣赏的眼神将阮萌萌上上下下打量一遍。

凌北适时介绍：“这位是李光荣李老师。李老是我国非常有名的特级教师，此前在智学担任物理组组长，退休多年，是大少爷特意为了小姐重新请出山的。”

物理老师李光荣在凌北的介绍下上前一步，阮萌萌乖巧礼貌地叫了一声：“老师好。”

李老点头，很是满意，却不知，在旁边看到这一幕的曹老头已经在心里默默为他点了根蜡烛。

片刻后，当凌北和曹老师离开房间，李光荣坐下，拿出自己精心准备好的讲义。

一只小手按在桌上的铜质摆件上：“李老师，你见过砂锅大的拳头吗？”

当晚，阮萌萌又成功 get（获得）一个能替她摆平物理作业的老朋友。

第二天，自习课上阮萌萌正在专心致志地打游戏。他身边的美少年趁着没人注意，从桌上摸了颗软糖丢进嘴里，便趴在桌上补觉。其余同学则在专心致志地写着习题。整个教室沉浸在一种安静、祥和的氛围中。

正在这时，一声怒喝打破了安静。

“阮萌萌，你给我滚出来！”高汉秋压抑着极大怒意的嗓门响彻整个走廊。向来不怒自威、很讲风度的高老师又一次被阮萌萌给惹怒了！

阮萌萌叹了口气，唉，这高汉秋怎么就这么能折腾？就不能做个安静的美男子吗？她将游戏秒退，默默在心里给几位队友道了个歉，把手机往兜里一揣站了起来。

看到阮萌萌离去的身影，其他人顿时激烈地讨论起来。

“娇娇，你姐姐又惹什么事了？我从没见过老高发这么大脾气，你说，阮萌萌会不会被开除啊？”

“要是开除就好了……她在我们班真是讨厌……影响学习气氛……”

阮娇娇听到其他人的话脸上浮现出一抹抱歉和担忧。

“我、我也不知道。你们别这样说，我姐姐其实也不是故意的，她以前也努力学习过，但……效果总是不理想……”

阮娇娇的话，乍一听她是在替阮萌萌说话，仔细一想，其实她就是在说阮萌萌曾经努力学习过，但因为脑子太笨，所以成绩才上不去，换句话说就是阮萌萌天生蠢笨，智商不够。

叶枫听到阮娇娇的话后不怀好意地嘲讽起来：“不就是脑子不好，智商低嘛……要我说，像阮萌萌那种智商不如我们的人就不该待在A班。”叶枫现在最希望阮萌萌退学。要不然等下周学生会的工作正式展开，被人发现他必须给阮萌萌道歉才能重新上位，那会让他颜面扫地！

他故意提高嗓门：“老高应该趁早把阮萌萌开除，我们班根本就不该收容这种智商不够的垃圾！”

“智商不够的垃圾……你在说谁？”正在这时，一道清淡的嗓音突然从叶枫身后传来。

那人的语气里带着明显的挑衅。

叶枫回头，挑眉道：“谁智商低，谁就是垃圾！”

话音刚落，叶枫就被自己说出口的话打脸了。他张着嘴，目瞪口呆地看着身后眼神清冷、短发略显凌乱，显然是刚刚睡醒的美少年。那张毫无表情的俊脸上写着淡淡的不悦。叶枫看到厉君澈勾了勾唇角，仿佛在嘲弄他的愚蠢。

整个三年级A班，甚至在整个智学高级学院部，还没有人敢说自己比厉君澈的智商更高。也就是说，按叶枫的说法，除了厉君澈都是垃圾。

其他同学全都呆住了！

谁也没想到，从不管别人闲事的男神会帮阮萌萌说话。难道男神真的看上阮萌萌了？

啪——办公室内，高汉秋愤怒地将一沓试卷拍在阮萌萌面前。

“阮萌萌，你给我解释一下，这些试卷是怎么回事？我布置的作业，你就用这种态度来敷衍？”

高汉秋表情愤怒，脸都被气歪了。他全然不像平常那个严谨又不失风度的数学组组长。

“这些试卷有问题？”阮萌萌觉得奇怪，捡起其中一张。

高汉秋说她敷衍，不应该啊。这些试卷都是曹老头做的，虽然按她的要求只做了一半，但做的部分应该不存在敷衍的说法。

手里的试卷摊开，阮萌萌扫了一眼。选择、填空题做了一些，有的大题也做了一些，空白的部分不少，挺正常，没问题。她抬眸看向怒不可遏的高汉秋，露出一丝疑惑：“高老师，我的水平就只能到这种程度。虽然只能做一半，比不上班上的其他同学，但我也是认认真真完成的。不能说敷衍吧？”

“呵呵，到现在你还嘴硬！”高汉秋冷笑，从阮萌萌手里抽走试卷。

他指着试卷上最后一道大题，怒喝道：“你的水平不够，做不了其他题目是不是？好，那你跟我解释一下，这道几何题你是怎么做出来的？”高汉秋看上去非常激动，从他额角暴起的青筋可以看出他在强忍着愤怒。

可是阮萌萌真的觉得奇怪，不过是一次作业而已，高汉秋至于这么激动吗？

她知道，正常情况下，她现在起码应该接过试卷，把那道题看清楚再回答高汉秋的问题，可是她没办法那么做。她有一个说出来根本没人会相信的病，在这个世上只有她姐姐和慕景行知道。所以，她没办法接过试卷，没办法回答高汉秋的问题。

阮萌萌只能一动不动地站着，等着高汉秋继续发怒。

果然，看到她这样的态度，高汉秋的怒气已经到达爆炸的临界点，他认为阮萌萌是在故意跟自己作对。

“阮萌萌，你老实交代吧，这道题是不是抄越君澈的？你连平时的作业也要抄越君澈的，这已经完全影响了越同学的学习。你这样的人，我一定不会让你留在三年级 A 班！”

高汉秋咬着后槽牙，语气里压抑着极大的愤怒。他眼睁睁看着自己的高徒被阮萌萌带歪。只要一想到阮萌萌害死了阮诗诗，现在又去祸害他的爱徒，他就恨不得将阮萌萌立刻赶出三年级 A 班。

“高老师，你究竟在说什么？”阮萌萌脸色微冷，有些不高兴了。

他莫名其妙为了一道题把她叫来，白骂她一顿就算了，现在还要给她扣上一个抄同学作业的帽子。先不说这个试卷是曹老头做的，哪怕没有曹老头，她自己随便写写，不做大题就是了，也用不着去抄别人的。一份作业而已，她连考试都不抄，怎么会去抄作业。

“呵，你还想狡辩。这道压轴几何题已经超过高级学院课标内容，你抄来的答案里用了梅涅劳斯定理证明三点共线。这个知识点是奥赛内容，全班除了你，只有越君澈用这个定理证明这道题。”

换言之，这道高汉秋精心准备的难题全班只有阮萌萌和厉君澈做出来了，因此高汉秋完全有理由相信阮萌萌是抄了厉君澈的答案。

阮萌萌闻言轻轻蹙眉。这种题目在曹老头眼里大概算不上难题。她让他随便做，那老头子恐怕是做高兴了，结果就用了高级学院课标没学过的定理，解开了高汉秋精心准备的题目。

“阮萌萌，我可以接受学生无能，但绝不允许学生作弊，更不能接受像你这种习惯性抄袭的学生。”

他们三年级 A 班绝不能出现惯抄，阮萌萌的存在已然拉低了三年级 A 班的整体素质。他现在越来越难以忍受阮萌萌，总觉得她继续待下去，会带坏他们班最有前途的学生。

“高老师，我想你误会了……”阮萌萌叹了口气，冷冷的语气带了点儿无奈。

“我没有抄作业，也不需要抄。如果我真想做这些题目，有人会教我。”

“谁教你？”高汉秋眯起双眼。

“我的家庭老师啊……”阮萌萌答道，“就像这道题，就是我的家庭老师教我写的。”

“家庭老师？”高汉秋眼底的怒色逐渐转浓，下一秒，化为一声厉喝，“什么狗屁家庭老师？你连基础都没打好，就教你用这种方法解题！像这种家庭老师，根本就是误人子弟！去，给你家长打电话，我要亲自说说他们！”

高汉秋虽然想教训阮萌萌，但听到她的话后更加愤怒了。他的学生里有许多家庭条件优越的。他最讨厌的就是学生上课不听讲，然后家长们自以为是地花大价钱去请所谓的名师，课后给学生补习。高汉秋认为上课听讲才是最重要的。他个人非常反感课外补习。一听说阮萌萌的家长居然自以为是地给她请了家庭教师，高汉秋立刻忘了正事，反而跟阮萌萌的家庭教师较起了劲儿。

“高老师，我家人在国外出差，那边是晚上不方便。要不你直接跟我的家庭老师谈吧？”

阮萌萌对着高汉秋眨眨眼，完全看不出她正在挖坑让高汉秋跳。

“好，你把电话拨通，我跟他讲！”高汉秋也不骂阮萌萌了，坐在座位上眯着眼想词儿。

待会儿，他一定要让那个骗钱的家伙主动请辞。

阮萌萌点头，拿出手机拨通曹老头的电话。

过了一会儿，电话那头响起老头熟悉的声音：“喂……大小姐，你找我有事？”

不知道为什么，阮萌萌觉得曹老头接到她的电话声音还带着点儿抖。她暗自检讨，难道最近真把曹老头欺负得太惨了？

咳咳……阮萌萌清了清嗓：“老师，是这样的……我的数学老师高汉秋高老师对您昨天指导我做出的那道压轴难题有些意见。嗯……他想跟您聊聊。”

阮萌萌还是很给曹老头面子的，没有当着高汉秋面说那些题都是曹老头做的。

“聊？那小兔崽子想聊什么？”曹老头顿时严肃起来，心里想的却是，不会被自己的学生发现那些题都是他代笔的吧？那样的话得多丢人啊！

“我也不太清楚，要不你们直接谈吧。”说完，阮萌萌就把电话递了过去。

“是，是……”片刻后，拿着电话的高汉秋已经完全蒙了。

电话那头，熟悉的中气十足的老迈嗓音还在不停地传过来。

“你这个兔崽子，自己出了超纲的题目，还怪别人用超纲的方法做出来！怎么，你老师我退休了给人当家庭教师，是不是犯法了？啊，你还想教训我是不是？”

“不不不，我怎么敢教训您。”高汉秋早就从座位上站起身，此刻正老老实实地听着曹老头训话。

“我告诉你，你小师妹是我的关门弟子，你少给我找她麻烦。还有，以后少给她布置点儿作业，有什么不懂的我会教，不许欺负她！”曹老头这么说实际上是为自己着想。他不想每天晚上还要特意改变字体去做高级学院生水平的数学试卷。

“小……小师妹……”听到曹老头的话，高汉秋真是想死的心都有了。

班上不学无术，他最想赶走的学生居然成了他的小师妹。

苍天啊，为何你要如此残忍？！

高汉秋欲哭无泪，但曹伟平是他最敬重的老师，甚至可以说没有曹伟平就没有今天的高汉秋。

“老师您说哪儿去了，我怎么会欺负小师妹……”虽然他心里对阮萌萌害死阮诗诗的事依旧难以释怀，但看在曹伟平的面子上，不敢再针对阮萌萌。

片刻之后，令人吃惊的一幕发生在所有三年级A班的同学面前。

只见刚才还恨不得吃了阮萌萌的班主任高汉秋亲自将问题少女送了回来。不但亲自送回来，当阮萌萌坐回座位后，高汉秋还特意当着全班同学面解释了一遍。

“咳，刚才的事只是一点儿小误会，是我错怪了阮同学，现在已经解决了。阮同学自从转入我们班一直表现良好，安分守己。老师之前对她有偏见，那种态度是不对的。同学们，你们以后也要多跟阮同学相处，把她当作我们三年级A班的一分子。”

高汉秋说完，拍了拍阮萌萌的肩膀才离开教室，留下一群同学愣在当场。

不是吧……刚才那个真是素来严肃刻板的高汉秋高老师？

高老师刚才气成那样，他们还以为阮萌萌这次铁定完蛋，要被转班了，没想到老高的态度居然变得比翻书还快！

叶枫急得冒火，其他人觉得诧异，而阮娇娇则回头深深地看了阮萌萌一眼。

可恶……阮萌萌究竟走了什么狗屎运，为什么连高汉秋那样的人也能搞定？

阮娇娇越来越觉得阮萌萌不像自己以为的那么简单。她想起那天在校门口看到的男人，阮娇娇觉得阮萌萌一定隐瞒了什么。

午休时间，学校餐厅二楼卡座里，阮萌萌正和厉君澈面对面坐着。自从她跟厉君澈同班，她就变成这孩子的挡箭牌。

反正在她面前不用伪装，厉君澈买起糖果、甜品来毫不手软。就像现在，明明桌上的焦糖布丁美其名曰是为她订的，但实际上全被厉君澈一个人享用了。

“厉君澈，你觉得你这样有意思吗？难道你感受不到周围人看我们的眼神……我觉得他们快把我吃了。”

对着这张高颜值的脸，阮萌萌觉得自己食欲都好了不少，但前提是没有周围那么多人虎视眈眈的目光。

“他们要吃的是你，跟我有什么关系？”厉君澈右手托腮，左手挖起一勺布丁，送入口中。

他们坐在靠窗的卡座上，从右侧看去，根本看不到厉君澈刚刚吃下了一口甜品。

卑鄙！她是被他拖累的，他居然做出一副事不关己的样子！

“那好啊，那你以后就自己吃你的甜点。我走了，别再让我跟你一起吃饭！”

美少年一点儿也不可爱，亏她看在他嗜糖如命的分上好心帮他遮掩，他居然一点儿也不懂感恩。

“嗯，你走吧。”厉君澈冷冷地抬了抬眸子，“我会告诉大哥，你上课认真，每天都在勤奋刻苦地打——游——戏。”

“你……”

臭小子居然拿这个威胁她！可是阮萌萌不得不承认这个威胁很奏效。她可不愿被厉君御没收手机。她重新坐回原位，气鼓鼓地看着神情闲适、优哉游哉的美少年。

可恶！阮萌萌很生气，但偏偏拿厉君澈没办法。

正在这时，放在桌上的手机突然响了。一串陌生号码在屏幕上亮了起来。正生着闷气的阮萌萌接起来就没好气地说：“谁，有话快说，有屁快放！”

电话那头诡异地静默了两秒后，一声冷淡沉稳的嗓音才渐渐响起。

“是我，厉君御。”

“大大大……大哥？”阮萌萌觉得自己的嗓音有点儿飘。

坐在她对面的厉君澈早在那个号码闪过的瞬间就已经知道来电者的身份。他单手托腮，好整以暇地欣赏着棉花糖少女惊悚又震惊的反应。不知为何，他突然觉得阮萌萌这样呆萌的表现和平时有些不同，好像只有在他大哥面前她才会露出如此可爱的反应。

还不知道自己被人观察的阮萌萌立刻改口：“呵呵……大哥，我刚才不是那个意思。我……我以为是骚扰电话。那个，你那边现在已经是半夜了吧。呵呵……真辛苦啊，这个时候还要打电话过来关心我。”

天知道，她现在有多讨厌厉君御。自从这家伙给她找了一堆补习老师占用她的时间后，她就非常非常讨厌他。知道他出国公干，她差点儿就要放鞭炮庆祝了。

可惜，当她面对厉君御时却连一丁点儿反感都不敢表现出来。

“加班。”厉君御淡淡应了一句，“以后加一节淑女礼仪课程。”男人语气清冷淡漠，不是商量，而是陈述。

被抓包的阮萌萌虽然心中不爽，却不敢冒泡，只能乖乖地嗯了一声。

“另外，国内传来消息，在御棠用花瓶砸你的老太太已经被拘留，罪名是故意伤害罪和故意破坏他人财物。提醒你一句，如果他们找你和解，不要理会。”

就算秦老太太最后能拿出两千万赔偿，也会因为蓄意伤害阮萌萌的罪名被关上一阵子。不管怎么说，敢在他的地盘对他的人动手，至少也要关进拘留所里吃吃苦头。

“什么，她已经被关进去了？”阮萌萌听到消息杏眸瞬间闪过亮光。

“你放心好了，我又不傻……他们找我说情那也不行，我肯定不会答应和解。”

秦母能拿花瓶砸她，那就是有弄死她的心。她又不是圣母，怎么会原谅这种老毒妇!

“嗯，在学校听话，考试用心，等我下周回去检查你的学习进度。”他说完都不等阮萌萌回应便挂了电话。

阮萌萌拿着手机愣了愣，犹豫半晌，还是把厉君御的电话存了起来。她刚放下手机，一个柔软怯懦的嗓音忽然传了过来。

“姐姐……你方便吗？有些话我想私下跟你谈谈。”不知何时，阮娇娇出现在他们的桌旁，正用一种楚楚可怜、欲言又止的眼神恳求地看着她。

姐姐?

阮萌萌听到阮娇娇这一声楚楚可怜的呼唤，差点儿把刚刚吞下去的午餐吐出来。她抬起头很不客气地睨向阮娇娇。

“有什么话就在这儿说，单独面对你，我怕我会吐。”阮萌萌说话的语气毫不留情，就连音量也没降低。

周围的同学只要稍稍留意便能听到姐妹俩的对话。有些同学皱起眉，觉得阮萌萌态度过分，太欺负人了。

“姐姐……”阮娇娇怯懦地看了她一眼，似乎是被阮萌萌的态度伤害了，眼眶泛红。

她吸了吸鼻子，委屈地说：“姐姐为什么总是用这种态度跟我说话呢?

不只是跟我，跟爸爸妈妈说话是这样，跟奶奶和外婆说话也是这样……要不是因为姐姐的态度，外婆也不会被你气病。”

“我气病外婆？”阮萌萌蹙眉，倒是没反应过来。

“阮娇娇你不是脑子有问题吧，我什么时候把外婆气病了？”她都快一年没见到她的外婆了。

当年陈晴之跳海自杀后，陈家二老就跟阮家断了联系，连带她跟阮诗诗也很少见到外公外婆。

“怎么没有……前几天在御棠你说了那些大逆不道的话气坏了外婆。外婆她就是想教训教训你，你反而还抓住把柄，趁机报警。”

阮娇娇抿着唇，似乎强忍着对阮萌萌的不满。

“现在你终于如愿了，外婆被警察抓进了拘留所。姐姐，外婆都几十岁的人了，你怎么舍得看着她受这种苦？”

说到这儿，清纯乖巧的阮娇娇眼底覆上了一层水雾，泪光闪动间，随时都能落下眼泪。

从旁人的角度看，只觉得阮娇娇楚楚可怜，好不委屈。反观阮萌萌，虽然长着一张娇美动人的脸蛋，但心思却恶毒极了。她居然把自己的外婆气病了，还恶人先告状，把外婆送去了拘留所！虽然他们弄不清阮家究竟发生了什么事，但从阮娇娇的话里听起来，阮萌萌简直毫无孝心、十恶不赦。

众人正暗暗鄙夷，阮萌萌却突然笑了起来。

“呵，阮娇娇，你真是疯了。这里是高级学院食堂，你以为是舞台，专给你演苦情戏的？”

阮萌萌发现她现在越来越不想理阮娇娇了。阮娇娇的这些伎俩都不知道用了几百次，在家人面前用过，在客人面前用过，现在又用到了学校来。

好啊，既然她这么喜欢装弱者，这么喜欢在外人面前演戏，那自己就让她装个够好了。

阮萌萌突然站起身，一拍桌子。

“来来来，大家都过来。阮娇娇刚才说的话你们都听到了吧，是不是很想听八卦？”阮萌萌踮起脚，对周围的同学招手。

原本竖着耳朵偷听的同学愣住了，傻呆呆地看着阮萌萌，搞不清楚她说的是正话还是反话。

“都愣着干什么，都快过来呀……今天，我们就当着所有同学的面把话讲清楚，省得大家偷偷听着，又听不明白，心里痒痒。”

阮萌萌落落大方、一派坦荡的态度，引起了其他同学的好奇心。他们确实很想听八卦，也顾不上这样做好不好，全都拥了过去，将阮娇娇、阮萌萌和坐在原位没动的厉君澈围在了中央。

“姐姐，家丑不可外扬。有什么事，我们还是私下说吧……就不要把其他同学牵扯进来了。”

阮娇娇没想到阮萌萌会突然来这一出。虽然她猜不到阮萌萌接下来要说什么，但心里已经隐隐不安。

“为什么要私下说？你刚才不是口口声声都在指责我嘛，哦，我知道了，你的意思是说我就是阮家的家丑咯？”

阮萌萌笑了，娇艳的笑靥差点儿闪花围观群众的眼睛。

“好呀，既然我这个家丑都不怕丢脸，那你怕什么？来来来，同学们……大家都过来，凑近点儿，听我说啊……”

阮娇娇想阻止阮萌萌，她知道阮萌萌绝对说不出什么好话。可是她今天是特意一个人过来的，原本是想用苦肉计博同情，结果现在阮萌萌突然把事情闹大，搞得周围乱哄哄的。

阮娇娇长期以来经营的形象都是清纯、善良、婉约的柔弱好学生。大家都知道，阮娇娇从不撒谎，而且说话总是轻轻柔柔的，非常有礼貌，让她跟阮萌萌一样扯开嗓门说话，根本不可能。

“姐姐，你不要……”

“来，大家听我说……”阮萌萌娇软活泼的嗓音轻易压过了阮娇娇的声音。

“刚才阮娇娇的话是不是让你们很好奇？你们是不是很想知道，我是怎么气病我外婆，又是怎么害我外婆进拘留所的？”

吃瓜群众点头如捣蒜。八卦听了一半，他们心痒痒，简直太想知道了。

“好好好，那我现在就告诉大家。事情是这样的，有一对夫妇，原本夫妻恩爱，妻子给丈夫生了两个女儿。可因为两胎都是女儿，老太太不高兴了，想要孙子，就让女佣爬上了男主人的床。”

“可惜，一年之后，女佣生下来的也是女儿。不过，孩子都生下来了，又有什么办法呢，总不能塞回去是不是？所以，从那之后，这个家的男主人就有了两个家庭。一个是原本的家，另一个是养在外面的小家。”

“还有这种事？那个老太太和那个小三也太不是人了……”

“就是，见过找小三的，没见过亲妈给自己儿子找小三的！”

吃瓜群众忍不住声讨，却没发现站在人群中的阮娇娇脸上的血色正在一点儿一点儿流失。阮娇娇做梦也想不到，阮萌萌敢当着大家面把这种事讲出来。她觉得喉咙很干，想说些什么挽救，但偏偏说不出口。

“是啊，就是有这么奇葩的事。不只是这样，这小三心机也很深，为了讨好老太太能亲自给老太太洗脚，把老太太哄得不知道多开心。”

吃瓜群众 A：“洗脚……这么拼的事都做得出来？”

吃瓜群众 B：“果然是小三的手段！”

第五章
糟糕，她马甲掉了

阮萌萌闻言特意瞥了一眼阮娇娇，见阮娇娇脸上青白交错，两只手紧紧握在一起，不由得冷笑。过去阮诗诗走高大上的路线，不屑讲这些事，而她自己不爱说，又顾及她爸的面子，反而让阮娇娇钻了空子。不过现在，阮萌萌决定改变过去的习惯，也让阮娇娇知道，这世上不是所有事都会任由她颠倒黑白。

“因为这层关系，老太太对小三和小三的孩子好，反而苛待原配和原配所生的两个女儿。八年后，原配实在受不了这样的生活，跳海自杀。而小三则带着她的女儿登堂入室，成为这个家的女主人。”

说到这儿，阮萌萌顿了顿，抬眸看向其他人。

“那么现在问题来了……大家说说，这个时候，原配留下的两个孩子是应该叫原配的母亲外婆呢，还是叫小三的母亲外婆？”

吃瓜群众立刻回应：“怎么能认小三的妈当外婆？当然要叫自己母亲家的……”

“是啊，要是叫小三的母亲外婆，那跟认贼作父有什么区别？”

阮萌萌点头，转而含笑看向早已面无血色、脸色苍白的阮娇娇。她冲阮娇娇眨眼，偏头道：“听到了吗，我亲爱的妹妹……不是我不尊重你外婆，实在是因为你外婆完全不值得我尊重。毕竟，她是小三的妈，而我……是原配的女儿呢。”

等等……在场的同学突然发现情况不对。如果说阮萌萌是原配的女儿，而阮娇娇的外婆是小三的妈，那么阮娇娇岂不是小三生的女儿？！

吃瓜群众完全蒙了，就连原本神情散漫的厉君澈也忍不住眯起眼睛看向阮娇娇。

整个智学的人都知道阮家出了两个不得了的女儿，一个是大女儿阮诗诗，一个是小女儿阮娇娇。前者是智学建校以来最优秀的天才学生之一，而后者，虽然没有姐姐天赋高，但学习成绩优异，与同学相处融洽，在为人处世、素质涵养方面令人佩服。不管是老师还是同学，常常称赞阮娇娇跟她姐姐阮诗诗一样是阮家的骄傲。可现在听阮萌萌这么一说，大家才突然意识到一个问题。原来阮娇娇跟阮诗诗根本就不是一个妈生的。也就是说阮萌萌和阮诗诗才是亲姐妹，而阮娇娇，她只是小三的女儿，还是一个私生女！

“阮娇娇是私生女？不可能吧……要是这样，那诗诗学姐为什么要对阮娇娇好？”

“是啊，这说不通……阮萌萌在外面上普通学校，阮娇娇却在智学上学。怎么看都不对啊？”

“有什么不对的。”阮萌萌勾唇，笑得讽刺，“我姐姐又不是我和阮娇娇的监护人，她虽然比我年长，但也管不了我们在哪儿读书。我说过了，老太太喜欢小三和小三的女儿，有她老人家在，那个私生女当然能抢走婚生女的一切。”

换言之，阮萌萌从小读普通学校，没有享受过优质资源，都是因为阮老太太偏心所致。更何况，有了后妈就有后爸。众人想明白这点，看向阮萌萌和阮娇娇，想到阮萌萌劣迹斑斑的传闻，再看阮娇娇几乎环绕光环长大的经历，顿时就觉得小三这种生物简直太欺负人了！

“不是的，不是这样的……”阮娇娇摇头，泪眼汪汪地看着同学。

她到底只是个十八岁的女孩，伪装得绚烂完美的外表被人无情撕碎，露出内里卑微耻辱的出身，这让阮娇娇完全不知如何是好。她习惯了高高在上、受人称赞，习惯了总是有一堆护花使者、充满正义的朋友替她攻击阮萌萌，像现在这样处于弱势的情况从未发生过。

“不是这样，那是怎样？阮娇娇，我刚来智学的第一天就听人说，你告诉他们我姐是被我害死的？”

“我……我没有，我只是……说了一些实情。”阮娇娇想起那个传闻。

那是别人问她时她故意误导的，她告诉其他人，阮诗诗出车祸当晚，阮萌萌闹着要吃陈记的烧鹅。这样的话很容易让人误以为阮诗诗的死跟阮萌萌的任性胡闹有关。

“实情？”阮萌萌不耐烦地翻了个白眼。

“我姐去陈记买烧鹅是晚上六点，我们全家坐在餐桌上吃晚饭是晚上七点。你敢不敢告诉在场的同学，我姐去世那晚究竟是几点发生的车祸？”

“是，是……”阮娇娇哭得更凶了，眼泪滚滚而下，却不是作假。

她这回真是被阮萌萌给吓哭的。阮娇娇从来没见过这样的阮萌萌。阮娇娇习惯了只会动拳头，却不会辩白的阮萌萌。面对阮萌萌的改变，她根本招架不住。

“你不说是不是，那我说！”

阮萌萌扭头看向吃瓜群众：“我姐那晚是接近半夜十二点突然出门的。她去世的时间在半夜，跟传言里为了我才出车祸的说法根本不符。”

少女说完，刚才还抬得高高的下颌渐渐低垂。虽然她没有眼泪，但所有人都能从阮萌萌脸上看到那一瞬间的哀默心灰。

真正的哀痛，不一定需要眼泪。光是那样一个悲戚的眼神就足以让人心疼。

谁也没想到事情居然会是这样。

太明显的污蔑，太愚蠢的造谣，而他们在场的所有人都曾经是这场污蔑和造谣的推动者。几乎每个人都曾戴着有色眼镜看从亓青藤学院转来的阮萌萌，想到这儿，一丝愧疚不知不觉扎根心底。

“对不起……对不起……我不是故意让他们误会的。诗诗姐的事，是有同学误解了我的话……对不起……姐姐你不要生气……真的对不起……”

阮娇娇从震惊中回过神来，第一时间选择道歉。秦芳教过她，当事情完全对自己不利时，一定要立刻道歉，一边道歉一边哭，只要哭得梨花带雨，惹人心疼，其他人自然会帮她说话。果然，看到阮娇娇哭，有人不忍心了。

“其实这件事说不定真是误会，既然都解释清楚了，要不就算了吧？”

“是啊，娇娇应该不是故意的……她哭得好伤心啊……”

“吃亏的又不是她，她有什么好哭的？”正在这时，一个冷冷淡淡的嗓音突然从阮萌萌身后传来。

众人一怔，这才发现说话的人竟然是厉君澈。

美少年单手托腮，很散漫地睨了一眼替阮娇娇说话的同学：“你们真是很奇怪……哭得委屈就要原谅，那要是这样，这世上还要警察干什么？”

“越君澈，你误会了……我们不是这个意思……”几个同情阮娇娇的女生被厉君澈说得脸都红了，她们只是习惯性同情弱者，真的没有考虑那么多。

俊美少年抬起棱角分明的下颌，略显阴柔的狭长凤眸微眯，染过一抹令人心惊的冷色。

“不是这个意思，那就闭嘴。”厉君澈说话毫不客气，俊秀清冷的脸，和他平时给人的散漫闲适完全不同。

就连阮萌萌都愣住了。她没想到厉君澈会站出来替她说话。

“还有你……”美少年眼波流转，比女孩子还漂亮的眸子看向阮娇娇，顷刻间，便让阮娇娇遍体生寒。

“做错事，就要认。道歉要诚心，挨打要立正。你如果真心实意认错，就该向被你误导的其他同学解释，还阮萌萌一个公道。再当众给她道歉，让所有人明白事情原委。而不是像现在这样，流几滴眼泪，就想摆平这件事。”

厉君澈的态度虽然有些恶劣，但说出口的话却很有道理。

其他同学一听顿时清醒。是啊，做错了事不是哭着跟受害者说几句“对不起”就可以的。事实上，这样的谣言已经对阮萌萌造成了名誉上的损害。阮娇娇如果诚心道歉，至少应该替阮萌萌解释清楚，向学校里误会她的同学、老师说明原委，还阮萌萌清白。

“越同学，你说得对……我、我会找机会解释清楚……”

“不用找机会，下午放学前你去广播室把事情说清楚，再给阮萌萌道歉，这件事就算完了。怎么样，你不会只是嘴上说说，不敢做吧？”

厉君澈睨着阮娇娇，眸色清澈，但眸底却闪着诡异的光。

这时候，当着这么多人面被厉君澈一句话“将军”的阮娇娇哪敢说一个“不”字。她也不敢再提她外婆的事，只能硬着头皮答应下来。

一场闹剧就这样结束了。

待众人散去，阮萌萌坐下来，对厉君澈说：“没想到你这么仗义，谢啦……以后要吃多少糖尽管买，我给你打掩护。”

“糖我会照买，不过谢我就不用了，你该谢的是其他人……”厉君澈脸上的冷气退去，他又恢复为俊秀无害的美少年。

“嗯？”阮萌萌不懂他的意思。

她抬眸看去，正好看到厉君澈将左耳戴着的袖珍蓝牙耳机取下来。厉君澈拿起手机，晃了晃。阮萌萌这才发现他放在桌上的手机一直处在通话中，屏幕上赫然写着“大哥”两个字。

“你、你在跟厉君御通话？”

厉君澈点头，眸色微亮。他觉得好玩，就给他哥现场转播了阮萌萌跟阮娇娇的争执，本只是为了看热闹，谁知，他哥那种冷漠的男人竟然让他替阮萌萌说话。

“刚才那些话都是我哥说的，我只是转述。拿去，你自己跟他道谢好了。”

说完，他把蓝牙耳机塞到阮萌萌手里。

阮萌萌完全没想到厉君御会听到她跟阮娇娇吵架。仔细回忆一下，她刚才好像没说什么出格的话吧？

想到那个男人对自己的诸多管教，不许她说这个不许她说那个，就因为一句粗话就让她上礼仪课，阮萌萌就觉得头疼。她猜想就算厉君御让厉君澈帮自己，只怕也会训斥她，怪她在大庭广众下跟人吵架，没有淑女风范。

算了，不管了，她先道歉好了。

“喂……”她深吸一口气，正准备说自己错了。

男人低沉的声音从电话那头传来：“干得不错。不过下次再碰上这种事，不用自己上。告诉大哥，大哥替你摆平。”

“……”

阮萌萌傻了，完全没想到厉君御会跟自己说这种话。他向来看不惯她的粗俗胡闹，没批评她，反而表扬她，让她很不习惯。阮萌萌下意识咬住嘴唇，觉得心跳突然变得有些紊乱。

“你……你刚才是在表扬我？”想到厉君御那张冷冰冰的扑克脸，阮萌萌觉得有点儿玄幻。

暴君厉君御居然也会表扬人了？而且还是表扬她跟人吵架占了上风的意思。

电话那头，男人微微蹙眉，冰冷的眸底闪过一丝连自己都未察觉的宠溺。

“嗯，表扬你。”男人的声音依旧冷清，没有泄露任何多余的情绪。

“在家乖乖听老师话，好好备考，等我回去替你庆祝。阮娇娇和她外婆的事，你不用再管，我来处理。”

原本不愿意为了阮娇娇外婆的事花费精力，但刚才在电话里听完阮萌萌说的故事后，厉君御决定自己动手。关拘留所算什么？既然他们爱面子，那他就让阮娇娇的外婆知道什么叫颜面扫地好了。

“好吧……”阮萌萌点头，总觉得事情还是不对。

等到她挂上电话，才突然反应过来。厉君御刚才说等他回来给她庆祝……这是要庆祝她考试进步吗？

可……可是等她的考试成绩出来，肯定不会让厉暴君满意。想到厉暴君知道考试成绩后冷厉冰寒的眼神，阮萌萌不由得打了个寒战。

要不然她好好做？不，不行……

算了，到时候她就说是自己笨，怎么努力都学不好。厉君御总不可能把她的脑子打开，要改她的大脑构造吧？

哼哼……阮萌萌乐观积极（神经大条），很快就把这件事抛至脑后。

下午最后一节课刚刚结束，属于女孩子的娇软柔弱的声音突然从校园广播中传了出来。

“各位老师、各位同学，下午好……我是高级学院部学生会副会长阮娇娇，今天借学校广播，向一位同学表达我真挚的歉意……”

阮娇娇的道歉声刚刚响起，随着她的话，班上同学的目光逐渐转到阮萌萌身上。中午在学校餐厅发生的事，有一部分人已经听说了。有的人觉得阮萌萌太作，一点儿小事故意上纲上线，让阮娇娇在全校师生面前丢脸。有的人则觉得越君澈说得更有道理，反而因此对阮萌萌产生了些许愧疚。

广播里阮娇娇的声音还在继续。

她的道歉算是非常诚恳，态度和语气堪称完美，简直算是道歉界的教科书。

“虽然我当时只是一句无心的话，却真真切切地伤害了阮萌萌同学，我为我说过的话道歉，也再次澄清，我大姐阮诗诗的死和二姐阮萌萌无关。”

阮娇娇在智学的形象一向良好。虽然她私生女的身份曝了出来，但很快就有人站出来说，出身不是自己能够决定的，人品最重要。大多数同学虽然讨厌故事里的老太太和小三，却觉得阮娇娇是无辜的。她也选择不了自己的出身，更何况阮娇娇在学校一直都是那么完美的一个人。

广播里，阮娇娇道过歉后，话锋忽然一转。

“我的错，我认了，坦坦荡荡没什么好遮掩的。但我也希望姐姐你能够勇敢承认自己的错。在这里，借由学校广播，我呼吁阮萌萌同学能像我这样，站出来，给我外婆道歉。”

在教室里听着广播的阮萌萌皱起了眉。

呵，果然是阮娇娇，她永远不会让自己处于下风。

“姐姐，外婆头上缝了十几针，她老人家在这样的情况下，依旧被带去拘留所，就因为你说她拿花瓶砸你！可事实上，被花瓶砸伤的是外婆，而姐姐你却安然无恙地在学校上学。”

“就因为我们是一家人，对当时的情况，我也不想追究了。这本来只是家丑，家丑不可外扬。但偏偏，姐姐要把这件事闹大……”

“今天中午在餐厅，我只是想私下跟姐姐谈谈。我知道你恨我恨我妈妈，但我外婆是无辜的。我想让你看在她年近六十的分上，放下旧怨，让警察放人。只可惜……呵……”

阮娇娇苦笑了一声，那声苦笑里夹杂着太多的无奈和辛酸。

众人唏嘘同情，而阮萌萌却听不下去了。她发现过去实在是低估了阮娇娇的脸皮厚度。这种颠倒黑白的事只有她说得出来。阮萌萌不耐烦，倏地站起身。

“你去哪儿？”厉君澈独有的清澈嗓音传来。

厉君澈拽住阮萌萌的手腕，拦她。他哥已经说过这件事不用阮萌萌再插手。

“当然是去揍她……满口假话，没一句真的。”她要揍得阮娇娇在话筒前把真相吐出来。

“……”厉君澈无语，怪不得他大哥私下叮嘱他看住阮萌萌，原来是因为这个。

她明明是棉花糖一样软软的外表，性格却这样冲动。

“这件事不需要你过问，走，回家。”

“可是我……”

“怎么，要我现在打电话告诉大哥？”美少年挑眉，一句话就让阮萌萌熄了火。

她好生气……可是又拿厉君御没办法。她就是怕厉君御啊，哪怕隔着电话也怕。

无奈之下，阮萌萌只能压下怒火，不情不愿地顶着其他人探究鄙夷的眼神离开学校。而她无力的背影落在旁人眼中则成为心虚露怯的最佳诠释。不过半个钟头，阮娇娇受损的形象就重新修复。而阮萌萌则再次变成众人讨伐的对象。

车上，阮萌萌窝在后座幽幽地叹了一口气。

“唉……”亏她一世英名，到头来，却要被阮娇娇污蔑，而她还偏偏不能反驳。

她正生着闷气，手机铃声突然响起。她拿起来一看，是慕景行的电话。

“喂……”无精打采地应了一声，她想打人。

“萌萌，你快看微博，太爽了！”

慕景行兴奋的嗓音从听筒里传来：“御棠的官方微博，居然@了‘平安S城'！"

"他们把阮娇娇外婆用花瓶砸你的视频放到网上去了。现在网上的人都在热议你们阮家的关系。那个视频还被转发到学校贴吧，整个智学的人都能看见是阮娇娇的外婆先动手砸你的！"

慕纨绔的话让阮萌萌杏眸顿亮，一扫刚才的阴霾。她立刻挂了电话，去微博和贴吧围观。果然跟慕景行说的一样，御棠的官方微博贴出了视频，并且@了代表S城公安的"平安S城"，呼吁警方调查此事，并着重指出视频里的老人是女孩继母的母亲。

现在在微博上，什么"小三母女谋害原配女儿""贱渣后母虐待孩子"的话题全都刷了上来。

而学校贴吧，"阮娇娇真诚致歉，呼吁阮萌萌面对过错"的帖子还高高地飘在上面。而就在这个帖子下方正好是转发的真相视频。两个帖子摆在一起无形中就是在打阮娇娇的脸。她口中所谓的事实不用阮萌萌解释就不攻自破。

"哈……这次还不把阮娇娇的脸打肿了！"

阮萌萌笑得肚子疼，往真皮座椅上倒去，脑海里毫无预兆地突然闪过一双深邃清冷的黑眸。

厉君御……对了，她想起来御棠的老板就是厉君御。也就是说，这件事是厉君御干的？

嗯……阮萌萌突然有点儿纠结。

厉君御替她出头，还帮她给了阮娇娇这么大一个"惊喜"，阮娇娇的脸不只是被打肿，甚至可以说是打穿了。这样的情况下，按道理她是应该好好感谢厉君御的。但想到他不问她的意愿，就擅自做主安排一堆课程，占用她业余时间的做法，她又觉得这个男人坏得很。

"算了，还是不理他了……"软糯糯的声音带着点儿抱怨。

话是这么说，但阮萌萌还是拿出手机，翻到电话簿里署名"暴君"的号码，编辑了一条短信发过去。

欧洲，正是早上十点。

秋日和煦温暖的阳光从落地玻璃外射进来，让整个玻璃花房都染上一片金色的暖雾。厉君御此时正坐在玻璃花房的软垫上，一手接电话，另一只手落在小男孩柔软光泽的黑发上轻轻抚弄。

在软榻边上，有个小小的身影正低着头安安静静地摆弄着拼图。小男孩的相貌漂亮得足以吸引任何人的目光，那双跟厉君御如出一辙的狭长眼眸却不似厉君御一般深邃漆黑，反而如同大海一般泛着神秘的蓝色。

厉君御漫不经心地揉着他的发顶，小男孩却没有任何反应，只是沉默不语地玩着自己的东西。

电话里凌北正在汇报。

“大少爷，国内的情况大致就是这样。下一步，我们是不是该向警方施压？”

“不用。”厉君御语气冷淡而低沉，“告诉三婶，看在她的面子上，御棠对秦老太太打坏花瓶的事不再追究。”

“不……不追究？少爷，这……”凌北被弄糊涂了。

要是不追究，为什么又让他们把秦老太太拿花瓶砸人的视频放出去？

“既然三婶找三叔来说情，又说秦老太太跟她娘家外甥有姻亲关系，那就当卖三叔一个人情，让警局把秦老太太放了，那两千万也不用赔偿了。”

“……”凌北不敢作声了。

以他对他家大少爷的了解，大少爷是最讨厌被人威胁的。秦老太太托了重重关系，找到三夫人那儿说情，就等于用三老爷的面子来要挟少爷。少爷就算表面上让步了，但……他家大少爷可从不是慈善家，让他无缘无故让步绝不简单。

果然，下一秒，就听厉君御更显冷漠的声音响起。

“告诉三婶，看在她的面子上，御棠愿意承接秦老太太的寿宴。嗯……就当御棠替老太太赔罪、压惊的一点儿诚意。”

赔罪？压惊？鬼才相信大少爷心里是这么想的。

凌北敢保证，在商界吃人不吐骨头的“暴君大人”一定是又想出了更残忍、更诛心的惩戒方法。

挂上电话，厉君御脸色更加冷峻。

正在这时手机轻震。他点开短信，轻拧的眉便不自觉地舒展开来。

【那个……微博上的视频，是你让人发的吧。嗯，亲爱的大哥，谢谢你。】

语气扭捏，他看得出是那只小奶猫想了又想，编辑了很多次的短信。字里行间透着想要道谢，又矛盾羞涩的气息。

看完短信，他刚才还轻抿的唇角便以一种极其缓慢的方式浮起了笑意，若隐若现，似有似无。但那抹弧度跟他平时凉薄淡漠的冷笑完全不同。这样的笑让他整个人都从笼罩的寒冰中解放出来，习惯性地散发出的冷厉气场在一瞬间消失。

一直低头，沉默不语的小男孩突然抬头，露出那双澄澈通透的深蓝眼眸。他伸出稚嫩的小手，轻轻扯了扯表哥的裤腿，仰着巴掌大的小脸，默默地看着表哥。

即便不说话，厉君御也能从小表弟清澈透亮的蓝眼珠里看出他在想些什么。小家伙虽然自闭，却跟他非常默契。

小男孩伸出白皙的手指在他手心写下一个“笑”字，跟着又打了个问号。

小男孩的问题让厉君御唇角的笑凝住。

“小泽，天气好就要多出来晒太阳，别总窝在房里。”他的大掌揉在小表弟被太阳晒得暖乎乎的脑袋上，语气又恢复为平日的清冷淡漠。

“拼图拼好了？表哥看看……”小男孩湛蓝的眸子盯着表哥英俊的脸庞眨了眨，他能清晰地感觉到表哥在转移话题。

嗯……原来表哥也有逃避话题的时候，小越泽想着，低头，然后记住手机上那个名字。

“小奶猫”……

那一定是对表哥来说很重要的人。

S 国，秦芳坐月子的病房里，阮娇娇在秦芳床边，哭得双眼红肿，满脸委屈。

“妈，明明御棠的幕后老板是顾家亲戚的亲戚，为什么他们还要发那种视频？你说，我现在该怎么办……现在顾铉该怎么看我？学校的老师、同学，该怎么看我？”

阮娇娇越想越气，哭得上气不接下气。这么多年来，她在学校维护的好名声、她苦苦经营的好形象几乎毁于一旦。被阮萌萌直接揭穿身份，说她是小三的女儿，她还能说身不由己，出身无法选择，可现在，她前脚刚借着顾家的关系，以为搞定了御棠，栽赃嫁祸给阮萌萌，谁知道后脚，就被御棠发出的视频狠狠打了脸。

“你这孩子就是太心急了。妈不是告诉过你，什么事都要忍，笑到最后才是真正的赢家。你看妈，忍了陈晴之那么多年，忍了你奶奶那个老太婆那么多年，现在……生下儿子，我不就成了阮家最得意的人？”

秦芳一边教女儿，一边拍着她的手。

“放心吧，这只是一件小事。你今后嫁进顾家那样的大家族，还不知道会遇到多少糟心事。吃一堑长一智，就当买个教训好了。”

阮娇娇抬眸，坠着泪的眼睑闪过一抹惊诧。

“妈，你的意思是……你有办法？”

秦芳笑了：“当然，这种事，妈根本不放在眼里。”

说罢，她凑近，将自己的对策告诉阮娇娇。

厉园内，阮萌萌刚刚结束一场“补习”。

整整两个小时，她都在带“宝宝天下无敌”排位，但实际上，心思却一直落在手机短信上，等着厉君御的回复，可惜，两个小时过去了，厉君御那边依旧没有任何回应。

下了课，中途休息，阮萌萌心里愤愤不平，觉得厉君御无视自己。她正想再发一条短信过去，手机突然叮的一声。她以为是厉君御的短信过来了，立刻打开手机，没想到却是一条微信。

她换了新号，一个很久没有联系过她的人从微信上找了过来。

铉：【萌萌，你以前不是这样的。现在怎么这么恶毒，你知不知道娇娇都被你气病了？】

阮萌萌惊呆了。自从她姐去世后，顾铉跟她解除了婚约，就不跟她联系了。结果现在，他发条微信过来，还是骂她的。厉家美男如云，见识过高档货后，阮萌萌这个颜控早就不像以前那样对顾铉千依百顺。她撇了撇嘴，回过去。

萌喵喵：【你确定阮娇娇是被我气病的？我看，她应该是亏心事做太多，心虚气短被吓病才对。】

铉：【你怎么可以这么说你妹妹？萌萌，你太让我失望了！】

萌喵喵：【哦，那你就继续失望吧，我不介意。】

顾铉早就习惯了像小尾巴一样跟在自己身后的阮萌萌。从来都是，他说一，阮萌萌不会说二。他往左，阮萌萌不会往右。在旁人面前娇纵任性的阮家二小姐唯独在他跟前乖巧听话，没有一点儿脾气。可现在，阮萌萌却跟他呛声，甚至表现出了对他的敌意。

顾铉想了想，皱眉回复。

铉：【好了萌萌，我知道……你现在还在怪顾铉哥哥选择了娇娇。这件事的确是我对不起你。我知道你一直喜欢顾铉哥哥，可是感情的事是不能勉强的……】

阮萌萌看到顾铉的回复，翻了个白眼。她以前怎么没发现顾铉这么自恋？都这时候了，他还认为自己喜欢他！

萌喵喵：【说人话！你要是再说这种莫名其妙的话，我就拉黑你了！】

顾铉："……"

铉：【咳，其实我今天找你，是想让你站出来替娇娇澄清一下。这次的事对她影响很大，都把她急病了，你作为当事人出来解释，是平息风波的最好办法。】

萌喵喵：【哦，你想让我澄清什么？】

铉：【告诉大家事实，娇娇并不知道真相，她也是被蒙蔽的。】

萌喵喵：【你的意思是说，阮娇娇并不知道在御棠发生的事，但是她依旧站出来在广播里让我给她外婆道歉？】

阮萌萌的话里藏着讽刺，可顾铉显然没看出来。

铉：【没错，娇娇是无辜的。】

阮萌萌笑了，阮娇娇是无辜的，难道她不无辜？

她忍不住回复：【呵，她既然什么都不知道，为什么要我向她外婆道歉？

哦，她真当这是网上造谣呢，开局一个麦，故事全靠编？】

铉：【萌萌，娇娇她只是尊敬老人，不像你……】

阮萌萌聊不下去了。顾铉这已经不是渣男的范畴，这完全是被阮娇娇洗脑的脑残粉了。再说下去，她怕自己会憋出内伤。阮萌萌不打算折磨自己，直接将顾铉的微信拉黑，省得再继续受他茶毒。她憋了一肚子气，正在这时，手机又响了，一条短信发了过来。憋闷的心情一扫而空，阮萌萌立刻点开短信。

可惜……当她看清厉君御回过来的信息时，脸上的笑一点点消失。

“好好学习？”

厉君御居然就给她回了四个字：好好学习！

她一直悬在心口七上八下的小心脏顿时蔫了。阮萌萌也不知道她为什么会变成这样。但刚才那一瞬间，她听到短信声响起，那种满满的、快从心口溢出来的期待感却是那么真实。

大概是她难得乖巧一次，主动道谢，想要得到厉君御的表扬吧。嗯，一定是这样。

少女抿了抿唇，收拾起心情，退出短信。她不想回复，反正回过去，厉君御大概只会发一句公事公办的留言过来吧。

她漂亮的眸子微微低垂，清澈的杏眸深处是一闪而过的失望。

另一边，厉君御一边办公一边摆弄着手机，直到很晚，期待中的信息提示音也没再响起过。

第二天阮娇娇果然没来学校。

“你们听说了吗？阮娇娇病了，说是请了病假。”

“请病假，不可能吧……昨天还好好的，怎么会这么巧就病了。我还想看看，她今天来学校，会怎么说呢。”

“谁知道啊……不过我觉得这病也来得太及时了，说病就病。她要是没生病，今天来学校，怎么也要给阮萌萌一个交代吧？”

“就是，我也觉得……虽然娇娇平时人好，但这次这件事她做得也太过分了。那个视频我看了，明明是她外婆先动手的。那么大的花瓶就往阮萌萌头上砸……”

三年级 A 班教室里，得知阮娇娇请了病假，许多同学在窃窃私语。阮萌萌坐在最后一排，低头摆弄手机，假装听不见。正在这时，一声厉喝突然从同学中传来。

“够了——娇娇都病了，你们还在背后说风凉话……你们这样算什么朋友？！你们实在太过分了！”阮娇娇的头号脑残粉叶枫突然站起身跟其他人争执。

“我们就是随便讨论讨论嘛，叶枫，你别生气……”

“哼，饭可以乱吃，话不能乱说，你们难道不知道‘人言可畏’这四个字怎么写？娇娇刚请病假，要是知道你们这么说她，还不知会多伤心！”

阮娇娇和叶枫都是班上的骨干，大家在一个班上时间长了，总归会有点儿感情。被叶枫这么一说，其他同学脸上都有些不好意思，纷纷沉默。正在这时，一声微不可察的轻笑从教室后排传来。

因为全班突然安静下来，笑声便变得异常清晰。

“阮萌萌，你笑什么？”叶枫回头，看向唇角微扬的阮萌萌。

“我？”阮萌萌笑容不减，依旧眉眼弯弯。

“我没笑什么啊，就是笑有的人只许州官放火，不许百姓点灯。”

“你什么意思？你说谁是州官，谁是百姓？！”叶枫也不蠢，立刻感觉到了阮萌萌话里的嘲意。

“我没什么意思，谁是双标狗，谁就是州官。”

别人说阮娇娇，那就是“人言可畏”，可阮娇娇和叶枫随意造谣抹黑她阮萌萌的时候，怎么不说“人言可畏”这四个字？

“阮萌萌，你别以为我不能把你怎么样。我劝你把这句话收回去，要不然我让你吃不完兜着走！”

心爱的女神被气病了，这让叶枫理智全无。只要一想到阮萌萌可以坐在教室里冷嘲热讽，而阮娇娇却因为太孝顺被无辜连累，叶枫就恨不得替女神生病，替女神擦眼泪。

“好吧……你说得对，我的确该把这句话收回去。”阮萌萌歪了歪头，水亮的眸底写满讽刺，“毕竟，狗狗是那么可爱的动物，我不该辱狗。”

“阮萌萌，你……”叶枫忍不住，挥起拳头朝阮萌萌冲过去。阮萌萌毫无畏惧地坐在原位。她等着叶枫过来。只要他敢出手，她一定让叶枫后悔来这人世间走一趟。

就在叶枫快冲到阮萌萌跟前的时候，一直趴着睡觉的厉君澈突然抬起惺忪的睡脸，眼神微凛，美少年站了起来。虽然他才十六岁，但却比一米七八的叶枫高出一截。少年手长脚长，长臂伸展，右手轻松抵在叶枫脑袋上。而叶枫挥着拳都碰不到厉君澈。

“垃圾，你影响我睡觉了。”

少年居高临下，俊秀的脸上写满了冷漠。他叫叶枫“垃圾”叫得极为顺口。班上人都清楚，这声“垃圾”也是叶枫自找的。谁叫他上次大言不惭地说，“谁智商低谁就是垃圾”。

“越君澈，这件事跟你没关系，你别多管闲事！”叶枫气急攻心，又被厉君澈一声“垃圾”当场打脸，立刻急红了眼。

这时候，他也顾不上阮萌萌是女生，厉君澈是老师最看好的学生，总之，他要先把心里的恶气出了！

“我再说一次，你……打扰我睡觉了。”厉君澈眯起狭长的眸子，俊秀的脸透出冷意。

从阮萌萌的角度看去，这一刻的厉君澈没有了平时的阴柔，反而多了一丝跟厉君御如出一辙的冷然寒气。

“越君澈……你知不知道，我们叶家……”

叶枫话还没说完，美少年清冷的目光已经漫不经心地扫了过来。只见他薄唇轻启，清澈低冷的嗓音，吐出一个字：“滚。”

“叶枫，你在干什么？！”属于成年男人中气十足的怒吼突然从教室门外传来。是高汉秋！

“高老师，我……”叶枫立刻收起拳头。

“闭嘴！”看到宝贝学生写满不爽的俊脸，高汉秋立刻心疼起来。

“我在班上说过，不许打扰君澈休息。君澈跟你们不一样，每天晚上回去都要学习到天亮，他好不容易白天能睡点儿觉，谁让你吵醒他的？！”

老高的心还真是偏。

阮萌萌坐在座位上，听着老高对叶枫的一顿训斥，实在是叹为观止。厉君澈每晚回去学习到天亮？开什么玩笑。他每晚回去就在吃吃吃，吃完一桌子甜点才会餍足地回房睡觉。

他会学习？呵呵，整个厉家，分明只有她一个人晚上在“学习”。

不过，老高骂叶枫，她很高兴。她好整以暇地撑着下巴，眉目含笑地在一旁看戏。谁知，老高骂完了叶枫，视线一转，落到她的脸上。

“阮萌萌，你……跟我去办公室一趟。”开头三个字，他似乎还没缓过劲儿，语气凶狠，可说到最后几个字，已经变了语气和软的声音甚至还带着一点儿轻哄的意味。

其他同学听得汗毛顿起。

老班突然改变了态度，肯定有阴谋，说不定是骗阮萌萌去办公室，然后狠狠削上一顿。

因为昨晚的视频，现在班上同学对阮萌萌的成见倒是少了，还有许多人对她表示同情。不过阮萌萌毫不在意，站起身，就跟老高走了。

两人一前一后，刚进办公室，阮萌萌便瞧见高汉秋的老婆，三年级M班的班主任李秀丽站在高汉秋办公桌边上。

阮萌萌微微蹙眉，不懂老高什么意思，怎么把跟她不对盘的李秀丽叫来了。等她走近，却是李秀丽先开口：“萌萌，之前的事是李老师误会你了，李老师在这儿跟你道歉。”

什么，跟她道歉？阮萌萌怀疑自己听错了。

“小师妹，你没听错。”高汉秋一眼看出阮萌萌在想什么。

“我叫你过来，其实是我太太想见你。过去，我们夫妻俩对你有成见，主要是因为，我们也跟其他人一样，误以为是你害死了诗诗。”

“诗诗那孩子，虽然只在我们这里待过一年多，却是我们这辈子最得意的学生。她的死，让我们意外，也让我们心痛，当初听说你害死诗诗，也没多想，就把情绪转嫁到你身上……”

高汉秋和李秀丽抓着她说了半天道歉的话。事情说清楚了，阮萌萌倒是不在意。毕竟他们也是被阮娇娇误导的。但两人却不这么认为，因为愧疚，都想弥补。高汉秋原本就因为曹老头那层关系，把她当成了小师妹，对她好，她能理解。但李秀丽却有些夸张了，抓着阮萌萌嘘寒问暖，甚至抹起泪来。

“萌萌，你真是太不容易了……老师以前不知道你们阮家的关系那么复杂。还一直叮嘱老高，看在诗诗的情分上，要好好教导阮娇娇。直到昨天，听到那些话，老师才知道自己错得离谱……”

作为女人，家里同样有孩子，李秀丽简直对阮萌萌心疼得不得了。阮萌萌那么小就没了妈妈，和姐姐相依为命，在那样的环境里长大，不知道被后妈和那个偏心的奶奶折磨成什么样。

“萌萌，以后你有什么难事，尽管跟老师说。还有，学习上你也要抓上去，不能给你姐姐丢脸。对了，你之前的语文卷子，我仔细看过的，萌萌……你老实告诉我，那些题你是不是故意不做的？”

阮萌萌额角抽了抽，居然被发现了！

“我……”阮萌萌抿着唇，“我怎么可能故意不做。李老师，我就是不会……不过你放心，我以后会努力，尽量跟上进度。”

“你……”

“算了算了，萌萌既然都表态了，那就看她这周五摸底测试的表现好了。相信她，她一定会发挥出实力。”

高汉秋开口，拦住了李秀丽没说完的话。

“好了，你先回班上。这阵子事多，别耽误了学习，叶枫要是再敢找你麻烦，直接跟我说。”

“嗯，那我回去了，谢谢老师。”阮萌萌心想，叶枫要是再找她麻烦，她还求之不得呢，正好可以教训教训他。不过，老高的好意她还是要谢的。

等阮萌萌离开，李秀丽忍不住埋怨：“你怎么拦住我不让我说？”

“那孩子分明就会做那些题，故意不做肯定有原因。我看啊，她多半是家庭原因，说不定她这样做是为了吸引她爸爸的注意！”

“唉，你别瞎猜。萌萌既然说了会努力，那就再看看。那孩子是曹老的关门弟子，曹老是什么样的人你还不知道？以前打我没少打断尺子。有他管着，小师妹不会差，等周五的测试结果出来就知道了。”

高汉秋是不知道，曹老师打他，那是年轻气盛的时候，再加上高汉秋小时候就是个文弱书生，曹老师打他还不是白打。但换作阮萌萌，你看曹老师敢不敢动手。

阮娇娇不在，学校里又有老高护着，日子一晃而过，很快到了周五考试这天。

考试当日，阮萌萌按照往常时间到校，刚走到校门口，就被两个让人厌恶的身影挡住了去路。

“姐姐……”阮娇娇全身虚浮，脸色苍白，看起来病得不轻，全靠身旁的顾铉扶着，才能站稳。

“姐姐，对不起……看到那个视频，我才知道自己错得离谱。我、我也没想到，舅妈居然会骗我……姐姐，原谅我好不好？”

阮娇娇说话的时候几乎是上气不接下气，那双缀满泪意的眼珠紧紧盯着阮萌萌，似乎只要阮萌萌说个“不”字，泪水便会决堤而出。

可惜，阮萌萌不吃阮娇娇这套。她就是哭死，阮萌萌也不会抬一下眉毛。

“行了，要哭到旁边哭。这里是校门口，大家都忙着进校，请你让开，我还要进去考试。”

“你……”阮萌萌话音刚落，阮娇娇就哭了起来，眼泪一颗颗滚落，满是凄楚的泪光。

“阮萌萌，你怎么变得这么过分！娇娇知道你要考试，怕你心情不好，影响发挥，特意拖着病体坚持给你道歉。你不接受就算了，为什么还要说这么冷血无情的话？”顾铉的指责掷地有声，仿佛阮萌萌做了十恶不赦的事。

“呵，怕我心情不好，影响发挥？你们就不怕你们这对狗男女往我面前一站，我心情会更不好吗？”

阮娇娇安的什么心，别以为她不知道，八成是怕她这次考得不够烂，所以硬拖着，也要来恶心她。顾铉脑残看不出来，阮萌萌却一眼就看出来了，虽说阮娇娇看起来病恹恹的，但发丝凌乱中却带着美感，虽脸色苍白，但唇色却只白不干，不会让人觉得难看，反而带着凄楚可怜的柔弱感。

这样一副小白花的装扮，明显就是有人特意替她张罗的。可惜，不是每个人都像阮萌萌这样慧眼如炬。

眼瞎的人不只是顾铉，就连一些刚好被堵在校门口的同学这时候也跟着一起眼瞎了。

“阮娇娇其实也挺不容易的，她又不是故意的……”

“就是，她也是被家里人蒙骗了。阮娇娇都已经道歉了，阮萌萌为什么还不原谅她？”

“还能为什么，小气和嫉妒呗。没听她叫阮娇娇和顾铉学长狗男女啊。女人啊，得不到喜欢的男人，总是喜欢嫉妒。”

“你说得对，顾铉学长那么好的男人，谁不想拥有。别说她们俩不是一个妈生的，就算是一个妈生的，说不定也会反目成仇。”

“就是，阮萌萌态度这么差，八成是在争风吃醋。”

众人说话的音量并不低，顾铉自然也听见了。他不由得得意。果然跟他想的一样，这些日子阮萌萌的表现只是在故意引起他的注意。为了挽回他，她故意变得刁蛮任性，以为这样便能吸引他的注意。

顾铉是个很有自信的人，虽然他选择了阮娇娇，但像他这样的男人并不在意多一个爱慕者。想到这儿，他的脸色稍好了些，他耐着性子道：“萌萌，你也算是我看着长大的。我知道，我跟娇娇在一起你一时不能接受。不过你放心，就算有了娇娇，顾铉哥哥对你也永远不变。乖，你就别跟娇娇置气了，看到你们姐妹俩闹成这样，顾铉哥哥很自责的。”

阮萌萌真觉得顾铉应该去检查一下脑袋。小时候他挺正常的啊，对自己也一直呵护关怀。秦芳嫁进阮家带来阮娇娇后，虽然他对自己的态度淡了点，但看起来也是小男孩长大了，和女孩子冷淡疏离一点儿没什么毛病。

可是现在……呵呵，阮萌萌恨不得自戳双目，原来她以前那么瞎啊！

她正准备说几句话，刺激优越感过于良好的顾铉，身后突然伸出一只大手，搭在她略显单薄的左肩上。

“考试时间到了，还不进去？”低沉磁性的嗓音低低地传来。

当第一个字响起时，阮萌萌的心脏仿佛被什么东西狠狠攥了一下。她飞快地回头，心尖发颤。

“厉……厉……”

她看着突然出现在眼前的高大身影，大脑有片刻的空白。打死阮萌萌都想不到，厉君御居然会出现在校门口。男人高大挺拔的身影伫立在人群之中，顷刻间就吸引了所有目光。

有人倒抽着气，有人低低地惊呼，上次放学时只是在车内惊鸿一瞥，而现在，当传说中很可能包养了阮萌萌的“煤老板”再次出现，却引起了全校的震撼。

“这……这就是传说中的黄老板？”

“不可能吧，他不瘸腿也没麻子，而且……而且好帅啊……”

“是啊，比顾铉学长还帅，还帅得多！这人是谁啊？他要是阮萌萌男朋友，阮萌萌还吃什么醋啊，他比顾铉学长好看太多了！”

人群中，厉君御仿佛听不到其他人的闲言碎语，那双深邃冰冷的黑眸独独看向小奶猫俏生生的小脸。

“那边正好忙完，就过来看看你。”男人居高临下，淡淡地说，语气清冷淡漠，一张无懈可击的俊脸也笼罩着寒气，偏偏落在阮萌萌脸上的眼神却藏着一丝不易察觉的暖意。

其实，他是特意加班忙完国外的工作，提前赶回来的。国内最近状况太多，他不亲自过来确认她的情况总是不放心。果然，几天不见，小奶猫好像瘦了。他回去后要让厨房多做几道好菜，不能让她忙着学习，把身体熬坏了。

就在这时，一声不合时宜的声音非常没眼力见儿地插入两人之间。

“萌萌，他是谁？”顾铉的语气里藏着警惕和排斥。

比起阮萌萌，他的确更喜欢在阮家更受宠，也更有女人味的阮娇娇，但这不代表他就能放任阮萌萌喜欢别人。阮萌萌一直是他身后的跟屁虫，虽然今后不可能继承阮氏，但那张漂亮的小脸蛋摆在那儿，有她追求，顾铉认为自己的身价也能水涨船高。所以，他绝不容许阮萌萌的视线从自己身上离开。

“娇娇说得果然没错，阮萌萌，你变了……你说，你跟这个男人到底是什么关系？你转来智学是不是全靠他？就为了这个你就要被他包养？”

顾铉想得很简单，阮萌萌是没有能力转入智学的，她能进智学，一定是靠某种不可告人的关系。这个男人出现得恰到好处，他一定就是阮萌萌背后的金主！

顾铉的话立刻引起周围同学的好奇心。学校里一度传言阮萌萌被黄老板包养。虽然眼前这个男人一看就不可能是传闻中瘸腿有麻子的黄老板，但无论如何，一个高级学院生跟“金主”扯上关系影响总归不好。

“笑话，阮娇娇作为阮家的私生女，她都有资格来智学读书，我这个阮家正经的二小姐为什么没资格？”

阮萌萌美目流转，她轻笑回头，挽住厉君御的胳膊。

“还有，包养是什么鬼？我跟我家亲爱的，怎么可能是那种关系？”说着，她扬起小下巴，冲男人冷漠的俊脸甜甜一笑，“亲爱的，你说是不是？”少女盈盈的杏眸里荡着闪亮的光芒，精致玲珑的小下巴抬得高高的，像只娇纵又倨傲的孔雀。

阮萌萌说的话带有明显的显摆和斗气。而厉君御向来厌恶被人用来显摆和斗气。但他低眸，看到少女闪闪盈动中藏着不安和乞求的杏眸，拆穿她的话却怎么都说不出口。

男人墨眉微蹙，默默在心底叹了口气，算了，只此一次，回去再管教。在外人面前，他总要替小女孩留些面子，他微凉的大掌从少女的香肩往下扣住她细软的腰肢。阮萌萌柔弱无骨的小身体就被厉君御轻轻一扯，带入怀里，毫不避忌地亲密。

男人性感的下颌抵在少女馨香的发顶，他吐出几个字：“嗯，你说什么就是什么。”音调依旧冷冽淡漠，但他说出口的话却带着浓浓的宠溺。

“不可能，你喜欢的人明明是我！”顾铉脸色微变，眼底闪过无法置信的纠结。

他不喜欢阮萌萌，但早就习惯了阮萌萌的追逐。他不能接受，一直跟在自己身后的小丫头居然会移情别恋。顾铉宁愿相信阮萌萌为了报复，嫉妒阮娇娇，所以甘愿被人包养也要转进智学跟阮娇娇较量，也不能接受阮萌萌不爱自己了！

“萌萌……我不相信……”顾铉不自觉地松开阮娇娇，想上去抓住阮萌萌。

谁知，他刚往前一步，就被一个冰寒冷冽的眼神挡了回来。

那个男人……那个抢走阮萌萌的男人……他只是抬眸看了顾铉一眼，就让刚刚踏入大学校园的顾铉深刻地体会到什么叫作冰冷恐惧。

享誉商界的“暴君”只用一个眼神便让初出茅庐的顾铉缩回了伸向阮萌萌的爪子。

“铉哥哥，我头晕……”阮娇娇也不是吃素的，看出顾铉内心动摇，立刻娇滴滴地叫住他。

顾铉这才回神，转头扶住阮娇娇。阮娇娇便顺势倒在他怀里，好似一离开顾铉便站不住了。

“真能作……”阮萌萌低嘲一句，还想上去再撕一轮，小手却被一只微凉的大掌抓在了手心里。

“不许过去。”男人低冷磁性的嗓音在耳后响起，“时间差不多了，你该进去了。”

他是专程过来送考的，不是给这小丫头撑腰让她去吵架的。

阮萌萌水汪汪的大眼睛忽闪忽闪，她想了想，收回了踏出去的脚步。

“好嘛……我现在进去。”她表面上点头答应，心里实际想的是，反正厉君御在这儿，她吵架也吵不爽，也不能爆粗口，还不如下次再找机会收拾他们。

“听话。”像宠爱小猫般，他伸手在她的脑袋上揉了两下，“努力了这么久，考试加油。”

他赶回来送考，就为了这句话。凌北告诉他，小奶猫在家学习很刻苦，每科的补习老师都对她赞赏有加。想到这一个星期，她加班加点地付出，厉君御身为兄长便起了亲自过来送考打气的念头，这样的耐性，哪怕对几个弟弟他也从未有过。

他的右手还放在她的腰际，左手则抚弄着少女跟猫咪手感相近的脑袋。

两人的距离如此近。被厉君御揽在怀里，阮萌萌每一次呼吸，都会吸入男人身上异常明显的荷尔蒙气息。阮萌萌觉得头有点儿昏昏的，心跳好像在不停地加快。她向来对美色没有抵抗能力，更何况，眼前这个大概还是全 S 国顶级的美色。她的心跳越来越快，快得就像要跳出嗓子眼了。

“嗯……我、我知道了……”她慌乱地将他的大掌从脑袋上拿下来，理了理头发。

她垂下眼，难得露怯：“我，那个……我先进去了。你放心吧，考试我会加油的！”

说完，少女背着书包就往校门里跑，带着满满青春气息的校服短裙在半空中翻起了优美的波浪。

厉君御眼波平静。只是，他盯着阮萌萌远去的背影看了一会儿，一个念头忽然从脑内闪过：智学的校服裙子是不是短了点儿？

另一边，阮萌萌跑进教室，坐到座位上，还在大口大口地喘气。

完了……她刚才是怎么了？为什么心跳那么快，而且脸好烫，有种不敢直视厉君御的感觉。她该不会是生病了吧！她从未有过这样的感觉。

哪怕过去她面对顾铉，面对那些颜值养眼的小哥哥，也不曾像刚才那样心慌意乱。阮萌萌趴在座位上，将脑袋埋在双臂间，久久无法平静。直到片刻后，她终于找到了症结所在，是了！一定是因为心虚。

厉君御突然出现为她送考，还替她撑腰，替她鼓劲儿，可她却没办法如他所愿交一份满意的答卷。对，一定是这样。她只是心怀愧疚，觉得无颜以对，才会因为心虚而脸红心跳。想通了这点，阮萌萌终于松了口气。

正在这时，门外传来骚动。她抬眸看去，正好看见拖着病体、脸色苍白的阮娇娇，在几个好心同学的搀扶下走进了教室。

阮娇娇……她也要参加这次考试？

校门外，送考完毕回到车上的厉君御突然接到一个电话。

“大少爷，数据中心提早转移完毕……就在刚才，查到了‘萌主一统天下’的身份……”

考完试，从车上下来，阮萌萌觉得自己已经丢了半条命。因为厉君御的鼓励，她想试着认真做题，可是……还是不行。她每次都是这样，那个老毛病如影随形。现在她只想回房睡觉，谁叫都不给面子。

“赵叔，晚饭我不吃了，我有点儿累，先回房睡会儿。”阮萌萌对站在门口迎她的管家大叔交代一句，便背着书包上楼。

赵叔欲言又止，想叫住她，但想到大少爷的吩咐，又把到嘴边的话咽了回去。

“萌萌小姐，不是赵叔不帮你啊。”管家大叔想。实在是大少爷发起脾气来，就是老爷也不敢来硬的。

唉，他只能默默在心底为萌萌小姐祈祷了。

阮萌萌像平常一样推门进房间。今天是考试日，厉君御大发慈悲没给她安排任何补课。幸好是这样，她今天元气大伤，实在太累了。

她迷迷糊糊地甩掉书包，脱掉校服外套，解开白色衬衣的领口，跟葱白一样莹润白皙的纤长手指捏着白衬衣衣襟前的小小纽扣，一颗一颗往下，白色衬衣彻底敞开，露出里面可爱的粉色胸衣。她边脱边往大床走，两只小手刚刚解完纽扣，正准备去扯下面的蓝色校裙。

从进门到现在，不过几秒，她差不多快把自己扒光了。

“阮萌萌，你再脱一件试试。”

正在这时，一个冷厉低沉，比平时多了莫名暴戾的声音突然在房内响起。

提前坐在书桌后，等着收拾阮萌萌的男人毫无预兆地看到了少女脱衣服的画面，冷冽的目光正不偏不倚地落在那一小截从白衬衣里露出的莹白腰腹上。

随着阮萌萌顿住的动作，男人眸底的暗沉不由得加深。因为此刻，从他的角度看过去，正好可以看见粉色的小可爱包裹住少女香甜可口的身体。身体里有团火顷刻被点燃，厉君御凤眸微眯，强压下去。

而傻乎乎站着的阮萌萌，隔了好半响，终于发现那抹背光的身影。

“你，你……啊！”她慢半拍地惊叫出声，飞快地跳上床，拉起被子遮住自己。

“厉君御，你这个变态！谁让你不打招呼就进我房间的！你、你给我出去……出去！”

阮萌萌受了刺激。她脱衣服脱到一半，房间里突然出现一个异性，换了谁都受不了。

但她越叫，厉君御的脸色就越发难看。男人坐在那儿，一张阴沉莫测的脸仿佛能滴出水来。阮萌萌喊了几嗓子，察觉出情况不对，到最后，声音越来越小，最后干脆停了下来。

“你……你在我房间里，到底要干什么？”她躲在被子后面，只露半个脑袋，两个水汪汪的杏眸可怜兮兮地盯着厉君御，活像刚刚受过他欺负的小媳妇。

要是往常，厉君御或许就放过这小丫头了，但今天……

阮萌萌躲在被子后面，感觉到男人身上的气压陡然降低。紧接着，她看见厉君御起身，迈开长腿，一步步朝她走来。

他一米九的身高，带着极大的压迫性。男人薄唇紧抿，神情冷峻淡漠，黑沉沉的视线紧紧盯着她的脸。

被这样的眼神注视，向来天不怕地不怕的阮萌萌竟然又有了心如擂鼓的感觉。

“你……你要干什么……你、你别过来……”她下意识往后退，一直退到床头，紧紧扯住被子。

天知道她现在的举动多像一个被纨绔调戏的良家妇女，要是再扯两句“你别过来，再过来我就叫了”，那就更像了。只可惜她的抗拒被完全无视。

厉君御迈着长腿，几步便走到床边。他俯下身，两只大掌一左一右撑在她脑袋两侧。砰、砰两声，他正好将她壁咚在床头。男人黑眸低垂，锐利如鹰的视线注视着被他压在身下的小奶猫，削薄的唇勾起，冷冷吐出几个字：“萌主一统天下，嗯？”

“什……什么萌什么主？厉君御，你……你不要随便给我取外号。”阮萌萌别开眼，不敢直视那张靠得过近的俊脸。

她这辈子都没像现在这样狼狈过，呼吸间，全是男人熟悉又陌生的气息，一张小脸烧得火红。厉君御垂眸，锐利的视线扫过少女染红的脸。他看着那点点红晕从她白皙的双颊一直往下，蔓延到耳根、脖颈、锁骨甚至是白衬衣微微敞开露出的……

他的深眸微暗，那双深不见底的冷眸微微眯起，骨节分明的五指扣住少女小巧精致的下巴，毫无怜惜意味地强迫她抬起头。

“阮萌萌，听着……”厉君御盯着她，沉重冷冽的嗓音带着浓重的威胁。

“我警告过你，乖乖听话不给我惹麻烦，我会当你是妹妹疼。不过很可惜，你的行为打破了我们之间良好的合作关系。既然，你给不了完美的答卷，那我只好使用非常手段。”

“你、你放开我……我不知道你在说什么！”阮萌萌讨厌被人威胁的感觉，厉君御捏着她的下巴，威胁她的举动让她很难受。要是旁人，她早就发飙把对方手臂折断了，可现在她不知道厉君御具体查到了什么，或许只是一点儿皮毛，或许更多。但在他摊牌之前，她决定继续装傻。

“不知道我在说什么？”男人眯眼，那双冷冰冰几乎没有感情的深眸里藏着不加掩饰的危险。

阮萌萌感觉到危险来袭，她想逃，但在她下一步行动之前，一阵天旋地转忽然袭来。男人结实有力的手掌扣在她的腰上，顺势将她翻转过来。紧接着，她整个人就趴在了厉君御的腿上。

啪——极其清脆的一声从她被迫翘起的小屁股上传来。

这个暴君，这个可恶的男人，他居然打她？他还是像教训小孩那样，不顾她尊严地打屁股！

“你、你、你……厉君御，你敢打我！”

阮萌萌疯了，真的疯了，扬起下巴冲他吼，就像小野猫露出了利爪。

“你要是再敢打一下，我……”话音未落，她就看到男人的大掌又抬了起来，手掌再次落下，重重地拍在她的臀上！

这个巴掌完全就是惩罚，没有任何暧昧的意味。阮萌萌急出了眼泪，倒不全是因为疼，主要是太耻辱了，太丢人了……

厉君御，老娘今天跟你没完！

阮萌萌急红了眼，反手就要挣脱他的桎梏，捏碎这男人该死的手腕。可是向来力大无穷的她，被厉君御单手反剪着双臂，竟然死活挣脱不开。她哪里知道，她只是力气大，并没有受过训练。不像厉君御，母亲去世前的每个寒暑假，都要在雷丁顿家族的训练基地练习各种格斗技巧。对他来说，单手控制住阮萌萌是轻而易举的事。

男人摁住挣扎的阮萌萌，不给她一丝一毫逃脱的机会。他的大掌毫不留情地打在她的屁股上，他一边打还一边教训：“砂锅大的拳头是吧？威胁老师是吧？”

奢华典雅的欧式大床上只见男人再次抬起大掌重重地落在少女的屁股上。

“天资聪颖、上课认真？每晚逼老师给你做作业，自己跑去打游戏，嗯？”

老曹……老李……还有老任、老黄，你们居然出卖我！

阮萌萌欲哭无泪啊，满满都是被小伙伴出卖的心伤。

“自己不务正业就算了，还敢带小玺打游戏。阮萌萌，你逃了几天课，我今天就给你几巴掌。”

一、二、三、四、五……

阮萌萌迅速在心里默数，一急一乱，老毛病还犯了，居然数不清楚。反正，她也不知道厉君御究竟打了多少下，直到他停下，她才终于找到反击的机会。

“厉君御，你欺人太甚，我今天跟你拼了！”她要讨回公道，阮萌萌也不管厉君御还抓着自己的两只手，直接一个挺身，扬起脑袋，就往厉君御下巴上撞。

亏他长了张祸国殃民的帅脸，做的事却这么不地道。打女孩子屁股，他不知道这对女孩子来说是奇耻大辱吗？！

她咬紧牙关，决定撞花厉君御的帅脸，为民除害。而察觉出少女意图的男人蓦地松开双手，本能地后仰避开。谁知，因厉君御松开，让她的双手突然得到解放，阮萌萌的身子瞬时轻盈不少，这让她往上冲的力气超过预期。

只见衣衫半敞的少女往上跃，弹起的高度超过坐在床上的男人，两只小手无意识地压在厉君御的双肩上，将他往后推倒。

紧接着……砰——重重的一声，两人顺势倒在大床上。阮萌萌在上，厉君御在下，少女娇小的身子将男人压了个结结实实，而更要命的是，那张粉嫩嫩的唇瓣压在了男人削薄的唇瓣上。

霎时间整个卧室都安静了，气氛陷入诡异。

阮萌萌没有动，也不敢动。她能清晰地感觉到，手心下撑着的是男人结实紧致的肌肉。而心口……心口正压在男人硬邦邦的胸肌上，这样的距离，紧密贴合，差点儿让她喘不过气。至于唇瓣下传来的是那么明显的微凉触感。

要命了……她居然亲到了厉君御！

妈妈呀，那可是她的初吻！

“你还要压多久，起来。”男人冷冰冰的嗓音突然从身下传来。

“……”

她吓得立刻弹开，却在刚刚坐起身的瞬间，明显地看到厉君御黑沉沉的双眸陡然一沉。

“啊——变态！不许看！”阮萌萌尖叫着裹紧衣服，从他身上跳下床，躲到墙角。而厉君御则冷着脸顺势坐了起来。

就在刚才，唇瓣上柔软的触感突然消失，娇软的小身体也突然从他怀抱脱离，厉君御蹙眉，他不愿承认这竟让他有片刻的不适。

“阮萌萌……”厉君御突然叫她的名字，低低的嗓音慵懒而有磁性。

他就像是从中世纪画像中走出来的贵族。这一刻他斜坐在床前，修长的腿随意交叠，看她的眼神仿若深潭。阮萌萌怀疑厉君御有外国血统，要不然怎么可能像混血儿一样，拥有如此锋利深邃的五官。听到他唤她，她怔怔地看过去，正好看见男人修长的食指轻轻摩挲在削薄的唇上。

“这里……”指腹点上薄唇，厉君御抬起下颌，清冷俊美的双眸朝她看过去，“刚被你强吻。”

“所以，如果有变态，那也是你，不是我。”

“我……我刚才……”阮萌萌的脸一下又红了，竟然答不出一句完整的话。

她不自觉低头，不敢正视厉君御灼灼的目光，脸颊上火辣辣的，甚至有种快流鼻血的冲动。

她……她是怎么了？口干舌燥，心脏突突突地跳个不停。

连她自己都分不清是因为厉君御指责她强吻的事心虚，还是因为看到他……看到他以指点唇，那一瞬间的邪肆俊美，让人移不开眼。

完了！颜控真是致命的弱点啊！如果再多看厉君御一眼，她就快不能呼吸了！

就在阮萌萌找不到说辞，不知该如何开口的间隙，男人凉薄的嗓音再次响起。

“给你五分钟，穿好衣服，我在书房等你。”

五分钟后，冷静下来的阮萌萌出现在厉君御的书房。阮萌萌这时候也老实了，换了身衣服，坐在厉君御身边，一副乖宝宝的模样。厉君御瞥了一眼乖巧的少女，猜想她一定还在在意刚才那个吻。

“从今天开始，我替你补课。”清冷淡漠的嗓音低低响起，但又强硬得不容置疑。

“什么？”阮萌萌惊了！

“怎么，有意见？”

“不，没有没有……”她现在有点儿蒙，怎么敢有意见。她刚强吻了厉君御，就连被他惩罚的耻辱都被这件事带来的惊恐压了下去。

厉君御将阮萌萌的表现尽收眼底，冷眸微眯，倒没想到，只是一个吻便让小奶猫收起了利爪。原来她怕这个。

“只不过……您日理万机的，要是每天都替我补课，会不会太麻烦了？”阮萌萌想了想，找了个理由推拒。

“没关系，如果我没空，会让其他老师代劳。”听到又可以见到自己的老伙伴，阮萌萌松了口气。厉君御那么忙，她相信他有空的时候会很少。

谁知她这口气还没彻底松下来，男人低沉的嗓音却再度响起：“还是老规矩。你乖乖听话，我给你奖励。但如果你敢耍花样，不配合的话……”

“不配合的话，你又要打我？”阮萌萌眨着眼，忍不住问。

“不……”厉君御淡淡地否决，垂眸看过来，冷冰冰的黑眸里闪着诡异的光，“我就吻你。”

阮萌萌瞬时捂住嘴：“你……你说什么？吻我……你、你、你……你是我大哥！”

“嗯，没有血缘关系的大哥……”男人点头，语气平静而淡然。

“我……你……”

阮萌萌急得脸红了好一阵，才好不容易找回声音。

“你……厉君御，你怎么能吻我？不行，绝对不行……”阮萌萌这回是真的㞞了。

哪有这样的事啊！逃课，他打她，她都不跟他计较了，他现在居然还要吻她！是吻她啊……等等，她能不能问问，是嘴对脸那种吻，还是……还是嘴对嘴？

“怎么，你在质疑我的能力？”话音落下，厉君御撑起半个身子，侧身探过来。

阮萌萌看到那张清冷矜贵的俊脸在眼前放大，吓得差点儿从座位上掉下去。

“大哥，有话好好说，君子动口不动手……”这话刚说完，她就想咬舌自尽。

她在说什么，什么叫“动口不动手”？这不是在告诉厉君御快吻她吗！

眼看厉君御俊脸微侧就要贴上来，阮萌萌心尖颤抖，下意识闭上眼。

扑通，扑通……心跳加速，呼吸都乱了，她不知道自己在怕什么，只觉得全身上下所有的汗毛好像都在这一刻竖了起来。然而，她等了半晌，唇瓣上并没有预想中微凉的触感。

一秒、两秒、三秒……时间仿佛静止。

阮萌萌心有余悸，悄悄睁开一只眼睛。咦，人不见了？

再抬眼，她才发现厉君御已经坐回了原位，正单手托腮，薄唇微勾，似笑非笑地盯着她，那双深不见底的眸子里带着明显的戏谑。他居然耍她！

可惜，阮萌萌心里张牙舞爪，表面却不敢造次。她只能老老实实地窝在座位上，乖得像只小猫。

厉君御显然对这样的结果很满意。他墨眉微挑，单手拿起书桌上早就准备好的一份补课资料，淡淡地道：“你把钱还给小玺，我们就开始补习。”

“钱……还给小玺？”阮萌萌一时没听明白。厉君御训斥她不务正业，带厉君玺打游戏的时候，她根本没把这句话听进去。那时候她正被厉君御打着，内心羞臊得很，没空留意别的。

“怎么，你带小玺打游戏的事，这么快就忘了？”厉君御掀起眼帘，冷色的双眸凝视着阮萌萌。

阮萌萌愣了半秒，突然恍悟："没、没有……当然没。"

她也不是傻的，瞬间就明白了。原来"宝宝天下无敌"就是厉君玺！阮萌萌被真相震撼到了。

"既是这样，那十万块还给他。你是姐姐，要有姐姐的样。"厉君御嗓音低沉，语气却十分笃定。

厉大少的话不容置疑。可是十万块啊！整整十万，让她还给厉君玺……

她怎么这么倒霉，好不容易抱到个土豪的金大腿，居然抱到了厉君玺。

阮萌萌事前一点儿都不知道金主老板就是厉君玺。在她眼里，"宝宝天下无敌"就是个人傻钱多的土豪老板。虽然她开价是高了点儿，但这一个星期每晚辛辛苦苦带他上分也是真的。金主技术差，要求多，话多，还非要亲自上场。就是阮萌萌这种一穿五技术的大神，带着厉君玺辛辛苦苦打了一个星期，也才打到铂金段位。想到这儿，阮萌萌就更心疼自己了。

搞了半天，她还真带了个小学生……哦，不，厉君玺是跳级的，是初级学院生才对。

但不管怎么样，她付出劳动，厉君玺给钱，那些钱都是她劳动所得，不能就这么交出去。不管了，阮萌萌决定拼一拼！

阮萌萌想了想，问道："所以，我在游戏里的账号是小玺告诉你的？他知道我的身份了？"

"他不知道。"厉君御投给她一记毫无温度的眼神，"但就算他不知道，你也要把钱退回去。"

"等等……"阮萌萌抓住的重点不是这个，"既然小玺不知道我的身份，那我的账号是怎么泄露出去的？"

厉君御狭长的凤眸眯了起来。顿了两秒，他再次开口，冰凉的语气中带着一丝倨傲："很简单，因为御耀科技的创始人是我。"

阮萌萌瞳孔猛然一缩，漂亮的杏眸忍不住睁大。厉君御……厉君御居然是御耀科技的创始人！

那个全球顶级的游戏公司，御耀科技、御耀科技……对了，御，不正是厉君御名字里的字吗。

阮萌萌懊恼啊，后悔啊，早知道那个号她就不用自己的身份信息注册了。怪不得她会被厉君御查到！

想到这儿，阮萌萌忽然深吸一口气，抬眸看过去。

“大哥，我能不能求你件事……不要让小玺知道我的身份，好不好？”

少女抬起的眼眸中泛起蒙蒙雾气，水亮的杏眸求助地看向他，盈盈波光里透出一丝不安和害怕。

这样的眼神让厉君御凤眸微眯。男人心底倏地划过一道细微的电流，就像被什么东西蜇了一下。

厉君御眯眼，强制淡定地道：“有话好好说，不许哭。”

他的语气依旧生冷得可怕，但说话的音调却不自觉放缓。阮萌萌立刻就从厉君御的嗓音中察觉出他态度的转变。呵呵，原来厉君御吃这一套？好像突然找到了诀窍，少女眨巴眨巴漂亮的杏眸，可怜兮兮地看着他。

“我……我没哭……”阮萌萌倔强地吸吸鼻子，咬着下唇。

“我实话跟你说好了。刚来的时候，我无意间看到小玺在玩那款游戏。你知道的……他是我弟弟，但跟我却不怎么亲……我已经没有姐姐了，看到弟弟，忍不住就想亲近他……”

“我怕小玺排斥我，只能在游戏里用代打的身份接近他。现在，我们俩好不容易建立了共同语言，又交换了微信，进展还不错。我真怕贸然让他知道真相，他对我会更疏远……”后面的话都不用阮萌萌说完，厉君御便明白了。

阮萌萌跟厉君玺虽是同母异父的姐弟，但关系却不太好。再加上小玺的性格，如果阮萌萌不从游戏里接近他，只怕跟他还真是说不上几句话。想到这儿，厉君御皱起了眉。

他抬眸发现女孩正睁着水汪汪的大眼睛，可怜兮兮地瞅着他时，顿时觉得，阮萌萌可怜兮兮的小模样跟他小时候家里养的小奶猫一模一样。

沉默片刻，厉君御终于吐出一句话：“这十万块就算了，就当小玺给姐姐的见面礼。”

阮萌萌心下一喜。

“那……如果不退回去，总要把单子打完吧？我跟他约好，每晚抽两个小时，带他上王者。”阮萌萌眨巴眨巴眼，语气都变得雀跃了。阮萌萌觉得自己真是聪明至极。她灵机一动想到的理由，不但可以不退钱，说不定还能让厉君御松口，让她继续玩游戏。

厉君御抬起冷淡的瞳仁瞥了她一眼，薄唇弯了弯：“没关系，给你补习的时候，我顺便替你把单子打完。”

什……什么，厉君御要替她代打？

阮萌萌把厉君御从头到脚打量了三遍，怀疑自己听错了……

第六章

厉君御假装她的男朋友，见家长

不是阮萌萌看不起厉君御，她是真不相信穿西装打领带，顶着一张禁欲男神脸的厉君御会打游戏，还是那种有能力把厉君玺带上王者段位的游戏高手，可是接下来的画面让阮萌萌大跌眼镜。

她竟然看到厉君御拿出手机，当着她的面登录游戏。当他登录的那一刻，手机屏幕上滚动播放的横幅界面刷过一行金色大字。

【超级大神‘零’，已登录游戏一区，快和小伙伴们一起来膜拜吧！】

“你……你是‘零’？远古大神……零！”阮萌萌指着屏幕，惊讶得合不拢嘴。

零啊，传说中的零神！游戏编号 0，比第一个建号的 000001，都要更早的 0。

这游戏在封测之前，就吸引了大批玩家注意，封测时一次性开放了十万个账号给玩家试玩。那一批试玩的玩家后来几乎是百分之百续费，一路从封测玩到内测再到公测，走出了许多优秀的游戏工作者。从 000001 到

100000 一共十万个人，每个人都有自己专属的个人编号。这些人里有职业选手、游戏解说家、知名主播。可以说，这十万人完全奠定了这款游戏的群众基础。但最传奇的还不是这个。最传奇的是，当年封测前，在这十万人之前，游戏里已经诞生过一个超级大神。

那就是第一个将游戏封测内容带到各直播平台和视频网站的超级大神——零。编号为 0，ID 为 0，传说中的远古大神——零！

“你居然是零！”同样一句话阮萌萌已经说了三遍，而且她看厉君御的眼神也在不知不觉中变成了星星眼。

她看到“零”这个 ID，时间仿佛回到了几年前。她刚刚入坑游戏的时候，就是看着零神的视频，从他炫酷灵动的操作和冷静的预判、超越旁人的大局观中，琢磨出属于自己的风格。

“你后来怎么没打职业竞赛了，我记得你刚开始玩游戏的时候还拿过 S 国第一个世界冠军，为什么后面……”

阮萌萌激动地拽住厉君御，柔软的小手就那样覆上男人的手背。厉君御抬眸瞥了她一眼，眼神冷冷的，阮萌萌立刻从激动的情绪中惊起，收回爪子。她怎么忘了眼前的男人还有另外一重身份。他是厉家大少爷厉君御，身为厉家继承人，当然不会以游戏为生。

“既然你知道‘零’，应该不需要我再演示。”厉君御退出游戏，关上手机。接着，一只骨节分明、修长好看的手在阮萌萌面前摊开。

“嗯？”她呆萌地看着他，突然看到偶像的激动心情还没有平复下来。

“手机拿来。”厉君御眸光淡淡，另一只手顺势将桌上的习题集拍在她面前，“你有两个小时时间做完这套题。”

什……什么？阮萌萌眨眨眼，下巴掉了下来。

安安静静的书房里只听见笔尖唰唰唰划过纸张的声音。阮萌萌正在“聚精会神”地做着习题集。而另一边，男人坐在沙发上，两手拿着横过来的手机，本就冷淡的眼神逐渐冰凉，甚至闪过一抹阴鸷的薄光。

宝宝天下无敌：【刚才那个人头明明是我的，你会不会代练啊，连老板的人头也抢？！】

宝宝天下无敌：【啊啊啊……快快快，快来救我！谁、谁让你过来的？

我马上就可以反杀了，你跑过来杀了他是什么意思！】

宝宝天下无敌：【你居然只灭了四个让另外一个跑了，这么简单的游戏你都不能团灭，你这是什么代打，太垃圾了！】

正在房间里打游戏的厉君玺突然收到自己的队友“萌主一统天下”下线的信息。

“怎么回事？怎么掉线了……快上线啊！”厉君玺小朋友勉强应付着敌方的骚扰，嘴里碎碎念着。

正在这时，冷冷的三声敲门声突然响起，吓了他一跳。

“谁？”厉君玺大声问。

“是我，大哥。”男人冷冰冰的声音传了进来。

厉君玺手上一抖，差点儿把手机摔在地上。

“哦，等一下，来了。”他一边回应，一边手忙脚乱地把手机藏进抽屉，又把桌上的书本习题摆好，这才跑去门边。

在门后深吸了好几口气，厉君玺打开门，对着门后面色冷厉的男人挤出一抹笑：“大哥。”

“怎么这么慢？”厉君御垂眸看着眼前的小正太，面色冷漠。

“哦……我刚才在里面听听力，戴着耳机，没听见敲门声。”厉君玺小朋友被自家大哥强大的气场吓出一身冷汗，表面却佯装镇定。

厉君御点头，并未多言，但深邃的眸子却沉了沉。厉君玺顿时觉得，厉君御眼里一闪而过的寒凉几乎能将自己撕碎。他最近表现得很好啊……好像没做什么得罪大哥的事。这熊孩子哪里知道，他刚才在游戏里的一通骂简直把他大哥得罪惨了。

“这套报表今晚看完，写出总结。以后每晚睡觉前都要交一份总结到我书房。凌北会按时把最新的报表交给你。”

厉君御面无表情地递给熊孩子一份文件。厉君玺接过文件，翻了一下，漂亮的眼珠子立刻瞪得铜铃大。

“这……这是Y国子公司上半年的财报？”厉君玺小朋友说话的声音都在抖。

Y国，全外文的财报，而且还是整整半年的财报。他家大哥真的知道自己的小弟今年才八岁吗？让他跳级读初级学院的课程就算了，现在居然还要他看国外的公司财报？！

“不懂的上网查或者翻专业书，看不完就不用睡了。”厉君御拍了拍小弟的脑袋，冷漠的眼底没有任何怜悯。

熊孩子就是作业太少，才会有时间作妖。

看着自家大哥毫不留情远去的背影，厉君玺哭了。

完了完了，上王者是不可能的，他这辈子都别想上王者了！

书房内，阮萌萌正被一道数学题折磨得头晕眼花。

“把原式化简变形，再用a小于等于零和a大于零两种情况讨论。”头顶上，突然传来一声低沉好听的声音，阮萌萌微微一愣，往后仰起头，后脑勺正好靠在一个硬邦邦的怀抱中。

“你、你怎么会在这儿？”

她这才发现，不知何时厉君御已经悄无声息地走到她身后。他正慵懒地支起手臂，撑在桌前，将她圈在书桌和他的臂膀之间。

“小玺他还要代……”

“他有事要做，先下线了。”厉君御冷冷地说道。

什么，他居然下线了？那孩子每晚上线比她早，下线比她晚，这还是头一次提前下线。

“好了，不许分心，按我说的把这道题解出来。”

低沉的嗓音又在耳旁响起，阮萌萌这才抽回思绪，顿时觉得耳尖热得发烫。拿笔的手抖了抖，她颤颤巍巍地往空白的试卷上写了个“解”字，但之后她无论如何都写不下去了。

要命，越是这种时候，老毛病来得越凶……

“嗯……”阮萌萌抚着额皱眉，索性放下笔，偏头看向厉君御，“大哥，不是我不想写，我现在实在是写不下去。”

厉君御削薄的唇抿成一条线，似乎对她的表现很不满，他语气冷淡：“给我一个理由。”

阮萌萌眼珠子一转：“其实就是你是零神这件事对我的冲击太大了。我入坑游戏的启蒙偶像就是零神……你刚才在我面前登录那个账号，你……你都不知道我多激动。”说着，阮萌萌还夸张地拍了拍心口。

“我现在心跳特别快，根本静不下心学习……要不，我们今天先这样，改天再做？”

“是吗？”厉君御眸光微暗，冷冷吐出两个字。

“是呀，我……”她朝后扬起小脸，还来不及说完，蓦地发现厉君御竟弯腰靠了过来。

那张完美无瑕的俊脸顿时贴近，映进眼帘。

“你很喜欢我，嗯？”厉君御修长有力的双臂下沉，阮萌萌娇小的身体便被他圈得更紧。

她能感觉到，他清冷的呼吸落在耳畔。阮萌萌甚至看到，男人漂亮的薄唇勾了勾，禁欲慵懒中竟带着一份挑逗的意味。

怎么回事？厉君御怎么会突然问她这种问题？她怎么可能喜欢上残暴不仁的暴君，她又不是受虐狂！

“我、我怎么可能喜欢你……根本不可能……”阮萌萌也不知道为什么心慌，面对厉君御深不见底的凤眸，她连呼吸都是乱的。

男人墨眉微蹙：“但你刚才说，知道我是零很激动。”

阮萌萌眨了眨眼睛，有点儿愣。原来厉君御问的不是她喜不喜欢他本人，而是问她喜不喜欢零……

喀喀……阮萌萌本就有些发烫的小脸蛋更热了，就连雪白精致的耳垂也染上了绯色，自作多情，丢脸……好丢脸……

“哦，你说零啊……我当然喜欢零，嗯……是我偶像。”游戏世界里的偶像，启蒙大神。

这种喜欢跟现实里的喜欢当然不一样。阮萌萌强装镇静，其实心里懊恼得不得了。她正暗自后悔，男人冷淡的嗓音再度响起：“既然这样，你乖乖把这套习题做完，我就陪你打一场。”

什么？厉君御愿意上零神的号，跟她打一场！

电竞界的远古传说，大神零只有在御耀科技每次推出新款游戏的时候才会重新出现。从最早的《地下城勇者》《CXGO》《YX 联盟》到现在的《王者农药》，每一款御耀科技推出的游戏都是由零神引领风潮。而他上次出现是两年前《王者农药》刚刚封测的时候。

阮萌萌是从电脑游戏《YX 联盟》入坑，最近在玩的是手机游戏《王者农药》，但不管是哪款游戏，零神都是一个不可磨灭的符号。任何有追求的高端玩家都想跟传说中的零神一决高下。阮萌萌自然也是。

可是……

“不、不行，大哥……这些题，我真的做不了……”她咬着下唇，不敢松口。

可下一秒，厉君御冷清的声音让她心尖一颤：“是吗……那我只能吻你了。”他说完，阮萌萌便感觉自己的双手被人捉住，男人高大的身体从身后贴了上来。

“你、你……有话好好说……”阮萌萌平时不是这么㞞的，但厉君御突然贴近的举动，却让她连话都说不利索了。不得不说，小奶猫的七寸被厉君御捏得死死的。

阮萌萌全身紧绷，只感觉自己的背正紧紧贴在厉君御宽阔硬朗的胸膛上。如此近的距离，她能清晰地感觉到，厉君御的薄唇滑过耳尖的温度。

“做，还是不做？”低沉磁性的嗓音带着重重的诱惑。

属于男人的荷尔蒙气息喷在颈后，阮萌萌整个人都不好了。这样暧昧的姿态，这样暧昧的话，让她毫无招架之力。

“回答我，嗯？”仿佛是嫌撩得她还不够，男人嗯了一声，性感撩人的尾音略微上扬，透出让她无法忽略的诱惑挑逗。

完了完了，阮萌萌这下是彻底缴械投降了。

她浑身酥软地趴在桌上，闭着眼求饶：“别……别再靠过来，我说，我说还不成吗！我不是故意不做的，我……我有病……”

“有病？”男人微微蹙眉，好看的深眸掠过一丝怀疑，他倒是完全没想到阮萌萌会找这样一个借口。

“真的，真的有病……那个，大哥……你先起来，我……我说给你听。”

厉君御半眯着眼，深深睨了她一眼，但还是配合地松开她的小手。他起身，单手撑着桌面，淡淡地道："如果敢骗我，我保证会让你后悔……"简单的一句话却藏着毫不掩饰的警告。

阮萌萌抬眸看了厉君御一眼，霎时间，就被他眼神的沉冷吓得喉咙发哑。冷戾冰凉的眼神不像在看他亲爱的妹妹，反而像是猎人面对猎物时的决绝、冷酷。阮萌萌甚至有种预感，如果她敢说一句假话，厉君御这个暴君说不定会直接把她按在书桌上吻到缺氧。

"呵呵，大哥你说笑了。我就是骗其他人，也不敢骗你啊。我是真的有病……我姐和我的死党都知道，就是心病。我也不是故意逃课，不做作业的，实在是被这心病折磨得……"

"心病……"厉君御墨眉微皱，下一句直击要点，"什么心病？"

阮萌萌："……"

她不想说，真的不想说。因为这种事说出来，除了徒增笑料，基本没人会信。但看厉君御的脸色，她要是不说，只怕是他不会放过她。无奈之下，她只能尝试着告诉他真相。

"那个……你听说过晕血吗？"少女软了嗓音，柔柔地问道。

知道厉君御最吃这一套，阮萌萌故意娇娇地看着他。果然，男人脸色稍缓，似乎是比刚才好了一些。

"嗯。"他点头。

阮萌萌乘胜追击："那晕针呢，晕针听说过吗？"

厉君御眉峰稍顿："说重点。"

阮萌萌见卖萌这招不管用了，只能叹口气道："唉……我这个病，其实跟晕血、晕针是一样的。我这是……我这是晕算，就是晕算术的意思。"

晕算？

厉君御那双比墨色更浓的凤眸顿时覆上一层冷霜。阮萌萌的说辞无疑是在侮辱他的智商。而还在解释的阮萌萌显然没发现男人的眼神变化。

"普通的理科选择题，我还能大致地猜到一点儿，但到了大题，需要繁复的运算，我越算越觉得头晕眼花，根本看不清那些数。"

因为这个关系，她干脆连其他科目的试卷也一样空着不做。要不然，她语文、英语和文科卷得了高分，理科卷却全军覆没，实在太惹人怀疑。除了复杂的理科题她算不了之外，她还看不了公司财报，查不了公司的账。阮诗诗突然离世，而她就算抢到了阮氏，也没办法接手。也是因为这个，她当初才会偷偷溜进酒店，睡了厉二少借基因生子。

“阮萌萌……”厉君御突然开口，打断她的话，“你觉得这个理由，我会接受？”男人冷眸微动，如墨的深眸染上一层冷意。

被这样的眼神盯着，阮萌萌连心尖都在打战。但她没有撒谎，即便知道说出这样的答案会受到嘲讽，她也没有撒谎。

杏眸微润，她倔强地抬起下巴，直视厉君御。

“我不知道你能不能接受，但事实就是如此。”这个心病，表面看起来很可笑，可事实上就是她心里的一块伤疤。她现在可以装作若无其事地把伤疤拿出来，给别人看，但当初从那种阴影中走出来却不知花了她多少时间。如果没有姐姐，她……不可能重新乐观地看待这个世界。

“哦，是吗？”厉君御眼底掠过一丝淡淡的凉薄，下一瞬，却突然勾起了唇，唇角弯起的弧度撩人心弦。紧接着，他整个人覆了上来，捏住阮萌萌小巧的下巴。

“如果我说，我现在要吻你……你还会不会有这种毛病？”他忽然靠得极近，薄唇近在咫尺，微毫的距离，危险的气息萦绕在两人之间。

“你……你真的弄错了，我没有撒……嗯……”话音未落，他微凉的唇就贴了上来，直接堵住她的小嘴。所有的解释都被这个吻封存。厉君御修长的五指紧紧扣在她的脑后，将少女娇小的身体狠狠锁在自己跟座椅之间。就在这一方小小的天地里，阮萌萌的世界彻底眩晕、翻转，再覆灭、重建。

她从最初的紧张，到最后的酥软无力……

她已经浑然不知自己身在何处，又在做着什么，只觉得呼吸不是自己的，唇舌不是自己的，就连心跳也不再属于自己。

唇瓣柔软的触感比他想象中更加甜美。原本只是在利用阮萌萌的弱点，要挟她的男人，不知不觉加深了这个吻。

直到片刻后，“张嘴，呼吸……”男人低沉磁性的嗓音忽然响起。

阮萌萌感觉厉君御的手指轻轻捏着她的脸，他低低唤她。

啊？她恍然惊醒，立刻大口大口呼吸。

她、她、她……她刚才居然沉迷于厉君御带着淡淡烟草味混杂着男性气息的吻，被他吻得忘记了呼吸。就像她之前的预想一样，他真的……真的把她按在桌前吻到缺氧！

“你……你怎么能强吻我？！”她圆圆的杏眼盯着厉君御控诉，这次是真的漾起了水光。

一天之内她失去初吻、二吻，看厉君御的意思，如果她不乖乖听话，还会有三吻、四吻甚至是无数吻。饶是心宽胆大如阮萌萌这时候也被吓得心乱不安。

“现在再看看，这道题还会不会做？”厉君御根本不回答阮萌萌的话，将椅背一转，让她重新坐在桌前。他的大手将习题集推到她面前，修长的手指点了点题。他俯身，咬着她的耳垂说：“如果不会，我不介意继续帮你想起一些。”他嗓音低哑间藏着深深的威胁。

而被迫面对习题的阮萌萌只能揉着额角哀求：“我……我真的没骗你，这种题目，我根本……根本……”

她的声音突然顿住，少女圆润的杏眸睁得极大！因为她突然发现，试卷上模糊的字迹和数字竟然变得清晰起来。那些原本杂乱无章、犹如乱码的数字全都清清楚楚地映入脑海。她立刻拿起笔，毫不犹豫地写下答案……

厉君御：还说你不会做？

阮萌萌：我get了考试利器啊！从此以后，考过阮娇娇，看懂阮氏财报，接手公司，走上人生巅峰就全靠暴君大人啦！来，再多亲一口！

阮萌萌下笔如有神助。原式变形、解析、重组，再带入验算，每一步都毫不迟疑，正确率极高。这是一道有些难度的压轴题，分成三个小问。厉君御刚才提示的只是第一小问的解题思路。但阮萌萌做完第一小问后却没有停笔，反而继续往下。

第二问，第三问……

唰唰唰唰——房间里，只能听见她奋笔疾书的声音。笔墨落在纸张上，如行云流水，她很快就将这道难度中上的压轴题解了出来。

“好了！”阮萌萌放下笔，深呼了一口气。

此时此刻，她几乎忘记刚才被厉君御摁在怀里深深拥吻的画面，满脑子都是一种说不出的爽快与舒畅。这种感觉久违了。自从那个老毛病落下之后，她已经很久很久没有这样畅快的感觉了。想当初，她跟姐姐一样都被称为少年天才。可惜后来，因为那件事，她从此怕了算术，落下心病，反而变成别人眼里蠢钝粗浅的笨蛋。

“不错，都做对了。”正在这时，厉君御低沉的声音从她头顶传来。

男人看了一眼她刚刚写好的习题册，深黑的眼底掠过一抹疑色。最后两问，他没有提点，阮萌萌却解答正确。不仅如此，她使用的解题思路也很独特，隐隐超过寻常高级学院生的数学水平。墨眉微蹙，厉君御垂眸，正想询问阮萌萌过去为什么故意藏慧，原本还好端端坐在座位上的女孩，却在这时弹了起来。

“你……谁让你刚才吻我的！”少女漂亮的杏眼瞪得圆圆的，里面还有水润的光泽。刚刚她太兴奋了，沉浸在看清题目的激动中，这时听见厉君御的声音，才突然想起，他把自己按在怀里吻。

“你欺负人！厉君御，你居然真的吻我！”她还以为他只是威胁她，不会真的吻她。

“你……你这个暴君，我再也不理你了！”说完，脸色绯红的少女就推开可恶的暴君大人，逃也似的跑出了书房。

看到小东西比兔子逃得还快的身影，男人墨瞳微动，唇角勾起一抹矜贵的弧度，罕见地露出若有似无的笑。他瞥了一眼尚未做完的习题册，嗓音低沉：“算了……今天就先放过她。”

那小丫头吃软不吃硬，他不能逼急了。反正少女的软肋已被他捏在手中。今后，他有很多时间慢慢培养。

阮萌萌跑回房后一头扎进大床，抱着枕头在床上打滚，脸蛋却一直红扑扑的，怎么都消退不下来。天哪，她这是怎么了？明明她现在该去深思的是为什么能突然能做题了……为什么脑海里挥之不去的却全是厉君御贴近的俊脸，还有……还有被他吻住时奇妙又悸动的感觉。

打住，她不能再想这些了。

对，想正事，她得跟慕景行讨论刚才突然能看清题目的事。

想到这儿，阮萌萌拿出手机拨给慕景行。电话接通，她正准备告诉他喜讯，慕纨绔激动的声音却从电话那头传来：“萌萌，我正要打电话找你。不得了，出大事了……你爷爷知道顾铉跟你解除婚约的事，现在正在家里发脾气。我在你家门外都听到老爷子训人的声音，听起来好像是要顾铉跟你复合！”

“跟顾铉复合？”阮萌萌皱起眉，本能地抗拒。

“是啊，你不是一直喜欢顾铉嘛，现在这件事捅到了老爷子面前，这下，顾铉肯定是你的了……你能如愿以偿，又能虐哭阮娇娇，这也不错。”

慕景行的话其实有点儿言不由衷。他以前把顾铉当哥哥，觉得阮萌萌喜欢他也没什么。但这段时间发生的事却让他逐渐看清了顾铉的人品。

慕景行很想劝阮萌萌几句，但又没办法开口。因为他跟阮萌萌是真正的死党，深知阮萌萌对顾铉的感情。如果好朋友可以如愿嫁给心爱的男人，那他也只能祝福了。

“慕纨绔，你说什么呢……虽然可以虐阮娇娇，但我也不会拿自己的幸福开玩笑。就顾铉那种渣男，送我我都不要。”

“你……你没说笑，你真的不要？”电话里，慕景行的声音藏着一丝惊喜。

阮萌萌点头：“当然，我姐还在的时候，顾家知道我喜欢顾铉就让我们订婚。结果我姐一出事，他们就解除婚约，明摆着是趋炎附势的小人。这种人，就算长得再好看，我也不要。”

更何况，她现在觉得，跟某人比起来顾铉也不过是普通长相而已。想到这儿，脑子里不小心划过男人深邃俊美的脸，阮萌萌脸颊微红。幸好电话那头的慕景行看不到。

“那现在怎么办？我在门外都能听到你爷爷的骂声，老爷子那么疼你，肯定不会让你受委屈。”

整个阮家上下都知道阮老爷子最疼的就是二孙女。要不是老爷子身体不好，总是住院，阮萌萌在阮家的日子肯定比现在好过。

“我答应他们，明天回去一趟，到时候再跟爷爷说吧。”想到老爷子的身体，她又补充道，“你帮我过去看看……跟爷爷说，让他别动气，我明天就回去看他。”两人说好，就挂了电话。

阮萌萌心里记挂着她爷爷，也没时间去想别的，就连刚刚在书房发生的事也暂且丢到了脑后。

第二天，正好是周六。她起了个大早，没跟厉君御打招呼，偷偷溜出了门。她坐在出租车上，眼看就要到阮家了，手机却响了起来。来电显示上出现了四个字——“黑暗暴君”。

这四个字是她昨晚刚刚替厉君御取的新名字。

黑暗暴君，暴君的升级版。

这是一个在《王者农药》这款游戏里，平均一天要被玩家打死几十万次的大 boss（指挥者）。而现在，对阮萌萌来说，厉君御俨然已经化身为黑暗暴君。

不接，她想也不想，就把电话挂了，还嫌不够，又把手机直接关机。反正厉君御找她八成是要抓她回去补课。想到他的补课内容，阮萌萌就两腿发软，她才不要回去自投罗网！

正好这时车子开到了阮家外面，阮萌萌付了钱，下车，按响门铃。

“二小姐，你怎么这个时候回来了？”来开门的人是李嫂，向来对她跟阮诗诗都不错。看到阮萌萌，李嫂眼底闪过一抹惊异。

“我答应奶奶，今天回来。怎么，家里有事？”她虽然说过今天要过来看爷爷，但没说具体时间。现在才早上八点多，难道来早了？

“是啊，家里来了客人。是……”李嫂眼底划过一抹担忧，正压低嗓门说话。

可惜，她话还没说完，阮老太太的声音就从别墅里传了出来：“李嫂，是不是亲家来了？还不快让亲家进来！”

阮萌萌闻言，略微皱眉。

亲家？能让阮老太太叫声亲家的，怕是只有秦芳她妈。但凌北跟她提过，厉君御另有打算，已经把秦母从看守所里放了出来。秦母在看守所里遭了点儿罪，头上还带着伤，这会儿怕是还在医院里躺着，出不来。想到这儿，阮萌萌眼底的疑虑更深。她奶奶在等的人究竟会是谁?

“二小姐，你快进去吧，老太太催了……”李嫂的声音将阮萌萌的思绪拉回。

她点了点头，往里走，经过李嫂身旁时，她听到李嫂小声说了句：“二小姐，当心点儿。”

李嫂那一句话压得很低，明显是在提醒她注意。

当心，当心什么？阮萌萌猜不透，直到进了客厅，看到坐在客厅里的人，不由得眯起了眼睛。

客厅里一共坐了四个人。阮老太太、秦芳的哥哥秦刚、嫂子李萍，除此之外还有一个年轻人。那个年轻人，她曾经见过一面，记得是秦刚和李萍的儿子，也就是秦芳的侄子，好像叫秦朗。看年纪，他二十出头，长相随了秦家人，算是俊朗，但落在阮萌萌身上轻浮的眼神，却让她觉得不舒服。

阮萌萌环顾一圈，没看到她爸，眼底难掩失望。她爸应该知道她今天要回来的，但他却没在家等她。

“原来是你回来了……回来也不知道提前打个电话，真是不懂规矩！”

阮老太太一见面，就给阮萌萌来个下马威，看出她眼底的失落，还特意在伤口上撒盐：“别看了……你爸知道你今天要回来，特意避出去了。你把秦芳推下楼，差点儿害死他儿子，他根本不想见你！”

阮老太太没有说实话，阮兆天知道阮萌萌要回来，从昨天就开始让厨房准备她爱吃的饭菜，之所以现在不在家，全是秦芳搞鬼。昨天半夜，秦芳就说小儿子在医院不舒服，让阮兆天过去陪，到现在还没把阮兆天放回来。

即便知道阮老太太的话有添油加醋的嫌疑，但阮萌萌仍是觉得心底微闷。

“知道了奶奶……那我上去看爷爷。”阮萌萌冷冷地丢下一句话，转身就往楼上走。

她早就习惯了阮老太太的态度，回来就是为了看爷爷，其他事懒得争辩。谁知她刚走一步，就被阮老太太叫住。

“死丫头，谁让你上去的……你爷爷还在休息，没醒，你别上去吵他……”阮老太太不耐烦地指了指沙发，“你给我过来坐。”

阮萌萌漂亮的眉毛微微挑起。她倒是忘了这件事，爷爷身体不好，昨晚又闹到那么晚，恐怕的确没醒。

“既然爷爷没醒，那我就不坐了。我晚点儿再过来……”她转身，准备去隔壁慕景行家。

“放肆，谁准你走的！”阮老太太一掌拍在沙发扶手上。

“你给我过来坐，我有话要问你……”见阮萌萌不动，老太太又加一句，“你要是不想待，那现在就走，但走了就别想再见你爷爷！”

一句话掐住了阮萌萌的软肋。她深吸一口气，走到沙发边坐下。

好，那她就看看，她的亲奶奶葫芦里究竟卖的什么药。阮萌萌就不信了，凭她的身手，他们还能把她怎么样！

她刚坐下，坐她对面的李萍就眯着眼睛上下打量她。片刻后，李萍才对阮老太太说：“老太太，这件事有您做主，我们老秦家是放一百二十个心。我们秦朗您也看见了，年轻有为，刚毕业就被大公司聘请了，追他的女孩子不知道排了多少。”

“让他娶阮萌萌，虽然有些委屈，但也不是不行……不过，我听娇娇说阮萌萌早就被男人破了身子。这……要是真娶她，能不能让她先去做个身体检查？娶个二手货回家已经够憋屈了，要是她肚子里还带着一个，那我们秦朗可是吃了大亏！”

“嗯……你说得对，是该让这死丫头去检查检查。不过，就算肚子里怀了孽种也不要紧，打掉就是了。”

阮老太太话音刚落，客厅里突然传来一声巨响！

谁都没看清发生了什么。反正，当几人循声望去，就看见阮萌萌屁股底下坐着的那张中式沙发的扶手已经掉在了地上。

赫然间，李萍和秦刚的嘴都张成了鹅蛋那么大。他们这才想起来，秦芳说过陈晴之留下的两个女儿都邪门得很，一个聪明得像神童，另一个力气大得像妖怪。而刚才还一脸轻浮看着阮萌萌的秦朗这时候已经傻眼了。他的视线还落在阮萌萌那双可爱精致的小手上，纤纤玉指，十指白皙。

呼——可怕，太可怕了……这样的女孩谁敢娶！

“死丫头，你又干什么？！”阮老太太倒是一点儿不怕阮萌萌。

这死丫头虽然力气大，但从来不敢对长辈动手，仗着这点阮老太太就吃定她了。

“家里的沙发被你拍坏多少了，这些东西不是钱啊？你给我老老实实坐着，自己不检点，还好意思给人脸色看！我告诉你，你最好乖乖去做检查，别让我……”

她话音未落，一声老迈中带着威严的声音突然从二楼楼梯口传了下来：“楼下那么大动静，是不是萌萌回来了？阿楠，你又在训什么，每次见面就知道训孩子，还有没有一点儿当祖母的样！”

阮老太太全名李宜楠，在阮家唯一会直呼她“阿楠”的只有阮老爷子一人。听到爷爷熟悉的声音，阮萌萌不理阮老太太，站起身，就往楼梯上跑。

“爷爷……”她跑过去，扶住拄着拐杖的老爷子。

阮老爷子今年六十九了。现代社会，七十岁的老人家身体大多硬朗，但阮老爷子的身子却特别不好，据说都是年轻的时候创业熬夜熬垮的。

距离阮老爷子上次住院差不多有三个月了。阮萌萌想见爷爷总是被阮老太太拦着，这时候见到他老人家，忍不住红了眼眶。

“小机灵鬼，总算见到你了……来，让爷爷看看。”阮老爷子最喜欢阮萌萌。他总说，她跟自己年轻的时候一样，眼睛里闪着灵气。

老爷子历经风霜的脸上缀满了笑容。

大孙女去世的消息差点儿要了老爷子半条命，不过好在他还有二孙女。只是，老人家刚回家没几天，就听说二孙女的姻缘被那个私生女给抢了。这下彻底触怒了老爷子。昨天晚上，老爷子就把阮娇娇狠狠数落了一顿，今天还打算叫顾铉过来，好好说说他。

“老爷子，你说的什么话呢……我怎么会训萌萌，我就是教教她……”

阮老太太当着老爷子面可不敢对阮萌萌凶，立刻堆起满脸的笑。

“你看……她刚才不会控制力道，又把家里的沙发砸坏了。这不……我正在替她张罗对象呢，被人家秦朗看到了，多不好。”

“有什么不好！”阮老爷子极其护短，将孙女护在身旁。

“我们阮家的家具就是买给萌萌砸的，她要喜欢，砸多少都可以。你做奶奶的，为了点儿死物训斥孩子，丢不丢脸！”老爷子眼中没有对错。

二孙女做什么都是对的！说罢，老爷子威严中透出点儿精明的目光落在了秦朗身上。

“张罗对象……哼，就这小子？”阮老爷子毫不掩饰对秦朗的轻视。

老太太赶忙说：“秦朗很优秀的，名牌大学毕业，年纪轻轻就被那家很有名的御耀科技签下了，前途无限。”

阮萌萌皱了皱眉，怀疑自己听错了。

御耀科技？这么说，这个秦朗是在厉君御的公司里打工？

“呵，再怎么前途无限，也就是个打工仔，怎么配得上我们萌萌！”老爷子扬起下巴，提到乖孙女，满脸都是骄傲。

老爷子的话有些伤人。但他毫不在乎，也不管这样说会不会打了秦家人的脸。秦朗原本还做出一副恭敬懂事的模样，听到阮老爷子的话，脸色顿时变得铁青。他咬着牙，强自隐忍着眼底的怨气，却不知道，阅人无数的阮老爷子只看一眼，就从他往上翻起的眼白中看出他内心的不平和愤恨。

呵……沉不住气的家伙。他不过故意刺激一句试探试探，就被这个年轻人怀恨在心，一看就是心胸狭隘之人。

老爷子越发看不上秦朗，他转而看向阮老太太，沉声道：“我说过的……我们家萌萌除了顾铉，不需要其他对象！你别再给萌萌张罗这些有的没的。”

说罢，老爷子便抓起阮萌萌的手：“走，扶爷爷下去。爷爷倒要看看，今天有谁敢抢我乖孙女的心上人！”

阮萌萌本来还觉得她爷爷就是好，有她爷爷在，家里谁都欺负不了她，结果，老爷子最后一句话说完，差点儿把她听得嘴里泛苦。爷爷啊爷爷，您老人家怎么就认准顾铉了呢？顾铉有什么好的，连……连那个暴君都比他强。阮萌萌扶着她爷爷坐下，正准备说她不要顾铉，谁都不要，门铃却在这时响了。

“老爷子……顾铉说他今天会过来，估摸着是他来了。我知道你疼萌萌，但感情的事不能勉强，要不你等他进来了，听听他怎么说。”

昨晚，阮老爷子把阮娇娇骂了个狗血淋头，连带阮老太太也挨了训。阮老太太连夜让阮娇娇给顾铉打了电话，两人商量好，今天一早过来，专程说服老爷子。只是谁也没料到，阮萌萌会来得这么早，正好撞见。

阮老太太看了一眼被老爷子护在身边的阮萌萌，心里憋屈。这死丫头，也不知道给老头子灌了什么迷汤，让老头子死心塌地地站在她那边。只要一想到在老头子面前，自己这个原配发妻都比不上一个小丫头，阮老太太就越发嫉恨阮萌萌。

正在这时，玄关处突然传来细碎的脚步声。紧接着，顾铉携着阮娇娇从门外走了进来。顾铉跟阮娇娇走进来，金童玉女，很是般配。除此之外，跟他们一起来的还有顾铉的母亲，顾太太沈月。

“顾太太，你怎么也来了……来来，快坐。”看到顾母，阮老太太立刻改变了态度。

顾家老一辈和阮老爷子关系好，两家算是世交。不过，自从顾家娶了大家族的沈月当媳妇，顾家在事业上就和阮家拉开了差距。因此，看到顾太太沈月亲自过来，就是阮老太太也挤出了讨好的笑容。

“我们家顾铉的终身大事，我当然得来。”顾母不愧是大家族出身，一颦一笑，就连坐下的姿态都很优雅。

“难为你了……为了小辈的事还要亲自过来一趟。不过也对，顾铉跟萌萌的婚事，对我们两家来说都是大事，仔细些也好。”老爷子接过话，看到跟在顾铉身边的阮娇娇，眼神冷了下来，说出口的话也带着深意，他明显是不高兴了。

顾母自然听出阮老爷子的意思。但顾家也不会为了让他高兴，就娶了阮萌萌。阮诗诗没了，阮氏今后就是阮娇娇和阮明宇的。

顾家主营娱乐行业，跟阮家的直播平台和新媒体公司合作就是如虎添翼。顾铉娶了阮娇娇，就等于娶了半个阮氏。至于阮萌萌？呵，她有阮老爷子护着又怎么样，也不看看那老东西自己都只剩半条命了，还能护她几年？

“老爷子，您这话说得……虽然我们两家马上就是亲家了，但也不能乱点鸳鸯谱。阮萌萌跟我们顾铉的婚事早就解除了，我这次过来，是专程来商量顾铉跟娇娇的婚事的。”顾母脸上带笑，语气平和而婉转，丝毫看不出她心底对阮老爷子和阮萌萌的轻视。

“早就解除了？”阮老爷子眉峰微动，透出一股威严，“他们俩的婚事是我跟顾老商量好的。我怎么不知道已经解除了？”

听到他提起顾老爷子，顾太太脸上的笑容就僵了。这是赤裸裸的威胁。不过，她既然过来，就不会没有准备。顾太太抬头，递给顾铉一个眼神。

下一刻，顾铉就带着阮娇娇往前一步。

“爷爷，我今天过来是来负荆请罪的……娇娇跟我两情相悦，她已经是我的人了！爷爷，我不能做不负责的男人，我必须娶娇娇！”

“你……你说什么？你再说一遍！”阮老爷子抚着胸口，明显是被顾铉的话气着了。

听他话里的意思，居然已经跟阮娇娇有了实质性的关系。要是这样，那他家萌萌怎么办？

“爷爷，我再说几次，都是这样！”

“顾铉，你疯了吗？你跟萌萌青梅竹马一起长大，你怎么能跟娇娇在一起？”阮老爷子心底已经将顾铉从亲女婿的名单上划掉。被阮娇娇用过的男人，他们家萌萌不要。不要归不要，但他要讨回公道。

“爷爷，我很清醒，我没疯。”顾铉牵起阮娇娇的手，英俊的脸庞写满疼惜，“我清楚地知道，这辈子唯一深爱的人就是娇娇。”说罢，他转头看向阮萌萌，眼神带着鄙视。

“更何况，先对不起我，毁婚的也是阮萌萌。外面那些传闻，只怕您还不知道。十天前，她从外面回来，就带了满身的吻痕。现在，更是厉害，已经直接被男人包养，花钱转进智……”

顾铉话还没说完，突然就被老爷子举起拐杖，敲在了头上。

“胡说八道！”老爷子一声厉喝。

“我们家萌萌有我跟她爸养着，还需要被男人包养？顾铉，看在老顾的面子上，我今天就放了你这个小兔崽子。你还敢嫌弃我们家萌萌？我告诉你，你爱娶谁娶谁，以后别后悔就行。滚滚滚……快滚出去，别在我面前碍眼！”

“阮老爷子，你太过分了！你怎么能动手打人？！”顾太太沈月最宝贝的就是儿子。她看到顾铉被老爷子拿拐杖打了，立刻心疼地上去护住儿子。

一旁的阮老太太也反应过来，上前拉住老爷子，让他消气。

“打他都算轻的……一个小辈，跟我的二孙女订了婚，又出尔反尔地解除婚约，转头，就睡了我的三孙女，我没把他的脑袋敲出个窟窿都算是给老顾面子！”

“你……”顾太太恼怒得倒抽气。她实在没想到，这阮家的老头子竟然是这么冥顽不灵。

“老爷子，你要弄清楚一点。我儿子跟阮萌萌解除婚约，那是因为阮萌萌跟别的男人发生了关系。要不是因为这样，我儿子也不会……”

“呸！”老爷子的倔脾气上来了，根本不讲什么礼节。

“你们真当我老糊涂，看不清事理了？你儿子跟萌萌订婚，图的分明就是阮氏。你们以为诗诗没了，阮氏就再没萌萌的份，便二话不说解除婚约，又看秦芳生了个儿子，就以为阮氏将来都是娇娇跟她弟弟的，才又想娶娇娇。哼，可惜……”

老爷子把胡子一吹，当场丢出一个重磅炸弹：“你们把事情想得太美了！不怕实话告诉你们，遗嘱我都立好了，我这把老骨头就是现在死了，也会护着我孙女。我手底下百分之二十的股份，全都会留给萌萌！”

此话一出，无疑一枚深水炸弹，把在场所有人都炸蒙了。

“老头子，你……你怎么能把股份都留给那个丫头？那丫头蠢得像头猪，会败光公司的！”

“是啊爷爷，你……你不能这么偏心！我和弟弟也是你的孙子、孙女。”

比起股份，阮萌萌更想要她爷爷好的。

“爷爷，您胡说什么……您会长命百岁的，您怎么能说这种话。”

“傻丫头，爷爷虽然眼花了，但看得很清楚，爷爷知道有些人打的什么盘算。那些人把你的未婚夫抢走了，再给你爸爸灌迷汤，以为没人帮你是不是？你放心，爷爷帮你，爷爷这些股份谁都不给，就留给你。”

老爷子说完，还特意抬起眼，看向明显还处于震惊中的顾铉和顾母。他笑着说：“你们要娶阮娇娇，尽管娶。我们阮家占阮氏百分之五十一的股份，我手里有百分之二十，兆天手里百分之三十一。哼，我就不信，兆天将来能一点儿股份都不留给萌萌。”

阮兆天现在有三个孩子，就算他给小儿子留百分之二十的股份，剩下百分之十一的股份哪怕只分阮萌萌百分之五，那阮萌萌手里的股份也有百分之二十五。而阮娇娇姐弟俩，把股份加起来，只有百分之二十六。如此微小的差距，再加上阮娇娇那边毕竟是姐弟两人，真要以股份决定董事长职位，上位的绝对是阮萌萌。想明白这点，顾家人和阮老太太等人都慌了，特别是阮老太太，拽着老爷子就开始哭。

可就算他们几十年夫妻，老爷子心意已决，根本不为所动。他甚至当场宣布："这份遗嘱，我早就让律师公证。不过，有一条，必须要萌萌做到才能生效。"

"你要那丫头做到什么？"老太太忍不住问。

"结婚。"老爷子含笑看向乖孙女，"萌萌，你必须在二十一岁之前结婚，让爷爷知道有人能够照顾好你，爷爷才能放心地离开。"

S 国的规定，女性年满二十一岁，男性年满二十二岁就可以领证结婚。阮萌萌今年刚刚二十岁，到她二十一岁还有不到一年的时间。

听到老爷子提出的要求，顾铉失落的眼底突然变得明亮起来。是啊，阮萌萌到现在还喜欢他，因为他而疯狂吃醋，如果他回头，那阮萌萌还不是手到擒来？

除了顾铉之外，现场还有一人也是眼底一亮，那人就是秦芳的侄子秦朗。他刚才还在嫌弃阮萌萌粗鲁，力气过大，这时候看阮萌萌的眼神却放着光，仿佛在看金山。

"老头子，你作为长辈，怎么能这么偏心？！"阮老太太都快被气出心脏病了。

她强按下内心的不满，劝道："萌萌和娇娇都是你的孙女，你这样……你这样做，要娇娇怎么办？"

他当着顾家人的面宣布这条消息，这不是摆明要拆散娇娇的姻缘嘛。谁也不是真傻，哪怕顾铉喜欢娇娇多过萌萌，但他为什么娶阮娇娇，其实大家心里都明白。

"是吗，我这样就算偏心了？但我觉得比起你平时对萌萌的态度，我对娇娇已经算好的了。"老爷子毫不在乎地把话挑破。他这个老伴什么都好，就是不知道为什么，总是看不上陈晴之和她留下的两个孩子。

阮老太太被老头子的话说得喉咙一哽。她实在不明白，怎么这种时候了，老头子居然还记着替阮萌萌讨公道。

“好了，我累了……今天的事就先这样。至于你们……”老爷子看向顾家人，“你们想娶娇娇想订婚都随意，我绝不会说一个‘不’字。你们最好立刻就把订婚宴办了，也省得老有人觉得我偏心。”说完，老爷子抓起阮萌萌的手，把她带上了楼，压根不管他丢下“重磅消息”后，顾家还娶不娶阮娇娇。

“爷爷，您刚才在下面说那些话是骗他们的吧？您怎么舍得赶着我去嫁人？”二楼书房里，阮萌萌挽着爷爷的手撒娇。

“傻丫头，谁说爷爷是骗他们的……爷爷告诉你啊，就算你这丫头亲自求爷爷，爷爷也不会改遗嘱。到你二十一岁生日还有差不多十一个月。你要是不想把股份让给秦芳的孩子，那就赶快物色人选。”

“爷爷，您别开玩笑了，我去哪儿物色人选结婚。”阮萌萌有点儿着急了，看起来老爷子是认真的。

“爷爷没开玩笑……爷爷刚才就是故意放话给他们听的。哼，爷爷得让那些人后悔，叫他们看轻我的乖孙女！你瞧着吧，有这条消息，顾铉那小子肯定会跟娇娇分手，重新追求你。”

阮萌萌一听，慌了：“爷爷，你不会到这个时候，还觉得顾铉好吧？我真的不喜欢他。”

“傻丫头，爷爷都说了，他配不上你。不过，我们不要他也没关系，最重要的是能搅黄他跟娇娇的婚约。”

“爷爷，你……”阮萌萌都没看出来她爷爷这么记仇。

“哼，爷爷得让娇娇那丫头受点儿教训。别让她以为，只要是你的东西，她看上了就能随便抢。娇娇那么大人了，应该懂得属于别人的东西是不能随便觊觎的。”

“当然，爷爷这样做，也是在帮她。顾家三心二意，一心只想着我们阮家的公司。顾铉也不是良配，娇娇嫁给他以后只会吃苦头。”

阮萌萌听到这儿才知道，她爷爷看起来偏心她，但也不是完全不管阮娇娇。只是，老爷子的良苦用心，说不定在秦芳眼中，反而是他偏心的证据。

“对了……丫头，你还没告诉爷爷，这些日子你究竟去哪儿了？听说你转去了智学，难道真跟什么男人有关？”老爷子当然不会怀疑自己孙女被包养。他只是猜想，说不定是乖孙女谈恋爱了，有个有实力的男朋友，替她摆平了麻烦。

“爷爷，没那回事，是这样的……”

陈晴之还活着的事，阮萌萌是不会告诉她爸爸的，但对爷爷，她不能撒谎。她把事情原委告诉了爷爷，不过没有着重提厉家的身份。

老爷子听完，片刻后叹了口气：“原来是这样……”。

“唉，真是命运弄人。不过，你做得对，你妈妈的事最好不要让家里人知道，她这一辈子已经不容易了，省得给她徒增麻烦。”

“对了……那家人对你怎么样？会把你转进智学，看起来应该还不错。”

听到老爷子的话，阮萌萌脑海里突然掠过了某个暴君完美无瑕的脸。

阮老爷子是多么精明的人啊，更何况他又那样了解二孙女，一看阮萌萌红了脸，立刻凑近问道：“怎么，难道……我们家萌萌在那个家里遇上什么人，情窦初开了？”

话音刚落，阮萌萌本就嫣红的小脸顿时变成了爆炸红！她看着爷爷，杏眼眨巴眨巴，说话都不利索了：“爷、爷爷……你你……你在说什么呢。我……我怎么会……”

老爷子看见孙女这样，还有什么不明白的。这孩子大概自己都没发现，她从小啊，一紧张说话就结巴。要是真没心上人，他家乖孙女怎么会紧张？老爷子正想多问几句，书房门突然被人敲响。

“老爷子，老太太让我上来叫您和二小姐下楼。楼下……楼下来了客人。”李嫂的声音从门外传来。

老爷子和阮萌萌对视一眼，都在对方眼底看到一抹诧异。什么客人来了，还需要特意喊他们下去？

此时此刻，阮家的客厅中央，厉君御正冷着一张俊脸，旁若无人地坐在沙发上。在厉君御来之前，顾母已经带着顾铉负气离开，只剩下阮家人和秦家人。

刚才，阮老太太正跟秦家人商议要怎么才能让阮老爷子回心转意。突然眼前这个面容俊美、气质矜贵冷漠的男人出现在了阮家门口。

“娇娇，你确定，他就是包养萌萌的人？”阮老太太低声问身旁的阮娇娇。

“是，就是他。”阮娇娇看了一眼男人精致绝美的脸庞，眼底闪过一抹惊艳，心里的妒意更深了。凭什么，所有的好东西都是阮萌萌的？她那样笨，为什么能得到这一切！

得到阮娇娇肯定的回答，阮老太太心里顿时有了主意。只要坐实阮萌萌被包养的事，圈子里肯定没人敢娶她。赔钱货嫁不出去，等她二十一岁生日一过，遗嘱就会自动失效。到时候，那些股份还不都是小宇和娇娇的。

想到这儿，老太太立刻堆起满脸的笑，冲着厉君御说：“先生，你一定是来抓萌萌那丫头回去的吧？她是不是花了你不少钱？那些钱我们阮家不能替她出，你要带她走，我们绝不会阻拦。”

老太太原本是想套近乎，谁知，男人听到她的话，抬起那双淡漠的眸子，眼底凌厉的寒意差点儿把阮老太太吓得咬住舌头。阮老太太也算久经风霜的人，但这个年轻人眼底的冷厉却让她生出芒刺在背的错觉。

“不用。”薄唇轻启，男人面无表情地吐出两个字。

“不……不用？”阮老太太愣了愣，好不容易找回心神，“那是什么意思？”

男人似乎很不耐烦，冰冷而威严的视线落在阮老太太那张老脸上，微微蹙眉。

“我的人花我的钱天经地义，不用还。至于带她走……”男人勾唇，薄唇弯起一个漂亮的弧度，“没人可以阻止。”

不管阮家同不同意，他都会带她走。要不是给小奶猫面子，他根本没心情坐在这儿，跟这帮蠢货说话。

那小东西逃了礼仪课，要是再待下去，还要逃掉数学课、物理课。他现在是她的补习老师，必须对她负责。他才不是得知她去了阮家，怕她受欺负，专程过来接她的。

因为被小奶猫逃课，男人正心情不爽，因此周身都笼罩着一股低气压。阮老太太被厉君御浑身散发的寒气震慑，也不敢轻易开口，好不容易才找回自己的声音："呵、呵呵……那不知道先生跟我们家萌萌到底是什么关系？我听到一些传闻，作为她奶奶，只是想关心关心她。"

阮老太太这是想方设法让厉君御承认他是阮萌萌的金主。

因为老太太的问题，厉君御俊美深邃的五官覆上了一层寒霜。少顷，他嗓音稍沉，冷然道："我是她大……"

"亲爱的……你怎么来了？我不是跟你说，我就回家一趟嘛。真是的，才分开几个小时，你居然就追过来了……你就那么想我吗！"少女娇软的声音忽然响起，打断了厉君御未说完的话。

紧接着，大家就看到一抹娇小的身影从楼梯上跑下来，毫不避讳地扎进男人怀里。

阮萌萌跳上沙发，小手环住厉君御的脖子，坐在他腿上，像树袋熊一样抱着他，粉嫩嫩的小脸就蹭在他的颈窝，亲昵地撒娇。

"拜托拜托，千万别告诉他们你的身份。我妈妈的事不能让他们知道。"

柔软的嗓音在男人耳郭旁轻轻响起，阮萌萌用只有两人能听到的声音悄悄求助。她其实还有点儿紧张，心里七上八下的，不知道厉君御会不会配合。直到几秒之后，她感觉男人放在她肩上的左手往下，突然落在她的腰肢上，紧接着，右手挑起她的下巴，垂眸朝她眨了眨眼睛。

嗯，什么意思？就在阮萌萌呆愣之时，那张俊脸突然朝她贴近。

厉君御……厉君御居然当着这么多人的面，抬起她的脸，对着她粉嫩的唇瓣，重重地吻了下来。

"宝贝儿，你说对了……我想你，来接你回家。"

阮萌萌毫无预兆，那个吻就落了下来。

此时此刻，她脑子里只剩下一个问题——厉君御……他……他怎么能一见面又吻她呢！

"咯，咯咯……"正在阮萌萌被厉君御吻得迷迷糊糊的时候，几声轻咳忽然响起。

阮萌萌听出那是她爷爷的声音，这才回过神，推开厉君御。少女捂着小嘴，漂亮的杏眸哀怨地瞪了他一眼。

厉君御却不为所动，大掌依旧将她抱得稳稳的，眸色微冷，看不出喜怒，似乎跟平日一样。可阮萌萌却能从他微微弯起的唇角看出他此刻心情不错。

坏东西！他肯定是故意的，故意当众吻她，害她出丑，要不然这坏东西怎么会用似笑非笑的眼神看着她。

阮萌萌再瞪他一眼，就扭过头看她爷爷："爷爷……他……他就是我刚刚跟你说过的我的男朋友。"

萌萌其实是在暗示阮老爷子，厉君御就是陈晴之再嫁后那边家庭的儿子。

可惜，老爷子完全会错意了。他一想，是啊，乖孙女刚才在楼上小脸红扑扑的，好似提到了心上人害羞。莫非这个年轻人就是让乖孙女情窦初开的对象？老爷子再一观察，发现乖孙女正姿态亲昵地坐在年轻人腿上。而那个年轻人一手握着乖孙女纤细的腰，一手护着香肩，不经意间流露出的保护欲和占有欲，分明是小情侣之间才有的亲密。

"男朋友啊，哈哈……好好……我们萌萌交男朋友了，爷爷这就放心了。"老爷子乐呵呵地走过去，坐到厉君御对面，越打量眼前的年轻人越满意。

"老爷子好，让您见笑了。"厉君御神态自若地向老爷子问好，语气倒不似平日里那样清冷淡漠，只是握在少女腰上的大掌没有丝毫要松开的意思，就这样旁若无人地抱着她。

"好好……"阮老爷子阅人无数，越看这年轻人越喜欢。

他不但长得俊，气质也好，光看那眉宇间的气度，就能看出不是普通人。比起一旁自命不凡的秦朗，还有习惯性露出高人一等姿态的顾铉，这年轻人看似低调，却难掩光华。

"老头子，萌萌那丫头之前都没提过交男朋友的事，怎么可能你一说要她结婚，就冒个男朋友出来。

"呵呵，我看啊，这是那丫头故意骗你的……男朋友是假，包养关系才是真。毕竟无风不起浪，外头可都在传是这位先生包养了阮萌萌……"

阮老太太见不得阮萌萌好，立刻小声地上眼药。谁知，她的话音刚落，就被老爷子训斥了。

“外面传，外面传……外面传的东西能信吗？我孙女自己都说了，那是她男朋友。我还没有糊涂到自己孙女说的话不信，偏偏要去信外人的。”老爷子气得吹胡子瞪眼，当着众人的面就把阮老太太训斥了一顿，他转头，再看厉君御，却立刻变了张笑脸。

“再说了……你看这年轻人，长得多俊。这么俊的小伙子，就跟我年轻时候一样，还需要花钱去包养女孩子？”

老爷子说到这儿，笑眯眯地问厉君御：“像我们这样的人，靠脸就行了。年轻人，你说，爷爷我说得对不对？”

阮萌萌看了看她爷爷那张饱经风霜的脸，喀喀，实在是有些不好意思。她爷爷的话……也不知道厉君御怎么接。不过还好，空气只是忽然间安静了几秒。随后，厉君御面无表情地挤出一句话：“是，老爷子说得对。”

“哈、哈哈……我就说嘛，我乖孙女眼光好。哈哈哈……小伙子，有前途，我喜欢！”

老爷子笑得越开心，阮老太太和阮娇娇还有秦家人的脸色就越难看。但老爷子不管他们，眼里只有他的乖孙女和未来孙女婿。

“对了，小伙子，聊了半天还不知道你叫什么名字，家里有几口人，现在在哪儿工作啊？”老爷子这话匣子一开，跟外面的七大姑八大姨有一拼。他问了各种问题，恨不得把厉君御的家庭情况挖个遍。

阮萌萌虽然知道，她爷爷这么问肯定都是关心她，但还是觉得有点儿尴尬。特别是，她真怕厉君御会不耐烦，直接拂袖而去。要是那样……她还不知道该怎么收场。

谁知，平日里说话冷冰冰，半天没有一句好话的暴君，这时候却难得配合，用低沉好听的声音，规规矩矩地回答老爷子的问题。

“我姓越，全名越君御，家里除了我之外，还有我父母跟三个弟弟。我的工作是……”

阮萌萌赶紧扯了扯暴君的西装外套，提醒他不能暴露身份。

厉君御垂眸，看到小奶猫水汪汪的大眼睛藏着恳求，正可怜兮兮地望着他，波澜不兴的黑眸倏地闪了闪。男人薄唇微勾，转了话音：“我的工作，跟游戏有关。”

“跟游戏有关？”阮老太太眼底一亮，立刻接过话头，“秦朗的工作也跟游戏有关，他刚进了新公司，御耀科技你听说过吧，游戏行业很有名气的公司。”

厉君御点头：“嗯，听说过，还算不错。”

阮萌萌脸红了。暴君大人真是谦虚，自己家的公司也不夸夸，只说了一句“还算不错”。

以厉君御的性格，他从不会将话说满，更不习惯自吹自擂。

但这话落在秦朗耳朵里，却觉得是对方有意轻视他。他冷笑一声，忍不住开口：“御耀科技虽然是家游戏公司，但去年的营业额已经排入世界百强，在游戏行业的地位更是举足轻重。”

“本人不才，不过刚刚进入御耀科技，就已经拿到百万年薪的预付款。不知道越先生在哪家游戏公司高就？年薪又有多少？”秦朗说话的时候，鼻孔恨不得抬到脑袋上，就好像他进了御耀科技，御耀科技就是他家开的一样。

阮萌萌窝在厉君御怀里，像看小丑一样看着他。这人要是知道，在他面前被他轻视的这位“越先生”，就是御耀科技的幕后老板，不知道还能不能做出这样高傲轻慢的姿态。

“御耀科技对下属员工向来慷慨……百万年薪，不错。”秦朗以为厉君御会露出怯意或是羡慕的神情，谁知他只是冷着嗓音点评。

御耀科技从不养废物，秦朗能进御耀，说明他有点儿能力。只不过他大概不知道，在御耀，底薪最低就是百万年薪。

“至于我……我没有固定的公司。年薪……也不固定。”

他手底下那么多公司，还真说不出他算是在哪家公司工作。至于年薪，各家公司每年的营收和分红，不过都是银行账户里的数字。这些东西有专门的经理人打理。他只关心大方向的投资决策，倒的确没有留意过那些数不清的 0 具体是多少。

“呵，没有固定公司，还没有固定年薪？哈，哈哈……越先生，还真是……哈哈哈……”秦朗笑得非常不客气，连带阮老太太和秦家人也跟着闷笑。

阮老爷子的脸色顿时沉了下去，倒不是因为厉君御，他只是觉得这几个人实在没眼力。这年轻人一看就不是池中物，也就是这些蠢货目光短浅看不出来，还在这儿丢人现眼。秦朗不知道老爷子的心思，还故意问厉君御："你刚才不还说你的工作跟游戏有关吗？让我想想……跟游戏有关，又没有固定公司，也没有固定收入的工作是什么……”

“哦，我知道了！”秦朗夸张地叫了一声，“你不会是职业玩家吧？”

说到这儿，秦朗的眼神透着轻蔑。

“职业玩家……”厉君御倒不觉得丢脸，想了想，点头，“不错。”

零，在网络上的身份，的确算得上职业玩家。

“哈，哈哈……可你要是职业玩家的话，我怎么从来没见过你这张脸？”秦朗的语气已经变得十分嚣张，“现在的职业玩家，赚得可不少，你要是真出名的话，光靠这张脸就能圈不少粉。到现在，我还没在圈子里看过你，只怕……混得不怎么样吧？”

“不过不要紧，你可以把你的游戏 ID 告诉我，看在萌萌的面子上，我回公司后，说不定可以替你运作一下。”

阮老太太见状，立刻插话：“是啊，你既然是萌萌的男朋友，那就让秦朗帮帮忙。秦朗啊，对我们萌萌可好了，就跟哥哥一样。看在萌萌的面子上，提拔你一下也不是不可以。”

老太太当然不是想帮厉君御，她就是故意挑拨，想让厉君御怀疑阮萌萌跟秦朗的关系。

“够了够了，人家君御第一次来家里，看看你们都在胡说什么！”老爷子实在看不下去了，站起身，打断他们的话。

“君御，萌萌……爷爷今天累了，算了，你们先回去吧。爷爷改天再单独约你们，好好聊聊。”老爷子身体刚刚恢复，精力不足，刚才那样呼喝了好几次，让他很疲惫，实在不想再听这些阴阳怪气的话。

阮萌萌见爷爷累了，立刻从厉君御身上跳下来。

“我先送我爷爷上去。”她跟厉君御说了一声，也不理其他人，扶着爷爷上楼休息。

结果，刚上楼，他爷爷就从衣服里摸出一样东西给她："乖孙女，拿去……藏好了……"

"这、这是……"阮萌萌愣住了，她爷爷居然塞给她一个暗红色的本子。

"傻孩子，这是户口本。没有户口本你怎么结婚啊……快，快拿好了，爷爷看好那个小伙子，回去就赶快把证领了。"

"这……"阮萌萌哭笑不得。

爷爷，您连那位的真面目都不知道，这么积极就把孙女送给他，真的好吗？

等阮萌萌从楼上下来，准备跟着厉君御离开，秦朗见状，也跟着站起身："爸、妈，我公司还有事，我也先走了。"秦朗是故意的。他刚刚用公司预付的薪资贷款买了辆宝马，就停在阮家大门外面。

秦朗见阮萌萌跟厉君御已经走到门口，立刻追上去："萌萌，等等我……我跟你们一起走……"

片刻后，阮家门外，秦朗站在自己新买的宝马车旁，看着绝尘而去的限量版迈巴赫，直到跑车的车尾消失在视野里，还没有从震惊中回过神来。

怎、怎么可能……那个男人不是名不见经传的职业选手吗？他……他怎么可能开得起价值千万的迈巴赫！

"哈哈哈……笑死我了……你有没有看到秦朗脸上的表情，我都替他脸疼。你说，他下次见到你，还敢不敢这么装了？哦不，干脆下次我们去你公司，直接把他叫到办公室……"

阮萌萌只顾着笑话秦朗，完全没注意到男人的脸色正一点儿一点儿地阴沉下来。等她说到最后，才突然意识到，厉君御从头到尾没接过一句话。

空气突然变得安静起来。

阮萌萌闭嘴，怯怯地问："你……你怎么了？"

厉君御正握着方向盘，眼神直视前方，连一个多余的眼神都没施舍给阮萌萌。他面容冷漠，这一刻，完全没有刚才在阮老爷子面前所表现出的平易。

“阮萌萌，你逃课了。”厉君御薄唇轻启，嗓音淡淡的。

阮萌萌下意识皱眉，没想到厉君御居然还记着这件事。

“还有……我说过，以后不许再叫我亲爱的。你拿我做戏的次数太多，麻烦。”最后两个字语气不重，却冷得让人心寒。

阮萌萌下意识抬眸看他，见他依旧直视前方，那双如墨的黑眸威严而冷漠，他不像刚才在客厅里抱着她叫她宝贝的男人。她的心莫名地疼了一下，下意识抓紧包，那里面还装着爷爷给她的户口本。她刚才真的差点儿就想问他……可不可以帮她演戏，跟她假结婚。但现在……阮萌萌扯了扯嘴角，幸好……幸好她还来不及说，要不然丢脸的就是自己了。

阮萌萌不是软弱忧伤的性子，心疼了一下，就顽强地修复过来。她抬起下巴，倔强地顶回去：“那你还不是一样。明明只是做戏给他们看，你还不是一见面就吻了上来。就算是演戏，你也不用那么逼真吧？！”

“演戏？”厉君御削薄的唇勾起一个冰冷的弧度，带着几分嘲意，他冷冷地说，“你说错了，那不是演戏。”

“不是……”阮萌萌微微一怔。不是演戏，那是什么？

他们俩又不是情侣，她叫他“亲爱的”，他回吻她难道不是为了在阮老太太他们面前隐瞒身份吗？

车子正好停在红灯路口。

厉君御侧眸过来，冷冽的视线落在阮萌萌的脸上。看着那张愣怔的小脸，他用公事公办的口吻，冷淡开口：“那只是惩罚，逃课的惩罚。”

“惩……罚……”阮萌萌下意识地复述，想起他说过的话。一旦她不听话，不好好学习，他就吻她。

原来那不是威胁……原来他说的都是真的。所以，他的吻……也只是惩罚而已吗？她尚来不及细想，男人冰冷而淡漠的嗓音再度响起：“不然你以为我为什么要吻你？”

阮萌萌巴掌大的小脸闪过一丝错愕。她抬眸看向厉君御，无数来不及收敛的情绪从那双可爱圆润的杏眸中掠过，心虚、狼狈甚至还有一抹连她自己都没发现的怅然若失。

幸好这时红灯跳转绿灯。厉君御的视线重新看向前方，她才没有被他发现那些来不及收敛的情绪。

小脸微微发白，她觉得嘴唇有些干。

活了二十年，她第一次体会到这种奇怪的、空落落的感觉……就好像浑身上下都不舒服，但又说不上是为了什么，小手不由得收紧。她想，她真的应该好好考虑一下，找个人嫁了，搬出厉园。

“现在回房间，把你桌上的试卷做好，我待会儿上去检查。”阮萌萌出去了一趟，耽误太多时间，刚回到厉园，厉君御就冷着嗓音，面目冷清地吩咐道。

“哦。”阮萌萌就跟泄了气的皮球一样，乖巧地答应，连一句反驳的话都没有。

看着少女垂着脑袋，有气无力往楼上去的身影，男人深不见底的黑眸里掠过一丝暗沉。

楼上的房间。

阮萌萌一进门，就把卧室门反锁了。

“神经病……惩罚人家就乱吻人，哪有这么变态的惩罚方式！暴君暴君暴君，晚点儿就上游戏带人免费打暴君！”

阮萌萌一边骂着，一边擦着嘴唇，直到把粉嫩的唇瓣擦得嫣红，才停下来。她一屁股坐到椅子上，从包里抽出那本暗红色的户口本，看着户口本，她觉得很棘手：“爷爷，您真是的……怎么就给我弄出这么大的难题呢。”

阮萌萌对着户口本犯愁，原本还准备拖到二十一岁前的最后两个月再来解决这件事，不过现在不能等了。

虽然她也说不上来是为了什么，但……她心里隐隐有种预感，如果再继续留在厉园可能会发生什么连她自己都无法控制的事。

说干就干，她立刻打给慕景行。

“喂，萌萌……”

“慕纨绔，话不多说。”电话一接通，阮萌萌直接问，“你就说，我们俩是不是关系最铁的好朋友？”

电话那头的慕景行愣了下：“是，当然是。”

“好，既然是好朋友……你能不能把你家户口本偷出来？”

“什么？偷户口本！”慕景行凌乱了，“你要我家户口本干什么？”

“不干什么……就是想问问你，那个……你看，我们俩结婚怎么样？”

“结、结婚！咳、咳咳咳……”慕景行好像是被自己的口水呛着了，好不容易才缓过气，“萌萌，你别这样……我还小，经不起吓……”

“谁说我吓你了，是真的……”阮萌萌把今天在阮家发生的事告诉了慕景行。

“老爷子厉害啊，这么狠的招数都想得出来。顾铉这下还不悔青肠子。还有阮娇娇，她肯定气死了，哈哈哈……”

“唉，我现在哪有空管他们两个。慕纨绔，你放心，假结婚而已……你赶快把户口本偷出来，我们去……”

“打住打住！”慕景行叫停，“萌萌，不是做哥们儿的不想帮你，实在是我心有余而力不足啊。你难道忘了，我今年才二十，明年二十一，我怎么跟你结婚？”

“对，对啊……我怎么把这事给忘了！”阮萌萌一拍脑袋，更蒙了。

S 国的规定，女方二十一，男方二十二才能结婚。可她身边超过二十二岁、适合结婚的男人，除了顾铉、秦朗之外，就只有厉君御。但厉君御，是绝对不行的……

“要不这样，我替你想到个合适的人选……”慕景行的声音从电话那头传过来，“要嫁就嫁个能闪花顾铉和阮娇娇狗眼的男人。厉二少怎么样？我保证，你嫁给厉二少，绝对能闪瞎他们的狗眼！”

“厉二少……”阮萌萌蹙眉，没想到会听到这个名字。要不是慕景行提起，她都差点儿忘了，那个在半个多月前由她亲自设计被她借用基因的男人。

时光匆匆，谁能想到，半个多月后的今天她居然会住在厉家，只是还没见过厉二少。

“我听说厉家那位大少爷太难搞，到现在还没女朋友。所以厉家老太太就在张罗给厉二少物色未婚妻，厉二少就是怕麻烦，才出国留学的。”

“不过，他应该快回来了。再过一个月就是厉家老爷子的寿辰，他肯定要回来祝寿。反正你都跟他发生关系了，到时候我替你想办法见见他，说不定他也跟你一样，想找个假结婚的对象。”

第七章
他的吻，她的药

慕景行的提议倒让阮萌萌觉得可行。厉君廷从各方面来说，好像都是适合假结婚的对象。只要厉君廷真的像慕景行说的那样，也被家族逼婚，那到时候，她把情况跟他说明，两人各取所需，正好互相帮忙。

至于刚才那一瞬间，在脑海中掠过的冷峻身影被她刻意压了下去。

“对了，‘萌主一统天下’那个号我暂时不能用了。你把你账号密码发来，我最近用你的号。”

阮萌萌挂了电话，没有直接开游戏，反而坐在书桌前，开始做试卷。她想，她再也不能给厉君御任何机会“惩罚”她了。

桌上放着三套试卷，分别是语数外三门主课的。阮萌萌将语文和英语试卷挑出来，唰唰唰开始写。升级考总复习难度的试卷对她来说相当轻松，不过一会儿她就全部完成。最后剩下的就是那份数学试卷。阮萌萌闭着眼深吸一口气，将数学试卷从最底下抽出来：“昨晚能看清，现在应该也能吧……试试……”

她睁开眼，定神，接着就惊喜地发现她的病居然好了！数学试卷上的每一道题，都能通过双眼清晰地传入大脑，那些数字在刚刚传入的瞬间，大脑开始急速运转。目光所及，每一道题该用什么解法，考查的是什么知识点，全在阮萌萌的掌握之中。

她本来跟阮诗诗一样聪慧，但因为生病让所有人都以为她是蠢货，只会拖累姐姐，却没人知道，阮诗诗当年带她做过检测，单就智商而言，她比姐姐还高。要不是因为那件事给她造成了心理阴影，这么多年她也不会被人误会。

“难道真的恢复了？”阮萌萌觉得奇怪，那场心病就像刻在骨子里一样如影随形。哪怕姐姐给她找过好几个心理医生，也没解决。可现在，所有的数字都清楚地映入眼帘，而且再也不会因为她在心里默算而产生生理性的排斥，让她头晕目眩。

既然好了，那就赶快……和刚才做语文、英语试卷一样，不，甚至还要更快，阮萌萌飞速解题。

唰唰唰，半个多小时，她就做到了最后一道大题。然而，原本清晰的数字却在这一刻突然变得模糊起来。

头晕，眼花……怎么回事，怎么会这样？额角渗出冷汗，生理性的排斥再次出现，阮萌萌忽然觉得浑身无力，心脏一抽一抽地疼。嗯，难受……好难受……在意识失去的最后时刻，恍惚间，她仿佛听到门被打开的声音。

为什么？她锁了门，怎么，还会被人打开……

阮萌萌再次醒来的时候，发现自己正睡在卧室的大床上。她左手手背上挂着点滴。而靠落地窗的那一侧，一抹熟悉的身影正坐在沙发上。

厉君御修长的双腿交叠，他将笔记本电脑搁在膝盖上，戴着蓝牙耳机。清冷的语调低低地传来，他似乎正在跟人开视频会议。

看着男人慵懒又从容的姿态，阮萌萌漂亮的眸子黯了黯。她调整好呼吸，才开口：“大哥……”

“醒了？”听到声音，厉君御抬眸。随后，他很自然地摘掉耳机。

“你不用管我，你先忙。”阮萌萌跟他客气，口气显得很生疏。

男人好看的墨眉微微一蹙。他也不管视频那头依旧在等着他做决策的高层，直接将笔记本电脑盖上，起身朝她走了过来。

“医生说，你没吃早饭，所以才会低血糖晕倒。”厉君御走到床边，大掌落在阮萌萌额前。

微凉的掌心忽然贴在额前肌肤上，让阮萌萌不自觉地抖了一下。她撇开头，想避开男人的触碰。

“怎么，冷？”厉君御垂眸，淡淡地看着她。他放在她额前的大掌却不曾偏离，依旧落在她的额上，甚至还多用了几分力，就像是不让她逃脱一样。

阮萌萌拧着眉，眼神里带着几分倔强：“不冷……”

她不是冷，她只是不想让他碰。

“还有，医生不是说我低血糖吗？既然这样，你摸我额头干吗？我又没发烧……”厉君御误以为她低血糖晕倒，那就当低血糖吧。阮萌萌现在并不想跟厉君御多解释。

小奶猫的态度很差，可以说是毫不客气地对他亮出了利爪。听到她的话，厉君御深邃的瞳孔倏地冷了几分。他微眯起眼，眸底掠过一丝薄怒。

他难得主动关心人，却被对方毫不留情地拒绝，这让从未有过如此待遇的暴君大人非常不习惯。他正想说两句话警告她，低头，却看到少女略显苍白的小脸。

“阮萌萌……”他叫她的名字，出口是冷硬的语气，威严中带着冷肃的气息，“以后不许不吃早饭。”声音却不自觉放低，还带着若有似无的关心。

阮萌萌微微一怔，原本都做好被厉君御训斥的准备，谁知却是这样……

“你做的试卷我看过了，语文英语做得不错，数学最后一题虽然没解出来，但进步很大。”

大掌从她额前拿开，厉君御冷着脸替她拉了拉被子，盖好。

“你明明会做，以后不许再胡闹，更不许任性交白卷。最近也不许玩游戏，好好学习，等月考之后我陪你打一场。”厉君御依旧严苛，但态度其实已经有了软化。

不过这一连串的“不许”听得阮萌萌头疼，她根本不想理他。她淡淡地嗯了一声，就窝在被子里，只露出两只大眼睛盯着他。这样湿漉漉的眼神很容易让人想歪。

厉君御垂眸，居高临下看着她惹人怜爱的小模样，心底不由得一怔。

“你好好休息……这两天公司忙，我暂时没空给你补习，会给你安排老师，记住，不许欺负他们。”

厉君御说完，不等阮萌萌回应，就头也不回地离开了房间。

阮萌萌窝在被子里，看着他快步离去的背影，脑海里闪过疑问，怎么感觉厉君御看起来像是落荒而逃的样子？她有那么可怕吗？

第二天周日，厉君御果然没有出现，给她补课的又变成了曹老头和李老头。厉君御似乎是跟她的理科过不去，优先补习的还是数学和物理这两门功课。

数学课上，阮萌萌对曹老头说：“这些题目我都会做，我只是懒得动笔。”

天地良心，她说的是实话！

“是是，我也看得出来你都会做，所以这些试卷不是给你准备的，是我做的……”

曹老头非常上道地将试卷铺开，根本不去深究阮萌萌的话。大小姐说什么就是什么，她说她会做，那曹老头就当她真会做。厉大少固然可怕，但再可怕也没有阮萌萌这关门小徒弟可怕。她单手就能将铜质摆件捏变形，这么恐怖的力量，他这把老骨头可不想尝试。

阮萌萌单手托腮，很认真地说：“曹老师，我说真的，我真会做。”

“是是，你会你会……”老曹连头都没抬，拿起笔，准备替阮萌萌写完今天的作业。

这些试卷都是高汉秋出的，虽然难度对高级学院生来说有些超纲，但老曹做起来简直可以变着花样玩。

“第一题选 C，第二题选 A，第三题 D，第四题 A，第五题 B……”属于少女的柔软清新的嗓音突然在老曹耳边响起。

老曹愣了愣，立刻对着题目审视……

他抬头，不敢置信地看着阮萌萌：“你……你从哪儿找的答案？你师兄给你的？”

“我说了，我会做……我还没有混到需要他给我答案的地步。”阮萌萌嘀咕着，伸手将试卷翻了页，指着最后一道大题。

“你看这道题，考的是不等式，传统的解答方式我觉得太麻烦，就想了个新的……”阮萌萌撑着脑袋，娓娓道来。

这张试卷，她昨天趁着老毛病莫名其妙消失的时候，特意看过一遍。她记性好，看过的题目都记得，当时就解了出来，现在只是复述，不在脑子里运算，就不会产生生理性的排斥。

老曹听完阮萌萌一番话，这下是真的愣住了。

选择题可以抄答案，但这种大题，只要不会，哪怕是让你照着说，也不可能说得这么明白。更何况，阮萌萌用的这个方法还特别巧妙，就连他也没想到，绝不可能是她提前上网查好背下来再用来卖弄的。

“你、你……你怎么会想出这种解法？”

“很简单啊，就用这里想出来的。”阮萌萌指了指脑袋，又指向倒数第二题。

“还有这道题也是，在这里加一条辅助线，再以 A 点为圆心，AD 为半径画圆……这样做出来比普通解法更简便。”

听到阮萌萌接连解出两道难题，老曹这回彻底愣住了。过了好一会儿，他突然大笑起来，一把抱住阮萌萌。

“哈……哈哈哈……没想到我曹伟平这么走运，以为摊上一个苦差事，结果却挖到个宝。好徒弟，来来来……我这儿还有几十套珍藏的试卷，我们来讨论讨论。”

老曹骨子里还是老学究，一碰上阮萌萌这样有灵性的学生，顿时起了爱才之心。他恨不得把自己压箱底的本事全都拿出来。

“打住。”然而，他满腔的热血却遭到了无情打压。

“曹老师，题呢，我是不会做的。这些试卷还是你写，以后的作业也一样。我说过了……我会，但我不想动笔。”

阮萌萌撑着下巴，好整以暇地看着他。她就是故意留下那张试卷不做，好向老曹证明她的实力，至于今后考试怎么办，那就只能随缘了。既然昨天和前天她的老毛病能莫名其妙消失，说不定以后也会呢？

老曹愣了愣，倒也不恼。天才嘛，总归是有点儿脾气的。

“好好好，那以后的试卷都交给老师做……你放心，厉大少那里，老师会替你隐瞒……你好好休息，好好休息。”

收了关门弟子，老曹也变得滑头起来，为了哄小徒弟开心，决定替阮萌萌背锅。

阮萌萌见老曹如此上道，高高兴兴地掏出手机。正好，她还差一点儿就够给侦探社下一期的钱了，那就抓紧时间赚钱……

整个周日，阮萌萌打游戏打得都快疯了。她连续接了好几个单子，做完后加上从厉君玺那儿赚来的十万块，算是把下期给侦探社的钱凑齐了。

她原本还不敢太放肆，老曹帮她做题的时候，她打一会儿游戏，就要去听听外面的动静。虽然不想承认，但阮萌萌知道她还是害怕厉君御的。要是不小心被厉君御发现她上课打游戏，说不定会被他借此机会，狠狠地“惩罚”。但厉君御似乎真像他说的一样突然变得很忙，一整天都不曾出现。

整整一天没看到厉君御，到晚上睡觉，阮萌萌躺在床上的时候，抱着枕头，突然有些失眠。

“阮萌萌，你疯了吧……不见那个暴君不是更好，省得他总找你麻烦。”强迫催眠自己赶快睡，阮萌萌告诉自己什么都不要想。

凌晨五点，厉君御才结束加班，带着露气回到厉园。

“大少爷，辛苦了……”赵叔恭敬地递上一盏参汤，“您已经好久没这样忙碌了，老爷让我带话，一定要注意身体。”

这个时候，家里的主人们都睡了。

厉君御早出晚归，跟他们完全错开，因此就是厉耀阳想见儿子，也见不到。

“嗯，我知道了。”厉君御浅尝一口参汤，点头。

而后，他像是忽然想起什么一样，抬起冷淡的眸子看向赵叔：“大小姐今天上课的情况怎么样？老师们有没有投诉她？”

“没、没有……两位老师对她评价很好，特别是曹老师，还直夸小姐是天才。”

厉君御闻言，微微蹙眉，倒也不惊讶。她之前故意一题不做，现在能将一张试卷做得只剩一题，在曹伟平眼里，理应算是天才。想到这儿，厉君御心底那股奇异的感觉又不由自主地浮了上来。

他特意去公司加班才抛开的杂念，却在想起阮萌萌的这一刻毫无预兆地跑了出来。厉君御鬼使神差地瞥了一眼赵叔，用极其冷淡的语气命令：“小姐房间的钥匙给我。”

赵叔：“……”

片刻后，阮萌萌的卧室，反锁的房门被人从外面打开。

一抹高大的身影出现在卧室门口。

步入秋季，凌晨五点，天还暗着。房间里应当是一片漆黑。但此刻，阮萌萌的房间却有一处温暖的光源。阮萌萌似乎怕黑，床头柜下的地灯还亮着。

厉君御瞥了一眼床上那抹娇小的身影，迈开长腿，面无表情地走过去。他在床边驻足，居高临下看着床上的小人儿。她巴掌大的小脸露在被子外面，脑袋下枕着一个枕头，怀里居然还抱着一个。

厉君御看到小奶猫睡着之后幼稚的表现，紧抿的唇角不自觉地往上，弯起一个弧度。他的视线不由得下沉，从她睡得乱糟糟的长发上，移到那总是闪着漂亮水光，让人忍不住想要欺负的眼眸上。幸好现在那双漂亮的眸子紧闭着，才不会像白天那样引人浮想联翩。

厉君御不得不承认，昨天的离开是落荒而逃。他第一次，因为被一个女孩用那样的眼神望着，而产生了想吻她的冲动。不是惩罚，不是……而是单纯地想吻她。

这一夜，阮萌萌做了个十分奇怪的梦。

她梦到厉君御突然出现在她面前，脸色严肃，目光冰冷，正用极度严厉的语气狠狠训她，说她这不好，那不好，这要改，那要改。阮萌萌越听越气，越听越急，扑上去，张口就咬住厉君御削薄的唇。

厉君御似乎是被她突如其来的袭击吓到了，愣了一下之后，才想起张口反击。

突然，阮萌萌从梦中惊醒，坐了起来，她抚着心口，大口大口喘气。

“阮萌萌，你是疯了吧，怎么能做那种梦？”

阮萌萌下意识摸上唇瓣，咝——指尖触碰到伤口，疼得她倒抽一口凉气。不是吧，她做个奇奇怪怪不可言说的梦就算了，居然还把自己给咬伤了？

阮萌萌立刻冲进浴室，对着镜子仔细看，果然看到粉嫩嫩的下嘴唇被咬破了一个小口子。不用想都知道，这一定是她自己的杰作。大概是她做那个梦的时候想去咬厉君御，结果反而把自己给咬伤了。

唉，真丢脸……

坐上餐桌，阮萌萌发现赵叔看自己的眼神有点儿不一样，她下意识捂住嘴。虽然她明白，赵叔是不可能知道她昨晚究竟做了什么梦，嘴唇又是怎样被咬伤的，但面对赵叔探究的眼神，阮萌萌就是不自觉地心虚。

赵叔恭敬地站在一旁，一边吩咐用人传菜，一边纳闷地皱眉头，这大小姐的嘴唇怎么也有伤呢？难道是……不，不可能，不可能……他们家大少爷清心寡欲、冷漠严厉，怎么可能跟大小姐……对对，一定不可能。昨晚大少爷不过是进房间关心大小姐有没有踢被子而已。不许乱想！

此时此刻连觉都没睡，凌晨六点就直接离开厉园，返回公司的厉君御，正坐在办公室内，听着凌北的汇报。

“目前的进度就是这样，工程审批一下来，就可以动工。至于御耀那边，新游戏已经在做内部测试，您看，什么时候让零上线，开始宣传？”

凌北对着掌上电脑一本正经地汇报，视线却时不时地瞟向厉君御唇角的伤处。

“看够了没有？”厉君御低沉冷厉的嗓音突然毫无预兆地响起。

凌北立刻收回视线：“咯、咯咯……大少爷，您误会了，我在等着您的指示。”

言下之意就是，他不是偷看啊，冤枉！

厉君御冰冷的视线落在凌北身上，顿了顿，他才冷然道：“大小姐的周测成绩出来了吗？”

“啊？”凌北一愣。

他们不是在说公事吗？怎么说着说着就说到大小姐那儿去了。

幸好，他早有准备。凌北立刻翻出智学那边发过来的消息。

“哦，收到了……大小姐的成绩是……是……”

“说。”厉君御清冷淡漠的语气带着不可置疑的威严。

凌北不敢隐瞒，立刻说道：“大小姐除了语文考出 145 分的高分之外，其他两门主科都……都不及格。物理、化学、生物、历史、地理、政治甚至是 0 分。总分在他们班倒数第一。”

倒数第一？厉君御好看的眉蹙了起来，浑身上下透出凌厉的气息。阮萌萌，看来这小奶猫真是欠收拾了……

学校办公室里，高汉秋和李秀丽正跟阮萌萌谈话。

“语文 145 分，数学只有 43，英语 26，剩下的文综、理综更是全部白卷。小师妹，我们智学有规定，三次周测加一次月考加起来没过班级平均线，就要被降班的。照这样下去，你迟早……”

“迟早怎么样？！”李秀丽埋怨地瞪了高汉秋一眼，她绕过他，搂住阮萌萌。

“萌萌语文考了 145 分，是这次全年级最高分。她能考出这个分数，我就能保她继续留在 A 班。孩子有进步的地方就该表扬，你别只盯着她发挥失常的地方。”

“话不是这么说的，要保小师妹我自己也能保。但靠关系留下来，只会让她被班上同学看不起……”

“他们凭什么看不起萌萌，萌萌刚转学进来语文就考了全年级第一。”

李秀丽自从知道阮萌萌在阮家的遭遇后，就被激发出了母爱，对阮萌萌关心备至。夫妻俩意见不一致，很快又争论起来，反而把阮萌萌晾在一边。

“好了好了，你们两位别吵了。不是说三次周测一次月考才定成绩吗？还有两次周测一次月考，放心，我下次肯定考过平均线。”

她“晕算”的老毛病虽然还在，但最近几次又会莫名其妙地好了一点儿。阮萌萌都想好了，要是下次考试的时候老毛病没了，那就直接考个满分。

要是老毛病还在，那她就干脆不做理科题，只做文科。她也不准备隐藏实力了。反正，文科题她全部拿满分，应该也能超过班级平均线了。

“你真的能行？”高汉秋不相信，“这种事可不能开玩笑。”

“是啊，萌萌，你不用勉强，我们可以慢慢进步。你语文已经很优秀了，其他科目补上来就好。”

刚才还吵得不可开交的两人这会儿却非常默契。

“放心吧，我自己的事自己清楚……”

上次考试，先考的语文，接着是数学、英语和其他综合，她那时候尝试做了数学题，结果弄得自己头晕眼花，才会让后面的考试发挥失常。

“你们等着看好了，我不但要凭成绩留在A班，还要竞选学生会会长。既然要选学生会会长，就不能让成绩拖后腿，是吧？”阮萌萌抬起下巴，眼底闪过自信的光。这样的神采，倒是让高汉秋和李秀丽看呆了。

听到阮萌萌的话，高汉秋突然拍掌：“对了，说到学生会，我想起一件事。萌萌，叶枫、司蔻韵、夏文轩这三个人给你赔礼道歉了吗？”

“赔礼道歉……”阮萌萌皱起眉头，摇头，“没有啊，怎么回事？”

阮萌萌从老高办公室出来时，已经知道了校长下的话。

开学那天，找过她麻烦的包括叶枫在内一共三人，每个人都必须跟她道歉，并且获得原谅，才能回到学生会。想到这儿，阮萌萌倒是突然期待起来，不知道叶枫那个阮娇娇的头号脑残粉会不会拉下脸面给她赔礼道歉呢?

她正想着，转身走向教室，就看到教室门口站着两个熟悉的身影，漂亮的杏眼弯了起来。她没想到，道歉的人这么快就来了。

“阮同学……”

阮萌萌刚走到教室门口，就被一个长发女生和个子不高的男人叫住。

“阮同学，我是司蔻韵，这是夏文轩。我们俩都是三年级B班的学生，我们今天过来，是来给你道歉的……”

司蔻韵和夏文轩的情况，刚才在办公室里老高已经告诉过阮萌萌。他们俩因为在学生会工作，所以跟阮娇娇和叶枫交好。两个人平时跟同学相处还算不错，并不是仗势欺人的人，只不过听多了阮娇娇对她的诋毁，也惧怕叶家的势力，所以那天才被逼着去找她麻烦。

“关于开学那天的事，我们没有调查清楚，是我们不对。阮同学，我们俩在这里，跟你道……”

“不用了。”司蔻韵的话还没说完，就被阮萌萌打断。她跟夏文轩内心一紧，眼底不由得掠过一抹忧虑。阮萌萌如果不答应他们的道歉，学生会那边，他们可回不去了。

谁知，下一刻，阮萌萌却说：“你们俩不用给我道歉，那天的事我压根就没放在心上。一场误会，过去就过去了。”

这两个人看上去态度诚恳，而且一见到她，又是鞠躬又是赔礼，对于这样的同学，阮萌萌倒不想为难。

司蔻韵跟夏文轩脸上均闪过一抹不敢置信。

“阮、阮同学……你说真的吗？你真的原谅我们了？！”

“嗯。我跟你们无冤无仇，没必要停了你们在学生会的职务。我知道的，智学学生会的职务对升学有利，你们可以回去复职了。”

两人脸上先是一惊，又闪过一抹惭愧：“这么说，你早就知道我们找你道歉的真正目的？”

阮萌萌知道他们道歉的原因，却没有借机为难或者要挟他们，这让司蔻韵和夏文轩既觉得感激，又觉得羞愧。

想到学生会里正在流传的事，夏文轩皱了皱眉，咬牙道：“阮同学，谢谢你。不过有件事，你最好注意点儿……我们听说，学生会里有人正在联络几个综合课的老师，要搞一个大测试。据说，不合格的人可能要被开除学籍。”

“是啊。”司蔻韵想了想，也说出自己听到的消息。

“这件事，应该是专门针对你的。你语文考了 145 分，但其他所有综合科全部交白卷的事，已经在学校传开了。”

“虽然智学的规矩是三次周测加一次月考才降班，但学生会是有资格做突袭抽查的，成绩特别不合格的，学生会也有资格投票开除。”

专门搞一场只考查综合科目的测试，一看就是在针对阮萌萌。原因很简单，谁叫她这次考试，理综三门、文综三门，全部交了白卷。

司蔻韵和夏文轩说完后，好像还对阮萌萌很担心，又给她介绍补习老师，又给她出谋划策。还是阮萌萌劝了半天，才把两人劝走。

司蔻韵和夏文轩给她的消息果然不假。阮萌萌刚回座位坐下没多久，就看着几个戴着学生会袖标的人跟在老高身后，进了教室。老高冷着脸，看上去似乎不太高兴。

“同学们，学生会临时抽查，一共两套试卷。一套文综，一套理综，立刻进行测试。这次抽查不合格的同学，轻则降班，重则开除，希望你们好好对待。”说最后四个字的时候，老高特意看了一眼阮萌萌。

阮萌萌发现老高在给她使眼色。她皱了皱眉，跟着老高的视线往旁边一撇，正好看见了打瞌睡被吵醒，正烦躁地扒头发的厉君澈。

考试开始，每个人的课桌按照要求拉开。桌与桌之间相隔出半米的距离。但就是这样，如果真想作弊，还是能够看到。

试卷很快发了下来，一套文综，一套理综。两套试卷都是学校的综合科老师临时出的。考试时间一共三个小时，为了缩减时间，把题量减少，所以这次的考试没有一道选择题。阮萌萌拿到试卷的时候勾了勾唇。

呵，看起来他们还真是有备而来啊，果然是专门针对她的。这么出题，就是怕她碰运气做选择题吧。不过这次，只怕那个故意针对她的人如意算盘要落空了。

阮萌萌随意扫了一眼文综试卷，虽然有点儿难度，但还难不倒她。在市青藤学院的时候，虽然她上课总是干别的事，但耳朵却没错过老师的话。凭她的记忆力，听了两年的三年级总复习课，只要不是需要运算的知识点，几乎完完整整地储藏在大脑里。

阮萌萌唇角微扬，她不自觉流露出笑意，正准备动笔，突然，一个人影站到她桌边。阮萌萌下意识皱眉，抬起眼。

“考试时间，不许东张西望，还不认真做题！”手臂上戴着学生会袖章的男生叫林一，出了名地正经又刻板。他是刚刚升到智学大学部的，上一届学生会骨干，今天被人找来，就是专门监考阮萌萌的。

林一说话的音调不高不低，却正好能被班上其他同学听到。其他人顿时明白了，阮萌萌综合科考了0分，肯定是在偷看别人的试卷。想到这儿，早上得知阮萌萌的成绩，就对她有些鄙夷的同学，这时候更是看不起她了。之前阮萌萌被阮娇娇诬陷，好不容易攒出来的好感又被消磨殆尽。

而埋着头、认认真真做题的阮娇娇却不由得勾起了唇角。

哼……今天这场戏是她特意替阮萌萌安排的。

谁让阮萌萌这个废物学习不行，愚蠢不堪。就算老爷子喜欢她又怎么样？自己今天就要让所有人知道，阮萌萌只会成为阮家的耻辱。她还要让顾家知道，哪怕为了股份娶了阮萌萌，阮萌萌也只会让顾家丢脸。只有她阮娇娇才是最适合顾铉的女人！

站在阮萌萌桌边的男生表情严肃，语气生冷，但阮萌萌却不怕。她挑眉，毫不示弱地回视对方："怎么，你准备站在我身边，看我做题吗？你这样会影响我发挥的。"

他故意站在她跟厉君澈中间，不就是怕她偷看吗。

呵呵，阮萌萌还真不准备偷看。大不了，就不做理综好了，她光靠文综的分数，也不会被开除。

"阮萌萌，你要是有实力，是不会被任何人影响的。再说，我站在哪里，也不会影响你交白卷。"

林一很少说这么刻薄的话，但因为某些传言，他对阮萌萌这种走后门进来的人非常看不惯。可他不知道，就是这句话已经彻底激怒了阮萌萌。

"好啊，那你就好好看着吧。"阮萌萌抬起下颌，对他甜甜一笑，看上去很可爱，实则眼底已经染起薄怒。

只是，林一没看出来。他只看到那双带笑的杏眼清澈，闪着水光。有那么一瞬间，向来古板的林一几乎看呆了。但下一瞬，更让他惊奇的事发生了。他看见阮萌萌低头，提笔，从第一题开始，如有神助，她笔尖毫不停留地填写上了一个又一个正确答案。

不可能……这怎么可能？！林一内敛冷淡的眼中绽放出惊诧的光芒。

他看着阮萌萌，看着她奋笔疾书，看着她行云流水毫不停留的笔锋。

如果不是亲眼所见，他绝对不敢相信这一切是在眼前真实发生的。没有错题，一道也没有！所有的答案都是正确的，甚至可以说是教科书般的标准答案。

阮萌萌下笔的速度极快，她就像不用思考的机器人一样，要不是手写的速度赶不上机器，林一能肯定，恐怕只需眨眼之间，阮萌萌就能做完这所有的题目。

这还是那个交白卷的差生吗？！

历史、地理、政治……阮萌萌将文综三科搞定的时候，整个三年级A班里头还没有人停笔。

哦，有一个人除外，那就是厉君澈。不过厉君澈也只是刚刚做完理综，文综的题目一个没动。

阮萌萌将笔一扔，单手托腮，抬起脸，冲表情愣怔的林一甜甜一笑，弯弯的杏眼配着两个浅浅的酒窝，衬得阮萌萌非常甜美。但偏偏，她那双杏眸底下的揶揄，又是那样不加掩饰。

林一看到阮萌萌眼底的嘲弄，他一本正经地冷着脸，却在不经意间红了个透底，也不知是因为羞愧，还是因为别的。

阮萌萌报了仇，便不再将多余的眼神浪费在这个人身上。她低头，将理综卷子抽了出来。她想，物理和化学做不了就算了，生物总能做一点儿。然后阮萌萌打开了理综试卷，紧接着她傻眼了！

她……她看到了什么？！

阮萌萌不敢相信，她居然又能看清理科试卷上的题目了……仿佛是与生俱来的天赋，数字入眼，便自动开始运算。每一道题考的什么，该用什么方法运算，该从哪里解析，全部浮现在她的脑海里。莫名其妙地，她晕算的老毛病又消失了，所有的数字又变成她最亲密的朋友。

她不敢有任何停留，甚至来不及去细想缘由，阮萌萌提笔，从第一道题开始解答。

刚刚从震惊中回过神来的林一，一低头，就再次被眼前的景象吓傻了。

全对，又是全对。

就像刚才的文综试卷一样，这份理综试卷也是教科书般的解答。从头到尾，所有的解答都没有多余的步骤，也没有任何缺损的部分。如此完美，堪称标准答案。

啪——清脆的一声响在教室里响起。那是阮萌萌将笔拍在桌面的声音。

教室里其他人都愣了愣，忍不住回头，想看阮萌萌要干什么。

“老师，我写完了，交卷！”阮萌萌举起手，对高汉秋说。

“交卷……怕不是交白卷吧？”

“说不定，人家真的写完了。随便写写，全填的错误答案，也算全写完啊。”

叶枫和他身边的朋友小声调笑，一副看好戏的模样。

高汉秋皱皱眉，想让阮萌萌再坐坐。不管怎么样，她至少要拿出一点儿态度来，把那些对她有意见的副科老师先应付过去。但对上阮萌萌那双写满了倔强的眼眸，他又不忍拒绝。算了算了，她先交卷就先交卷吧……大不了后面的事他给她兜着。

高汉秋大手一挥，就让阮萌萌走了。

等她离开后，高汉秋这才发现不对劲。怎么阮萌萌都走了，负责监考的林一还站在桌边，盯着阮萌萌留下的考卷，一动不动？

高汉秋为防林一拿阮萌萌留下的白卷做文章，立刻走上去，准备收起试卷。谁知，他刚走到桌边，低头扫过桌上的试卷……

“这……这试卷是阮萌萌做的？！”

阮萌萌看似潇洒地举手交卷，实则，一直都在强撑。等她交了试卷，走出教室，拐到旁人看不到的楼梯拐角，就再也支撑不住。

头好晕……眼前的一切都变得眩晕起来，那种发自内心的恐惧感、孤独感让她浑身战栗。她伸手扶住墙壁，没想到这次的身体副作用会来得这么猛烈。这大概就是她强撑的结果吧。

刚才，当她做到最后一道大题的时候，那种越来越熟悉的眩晕感就已经袭来。但阮萌萌为了让那些故意找碴的人被狠狠打脸，也为了让那些人别再来烦她，她强撑着眩晕难过的感觉，硬生生写完了最后一题。

而现在，就是副作用的反噬。天旋地转，冷汗涔涔，哪怕她比旁人更能忍耐疼痛，但身体已经到了忍耐的临界点。

阮萌萌深吸一口气，终究是到了极限。少女痛苦地拧眉，从楼梯上一头栽了下去。在闭上眼的最后一刻，她想，幸好她不怕痛，要不然，从楼梯上滚下去，那该有多疼啊……

当阮萌萌再次醒来时，预想中浑身疼痛、四肢酸疼的感觉并没有出现。不仅如此，阮萌萌还惊诧地发现，她不但没有躺在病床上，缠着绷带接受治疗，反而正以一种极度亲密的姿态窝在某个男人的怀里。

等等……男人？！怀里！

阮萌萌漂亮的杏眸使劲眨了眨，不敢置信地看着几乎贴在她眼前的属于男人的深色西装。她以为自己在做梦，又用手指头戳了戳眼前的“物体”，硬邦邦的胸膛属于男性，没错。

她手指底下的触感来自质料上好的定制西装，细白的手指随着那条墨色的领带往上，脑袋稍稍靠后，跟那个有些熟悉的怀抱拉开距离，杏眸也随之抬起来。

直到这一刻，阮萌萌才终于看清，她居然正窝在厉君御的怀抱里！

而抱着她的男人此刻已经发现怀中的小奶猫醒了，正垂眸下来，用那双深不见底的眸子一眨不眨地凝视着她。

“啊……你、你……”阮萌萌大叫出声，完全不敢相信眼前的状况。

她在哪儿？她在干什么？她为什么会睡在厉君御怀里？无数的问号从她脑袋里冒出来，堪称十万个为什么。

“醒了？”男人低沉磁性的嗓音传来，带着淡淡的冷意。

厉君御看她的眼神透着审视，还有一丝深藏的关切。

“啊，嗯……醒了……”刚刚还毫无形象大叫的少女，这时候却跟小鹌鹑似的，低下脑袋，根本不敢跟厉君御如有实质的眼神对视。

阮萌萌暗暗咬牙，心里那个气呀！阮萌萌，你害羞什么啊！这人先前是什么态度，你忘了吗？不是说好，见到他再不理他的。她怎么又变成现在这种㞞样了？

“既然醒了，那就说说为什么又会晕倒？我记得吩咐过你要吃早饭的，嗯？”

厉君御低沉如水的冷眸直直地看着怀里耷拉的小脑袋。虽然他语气冰冷，却没有让小奶猫从他身上离开。

幸好厉君澈机敏，看到有人找碴提前给他发了短信，他这才赶到学校。也正因为这样，他才能在楼梯转角，恰好接住失去意识，从楼梯上栽下去的阮萌萌。

想到刚才，看到少女单薄的小身子就那么悬空而落的画面，厉君御沉冷的眸色愈加寒凉。

“谁说我没吃早饭……”阮萌萌低着脑袋，嘀咕着，“我明明吃过了。”

少女这时候才看清他们这是在哪儿。原来，他们正在厉君御的豪车后座上，他坐着，而她……窝在他怀里。她有些别扭，刚想先从他身上下来，就听到厉君御冷清的嗓音响起。

“是吗？”男人勾唇，唇角却带着冷意，“一口粥、一口松饼，也叫吃过？”

阮萌萌昏迷的时候，他早问过赵叔，她今天早饭吃过什么。得知小奶猫居然又不听话，不好好吃东西，厉君御恨不得当场把她打一顿。

“那是因为……”话到嘴边，阮萌萌顿住了。她总不能告诉厉君御，那是因为她昨晚做了一个不可言说的梦，所以才不敢面对赵叔关切的眼神，匆匆吃了两口早饭，就来学校吧？

“怎么，不敢说了？”厉君御的声音透着冰凉冷漠，还带着一抹嘲意。

这样的语气，让阮萌萌不爽极了。她就是𡚸了点儿，退让了，他也不能一直这么得寸进尺吧？他凭什么用这种口气跟她说话，活像她欠了他几百万似的。

阮萌萌也是有脾气的，小姐脾气上来了，就把刚才乍然发现自己窝在他怀里的羞怯抛到脑后。她扬起小下巴，毫不示弱地对着厉君御：“我说吃了就是吃了，我胃口就这么大，我又不是故意不吃的。厉君御，你怎么什么事都要管，你怎么管这么宽，你又不是我真正的大哥，能不能不要多管闲事！”

她憋了好几天的气撒了出来，心口那股压抑的情绪终于舒缓了。

可她是舒缓了，某个比暴君更可怕的男人却被激怒了。厉君御那双本就沉冷的眸子越发冰凉，黑沉沉的深眸隐现薄怒。

厉君御眯起眼，视线定格在那张小脸上，微凉的手指毫不怜惜地捏起她小巧的下巴。男人拧眉，用森冷寒凉的语气阴沉沉地说："阮萌萌，有本事……就把刚才的话再说一次。"

听说她被人找麻烦，他放下公事立刻赶过来。看到她突然晕倒，他第一次知道什么是担心后怕。

他关心她的学业，关心她在阮家受的委屈，为她补习，替她撑腰。即使一开始，只把她当作麻烦，但现在，他在她身上倾注的心血却比倾注在自己三个弟弟身上的还多。他是真把她当自己人管教。而这养不熟的小东西居然敢说他多管闲事？

"我……"阮萌萌眸光闪烁，对上厉君御满目的寒意，竟不知该说些什么好。

她能感觉到男人身上乍然而起的暴怒。知道自己激怒了他，或许还说错了话，有那么一瞬间她甚至想道歉。但……她不想退让。凭什么要她退让，她刚才在上面强撑着做题，除了想让那些人被打脸之外，还不是为了让他高兴一点儿。

虽然不想承认，可阮萌萌知道她只是不想让他失望。

"我……不管再说几次，也不会收回刚才的话。"她咬着唇，强撑着，说出违心之言。话刚出口，其实她就有点儿后悔了。

她当然能感觉到他对她的关心，但吵架的人是没有理智的，更何况，对阮萌萌来说，她现在保护的还是自己的权益。为了不被厉君御完全掌控，她必须坚持到底。

她以为，她的反抗会遭到暴君的强硬镇压，预想中的狂风暴雨却没有降临。只是，捏在她下巴上的修长手指毫无预兆地松开了。刚才还让她讨厌的、冰冷的禁锢就这样自动解除。

跑车后门被按开，厉君御的脸看向旁边，竟再不愿将视线落在她的脸上。如同第一次见面的时候，他疏离又淡漠的嗓音冷冷响起："如你所愿……走吧。从现在起，我不再多管闲事……"

男人冰冷又生疏的语气，让阮萌萌呼吸一窒。她抿了抿唇，细白的小手攥得紧紧的。她知道，刚才的话或许有些过分了……

但是，她不是被人圈养的金丝雀，她是阮萌萌，她也有自己的尊严。阮萌萌能接受厉君御的关心，却不能接受他以这种霸道的方式强势介入她的生活。水润无垢的眸子闪了闪，少女抬起那双杏眼，看向厉君御。而厉君御的视线却瞥向别处，不看她，仿若当她不存在。

好啊，不看她是不是？不看她，那就算了！就这样好了……他不管她，她也不需要他管。大不了以后就跟从前一样，他做他高高在上的厉家大少爷，她当她没人疼爱的阮家二小姐。

阮萌萌死死地盯着厉君御，在心里默数，只要数到三，他还不说话，她就立刻下车，再也不理他。

一……二……三！

她默数三次之后，男人冷峻的眉峰依旧紧蹙着，漠视的眼神也没有转到她脸上。

好，她走了，走了就再也不理他了！

阮萌萌生着闷气，最后看了厉君御一眼，就要从他身上退下来离开。谁知，视线扫过那张俊脸，她却愣住了。

等等……刚才一直盯着厉君御的双眸，所以没注意到异常的阮萌萌突然呆住了。

她看到了什么？

阮萌萌诧异地微眯起杏眸，不敢置信地看向厉君御紧抿的薄唇。厉君御……他嘴角上的伤口是怎么回事？

“厉君御……”娇软的声音好似小猫轻呢，突然在气氛压抑到冰点的车厢内响起。

正沉着脸，甚至连一个眼神都不愿给阮萌萌的男人，那被寒霜覆盖的眸子，在听到少女的呼唤时，微不可察地动了动。只是，厉君御那张绝美的俊脸却依旧维持着淡漠冰凉，他的视线瞥向窗外，并不看她。

阮萌萌盯着他的唇角，透着灵气的杏眸闪过一抹诡异的光，不正常，绝对不正常。

“厉君御……”她又软软地唤了他一声。

阮萌萌觉得吵架什么的都是次要的。她现在很有必要就他们嘴唇上在对应位置的这两个伤口，好好地聊一聊了。想到昨晚那个诡异的梦，少女眼底的倔强退去，竟闪过粉色的泡泡。

然而，任凭她唤了好几声，男人依旧漠视她。厉君御果然如他所言，再不管她，将她当成空气。

“厉君御，你看着我！”阮萌萌不乐意了，学着他刚才的样子，突然捏住他线条冷硬的下颌，强势地将他的脸掰过来。

堂堂厉少，何时被人这样对待过？男人侧目过来，淡漠的眼神落在她的脸上，那双清冷深邃的黑眸里透出了危险。

然而，下一刻，少女纤细的手指点在他微凉的薄唇上。

“你说，这是怎么回事？为什么你的唇角会有跟我一样的伤口？”

娇软的嗓音透着一点儿清新的糖果味，少女食指的指腹点在他的薄唇上，又点在她粉嫩的唇瓣上，来回几次，仿佛要把那股香甜的气息也沾在他的唇上。

厉君御眸光微动，他怎么也没想到，会在这种时候被小奶猫抓住把柄。

车厢内的冷冽气息瞬间消散。

他第一次体会到做坏事被人抓包是什么样的感觉。

“你说啊，怎么不说话了？为什么你的嘴角跟我嘴角上的伤口正好能对上？我睡了一觉起来唇角就多了道伤口……你说这是怎么来的？”

阮萌萌难得在厉君御面前强势一次。她一只手扯着他的领带，一只手点着他的薄唇，就差把“耀武扬威”这四个字刻在脑门上。

少女的第六感总是很强的。想到梦里那个让人脸红心跳的吻，阮萌萌已经隐约猜出这伤口的来历。按理说，她应该生气才对，但也不知道为什么，她不但没有被冒犯后的气愤，心里反而……反而冒出一股莫名的甜蜜。

厉君御偷吻她了……他半夜回来，特意跑到她房里，就是为了偷偷吻她。

这是为什么呢？

有个答案藏在心底呼之欲出……她的小心脏跳个不停，几乎难以抑制。

这让阮萌萌本就娇美可爱的脸蛋染上一层淡淡的粉色，仿若最甜美的水蜜桃，散发着迷人的香气。

“你弄错了。”厉君御冷淡的嗓音在这时响起，声音很轻，很平静，仿佛只是在说一件让他不甚在意的事。

“我昨晚的确去了你房间，但只是过去看你……仅此而已。”厉君御盯着她，眸色深重，墨色的瞳仁里藏了太多深意。

“那我唇上的伤是怎么来的？还有你唇上的……”阮萌萌嘟起小嘴，扬起小下巴，对着他嘟囔。

她不知道，那粉粉嫩嫩的唇瓣晃在男人眼前，是多么致命的吸引力。昨晚也是这样，他的视线不过是落在她粉嫩的唇瓣上，便再也移不开了。等他反应过来，已经低头，吻了下去。

“阮萌萌。”厉君御冷下眸色，叫她的全名，微凉的嗓音带着警告。

若是往常，阮萌萌绝对会规规矩矩坐好，再不纠缠。但是今天……

“怎么，你说不出缘由吗？我一觉醒来，嘴角上莫名其妙多了道伤口，我还没质问你呢，你凭什么凶巴巴地吓唬我！你半夜不经我同意进我房间，然后我嘴上就多了道伤……你说这伤，是不是……你……你咬的？”

说到最后三个字，纵使是向来神经大条的阮萌萌，也忍不住流露出羞赧的小情绪。她的小脸红扑扑的，可爱得让人着迷。她都不明白，理亏的分明是厉君御，为什么到最后害羞的却变成了她。

听到她的质问，厉君御墨眉微蹙，那仿若万年古井般波澜不兴的冷脸终于出现一丝裂痕。

厉君御垂眸，沉冷的目光盯着阮萌萌：“阮萌萌，昨晚其实……”

话音未落，车窗突然被人敲响。

“大少爷，小姐醒了吗？学校那边正在找她，很急！”凌北略显急促的声音从车窗外传来。

阮萌萌暗叹一声，这个凌北早不来晚不来，怎么偏偏这时候过来。她气鼓鼓地瞪了车窗外的凌北一眼，虽然不情愿，但这种时候也只能先松开厉君御的领带。阮萌萌不情不愿地从厉君御身上爬下去，坐到一旁。

而一直被少女逼问的男人虽然神色依旧冷漠，但紧蹙的眉间却舒展了几分。凌北这小子不错，今年的年终奖该翻倍了。

按下车窗，露出厉君御冷淡的俊脸。他神色平静地看向凌北："说，什么事？"

"不得了了大少爷……"凌北一边汇报，一边朝车内看。

他用一种仿佛不认识阮萌萌的眼神紧盯着她。

"小姐刚刚参加完的那场考试，文综和理综两份试卷，成绩出来了。小姐她……她所有题全部答对，拿了满分！"

满分？这下，就连厉君御都忍不住回头，用略带诧异的眼神看向坐在他身旁的小奶猫。

"那两套卷子，你做的？"他问阮萌萌，语气淡然，说不上质疑，也说不上信任。不过，厉君御起码知道一点，那就是阮萌萌不可能抄厉君澈的。因为厉君澈那小子偏科，理科好，文科差，做不出满分的文综试卷。

"对，我做的。怎么，你有意见？"阮萌萌点头，闪耀的眸子里透着一抹挑衅。

这个坏人，偷亲了她还不敢承认，现在还敢质疑她。也不想想，她就为了做那套理综试卷，才做到老毛病复发晕倒的，哼！

"但是小姐……现在学校那边不相信是你做的。好像是那几个出题的老师对你的成绩有怀疑。还有学生会的人，说你'畏罪潜逃'了。

"智学对作弊的事抓得很严。你……你看，要是有什么内情，最好老实跟大少爷说。这样大少爷才可以帮你。"

凌北刚才去给阮萌萌请病假，结果就听到办公室里的争执。两位少爷都在智学读书，智学的教学要求，他还是知道的。成绩差，他还能走关系迂回一下，但要是作弊，一经发现，只有开除学籍这一条道，谁来说情也不行，这是建校的时候就立下的规矩。

凌北的话一出口，阮萌萌就听出话里的含意。她看向凌北，漂亮的眸子亮得吓人："凌北，你是不是也跟那些人一样，觉得这个成绩是我作弊得来的？"

"小姐，我不是这个意思。但是……"

"够了。"厉君御突然开口，嗓音低沉得吓人。

凌北跟在厉君御身边多年，立刻就感觉到厉君御身上散发出的寒意。他暗暗想，大小姐这回恐怕是要遭殃了……他要不要偷偷给老爷打个电话，护一护大小姐？

结果，还没想好，他就听到大少爷清冷淡漠的声音从车内传来：“凌北，年终奖扣一半。如果下次再敢质疑小姐，以后也别要什么年终奖了。”

凌北：“这……”

不、不是……他没听错吧？大少爷居然要扣他的年终奖！凌北整个人都蒙了……为什么会变成这样？他不过是好心建议大小姐“自首”，为什么年终奖就莫名其妙被扣掉了一半？！

别说是凌北蒙了，就连阮萌萌都跟着一起蒙了。她还以为，厉君御肯定也会跟凌北一样怀疑成绩的真实性。可他却……

阮萌萌忍不住问：“你……你相信那试卷是我做的？你相信我没有作弊，是不是？”

厉君御偏过头，淡淡瞥了她一眼。

“你是怎么考的满分，我不知道……但我相信你没有作弊。”他的语气一贯淡漠，却偏偏让人一听，就知道不是虚伪之言。

这话一出，阮萌萌就呆了，呆了几秒后，又突然笑了。

她水润的杏眸看着他，闪闪发亮，浅浅的酒窝透着甜蜜的气息，那张浮现出粉色红晕的小脸上写满了属于少女的慌乱。

此时此刻，阮萌萌……竟然罕见地慌神了。

厉君御对她冷冰冰、严苛，甚至是凶她，她都能应对自如，但他像现在这样看着她的眼睛，对她说相信她的样子，却让她手足无措。

从小到大能像这样毫无保留地对她说“相信”的人只有三个，爷爷、姐姐、慕景行。但现在，坐在她身旁，这个认识她还不到一个月的男人，却和她生命中最重要的至亲死党说出了同样的两个字。

阮萌萌不知道自己是怎么了，眼睛竟有些湿润。她其实早就习惯了被误解。作为差生会受到诸多质疑，再加上，总是有阮娇娇、秦芳这样的人在背后使坏，她其实早就已经习惯了质疑的眼神。

但现在……

“你，你真的相信我？”阮萌萌忍不住想确认。她觉得胸腔里好像有团火热的东西呼之欲出。

“嗯。”厉君御点头，神色淡然，“换了别人，我或许不信，但是你，我信。”

“……”

怎么办，她心里的那团火好像越烧越旺了。

“一个动辄就交白卷的学生，我实在想不出，她有什么作弊的必要。如果你阮萌萌想作弊，之前就不会交那么多白卷。”

“白卷党”的尊严，可不是这么好质疑的。

阮萌萌无语凝噎！她胸腔里的那团火，几乎是在瞬息之间就被厉君御这席话浇灭了。

友尽，友尽！她这次，真的要跟厉君御友尽！

“走吧，下车。”男人却不知道少女内心翻滚起来，又被他亲自浇灭的心潮。

他捉起她的小手，极度护短地说：“去见见那几个敢质疑你的老师，大哥替你撑腰。”

“不可能，这绝不可能！那个阮萌萌，根本没有能力做出这些题！”

“就是，她一个市青藤学院倒数第一的学生，怎么可能在我们智学拿满分？更何况，上次的周测，她除了语文之外，其他科目不是不及格，就是交白卷。她要是有能耐考满分，为什么要交白卷？”

年级办公室内，各科目的组长老师会聚在此。除了高汉秋和李秀丽在替阮萌萌说话之外，其他几科的老师说的话尤其难听。在他们眼里，阮萌萌就是个不学无术、作弊还不承认的差生。

李秀丽笑了：“照你们这样说，成绩不好的同学就不允许进步了？但凡进步，就是作弊？”

“那当然不是。”物理组组长接过话，“但阮萌萌这位同学的情况特殊。她进步的速度也太快了，根本不合常理。”

“有什么不合常理的，那你们说说，她抄谁的？她周围有谁是满分？

还有，不是有学生会的人看着嘛，她要是作弊了，学生会的人为什么不当场捉住她？”

众人立刻将眼神转到学生会那边。

林一往前一步：“阮萌萌考试的时候，是我监督的，她的确没作弊。但是……”

林一有些犹豫，但想到刚才学生会高级学院部代理会长阮娇娇同学透露给他的消息，再联想阮萌萌在考试时的表现，林一略迟疑，但还是说了出来：“但还有一处疑点。阮同学在答题的时候，几乎没有任何思考的时间，所有题目都是拿着便做，就像早就背好一样。我怀疑，这次的考试，可能泄题了。”

“哦，那你的意思就是……这次的考试，我是背的答案咯，是吗？”一个清亮娇软的嗓音突然从办公室外传来。

紧接着，阮萌萌就挽着她家暴君大人的臂膀，大摇大摆走了进来。

“阮萌萌……你……没有逃跑？”林一看到阮萌萌，露出惊讶，同时心底还升起一股莫名的心虚，就好似在背后说人坏话，被人抓包了。

他自问所说的话不失公允，但这种莫名的情绪却在看到阮萌萌的那一刻浮现上来。

“逃跑？我又没做亏心事，为什么要逃跑？”阮萌萌挽着暴君大人，高傲地扬起小下巴。

其他人见她这样的态度，立刻就联想到，那些关于阮萌萌嚣张跋扈的传闻，只觉得她态度张扬，果然如传闻一样。但阮萌萌自己知道，她这样哪是张扬，她这是在狐假虎威。没看她身后站的是谁吗？那可是让一众商界大鳄都心惊胆战的厉家暴君——厉君御。

“林学长，你别跟她废话。”正在这时，两个戴着学生会袖章的人从林一身后走出来。这两人男的叫陈晨，女的叫杨紫瑜，都是现任三年级的学生会骨干，阮娇娇的跟班。

“她考完试就不见人影，现在又带着不相干的人出现，我看她八成就是心虚了。”

“就是，要是没做亏心事，她为什么要躲起来。呵……阮同学，你身边这位是谁啊？你该不会心虚，就把在背后出钱让你转到智学的大人物叫来了吧？”

杨紫瑜阴阳怪气地说道，分明就是在借着传闻侮辱阮萌萌。她的意思很明显，就是说厉君御是幕后包养阮萌萌的金主，阮萌萌心虚，就把金主找来了。

阮萌萌气不过，这些人成天影射她被人包养，之前说她被挖煤的黄老板包养，现在又是厉君御，真是……

她正要上前理论，小手却被一只大掌反手握住。

“不急。”清冷的嗓音在她耳畔响起，“这种小角色，不值得你生气。”

男人的声音平静而沉稳，仿佛带了一种令人安心的魔力。

厉君御牵住阮萌萌，抬起冷眸，那浸满眼睑的冷漠寒凉让刚刚站出来的陈晨和杨紫瑜心底发寒。他森冷的眸光掠过两人，直接落到林一身上。

厉君御为了阮萌萌，纡尊降贵，问道：“既然你说这次的考试泄题，那好，再考一遍，让他们现场出题。”

这是最简单粗暴的办法，厉君御不愿跟这些人多耗时间。

什么？再考一遍！阮萌萌愕然抬头，差点儿被厉君御气死。什么再考一遍，怎么再考一遍？文综她能保证满分，但理综怎么办？她刚才做题差点儿昏厥，老毛病治不了，她就别想做理综题。

“再考一遍，不错，这个办法好！”几位副科老师听到这个提议都交口称赞。就连代表三年级学生会的陈晨和杨紫瑜也露出了得意的神色。

“可是这样，那不就等于承认阮萌萌有作弊的嫌疑吗？这样做，对萌萌不公平！”李秀丽和高汉秋护短，是在场仅有的不同意阮萌萌重考的老师。

听到他们的话，林一也皱起了眉。是啊，虽然阮萌萌有嫌疑，却没有确凿证据，就这样让她重考，对她其实是不公平的。向来古板正经的林一，第一次产生了不忍心。

但下一秒，他就听到男人冷肃中透着威压的嗓音再度响起：“没什么不公平，只要再考一次满分，就能堵上所有人的嘴。”

多么嚣张霸道的口气，就好似考满分是多么容易的事一样。

“不过……”说到这儿，厉君御嗓音微顿，锐利冰冷的视线扫过在场每一个人，“如果这次还是满分，我要这里所有质疑阮萌萌的人向她道歉。而且……必须在学校大礼堂，当着全校师生的面道歉。”

“岂有此理，你凭什么让我们给她道歉！我们可是老师，就算她真有本事全做对，那也没有老师给学生道歉的！”

在场的几位副科老师，虽然没有一个相信阮萌萌能重考成功，但依旧被厉君御狂妄的口气激怒了。带头的物理老师还站出来，迎着厉君御令人生畏的眼神，质问道：“你究竟是谁？这是学校，不需要你来安排，教我们该怎么做，不相干的人请离开校园！”

“他才不是不相干的人……”阮萌萌也怒了，这些老师怎么这样，一起攻击她家暴君大人。她家暴君，只有她可以欺负。

“哦，他不是不相干的人，那他是谁？阮萌萌，你敢不敢介绍一下？”陈晨抓住机会，问出自以为尖锐的问题。早就传闻阮萌萌被包养，他就不信阮萌萌敢承认这是她的金主。

阮萌萌漂亮的杏眸微微一闪。要是往常，她就直接说这是她家“亲爱的”了，但想到厉君御对她的警告，漂亮的杏眸转了转。她反手挽住厉君御的胳膊，扬起小下巴：“这是我哥哥，我的事就是他的事，他有资格全权代表我处理。”

哥哥……

听到男人是阮萌萌的家人，几位老师都没有赶人的理由，倒是学生会那两个人冷哼了一声，显然不相信阮萌萌的话。

只是，被阮萌萌挽住胳膊的厉君御俊美的墨眉却紧蹙着。

哥哥？对于阮萌萌的介绍，他第一次听了觉得别扭。

这小奶猫不总是喜欢跟人介绍，说他是她“亲爱的”吗？怎么这回却给他换了身份？虽然，是他亲口说让她不许再那样叫，但他以为，以阮萌萌的性格绝不会乖乖听话。而现在，当阮萌萌真的改口，厉君御却觉得心里莫名地烦闷。

“好吧，阮同学，就算他是你哥哥，但他也没资格对我们指手画脚。”

“是啊，我们同意让你重考，但绝不同意他后面的提议。”

这几位老师倒不是心坏，但作为名校的名师，都有自己所谓的威严。哪怕是他们误会了阮萌萌，也绝不可能给她赔礼道歉。

“这种事不需要你们同意。”厉君御强压下心里的烦闷，挑眉道，深邃的黑眸带着一丝漫不经心的意味。

话音刚落，他们就听到一阵急促的脚步声从走廊里传来。紧接着，一道让人意想不到的身影出现在办公室门口。

“理事长！理事长，您怎么过来了？”

“理事长，这……”

几位老师都愣住了，学生会的人更是有些激动。

理事长可是在学校比校长权力还大的人。如果他亲自找过来，是不是说明他已经知道阮萌萌的丑事了？

谁知，理事长刚一进来，就冲几个副科老师怒斥：“你们几个真是会给我找麻烦！”

“还有你们！”他又看向学生会的三个人，“莫名其妙搞什么综合测试，真是……真是……”

理事长偷偷瞥了一眼厉君御，见他没有表态，也不好多说。就在刚才，他接到凌助理一通电话，差点儿吓得从办公椅上摔下去。

刚才凌北在电话里说话的语气，理事长想起来都后怕。三年级的这群人不知道在搞什么，居然连厉少的妹妹都敢怀疑，还想不想在智学混了！不过，他知道厉少向来低调，不愿意暴露身份。因此，他进门之后便故意不看厉君御，也不敢说破厉君御的身份。

“不是的理事长，事情是这样的……”物理老师急了，立刻把来龙去脉说了一遍。

他还特意强调，厉君御让他们赔礼道歉的要求极度无礼，谁知，话音刚落，就听到理事长说：“不错不错，这个提议好，公平公正，彰显我们智学办学的宗旨。”

“你们现在就去出题，出了题立刻考。只要阮同学全做对了……明天你们几个就上大礼堂，给人家道歉！”

众老师："……"

有理事长发话，谁反对也没用了。于是，几个副科老师都进了小办公室，在里头讨论该如何出题，势必要将阮萌萌考倒。而阮萌萌和厉君御则被理事长请进另一间办公室。他让他们好好休息，等试卷出好，再通知他们。

"大哥，你怎么能想出这种办法呢？你就这么有信心，我一定能全做对？"

进了办公室，阮萌萌盯着厉君御，水润的杏眸里写满了埋怨。

"那两套试卷，是别人泄题给你，才做对的？"厉君御垂眸，清冷的眸光比刚才在外面时更冷了。

"大哥"这两个字过去他听着觉得很正常，但今天，他却怎么听怎么别扭。

"当然不是，那都是我自己做的。"阮萌萌皱着眉，都不知道厉君御怎么突然变成这样。刚才在车上，他不还说相信她吗。但现在他看她的眼神，却莫名其妙透着冷意，就好似……好似他怀疑她一般。

"既然是你做的，那就再做一遍。能考一次满分，就能考第二次。"

"可是……"阮萌萌还想说些什么，她的情况和别人又不一样。

"怎么，你对自己没信心？"厉君御眸色微深，黑沉沉的眸子盯着她，看得她莫名心乱。

阮萌萌是好强不服输的性子，听到他这样说，当然不承认："怎么可能，我有信心。"

"既然有信心，那就好好考。想一想，之前是怎么做对的，找到那种感觉，就能再对一次。"厉君御跟她分享成功的经验。

说完，他就坐到一旁，闭目养神，把时间和空间留给阮萌萌，让她自己调整。

厉君御的话本只是一句无心之言，却不小心提醒了阮萌萌。

是啊……她这段时间总是能莫名其妙恢复计算的能力，想一想，那是为什么？

第一次，是在厉君御给她补课的时候。

第二次，是从阮家回来后，写试卷的时候。

第三次，就是在这次综合抽查测试中。

如果真要说起来，这三次里头，唯一的共同点就是……

是了！阮萌萌突然恍悟，抬眸看向坐在一旁的厉君御。她的视线不由自主落在厉君御那张削薄性感的唇上。她这三次恢复计算能力，唯一的共同点就是在每次做题之前，都被厉君御吻过！难道这就是问题的关键？！

咚咚……门外传来敲门声。

理事长的声音响起："阮同学，试卷已经出好了，你准备好了吗？"

"哦，我好了……稍等，我马上出来！"阮萌萌朝外答话。

与此同时，厉君御也睁开了眼睛。然而下一刻，男人好看的墨瞳却微微一怔。因为他看到，那只养不熟的小奶猫突然朝他扑了过来。她的一只小手主动环住他的脖颈，另一只小手则霸道地拉下他的领带，粉嫩的唇瓣就这么凑了上来。

甜腻腻的香气就像少女给他的感觉。

"嗯，这是回敬你昨晚的偷吻……一人一次，算扯平了！"

说完，少女又在他唇上啄了一口，才趁他回过神之前，一溜烟地跑了出去。

"阮萌萌，待会儿进去别紧张。里面监考的人你也不用理会，该怎么做怎么做。"

"是啊，萌萌……他们肯定会把试卷难度加大。你正常做，要是真做不出来，到时候我们来跟他们理论！"李秀丽和高汉秋陪着阮萌萌，见她小脸蛋红扑扑的，还小口小口喘着气，仿佛非常紧张的样子，连忙劝解道。

他们却不知道，阮萌萌这会儿压根就不是为了考试紧张。她现在满脑子都是刚才的那个吻。只要一想到，她居然强吻了厉君御，她就忍不住脸红心跳，恨不得捂着小脸找个地方躲起来。

她强吻的可是厉君御！那个非常可怕，宛如暴君的厉君御啊！

"阮萌萌，你现在放弃还来得及。只要你主动认错，我可以替你求情。"

正在这时，一个声音突然响起，这才将阮萌萌的思绪拉了回来。

她抬眸一看，原来是代表学生会的那个古板严肃的学长林一走了过来。

林一低头看着阮萌萌，脸上露出一丝隐忍的关心：“我保证，只要你承认错误，道歉态度良好，我会让学生会那边不再继续追究这件事。”

他是上一届的学生会骨干，又是其他人的学长，林家的家世也不错，他要替阮萌萌求情也不是不可能。

“不用了。”阮萌萌扬起眉，毫不退让。

“没作弊就是没作弊，我没做过的事要我怎么承认？好了林学长，废话不多说，还是开始考试吧。”

要是那个吻真能治好她的老毛病，就是让那些人考她一百次，她也不怕。要是真治不好……

喀喀。阮萌萌决定文综就拿满分，理综交白卷。反正到时候还有厉君御替她摆平学校的麻烦。

“你……”林一皱眉，为阮萌萌的态度气恼。

他难得好心，但阮萌萌居然不领情。

“好，既然这样，那你进去吧……考试时间两个小时。里面有三位老师跟两位学生会成员监考，你自求多福。”

五个人监考？阮萌萌勾了勾唇角，觉得真是有意思极了。

而高汉秋和李秀丽听到这个消息，却不约而同露出担忧。五个人一起监考，就在那么小的一间办公室里，这是要给阮萌萌制造紧张的气氛。在这样高压的环境下，纵使是成绩优异的学生也容易发挥不稳，更何况是阮萌萌？

可两人还来不及抗议，就看到阮萌萌点头：“好啊，那就开始吧。”

“对了，五个人要是还嫌不够的话，你们还可以弄个摄像头全校转播……不过，别怪我没提醒你们，到时候丢脸的可不一定是我。”

阮萌萌留下这句话，就抬着小下巴，略显嚣张地走进考试专用办公室，那高傲的小模样是十足的纨绔范儿。这让监考的老师纷纷皱眉摇头，只等着看她这嚣张的模样到时候会怎样落败。

然而，十分钟之后，物理老师急匆匆地从考试房间走了出来。

二十分钟后，化学老师也出来了。

半个小时后，就连最后一名监考的政治老师也走了出来。

整个考试房间只剩下陈晨跟杨紫瑜两个学生会代表在里面。

办公室外，几个综合课老师聚在一起，抓耳挠腮。

“她居然全做对了，最后的压轴题，是我特意从华国三年级统考里抽的题目，还不是我们S国的原题，难度很高！”

“我也一样啊，我特意从外省的调考题里抽了一道难度最大的，她竟然只看了一眼，就找到思路开始答题。”

“完了完了，看来这次我们的老脸都要挂不住了。只希望她能出点儿小错漏，千万不能考满分！”

小房间内，阮萌萌还在奋笔疾书，沙沙沙的书写声不绝于耳。

陈晨和杨紫瑜作为留下的两个监考，这时候眼珠子差点儿掉出来。他们两人已经非常过分地站在阮萌萌课桌的左右两侧。这样近的距离，足以影响到任何人，但偏偏阮萌萌没受到任何影响，下笔依旧如有神助，那笔尖写在试卷上的速度几乎超过了普通人的大脑思考速度。

已经是最后一道大题了……

杨紫瑜看不下去了，要是真让阮萌萌全做对，那阮娇娇交给她的任务怎么办？她看了一眼门口，见没人进来，就忍不住伸手去拽阮萌萌的右手手臂。她一定要阻止阮萌萌继续做题！可是……她怎么拽不动？杨紫瑜的手扯住阮萌萌的校服衣袖，可怎么扯，阮萌萌都岿然不动。陈晨见状，干脆一不做二不休，去拽阮萌萌另一只手。

只要他们能让阮萌萌停笔，到了交卷时间做不完题目，那她就无话可说了。可是在两人的拉扯之下，阮萌萌不但没被他们扯动，还依旧在试卷上笔走游龙。

杨紫瑜惊了，陈晨也惊了！

就在他们惊愕之际，房门突然被人从外面打开。

刚才出去的三位老师这时候刚巧结伴进来，把两人恶劣的行为看得清清楚楚！他们清清楚楚地看到，作为考生的阮萌萌还在奋笔疾书，而监考她的两个学生却正在做干扰她的事！

“你们在干什么！”为首的物理老师一声怒吼。

就算他们之前对阮萌萌有偏见，却不代表可以允许学生会这样做。老师们只是拉不下脸当着全校师生的面道歉，但师德还是有的。要不然，他们也不会因为阮萌萌交白卷而生气。

“我、我们……”陈晨跟杨紫瑜百口莫辩。被老师们撞个正着，他们根本无从解释。

“老师，你们误会了……我们就是在帮阮萌萌同学，她……”

陈晨正想补救，话音未落，被他拽着校服衣袖的阮萌萌突然放下了笔。他们只见阮萌萌站起身，无视还呆愣愣拽着她，不知道松手的两人，直接将试卷拍在了桌上。

“各位老师，我做完了，请你们批阅。”

说完，她反手拍在陈晨和杨紫瑜两人的手背上。啪啪两声脆响，好像还伴着两声轻微的咔嚓声，就好像是骨头被打折的声音。两人的右手顿时就像被重物击打过一般竟抬不起来了。

陈晨是男生尚能咬牙忍着，而杨紫瑜则当场哭了出来：“疼，好疼……我的手……”

“哭什么哭？我考试的时候，你们俩一左一右扯着我的衣袖，我都没哭，你有什么资格哭？”阮萌萌的声音软糯中透着清亮，直接从尚未关起的房门传了出去。

厉君御已经恢复平静，从另外一间办公室里走出来，正好在门外听到了小奶猫的声音。男人带着满身的冷肃，无视几位老师，直接走了进来。

“阮萌萌，怎么回事……有人欺负你？”暴君大人语调低冷，眸色冷戾，看她的眼神带着肃杀的深沉。

他明显还在计较刚才被她强吻的事。不过，在外人面前，他问出口的话却依旧在为她撑腰。

看到厉君御，阮萌萌立刻弯起唇角，露出甜甜的笑容。

“没有，怎么会有人欺负我，是我在教训他们。”她的酒窝在她笑起来的时候真是可爱至极。

说完，她似乎还怕厉君御不相信一样，把桌上的试卷拿起来扬了扬。

“试卷都做完了，肯定满分！”那个吻真的治好了她的老毛病。

想到从此以后不会晕算，还能替姐姐完成心愿，阮萌萌就开心极了。她也不理其他人，直接拿着试卷朝厉君御跑过去。

少女像小猫似的跳进男人怀里，抱住他，献宝般地递上试卷：“不信，你亲自检查看看。”

第八章
都不知道吻过她几次了

“不像话，下去。”厉君御冷着嗓音，低低地训斥她。当着这么多人，她挂在他身上成何体统？

男人神情冰冷，语气低沉，但大手却牢牢扣住少女细软的腰，生怕小奶猫会从他身上掉下去似的。

“大哥，难道你真要当着这么多人面赶我下去？那样，我会很没面子的。”

阮萌萌顺势往上拱了拱，两只小手不但不放，还攀紧男人宽厚的肩膀，亮晶晶的杏眸眨巴眨巴。看上去，她就像做错事的小孩在可怜兮兮地撒娇。

可惜，再怎么撒娇，她刚才在小屋里强吻他的事都算犯了他的禁忌。更何况，小奶猫现在还不知收敛，居然当着这么多人的面得寸进尺地跳到他怀里。小女孩，没点儿规矩怎么行？

想到这儿，厉君御眸色渐冷，低头正准备好好训她几句，门外突然传来一道声音：“出什么事了！我才出去一会儿，你们都围在这儿做什么？”

话音刚落，就见理事长从门外挤了进来。

厉君御眸色微敛，从阮萌萌手中接过试卷，交给刚进门的理事长："试卷做好了，让他们批改。另外……"

他瞥了一眼陈晨和杨紫瑜。

"这两个人，在考试中途企图阻碍考生答题，你处理一下。"简单利落的两句话，带着高高在上的命令口吻，厉君御对理事长说话的态度，让其他人暗暗心惊。

但理事长脸上却没有任何被冒犯的神情，反而立刻上前接过试卷，交给一旁候着的老师。

"你们好好批改，绝不能弄虚作假！"说完，他扭头看向学生会的两个人："还有你们两个，从现在开始，你们俩在学生会的职务已经被撤销。明天晨会，你们俩直接上大礼堂当着全校师生面给阮同学道歉。"

"理事长，我们没有……您不能这样！"杨紫瑜捂着手背，眼泪汪汪的。学生会的职务，怎么能说撤就撤。

还有，阮萌萌做的试卷还没批改，她又没全做对，凭什么让他们上大礼堂道歉。

陈晨也急了，忍不住搬出自己背后的陈家："理事长，您这样，我父亲要是知道了……"

"谁知道都没用！我告诉你们两个，今天不管阮同学的试卷做成什么样，你们俩的职务都撤定了。监守自盗，你们俩简直丢尽了学生会的脸，明天必须给我上台道歉，要不然就退学算了！"

理事长神情严肃，露出不可更改的威严。

陈晨和杨紫瑜顿时面如死灰。

退学……退学是绝不可能的……如果是这样，那他们就只能上台道歉。

完了，这回完了……学生会的职务没有了，明天还要上台道歉……今后在智学他们俩的脸面就会永远被阮萌萌那个转校生踩在脚下了。

两人连忙抬头，看向站在门边的林一，想向林一求助。然而，林一却根本没看他们，那双淡淡的看不清神色的眼眸正看向阮萌萌。

不过一会儿，老师们就把试卷批改出来了。毫无意外，果然如阮萌萌所说，满分！找不到任何瑕疵的满分！

“所有解答步骤都很规范，没有错漏……我教书这么多年，还是第二次遇到这种情况，仿佛是对着参考答案复刻出的答卷。”

“是啊，上一次出现这样的试卷，还是几年前的阮诗诗做的，那也是个天才。”几位老师批改完试卷后，均不由得感叹。

“你说得对，果然是一母同胞的姐妹，姐姐是天才，妹妹也是天才。这回是我们看走眼了……唉，明天在大礼堂上，我们亲自向那个孩子道歉吧。”

当众道歉虽然打脸，但这次是他们听信了学生会的话，误以为阮萌萌藐视师长，故意交白卷才特意搞了个抽查测试。不做也做了，现在还有理事长亲自监督，几位老师就算丢了老脸，也只能低头。

“道歉就不用了！”少女清脆甜软的嗓音突然响起，“你们怎么说都是我的老师，哪有老师给学生道歉的。”

“你、你说真的？”几位老师听到阮萌萌的话，双眼顿时一亮。

阮萌萌还挂在厉君御身上，一边抱着他，一边对几位老师说：“当然是真的。不过，我也有条件……以后，你们不能管我上课做什么……也不能给我布置作业！”

当着理事长还有各位老师的面，阮萌萌居然讲起条件，而且提出的还是这么没节操的要求，话音刚落，扣在她腰上的大手瞬时松开。

暴君大人实在太恐怖了，抱了半天，招呼都不打一声突然一甩手把她扔了下来。幸好她反应快，站稳了。

阮萌萌从厉君御身上滑下来，知道这人大概是听到她提出的条件生气了。她便抬起下巴对他甜甜一笑，刻意忽视男人眼底的冷厉，讨好地挽住厉君御的胳膊。

小手一边拍在他臂膀上，给他顺毛，她一边对几位老师说：“我就这一个条件，你们考虑下，怎么样？”

“这……”几位老师你看我，我看你。最终，他们无奈地答应了。

就这样，阮萌萌在学校里算是大杀四方，狠狠逞了一回威风。

但回到厉家，她就被厉君御直接扔在了书房沙发上。

他俊美而充满锐意的脸庞在她眼前放大。他盯着她，眸色深深：“知不知道，自己错了，嗯？”

“知……知道！”刚才她在学校有多嚣张，现在被厉君御禁锢在这狭小的空间里，就有多㞞。

妈妈呀，她也不知道是为什么，就算在外面嚣张跋扈惯了，但一旦面对厉君御，她就变成没牙的萌宠状态了，哪怕偶尔占个上风，也很快会被他压制。

阮萌萌艰难地抿了抿唇，选择老老实实地求饶：“我错了，你不要生气嘛……”

他挑眉，俊美的五官贴得更近，声音透着冰冷：“错在哪儿？”

“错在我不该威胁老师，让他们上课不许管我，还不让他们给我布置作业。”少女望着男人俊美冷漠的脸，规规矩矩地“反省”。

可惜，她的反省却被厉君御无情否定：“错，不是这个。”

不是？阮萌萌愣了愣，眨巴眨巴眼睛。难道他是怪她，借着他的威风狐假虎威？

就在阮萌萌愣怔之际，厉君御突然俯身靠近，在她耳畔低语：“你错在，不该……吻我。”

“吻……吻……你……我……”阮萌萌结巴，小脸瞬间涨红。

她……她刚刚才在学校出了一口气，正耀武扬威呢，把自己强吻过厉君御的事忘在了脑后。这会儿她突然听厉君御提起来，刚才强吻他的画面就浮现在眼前。阮萌萌小脸发烫，但并不觉得自己错了。

“你、你还好意思说……要不是你昨天晚上，先偷偷吻我，我也不会吻你。我都说了，一人一次，当扯平了！”阮萌萌噘着嘴咕哝一句，瞥开眼不敢去看他。

“谁说扯平了。”厉君御低沉磁性的嗓音传进耳里。下一瞬，男人修长的手指捏住她的下巴，将她红扑扑的小脸抬了起来。

“阮萌萌，听着……”厉君御俯视她，两人鼻尖的距离近乎微毫。

如此俊美无俦的一张脸贴得这样近，阮萌萌感觉自己的心尖在微微发颤。她一颗小心脏七上八下，就快跳到嗓子眼了。该死的男色！她……她对这种俊美无俦的长相，特别是厉君御这种顶级绝色，根本无力抵抗。阮萌萌平时力气大，但这会儿，却只能腿软地瘫在沙发角落。

“阮萌萌，你要清楚两点。”厉君御俯视着她，黑沉沉的目光深邃无波。

“第一，我没有偷吻你。第二，因为我没有偷吻你，所以，不是一人一次扯平了。而是……你多吻了我三次。所以，这三次，我要一次一次吻回去。”

说完，他就捏着她的小下巴往上抬起，低头吻了下去。

不、不行了……再不张嘴，她要不能呼吸了！

这下，阮萌萌算是彻底“引狼入室”。

“嗯……”她忍不住嘤咛一声。

不、不行了！坏家伙，他怎么能这样吻她！这跟前几次的吻根本不一样，太不一样了！接吻不该是轻轻的、酥酥的、甜甜的吗？为什么，为什么会像这样……强势地充满了占有欲，让人心脏怦怦狂跳。

一种奇怪的就像触电一样的酥麻感在她身体里到处乱窜。

终于，厉君御就像是报复成功一般，在阮萌萌就差最后一口气便要因缺氧晕过去之前，结束了这个吻。

阮萌萌抚着心口，可怜兮兮地瞪着厉君御。这时候，哪怕藏了满肚子的脏话想骂人，她也只能一边“用眼神杀人”，一边先把气喘匀了。

男人垂眸，看着小奶猫红扑扑的脸颊，还有被自己吻得嫣红的唇瓣，黑沉的眼底掠过一丝深藏的愉悦。

“明白了吗？这样的吻才算吻……如果我要偷吻你，绝不是昨晚那样。”说完，他就放开她，站起身离开，只留下阮萌萌一个人傻乎乎地愣在沙发上，好半天回不过神。

等等！如果说昨晚不是厉君御主动吻的她，那主动的人会是谁？难道是自己？她睡着了，还主动去吻厉君御！妈妈呀，她还有梦游的毛病吗？

厉君御走后，阮萌萌坐在沙发上，满脑子都是厉君御刚才所说的“三个吻”。

“三个吻……怎么会有三个吻？”少女捂着脸，脸上的潮热还没有退去，脑子里只剩这一个疑问。

就算昨晚真是她主动吻的厉君御，加上今天在智学办公室的强吻，也只有两个啊。为什么厉君御会说她欠了他三个吻？

还有还有……她的老毛病，那么多年了，看过那么多心理医生都没有治好，为什么偏偏只是跟厉君御接吻就能……咯，就能恢复？

阮萌萌甚至起了疑问，究竟是跟厉君御接吻能治好老毛病，还是只要接吻就能治好？如果她跟别人接吻的话，不知道行不行？当这个念头浮现在脑海中时，阮萌萌莫名其妙觉得后颈一凉，仿佛在无形中，有一双幽冷禁欲的眼眸正从背后冷冷地盯着她。

“嗯……不能乱想，还是先利用这个办法，把后面的考试过了再说！”阮萌萌捂着脸摇头，把纷乱的思绪摇出脑袋。

不管厉君御要怎么样，不管是欠几个吻，反正……反正以后，她得想办法多蹭一些吻，每次大考的时候需要……明年升级考的时候更需要！

还有她必须看懂阮氏的财报，要替姐姐延续她的心血．这些都暂时离不开厉君御的“帮助”。想到这儿，阮萌萌莹白的小脸又忍不住浮起一丝红晕。饶是向来心脏强大的她也无法直视，自己今后很长一段时间，都要靠着厉君御的吻生存的窘态。

咚咚咚——正在这时，一阵敲门声打断了她凌乱的思绪。

“大小姐，晚饭做好了……”

“哦，我知道了，我这就下楼。”阮萌萌站起身，理了理身上的校服，这才开门出去。

厉君御最近都不在家吃饭，厉君澈和厉君玺习惯在房间用餐，厉耀阳忙着陪陈晴之，所以这段时间都是阮萌萌一个人在餐厅吃晚餐。可今天，当她走进餐厅，却意外地发现厉家父子四人居然全都到齐了。

“萌萌，你来啦……来来，快过来坐。”看到阮萌萌的身影出现，厉耀阳笑着招呼她。

“厉叔叔，晚上好……”阮萌萌向厉耀阳问好，接着，才硬着头皮坐下。

厉耀阳让她坐在自己右手边，而在他左手边正好坐着厉君御。餐桌是长条形的，厉耀阳坐在上首，阮萌萌坐下后，就正好跟厉君御面对面坐着。

阮萌萌两颊上的热度还没有退去。刚刚被厉君御那样亲密地吻过，现在就要装作什么都没发生一般，像这样面对面地坐在众人面前，她总觉得莫名地心虚。她低下头，不敢直视对面的厉君御，但又忍不住偷偷抬眼瞄他。结果，她就看见厉君御坐得笔直，表情冷峻严肃，目不斜视，竟连多余的眼神也未落在她身上。她的心里竟涌起一股奇怪的酸涩，闷闷的，居然有些不舒服。

“最近叔叔比较忙，好久都没陪你一起用餐了。萌萌，怎么样，在这里还住得习惯吗？”

“啊，哦……”突然被厉耀阳问话，阮萌萌愣了愣，“住得习惯……我在这里住得很好，谢谢叔叔关心。”

“住得习惯就好。”厉耀阳笑，“对了，你和君御相处得怎么样，你们……”

“父亲，吃饭的时候，能不能少聊这些没有营养的话题。”厉君御低冷淡漠的嗓音冷冷地响起，瞬间，就将厉耀阳热情的态度冻结成冰。

“这怎么能算没有营养的话题？难道你不喜欢萌萌？你看她多可爱，爸爸把她交给你，你就相当于多了个妹妹。”

听到厉耀阳提到“喜欢”两个字，厉君御和阮萌萌的眸光都微不可察地闪了闪。

“喜欢？”厉君御笑了，唇角上扬，笑意却不达眼底，反而透着股清冷的意味，“她对我来说不过是个麻烦。”

男人抬眸，冷峻的视线落在阮萌萌脸上，他淡漠而疏离地说：“我不觉得她哪里可爱。”

“君御，你……”厉耀阳脸上的笑意顿时收敛，掠过薄怒。他没想到，儿子居然会这么不给面子，当着人家小女孩的面，说出这种伤人的话。

“你太过分了，怎么能这样说一个女孩子。我要收回刚才的话！”

厉君御眉目微敛，那张写满禁欲清冷的脸上看不出任何表情。很显然，他无视了厉耀阳的话。

厉耀阳气得拍桌而起，指着厉君御就要开口训斥。

"叔叔，你别这样，我没事……"阮萌萌立刻站起身，拦住他。

她早就将目光从厉君御脸上收回来了。她承认，厉君御刚才的话有些伤人，让她觉得自己简直就是个白痴！但她只是个外人，不该引起厉耀阳父子的争执。

"爸爸，你不该骂大哥！大哥本来就很忙了，还要让他照顾这个笨女人，大哥会很累的！"熊孩子厉君玺最喜欢自家大哥，见爸爸要训厉君御，立刻跳出来维护。

"这个女人很笨的，我听说她在外面学校都是倒数，刚进智学周测就考了零分。她交白卷的事迹都传到我们中学部了，我都不好意思告诉别人我们认识她……大哥那么忙，怎么会有空辅导这个笨蛋！"

厉君玺瞅着阮萌萌，心里全是对她的敌视。他讨厌这个女人，讨厌她抢走爸爸妈妈的关注，也讨厌自从她来了之后，大哥就总是给她私下补课，少了对自己的关心。

"你、你们……唉，你们真是要气死我！"厉耀阳气得坐回了座位。

阮萌萌见状稍稍松了口气。她故意忽视厉君御，抬眼瞥向厉君玺，正好瞧见熊孩子在对自己吐舌头。

"好，君御……我最后问你一次，你是不是真忙不过来，不想管萌萌的事？"厉耀阳叹了口气，看向神色淡漠的大儿子。

"父亲，我说过，我很忙。"厉君御神情不变，那双沉冷如水的眸子就没抬起来过，"公司的事你已经很少过问，不要再把什么麻烦都丢给我。"

"好，既然这样……那以后你就不用管萌萌的事了。我把萌萌交给你弟弟好了，反正他最近正好要提前回国。"厉耀阳也认了，虽然二儿子不靠谱，但总比大儿子好管教。至少，厉君廷不敢直接忤逆他，也比老大懂得怜香惜玉，不会伤了人家女孩子的自尊心。

听到厉耀阳的话，厉君御那张俊美冷漠的脸比刚才更冷了几分。终于，他抬起双眸，冷冽的目光瞥向阮萌萌："你要把这个麻烦交给君廷？"

这还是他整个晚餐时间第一次用正眼看阮萌萌。

"是啊，反正你忙，没有时间嘛。"厉耀阳完全没发现大儿子眼底一闪而过的冷戾。

他反而转头问阮萌萌："萌萌，怎么样……你觉得叔叔这个安排好吗？"

阮萌萌乍然听到"厉君廷"三个字，还处在愕怔之中。她最近满脑子几乎都被厉君御占满，差点儿就忘了厉君廷这个人。双手下意识抚向小腹，阮萌萌抬眸，正好接收到厉君御冰冷中带着一丝威胁的视线。

对上那双深不见底的冷眸，阮萌萌抿了抿唇，忽然漾起一抹笑容："叔叔的安排当然好，我都听叔叔的。"

她说完，再也不看厉君御。

"哈哈……你同意就好。本来君廷要下个月才回来，不过他说会尽量提早回来，我催催他，让他最迟下周就……"

厉耀阳话还没说完，餐厅里突然响起一声刺耳的摩擦声。原来是厉君御起身，椅脚在地板上划过发出的噪声。向来注重餐桌礼仪的厉君御，还是第一次在餐厅里制造出这样的声响。

"君御，你……"

"对着有些人我没什么胃口，先上楼了。"厉君御冷冷地瞥了一眼低着头，只留给他一个乌黑发顶的阮萌萌。他冷戾的目光中透出一抹让人捉摸不透的冰凉。很好，这只小奶猫果然是养不熟的白眼狼。说完，他也不管厉耀阳会不会震怒，抽身离开餐厅。

他一走，阮萌萌再也撑不下去了，她也站起身："叔叔，我……我也没什么胃口，我先回房了。"

厉耀阳还来不及阻止，阮萌萌就跑了。

"这、这都什么事！"厉耀阳真是快被大儿子气死了，好好的，怎么对人家小姑娘那么大敌意。

"爸爸，我也不吃了。那个赵叔，帮我打包几个菜，送到房间……"熊孩子厉君玺害怕再待下去会被厉耀阳转移怒火。他也跟着跑走。

"小玺，等等。"刚才一直没说话的厉君澈突然叫住他。厉君澈托腮，用清澈透亮的眸子盯着弟弟。

"听说你最近被大哥布置了不少课外作业。怎么样，还忙得过来吗？"

两兄弟自从上次打游戏散伙后，就一直没和好。

乍然听到三哥关心自己，厉君玺还以为他是想帮自己搞定那些报表。

“忙不过来……三哥，你又不是不知道大哥有多严厉。我分析完那些财报，根本没时间打游戏。”

“哦，是吗？”厉君澈听了，不但不关心弟弟，反而笑了，“如果是这样，那你今后的作业可能会更多。你最好做好长期抗战的准备。”

“为……为什么？”熊孩子不懂了。他今天表现这么好，他可是帮了大哥！

厉君澈清亮的眼眸透着笑，他虽然不爱多管闲事，但有些事情却比父亲和小玺看得透彻点儿。

“不为什么，你以后就知道了……对了，还有件事，我想你和父亲应该知道。”厉君澈换了个姿势，好整以暇地看向听得一头雾水的父亲和弟弟。

“阮萌萌虽然周测交了白卷，但今天临时加测的文综和理综，她全部考了满分。总成绩年级第一，连我都不是她的对手。虽然我不知道她是怎么考的，但我想，她应该不是小玺口中的笨蛋。”

阮萌萌低着头往楼上走，只觉得脑子都是蒙的。厉君御忽冷忽热、忽近忽远的态度，已经够让她烦心的了，谁晓得居然又突然杀出一个厉君廷。

“唉，我刚才怎么就那么沉不住气，怎么就答应了厉叔叔……”她嘀咕，已经满心的懊恼。

她倒不是舍不得厉君御。反正那个讨厌的男人都说她是个“麻烦”了，把她贬得一文不值，她也是有骨气的，哪怕从此以后没有他的吻当治病良药，又要变成倒数、交白卷的差生，她也不会去求他。

她的小手不自觉地抚上小腹……就快一个月了。

可越是不知道，她越觉得不安，脑子里总是有个模糊的身影不停地闪来闪去，闪得她的心都乱了。明明当初想好的，为了姐姐不后悔的……但现在却不知道为什么，越到厉君廷要回国的时间，她就越后悔，后悔当初莽撞地爬了另一个男人的床。

阮萌萌满脑子都是事，根本没注意周围。就在她经过厉君御卧室时，房门突然打开。一只大手从门内伸出，将她一把抓了进去。

“嗯……”鼻尖撞在男人比钢铁还硬的胸膛上，硬生生把她撞出了泪花。

阮萌萌捂着鼻子，漂亮的杏眸闪着水光。她抬起眼，用带泪的杏眼瞪着将自己抱起来，抵在门后的男人，刚才在脑子里模糊的身影竟然突然清晰。

“厉君御，你撞疼我了！”阮萌萌捂住鼻子，勇敢地抬起眼睛，怒视厉君御。

“厉君御？”男人勾唇，冷笑。他俊美到令人窒息的脸，笑起来的时候，性感得勾魂夺魄，但唇角上扬的弧度却森冷得让人不寒而栗。

很好，这只小奶猫现在“亲爱的”不叫了，就连“大哥”也不叫了。她竟然已经大胆到直呼他的名字？

其实过去，阮萌萌也不是没直接叫过厉君御全名，但那时候，厉君御从不在意，甚至都没留意过她对自己的称谓。而现在，她不过是叫了他的全名，都能让男人诸多不满，这种变化具体也说不清是从什么时候开始的。好像是在潜移默化中，他就一天比一天更在乎眼前的女孩。

“你……你真的撞疼我了……厉君御，有话好好说……”

阮萌萌虽然猜不透厉君御在想些什么，但从他逐渐沉冷的脸色中，却能感受到他的不悦。她本能地退让，认尿。

可偏偏，她越怕什么，就越来什么。

男人垂眸看着怀中少女害怕的模样，竟觉得刺眼。对素未谋面的老二，她恨不得主动靠近，但面对自己，这养不熟的小奶猫总是露出惊恐的神情。想到这儿，男人眸色顿沉，大掌扣住少女的腰，另一只手穿过膝盖窝，直接将她打横抱了起来。

“厉君御……你……你要干什么？你快放我下……”

阮萌萌轻盈娇小的身子被他扔在大床上后，完全陷入了柔软的床垫之中。一时间，她居然爬不起来！

阮萌萌慌神了，正想腾身而起，突然听到一声金属碰撞的声音。她抬眸看去……她下意识咽了口唾沫，就定在了那里。她发誓，这一幕绝对不是她能预见的，而且也不能怪她贪图美色，不争气……实在是，实在是眼前的画面太过震撼。

这个男人明明还衣衫完整，但整个人却不似平时那样清冷禁欲，反而透着一股邪肆慵懒的性感。

阮萌萌看到这样的厉君御，下意识觉得腿软，喉咙干，心脏怦怦直跳。紧接着，在她反应过来之前，她就看到男人垂眸看过来，那双漆黑深邃的凤眼定在她的脸上。

阮萌萌蒙了。

她看呆了，大脑陷入一片混乱。

“阮萌萌……”男人低沉性感的嗓音响起，带着几分暧昧的沙哑，他掐住她的下巴，逼问：“说，我和老二，谁好？”

“啊？”阮萌萌愣住了。

打死她，她都想不到，厉君御居然是为了问这个！

“怎么，回答不出，嗯？”他扣在她下巴上的修长手指稍稍用力，墨瞳闪过冷意。

下颌传来轻微的疼意，让阮萌萌立刻回神。她漂亮的杏眸盯着那张近在咫尺，隐隐藏着薄怒的俊脸，立刻不害臊地表白：“当……当然是你好。厉君御是全天下最好的人，厉君廷算什么！”

听到小奶猫的话，男人覆满寒霜的眸子总算退去了些许寒意。

但……

“阮萌萌……”他沉声，用指腹摩挲少女粉嫩的唇瓣，“你刚才，叫我什么？”

他指腹上的薄茧不轻不重地摩挲着柔嫩的唇瓣。阮萌萌有种预感，如果她的回答不能让他满意，这个暴君说不定会撕了她的小嘴。

“呃，我……我错了，我不该直呼你的名字。”她想了想，这大概是最稳妥的回答。

厉君御这人假正经，又喜欢跟她强调淑女礼节，大半是因为她刚才直呼其名，惹恼了他。

果然，听到她的回答，男人那张冰山脸稍稍缓了几分。但还不够，他又沉声问：“那以后，该叫什么？”

“啊，当然是大哥……”话音刚落，她就觉得男人揉她唇瓣的手力道大了几分。

他再使劲她的唇就要破了好吗！

阮萌萌连忙改口：“呃……厉少？”

他的力气更大了。

“那要不然……御少？”话音刚落，揉在她唇瓣上的手指突然松开，阮萌萌松了口气，看来这次是猜对了。

谁知，下一秒，男人微凉的唇瓣就贴了上来。厉君御低头，在她那张不听话的小嘴上啄了一口。

“你自己好好想想，如果想不出，我只能继续吻你，直到……你想出来为止。”他说话的时候眸色依旧冰冷，但阮萌萌却能看到他眼底一闪而过的寒光。她敢发誓这男人绝对是来真的！

“可是为什么要用这个威胁我啊……你越亲我我越紧张，越紧张越想不出……”话还没说完，她的嘀咕就被他吃进了嘴里。

厉君御又低头，在她唇边落下一吻。

“再继续废话，这就是惩罚……”他的目光落在她娇嫩的粉唇上，深不见底。

阮萌萌这下是彻底害怕了。

她只能放弃挣扎，无奈地开始苦想。大哥也不对，厉少也不对，御少还是不对……那应该叫什么呢？

“啊，我知道了……”阮萌萌脑中闪过一道光，“应该叫暴君！”

“暴君？”男人眯眼，眼底寒意陡升。

糟糕，一激动，她居然把心里话说出来了。阮萌萌连忙改口：“咳，咳咳……不是，我是说……应该叫……叫……亲爱的暴君大人。”

这样改口实在是非常牵强，阮萌萌已经做好了被厉君御惩治的准备。谁知，她却听到男人低沉磁性的嗓音中夹杂着一丝愉悦：“把后面四个字去掉，以后叫前面三个字。”

啊？前三个字。她呆呆地复述：“亲爱的？”

厉君御嗯了一声，沉黑的双眸中划过满意。

“可是……你上次不是说，让我以后不许……”

“上次是上次，现在是现在。”男人冷着脸，沉声打断她的话。

这只小奶猫真不会看脸色，哪壶不开提哪壶。

“哦……”好吧，他是大爷，她惹不起，他说什么就是什么，但想想又不对，“那刚才的吻……”

“我说过，你还欠我两个吻。刚才，不过是礼尚往来。”厉君御盯着那张一张一合的小嘴，总觉得，这个小奶猫再说下去，他又想堵住她的小嘴了。

“礼……”阮萌萌差点儿被他的话哽住，但转念又说出疑问，“可就算加上昨晚，还有今天在学校的那个吻，我一共就吻了你两次。我怎么可能还差你两个……”

阮萌萌想控诉，但呼吸瞬间被他控制，鼻息间全是熟悉的男性气息，带着淡淡的烟草味，让人目眩神迷。直到他的唇离开，阮萌萌还处在半眩晕状态……

“之前我算错了，你只欠我两个吻。多吻了一次，现在让你吻回来，算是两清。”厉君御盯着少女绯红的脸蛋，眸底酝着不自知的笑意。他明明是个不喜欢玩笑的人，但对这只小奶猫，却总忍不住捉弄。

这种事他居然还能算错？！还有什么叫被她吻回去，刚才明明是他吻她！

阮萌萌气急了，但她却不敢再回嘴……生怕自己再说什么，又会被他下套。谁知她不说话，厉君御却用指腹摩挲着被他吻得微肿的唇瓣，低语：“不过，你不该答应父亲，让老二照顾你。你，该罚……”

“……”阮萌萌眨了眨眼，告诉自己这时候绝不能乱接话，但她又觉得憋屈。

明明是他在餐桌上先不给她面子的，说那些伤人自尊的话，又表现得那样冷漠，在那样的情况下，她怎么可能还觍着脸求他照顾。想到这儿，阮萌萌忍不住回嘴：“可是是你自己跟厉叔叔说，觉得我是麻烦。我……我以为你不想管我。”

明明就不是软弱的性子，但说到这句，阮萌萌却有种鼻腔酸酸的感觉。

男人蹙眉，眸底划过一抹冷光。他不愿解释，也无法说出口。难道让他告诉阮萌萌，在厉耀阳问他喜不喜欢她的时候，心里突然浮起了一种奇怪的情绪吗？

那种无法控制的感觉让他生厌。更何况，他私底下如何宠她，以他的性格也不会表现在其他人面前，尤其是在父亲面前。

厉君御眉峰微动，避开这个话题：“再麻烦，我不也管了。”

“老二生性散漫，你们年纪又相当，他来管教你只怕会把你带歪。所以今后，表面你归他管，私下还是我管。”

阮萌萌愣了愣，眨了眨眼，没听懂。难道说，绕了半天……她以后还是归他管？

“那……二少那里……”她傻乎乎地问。

听到她提及老二，厉君御眸色微暗，竟觉得刺耳。

“他现在还没回来，等回来以后，我会跟他说。”

“哦，可是叔叔那边……”

“阮萌萌。”厉君御突然沉下脸，抬起她的脸，冷冽的目光直勾勾望进少女水灵的杏眸里，“乖乖闭嘴。”

阮萌萌：“……”她当即闭嘴，不敢再说一个字。

医院病房内秦芳正在收拾行李。早产的阮明宇已经可以回家了。所以秦芳也不在医院坐月子了，准备回家。

“妈……你怎么就这么沉得住气？阮萌萌她现在不怕读书了，她今天考了全年级第一，再这样下去，我唯一比她强的优点就要没有了，妈……”

“娇娇，什么叫唯一的优点？”秦芳停下手里的动作，挑眉看向阮娇娇。

“你现在的确是唯一，却是阮家唯一的小姐。你弟弟是阮家将来的继承人，而你妈妈是正儿八经的阮太太。”

“比身份、比地位、比前途、比男人……阮萌萌有哪一点比你强？就凭那张会魅惑人的狐媚脸吗？要真是那样，顾铉也不会选你不选她。”

阮娇娇呼吸一窒，明白秦芳说得在理，可她还是很担心。虽然妈妈和奶奶拖住爸爸，不让他去找阮萌萌，但这些日子在智学，阮娇娇能清晰地感觉到阮萌萌的变化。在学校她已经渐渐控制不住舆论了，就连她的人明天也要上台去给阮萌萌道歉。

“可是妈妈，阮萌萌如果恢复正常，她的成绩一定不会比阮诗诗差。她又长得漂亮，又有爷爷的股份，她将来可能会……”

“你这孩子，糊涂！”秦芳尖锐的嗓音打断阮娇娇的话，“妈妈当年既然有办法把她从一个天才养成废物，现在，当然也有办法收拾她。你等着瞧吧，哪怕我没办法再把她逼回原形，但这阮家她是别想再回来了。老头子护着她又怎么样，也不想想，他还能护多久……”

第二天，阮萌萌刚进教室，就接收到无数好奇的眼神。她昨天做了两套满分试卷，接着就离开了教室。有人说那两套试卷是她作弊了，但M班的慕景行又说那是阮萌萌实至名归。可惜具体怎么样没多少人知道，大家都等着今天一早来学校看热闹。

“阮萌萌，你昨天怎么一考完就提前离校了……你还不知道吧，你考了满分。”班上有几个性格比较软和的学生主动跟阮萌萌搭讪。

阮萌萌停下脚步，倒是不隐瞒：“我昨天考完没走啊，我一直在办公室……快放学才走的。”

“什么，你在办公室？”

昨天在办公室里发生的事没多少人知道。几个副科老师觉得太丢脸了，自然不会声张。而学生会那边更是不会多说一个字。

“是啊，学生会觉得我的成绩是作弊的，所以让几个老师临时出了套试卷给我做。”阮萌萌毫不避忌地说了经过。

正好这时，阮娇娇走进教室，她身后还跟着叶枫。

“阮萌萌，你还好意思提这件事……你是不是以为自己作弊很光荣！”叶枫气急败坏的声音从门口传来。

不怪他不知道，叶枫现在不在学生会，消息不灵通了。陈晨和杨紫瑜做的事，阮娇娇为了维持在叶枫心目中的形象，压根就没告诉他。他自然也不知道，昨天在几位老师和理事长的见证下，阮萌萌早就洗脱了作弊的嫌疑。

“你说对了，我的确觉得光荣。毕竟，我考了满分，而你……”阮萌萌盯着他，带笑的眼眸里尽是嘲意。

她笑起来，酒窝明显，明明甜美可爱，但偏偏说出口的话却能气得人牙痒痒。

“阮萌萌，你少得意！你作弊的事，全校都知道了，你等着瞧好了……学生会一定会把你这种败类赶出智学。”

听到叶枫的话，阮萌萌竟然同情起叶枫来。看看叶枫咬牙切齿的模样，再对比从进门之后，就没怎么说话的阮娇娇，她忽然觉得叶枫真是可怜。很明显阮娇娇只是把他当枪使，他恐怕根本不知道昨天的事。

“赶我出智学？呵呵，好呀，那我就等着你们学生会的表现。”

半个多小时之后，学校大礼堂内，晨会上，两名学生会的骨干陈晨以及杨紫瑜站在台上，以一种哭丧的表情念完了理事长替他们准备好的检讨。

“阮萌萌同学品学兼优，成绩优异，但我们却怀有嫉妒之心，不但质疑她作弊，还在她接受检验的时候，恶意捣乱，阻止她继续做题……”

“可是即使是在这种备受干扰的情况下，阮萌萌同学依旧以满分的成绩狠狠打了我们的脸。我们自愧不如，羞愧难当……为自己犯下的错事悔恨，自请辞去学生会职务，并推举阮萌萌同学，竞选下一任学生会会长？”

什么，阮萌萌也要竞选学生会会长！

礼堂里顿时炸锅了。

智学高级学院部三届学生会会长以前顾铉，而阮娇娇已经连续两届任职副会长。在所有学生眼中，下一任会长几乎已经内定了阮娇娇。但现在台上的两个学生会骨干却提名推举阮萌萌参加这一届的会长竞选。

“阮萌萌也要竞选学生会会长……这是摆明着针对阮娇娇吧？”

“有什么针对不针对的，我要是阮萌萌，我也容不下阮娇娇。”

“阮萌萌怎么能这样呢？娇娇又没错，她也说了，她自己选择不了自己的身份。要是可以，她也不想当私生女……阮娇娇也太无辜了吧？”

“小三的女儿算什么无辜，我就一直看阮娇娇不顺眼。她最喜欢装模作样，搞得跟圣女白莲花一样。阮萌萌好歹是原配的女儿，结果只能上市青藤学院，但阮娇娇却能进名校……要是你爸找了个小三，让你上普通学校，让小三的女儿进智学，难道你愿意？”

“呸呸呸，你别瞎说，我爸才不会……”

台下的同学讨论得很激烈。那些毫不掩饰的话多多少少传入了阮娇娇耳里。她听在耳里，难掩怒气，忍不住回头，瞪向阮萌萌。

可恶！就凭阮萌萌那样的废物也敢觊觎学生会会长的位置！

阮萌萌毫不避忌地迎向阮娇娇嫉恨的目光，唇角微扬，送给她一个甜甜的笑容。这样的笑容太刺眼，刺得阮娇娇咬牙回头……她怕自己忍不住会露出狰狞的神情。

看到阮娇娇脸色苍白，站在一旁的叶枫连忙安慰：“娇娇，你别担心……你是两届副会长，不管是资历还是人脉都比阮萌萌强。你放心好了，我们所有人都会站在你这边。”

虽然叶枫没什么脑子，但他这句话，却点醒了阮娇娇。是啊，她在学生会经营多年，整个学生会都是她和顾铉的人。她怕什么？阮萌萌要跟她抢会长的职位，那就来吧。她会让阮萌萌知道什么叫作自取其辱！

晨会结束，高汉秋将阮萌萌叫到办公室。

“小师妹，这是理事长要我交给你的竞选申请表，你拿回去填一下。”高汉秋眉间微皱，看上去透着担忧。

阮萌萌狐疑地接过表格，看了一眼，瞬间明白高汉秋在担心什么。她说：“这上面的每一项都会影响最后的评分吗？”

“对，智学的学生会会长，不仅需要个人能力出众，还必须有号召力、统筹力，以及财力。学生会不是慈善机构，权力越大，所需的能力也越大。小师妹，要不你就专心复习准备升级考好了……学生会的事……”

“不，我没关系。”阮萌萌收起表格，露出甜美的笑容，“这次的竞选，我一定会成功！”

阮萌萌带着自信的笑容离开办公室，结果，她刚出了办公室门，脸上的笑就绷不住了。要命！她忍不住挠头，刚才在高汉秋面前有多自信，现在就有多蒙。

原来学生会会长的竞选，不能以个人名义参选，而必须以一整套完整的竞选班底参与。也就是说，她不仅自己担任会长的职务，还必须找齐七个人，让他们分别任职副会长、秘书，以及各部部长。这就跟游戏里组团打 boss 一样，一个人再厉害也没用，最后必须靠团队配合取胜。

除此之外，还有另外两个麻烦的要求。

不过现在，那两项可以暂且放下，当务之急，她必须在同学中找到七个人跟她一起参加竞选！

数学课上，老高正在台上讲题。阮萌萌抬头看了一眼黑板，叹口气，又低头看了一眼手里的手机，再叹口气。唉……不过一个晚上，她晕算的毛病居然又复发了！

阮萌萌纳闷，怎么也没想到一个吻的时效性居然这么短。她再联想到那一晚的梦境，阮萌萌觉得自己越来越能摸清规律了。

一个吻的效果持续性大概不超过十二小时。

那天在睡梦中的吻大概因为发生在接近天亮的时候，所以才能延续到第二天到校。她甚至开始怀疑普通的一个吻效果会比……喀，更亲密的吻，差上许多？想到这儿，阮萌萌扶额。难道以后每天早上起床，她都要去找厉君御来一次亲密的吻？

“喂，中午我不去餐厅，帮我带两份提拉米苏。”阮萌萌正忧虑着，耳畔突然传来厉君澈冷冷的嗓音。

她抬眸看向同桌那张俊美的脸，眨眨眼，突然愣住了。

厉君澈蹙眉，漂亮的脸蛋凑近：“发什么呆……我说的话听见了，嗯？”

精致俊美的脸突然在眼前放大，有那么一瞬间，阮萌萌突然很想吻上去。当然，她还没有禽兽到对比自己年纪小的男生下手。她……她就是忽然想知道，晕算这个毛病究竟是跟任何人接吻都能治愈呢，还是只能被厉君御治愈？

“你干什么，你那什么眼神……”厉君澈白皙的脸上突然浮起一抹诡异的红晕。他退后，拉开跟阮萌萌之间的距离。这女人太可怕了，有那么一瞬间看他的眼神就跟他看到美好可口的甜食一样！

“喀，没什么，没什么……”阮萌萌抿了抿唇，掩掉眼底的光亮。

算了，兔子都不吃窝边草，她还是不要对厉君御的弟弟下手好了，要找人试验，不如找慕纨绔!

“对了，你也在玩‘农药’？”厉君澈的目光落在她未关的手机屏幕上。

“倔强青铜？你怎么这么菜，连黄金都没上……”他难得今天上课没睡觉，看到阮萌萌打游戏来了兴趣。他瞄了一眼，她比他的战绩还差。

阮萌萌看了一眼手机屏幕，她上的是慕景行的号。她正想解释，就见厉君澈托着下巴，冷冷地说：“这样，我最近中午有事，不能去餐厅。你每天替我带两个甜品回来，我带你上分。”

“你带我上分？”阮萌萌差点儿笑出声。

厉君玺是“宝宝天下无敌”的话，那厉君澈就是“美男和甜甜圈”。他跟厉君玺两个人在游戏里什么水平，她可是见过的。

“怎么，你不相信……”厉君澈星芒闪烁的眸子里满是被阮萌萌轻视的不满。

他刻意压低嗓音，凑近阮萌萌耳边：“实话告诉你，我是最强王者，带你轻而易举……”

阮萌萌毫不客气地笑了出来：“你是最强王者？……你把手机给我，我来验货……”说完，她就探出半边身子靠过去，要抢厉君澈抽屉里的手机。

厉君澈当然不让阮萌萌抢，捉起手机，往后仰。

“阮萌萌——”正在这时一声震天怒吼突然从讲台上传来。高汉秋忍了一节课，终于忍无可忍地抓起黑板擦，就向坐在最后一排的阮萌萌扔去。她讲了一节课话就算了，现在还公然大笑，闹得全班注目，哪怕是小师妹他也不能给面子!

啪——砰——黑板擦落地，没打中阮萌萌。

但她躲闪间，却因重心不稳，抓着厉君澈一起摔了下去。

“啊……啊啊啊……”教室里顿时响起无数女生的尖叫，“男神的初吻——”

阮萌萌撑起身子，脑袋还有点儿晕。

别人看起来是她霸王硬上弓强吻了厉君澈，实际上她是狠狠撞在他的鼻梁上。厉君御鼻梁高挺，她的小鼻子则挺翘可爱，两人的鼻尖正好撞在一起，酸得阮萌萌眼泪差点儿出来。有鼻尖顶着，嘴皮子根本碰不到，她也不知道那些女生在怪叫什么！

阮萌萌是觉得没什么，她的感官里只有鼻梁传来的酸疼感。可她刚站起身，就看到刚刚被她压在身下的美少年立刻从地上弹了起来。

“阮萌萌，你……”厉君澈左手手背挡在薄唇前，右手食指颤抖地指控着。

他接连说了好几个“你”，白皙精致的脸庞绯红，清澈透亮的眸底充满了控诉。他看起来像是刚被恶霸欺负的良家少年。

咯、咯咯……要不要这么大反应，她压根就没亲到他啊？

“阮萌萌，你……你害死我了！”厉君澈憋了半天只憋出这么一句话。说完，他气急败坏地瞪了阮萌萌一眼，从后门跑了出去。直到厉君澈跑出教室，阮萌萌还在发蒙。厉君澈那是什么反应啊？怎么像他是个黄花大闺女，被她占了便宜一样？

大哥别走啊，回来说清楚……嘴皮子都没碰到，他这是受的哪门子委屈啊，居然跑了！

就在阮萌萌瞠目结舌之际，班里的同学已经展开了激烈的讨论。男神的初吻被阮萌萌这么不讲道理地夺去，大多数人是不同意的。但也少部分女生觉得阮萌萌真是潇洒果断，敢爱敢恨，喜欢，就主动去追，实在不行就主动强吻，跟外面那些只会装可怜、装柔弱的白莲花果然不一样。

阮萌萌压根不知道，就因为这件事，她在短时间内又拉了一大批仇恨，也顺便 get 了几个小迷妹。她淡定地拍了拍衣角，捡起黑板擦走向讲台。

“高老师……”她把黑板擦拍到老高手里，“下课我就告诉李老师，你刚才用黑板擦打我的脸。”

高汉秋额角一抽，顿时变了脸：“小师妹，别这样啊，有话好好说……”

午休时间，教学楼顶楼天台，阮萌萌跟慕景行两人坐在天台边上，一边晃着腿看风景，一边吃着便当。

“萌萌，你真的喜欢越君澈吗？现在全校都在传，你今天上课强吻了他……可是他才十六，要到法定结婚年龄还有六年，你就不怕……”

“打住打住！”阮萌萌叫停慕纨绔的话，“谁跟你说我喜欢他了？那些都是谣言，我根本就没强吻他，就是不小心撞一起了。”

这回的谣言真是传得飞快，居然连慕景行都信了。

“真的吗？”慕景行歪头看着她，难得不相信阮萌萌的话。

没办法，谁叫他知道阮萌萌的颜控属性。厉君澈长得比女人都漂亮，活脱儿从漫画里走出的美少年。阮萌萌按捺不住，对他下手，也是可以理解的。

“当然是真的。慕景行，你是不是很闲啊……让你帮我找齐七个人，你就只会想这些有的没的。”

阮萌萌没好气地拧了慕景行胳膊一下，疼得慕景行嗷嗷乱叫。

“我、叶翰庭、李一帆，然后就没了……要不然，你拉越君澈入伙？反正，他已经是你的人了。”慕景行揉着胳膊，替她出主意。

“什么我的人，再乱说，小心你的胳膊。”阮萌萌瞪了他一眼，心里倒是有了打算。是啊，厉君澈不就是现成的人选吗。有他这个校园男神加入，说不定还能吸引大批女生。

她正得意着，手机突然响了。

“喂。”她还用警告的眼神瞪着慕景行，也没看，单手接了起来。

“阮萌萌……”电话那头男人低沉危险的嗓音传了过来，“早知道会这样，昨晚就不该让你下床。”

“我……你……喀喀喀……”阮萌萌被厉君御的话呛得直咳嗽，就连泪花都咳了出来。

好尴尬啊……她能不能假装信号不好，把电话挂掉？

“阮萌萌，装咳转移不了话题。你就没什么要跟我解释的，嗯？”男人状似清冷的语气里暗藏寒冰。听在阮萌萌耳边，竟让她隔着电话，小身子都不由自主地抖了抖。

慕景行不由得注目，萌主这是怎么了？从小到大，他在诗诗姐面前都没有见她这么㞞过。慕景行哪里知道阮萌萌的苦，她抱着电话嘿嘿干笑了两声：“那个……你在说什么啊？我……我怎么听不懂？”

虽然直觉告诉阮萌萌，厉君御这通电话八成是打过来兴师问罪的，但做人不能太实诚，她绝不能不打自招。谁知道厉君御问的是什么罪？毕竟，她做的每件事落在厉君御眼里都像是在闯祸。说不定，他压根就不是找自己问厉君澈的事。

“听不懂……”男人笑了，唇角上扬，语气却更加凛冽，“今天放学，不许走，在校门口等我。”

“校……校门口？”阮萌萌咽了口唾沫，身体抖得更厉害了。

这句话怎么听怎么像小学生打架时说的“放学别走，学校后门见”。

她想让厉君御换个地方，可惜话没出口，电话就被挂断了。

“萌萌，是谁啊……你看上去怎么那么紧张？”慕景行凑近，戳了戳愣怔的阮萌萌。

阮萌萌顿时回神：“完了完了……慕纨绔，我这次彻底完蛋了！”

暴君到底是什么意思？他莫名其妙打通电话，又不说清楚就要杀到学校来……放学的时候，学校门口人最多了。他难道要将她绑在车顶上，让她迎着全校同学的目光“随风飘扬”？！

那样的画面，她光是想想就觉得极度残忍啊。

“什么完蛋了？萌主，你该不会被人欺负了吧？”看到阮萌萌紧张忐忑的神情，慕纨绔不由得沉下了脸。

“不是被人欺负……不不不，就是被人欺负……是被一个比我姐还可怕的人欺负！慕纨绔，你说现在怎么办，我……我是坦白从宽，还是抗拒到底？”她要不要现在打个电话回去，抱着厉君御痛哭一顿，顺便老老实实认错，告诉他她就不该亲他弟弟，不该占他弟弟便宜？还是……坚持到底，明明白白说她压根就没碰过厉君澈！

“萌主，你都说的什么乱七八糟的……这样，你告诉我，刚才那个人是谁，我去帮你谈！”

其实慕景行早就发现阮萌萌最近奇奇怪怪的，晚上打电话经常不接，晕算的毛病也突然好了，可惜最近老见不到她人，他都没找到机会问她。慕景行甚至怀疑她搬去的新家有问题。说不定她每晚都可怜兮兮地在那个家做女佣、当苦工。

“刚才那个人，那个人是……”阮萌萌犹豫再三，最终还是决定告诉慕景行，她必须找个人把心里的秘密说出来，“他是我继父的大儿子，我在新家的大哥……我，我晕算的老毛病，就是被他治好的……”

“他给你治好的！他怎么治好的？”慕景行双眼睁得铜铃那么大。

“喀，这个……”阮萌萌小脸一红，第一次在慕景行面前露出羞怯，她低头，低喃道，“是……是被他……吻好的。”

“吻、吻……喀喀喀喀喀喀……”慕纨绔咳起来比刚才的阮萌萌还夸张，他拍着心口，不敢置信，“你、你被他……不是，萌主……你没开玩笑吧？”

“这种事我怎么可能开玩笑！”阮萌萌气急了，一张小脸红扑扑的，杏眸水亮。

慕景行又一次夸张地倒抽一口冷气：“那……那这个吻好的是指吻哪里？”

他戳了戳自己的脸：“是这里……”

“还是……这里？”最后手指落在自己的嘴唇上。

话音刚落，他就看到阮萌萌本就绯红的小脸瞬间变成了深红色，仿若熟透的苹果，娇艳欲滴。

“萌主……他居然吻你的嘴！这是你的初吻吧……亏他还是你继父的儿子，怎么能这么不负责任，不行……我去找他理论！”

“别去别去……”阮萌萌把慕景行一把拽回来，“又不是初吻的问题，都不知道是第几个吻了……亲都亲了，你现在去理论有什么用！”

“不……不知道是第几个吻？！”慕景行觉得自己要断气了，他真是操着老妈子的心，“阮萌萌，你不是吧……你空长了一身力气，居然不敢反抗，就任由那个男人欺负？！”慕景行从来都没想过，阮萌萌也能被人家夺吻，还是一而再再而三地夺吻。

“谁说我不敢反抗了……我这么做只是为了治好我的老毛病。”

“哪有接吻能治病的，阮萌萌，你真当我傻啊？！”慕景行一副恨铁不成钢的样子。

“真的真的，真的能治病。我跟你说，我每次跟他那个之后，就不会晕算了……而且还很奇怪，这种治疗方法还有时效性的。每次亲完，大概能维持十个小时……要不然，我怎么会让他为所欲为……”她说到最后，声音越来越小。

虽然阮萌萌这番解释匪夷所思，但慕景行知道她的确没必要骗自己。再联想到最近的几场考试，慕景行不由得问：“这么说，你昨天顺利通过了综合测试，就是因为前一天晚上跟他接过吻？”

“喀……也不是前一晚。前一晚超过十小时了，确切地说是半夜。”

“半夜！”慕景行真的要窒息了。

阮萌萌怕慕纨绔受不了刺激，连忙跟他解释了那个梦。听到是阮萌萌主动吻了厉君御，慕纨绔一脸嫌弃。不过最后，他还是冷静下来：“算了，过去的事就不提了。现在既然有给你治病的办法，那以后就别让你那个大哥占便宜了。来吧……”

说完，慕纨绔豪气地挺了挺背，一拍胸口。

“干吗？”阮萌萌蒙了。

“干吗！当然是吻我啊……来吧，小爷我今天就舍命陪君子，做你的实验体。来，冲这吻，我就不信换个人吻，治不好你的病！”说着，慕景行闭上眼，皱着眉，噘起嘴，一副视死如归的模样。

阮萌萌看着“英勇就义”的慕景行，很想把手里的便当盒盖在他脑门上。不过她想了想，慕纨绔的提议也对。如果能弄清楚究竟是怎么回事，她以后就不用仰仗厉君御的吻了。毕竟那个暴君喜怒无常，是个不稳定因素。于是，阮萌萌抿了抿唇，放下手里的便当盒，两手抵在台阶上，她仰起头朝着慕景行的脸凑了上去。

慕景行虽然打扮和说话比较浮夸一点儿，但实际上也是个大帅哥。眉眼深邃，五官出挑，要不是他总是吊儿郎当的，说不定也能成为校园男神。眼看慕景行那张熟悉的脸越来越近，近到只要再往前一点儿就能碰到他噘起的薄唇，扑哧一声，阮萌萌却在关键时刻笑场了。

“不行不行……我亲不下去……”阮萌萌双手叉腰，她笑得差点儿岔气。

“怎么就亲不下去了？阮萌萌，我牺牲很大的好不好，你能不能正经点儿！”

“不行，真不行……一对上你这张脸，我就想起你三岁的时候被我一拳打趴下哭鼻子的事。你脸上挂着熊猫眼、鼻涕横流的形象实在太深刻了……哈哈哈……”

“阮萌萌——”

“好好，我不笑了。快上课了……我先回教室，我们还是改天再找人另试……”阮萌萌把空便当往慕纨绔手里一放，一溜烟跑了。

等她跑回教室，坐在座位上，一颗心还像小鹿一样乱跳，七上八下的。完了……她这是怎么了……她刚才说的话根本就是骗慕景行的。什么小时候的事，她早就不记得了。她刚才吻不下去不是因为别的……

在她凑近慕景行的瞬间，脑海里一闪而过的全是另外一个男人绝美无俦、清冷禁欲的脸。那一瞬间她甚至有种对不起厉君御的错觉！她这是怎么了？她一定是被暴君荼毒太深了！

阮萌萌一下午脑子里全是厉君御，让她心神不宁。厉君澈也不知道是怎么回事，上午最后一节课跑了就没有再回来，一直到放学都不见人影。就这样到了放学时间，同学们都收拾好书包往外走。就阮萌萌一个人慢悠悠地收拾东西，慢悠悠地背书包，再慢悠悠地走出教室。

不怪她啊……

暴君大人的身影莫名其妙地在脑海里飘了一下午，现在……走出学校大门，她还会立刻见到本尊。偏偏到现在她还没有想好，该怎么跟暴君解释。以她对厉君御的了解，如果她说压根没轻薄他弟弟，他肯定不信。可怜的阮萌萌直到这一刻，还以为厉君御的愤怒是因为自家弟弟被她“染指”所致。

当阮萌萌终于走到校门口，远远就看见校门外涌动的人群。那些人围在校门口似乎在看热闹。等她走近才发现被人围住的竟然是顾铉和阮娇娇。他们在校门口搭了个宣传台，叶枫几个人正在殷勤地发宣传单。而顾铉拿着话筒，护着阮娇娇，站在台上笑得温润如玉：“娇娇第一次竞选学生会会长，希望大家看在我的面子上，投她一票。这是我们的竞选宣传，有意加入学生会出一份力的同学，可以报名加入我们的团队。”

顾铉的出现让阮萌萌略感诧异。她还以为他会因为遗嘱的事疏远阮娇娇，没想到……呵，也不知道阮娇娇和秦芳使了什么手段，果真是了得。

正在这时，台上的阮娇娇发现了台下的阮萌萌。她忽然拿起话筒：“姐姐，你能出现真好。我知道你不喜欢我……但我还是想劝劝你。学生会是个严谨的组织，你从来没有管理的经验，竞选会长不仅是赌气，也是不负责任的行为。如果可以，我希望你能放下成见，加入我们的团队。我和顾铉哥哥都会帮助你的……”

娇弱的声音在现场响起，就这样她把阮萌萌牵扯了进来。

转瞬间，围观同学的视线都落到阮萌萌身上。而在这儿采访的校园记者也把镜头掉转过来。

“阮萌萌……你和阮娇娇的竞争，现在已经是我们全校同学关注的焦点。阮娇娇刚才说的话，你有什么话想回应？”校园记者的话筒举了过来。

面对镜头和周围的同学，换了其他人，或许会说几句虚伪的话打太极，但阮萌萌不是这样的人。她接过话筒，抬起水亮的杏眼看向台上的阮娇娇：“我的回应很简单，我没兴趣加入渣男贱女的团队。”

吃瓜群众都愣住了。这回应也太直接了，真是一点儿面子也不给！

校园记者愣了愣，忘了该怎么接话。

顾铉脸色一沉。

阮娇娇更是夸张地捂着心口，颦着眉："姐姐，你怎么能这样说……我、我只是一片好心。你不喜欢我就算了，为什么还要这样说顾铉哥……"

"嘴长在我身上，我想怎么说，需要你同意？"阮萌萌干脆拿着话筒，也不还给记者，直接对阮娇娇说，"更何况，你自己都说了，我不喜欢你。既然你知道我不喜欢你，还要邀请我加入你们的团队，摆明就是想恶心我。"阮萌萌挑眉，一针见血地指出阮娇娇话里的矛盾。

阮娇娇摇头，满脸的委屈："不是的，我只是想要弥补妈妈对你的伤害……而且你没有学生会的管理经验，我只是想帮你……"

"好呀，想帮我是不是？"阮萌萌仰起小下巴，水亮的眸子星光闪烁，"那行，我同意加入你们的团队，不过前提条件是……你退出！你知道的，我很讨厌你，和你待在一个团队里会让我不舒服。"

"姐姐，你……"阮娇娇唇瓣颤抖着，眼泪唰一下就滚落了下来。

顾铉见状，伸手搂住阮娇娇往怀里护。不过，他看向阮萌萌的眼神却略显复杂。他就知道……阮萌萌终究还是喜欢他的。她当着这么多人的面，不惜破坏自己的形象，也要赶走娇娇，只为了接近他。他怀里搂着阮娇娇，心里惦记着阮萌萌，没有在第一时间站出来指责阮萌萌。

反而是叶枫跳了出来："阮萌萌，娇娇只是可怜你没见过大场面，怕你闯祸，你别给脸不要脸！没有娇娇，我们谁都不会管你，别以为逼着娇娇退出，我们这些人，还有顾铉学长就会帮你！"

"谁稀罕你们帮，你真以为我们萌萌没人啊！"叶枫话音刚落，一个声音就从人群后面响起。

慕景行带着叶翰庭和李一帆从人群中钻了出来。

"慕景行……"叶枫的视线落到三人身上，他的脸陡然变色，"叶翰庭，你居然也敢跟我对着干！"

“堂哥，我只是帮朋友。”叶翰庭脸上露出一抹苦笑，但眼神却很坚定。他跟李一帆可是慕景行的死党。

“好，帮朋友是吧，我看你回去怎么跟叔叔交代！”叶枫狠狠瞪了叶翰庭一眼。

说完，他就露出张狂的表情，转头看向阮萌萌：“就算有他们帮忙那又怎么样？娇娇说你没经验，你还不承认……你自己看看，你们加起来才四个人。离最低标准还差四个，连个像样的团队都没有，还想竞争。”

“谁说没有……”慕景行看不惯叶枫的嚣张，丢下一记重磅炸弹，“越君澈就是我们团队的一员，我们现在正式对外招募，只要加入我们团队，就能和男神一起共事！”

“慕景行……”阮萌萌扯住慕纨绔的衣袖，小声说，“我还没跟越君澈说呢，你怎么……”

厉君澈会不会答应还是未知数，慕纨绔居然就把厉君澈拿出来当招牌了。

“哈哈哈，慕景行，你就吹牛吧……”阮萌萌话没说完，叶枫带着嘲意的声音就从话筒里传出来。

“谁都知道越君澈的习惯，他可是从不参加学校活动的。就算破例，也不可能是为了阮萌萌这个花痴！”

说到这儿，叶枫露出一抹讥讽：“被阮萌萌强吻后，越君澈可是一下午都没现身。他躲阮萌萌都来不及，怎么可能加入你们的团队？！”

“谁说不可能！”慕景行也不管阮萌萌刚才的叮嘱，扯开嗓子就嚷嚷。

“那是因为你们不知道越君澈跟我们家阮萌萌的关系！我告诉你，他们的关系说出来，吓死你……”

“好啊，什么关系，你说啊？”叶枫冲慕景行嚷道。

“说就说……谁怕你……”慕景行无视阮萌萌使劲扯着他衣袖的手，他梗着脖子跟叶枫对吼。

“说啊说啊……有本事你现在就说啊……”

“好啊，现在就说，你听好了……”

慕景行眼珠子直转，心想这些人跟越君澈也不熟，不管怎么样也要先把士气打出去。想到这儿，他沉声，扯开嗓子大声宣布："说出来不怕吓死你们，越君澈跟阮萌萌的关系就是……"

轰——属于高端跑车的轰鸣声从路口传来，强行打断了慕景行的话，由远至近，越来越近，直到通体全黑的迈巴赫跑车飞驰而来，稳稳地停在学校门口。

"这是那天那辆限量版迈巴赫？！"

"我想起来了，好像是阮萌萌金主开的车……"

黑色迈巴赫突然出现，不只是阮娇娇、顾铉那伙人惊呆了，就连慕景行也惊呆了。

"这是那个男人的车？"慕景行立刻忘了厉君澈的事，忐忑地看向阮萌萌。

他口中的那个男人是谁，只有他们俩知道。

"嗯，是他……"阮萌萌觉得羞赧，还有点儿紧张。她刚刚拽着慕景行衣袖的手，居然在看到黑色跑车出现的瞬间，不自觉地松开了，那种怕被人抓包的窘迫都不知道是怎么来的。

"好，我去跟他谈……"慕景行安抚地拍拍阮萌萌的手背，正要过去，跑车门却开了。

一双修长的大长腿从车上踏了下来。紧接着在场所有人都露出一脸蒙的神情。

慕景行更是看得目瞪口呆，张着嘴抓住阮萌萌的手使劲拽了两下。

"萌、萌主……我没看错吧？车上下来的人是越君澈！"不仅是慕景行看呆了，其他人也一样。

说好的金主呢？这不是传说中那位金主的车吗？为什么从车上下来的人会是越君澈？！此时此刻所有人的脑子都是乱的。就连想逮住阮萌萌被人包养的事攻击她的叶枫，也愣在了当场。而厉君澈抬起那双清亮透彻的漂亮眼眸瞥了阮萌萌一眼，便朝着她直直走了过来。

不知为何，那一眼差点儿把阮萌萌看得腿软。她突然涌起一种十分不祥的预感。美少年走到她身前，用好听的少年音恭恭敬敬地说道："嫂子，大哥临时有会……让我来接你。"

嫂、嫂子？！不只是阮萌萌惊呆了，在场的其他人也全都惊呆了！慕景行张得有鹅蛋那么大的嘴这下是彻底合不拢了。他刚刚大言不惭地拿厉君澈当门面，转头，厉君澈就出现了，还恭敬地叫阮萌萌嫂子！这关系可比他准备随便扯出的关系硬多啦！

"萌萌，这、这……"慕景行傻愣愣地回头，看向阮萌萌。而阮萌萌则呆呆地看着厉君澈，根本找不到自己的声音。

"嫂子，上车吧……"厉君澈想到自家大哥的吩咐，真的是很想叹气。大哥让他特意到校门口来，当众撇清和阮萌萌的关系，但又不能让阮萌萌丢脸。唉……他能想到的唯一办法，也只有用这样的称呼来撇清关系了。

"可是我……"阮萌萌好不容易找回声音，居然觉得羞涩得都不像自己的声音了。

"嫂子，快走吧。晚了，大哥会不高兴。"厉君澈怕火候不够似的，接连又叫了好几声嫂子，叫得阮萌萌脸蛋红扑扑的，平时粗线条的神经这时候完全被羞赧代替了。

"慕景行，我……我先走了，有事回头再说。"实在待不下去了，阮萌萌推开慕景行的手，低着头就钻进了跑车。

厉君澈紧跟着上车，留下风中凌乱的众人，众人看着绝尘而去的跑车，久久无法回神。直到片刻后，慕景行突然扯开嗓门，激动地大喊："看到了吧！看到了吧！我就说，越君澈跟我们家阮萌萌的关系非比寻常！"

"叔嫂关系，叔嫂关系……阮萌萌就是越君澈的嫂子，童叟无欺，清清白白！来来来，想跟男神共事的同学，抓紧时间，赶快到我这里报名啦！"

慕景行那边场面火热，而阮萌萌这边却如坐针毡。她被厉君澈带到了会客室，等待厉君御结束会议。她想到厉君澈临走前留下的那些话。

"刚才的事你不要介意，那只是大哥让我想办法撇清关系的应急手段。你跟我撞在一起的照片被人放到了学校贴吧，虽然我跟大哥解释过，但他似乎不太相信。嗯，也对……毕竟我是他亲弟弟。你说，你染指他亲弟弟，大哥会不会生气地把你大卸八块？”

美少年说完这些话就走了。而阮萌萌满心忐忑，脑子里不停回味这些话，却压根没有发现，美少年临走前唇角掠过的坏笑。

哼，让他叫阮萌萌嫂子，真是太丢脸了！说什么也要吓吓她！

阮萌萌满心不安地在会客室里等着，就在她快要坐不住的时候，会客室的门突然从外面被推开。男人高大修长的身影出现在门边。

刚结束一场紧急会议，厉君御眸色冷戾，五官布满了清冷禁欲的疏离。

“厉君御……”在那道身影推门而入的瞬间，阮萌萌本能地站了起来。

她望着他，湿漉漉、圆滚滚的杏眸里是满满的不安。男人蹙眉，本就凉薄的冷眸倏地沉了下来：“你叫我什么？”他边问，边带上门。

听到门砰一声关紧，阮萌萌战战兢兢的小心脏也跟着颤了一下。

“那个，我是说……亲、亲爱的（暴君大人）……你终于来了。我等了你好久，肚子好饿，我们去吃饭好不好？”她说完，也不管男人浑身的冷肃气场有多吓人，跑过去抱住厉君御的胳膊，就像小猫似的往他身上蹭。

第九章

就以下次考试成绩做赌约

“下去。”男人低眸，冷冰冰地吐出两个字，凉薄的语气差点儿吓得阮萌萌松手。

阮萌萌杏眸眨啊眨，她不明白为什么往常百试百灵的招数突然就不管用了。厉君御身上的寒气简直能将人冻成冰。她想松手，但又怕松了手就连求饶顺毛的机会都没有了。于是她便死拽着厉君御不放，小脸往他胳膊上猛蹭，她边蹭边咕哝：“不生气嘛，我知道错了……真的，我认错！大哥……大哥你最好了……”

话还未落，厉君御垂眸，微冷的眸光落在她的脸上，黑沉沉的眸底透着幽冷，冷得让人觉得心惊胆战。

阮萌萌小心脏抖了抖，她连忙改口：“不，是亲爱的，亲爱的你最好了……”

阮萌萌边哄边觉得厉君御真是个死变态！

自从那天在餐厅跟厉叔叔闹得不欢而散后，他就逼迫自己叫他“亲爱的”。理由是，只有这样才能让厉叔叔觉得他没有欺负她，他们“兄妹俩”关系良好，相亲相爱。她连叫了几声“亲爱的”，男人脸色稍缓，眼底的冷意退去，这才低眸盯着她：“真知道错了？”

“知道、知道……”阮萌萌猛点头，简直不能更狗腿。

“既然知错，那你说……该怎么惩罚？”

什么，还有惩罚？！阮萌萌蒙了。难道这件事不是认个错就可以翻篇了吗？

“呵呵，那个……亲爱的，你难道真的忍心对我这种既可爱又无辜，而且特别软萌的少女下重手吗？你不觉得这样的做法太残忍？”

阮萌萌扯着厉君御的袖口，水亮的眸子飞速地扫视会客室里的情况。就在她身后靠墙的位置有一整片的落地窗，正好对着外面的公司走廊。如果厉君御这个暴君要在会客室里打她，那她这一世英名可就真的毁了！

“残忍？”男人唇角漾起冷戾的弧度，笑意却不达眼底，大掌滑向她的腰，稍稍使力……

阮萌萌忽然发现自己双脚离地了！厉君御居然单手托着她，将她抱了起来。

“不是……亲爱的，有话好好说……我、我那个皮厚，打起来不舒服，硌手！”

厉君御才不会莫名其妙抱她起来呢。完了完了，丢人丢大了，阮萌萌立刻往落地窗外瞄，生怕有人路过会看到自己的窘样。

谁知，视线被男人高大的身形挡住，预想中会被暴揍一顿的情景倒没有出现，但她却被厉君御抱着放到了会客室中央椭圆形的木桌上。双腿离地，她坐在桌上，厉君御的双手一左一右撑在她的身体两侧，将她牢牢地禁锢在他的怀抱跟桌面之间。

当他俯身靠近，熟悉的男性气息笼罩过来，阮萌萌心里不由得咯噔了一下。

“皮厚不要紧，只要能让你听话，大哥不介意用更残忍的方法帮你矫正。”说着，他就捏住她的小下巴，将阮萌萌的小脸抬了起来。

呀！这是又要用“吻”来惩罚她了！嗯，她到底给不给他吻呢？吻了可以治病，但是又会头晕、呼吸困难、心跳加速……吻和不吻，她好难选……

阮萌萌顾不上那么多了，本能地闭上眼。

然而……

“阮萌萌，你闭上眼，该不会是在期待我吻你吧，嗯？”冰冷中带了一丝兴味的声音冷冷地响起。

她期待中的吻并没有落下。

“谁……谁说的……”厉君御的话，还有他话里的意味实在太让人脸红，阮萌萌略显羞恼地睁眼，正准备反驳，一张她将厉君澈压在课桌下面的抓拍照，赫然出现在眼前。

“这、这张照片是借位拍的……我发誓，我们只是撞到鼻子，绝对没有亲上去……我没染指厉君澈！”

阮萌萌看到这张照片，小身子抖了抖，立刻澄清，刚才因为厉君御的戏谑而兴起的恼怒，早不知道抛去了哪里。男人右手抬着她下颌，左手拿着手机，侧眸瞥了一眼：“没碰到阿澈？我怎么觉得你们吻在一起了。”

“真、真没碰到！我怎么敢吻你弟弟，我又不是不想活了……”阮萌萌心里叫苦。厉君御的眼神好像比刚才更冷了几分，就连看她的眼神都透着凉意。果然，厉君澈说的是真的！厉君御真的以为她亲到了他的弟弟，所以要把她大卸八块！

“我真没骗你，你别相信这些照片，照片都是可以PS，可以骗人的！”阮萌萌也不知道哪来的勇气，伸手就抢过厉君御的手机。

咔——咔——紧接着金属断裂的声音在空旷的会客室里响起，听起来是那么清晰。

“我……我……”阮萌萌这下傻眼了。她压根没想到，因为太过紧张，她抢过手机一用力，居然把厉君御的手机折断了！

“阮萌萌——”男人低沉冷厉的嗓音顿时如凛冽的寒风吹过耳畔，冰冷刺骨的语气仿佛来自深渊的黑暗暴君！

“我错了，我错了……亲爱的，我真的错了……我保证，我没有亲你弟弟，我也没有染指他……我没有教坏小孩，我也没有故意捏坏你的手机毁尸灭迹……”

阮萌萌被厉君御冷若冰霜的眼神吓坏了。她把报废的手机一扔，主动抱住厉君御劲瘦的腰，小脑袋往他怀里拱，哭着求饶。

“而且而且……厉君澈也听你的话，他已经撇清我跟他的关系。你放心，现在没人会误会我跟你弟弟是一对，学校里的人都知道我是他嫂子，他们都不会误会……”

她哭着求饶的时候，厉君御脸上依旧布满寒霜。他冷冷地低眸，看着在他胸膛上乱蹭的小脑袋，却不搭理。可是当她说到最后一句，他冷然的眼神却突然一凛：“等等……你说什么？”他又伸手捏住她的小下巴，将她巴掌大的小脸抬了起来。

阮萌萌可怜兮兮地趴在他的胸口，仰起脑袋，泪眼汪汪的杏眸闪闪发亮。

她抬起湿漉漉的杏眼看他，眼珠子里写满了迷茫：“啊？什么说什么……”她知道厉君御最吃撒娇求饶这套，把他的手机捏坏了，不用想都知道他会生气的。为了保命，她刚才憋足了劲儿求饶道歉，什么不害臊的好话都说出口了，根本不记得自己说过什么。

“刚才，最后一句……再说一次。”男人深不见底的凤眸盯着她，他提示道。

阮萌萌愣了愣，然后豁然开朗：“哦，你说那个啊……就是厉君澈撇清了我们的关系，现在学校里的同学都知道，我是他嫂……嫂子……”

她越说，厉君御的眼神就越奇怪，微凉淡漠，又带着一丝冷厉，但偏偏深不可测的眸底又闪动着奇怪的光。阮萌萌灵光一闪。她知道了，厉君御一定是不高兴，她用厉家大少奶奶的身份招摇撞骗！

“啊，那个……亲爱的你别生气啊！你放心，厉君澈说我是他嫂子，绝对不是在跟你配对。那个那个……厉君澈不是还有个二哥吗？他说的肯定是二哥，二嫂……对，嫂子也可以是二嫂，呵呵呵……”

“阮萌萌，我突然觉得就这么放过你……实在太便宜你了。”厉君御眸光冷戾，捏在她下巴上的手骤然用力，修长的手指陷入阮萌萌有些婴儿肥的小脸，在她脸颊的两侧捏出两个内凹的印子。

“嗯……嗯嗯嗯……”阮萌萌的脸蛋被厉君御的手捏住，粉色的唇瓣就嘟了起来，她说话都说不清楚。

完了完了，暴君发怒了！

直到这一刻，阮萌萌才开始懊恼。她突然顿悟，发现自己真的犯了很严重的错误。厉君御气她染指厉君澈，气她以厉家大少奶奶的身份招摇撞骗，当然是觉得她配不上他弟弟，也配不上厉君御。他既然觉得她配不上他们，自然也不会觉得她配得上老二。

是呀是呀，她怎么就没想到这点呢，居然敢说自己是二嫂！

阮萌萌仰视着垂眸看过来的男人，他冷峻冰寒的五官，仿佛要吃人的目光，还有那周身寒凛的威压，阮萌萌都能感受到极其浓烈的震怒。她想解释，想补救，可脸被厉君御捏住，嘴巴嘟起来根本说不了话。

“看来，不让你吃点儿教训，你是不能好……”男人语气冰凉，说话间，左手落在腰际。

当阮萌萌看见厉君御的手放在腰上的时候，双眸猛然紧缩。

天大地大保命最大……

阮萌萌来不及细想，抢在厉君御进一步动作之前，小手突然抱住他的脖子，将他往下一拉，被他的手指捏得噘起的小嘴，就这么送了上去，堵住男人来不及说出口的话。

阮萌萌主动献吻！

这是个极其绵长的吻……

许久之后，重重的一吻才结束。

厉君御捏在她脸颊上的大掌，早就撤去了。阮萌萌大口大口喘着气，小脸上满是酡红。

她却抓紧时间解释：“你听我说，我刚才说错话了……不是二嫂，什么都不是。厉君澈那样说，只是想撇清关系。你要是觉得叔嫂关系会让人误会的话，我可以去学校跟他们解释……不过，嗯……我最近在筹备学生会竞选。如果跟厉君澈关系好，可以招揽更多人，你看能不能就说厉君澈是我表弟？”

她怕厉君御又捏她的脸，不让她说话，一口气就把心里话全说了出来。阮萌萌抬眸看着厉君御，等着他的回答。她只希望这次，这位暴君不要再震怒了。谁知，男人深不见底的瞳孔微微一缩，接着他却用大掌将她的脑袋摁回自己的胸口。

“胡闹……君澈怎么能做你表弟，也不怕关系乱七八糟。”

她的脑袋窝在他怀里，厉君御的下颌抵在她的发心，让她完全看不到男人此刻的表情，她只觉得，厉君御的声音低沉沙哑，但其中又隐隐带着一丝奇怪的情绪。

她还没琢磨透彻，男人的声音再度响起。

“这是君澈乱说话闯的祸，也不能委屈君廷。既然我是他们大哥……”说到这儿，厉君御叹了口气，才勉为其难道：“以后对外，你就是他们大嫂了。”

“大……大嫂？”阮萌萌双眸大睁，不敢相信自己的耳朵。

但她转念一想，厉君御的做法好像也说得通……

听他的语气，像是做了很大的让步，一副以大局为重的样子。他舍不得让自己的弟弟背锅，当然只能自己上。而她阮萌萌，何德何能，能做厉君御对外的女友，传说中的未来厉家大少奶奶呢？

她心里的感觉很微妙，心跳有些快，可又有些不真实的感觉。她看着他，抿了抿唇：“如果这样的话，我们俩的关系会不会进展得太快了？而且有些奇怪吧……那个……要是厉叔叔还有我妈妈知道了，我怕他们俩受不了刺激。”

再怎么说，在厉叔叔和妈妈眼中，他们俩都是兄妹，要是忽然宣布他们俩谈恋爱，阮萌萌怕两位家长受不了刺激。尤其是她妈，身体还不好……

“阮萌萌，你脑子里成天都在想些什么？”厉君御清冷的语气打断了她的臆想。

阮萌萌漂亮的睫羽眨了眨，她愣怔地望着他。

她、她没想什么啊……刚才，不是他说，她是大嫂吗？这摆明了就是要跟她谈……喀喀，谈恋爱的意思呀！

男人垂眸，无甚表情的俊脸上，看不出喜怒。

“你难道以为，大嫂的意思，是要跟我确定关系？”他低眸看着她，沉冷的眸底似乎透出几分不悦。

“我……我当然不是……”厉君御透着冷光的眼眸实在太深了，深得她根本看不清他心里的想法。

她本能地否认，强压下刚刚还莫名其妙雀跃起来却又骤然被人泼了一盆凉水的情绪。

“不是最好。”他盯着她，居高临下，深邃的黑瞳带着强烈的压迫。

“阮萌萌，你最好明白，这只是权宜之计。刚才说得很清楚，你对外的身份是君澈的大嫂，我的女朋友，但仅仅是对外。”他语气低沉冷峻，几乎没有任何温度，“我可以让你用这个身份，在你的圈子里狐假虎威。但回到厉家，回到我的圈子，你依旧是厉家小姐，我的妹妹，明白吗？”

明白，再明白不过了……她怎么会不明白……

这就跟厉君御之前做的一样，在阮家人面前假装她的男朋友，给她撑腰，让她报复，但回到厉家，在他高高在上的世家圈子里，他依旧是厉家大少爷。而她，不过是厉家收留的一个继女而已。她第一次为回到妈妈身边感到尴尬难堪。这时候，她大概应该为自己的自作多情羞愤难堪地哭起来才对。

可她是谁？她是阮萌萌，是越受挫就越勇敢的阮萌萌。

她刚才抱着厉君御求饶时漾出的泪，早在他一个字一个字表明立场的时候，就慢慢收回心里去了。等他说完，阮萌萌粉嫩的小脸上，扬起笑，酒窝甜甜，微扬的唇角耀目得动人。她盯着他深不见底的眸子，毫不逃避：“哎……你早说嘛，原来是这样。亏我还担心，以后要给你这种老男人当女朋友……毕竟我还没满二十一呢，你都二十多了，好老！”

她说完，就从桌上跳了下来，趁着厉君御发怒之前，绕过他，抓起沙发上的书包就跑。

“好了大哥，我要回去写作业了……你放心吧，我在学校会乖乖利用好自己的身份，保证不给你丢脸！先走了，拜——”

运动神经发达的阮萌萌，哪怕是厉君御，一不留神也让她给跑掉了。怀里突然空荡荡的，等厉君御反应过来，小奶猫已经背着书包，在会客室内消失了。

“阮萌萌……”男人蹙眉，深邃的凤眸里缓缓浮现出一丝隐忍。刚才他居然反常地想上去把那只急着逃离的小奶猫抓回来，好好抱住。

幸亏……理智终究占了上风。

自厉君御成年以来，不管是商场上还是公司，几乎所有事都在他的掌控之中。厉家大少爷在商界素有“暴君”之称，杀伐果决、运筹帷幄的手段，令人胆寒。也正因为这样，他早已习惯高高在上，将一切掌控在手。然而，接连几日，厉君御却发现，阮萌萌这小奶猫对他的态度完全超出了他的掌握。

“大哥，我去上学啦，你慢慢吃……哎，厉君澈等等我，我跟你一起走……”

餐桌上，阮萌萌见厉君澈起身，连忙放下手里的筷子追了上去。往常，她跟厉君澈都是一人坐一辆车上学。但自从那天之后，她就赖上了厉君澈。每天早上不管厉君澈起早起晚，反正，她都跟定他了。

厉君御想把人抓回来，让她跟自己坐一辆车，阮萌萌却抱着厉君澈的胳膊不撒手，还美其名曰，是为了跟厉君澈更亲近，好在学校证实她的身份。还记得上次，她说：“大哥，我得让所有人都知道，我是厉君澈的大嫂呀。这样才能像你说的那样狐假虎威，让更多人支持我竞选学生会会长。”

义正词严的理由，她用的还是厉君御警告她的话。这让男人心生闷气，偏偏却无法反驳。

车上，厉君澈托着腮靠在窗边，用一种匪夷所思的眼神盯着阮萌萌。阮萌萌被他瞧得浑身不自在，瞥了他一眼：“盯着我干吗？”

“不干吗。”厉君澈勾唇，清透的眸光闪了闪，掠过一丝兴味。

“我只是很好奇，你跟我哥吵架了？”

“什……什么吵架了……不知道你在说什么。”阮萌萌别开眼，从校服口袋里掏出一把奶心软糖。

“给，多吃糖，少说话。”她把软糖塞到厉君澈手中，美少年笑了笑，剥开糖纸扔了一颗到嘴里。

他倒是乖乖的，不再提让她不爽的事。

“对了，昨天的随堂测试你为什么又交白卷？老高看到你的白卷，血压升了不少。”厉君澈也不知道哪根筋不对，以前都不怎么跟阮萌萌说话，但自从那天当众叫了她嫂子之后，话突然变多了。每天上学路上，他总是有意无意地跟她搭话。

“不想做就不做，有什么为什么的……”阮萌萌低着头，不去看厉君澈。

没有厉君御的吻，她能怎么样，当然只能交白卷！难道让她去跟厉君御说，请让她亲亲他，好让她顺利通过考试吗？如果没有那天的对话，或许……她还能厚着脸皮故意闯祸，好让他“惩罚”，但经过那天那场难堪的对话后，她已经放弃了去找厉君御“治病”的打算。

这几日，她表现得极其乖巧，尽量不惹厉君御生气，一举一动都按着他的要求来，再不给他“惩罚”她的机会。而且她也尽量和旁人待在一起，再不愿意与他独处。

“好心提醒你一句，今天周五，又该周测了。在智学，三次周测不及格的后果是什么，你应该比我清楚。而且你要竞选学生会会长，交白卷只会影响你的选票。”

厉君澈的话让阮萌萌心头一怔。她知道，他说得对。

原本那天，当厉君澈宣布跟她的关系之后，报名要加入他们团队的人突然暴增，可是，就在她一次考试失利，交过白卷之后，学校里就多了很多对她不利的传言。那些递交了申请表的人，大多又退了回去。剩下愿意加入的，只有少数几个，而且几乎都是冲着厉君澈来的粉丝，没有任何竞争力。可以说，残酷的现实就是——没有厉君御的吻，就没有成绩，没有成绩，她就无法在选举中击败阮娇娇。

阮萌萌发现，她似乎陷入了一个死循环。

“还有，学生会顾问和赞助商的名字填了吗？棉花糖……你可别让我第一次参加校园活动就落选。”

厉君澈说话间，已经把七八颗软糖吃完，刚才还有些惺忪的眸子，此刻星眸闪耀，显得十分亮眼。

“说过多少次了，不许叫我棉花糖！”阮萌萌没好气地瞪他，对上他亮晶晶的眸子，竟有几分心虚。

美少年微眯起眼，顿时就从阮萌萌闪烁的眼神中看出了端倪。

“阮萌萌……你不会告诉我，到现在你还没找到顾问和赞助商？”

“呵呵呵……怎么会……”阮萌萌尴尬地笑着。

她也没想到，她会跟厉君御闹成这样啊！原本她都想好了，找厉君御随便拉点儿赞助，就够压过阮娇娇了。她还可以从他公司找个高层当顾问，简单快捷。

“谁说不会。你的眼神已经出卖了你……”厉君澈挑眉，一针见血地戳穿她。

“我……我其实找过赞助，也找过人……”

被厉君澈戳穿，阮萌萌只好老实交代：“但你知道的，我跟家里闹翻了，暂时没有合适的人脉……”

“谁说没有，我大哥不就是现成的人脉。”厉君澈看着她，淡淡地道。

每天早上上学的时候，他背后总是一阵发凉，好像一直都有一双锐利阴鸷的眼睛死死盯着他。厉君澈真怕哪天早上起床，他会被他家大哥打包塞上飞机，甩到哪个不知名的国家去上学。为了自己的安危，他决定帮某人一把。

“你大哥？”阮萌萌微微一怔，随后摇头，“他不行。”

“为什么不行……我大哥给你做顾问，放眼S国，还有谁能压过你？即使不用厉少的身份，就他手里随便一家公司也足够为你的竞选加分。”美少年语气清淡，用从未有过的耐心连哄带骗。

然而，阮萌萌还是不领情。

“不行就是不行，我……我有自己的打算……”她的确能屈能伸，但在这件事上，却不愿让步。

看见阮萌萌晶亮的眸底闪过的倔强，美少年忍不住抚额。真不知道他家大哥究竟对阮萌萌做了什么，才能让阮萌萌这么软萌的棉花糖恼成这样，他在心里默默补了句：大哥，我只能帮你到这儿了。

美少年挑眉，佯怒道：“好，我给你时间。下周就是提交申请的最后期限，没有赞助和顾问，到时候我一定会退出。”

车正好停在校门外。

说完，厉君澈就冷着脸下车，留下阮萌萌一人咬牙切齿，恨不得把弄得自己内心一团糟的厉君御找出来暴揍一顿！

“阮同学……”阮萌萌刚走到教室门口，就被两个熟悉的人叫住。

“夏文轩、司蔻韵……你们找我有事？”她记得他们，他们是B班的学生，也是学生会的，开学那天跟叶枫来找碴。后来，他们俩跟她道歉，还提醒她学生会针对她的事。

“阮同学……那个，我们俩过来是想问问，你的团队，还缺不缺人？”

司蔻韵微低着头，脸色微微发红，看起来似乎有些不好意思。她跟夏文轩，跟着叶枫陷害过阮萌萌，但阮萌萌上次却一点儿不跟他们计较。从那之后，她就一直想跟阮萌萌做朋友。

“你们……愿意过来我这边？”阮萌萌眸光一闪，有些不敢相信。他们俩本来就是学生会的人，有管理经验，而且还有资历。

“是啊……不过，我们俩知道，因为上次的事你可能不太敢让我们加入。但是请你相信，我们绝对不是卧底，也没有二心，就是想……”

司蔻韵怕阮萌萌不放心，着急解释，话还没说完，却被少女一把搂住。下一秒，她就被摁在一个香软的怀抱中，耳畔传来的少女柔软的嗓音、香甜的气息，让司蔻韵微微失神。

“相信相信……我怎么会不相信呢。欢迎你们，从现在起，你们就是我的竞选团队中重要的一员了！”

司蔻韵被阮萌萌抱得一愣一愣的，一旁的夏文轩也因为阮萌萌干脆豪爽的做法看呆了。他盯着阮萌萌明媚的小脸，面上一红：“那个……我，我就不用抱了吧？”

说是这么说，人却不自觉往前踏出一步。虽然夏文轩没有别的意思，但能够被软萌的妹子抱抱，也是大福利呀！

“嗯啊，当然不用抱……你又不是漂亮的小姐姐。”阮萌萌不知道夏文轩内心的想法，无情地打碎了夏文轩的期待。

正在这时，一声比一声沉重的脚步声由远至近，越来越清晰。

直到——

“老大、老大……我终于找到你了！”庞然大物跑到阮萌萌身前，他停下脚步，气喘吁吁。

胖子景向劲？！

自从开学的时候跟景向劲打过交道后，阮萌萌已经很久没见过这个人了，差不多把他忘在了脑后。

“老大、老大……那个……我、我要加入学生会，我要跟你一起竞选！”景向劲跑得太急，这会儿气还没喘匀，就急着说话。

“我听慕景行说你这里缺人……老大你看看，他们能不能用……”说着，景向劲庞然大物般的身躯让开，露出身后跟着的三个人。

阮萌萌转头看去，顿时傻眼。

红毛、黄毛、绿……绿毛？

顶着红、黄、绿三种不同颜色发型的男生，在景向劲身后站成一排，俨然就是路边的红绿灯。

“咯、咯咯……他们是？”

“他们都是我小弟，上次被老大你教育一顿后，对你膜拜得五体投地。这不，刚养好伤就嚷嚷着要来拜山头。嘿嘿……老大你看看，要不就收了他们？”景向劲这胖子估计是电影看多了，张口“老大”，闭口“拜山头”，弄得阮萌萌有点儿无语，但心里又涌起一股暖意。

阮萌萌很感谢司蔻韵、夏文轩，还有景向劲在这种时候支持她。要知道，自从她交白卷之后，就再也没有人报名加入她的团队了。成绩不好，在竞选上就成了先天的弱势。如果周测再不合格、交白卷，她可能会被降班，甚至退学处理。而在这种时候，还愿意加入的人，无疑是雪中送炭。

“只要你们愿意，我这里随时欢迎你们加入。不过老大就不用叫了，大家都是同学，叫我萌萌吧。”

“这、这怎么行……老大就是老大，要不这样，以后我们就叫你萌萌姐。”

景胖子说完，就冲身后几个小弟喊道：“快，还不快叫人。”

“萌萌姐好，萌萌姐多关照——”红黄绿“三盏灯”低头鞠躬，整齐划一地向她问好。这画面有种莫名的喜感。可是阮萌萌还没来得及回话，身后突然传来了毫不掩饰的嘲讽声。

“哈哈……阮萌萌，原来你这么缺人啊？没人报名，居然找了这些杂鱼杂虾滥竽充数。就凭这几个红黄绿，也想赢得学生会竞选？！”

不知何时，阮娇娇已经带着她的竞选团队出现在教室门外。而其中最嚣张直接出声对着阮萌萌嘲讽的，就是阮娇娇的头号脑残粉——叶枫。

“叶枫，你嘴巴放干净点儿，谁是杂鱼杂虾！你再乱说话，小心我一巴掌拍飞你！”

刚刚还在阮萌萌面前憨蠢可爱得跟熊猫一样的景胖子，对着叶枫，转身就变成一头凶悍可怖的人熊。

景向劲的架势很吓人，他家世不凡，在学校横行霸道惯了，可惜面对叶枫，却偏偏被叶枫捏了死穴。

“景向劲，你要是敢动我，信不信我到你哥那儿告状？！我爸今晚正好要跟你哥吃饭，呵呵……别怪我没提醒你，你最好别跟某些人走太近，要不然的话……”

景家和叶家有生意往来，景向劲天不怕地不怕，唯独怕他哥。听到叶枫的威胁，他缩了缩脖子，但想到阮萌萌还是梗着脖子顶回去。

“我想跟谁交朋友，就跟谁交朋友！你管那么宽，怎么不去管管阮娇娇……你一天到晚跟在她屁股后面，结果人家连看都不看你一眼，眼里只有顾铉。你也管管她，让她别跟顾铉走太近啊！”

“你——”叶枫被景向劲戳破了暗恋，一张脸憋成了猪肝色。他的暗恋藏在心底，他只希望女神能够幸福。那么单纯美好的女孩，他都不忍吓坏她。他更无法容忍景向劲的话玷污了他最纯净的爱慕。

“娇娇，不是这样的……”叶枫慌了。他怕阮娇娇鄙视他，怕自己龌龊的暗恋吓坏阮娇娇，连忙回头跟她解释。

“叶枫，你不用解释……我知道的，景同学是在故意挑拨我们的关系。你放心，他说的话我不会信。”

阮娇娇柔柔地回应，如水的眸子清澈纯净，几乎不染一丝杂质。

听到阮娇娇的话，叶枫心底闪过一丝失落，但更多的却是安心。娇娇果然和一般的女孩子不一样，不会无理取闹，又温柔又娴静。只要不被娇娇知道他的心思，他们就可以做一辈子的好朋友。他也能永远不被拒绝，守护在她身边。想到这儿，叶枫转身威胁：“景向劲……你记住自己说过的话。我告诉你，这件事我们没完！”

“叶枫，算了，不要为这种事吵架……”阮娇娇劝住叶枫，隔开他跟景向劲，反而看向阮萌萌跟她身边的两人。她对景向劲跟那三个红黄绿没有任何忌惮。阮娇娇忌惮的反而是站在阮萌萌身后的司蔻韵和夏文轩。

“姐姐，司同学和夏同学已经准备加入你的团队了吗？他们俩都在学生会工作过，有他们俩加入，我真为你感到开心。”

“感到开心？”阮萌萌笑了。

“阮娇娇，你还真是白莲花啊。”

“姐、姐姐……你说什么，我不明白……”阮娇娇无辜地摇头，好似被阮萌萌的话刺激了。

可对于阮娇娇玩的这套，阮萌萌早就看腻了。她懒得跟阮娇娇虚与委蛇，直接拆穿她假惺惺的话。

“不明白吗？好，那我就跟你说明白。

“正常人，遇到的对手越强大只会越担心。但你偏偏与众不同，反而会替自己的对手感到开心。呵呵，你大脑什么构造？天生不走寻常路？既然这样，那你就直接退出竞选好了，要不然你说这么多，只有两个字可以形容，那就是——虚伪！”

“我……姐姐，你怎么会这么想我。我根本不是……”阮娇娇蹙眉，很是受伤，其实是真的憋出了内伤。所以，她最讨厌跟阮萌萌一个学校。

也正因为这样，初中毕业的时候她才会想方设法让她妈把跟她同校的阮萌萌转到市青藤学院去。因为只要有阮萌萌在，阮萌萌就总是会像这样毫不留情地拆穿她的伪装。即使被人误会成恶毒的姐姐，阮萌萌也不屑于虚伪应对。而偏偏需要维护形象的阮娇娇最怕的就是这种不讲道理的套路。

“我管你是不是……说真的，没事别跟我说话。我跟你不一样，我一点儿也不喜欢听到对手的安慰。特别是像你这种根本不值得尊敬的对手，那会让我觉得很恶心！”阮萌萌说完，对景胖子和其余人点头：“我们走吧，去商量竞选的事……这里倒胃口的人太多，看多了辣眼睛。”

“等一等——”仓皇间，阮娇娇挡住阮萌萌。

她不能让阮萌萌就这样走了。那些准备好的话她还没说。她必须让其他人看清阮萌萌的“真面目”！

“姐姐……我知道你讨厌我。但是就算你讨厌我，我还是要劝你一句。爸爸还不知道你最近做的事，自从你把妈妈推下楼，害得弟弟早产后，爸爸就在忙着照顾他们。”

阮萌萌原本迈出的脚步因为阮娇娇的话顿住。她眼眸微垂，瞳仁里闪过一缕神伤。明明应该不在乎，明明应该知道阮娇娇说的肯定是谎话，但听到她提到阮兆天，提到爸爸，阮萌萌却挪不动脚步。她最好的爸爸这么长时间都没来找她，只是因为去照顾那对母子了。即使心里明白那是一个早产的婴儿，人都有怜幼之心，但阮萌萌还是无法自控地升起一种被她爸遗弃的情绪。

阮娇娇眼底飞快地掠过得意。

妈妈说得很对，阮萌萌这个人最大的弱点就是亲情。阮萌萌自幼无母，虽然表面坚强，实则却对呵护她长大的阮诗诗、阮兆天和阮老爷子异常依赖。而现在她们要做的就是一步一步将阮萌萌心底最依赖的人抢走或摧毁。阮诗诗走了，阮老爷子身体也是越来越差，而阮兆天……有了弟弟，阮娇娇相信，今后爸爸一定会站在她和妈妈这边。

“虽然爸爸很忙，但爸爸还是很关心我们的学业。我每天回去，他都会抽空过问我的成绩……而且我有替姐姐隐瞒的，你交白卷的事我也没告诉他。但是现在，姐姐你看……你的成绩跌成这样，忽高忽低的，我觉得还是要先把学习弄好才是。”说到这儿，阮娇娇轻轻握住阮萌萌的手。

“姐姐，我想劝你退出竞选，这太让你分心了。而且你成绩不好，也没有人脉，拉不到赞助，让其他人跟着你只会耽误他们的时间。你……”

“谁说我成绩不好，拉不到赞助？”阮萌萌突然拍开阮娇娇的手，力气之大，令人愕然。

只见阮娇娇的右手被阮萌萌拍落竟再也抬不起来。

“疼……”难以抑制的泪水滚落下来，阮娇娇泪如雨下，右手手腕传来的剧痛让她说不出话。可手上的痛感越清晰，她心底越高兴。

呵呵……阮萌萌果然上当了，她果然被刺激得忘记控制力道。

“阮萌萌，你居然敢对娇娇动手！”叶枫疯了，上去扶住摇摇欲坠的阮娇娇，要不是抱着阮娇娇，叶枫恨不得上去跟阮萌萌拼命。

原来娇娇一直以来过的都是这样的生活！

叶枫想起阮娇娇过去的哭诉，心都快碎了。他想到娇娇说过，阮萌萌仗着自己是原配所生，常年在家对她拳打脚踢。阮萌萌都能把怀孕的继母推下楼，都敢在大庭广众之下对娇娇下手，还不知道私底下会怎么虐待娇娇！想到这儿，叶枫对阮萌萌怒吼：“阮萌萌，你嫉妒娇娇成绩比你好，生怕她再考高分把你比下去，就故意打折她的右手……你真是卑鄙！我告诉你这事没完，我一定要告到校长那儿去！”

顷刻间，阮萌萌当众对阮娇娇动粗的传闻就已传遍整个校园。

校长室内，手腕脱臼后，已经经过简单处理的阮娇娇在叶枫的陪同下，坐在校长室一角。而阮萌萌此刻就坐在他们对面。校长不停地用手帕擦汗，内心叫苦不迭。

一方是弱势的，手腕都被打脱臼的阮娇娇。在她身后有阮家、叶家，还有顾家的势力。而另一方的阮萌萌，虽然看似不受家里疼爱，没有任何背景，但想到理事长的连番维护，校长就不敢轻易对阮萌萌下手。

校长想了半天，决定不插手。

“喀喀，暴力事件在我们学校是绝不被允许的。不过人非圣贤，孰能无过。这样，你们把家长叫来，如果能私下调解赔偿医药费最好。如果不能，我们再按规矩处理，怎么样，你们有意见吗？”话音落下，阮娇娇眼底闪过一抹精光。

请家长，她真的是求之不得。

“我没有意见……不过我妈妈还在坐月子，我爸爸要照顾妈妈和弟弟，公司也忙。这样的话，我只能请奶奶来了。”阮娇娇怯怯地说，她特意强调，阮兆天在陪着妻儿，没有空过来。她这话分明是说给阮萌萌听的。

“嗯，你父母走不开，奶奶作为长辈只要能代你做主就行。”校长点头，又看向阮萌萌，“怎么样，你呢，你要请谁？”阮萌萌眸色微变，一瞬间，她发现她竟然无人可请。

爸爸……他在忙着陪秦芳和小儿子。

爷爷，他一定会为自己做主。可阮萌萌舍不得劳烦爷爷，上次在家吵了几句，他老人家就有些疲态。

外公、外婆、舅舅那边是不可能的，妈妈和厉叔叔就更不可能了。

她唯一可求之人，在这种时候，竟然只剩下厉君御。

但她想到，那天在会客室里，从他削薄的唇里吐出的话……到嘴边的名字又收了回去。阮萌萌抬眸，对校长摇了摇头："我没有可以请的人。如果要谈或者要赔偿医药费，我自己就能决定。"

那一瞬间，校长在看到少女眼底一闪而过的落寞时，阅人无数的他竟然心头一怔。他也听过阮家的事，多少知道些，看到这样的阮萌萌，他起了一丝恻隐之心。她也是个可怜的孩子，只可惜亲妈死得早，唯一争气的姐姐又去了，才留下她一个人跟着稀里糊涂的生父过成这样。然而，可怜归可怜，人还是要请的。等了约莫半个小时，阮老太太就在小女儿阮雪琴的陪同下杀到了学校。

躲到天台上吃掉五份起司蛋糕的厉君澈正优哉游哉地回到班上。他刚进后门，便听到了其他人议论的声音。

"知道吗，听说阮萌萌打阮娇娇那件事，已经闹到请家长了。不过阮娇娇那边来了她奶奶，阮萌萌那边……好像没人来。"

"谁能来啊……她姐姐去了，他们家还有谁给她撑腰。唉，也是可怜……"

"可怜什么，谁让她出手打人，太野蛮了……活该没人替她出头，自作自受！"

"妈，娇娇在这里。"阮雪琴的声音响起。紧接着，阮老太太就跟着出现在校长室门口。

"娇娇……你的手怎么了？哎哟……可怜的孩子，怎么会吊着绷带，是不是伤得很重？"阮老太太刚进门，视线就落在阮娇娇的手上，眼里根本没有旁人。

作孽啊，秦芳刚给她生了金孙，把阮娇娇交给她照顾，怎么就出了这种事。

"奶奶，我没事……就是脱臼了，现在已经好了。那个……姐姐也不是故意的，我本来不想闹这么大，但校长说要请家长，所以才请您过来。"

“姐姐？！”阮老太太面露惊诧，顺着阮娇娇的目光回头。当她看到坐在另一侧的阮萌萌，瞬间拉下脸。

“阮萌萌……你也在这儿？”

阮老太太顿时气急败坏，指着阮萌萌骂道：“好哇……原来都是你这个赔钱货搞的鬼，你妹妹的手就是你故意弄伤的对不对？！”老太太说话声音又急又尖厉，她还没问，就已经给阮萌萌下了判决。

阮萌萌早知道奶奶从小到大就看她不顺眼。对于奶奶，她已经死心了，也说不上伤心失望，只是很平淡地回道：“对，是我弄伤的，但我不是故意的。奶奶应该知道，我从小力气就大，阮娇娇抓着我的手不放，我只是轻轻一甩，她的手就脱臼了。如果她需要，我可以就这件事道歉，但也仅仅是道歉。”

“哼，怎么可能道歉就算了！你这个死丫头把娇娇手弄伤了，我也要把你的手打折……”

一句道歉根本不能让阮老太太满足。她很偏心，阮萌萌在她眼里，连阮娇娇的一根头发都比不上。

老太太三步并作两步冲上去，扬起手里的包就想往阮萌萌脸上打。幸好校长及时挡在了中间：“阮老太太，冷静点儿，冷静点儿……她们还是孩子，有什么慢慢教，不需要动气。”

校长不停地擦汗，觉得自己惹了麻烦。他本来以为，请家长，能让家长把这件事解决了，可没想到阮老太太比传说中更加偏心，问都不问几句，也不知道调和，就开始打人。

“校长，不需要教！这孩子是教不好的，她从小就这样，喜欢顶嘴、欠抽，只有多抽她几下，才知道收敛。”

“对啊校长，我妈说得对。阮萌萌就是欠收拾，你放心，她皮厚，打不疼的……”阮雪琴作为姑妈，不只不劝，还跟着附和。

校长被两人说的话惊呆了，从没见过对孩子这么狠的家长。

老太太趁着校长没反应过来之际，矫健地绕过他，就往阮萌萌脸上打。换了过去，还对阮老太太存一丝妄想的阮萌萌，或许会傻乎乎地站在那儿，不躲，但现在她知道不躲只会挨打。无数次的事实已经告诉她自己的奶奶和姑姑是什么样的人。阮萌萌毫不犹豫地站起身，灵巧地躲开，让老太太扑了个空。

“你……你这个死丫头，你居然敢躲！”阮老太太大惊。果然娇娇说得对，阮萌萌在外面交了个有钱的男朋友，翅膀就硬了，居然连她的教训都敢躲了！

阮萌萌忍不住在心里吐槽。她又不傻，不躲开，难道站在那儿让老太太打？以前是她年纪小不懂事，才会对她奶奶心存幻想，让她奶奶仗着身份欺负她。但现在嘛……

“奶奶，您要是好好说话，或许我能坐下来跟您心平气和地讲道理。但……您要是再动手，我不只会躲，说不定还会反击。您知道的，我力气大，可能会没轻没重。”

阮萌萌一边往门口靠，一边注视着阮老太太。如果老太太真要打她，她就从办公室跑出去，让所有人都看到她奶奶是多么偏心的人。

“你……你说什么？难道你还要对我这把老骨头动手不成！好啊，那你来啊，我就不信今天还治不了你了！”阮老太太气急，没想到阮萌萌居然真敢忤逆自己。

“雪琴，去，把她给我抓住……我倒要看看，这死丫头敢不敢还手！”

阮雪琴听到母亲的话，立刻朝阮萌萌扑过去。身为姑姑，阮雪琴料定阮萌萌不敢还手。她张开双臂冲过去，要抓住阮萌萌，不让阮萌萌逃。

阮萌萌当然不会傻站着不动。她本能地后退避开，刚退到门口，后背却突然撞在一个硬邦邦的东西上。她愣了愣，那是一个属于男性的精壮结实的胸膛。下一秒，男人坚韧有力的手臂从她的双臂下穿过，将她托住。阮萌萌娇小的身躯顿时陷入一个熟悉而宽阔的怀抱中。

她呼吸微顿，独属于某人的男性气息伴随淡淡的烟草香吸入鼻间。不用回头，阮萌萌都知道，身后接住她的人是谁。她身体微微僵硬，却下意识强压下想要转眸看他的冲动，就这么僵持了两秒，身后的男人却突然动了。

她只感觉抱住她的男人俯身，低头，大掌往下滑到她的腰际。紧接着他就扶着她的腰，将她翻转过来，把她小小的身子按进怀中，下颌抵在她柔软的发心。

“出了这么大事，还不通知我，你是想让我担心吗？”低沉磁性的声音，带着厉君御独有的微冷气息，钻进她的耳窝，音调依旧冷峻清淡，但语气却低低的，不似平时那般冷厉。

阮萌萌微微一怔。

虽然她没想过找他，但也想过，如果厉君御知道她闯祸了，该如何生气。他像现在这样低沉温和的态度，是她从未想过的。

“怎么不说话，嗯？”见她没动，只是把小脑袋埋在他的胸膛，他继续问道，低沉的嗓音带着一股令人安心的魔力。

虽然他的怀抱温暖安全，但阮萌萌却不愿说话。她心里有道过不去的坎。

这几天，好不容易才把那股快要汹涌而出的情绪收敛好，她告诉自己，即使没有厉君御，她一样可以过得开开心心。她好不容易才习惯不去依赖他，所以，当校长问她的时候，她不向他求助。现在她当然也不会。

男人等着她，等了半晌，却迟迟等不到怀中少女的一句回答。反倒是某些不长眼的东西在一旁骂骂咧咧，碍眼得很。

“你这个年轻人来得正好，我正好有事通知你！”阮老太太自从听阮娇娇说，阮萌萌交的男朋友是个有钱人之后，她就打定主意要拆散他们。阮萌萌凭什么嫁得好？阮萌萌凭什么过得幸福？不行，绝对不行，她手里还有老头子给她的股份，要是嫁了好人家，那些股份就拿不回来了！

“我告诉你小伙子，自从你把阮萌萌这死丫头接走后，她就不学好，只知道顶嘴忤逆长辈。我不管你是她的金主，还是男朋友，反正……身为她的奶奶，我坚决反对你们在一起！”

老太婆的话惹怒了某人。他从小奶猫馨香甜美的发间，抬起一双冷眸，锐利的视线盯着阮老太太。

“你说什么……”男人抬眸，冰冷的目光，高挺的鼻梁，削薄的唇瓣，构成一副清冷禁欲的五官，矜贵的容貌，配上他透着寒意的双眸，让人如坠冰窖。

“刚才的话，再说一遍。”厉君御浓墨一般的瞳仁闪过沉冷而威严的寒芒。虽然他没有明说，但凛然霸道的气场，仿佛在告诉阮老太太，要是想死，就把刚才的话再重复一次。

被男人锐利如鹰的眼睛盯住，纵使是阮老太太，也不禁脚下一软。她差点儿一屁股坐在地上。

“我……”阮老太太就是窝里横，面对面色冷峻的厉君御，根本不敢把刚才的话重复一次。但不说话，她又觉得脸丢大了。她只能强撑着颜面，改口：“算了，今天就先不说这事了。正事要紧，我今天过来，是来处理阮萌萌打人的事。”

她正了正神色，看向厉君御，记起他自我介绍姓越。

“越先生……我孙女在学校犯了错，现在我要跟校长商量对她的处分了。这是私事，像你这种跟我孙女非亲非故，不相干的人，请你离开。”

阮老太太只是想赶厉君御走。这个男人周身散发的气势太冷、太吓人，有他在这儿，阮老太太几乎不敢对阮萌萌说重话。她的本意只是想赶人，却不知道，那句“非亲非故、不相干”彻底激怒了某人。小奶猫表面乖巧，实则疏离的态度，已经让厉君御如鲠在喉。而现在偏偏有人要作死，竟想将他跟小奶猫的关系彻底撇清。

“谁说我们是不相干的人。”厉君御垂眸，看向缩在他怀中的少女，左手大掌往下，突然托在她的小屁股下，只用单臂就将她整个人抱了起来。接着，他右手修长的手指捏住少女精致的下巴，将她的小脸抬了起来。

“阮萌萌，她是我的未婚妻……没有任何人可以在我眼皮子底下欺负她。”话音落下，当着校长、阮氏祖孙三代还有脑残粉叶枫的面，男人俯首，吻住了少女柔软的唇瓣。

惊诧、讶异、不敢置信……不仅仅是在场的其他人这样，就连阮萌萌自己也彻底傻在了当场。未婚妻？她怎么就成了厉君御的未婚妻……她脑子里空荡荡的，一团乱。偏偏男人性感的薄唇还贴在她的唇上，绵长的吻带着一种前所未有的侵略性。

好几日没有尝过小奶猫香甜的滋味了，看似他是在对其他人宣示他的占有权，但又何尝不是满足他想要一亲芳泽的私心。

一吻结束，少女早已被他吻得面色绯红。看着她水灵灵、亮晶晶的杏眼，匆匆瞧了他一眼就立刻躲开，好几日不见笑意的男人，深沉的黑眸里终于闪过一丝温度。他低笑，想要再亲亲她。

一声尖锐的噪声却在这时不合时宜地响起。

“不要脸，太不要脸了……雪琴你看到了吗？她就跟她那个不安分的狐狸精妈一样，就知道勾引男人！不行……我绝不能再让你留在这里丢人现眼……退学！校长，我要给这个死丫头办退学！”

“阮老太太，有话好好说。其实阮同学犯的错也不是很严重，只要态度好，道个歉就可以了。上智学不容易，这都三年级了……”

校长也是弄不懂这阮家老太太什么心态。明明两个都是孙女，她怎么能对一个那么偏爱，对另一个就那么厌恶。

“还不严重？校长，你们智学的校风什么时候这么松散了？这死丫头不但在学校打人，还早恋，还做出这种不检点的事……你难道没看到她都跟这个男人吻在一起了！”

“这个，这个……”校长为难。

人家不是都说了嘛，是未婚夫妻关系，未婚夫妻之间接吻算什么。毕竟，S国的规定，女生二十一岁可以结婚。大学里多的是大肚子还继续上课的大学生。高级学院生就算年龄小点儿，也很多已经订婚或者谈婚论嫁的。这个，国家法律都不管，他们学校还插手管，那真是多管闲事了。

“还有，你说打人道歉就可以。但我却觉得这孩子品质低劣，骨子里都是坏的，道歉根本没用。对了，校规呢……学校有没有规定，打人犯错要怎么办？按校规处理！”阮老太太是知道的，智学当年建校的时候设立了一系列苛刻的校规，虽然这几年，在处理学生问题上，会酌情放宽处理，但那些校规可是还在的。

“按照校规就不用了吧，这个校规都是以前……”

“照她说的做。”校长还未说完，一个冷清的声音打断了他的话。

厉君御依旧抱着阮萌萌，只是刚才对着少女显得柔和的目光，早已恢复了冷峻。他看着校长，冷然道：“按她说的做，把打人犯错后，最严厉的那条校规找出来。”

“可是……”校长愣住了，不懂厉君御的意思。

他们智学的校规可是很严苛的，要是真那么做的话……

他想劝一句，但男人的视线太过冰冷，校长根本不敢拒绝，立刻就从文档柜里翻出了校规手册。

“找到了，校规第 57 条规定，在校斗殴闹事拒不道歉悔改，并且情节严重者，应开除学籍，永不复录。”

“对，就是这条校规，把她开除！”阮老太太目露精光，脸色大喜。

而坐在原处的阮娇娇，听到校长的话时，差点儿压抑不住唇角的笑意。阮萌萌……她终于可以把阮萌萌弄走了。只有她走了，才不会影响自己纯洁完美的形象。

阮老太太很高兴，但厉君御却完全无视她，反而看向校长：“这就是第 57 条校规？”

“是，是这条没错。这条就是唯一可以对打架斗殴的学生施行开除处分的校规。”

厉君御点了点头，微凉的目光从校长身上重新落回小奶猫脸上。他知道少女害羞，也不逼迫她抬脸看向自己。他只是放柔嗓音，用恰好能让其他人听见的声音对她说：“我越君御的女人，打了人不用道歉，更不用认错。以后你想怎么打就怎么打，想打几次打几次……从现在起，智学再也不会有第 57 条校规。”

从今以后，智学再没有第 57 条校规！

阮萌萌眸光闪烁，要不是强忍着心底的惊愕，她差点儿就要抬头，用无法置信的眼神直勾勾地看向抱着她的男人。厉君御……她知道这个男人权势显赫、手段通天，但怎么也想不到，这个男人就连替她出头的时候，都能这样霸道凌厉，不可一世。

要不要这样啊！难道不知道，他这样无条件地维护和偏袒，只会让她越来越离不开他？

阮萌萌心绪颤动，而一旁的阮老太太却没有眼力地大笑起来。

“哈、哈哈……小伙子，你还真是初生牛犊不怕虎。你这样的小年轻我见多了，以为有点儿小钱就可以为所欲为……只可惜，你弄错了地方。这里是智学，不是普通学校，想让智学改校规，不可能！”阮老太太笑中带着蔑视。

听到她的话，阮萌萌其实很想告诉老太太，有件事她真的搞错了。有钱是真的可以为所欲为，只不过，这取决于你有多少钱。如果只是阮家那样，当然不行，但如果到了厉君御的高度……

厉君御根本不接阮老太太的话，就连一个正眼都不屑落在她身上。他只是单手抱着阮萌萌，拿出手机，拨通电话。

片刻后，冷峻磁性的嗓音在办公室里响起：“在哪儿？”

“不用，让理事长通知下去，取消第57条校规。”

“嗯，车停楼下，我等会儿下来。”说完，他就挂了电话，从头至尾只有简简单单的三句话。

“校长你看到了吧，这小伙子也太能装了，以为打个电话就能通天……还理事长，真是装模作样。”老太太压根不相信眼前的年轻人有命令学校理事长办事的能力。她笑里透着不屑，跟校长说话的语气也带着对厉君御满满的讽刺。

谁知，话音刚落，校长办公桌上的电话就响起急促的响声。众人一惊，视线纷纷落在座机上。校长也愣住了。不会那么邪门儿吧，难道真是理事长的电话？！

他三两步走到桌边，接起电话，听筒刚刚贴在耳边，就被里头传来的声音吓到了。

“理、理事长……是，是我……什么？您真的要取消第 57 条校规？！”

校长惊得下巴都快掉了。不只是他，其他人也纷纷傻眼了。怎么可能，怎么可能变成真的？那个年轻人才挂了电话不到一分钟，校规就真的被取消了！所有人的视线都不约而同地落到厉君御的身上。

阮老太太看他的目光，早已从蔑视嘲讽变成深深的忌惮。这个男人是谁？他为什么有能力命令理事长修改校规！阮老太太第一次用惧怕而谨慎的目光完完整整地打量厉君御。她忽然发现，抱着阮萌萌的这个男人，很有可能会在将来成为阮萌萌最大的倚仗。这对尚在襁褓中的小金孙，还有她的乖孙女娇娇来说绝对是最大的威胁！

不，不行，她一定要想办法……

正在这时，校长已经结束了通话。他挂上电话，脸色凝重：“刚才理事长亲自来电，从现在起智学取消第 57 条校规。也就是说，从今以后智学再没有第 57 条校规……这次的事件学校将不予追究，阮同学，你可以离开了。”

阮老太太被打了脸之后，没有任何还击之力。

“事情解决了，我们走。”厉君御对怀中依旧不愿抬头的小奶猫说，语气低低的，却不似跟旁人说话时那般冷漠。

“妈，难道就这么让他们走了……”阮雪琴看不下去，连忙扯住阮老太太的衣袖。别看她是阮萌萌的姑姑，因为某些事，她可是最讨厌阮萌萌的。

“闭嘴。”老太太心里恼怒，瞪了小女儿一眼，压低嗓音骂道，“不让他们走，难道还把他们抓回来！”

她心里那个气啊！气得她心肝脾肺肾没有一处是好的。她也想把面子挣回来，也想把人拦下，劈头盖脸一通骂啊。可是就算先前她没有眼力，到了这种时候，也已经看出那个年轻人的身份只怕不简单。

这里可是智学啊，全 S 国名流二代聚集之地。建校百年来，多少纨绔子弟仗着有钱闹事被开除学籍，哪怕捧着钱求到理事长面前，人家也是不屑一顾的。但现在，眼前这个年轻人却只用一通电话，就让理事长亲自下令改掉校规。

越……越家……老太太脑筋急转，可无论在脑子里怎么搜寻，也想不起有哪个大家族是姓越的。

她正着急恼怒，却听到少女软糯的嗓音响起。

“你放手……”阮萌萌扯住厉君御的西装领口，“放我下来。”

厉君御眸色微凉，因为阮萌萌对自己的抗拒。他都替她出气了，这只小奶猫为什么还是不让他抱？虽然他心里不高兴，但面上却不显。男人俯身，让阮萌萌稳稳地落在地上，才松开双臂。柔软馨香的小身体离开，他的怀抱空落落的。

他以为阮萌萌坚持自己走，代表依旧在疏远他。谁知少女站稳后，却轻轻地说道：“你等我一下……”

说完，阮萌萌转身，一路小跑到阮娇娇面前。

“姐姐……你、你要干什么？”阮娇娇还没从刚才的震惊中回过神。

她看到突然跑过来的阮萌萌，满脸惊愕。不只是她，一旁的护花使者叶枫，还有阮老太太等人都愣住了，全然搞不清阮萌萌的套路。

“嘻，别紧张，我不干什么。”阮萌萌对着阮娇娇甜甜地一笑，接着就突然抓起她完好无损的左手轻轻一扯。

“啊……我的左手……”阮娇娇脸色顿变，脱臼造成的疼痛让她惨白的脸上冷汗淋漓。

“阮萌萌，你干什么！”

“死丫头，你疯了！”

叶枫和阮老太太愣了好几秒才反应过来，慌慌张张地连忙护住阮娇娇。阮雪琴正想像平时一样一把推开阮萌萌，某个高大的身影却抢先一步将少女娇小的身躯护进怀中。阮雪琴扑了个空，脚下一滑，差点儿摔在地上。而阮萌萌则顺势被某人重新拥回怀抱。她站定，感受到身后宽阔可靠的胸膛，也不挣扎，顺势将身体的重量倚在男人的怀里，眉眼带笑地看向阮娇娇和阮老太太、叶枫等人。

“阮萌萌……你为什么、为什么要这样对娇娇？娇娇哪里惹你了，你就这么嫉妒她吗？”叶枫看着阮娇娇苍白的小脸，心痛至极。

一旁的阮老太太因为忌惮厉君御，只能用阴鸷恶毒的眼睛狠狠地瞪着阮萌萌。

“不，你误会了。我这么做只是在告诉阮娇娇……智学从此以后没有第 57 条校规。也就是说，从今天开始，我想怎么打她就怎么打她，想怎么欺负她就怎么欺负她。她要是害怕，最好早点儿退学……要不然就给我夹紧尾巴老老实实做人。因为下一次可能就不是脱臼这么简单的事了。”

说完，少女仰起头，闪闪发亮的杏眸回望向身后的厉君御。

“亲爱的……你说，我说得对吗？”

少女抬眸望来，仿若月盘一般莹白娇美的小脸上，水灵灵的杏眸正满含期待地看着他。这样的眼神看得男人心底一软。

“对，你说什么都是对的。”男人垂眸，墨黑的瞳仁里有连他自己都尚未察觉的宠溺。

从听到那声“亲爱的”开始，他就已经化身为没有原则的“宠妹狂魔”了。

听到满意的回答，阮萌萌勾唇，送他一个甜甜的浅笑，这才回头看向早已疼得说不出话的阮娇娇。

“还有，阮娇娇，你给我听好了……不要再用你的恶意来揣度别人。我阮萌萌做事行得正、坐得端。故意就是故意，无意就是无意。我可以很明确地告诉你，之前在教室外那下只是个意外。如果你没有借题发挥，我会诚恳地跟你道歉。至于刚才打你那下，那就是我故意的。而且你放心，以后我和你之间再也没有意外。既然你一口咬定我故意打你，那好，以后我心情不好，就一定打你出气。”

“对了，你还对外宣称，我嫉妒你成绩比我好是吧？那以后，你可能要换个理由了。因为从今天开始，我会让你每次考试都屈居我之下。嫉妒你……那也要你够资格才行！”

阮萌萌眸光闪亮，整个人就像发光体，耀眼得令人不敢逼视。

阮娇娇吓傻了……

阮老太太和阮雪琴惊愕得说不出话……

就连叶枫望着阮萌萌清澈闪耀的双眸，某个瞬间竟也产生一种心跳失速的错觉。

“好，我要说的就这么多了……亲爱的妹妹，学生会的竞选、以后的每场考试、学校的每次活动，一定都要尽全力哦！我已经开始期待今后的校园生活了。”

阮萌萌耀武扬威地下战书时，站在她身后的厉君御将旁人看阮萌萌的目光尽收眼底，特别是，那个护在阮娇娇身边的男生，他眼底的诧异，一闪而过的惊艳，没有逃过厉君御鹰隼般锐利的眼神。

等到小奶猫扯着他的衣袖跟他说要离开的时候，男人二话不说弯下腰，将站得好好的阮萌萌重新抱了起来。

“呀，你……”阮萌萌微微一怔，她不是小孩了，现在也不是刚才那种危险的情况，厉君御怎么又把她抱了起来。

“楼梯陡，我抱你。”男人语调清冷，淡淡地解释，说出口的理由却让人哭笑不得。

校长听到这话，连忙掏出手帕抹额。他一边擦汗，一边考虑，是不是应该重新装修一次教学楼了？毕竟，这位身份神秘，但权势显赫的男人，已经表现出对教学楼楼梯的不满了。阮萌萌无语，只好主动伸出小手，绕过他的脖子，让他抱着。等两人相拥离开，已经傻眼的阮家人这才回过神来。

“奶奶……我、我以后该怎么办？阮萌萌她力气那么大，她一定会打死我的……”

“乖孩子，别怕别怕啊。你放心，奶奶一定不会让那个死丫头欺负你。我这就回去想办法……”

“奶奶……”阮娇娇叫住赶着离开，已经慌了神的老太太，“奶奶，那个，你记得告诉顾铉哥哥刚才的事……阮萌萌对顾铉哥哥余情未了，只要顾铉哥哥约她出来，她一定会上钩。”

只要阮萌萌出来，到时候，她就可以在阮萌萌和刚才那个男人之间挑拨离间。只要把那个身份神秘的男人抢到手，看阮萌萌今后还拿什么在她面前耀武扬威！阮娇娇只顾着算计，全然没有发现站在她身后的叶枫在听到她的话时，眸光里闪过一抹难以置信的震惊。

凌北远远就看到一道修长而挺拔的身影，从教学楼内走出来，光看身形就知道那是他们家大少爷。只是大少爷手里好像还抱着什么东西？距离有些远，凌北看不清，但不妨碍他立刻小跑上去。怎么能让大少爷搬重物呢，他得赶紧接过来，替大少爷分担。结果，等他跑近才发现大少爷怀里抱着的居然是大小姐！

喀、喀喀……

"大少爷，大小姐。"凌北恭恭敬敬地叫道，退到一旁，再不敢提替大少爷分担的事。

厉君御不搭话，迈着大长腿抱着阮萌萌往前，也没看凌北。

凌北吓了一跳，以为自己做错了什么事，也不敢吭声，亦步亦趋地跟在后头。等到了车边，他利落地替厉君御拉开车门，将大少爷和大小姐送上车，这才跑到车头，拉开副驾驶的门，准备上去。

"你，下车。"属于大少爷的冷峻淡漠的嗓音从车内传来。

啥？凌北愣在车边，怀疑自己听错了。

"还有你……也下去。"厉君御清冷的视线转向司机。坐在驾驶座上的人立刻感到芒刺在背。

"是，大少爷。"他想起上次也是这样，忽然就被大少爷赶下车。司机不敢有任何怠慢，立刻解开安全带下去。他上次不过多听了一点儿，就差点儿被大少爷的眼神凌迟。这回说什么他也不敢再听墙脚了。

等两人都下去了，整个车厢内只剩下厉君御和阮萌萌两人时，男人修长的手指捏着阮萌萌的下巴将她埋在自己胸口光彩照人的小脸抬了起来。

"刚才在上面狐假虎威好玩吗，嗯？"低沉磁性的嗓音比平时清冷的语调和软了几分。

但这句话在阮萌萌听来却是一种警告、训斥。这个男人就是这样，人前给足她面子，人后却喜欢管教她。想来，他特意把凌北和司机赶下去，也是为了给她这个所谓的厉家大小姐一些颜面吧。

“好玩。”阮萌萌也不躲，杏眸直视着他，酒窝浅浅，“还是要谢谢大哥，让我有了这种狐假虎威的机会。不过大哥放心，我懂分寸的。我还记得大哥的话，在我的圈子里，对外我是你女朋友、未婚妻。但是回到你的圈子，在厉家我只是你妹妹。”

少女水灵的杏眸里满是倔强，她都想好了，要将那些莫名其妙的感觉放到一边。现在最重要的是学生会竞选，是每次的测试，是最后能将阮娇娇彻底打败，让她再也不能耀武扬威地踩在自己的头上。她需要厉君御！她需要他的帮助，他的支持，他的解药……

少女的回答明明恰到好处。她不躲闪了，不逃避了，也不会故意疏离。

但偏偏厉君御听到她的回答，唇角带笑的弧度却凝住了。这分明是他要的态度，但当阮萌萌真的露出恰到好处的微笑，对他说谢谢，按照他的规划安分守己不越雷池一步，厉君御心底却泛起一种难以言喻的烦闷。

“嗯，你知道就好……”可是他自己说出口的话没办法收回。他捏在少女下巴上的手指松开。但他舍不得让她从腿上下去，就算烦闷，依旧想把她软绵绵的小身体抱在怀里。

于是独自生着闷气的男人，只能另找话题转移阮萌萌的注意力：“听说上次的随堂测试你交了白卷？”

话音刚落，车厢里的气氛凝了几分。

要是凌北在这儿，一定会感叹，谁也想不到啊，在谈判桌上杀伐果断的暴君 boss，哄女孩子的时候居然会如此尬聊。

虽然厉君御尬聊，但把他当解药的阮萌萌却得罪不起他。她只能忍着脾气，乖巧地点头：“是啊……那天不乐意做，就交白卷了。不过以后不会了，以后每次测试都会考第一。”

今天的亲亲她已经 get，厉君澈偏科，虽然不严重，但总分肯定比她低。下午的周测应当是她拿第一了。至于以后……

阮萌萌抬眸，闪着迷人光泽的杏眸看向厉君御削薄的唇瓣。以后每次考试她都会在考前找机会蹭吻的！

她不乐意做就不做，还敢交白卷？

厉君御蹙眉，目光微冷，要在往常早就教训这不听话的小奶猫了，但现在想到要把少女打得哇哇痛哭，心底竟泛起一丝舍不得。不忍心打，那他就只能……男人眸色微变，黑沉沉的目光落在少女柔软的唇瓣上。

他心里有个声音告诉自己，不该放纵，但身体却不受控制。念头兴起，他便已低头吻住少女仿若粉色樱桃般甜蜜可爱的唇瓣。只是轻轻的、浅浅的吻，带着一种若有似无的温柔慰藉，就好似他要将少女所受的委屈全都吻干净。就连阮萌萌自己都怔住了，呆呆地坐在他的怀中，感受着他难得的温柔。

这个吻很轻柔，没有任何惩罚意味，也不带有侵略性，反而让她觉得很舒服，很安心。

也不知被他轻轻地拥着吻了多久，当男人微凉的唇瓣离开，她才听到他沙哑磁性的嗓音落在她的耳畔："下次再调皮，这就是惩罚。"

嗯……这又是惩罚吗？

阮萌萌双眸还迷离着，闪着水光，混沌的脑子却好像抓到了秘诀。她想，如果这样，以后的每次考试都不用担心了。只要她不小心犯点儿小错，这个人一定会像现在这样狠狠地"惩罚"她。

"嗯，我……我知道了……"为了以后每次考试的福利，阮萌萌低下头，故作乖巧状，"大哥，我错了，以后都不敢了。"

"嗯。"厉君御一本正经地点头，大掌揉在她毛茸茸的脑袋上，"还记不记得，该叫我什么，嗯？"

"……"阮萌萌沉默。

她想起吵架前她对他的"爱称"，内心有点儿抗拒，但她还是改口："亲、亲爱的……大哥。"

不是为了在外人面前显摆，"亲爱的"这三个字，她实在叫不出口。阮萌萌只能尴尬地在后面接了"大哥"两个字。

厉君御眸色微敛，他虽然不满意阮萌萌对自己的称呼，但总比干巴巴地叫他“大哥”好。算了，这次就放过这只小奶猫，总不能逼急了，男人颔首，盯着她：“待会儿上去，乖乖上课，以后每天上学，我送你；放学，我来接你。”

他眸色冰冷，不是询问，只是通知。

“你？不用了吧，你那么忙……”阮萌萌却本能地拒绝。她现在已经摆正了心态，只想把厉君御当解药，当……合作伙伴，并不愿意跟他有过多不必要的相处。

可惜男人直接无视了她的拒绝。他冷着脸用不容置疑的语气说：“学生会的事，君澈已经告诉我了。御耀科技会赞助你的竞选，公司 CEO 会做你的竞选顾问。这段时间放学后跟我去公司，带你熟悉环境。”

每届学生会竞选都会跟赞助公司联动，如果御耀科技真的要赞助，放学后她过去那边倒也说得过去。

只是……阮萌萌看着厉君御，狐疑道：“公司 CEO……那是谁？”CEO 就是首席执行官，也就是执行总裁。她只知道厉君御是最大股东，但最大股东只是老板，并不是 CEO。

厉君御眸色微凛，看似冷淡，但冰冷的目光中却隐隐藏着涌动的暗流。他盯着她，平静地道：“这个你不用关心，不管之前是谁，从现在开始御耀的 CEO 就是我。”

有了厉君御的吻，下午周测的时候，阮萌萌晕算的老毛病果然没犯。她第一个交卷，接着就上了天台。

“哟，萌主……你也这么早啊，也交白卷了？”早就等在天台的慕纨绔看到她，嘻嘻哈哈地打招呼。

阮萌萌没好气地瞪他，什么叫“也”，慕纨绔交白卷，不代表她阮萌萌也会交啊。这是看不起她！

“谁说我交白卷了，我全做完了才上来的。除了作文扣分，其他试卷应该能得满分。”

“什么，你的病……又好了？”

慕景行双目大睁，愣了几秒，瞬间反应过来："你……难道又被你大哥吻了？"

阮萌萌："……"

慕景行这人，真是哪壶不开提哪壶。

"咯，这不是重点。"阮萌萌别开眼，肤色微红，"其他人呢，你都通知了吗？"

"哦，都通知了……应该考完试就会上来。"慕纨绔完全没发现阮萌萌岔开了话题。

没过一会儿，其他参加竞选的人陆陆续续都来了。叶翰庭、李一帆、景向劲、红黄绿三人，还有夏文轩和司蔻韵。

"行了，人都到齐了。萌萌，有什么话你就说吧。"慕景行看了一圈，很满意。他们现在一共十人，已经超过最低八人参选的要求。

"等等，还有一个人没到。"阮萌萌看向天台小门，微微蹙眉。

她明明都跟厉君澈说好的。为什么其他人都交卷了，他还没出现？她正担心厉君澈不来，一抹清瘦的身影就从天台小门处显露出来。

睡眼惺忪的美少年扒着头发，很是不爽："为什么选在这里开会……风大，冷。"

这么冷的地方，他都不能好好睡觉了。

"因为我们还没有申请到合适的会议室啊……这里人少，安静。"阮萌萌笑眯眯地跑过去，抓出一把糖，偷偷塞到厉君澈手里。

这可是他们团队的镇团之宝，有他在，不愁没有女生投票。

"越君澈，你先坐在这儿。"阮萌萌把厉君澈安顿好，又转头对夏文轩和司蔻韵说，"你们俩也可以到一旁休息。"

"萌萌，你到底要说什么啊……把我们都叫来，又神神秘秘的。"慕景行不乐意了，为什么要把他跟景胖子，还有红黄绿他们分一组。他觉得，自己就算不能跟越君澈坐一起，起码也能跟B班那两个学生会的坐一起啊。

"别急，我们现在就来说说这次会议的内容。很简单，只有两个字，那就是——补习。"

“补习？！”慕纨绔和景胖子反应最大，紧随其后的是红、黄、绿三人。

“嗯，对，就是补习。给你们几个人补习，提高成绩。”阮萌萌点头，闪亮的目光从他们每个人脸上扫过，“想竞选部长以上的职位，对报名者的成绩都有要求。最起码月考成绩不能低于年级三百名。你们几个……说说自己上次的排名吧。”

慕景行：“……”

景向劲：“……”

红黄绿：“……”

“那我先说吧，我前三次月考分别是602、598、587名。”叶翰庭很想支持阮萌萌，虽然觉得自己的成绩丢脸，但还是第一个说了。

李一帆见好友说了，也跟着说：“我是623、589、593。”

全年级十三个班，有六百五十多人。叶翰庭和李一帆身为M班的学生，至少偶尔还能摸到500名的尾巴，也算说得过去。

“你们呢，你们几个每次考多少？”阮萌萌的目光转向红黄绿三人。

红黄绿你看我，我看你，挠挠头：“我们……我们每次都是轮流坐庄。”

“轮流坐庄？”阮萌萌蒙了。

“就是轮流倒数第一。”厉君澈悄然将一颗糖在嘴里咬碎，才托着腮漫不经心地说。美少年凉凉的口气别提有多欠打了。偏偏人家说的是实话，红黄绿三人都不敢反驳。

看到小弟被人欺负了，景向劲哪忍得住：“倒数第一就倒数第一，我们只是不认真，要是认真起来，分分钟考进前面。”

“哦，是吗？”美少年抬起清澈的眸子，“那你说，下次你能进步多少？”

“我……我……”景胖子涨红了脸，憋了半天，“进步两百名，做不到我直播吃恶心的东西！”

我的萌系小甜妻

（下册）

陆轻筠 著

青岛出版社
QINGDAO PUBLISHING HOUSE

第十章
相亲

“直播吃恶心的东西，就不用了。”厉君澈托着下巴，微微侧眸，漫不经心地说，“直播胸口碎大石吧。”

“胸……胸口碎大石？！”景向劲眼睛瞪得铜铃大。他好歹也是金狮集团二少爷，虽然他胖，但也不能这么欺负他呀。

“怎么，你怕？”美少年唇角微挑，露出一个略带挑衅的笑容。这笑容真欠扁，但偏偏却漂亮得让人移不开眼。别说像司蔻韵这样的女生看呆了，就是红黄绿三个被厉君澈“欺负”过的也呆呆的。

“谁、谁说我怕了！”景胖子稍稍愣了下，才回神，“下次月考，进步两百名，如果我做不到我就直播胸口碎大石。如果我做到了，你怎么办？”

“你想我怎么办？”美少年挑眉，语气冷冷的。他分明就是没考虑过这种可能。

“我要你穿女装，时间地点我来定！”

“你——”

“怎么，你不敢？”景胖子挑衅，眼底藏着得意。

厉君澈清澈的眸光微暗，掠过薄怒：“谁说不敢，赌就赌。”

就这样景胖子成功将厉君澈拖下水。而在一旁围观了整个打赌过程的阮萌萌忍不住扶额。她只能用一句至理名言来解释这次的打赌。那就是——“千万不要跟傻子吵架，因为他会把你的智商拉到跟他同一水平，再用他丰富的经验击败你”！

“好了，你们俩的事先放一边……慕纨绔，你呢？你上次考试排名多少？”

“我？”慕景行微微一怔，没想到话题这么快转到自己身上。他清清嗓子，很是骄傲地说：“小爷我不多不少，正好650名。比红黄绿他们三个还是强一些的。”

呵呵，是要强一些。智学三年级一共就六百五十多人，红黄绿他们占最后三名，慕景行也是倒数。

“行吧行吧，不管你强不强，从今天开始，放学后你们跟我一起参加课外补习。”

“课外补习？”众人大惊。

原来阮萌萌是来真的……他们还以为她开玩笑。

慕景行搓手：“不是，萌主……你准备找谁给我们补习啊？你真觉得，不到一个月的时间，就能让我们的成绩提升？”

还有三个星期就是月考啦！月考之后就是学生会最后的决选阶段。

“不准备找谁啊，就我自己。”阮萌萌不疑有他，又看了看几个人，“嗯，还有越君澈、司蔻韵、夏文轩他们。他们成绩都很好，也可以帮忙。”

“哈哈哈……”阮萌萌话音刚落，慕景行就很不给面子地捂着肚子笑，“萌主，哈哈……你、你确定？他们给我们补习我还能理解，你给我们补习？哈哈哈哈……哎哟哎哟，我笑得肚子疼……”慕景行真不是故意拆台，实在是太好笑了。

阮萌萌自己那脑子都时灵时不灵的，她居然说要给他们补习？要知道，没有她大哥的吻，她跟他们都是一样的白卷党啊！

然而，慕景行的担忧完全是多虑了。

放学后，校门口。

“嗯……那个，亲爱的，他们几个是我竞选团队的成员，成绩不好需要补习。所以今后，每天放学后能不能借你公司的会议室用用？”黑色的跑车边上，娇小的阮萌萌站在车旁，正对着车上形容冷漠、眼神几乎都要凝结成冰的男人试探性地询问。

在她身后跟着一个吊儿郎当的公子哥、一个大胖子、两个神情忐忑的少年，外加三个染着红毛、黄毛、绿毛看起来傻傻的男同学。

一、二、三、四、五、六、七……厉君御冷冷的目光在这七个人身上掠过。很好，阮萌萌这只小奶猫胆子真是越养越肥，带男生到他面前来不说，还带了七个。厉君御英俊而冰冷的五官上写满寒意，深邃幽冷的眸光落在慕景行七人身上，看得他们不由得生出一身冷汗。

景胖子不停地擦汗，低声对慕景行说：“我以为我大哥已经够吓人了，没想到老大家的男朋友比我大哥还吓人。”

慕纨绔心里苦笑，心想，这哪是萌主的男朋友，这也是萌主的大哥！果真是家家有本难念的经，谁家里没有一个吓死人不偿命的大哥呢。

“你……要带他们跟我们一起？”良久之后，厉君御终于开口。他低沉冷凝的嗓音冷得吓人。

“是呀，可以吗？要是不行的话，我可能暂时没办法每天放学跟你去公司了……我们是一个团队，得给他们补习。”

阮萌萌如实告知自己的想法，她现在心思都放在怎么提高竞选实力，怎么打败阮娇娇上。她压根没发现，某人如墨的瞳仁里已经聚起浓重的不满。他特意空出时间，接她放学。结果她居然带着七个男生来见他？男人蹙眉，不爽，异常不爽。

“怎么样，还是不行吗？”少女睁着杏眸看他，见他面色难看，只能失望地道，“那好吧，要是你不方便的话，我就跟他们去其他……”

“上车。”淡漠的语调透出几分寒意，但偏偏他还是亲口说了挽留她的话。

他不答应怎么办？不答应难道让小奶猫带着这七个男生，离开他的眼皮子单独相处？

阮萌萌闻言，顿时露出笑意。但她刚扯开一抹浅笑，又霎时顿住。她看了看眼前豪华的黑色跑车："嗯，好像坐不下？要不然，我们重新打两辆车，跟在后面好了。"

七个人，加上她，八个人正好坐两辆车。谁知话还没说完，男人就不耐烦地长臂一伸，将她拽上车，拉进怀里。

"你们自己拦车跟在后面。"他对站在车外的七人丢下一句冷冰冰的话。

车门应声关上，车子绝尘而去。

"这、这……我们还没拦车呢，他们怎么就开走了？"片刻后，景胖子第一个反应过来，"喂，回来啊……我们还不知道地址！别开那么快啊！"

车上，阮萌萌趴在厉君御的怀里，眼睁睁看着车后的七人越变越小。

"喂喂，停车停车……他们还没叫车，走远了跟不上！"小奶猫窝在他的怀里，关心的还是其他人，这样的行为让厉君御异常不满。

他将不安分的小东西按在怀里："把电话告诉凌北，让他安排人接他们。"

坐在副驾驶位的凌北立刻回头："大小姐，请把手机给我一下，我现在就替你联系。"

阮萌萌想了想，也是，然后将手机交给凌北。她全然没有想到，这样就等于切断了她跟慕景行他们的联系。凌北接过手机，前后座之间的隔板便升了起来。整个后座的空间瞬时只剩下阮萌萌跟厉君御两人。

"下午在学校，有没有闯祸？"厉君御冷着嗓音，垂眸问话，胸腔里有一股散不出去的闷气，幽冷深沉的凤眸紧紧地盯在阮萌萌的粉唇上。他才不想承认他是在借故找碴，只想找到小奶猫犯错的契机，然后狠狠地吻她。浓重的酸味让他只想吻她，吻到她求饶，再不敢像刚才那样，将所有的注意力都放在其他男生身上。

"没有没有，绝对没闯祸。而且，我还好好考试，考得不错，应该能得第一。"阮萌萌想也不想地如实回答。等她答完，才忽然想到，她要是这样回答，岂不是没有犯错？没有犯错，那就没有蹭吻的理由了……

嗯，她还想找个机会亲亲，免得待会儿给那七个人补习的时候，老毛病犯了被慕景行嘲笑。

男人墨眉微蹙，根本就没将阮萌萌的回答听进去。他看着那张在他眼前张张合合，不停散发着甜蜜光泽的粉唇，黑眸里强压的暗涌越发汹涌。他脑海里挥之不去的全是少女刚出校门时，跟那七个男生有说有笑的身影。

她不乖……非常不乖……他必须好好惩罚。

“还没出成绩，就骄傲自满……”男人宽大的手掌捧起少女可爱的脸蛋，略显粗砺的拇指指腹在她唇上浅浅摩挲，“这不是一个大家闺秀应有的品德，该罚。”说罢，他就低头狠狠地吻上少女鲜艳的唇，微凉的薄唇带着绝对的占有和侵略，胸腔里快要爆炸的难以自控的醋意几乎让厉君御失去理智。

这种从未有过的情绪让他失控。除了狠狠堵上那张令人着迷的小嘴，就连厉君御自己都不知道，还有什么办法可以消退心底汹涌的奇怪情绪。他的吻比过去任何时候都要霸道、强势、不讲道理。他随意找了个理由，就把阮萌萌按在怀里狠狠“惩罚”。

一个吻……不，应该说是一个绵长的吻。

都不知道吻了多久，厉君御才依依不舍地放开。

阮萌萌已经被他吻得双眼迷离，微微发怔，呼吸间，意识里，只剩下属于这个男人的气息。她趴在厉君御的胸口微微喘气。过了好久，她才后知后觉地抬头，湿漉漉的眼睛，宛若宝石般晶莹剔透的瞳仁委屈地看着他。

“你……你又亲我……”

她蹭吻成功，可是，为什么心里会觉得酸酸的、胀胀的呢？刚才的吻太强烈，太深刻……就好像灵魂都在为他颤动。但她一想到这只是一个惩罚，一个不带感情的吻，心里的酸楚失落就浓郁得让她无法忽视。

男人不知少女的想法，垂眸，冷冷地道：“不许胡思乱想，那不是吻，只是惩罚。”

阮萌萌：“……”

这一瞬间她很讨厌这样的惩罚。很讨厌，很讨厌…… 可她却偏偏离不开他的惩罚。

从车上下来后，阮萌萌已经收起了险些沉沦的情绪，正好慕景行七人也到了。厉君御给了他们一个空会议室。阮萌萌是学霸属性，因常年有晕算的毛病，才进入学渣行列。所以，她很懂学渣的苦恼。

“我们的目标很简单，就是为提升级考试成绩。你们几个每门课都一塌糊涂，要想短时间内提升成绩，最好的办法就是死记硬背。

“简单点儿说，语文、历史、政治、地理、生物这些靠死记硬背就能拿分的科目是我们复习的重点。

“至于其他几门，你们可以放弃大题，只做选择题。来，跟我背……三长一短要选短，三短一长要选长，两短两长要选C，四个一样要选B……”

整个周末，慕景行、景向劲七人，都被阮萌萌关在御耀科技办公楼里，进行“惨无人道”的学渣改造。

“故不积跬步，无以至千里。下一句，你，开始……”阮萌萌坐在中间的转椅上，转向叶翰庭。

“不，不积小流，无以成江海。骐骥一跃，不能十步……”

很好，阮萌萌点头，转椅往一旁转向黄毛：“你，屈平疾王听之不聪也，谗谄之蔽明也，邪曲之害公也……翻译。”

“呃……呃……”黄毛咬手指，这句话怎么翻译来着，明明昨天刚背了。

“屈、屈原痴心怀王……耳听是非不、不清？然后、然后……嗯……”

“行了，这题自己备注，下去重背。来，伸手。”阮萌萌打断黄毛的话，平静地说道。

“不，不是，萌萌姐再给次机会吧……”黄毛惊了，露出惶恐的神情，“我保证背好，我……”

可惜，阮萌萌不给他任何解释的机会，毫不犹豫扯过黄毛的右手。可怜的黄毛，那原本干瘦的右手掌现在已经肿得如“熊掌”那么大。

啪——阮萌萌稍稍收力，一巴掌打在黄毛的手心，疼得黄毛嗷嗷叫。

她太凶残了……太残暴了……比他们过去遇到过的任何老师都要可怕！

慕景行条件反射地从包里摸出一盒牛初乳，这是他的“常备良药”，专门预防被阮萌萌不小心扯掉手的必备佳品。他本想用右手拿起一颗吃，但低头看到已经麻木、微微发肿的右手，只能悲哀地换成左手。天啊，地啊，快来人救救他们吧！认真起来的萌主真的好可怕！

阮萌萌从头到尾一个个检验。在她强大的高压政策下，只用一个周末的时间，问题儿童七人组就几乎把整个三年级语文需要复习和背诵的古诗词、文言文全部背熟。

“很好，语文背好之后就是地理、历史、政治、生物……喏，这是我给你们打印的背诵知识点，给你们三天时间，不管你们是上课背还是回家背，三天之后开始检查。”阮萌萌将提前准备好的资料发下去。这些知识点几乎涵盖了文综以及生物试卷所有的考点，是由她，还有厉君御给她请的名师一起整理出来的。

“这……这么多……三天？”慕纨绔眼睛都直了。

景胖子更是恨不得能把自己打晕，晕死三天三夜算了。那么多的知识点，有两本词典那么厚，她居然要他们三天背完。

“考核不合格的人，后果自负。成功通过考核的，这个周末可以休息一天，就在隔壁房间，随意玩游戏。你们也看到了，这里是御耀科技，不只有你们喜欢的联盟、农药，还有一款正在开发的新网游。怎么样，有没有兴趣？”嘿嘿，这可是她跟厉君御软磨硬泡弄来的福利。阮萌萌勾起早上去要福利，被厉君御吻得微红的小嘴，问他们。

有兴趣，怎么会没兴趣，只要能休息一天，就是让他们背十本词典他们都愿意。

周一，上学日。

限量版迈巴赫跑车换成了军用悍马。去学校的路上，前后座的挡板早已被司机默契地升了起来。后座上，阮萌萌正被厉君御逼至车角。

一个霸气的壁咚，男人修长有力的双臂撑在她身后的真皮靠背上。阮萌萌娇小的身体瞬间就被男人完美地禁锢。逼仄的空间里全是属于他的气息。

他低眸，盯着小奶猫粉粉嫩嫩的唇瓣，一字一句道："说，早餐的吐司，为什么没吃完？"

"吐、吐司？"阮萌萌眸光微闪，压根忘记了自己早上吃没吃完吐司。

厉家早餐丰盛，西式中式一应俱全。她向来都是这个吃点儿，那个吃点儿。

"浪费食物，该罚。"厉君御嗓音低哑，透着危险，话音刚落，薄唇就欺了上去，吻住少女香甜可口的小嘴。

柔软的唇瓣被他欺负得微微红肿，她看上去既可怜兮兮又惹人怜爱。他低眸看着少女甜蜜可爱的唇瓣带着明显被他宠溺后的痕迹，这才满意地放开她。这样的吻好似已经变成习惯，他每天都要找各种各样的理由"惩罚"她。

唉……被男人松开后，阮萌萌在心底无声地默默叹气。果然跟前几天一样，她每天都能被厉君御找到各种各样的小毛病。不过这样也好。他要是不罚她，就该她自己头疼地想办法跟他索吻了。

还是跟前几次一样，"惩罚"完她之后，厉君御就开始一本正经地教育她。今天教育的主题是，"不要浪费食物，要节俭"。

听着男人低沉好听、磁性慵懒的嗓音，阮萌萌真心想笑。呵……昨天某人刚刚用"买东西不够气派，辱没了厉家的威风"惩罚她，结果转天就教训她不够节俭了。

阮萌萌全程把厉君御的话当耳旁风，车刚到学校，她就开门溜掉。反正吻也蹭到了，她才懒得听他说教。真好，今天她又可以顺顺利利应付学校的各种考试啦！

这天上学，智学高级学院三年级G班和三年级M班的全体同学、老师，全都以为自己眼花了。因为他们发现，他们班上出了名调皮捣蛋，不爱学习只会惹是生非的几个重点问题学生，全在这一天变成了刻苦学习的乖宝宝。不管是上课还是下课，大课间还是午休，慕景行、景向劲连带叶翰庭、李一帆、红黄绿七人走到哪儿，手里都拿着一大摞资料册狂背，就连去厕所，嘴里也一直念念有词。

M 班的班主任李秀丽还稍稍沉得住气。据说，G 班的班主任看到景向劲居然主动学习，而且异常刻苦，已经在下午的时候激动得特意请假去寺庙还愿了。要知道，景向劲身为金狮集团二公子，在学校向来为所欲为，不服管教的。他能够安安稳稳地坐着背书，简直是他们班班主任做梦都不敢想的场景。

而与此同时，上周的周测成绩也已经出炉。教学楼大厅里滚动播放的 LED 屏上，阮萌萌成绩接近满分，高居榜首。在她之下，是理科满分、文科稍次的越君澈。

而阮娇娇……因为双手受伤，没有参加上次的周测，就连今天也请了病假没来上课。但就算她没来，所有人都知道，哪怕偶尔交白卷，阮萌萌的实力还是在阮娇娇之上。原因很简单，在此之前，智学高级学院三年级第一名一直是越君澈。而阮萌萌现在已经超过越君澈，两次位居第一。所以，那些阮萌萌嫉妒阮娇娇，怕她考过自己才故意弄伤阮娇娇手的传言，不攻自破。

三年级 A 班教室里，阮萌萌正埋头整理着接下来要给问题儿童七人组上课用的资料。门外突然传来一声喊：“阮萌萌在不在？出来一下，外面有人找。”

阮萌萌狐疑，抬眸，透过窗看向走道外，漂亮的杏眸瞬时紧缩。在看到那道熟悉的身影时，阮萌萌突然听见自己心跳如擂鼓的声音。她没想过，不，是不敢想……她爸爸居然会找来学校。

“喂，你怎么了？外面有人找，发什么呆……”

一旁的厉君澈，发现阮萌萌正愣怔地对着玻璃窗，杏眼里似乎有隐隐的水光，忍不住推了推她。

“我，没事……”阮萌萌连忙收拾起心情，从座位上站起身。

她强自平复着心情，离家那么久，从最开始期望她爸爸找过来，到后来渐渐失望，不再去想，前后加起来不到一个月的时间。但她却觉得，她跟她爸爸之间已经有道深深的鸿沟再也无法逾越。阮萌萌保持着冷静，走到教室外面。她看到阮兆天，率先用平淡的口吻说：“爸，你怎么过来了……

秦姨刚生了孩子，你不在医院照顾他们，有空来找我？”

少女的嗓音不似平日里娇软，反而透着浓浓的疏离淡漠，这让阮兆天眼底流露出一股失落，但更多的是愧疚。他以为自己的做法能够惩罚女儿，让她知道自己犯了什么错，但似乎将他的女儿推得更远了。

“萌萌，爸爸知道错了。这段时间是爸爸忽视了你……爸爸过来是想告诉你，爸爸来接你回家了。”

阮兆天人到中年，喜得贵子，事业有成，正是最得意的时候。前阵子他因为大女儿去世，萎靡了一阵，但小儿子的出生却将他的萎靡冲淡。不过现在，在最疼爱的二女儿面前，这个男人却露出了疲态，原本梳理整齐的鬓发竟透出一丝银光。

阮萌萌双眼微眯，她发现爸爸的鬓角有隐隐的花白，多么清晰的感悟……她爸爸老了。这让她心疼，但无法心软。

“我现在在外面住得很好，不想回去。”阮萌萌低头，看着自己的手指，避开她爸的目光。

女儿的拒绝在阮兆天意料之中，但依旧让他觉得痛心。以前的萌萌是跟他最亲的，但现在……

虽然心痛，但是他作为父亲必须劝女儿回去。他是个男人，还是个花心的男人，完全知道主动倒贴的女孩是不会被男人珍惜的。听娇娇说，萌萌现在住在男朋友家里。那个男孩，他没见过，所以不予置评。但阮兆天不想让自己的女儿被男朋友和男朋友的家人轻视，所以他一定要带她回家。

“外面哪有家里好，你的房间我每天都让李嫂收拾，就是等你回来。”

阮萌萌低头，沉默不语。

“萌萌，你听话，跟爸爸回去吧。爸爸这些日子没来找你，其实就是想磨磨你的锐气。爸爸知道，爸爸错了，爸爸的方法不对，爸爸跟你道歉……萌萌，爸爸保证，爸爸最疼的孩子永远都是你……”

“最疼的是我，呵，那你的小儿子呢？你又把他摆在什么位置？”

说不在乎都是假的，阮萌萌知道自己不该跟一个小婴儿置气。可是她明明是爸爸最爱的孩子，为什么自从秦芳怀孕后，她爸就跟她越来越疏远？！别看现在她跟爷爷最亲，别看以前她跟姐姐关系最密切，可是在秦芳怀上儿子之前，爷爷长期住院，姐姐不是在国外就是在忙工作，整个阮家最关心最疼她的人分明是爸爸！

阮萌萌真的不懂，为什么，为什么一个儿子的出生，就能让她爸怀疑她，就能让一直相信自己的爸爸站在了秦芳那边？！

“小宇当然也是爸爸的孩子，他还小，所以爸爸才会对他多偏袒一些。但是在爸爸心里，爸爸最爱的永远是你。”

“呵，是吗？”爱，多么廉价又多么容易说出口的字眼，阮萌萌真的不敢再相信了。

“你要是不信，爸爸可以证明给你看。爸爸跟爷爷一样，也准备改遗嘱。除了给秦芳和娇娇、小宇各留下一套房产和一笔基金外，剩下的所有股份爸爸会一并改到你名下。”

“你……”阮萌萌呼吸微顿，显然是被阮兆天的话吓到了。

她要的从来就不是爸爸的钱。她要的是爸爸的关注、爸爸的爱。但她也清楚地知道，爸爸这样说并不是用钱砸她，反而只是着急想要表现出他对她的感情。

阮萌萌清楚地知道，爷爷年轻时候在外打拼，爸爸是奶奶一个人拉扯长大的。因为这个，爸爸对奶奶一直很孝顺，而奶奶最看重的就是阮家的股份。奶奶曾经无数次提到过，要让爸爸把股份多分一些给阮娇娇。而现在爸爸要把所有股份都留给自己，可想而知这是下了多大的决心。

可惜……就算是这样，阮萌萌也不准备回去了。

“爸，我现在在外面住得很好，我也成年了，有自己选择的权利。我不想再回家里住，你……回去吧。”

“萌萌，你……”

“我还要上课，先进去了。”阮萌萌避开阮兆天想要拉住她的手，转身，毫不犹豫地跑进教室。她坐回座位，能感觉到窗外阮兆天的视线还落在她身上。阮萌萌低头，不敢往门外看。她怕，怕自己不忍心，一时心软就答应了爸爸。

直到片刻后，厉君澈冷冷的嗓音响起：“别躲了，人都走了。”

阮萌萌猛然抬头，果然，窗外空空如也，她爸的身影早已不在。

“刚才那个就是你的渣爹？”厉君澈托着下巴，凉凉地问道。

最近几天，厉君澈偶尔也去公司帮着阮萌萌“调教”那几个学渣，多多少少从慕景行的嘴里听到过他对阮萌萌爸爸的评价。

“我爸不是渣爹！”阮萌萌想也不想就替她爸申辩。

厉君澈点头，淡淡地道：“嗯，也是，看上去好像不太渣。他刚才离开的时候，那背影……”

蹒跚的背影带着疲态，透出浓浓的父爱，阮萌萌几乎不用亲眼所见，也能想象出，当她爸爸离开时，那背影中透出的无奈与落寞。她没说话，整个下午连整理资料的心情都没有了。到了放学的时候，她把这件事告诉慕景行。谁知慕纨绔刚听完，就夸张地大叫起来：“萌主，你是不是傻啊？你爸给你股份，为什么不要？你不要，那不是便宜了秦芳，还有阮娇娇和你那个弟弟！”

“我……”阮萌萌被慕纨绔问得喉咙微哑。

是啊，她那时候顾着逃避她爸，因为心灰意冷所以无暇多顾，但现在慕纨绔一句话却把她点醒了。她不要，那不就全都留给了阮娇娇和阮明宇了吗！

“要我说，你就该答应你爸搬回去。等遗嘱改好，你再搬出来。你爸虽然不靠谱，但只要不糊涂的时候，对你还是不错的……”

慕景行正在出谋划策，一辆深色军用悍马突然开过来，稳稳地停在他们身前。后车窗降下，厉君御矜贵禁欲的脸显露出来。男人看着有说有笑表情夸张的慕景行，冷冷地道：“慕同学跟我们家萌萌聊得这么开心，在聊什么，嗯？”

这几日补习，已经跟厉君御见过好几面的慕景行，还没发觉男人眸底的冷意。他十分自来熟地笑着跟厉君御打招呼：“大哥好……萌萌，正好你大哥来了，要不我们干脆问问你大哥的意见。”

男人笑了，薄唇的弧度凝着寒霜：“哦，有什么想问的？”

“是这样的大哥，萌萌她爸爸想她了，想让她搬回去住，为了这个都愿意把股份全都转给萌萌。我们正在商量，干脆回去好了，总不能便宜那个私生女和小儿子吧。”

慕景行话音刚落，四周的温度骤然降低。寒意袭来，几乎让他暴露在衣服外的皮肤起了一层鸡皮疙瘩。怎么这么冷……突然降温了？慕景行条件反射地拢着衣领，打了好几个冷战。神经大条的他完全没有发现，所有的寒意其实全部来自他眼前这个神色冷峻的男人。

“有道理。”厉君御点头，面色沉静如水，竟赞同慕景行的话。他微凉的目光转到一直没说话的阮萌萌脸上。

他睨着她，淡淡地问：“所以，你已经决定搬回去？”

厉君御清俊高冷的脸维持着完美的雍容气度。冷冽的气质将他内心真实的情绪包裹得滴水不漏。从那双深不见底的黑眸里透不出一丁点儿情绪。

阮萌萌抬眸看向车内的男人。当她听到“有道理”三个字从他嘴里吐出来时，心脏居然不争气地猛然一紧。那一刻，浓浓的失望聚在心头，阮萌萌能清晰地感觉到自己想要的是厉君御的挽留。哪怕没有挽留，只要他表现出一点点的不舍，她都会立刻告诉厉君御她不搬，她要留在厉家。可是没有……什么都没有。

厉君御容色如常，五官依旧完美无缺，眉眼间的淡漠冷峻一如以往。听他问话的口气那么波澜不兴，仿佛他谈论的只是最普通的事。

“我、我想……”阮萌萌呼吸微顿，虽然觉得很丢脸，厉君御对她根本没有一丝一毫的在意，但她还是想说她还没考虑好。理智告诉她该回去，但心里有个声音，却在悄悄地鼓动她留下。

厉君御墨色的眉蹙了起来。少女犹豫的神情让他不悦。

真是个没心没肺的小奶猫，果然，他怎么养都养不熟。男人觉得气闷。自己这些日子以来在阮萌萌身上花费的心思仿佛全都喂了狗。他精心培育她，照顾她，呵护她……就连对几个弟弟都不曾这样有耐心，到头来居然抵不过她爸爸的一个回头。

厉家大少爷的骄傲不允许他开口挽留，哪怕扣在车门扶手上骨节修长的手指关节早已泛白。

“算了，不需要对我交代。这是你的家事，本就与我无关。”不愿纡尊降贵让她留下，厉君御冷着嗓音，在少女回应之前做出判决。

“那些股份虽说不值什么钱，但也是你的东西。你朋友说得对，不能便宜别人。”他替她做了主，没有任何的不舍和挽留。

阮萌萌怔怔地看着他，好半晌才找回自己的声音：“嗯……大哥说得有道理，我知道了。”她说完，才惊觉自己的声音竟有气无力。

不想让他看笑话，阮萌萌连忙勾起一抹笑，眸光闪闪地补充：“我刚才就是想说我决定回去，也不用挑日子了，干脆就今天好了。”

阮萌萌后退一步，扯住慕景行的衣袖：“慕纨绔，我今天坐你家的车。”

说完，她转头看向厉君御：“大哥，我们今天就暂时不过去补习了。慕景行家就在我家隔壁，我们今天去他家上课。我周末再回去看妈妈，那我先走了，拜拜……”说完，不等厉君御回答，她抓起慕景行的手快步跑开。

看到少女越跑越远的背影，那葱白的小手紧紧抓着另一个少年的手，厉君御第一次记住了小奶猫身边少年的名字。慕景行……不只话多，还是青梅竹马的邻居，还能亲密地牵住小奶猫的手。厉君御如墨的瞳仁里寒气凛凛，难抑薄怒。

阮萌萌生着闷气，也不顾面子，上了车就给她爸打电话。

“什么，你说真的？好好好……乖女儿你等着，爸爸这就去接你。”阮家别墅里，阮兆天正在客厅里坐着，无精打采、唉声叹气。然而只是接到阮萌萌一个电话，他脸上的疲态就一扫而空。

“哦，不用啊……你在小慕家玩？行行行，那你先过去玩，好好玩啊，爸爸让张嫂、李嫂做你最爱吃的菜，做好了给你送过去。你在外面住久了，很久没吃家里的菜了，爸爸怕你嘴馋。”两人又说了几句，好久没跟女儿这么心平气和地说话了，阮兆天红光满面，哪里还看得出刚才的颓意。挂上电话，他嘴角还带着笑。

“兆天，是谁啊？萌萌的电话吗……萌萌她要回来了？”秦芳差几天就满月了。她听到阮兆天接电话，立刻坐到他身边，挽住他的胳膊。

“是萌萌。”阮兆天看了一眼秦芳，念在她刚生了孩子的分上，本来不想说重话，但考虑他宝贝女儿终于肯回来了，怕秦芳坏事，又连忙叮嘱。

“之前是我想岔了，才想出让萌萌出去吃苦头的笨法子。还是爸说得对，现在的孩子年纪小，都是被宠大的，谁没点儿脾气，没个叛逆期。越是叛逆，我们就越要给孩子爱……”

“秦芳，我丑话先跟你说在前头，萌萌始终是我女儿，不管她是不是故意推你下楼，这件事已经过去了，你和小宇都没事，就不许再追究。”

“兆天，不用你说，我也没放在心上。孩子嘛，就像你说的，谁没个脾气……你向来宠她，突然多了个弟弟，她怕被弟弟抢了你的关心，闹脾气也是正常反应。至于她推我下楼的事……唉，过都过去了，我难道还跟一个孩子计较。”秦芳一贯会说话，三言两语就打消了阮兆天的顾虑。

“对了，我去让张嫂给萌萌换床新被子……她回来住，得把房间再收拾下。”

“等等——”听秦芳提起收拾房间，阮兆天才突然想起另一件事，他指着秦芳，面露紧张，“你先别管这个，赶快……赶快让你妈把东西收拾一下，打包。”

秦芳傻眼了：“让我妈打包？”

“废话！”阮兆天急了，“你又不是不知道，萌萌不喜欢你妈啊！我也没想到那孩子今天就愿意回来，你赶快……赶快让你妈把客房东西收拾一下，先搬到你哥那儿去。”听到阮兆天的话，秦芳顿时觉得委屈。

因为阮萌萌闹完，阮兆天就不让她妈住阮诗诗的房间，只让她妈住客房了。现在，阮萌萌要回来，他居然要把她妈赶走！但她不敢表现出来，只能换个说法：“可是兆天，我妈走了，谁帮我看孩子……”

虽然他们请了保姆，但保姆哪有亲外婆细心。要不是因为这个，阮兆天之前也不会答应让秦老太太留下来。

“小宇都快满月了，有保姆，有张嫂、李嫂，还有你，够了……先让你妈搬走，赶快，别待会儿在门口碰上萌萌了，惹她生气。”

秦芳：“……”

她真是受够了，阮兆天一直都是这样，只要碰上阮萌萌就无脑地维护，她好不容易给他生了个儿子，以为他的心能回来点儿，结果才没过几天，他又恢复原形。阮兆天没空去管秦芳心里乐不乐意，见她愣在那儿不动，干脆自己上去，指挥用人收拾东西。

秦老太太这会儿正在婴儿房里看孩子，听到动静出来，话还没说清楚，就被阮兆天连人带行李塞上了车，打包送走。

一个人坐车回到厉园的暴君大人，浑身上下正充斥着生人勿近的冷戾。

“大少爷，这……这是今早会议的资料。”凌北推门而入，书房内低沉的气压让他浑身的汗毛都战栗起来。如芒在背，他几乎不敢抬头看向书桌后的男人。

“放下，出去。”厉君御眼皮子都没抬一下，微寒的语调让人胆战。

“是……”凌北不敢多留，放下文件就要退出去。

他刚转身，却被一个冷冰冰的嗓音叫住：“等等……”

凌北回头，目露征询。接着，他的表情从恭敬变成惊愕，最后满脸都是不敢置信。凌北不敢相信自己的耳朵。他听到了什么？！他家高高在上，几乎不沾凡尘的大少爷，竟然纡尊降贵地问他：“凌北，你知道怎么哄女孩子吗？”

凌北愣了好几秒，好不容易才从震惊中回神。

“这个……那个……其实吧，大少爷……这种事得看要哄的对象是谁。这老婆、女朋友、普通朋友，不同的身份，有不同的哄法。”凌北这是留了个心眼儿啊。

大少爷的感情生活可是厉家老爷子、老太太，还有老爷关心的重点。不过，显然大少爷要哄的不是老婆，女朋友应该也不可能，据他观察大少爷可没时间谈恋爱。凌北不由得皱起眉琢磨，这么说，那就只有普通朋友了？

厉君御墨眉紧蹙，眉间的沟比凌北还深。某个小奶猫挥之不去的身影一直在他脑海里乱窜。刚开口把她送走，还没回到厉园，在车上他就后悔了。

要不是强大的自制力，说不定半路上，他就会让司机把车开到阮家，把那个不听话又惹人心烦的丫头连人带书包绑回来。

“大少爷……你是想哄什么人？女朋友还是普通朋友？”凌北的声音打断了厉君御的思绪。

他抬眸，冷然的目光落在凌北充满探究的脸上，眸色微凉。凌北倒抽一口气，连忙撇开视线。

“普通朋友。”几秒后，他终于听到大少爷的回答。唉，搞了半天，果然是普通朋友，凌北顿时觉得没劲儿。

“要是普通朋友，都不用哄，您就冷落对方，等着她来找您就是。”

以他家大少爷的魅力，哪个女人不倒贴啊？那些商场上的合作伙伴、美女蛇，谁不想往大少爷床上爬。

厉君御听了凌北的话，沉默了几秒，才开口：“要是对方……没有动静呢？”

某只小奶猫能跟她爸冷战一个月，可想而知脾气得有多倔。他不去找她，万一她在阮家玩得乐不思蜀了，也不知道找他怎么办？

“那简单……谁还没个困难。只要给对方制造点儿麻烦，还是只有大少爷你能解决的麻烦，对方肯定会来找您，到时候还不得跟您说好话。”

凌北完全没往别的地方想。毕竟，厉君御清心寡欲了二十多年，从没见他对哪个异性上心。当然他家大小姐不算。凌北完全把这个问题当成了他家大少爷考验他随机应变能力的一道题目。

“好，我知道了。”厉君御点头，挥手，让凌北下去。

凌北刚要出门，却再次被男人叫住：“等等……刚才你说，如果是女朋友，又是另一种哄法？”

凌北：“嗯？”

厉君御看着他，眸色微变：“说说，女朋友又该怎么哄？”

凌北傻眼了。什么，大少爷有女朋友了？！

“大少爷，这要是对女朋友吧，就不能草率了……对了，是哪家女孩啊，我认不认识，怎么没见你带回来见老爷、老爷子、老太太？”

听说大少爷交女朋友了，凌北身体里潜藏的八卦因子就开始躁动。大新闻啊，天大的头条，他们家少爷居然也会春心萌动，也会谈恋爱！凌北心里激动、窃喜、振奋……反正，五味杂陈的情绪涌上心头，他甚至有种看着自家孩子长大、懂事的喜悦。要知道，自他五岁跟着大少爷，就没见过他家大少爷对哪个异性动过凡心啊！

“凌北，把你脑子里那些乱七八糟的想法消掉。”男人冰冷寒凉的嗓音浇灭了凌北无处发散的脑电波。

他这才怔怔地回神，抬眼对上男人深不见底的冷眸，顿时如履寒冰。

“大、大少爷……”凌北不敢造次，站得笔直，端端正正地看着厉君御。

男人颔首，冷眸微凉，冷厉的眼睛盯着凌北，良久之后他才缓缓开口：“说，女朋友该怎么哄……”

凌北：“……”亏他心惊胆战半天，原来大少爷在乎的还是这个问题。

凌北正要开口，男人却抢在他之前用生硬又寒凉的嗓音解释：“还有，这不是我女朋友，我只是替薄寒渊问的。”

“薄、薄少？”凌北微微一愣，突然觉得这消息比听到他家大少爷谈恋爱还要劲爆。

他家大少爷最多就是不喜欢女人。薄少可是出了名不喜欢女人，不喜欢男人，不不不……应该说薄少就不喜欢人。好像除了他家大少爷，他就没见过薄少搭理谁。

“咯、咯咯……大少爷，您的意思是薄少他谈恋爱，交女朋友了？”

厉君御墨眉微动，几秒后点头：“对，所以……告诉我，怎么哄女朋友。”

厉君御好像怕凌北误会，还特意说道：“薄寒渊那个人，连跟人交朋友都不会，更别说哄女孩子了。你也知道，我很担心他的终身大事。”

凌北要是在喝水，听到这句铁定得喷出来。大少爷，您自己的终身大事都是全家人的心头病，您还有空去担心别人。不过，就算是薄少，这忙他也得帮。薄少跟大少爷关系好，性情却比大少爷还要冷酷淡薄，能有一个喜欢的女孩子，总要替他看好了，凌北想了想，决定下一记重药。

“大少爷，女孩子嘛都是要哄的。要是薄少真和女朋友吵架了，唯一的办法就是主动认错，主动和好。不过……”凌北皱眉，“像薄少那样的性子，去主动说好话，好像又有点儿不现实……”

厉君御果断地点头：“对，让他主动说好话绝不可能。还有没有其他办法……”

“嗯……”凌北眉头拧得更紧，突然，他双眸一亮，“有！”

“我想到了……最好的办法就是爬床！大少爷，这夫妻就是床头打架床尾和。我和我女朋友每次吵完，她要是不理我，我就爬床！”

厉君御眸光微闪，脸色却不正常地微红。

凌北顾不上看厉君御的表情，想到大少爷没谈过恋爱，没经验，怕他不懂，又补充。

“大少爷你别担心薄少女朋友生气……我跟你讲，这法子保管有用。”

听完凌北的话，厉君御眸底的冷色终于退去，他似乎隐隐悟出了什么道理。

“兆天，你怎么能赶亲家母走？！你爸爸最近老毛病又犯了，我和你妹妹成天往医院跑，家里就只剩亲家母能让我放心……你……你赶快把亲家母接回来，我们小宇还那么小，没有亲外婆照看怎么行！”阮老太太刚从医院回来，就从秦芳嘴里听到阮兆天把秦老太太送走的消息。她顿时不乐意了，立刻找到儿子，跟他闹。

“妈，我不是都说了嘛，萌萌要回来了。她跟我闹别扭离家出走那么多天，好不容易回来，您能不能让她舒坦点儿？”

诗诗和萌萌原就因为秦老太太手脚不干净才讨厌她，更何况前阵子秦老太太还和萌萌发生了争执。说到这件事，阮兆天就觉得过不去心里那道坎。只要一想到那老太婆想用花瓶给他宝贝女儿开瓢，他就恨不得给她几脚。他能让秦芳她妈留下来看的全是小儿子和阮老太太的面子。

可惜阮兆天觉得自己已经退让了，偏偏阮老太太却不依不饶。阮老太太只觉得自己的乖孙子受了委屈……还没满月，照顾他的外婆就被阮萌萌那个死丫头赶走了。她拉着儿子又吵又闹，直闹得阮兆天头疼。

“妈……这件事真没商量！我不可能让她回来，要是她回来，就是逼萌萌走。要不这样，我可以给她补偿……秦芳她妈不是说想办六十大寿嘛，御棠，就御棠……只要御棠那边愿意接她的酒席，我们就把寿宴办在御棠！”

阮老太太眼珠子一转，觉得这事可行。御棠的席面一桌起码二十万，贵是贵了点儿，让她心疼，但这寿宴办下来，就等于间接给她的乖孙长脸，顺便还能气死阮萌萌那丫头。要是阮萌萌那丫头知道秦老太太的寿宴摆在御棠，说不定一气之下又要离家出走。到时候，她就可以把秦老太太找回来，照顾她的乖孙子。

“行，那就这样……顾铉那孩子不错，他家认识御棠的幕后老板，就让他去帮忙打听打听。”老太太话音刚落，门外就传来响动。

听到李嫂喊“二小姐好”，阮兆天立刻站起身：“萌萌，乖女儿……你终于回来了……”

看到阮兆天乐呵呵地主动走到玄关那儿迎阮萌萌，阮老太太露出一抹恨铁不成钢的神色。她这儿子明明对老婆没心没肺，偏偏是个女儿奴，而且还是只疼阮萌萌的女儿奴。

“爸爸。”阮萌萌看着阮兆天，一时有点儿尴尬。早上她刚拒绝了她爸爸，下午放学又赌气说要回来。偏偏她爸爸还跟没事人一样，只是高高兴兴地等着她。想到这儿，她眸光微乱，不敢直视阮兆天。

阮兆天这时候根本没心思去想早上被阮萌萌拒绝的事。他见阮萌萌背后背着书包，长发被秋风吹得微乱。在别人眼里，这分明是个漂亮又灵动的女孩子，偏偏落在阮兆天眼里，却觉得他女儿瘦了，头发乱了，衣服穿薄了，书包还背沉了。

“来，萌萌……快把书包放下，爸爸替你拿。”阮兆天没有表现出任何的生疏，就跟以前一样顺手接过阮萌萌书包。他也不让李嫂帮忙，自己背起来，牵着阮萌萌手就往她的卧室走。

“你的房间爸爸每天都让李嫂收拾得干干净净……刚才还特意给你换了一床新被套。”

阮兆天边走边叮嘱，刚带着阮萌萌进门，“爸爸，姐姐……”一个细软的声音突然传来。

阮萌萌顺着声音抬头，这才发现在他们进门之前，阮娇娇早已在房间里等着了。

“娇娇，你怎么在这儿？”阮兆天微微皱眉，眼底只有奇怪，倒没有多少厌恶。

阮娇娇这个女儿在阮兆天眼中，就是听话、懂事、温顺、不说假话……唯一让人诟病的地方，大概就是她抢了萌萌喜欢的男人。不过这一点落在阮兆天眼里，也不算什么大事。关于顾铉，他有不同的看法。

“爸爸，我听说姐姐回来了，就……就特意等在这儿，想跟她道歉。”阮娇娇左右手都缠着绷带，还拿绷带吊着，看上去病恹恹的。

要是其他人看了，会觉得这个女孩真是楚楚可怜，但落在阮萌萌眼里却觉得可笑。脱臼根本不需要绑成这样，她这弄得跟骨折了一样，分明就是故意做给人看的。阮兆天对阮娇娇身上的伤倒是见怪不怪。他家萌萌力气大，不小心把人磕着绊着了都是正常的。小时候她不会收力的时候，家里谁没缠过绷带，上过医院。对阮兆天来说，受伤就找医生治疗，压根就没觉得阮娇娇这样是阮萌萌的错。

“哦，你要道歉那就道吧……快点儿，爸爸还有事要跟你姐姐说。”阮兆天毫不在意地侧身让开，让阮娇娇可以直面阮萌萌。

阮娇娇瞳孔猛然紧缩。她爸……还真是偏心！她缠着绷带，故意等在这儿，就是想让阮兆天看见了提一句让阮萌萌跟她道歉。在学校里发生的事，明明奶奶已经“添油加醋”地跟她爸爸说了，她爸居然没有任何表示，反而今天一大早就跑去学校，还把阮萌萌给劝回来了。

阮娇娇越想越气，藏在绷带里的手指狠狠扣紧，面上却不敢露出丝毫不满，她反而用内疚不安的神情看向阮萌萌：“姐姐……我知道我跟顾铉哥哥的事让你受到伤害了……对不起，我错了，我会好好弥补你。”

“是吗？”阮萌萌语调轻松，眼底却没有暖意，“那你说说，你想怎么弥补。”阮娇娇说的话，阮萌萌根本就不信。

阮娇娇一直这样，在家人面前装无害的小白花，特别是在她爸面前，从来都是无辜可怜的。

“我想把顾铉哥哥让给你……”阮娇娇毫不犹豫地表示自己的决心。

“让给我？”阮萌萌笑了，唇角微扬，“你用过的东西，凭什么以为我还会要？”

“姐姐，你别这么说，你对顾铉哥哥的感情我们都知道。你们是青梅竹马的一对，我知道，你现在虽然交了男朋友，但那个男人哪有顾铉哥哥好，而且，我跟顾铉哥哥都知道，你跟现在的男朋友在一起都是为了气他。你这么做，只是因为你太喜欢顾铉哥哥而已。”

“我太喜欢他？”阮萌萌听到这话，真是哭笑不得。

阮娇娇和顾铉哪来这么大脸。

虽然厉君御那个暴君可恶，但他如果真是她男朋友的话，不管哪方面都比顾铉强吧。

“姐姐，你心里明白就好，不用说出来，我们都懂的……现在好了，你回来了，就赶快跟外面那个男人分手吧。我和爸爸都很担心你遇人不淑，就是因为这样，爸爸才特意去学校找你……”

“娇娇，够了——”阮兆天忍不住喝止阮娇娇。

阮娇娇眸色一变，眼泪聚了起来：“爸、爸爸……怎么了？我是不是不小心说错话，不该让姐姐知道？”

“你……”阮兆天眼底闪过急色，他连忙转头看向阮萌萌。

他怕阮萌萌多想，以为他叫她回来，就是为了拆散他们。虽然阮兆天舍不得女儿跟那种不靠谱的男人在一起，但他更害怕女儿因此讨厌他，误会他。他正要解释，手臂却突然被阮萌萌挽住。啾——女儿的脸贴过来，她在他的脸上亲了一口。

“爸爸，原来你这么关心我啊……谢谢你……我现在才知道，你对我真好。”

“萌、萌萌……”阮兆天眼神发亮，唇角带笑，就连眼角细微的皱纹好像都在这一瞬间被抚平。

他女儿亲他了……亲他了……还是主动亲他的……一时间阮兆天竟有些不敢相信。自从秦芳怀了孩子后，三天两头都是这不好那不好，他公司忙，又要照顾秦芳，以至忽视了女儿。萌萌都好长时间没跟他这么亲近了。

“爸爸，阮娇娇说的话我都听懂了。多亏了她，我才知道你对我有多关心……”阮萌萌边说边看向阮娇娇，见她气得脸色发青，偏偏还要保持微笑的样子，心里特别爽。

“萌萌……”阮兆天感动。

他家萌萌真是长大了，懂事了。看到女儿这样，他心里的担忧终于放下。他认为现在是把自己内心真实想法告诉女儿的好时机。

“娇娇，你先出去吧……爸爸有事要单独跟你姐姐谈。”

“单独”两个字是那样刺耳，这就是摆明了不让阮娇娇听。

阮娇娇不明白了，她明明是要挑拨的，为什么会变成这样！

“爸爸……”阮娇娇嗓音微哑，泪光闪闪，她怯生生地看向阮兆天。

那双可怜兮兮的眼里藏着委屈，就好似她爸要是现在让她出去，就是把她当外人看了。可惜，阮兆天说完那句话，眼神就直勾勾地落在他家宝贝萌萌脸上，他压根就没空看阮娇娇。阮娇娇饮恨，但也只能不情不愿地走出房间。

等阮娇娇一走，阮兆天立刻牵起阮萌萌的手：“萌萌，听爸爸说……娇娇就算真跟顾铉分手了，你也不能要。这不是接不接盘的问题，这是原则问题！顾铉花花肠子太多，像这种花心对感情不坚定的男人，一定不能嫁！”

阮兆天说得认真，语气沉稳又严肃，看起来并非说笑。可听到他的话，阮萌萌却突然觉得很想发笑。她……她爸要跟她说的居然是这个？他自己就是个花心大萝卜，偏偏现在却还要教育她，告诉她花心的男人不能嫁。这真是怎么听怎么搞笑。

“萌萌，你……你难道还喜欢顾铉？唉，你这孩子……爸爸就是知道你一直喜欢他，知道你脾气倔，所以以前才不敢劝。”就因为这样，阮兆天在发现顾铉跟自己小女儿勾勾搭搭的时候，不但没戳破，还故意任其发展，好让萌萌避开渣男。

阮兆天年轻的时候好歹也是“花花公子”，顾铉那小子是什么角色，他用一只眼睛就能看透。可惜，阮萌萌偏偏喜欢那小子，觉得他俊、有能力、好看……好看顶什么用。男人不专情，以后只会对老婆不好，看他就知道了。他才舍不得让他家萌萌嫁过去，受这种罪。

“爸爸，你真的多虑了……我不喜欢顾铉了，一点儿也不喜欢。”她以前是看不清顾铉的真面目，就记得小时候，妈妈刚走的时候，顾铉对自己的好，但现在她什么都看清了。

“那……那就算没有顾铉，你在外面那个男朋友也不好。”阮兆天想起秦芳出事那天，阮萌萌前一晚没回家，结果回到家满脖子都是吻痕的事。他自然而然就把那天的事，全算在阮萌萌现在同居的男友身上。

“萌萌，你听爸爸说……你爷爷改遗嘱的事爸爸都知道了。我跟你爷爷也是一个想法，你乖，早点儿找个人嫁了，我们才能放心。是这样的，爸爸给你物色了一个对象，绝对比顾铉好，也比你那个什么男朋友好。下个星期，你们找时间见个面……”阮兆天话还没说完，门外突然传来阮老太太敲门的声音。

“兆天，你快出来……御棠那边回话了，已经同意下周日让亲家母在那边摆寿宴。正好六十桌，讨个彩头！”

御棠、亲家母、寿宴、六十桌？阮萌萌眸色一变，这是要给秦芳她妈摆寿宴呢！

可是御棠……

少女白净的小脸上突然掠过一抹薄怒。厉君御……他竟然同意秦芳她妈在御棠摆寿宴！

厉园，书房内。

凌北站在厉君御身侧，忐忑地道：“大少爷，您怎么就答应三夫人在御棠给那个老太太摆寿宴？这虽是三夫人说情，但您这样做，要是大小姐知道了，她会生气的。”

就在刚才，厉君御的三婶，也就是厉家三夫人专程打电话过来，说是替娘家的晚辈问问，下个周末能不能在御棠摆几十桌酒席，为上次在御棠打碎花瓶的那个老太太过六十大寿。

凌北一听就觉得他家大少爷是铁定要拒绝的。那老太婆欺负大小姐不说，还差点儿用花瓶砸大小姐的头。上次要不是三夫人求情，大少爷又让那老太太吃过苦头，也不会把老太太放了。可就在凌北笃定之际，他家大少爷却突兀地答应了三夫人的要求，还慷慨大方地表示能拨六十桌的席面出来，费用减半。凌北一脸担忧。

而厉君御坐在书桌后面，眸色冷冷淡淡的，看不出喜怒。

“出去……”他瞥了凌北一眼。

“大少爷……”凌北还想再劝。

“我说，出去——”比刚才更显强硬的语气，寒气凛凛，凌北听出这是厉君御动怒的前兆。

他知道自己逾越了，不该替大少爷拿主意，可他真的担心啊……

大少爷这么乱搞，要是惹恼了大小姐，两人之间有了矛盾，到时候为难的还是老爷和夫人。可惜凌北永远不懂，他家大少爷会这么乱来，全是因为他出的馊主意。

凌北刚走，厉君御不动声色地拿起放在桌上的手机，修长的手指握着冰凉的金属外壳，墨色的冷瞳一动不动地盯着手机屏幕。也不知他这个动作维持了多久，漆黑的屏幕突然闪了闪。

“养不熟的小奶猫”……手机屏幕上赫然出现了这七个字。

男人紧抿的唇线不同于之前的冰冷，在自己都未察觉之下勾起弧度。

“喂。”他接起电话，嗓音却一如既往地冰冷淡漠。

电话那头，属于少女的娇软的嗓音传来：“厉君御，为什么准许阮娇娇的外婆在御棠摆寿宴？”

没有男人意料中的主动求和，没有他意料中的主动示好、撒娇恳求，不叫他“亲爱的”也就算了，她现在甚至连“大哥”都不叫了，还敢直呼全名。厉君御墨眉微蹙，二十多年没有跟女孩子这样相处过的男人永远不懂，为什么他用了凌北教的方法，让小奶猫主动找来，但剧本却和凌北说的不一样。

“厉君御，你回答我啊……为什么要答应他们？你明明知道，知道我跟她们的关系……”

她一直以为厉君御是站在自己这边的。可是，当阮老太太欣喜地说出御棠的主人也同意，并且还主动提出优惠时，她真的觉得心脏一抽一抽地疼。她把自己反锁在卧室内，气急败坏地打给厉君御。胸腔里满是愤怒和不平的情绪，就连她自己也分不清是气她爸给秦老太太摆寿宴多一些，还是气厉君御答应在御棠办寿宴多一些。

“这是惩罚。”良久之后，男人冷冰冰的嗓音终于从电话那头传来。

想到今天在校门口，阮萌萌亲密无间地牵起慕景行跑开的情景，电话这头的厉君御唇角的寒凛更深。

“惩罚……”阮萌萌倒吸一口气，感到深深的委屈，“我究竟又有哪里做得不好……为什么你总是想着惩罚我。惩罚惩罚……打我屁股、亲我就算了，现在还要给阮娇娇她外婆长脸！厉君御，我讨厌你，我最讨厌你了！”说完，少女决然地挂断电话。

当晚，凌北突然收到一纸调令。他被他家大少爷连夜打包发配到非洲的某个国家，监督厉盛集团在此国投资赞助的基建铺设工程。基本上短则一年长则三年，他是不用再回 S 国了。与此同时，远在欧洲的老二凌东、华国的老三凌南、M 国的凌西收到了大少爷召唤，动身回国。

气得牙痒痒的阮萌萌决定再也不理厉君御。虽然理智告诉她，她应该平静下来，毕竟她还需要厉君御的吻维持考试成绩，可是她真的做不到。那个可恶的暴君平时欺负自己就算了，他居然还答应给秦老太太摆寿宴！他难道不知道这样做等于在打她的脸吗？别以为这只是一场寿宴，没什么，这对阮萌萌来说，是绝对不允许被触碰的底线。

秦芳取代陈晴之嫁入阮家已久，但因为阮兆天顾及女儿的想法，一直没有正式对外承认过秦芳的身份。当年秦芳嫁进阮家，是没有摆酒的。圈子里的人虽然知道秦芳是阮太太，但因为这点，秦芳便显得名不正言不顺。可现在给秦老太太过六十大寿，就等于告诉她爸生意场上的朋友，这是阮家承认秦芳的身份了。

虽然阮萌萌明白，秦芳生了儿子，这一天总会来的，但……让她接受阮明宇可以，让她接受秦老太太却是万万不可能的。

“萌萌，你听话，别跟爸爸生气了……爸爸知道你不喜欢秦芳她妈，但这件事是你奶奶的主意，爸爸当时就是为了为难她们，才特意说寿宴摆在御棠。我还以为，御棠那种地方是绝不会接这种普通人的宴席，谁知道御棠的老板居然答应了……”阮兆天为了不让女儿生气，各种解释，一不留神却把某人给坑惨了。

“要我说，都怪御棠的老板！平时在那边订个包房都要走好几层关系，谁晓得这次抽什么风，答应了不说，居然还有优惠。”

阮兆天说话间，阮萌萌的手机闪了好几下。她低头瞥了一眼手机屏幕，看到“暴君”两个字，立刻将手机关机。

“萌萌，怎么了……男朋友电话？是不是跟男朋友吵架了？”阮兆天早就注意到女儿的异常，小心地问道。

他见阮萌萌没回话，连忙趁热打铁：“要爸爸说，这种男人不要也罢。女孩子都不会哄，还惹我宝贝女儿生气。乖女儿，你考虑下，下个星期找个时间跟爸爸说的那个相亲对象见见面？”

他阮兆天亲自找的人，绝对比那些不着调的小年轻好。

阮萌萌听到阮兆天的话，第一反应就是，她要是答应了她爸的提议，厉君御肯定要生气的。但她突然意识到，自己为什么还要顾及厉君御会不会生气。反正，她做什么都是错，她做什么都要受到惩罚。那好啊，那就让她光明正大地犯错，让她惹他厌好了！也不知是不是逆反心理作祟，阮萌萌赌气地道：“好，那就下周六。爸，我也要在御棠吃饭，你给我订周六在御棠的包房，只要能订到，我就去相亲！”

阮萌萌在阮家睡了一天起来。她一大早翻书，发现自己晕算的老毛病又犯了。不过目前的影响还不大，她给问题儿童七人组补课暂时不需要用数学，所以每天放学后的补习依旧有条不紊地进行。就是补课地点，从御耀科技换成了慕景行家。

“喂，棉花糖……你是不是又跟我哥吵架了？”

课间，被下课铃响吵醒的厉君澈，将下巴搁在双臂间，抬眸看向阮萌萌。在他身边是坐得笔挺，正在认认真真准备补习资料的阮萌萌。

听到厉君澈的问题，少女侧眸，莹白的小脸上满是倔意。她压低嗓音，用只有两人能听到的音量凶巴巴地说：“厉君澈，我提醒你两件事。第一，我不是棉花糖！第二，我没跟你哥吵架，更没有‘又’吵架！”

吵架，呵呵……吵架那是见面能吵起来，吵个热火朝天，她跟厉君御怎么能算吵架呢？自从那天她挂了电话关机之后，厉君御就再没找过她，别说是一个电话，就连一条短信也没有……

阮萌萌郁闷，心里既希望他能主动找自己，哄哄自己，甚至告诉她都是误会，他不会允许阮娇娇的外婆在御棠办寿宴，但同时她又在心里告诉自己，不准再对厉君御抱有幻想。他就跟商场上的传言一样是个冷心冷情、没有人情味的暴君！

“没吵就没吵……”美少年被阮萌萌凶巴巴地吼了一通，觉得委屈，真是的，好心问一句还凶他，就跟他哥一样。

厉君澈背对阮萌萌嘀咕：“两个人都跟吃了炸药桶一样，有必要吗……”

阮萌萌见美少年将脸转过去露出略显无辜的背影，忽然觉得自己好像迁怒了厉君澈。她有些过意不去，轻轻扯住厉君澈的衣角，正想说两句好话，门口忽然传来一阵骚动。

“哇，居然是御棠的请柬……娇娇，这是大手笔啊……”

“是啊，御棠向来不轻易对外开放宴会厅。听说能在那边摆宴席的人，都是极有背景的。娇娇，你外婆是不是什么大人物啊，居然可以在御棠摆寿宴，好有面子啊！”阮娇娇边笑，边将请帖分给同学。

“哪有那么夸张，都是我爸爸妈妈安排的，我也不懂。对了，我爸妈还特意留了三桌给我的朋友，就这周日，你们要来哦。”

“放心吧，我们肯定去……我听说御棠的宴会厅特别豪华，真想看看到底有多漂亮！”

阮娇娇和其他人谈笑的声音传来。阮娇娇被一众恭维她的人拥在中央，神采飞扬。她还特意对着阮萌萌这边露出得意扬扬的笑。

阮萌萌接收到阮娇娇挑衅的眼神，蹙眉，松开厉君澈的衣角。因为厉君御，她也不想理厉君澈了。都怪厉君御那个坏蛋！要不是他，阮娇娇怎么可能那么得意！

“御棠？”美少年听到阮娇娇和旁人的对话，不由得转过头来，眯起了眼睛。

他觉得奇怪，棉花糖摆明了跟阮娇娇关系恶劣，大哥为什么还要让阮娇娇的外婆在御棠摆寿宴？难道是脑子坏掉了？他忍不住问：“棉花糖，阮娇娇外婆真要在御棠摆寿宴？”

厉君澈本是因为好奇，才这么一问，谁知话刚出口，就戳到了阮萌萌的痛处。她就跟奓毛的小猫一样，顿时竖起全身的毛：“有什么了不起。你以为在御棠摆寿宴很厉害吗？我还要在御棠相亲呢！”

“相……亲？”厉君澈蒙了，条件反射地问，“你是我大嫂，怎么能跑去相亲？”

“有什么不可能，我又不是你真大嫂！”阮萌萌气鼓鼓地回瞪他，“反正我明天就去相亲，等我找到合适的结婚对象，就再也不用被你哥管教！他想给谁祝寿就给谁祝，不关我的事！”说完，阮萌萌就起身快步跑出了教室。留下厉君澈一人，半天回不过神。相亲……御棠……明天？！

第二天，周六，秋高气爽。

“妈，我带萌萌出去一趟，中午不在家吃。”阮家客厅里，阮兆天正要离开，正好碰上阮老太太。

“你要带她去哪儿啊？刚回来就不安生，整天往外跑。”阮老太太不高兴，盯着等在大门口的阮萌萌嘟囔。

“不去哪儿……明天要在御棠摆宴席，我带萌萌过去看看会场，试试菜。今天秦家的亲戚过来，你们忙你们的，娇娇……照顾好你奶奶和外婆，我先走了。”阮兆天交代两句就走，阮老太太只能不情愿地看着儿子带着阮萌萌出门。

“哼，娇娇……你爸爸也太偏心了。以为自己那点儿事我不知道……我是他妈，他能瞒过我吗。我早就听人说了，他最近跟城北建设的张总走得近。昨天他还在跟张总打电话，约了中午在御棠见面，他带那死丫头去，八成是想相亲！”

城北建设虽然家业上跟阮家不相上下，但人家是做实业的，资金雄厚，关系广。最重要的是，那个张老板就是城北建设的董事长，不像顾铉，虽然顾家家世好，但顾铉只是晚辈，根本没有决策权，做不了主。

“娇娇……你爸爸偏心成这样，给那个死丫头介绍这么好的对象，你可不能再傻得说要把顾铉让出去了。你听奶奶话，千万别做傻事！”

阮娇娇低着头，没表态，看上去就是既纠结又为难的样子，实际上心里却是窃喜的。城北建设的张总又怎么样，只要她把阮萌萌相亲的消息散播出去，那个姓越的男人一定会跟阮萌萌闹翻。就算这招不行，她还在顾铉那里留了后手，总之……她要阮萌萌跟姓越的男朋友分手。到时候，她再找机会接近那个男人，说不定笑到最后的就会是她阮娇娇。

车上，阮萌萌扯了扯身上珍珠白的修身连衣裙和浅粉色外套，很是无奈地看着她爸。

“爸……不是说就随便见一面吃顿饭，也不一定要交往嘛。既然这样，干吗让我穿这么正式，我平时又不穿这种淑女的长裙子。”

“穿这身好看啊……女儿你不懂，男人啊就喜欢女孩子穿这样，柔柔弱弱的，看起来有保护欲。”

乌黑的长发披散在肩头，一身淑女着装的阮萌萌看上去比平时少了几分可爱，多了几分柔弱，完全就是直男杀手。

“还有，你要相信爸爸，张总可是万中无一的结婚对象。他年轻有为有事业，父母又早亡，没有其他兄弟姐妹，家里也没有乱七八糟的亲戚。你要是嫁过去，不用伺候公婆，不用处理妯娌关系，绝对是去享福的。”

“爸，你……”阮萌萌真是被她爸气笑了。

他这口气就跟外面那些三姑六婆一样。

“乖女儿你放心，爸爸总不会坑你。这可是爸爸特意考察的女婿人选，保管比你那个男朋友好。”

她爸不提所谓的“男朋友”还好，一提阮萌萌心底就来气。她也不跟她爸争了，反正相亲就相亲，要是对方真好那她就嫁，省得对着厉君御心烦！

说话间，他们到了御棠。门口的经理还是上次那个，一看到阮萌萌，就立刻迎了上来：“小姐，你……”

“我们订了包房，观海轩。”经理话音未落，就被阮兆天打断。

经理脸上流露出一抹难色，但碍于阮兆天在场，有的话没法明说，他只能带着两人往预订的包房走去。

观海轩——临湖的包房，一百八十度环绕湖景，还有一整个墙面的宏大观景鱼缸，里面养着各式各样珍贵的热带鱼，透过鱼缸外壁，能将五光十色的海底世界尽收眼底。

他们进门的时候，里面已经有人。

“张总，让你久等了……”阮兆天在前面打招呼。阮萌萌跟在她爸身后，终于见到那位相亲对象的真容。

阮兆天口中的张总全名张曜光，名字不错，却长了张非常老气又显忠厚的国字脸，发型是最普通的三七分，脸上架了副黑框眼镜。整个人看上去带点儿土气。不过他精神很好，看得出是非常有干劲儿的实干家。

张曜光看到阮家父女进来，立刻起身，态度很积极，站起来的时候看上去身材高挺，应该有一米八左右。他看到跟在阮父身后的阮萌萌，那张略显老气的国字脸上漆黑的眼珠子不自觉地亮了一下，很是满意：“阮总，我也刚到。来，快坐快坐。”

三人入座，张总叫来侍应生点菜，阮萌萌坐在那儿却觉得浑身不自在。她总觉得芒刺在背，仿佛有谁正在暗中监视她一般。阮萌萌回头，环顾四周。两面是湖景，一面是墙壁，一面是观景鱼缸……奇怪，没人啊，为什么她会有这种莫名其妙的感觉。

“萌萌，你在看什么？”阮兆天怕女儿失礼，轻轻扯了扯她的衣角。

“没什么……”阮萌萌摇头，强迫自己压下心里的纳闷。

她抬起晶亮的眸子，看了一眼正在吩咐侍应生点菜的张总，忍不住问她爸：“爸，这位张总究竟多少岁了？”

她是颜控，但就算现在她不在意外貌，也在意年龄的。张总看上去起码三十出头了，她不能接受十岁以上的年龄差。

“不大不大，今年刚二十九，他年尾的生日，比你大不了十岁。”

大不了十岁那也是八岁半啊，阮萌萌不干了，大这么多怎么相亲！

“萌萌，听话……男人年纪大才知道疼人，你放心，爸爸不会坑你。”

阮萌萌还想说两句，那边张曜光已经点好了菜。她没辙，只能收起话头。

“阮总，我刚拿主意点了几道这里的招牌菜。你看看，还有什么要加的？”

“不用了……你拿主意就好，我们随意。”

张曜光听了，也不再问阮萌萌的意见，又添了几个菜，就让侍应生上菜。等侍应生出去，他才笑着说："你们放心，御棠我常来，我跟他们的老板是朋友，关系很熟，我点的菜应该能合你们胃口。"

"御棠的老板出了名地低调神秘，能跟他做朋友，看来张总的人脉真是了得。"

阮兆天全程夸赞，听得阮萌萌很尴尬。她爸要是知道，御棠的老板就是他口中那个不靠谱的"男朋友"，不知道她爸还会不会这样说。不过，阮萌萌对这个张总倒是有点儿新的认识。她刚才只觉得他看起来老了点儿，现在怎么觉得这人还挺自大的。而且似乎从头到尾他只问过她爸的意见，压根没问她，这是完全无视她吗？

她正这样想着，却发现张总的目光落到自己脸上，而且隐隐约约中还能从他黑漆漆的眼珠子里看出浓厚的兴趣和满意。

阮萌萌不太喜欢这种赤裸裸的、毫不掩饰的目光。她正想低头避开，突然感觉一抹更加强烈的，如有实质的锐利眼神，从不知名的某处射向自己身后，寒凉的威胁感遍布全身。如果眼神能杀人，她想她大概已经死了好几次。

"看我，都忘了介绍。张总，这是我女儿萌萌。今年二十了，在智学高级学院念三年级，品学兼优，刚刚考了他们年级第一名。"阮兆天说起女儿，那是满脸的自豪和骄傲，特别是他女儿成绩莫名其妙变好，更是让他脸上有光。以前他只能说女儿漂亮可爱机灵，现在还能加上一条学习好。

谁知原本对阮萌萌很满意的张曜光，听到阮兆天的话，却突然皱起眉："令千金成绩很好，现在却在念三年级？"

阮兆天一听，就暗道糟糕，这是在质疑萌萌的成绩了。毕竟二十岁还在高级学院念三年级，一听就是留过级的。他连忙解释："张总你别误会，萌萌成绩是很好的……现在还在念三年级是因为小时候我疼她，让她上学晚了一年。"

阮兆天不敢说实话，以为这样会让张曜光满意。谁知，张曜光眉头却皱得更紧："阮总，你大概误会我的意思了。我在意的不是令千金的成绩，我在意的是她能不能给我生孩子。"

“生、生孩子？！”阮兆天惊呆了。

但他没发现，张曜光话出口的瞬间，坐在一旁的阮萌萌整张小脸一下变得惨白。

没人发现阮萌萌的忐忑不安。当张曜光说出“生孩子”三个字时，阮萌萌能清晰地感觉到，那抹寒凉的视线，落在自己脆弱的脖颈间，带来的威胁。她觉得自己就像是掉入陷阱的幼兽，随时都有被凶狠猛兽撕吞入腹的危险。而那个在暗地里虎视眈眈，用冰冷又寒凉的视线警告她的猛兽，她已经猜出是谁。能在御棠暗地里监视她的人唯有一个。可惜她暗中观察半天，也没找到摄像头的位置。

那边张曜光还在继续：“对，生孩子……阮总你也知道，我们家就我一个，还是三代单传。我结婚的目的很简单，就是娶妻生子、传宗接代。当然，如果令千金做了我张曜光的妻子，我保证会让她锦衣玉食、安乐无忧。”说到这儿，张曜光用满意的眼神将阮萌萌从上到下打量一遍。

“刚才令千金进来，我也看过了，虽然是前凸后翘的身材，但屁股小了点儿，不一定能生儿子。不过她胜在长得漂亮，生的孩子基因应该不错，要是第一胎是女儿，我们再接再厉就是。”

张曜光话音刚落，阮萌萌那种如芒刺在背的感觉就更严重了。阮萌萌压力极大，觉得肩头仿佛有千斤重的大山正沉沉地压下来。

偏偏，张曜光还在继续：“不过，我很在意令千金的学习问题。她成绩第一，意思是将来还要继续深造吗？可是我需要的是不读大学，安安心心待在家给我生孩子的女人。我丑话要说在前头，哪怕是先生了孩子再去读书，我也不会同意。我的孩子必须得由孩子妈妈全心全意地照顾长大……”

咚——张曜光话音刚落，阮萌萌终于忍不住腾一下站了起来。

“萌、萌萌……”阮兆天连忙紧张地看向女儿。他知道阮萌萌的脾气，生怕她听到这话，一时气不过要掀桌子。

谁知阮萌萌只是低着头，说：“那个……你们慢慢聊，我去趟洗手间。”说完，她头也不回地跑出了包房。

包房外，经理看到阮萌萌出来，连忙迎上去：“小姐……”

“说，你们大少爷呢？他在哪儿，让他出来！”她知道厉君御在这儿，躲在暗地里是什么意思。

她相亲，他就躲在背后看笑话，还用那种恶狠狠的眼神看着她，故意想让她出丑是吧！

“小姐，大少爷……”经理话没说完，观海轩隔壁包房的门突然从里打开了。一只长手伸了出来，一把将那只不听话乱叫的小奶猫扯了进去。

第十一章

原来在他不知道的时候，她曾经历了那样的伤痛

砰的一声，厚重的包房门被重重关上。

男人一只大掌扣在阮萌萌的腰际，一只手卡在喉咙处，毫不犹豫地将她整个人摁在门板上。高大伟岸的身躯前倾，紧跟着压了上去，极富侵略的男性气息瞬间笼罩过来，几乎将阮萌萌娇小的身躯完全罩住，不留一丝缝隙。

阮萌萌被突如其来的威压吓得大气都不敢出，也不知是不是心虚的缘故，她故意错开男人锐意而锋利的视线，不去看他。谁知她刚一撇头，却发现包房右侧的墙面竟是一整块玻璃，透过玻璃正好可以看见水里游来游去的鱼儿，更能透过水箱清清楚楚地看到隔壁包房的情况。而隔壁包房里相谈甚欢的两人，不就是她爸和那个姓张的直男嘛！

阮萌萌心尖一颤，她顿时抬眸："厉君御，真的是你……你在监视我？！"

怪不得她坐在那间包房里，全程后背发凉，头皮发麻。原来厉君御就是透过这个热带鱼缸监视她的。不用问都知道，那鱼缸后面的玻璃肯定有

问题，就跟电视里那种这边能看到那边，但那边却看不到这边的材质一样！

男人听到少女的话笑了，削薄的唇抿起冰冷的弧度，沉黑的凤眸里压抑着戾气：“怎么，有胆子相亲还怕我看？”

厉君御卡在她脖子上的大掌往上，掐住她的小下巴，一把抬了起来。这个动作让阮萌萌避无可避，水灵灵的杏眸眨了眨，只能被迫地与他对视。男人冷峻禁欲的五官没有任何表情。他低头，寒眸微眯，带着几分倨傲：“阮萌萌，听说……你还要给别人生孩子？”

“你、你果然在偷听……”阮萌萌故意岔开话题，心脏却猛然抽了一下。

厉君御却不吃这套，目光沉沉，他冷冰冰地质问：“说，你是不是要给别人生孩子，嗯？”

男人的问题让她本能地想否认，但想到厉君御让出御棠给阮娇娇外婆祝寿的事，她又觉得心有不甘。

她凭什么㞞，凭什么怕他？！

阮萌萌索性不解释了，反而梗着脖子说：“是啊，我是在相亲，我是来见相亲对象的……我爸对他超满意，要是谈得好，说不定就要把我嫁给他，给他做老婆，给他生孩子！”阮萌萌不怕死地瞪着厉君御，他都那么坏了，凭什么还要管她。她再也不要他管了！

“阮萌萌，你敢……”厉君御咬着牙，蹦出威胁，向来喜怒不形于色的俊脸透着冰冷的寒意。要不是良好的修养和自制力，他心里翻涌的怒火只怕早已爆发。

“有什么不敢的，我爸都同意……”

“我不同意。”不等她说完，男人否决道，黑沉沉的冷眸冰凉得没有一丝温度。

阮萌萌微微一怔，对上男人夜色般深沉的目光，心跳不争气地漏了一拍。她不敢看他，别开眼，倔强地道：“你不同意有什么用，你又不是我的谁……”

厉君御身躯微动，手指将她的下巴扣转过来，逼迫阮萌萌的小脸摆正，而那伟岸挺拔的身躯，却将她的小身体压在门板上，贴得更紧。他看着她，一个字一个字地说：“听着，我是你大哥……关于你的所有事，我都有资格过问。”

阮萌萌无法动弹，小下巴还被他捏得牢牢的，她只能被迫直视他。她不愿屈服，盯着他漆黑的眸子，犟嘴道：“才不是！你不是我大哥，你跟我连八竿子打不着的血缘关系都没有。我不要你管，不要……我以后再也不叫你大哥，你只是厉君御，一个跟我没关系的人。你就是坏蛋，暴……嗯……”她话还没说完，那张叽叽喳喳扰人心烦的小嘴，就被男人俯身堵住。

强势又霸道的吻带着浓重的醋意。

只是，两人一个忙着躲避挣扎，一个顾着攻城略地，都未能从这个吻中探查到彼此的心意。

一吻结束，阮萌萌呼吸间全是厉君御身上淡雅好闻的味道。过了好久，阮萌萌才找到声音。她噘着嘴，哀怨地道：“你……你怎么又吻我……”

她边说，小手边抚上自己微肿的红唇。刚才吻她的厉君御好吓人，浑身上下透着冰冷的寒意，吻在她唇上的力道也大得吓人，就像要将她生生吞掉一样。

厉君御垂眸，盯着窝在自己怀里不敢抬头的人，墨色的瞳仁里冷戾早就一点儿一点儿退去。他轻轻摸着好不容易才乖顺下来的小奶猫的脑袋，声音低沉道：“我警告过你的，不听话就要受罚。刚才那个不是吻，只是惩罚……”话音落下，他拢在她腰际的长臂就收紧了些。

穿着珍珠白长裙、粉色小外套的阮萌萌，浑身上下透着一股娇软软的美态。他抱住了就不想松手，只想将她狠狠揉进怀里。

“我都说了，我们又没有血缘关系，你不是我的大哥……你管不了我，凭什么罚我？”阮萌萌看不到男人眼底的宠溺，还在认真地辩解。

虽然被他一吻就㞞了，但人㞞心不㞞啊！她就算暂时不敢抬头，但依旧硬着头皮跟他对抗。谁知，话音刚落，她就听到男人低沉清冷的嗓音从头顶传来：“对，我不是你的大哥，但我是你的男朋友，是你的未婚夫。你背着我跟别人相亲，阮萌萌……你说，我能不能罚你？”

厉君御的语气冷冰冰的，带着一股不易察觉的醋意。

“你……谁说你是我男朋友了？”少女不期然地抬眸，撞进一片幽冷的清泓中。

厉君御的墨瞳深不见底，看得她莫名心虚。

男人眯起眼，幽深的眸光落在那被他欺负得可怜兮兮的娇唇上。他颔首，垂眸，吐着冷气：“是，没人说我是她男朋友，也没人叫我‘亲爱的’，更没人拉着我见她爷爷、奶奶，见她家人。一切都是我闲得没事干，才会主动替她撑腰，替她摆平麻烦。”

他每说一句，少女的小脑袋就往下低一分。他说到最后，阮萌萌都心虚得不敢抬头了。她承认，最开始的时候，是她赌了一口气，故意在别人面前叫厉君御“亲爱的”，故意让顾铉、阮娇娇甚至是她爷爷和奶奶误会，才造就了之后的事。

“可、可是……那些都是假的啊。我们是假的男女朋友，也是假的未婚夫妻……你不能因为这种事就……就动不动吻我……”

“还要我说几次……那不是吻，那只是惩罚。”厉君御盯着埋得低低的小脑袋，眼底有些凉意。听到她一口一个“假的”，他只觉得刺耳至极。

他忍不住抬起少女粉扑扑的脸蛋，对着那双湿漉漉的杏眸，认真地道：“听着，阮萌萌……就算我们的关系是假的，你也不许在外面勾三搭四。你现在在外人眼里是我厉君御的女朋友、未婚妻，你这样做等同于给我戴……”

说到这儿，厉君御忽然顿住。无论如何，堂堂厉家大少爷也说不出“戴绿帽子”这四个字。

不过阮萌萌觉得她倒是懂了。她了然道：“我知道，你是厉家大少爷嘛……我顶着你女朋友的名号，就不能跟外人相亲，要不然就是打你的脸，给你戴绿帽子，对不对？”

厉君御：“……”这小奶猫真不可爱，非要将不好听的话挂在嘴边。

“可是，你不觉得这样很不公平吗？我的确是来相亲了，但我也是逼不得已的啊……你要是没有出轨在先，我怎么可能会答应我爸爸的相亲！”

“我……出轨？”厉君御脸上冰冻的寒霜一层层龟裂。他险些被小奶猫莫须有的质问气笑。他对其他女人向来不屑一顾，何来出轨一说。

“你还想不承认吗？”阮萌萌盯着他，皱着鼻子，漂亮的杏眸里都是埋怨，“你让阮娇娇外婆在御棠祝寿，不就是出轨吗？你明知道我跟阮娇娇的关系，明知道阮娇娇和她妈是怎么欺负我的，你还给她们做面子……你这样做跟出轨有什么两样？不，你这样做，比出轨更可恶！”

阮萌萌越说越气，越说越委屈，说到最后，两只小手抵在男人硬邦邦的胸膛上，就要将他推开。要是换了旁人，被阮萌萌这么一推，只怕会摔个四仰八叉，可惜厉君御不但没动，反而还将怀里的小奶猫圈得更紧。

“胡闹，这是什么出轨。”他冷声道。

“这怎么不是出轨了……这就是！”阮萌萌抬起头，直视他。

他对阮娇娇外婆好的事形同背叛，对阮萌萌来说是绝不能被原谅的事。她拼命用小手抵在他的胸口，不让他靠近。

“你就是出轨了，你站在她们那边，等同于背叛我……既然你都背叛我了，我为什么不能相亲？我现在就要过去，答应那个人，嫁给他，给他生孩子！”

阮萌萌的话让厉君御眸色一黯，他幽冷的眸底顿时布满风雨欲来的阴沉。他恨不得把这不听话的小奶猫打一顿，又把远在非洲的凌北骂了一顿。都怪凌北出的馊主意，竟让小奶猫对他产生这么大的误会。怪不得这个小东西大哥也不叫了，也不主动打电话找他，原来在她眼里，那些刺激她主动讨好的行为全部等同于出轨和背叛。

他强压下听到小奶猫要嫁给别人，给别人生孩子而引起的震怒，厉君御吐出一口气，用尽量克制的语气哄道：“傻瓜，她们算什么东西。你不喜欢的人，我又怎么会给她们长脸……”

厉君御并未多解释，等明天这小东西自然会知道他的安排，不过现在要紧的是把那碍眼的相亲对象赶走。厉君御瞥了一眼水族箱后聊得正起劲儿的阮兆天和张曜光，眸色微凛。

“你说什么，我不明白……”男人的双臂越收越紧，紧到阮萌萌没办法拉开他们之间的距离，她只能趴在他心口，嘟囔着问。

厉君御收回视线，低眸，哑声道：“我说……阮萌萌，你是我的女朋友，就算是假的，也不能嫁给别人。”

说完，不等阮萌萌回应，他就突然俯身将她整个人抱了起来。

“呀……厉君御，你……你放我下来，你带我去哪儿……”

隔壁观海轩包房内，阮兆天正跟张曜光相谈甚欢。

虽然张曜光有些大男子主义，但这些落在阮兆天眼里都不算大缺陷。至少他对婚姻和家庭专一，有责任心，而且婚后除了打拼事业，所有的心思都会放在妻儿身上。而且张家一脉单传，就他一个儿子。如果萌萌嫁过去能生男孩，将来在张家的地位就是不可动摇的。阮兆天是男人，还是个花心的男人，所以他深刻地知道男人的心是靠不住的，真正靠得住的唯有子嗣和经济地位。

“张总，你刚才说的那些都不是问题……不过我们之前说好的那件事……”

“阮总你放心，我张曜光对妻子绝对大方。嫁给我张曜光就是我的人，令千金只要愿意放弃学业，安心在家相夫教子，嫁过来后，我给她百分之五的张氏股份，每生一个儿子，就加百分之十，生得多，得得多。”

阮兆天一听，稍稍安心。感情是虚的，唯独股份是真的。哪怕他百年之后，只要萌萌手里有自己和她爷爷留下的股份，又有张氏的股份，在S市绝对没人欺负得了她。

“既然这样，那就说定了……等我的女儿回来，我们就……”话音未落，包房门突然被人从外推开。阮兆天的话被生生打断。

阮兆天以为是服务员没礼貌，皱着眉回头，谁知这一回头却把他吓得脸色大变，腾一下站了起来。

“你……你是谁！谁准你抱着萌萌，快把她放下！”

阮兆天快被眼前的一幕气炸了。他的宝贝女儿居然被一个陌生男人抱在怀里，粉扑扑的脸蛋上写满了羞恼。看到他，女儿漂亮的眸子闪了闪，好似想出声，却被男人反手扣住后脑勺，摁回怀里。

阮兆天最心疼的就是阮萌萌。别看他现在主动给阮萌萌找夫家，那全都是迫于无奈，他必须给阮萌萌安排好将来的后路，但实际上让他这个女儿奴亲眼看到他家萌萌被其他男人亲密地抱在怀里，对他的打击不亚于要他老命！

“越君御，萌萌的男朋友。”沉稳微凉的嗓音带着迷人的磁性，“打扰了，听说我女朋友在这儿相亲，所以特意来看看她的相亲对象。”

男人毫不在意阮兆天敌视的态度，抱着怀中的小奶猫，朝里走去。他有力的双臂牢牢地抱住阮萌萌，让她的小脸被迫贴在自己宽厚温热的胸膛上。那张总是叽叽喳喳说个不停的小嘴，因他的动作，根本没办法好好发声。厉君御绝不会让阮萌萌在这时候说出任何否定的话。

阮兆天看着朝自己走来的年轻人，高大伟岸的身形挺拔、优雅，浑身上下带着一股矜贵而禁欲的气息，不由得想起了阮老太太的话。老太太告诉他，他家萌萌在外交往的男朋友姓越，是个只会打游戏的年轻人。可他看这年轻人的样子，又不太像阮老太太说的那种不务正业，没有正经工作的小混混。

“你……你少胡说，谁是你女朋友……我可从没同意把萌萌交给你。”就算这小伙子看起来不像传闻中那样不靠谱，但阮兆天依旧对他没好感，“还有，快把我女儿放下来……既然知道她在相亲，搂搂抱抱的，成什么样子！”阮兆天说完，不耐烦地上去，想把女儿抢过来。谁知厉君御双臂一收，不但不放，反而把他的女儿往上托起，抱得更紧了。

“爸，不好意思，萌萌已经是我的女朋友，不能放。”

“你少乱攀关系，谁是你爸！”阮兆天震怒，萌萌可是他的宝贝，“谁说我家萌萌是你女朋友？萌萌是我女儿，我从没同意你们在一起……你这个小伙子怎么回事，快给我放手！”

阮兆天再次恼羞成怒地抢人，偏偏厉君御即使抱着阮萌萌，动作也比他灵活，厉君御稍稍侧身，就避开阮兆天的动作。几次都沾不到对方的身，还把早已经不怎么运动的阮兆天累得气喘吁吁。

阮萌萌听到她爸大口大口喘气的声音，很心疼。她只能窝在厉君御的怀里，发出嗯嗯嗯的声音，小手还使劲扯着他的衣领。

坏人，暴君！欺负她就算了，还欺负她爸。

“乖，不许胡闹……”男人当着阮兆天和张曜光的面，抬起小奶猫的下巴。

毫不在意这里还有别人，他低头咬住她的耳朵，用只有两人才听得到的声音安抚道：“你乖乖听话，我保证明天的寿宴让你看一场好戏。”

寿宴……好戏？！阮萌萌微微愣怔，水亮的眸子里闪过一抹犹疑。

厉君御趁着她愣怔的瞬间，抬眸看向已经傻眼的阮兆天：“爸，你不同意也没关系，因为爷爷早已同意我跟萌萌交往。”厉君御嗓音低冷，带着不容置疑的气势。

他比阮兆天年轻许多，但这一刻当两人面对面，厉君御却从气场上完全碾压了阮父。

“不可能……老爷子什么时候……”

“就在不久前，我亲自去阮家拜访过。爷爷对我很满意，就连户口本都交给了我们。”

户口本……阮兆天震惊了。

就连阮萌萌也惊愕地抬起头，厉君御……他怎么知道户口本的事？她明明没告诉过他！两人的视线在空气中相接，阮萌萌从男人深不见底的黑眸里看到一抹警告。他似乎在告诉她不许胡说，不许拆台……

阮萌萌沉默，但脑子却飞速运转。哦，她想起来了。拿到户口本那天，回到厉园，她被逼着做试卷，结果因为晕算，做着做着就晕倒了。一定是那时候！她晕倒以后再次醒来就已经躺在床上，厉君御一定是在那时候看到了放在桌上的户口本。

“我……我爸真把户口本给你们了？”阮兆天目瞪口呆地盯着厉君御，半信半疑。

“嗯。”男人点头，脸不红心不跳，还补充一句，“爸要是不相信，可以问萌萌。”

阮萌萌：“……”这种事要她怎么说。

她爷爷的确是把户口本给了她，而且显然是让她跟厉君御结婚用的。但……但她跟厉君御的关系根本就不是爷爷以为的那样。

“你、你们等等……让我理理……”阮兆天扶额，脑袋有点儿晕。

他爸既然都把户口本交给这小子了，可想而知这小伙子应该是值得托付的。可是、可是……

“好吧，既然是老爷子的决定，那……那你先带萌萌走，有什么事我们改天再谈。”

阮兆天自认为今天的相亲宴是自己失礼了，他决定留下来，给张总赔罪。

谁知厉君御却冷着脸拒绝：“事情没解决，不能走。”

“你……”阮兆天倒抽一口气。

这什么女婿，一点儿不听劝。

“你还有什么事没解决？”阮兆天不耐烦地问。

“一点儿小事。”男人抬眸，冰冷的视线错开阮兆天落在张曜光那张国字脸上。

他勾唇，淡淡地道：“我听说，您在这儿给萌萌安排相亲……所以……我是专程过来‘捉奸’的。”

捉……捉奸？！窝在厉君御胸口的阮萌萌差点儿没被他这句话气得吐血。捉什么奸啊……他真当他是她男朋友啊！他们不过是假扮的情侣，他居然还装模作样地要捉奸。

“厉君御，你……”阮萌萌沉不住气了，抓起他深色的领带，把男人往下一扯，就想低声抗议，可话还没说出口，她的声音就被一记重重的声响打断。

砰——坐在上首的张曜光突然拍案而起：“阮总，你可真会坑人……介绍个有男朋友的女儿给我就算了，现在还被人家男朋友上门捉奸！我张曜光这辈子都没这么丢脸过！”张曜光戴着黑框眼镜的国字脸上隐隐现出愤怒，看上去是恼羞成怒了。

“我们两家的合作就到此为止吧。真是的……我张曜光的妻子必须是冰清玉洁的处女。像你女儿这种有男朋友不检点的女孩，根本不配给我张家生孩子！这份羞辱我会记下的……阮兆天，我们走着瞧！”张曜光抛下这些话，抬腿就走，好像再多待下去，都是对他的羞辱。

阮兆天听到他骂自己女儿又气又急……想上去理论，又不免有点儿心虚。毕竟女儿有男朋友这件事的确是他隐瞒在先。

谁知张曜光刚走到门口，就被一道身影拦了下来。厉君御高大的身躯挡在门口。面对身高一米九的厉君御，即便张曜光一米八出头，依旧需要仰视他。他抬头，对上男人居高临下的冰冷目光，心头陡然一紧：“你……你要干什么？”张曜光被这个男人身上寒凉的气场震慑住了。

即使他怀里还抱着一个女孩，但丝毫不影响他浑身上下散发出的强大气场，那样强势、冷傲、不可一世。

“我、我警告你……别在这儿闹事！这里是御棠，不是你这种小年轻能闹事的地方……御棠的老板背景很深，跟我还是好哥们儿……你要是敢在这儿闹事，小心吃不了兜着走！”张曜光害怕，从体魄到气势，他被这个年轻人全面碾压。他怕对方动粗，忍不住警告。

“哦，是吗……原来你跟这里的老板是哥们儿？”

谁知对方听到他的话，非但没露出半点儿惧意，反而勾起唇角，露出冷笑。

“是、是呀……你要是不想惹麻烦，赶快滚……”张曜光硬着头皮逞强。

厉君御唇角的笑意却更冷了几分：“有件事你可能不知道，我跟这里的老板有点儿私仇，正巧在找他。既然你是他的好哥们儿，找不到他，那就只好拿你出气了。”

厉君御就站在门口，包房门大开着。站在走廊里的经理，还有其他侍者听到这番话，全都忍不住默默擦汗。

厉少，您这样真的好吗？您过去只是人冷话不多，现在……居然还玩起了冷幽默。

厉君御话音刚落，就有两个人高马大的黑衣保镖从门外走了进来。

张曜光看到两人，国字脸终于绷不住了：“你……你们要干什么……我告诉你们，这里是御棠，你们不能……”

他的话还没说完，就见刚才给他引路的经理出现在门外。张曜光脸上闪过一抹得救的庆幸。谁知下一秒，他就见经理面色冷漠地朝里瞥了一眼，随后拉住门把手，从外面关上了门。张曜光蒙了！他敢肯定那个经理分明看见了自己……可是经理非但没有阻止，还替里面的人关上了包房门!

张曜光抬起头，目眦欲裂地瞪着眼前的年轻人。他第一次露出惶恐的眼神：“你……你究竟是谁，你到底想干什么！”

厉君御低眸看过来，目光冷冷的：“很简单……给我女朋友道歉。”

张曜光是张氏独子，在生意场上那也是小有名气的人物。但如今面对眼前这个形容冷漠的年轻人，他却被压得喘不过气，不过是对上一个冷厉的眼神，就足以让他从头麻到脚，几乎直不起腰。更不要说在他身侧一左一右还分别站着孔武有力的保镖。

如此形势，让他道歉，屈辱至极，却不得不低头。因为张曜光不是那种没有眼力的富二代。几乎在亲眼看见御棠经理关门的瞬间，他就已经清楚地意识到，眼前的这个年轻人只怕有自己都无法想象的滔天权势。毕竟至今为止，他还从未听说过有谁敢在御棠闹事。

张曜光对着阮萌萌，低下了头：“阮二小姐，刚才的话是我的错，我口不择言……我张曜光在这儿向你道歉，对不起，请你不要跟我一般见识。”

不愧是在商界混的人，也不说请阮萌萌原谅，只是放低态度道歉，他的姿态放到最低，接不接受、原不原谅那是阮萌萌的事，他无权多问。阮萌萌稍稍回头，看到的正是张曜光低下的头颅。她正想说什么，小脸却被厉君御再次摁进了硬邦邦的胸膛里。

他低头，咬着她的耳朵：“不许看。”

给她撑腰可以，但该有的规矩不能乱，他明面上的女朋友背着他相亲就算了，要是还敢当着他的面看其他男人，那跟当场让他戴绿帽子有什么两样。

阮萌萌无语，无声地嘟囔：“又不是真男友，真是什么都喜欢管……”

“越少，那个……我现在可以走了吧？”许久没听到厉君御的示意，张曜光忍不住抬头。

厉君御的视线从阮萌萌的脸转移到张曜光那张带笑的国字脸上，眸光微凛：“还不够……”

张曜光：“这……”他都低到这种地步了，还不够？

他正为难，就听男人低沉的嗓音响起：“你……还欠一个道歉。”

张曜光顺着厉君御的视线看去，正好看见站在一旁的阮兆天。这、这是让他给阮兆天道歉！

张曜光为难，他虽然是晚辈，但阮氏最近在跟张氏合作，他在生意上比阮兆天派头大。但……抬眼看向身旁两个凶神恶煞的保镖，还有那位神情冷漠的年轻人，他只能低头道：“阮总……刚才是我冒犯了，我……我在这里给你赔罪。”

呵呵，张曜光嘲讽地想，有个好女婿，就连派头都不一样了。

随着张曜光的道歉，阮兆天对抱着他宝贝女儿的年轻人终于有了不同的看法。

年轻人会维护他家萌萌，有能力保护他家萌萌，甚至……还能给他家萌萌讨回公道，而且不仅仅知道护着他的宝贝女儿，就连他这个老爹也知道维护。虽然依旧是怎么看那小子抱着萌萌的爪子怎么不顺眼，但阮兆天却第一次有了一种可以将女儿放心托付出去的感叹。

因着这个感叹，当张曜光灰溜溜离开之后，阮兆天居然主动提出：“年轻人，不管怎么说，下次你一定要抽个时间，正式上门拜访。你跟我们萌萌都是男女朋友了，还没正式上过门，成什么体统。”

“爸，我们……”阮萌萌觉得她爸一定是被洗脑了，想解释。

“好了好了，爸爸都知道，爸爸在这儿碍事了……你这孩子真是，有了男朋友就忘了爹，还嫌爸爸啰嗦。行了行了，爸爸这就走，你们也别玩太晚了……喀，那个，婚前还是要注意下规矩，晚饭前必须回家……还有明天的寿宴你答应爸爸的，要出席，可不能说话不算话！”说完，阮父就挥挥手走了。

他完全没注意，在他转身后，正想张口叫住他的女儿，被男人一把抓了回去，低头堵住了小嘴。

“厉君御，你又亲我——”阮萌萌小手抵在男人的胸膛，她好不容易才从满是他气息的拥吻中呼吸到一口新鲜空气。

厉君御盯着她，目光冰凉，淡淡地道："我说过，这不是亲吻，只是惩罚……惩罚你背着我相亲，还有……跟其他男人眉来眼去。"

"我什么时候跟其他男人眉来眼去了！"阮萌萌推开他。她用尽全力，终于从男人的怀抱中跳下来，站稳。

厉君御看着逃出自己怀抱的小奶猫，表情冷肃，脑海里闪过的全是阮萌萌想要回头盯着张曜光看的身影。男人心里不悦，看向少女的眼神比刚才更冷了几分，黑沉沉的目光冰凉如水。

阮萌萌被他看得头皮发麻，梗着脖子说："你……你看什么？"

不说话的厉君御，居然比生气教训她的时候还让人觉得可怕。

厉君御眸色稍沉，清冷的嗓音响了起来："你什么时候搬回去？"

哈……居然是问这个？阮萌萌怔了怔，觉得话题转得有点儿快。

"我……我现在在家里住得挺好的，没想过搬回去。"他那么讨厌，她才不要搬回去。

这个答案显然让男人不满，在听见阮萌萌回答的那一刻，男人削薄的唇忽而弯起微毫的弧度，似在淡笑，却带着冰凉的冷意。

"阮萌萌，你……再说一次。"他睨着她，居高临下，眼神寒冽刺骨，浓墨的瞳仁里藏着毫不掩饰的威胁。阮萌萌下意识缩缩脖子，想改口，但想到厉君御答应让秦老太太摆寿宴的事，又起了倔意。

她仰起脑袋，盯着他幽冷的黑眸："再说一次就再说一次，我在我家住得很好，我现在还不想搬回去……你、你干什么，你放手……嗯……"少女软乎乎的小身子又被男人无情地禁锢在怀。

他的大掌扣在阮萌萌的后脑勺上，冰凉的薄唇狠狠堵住那张不听话的小嘴。养不熟的小奶猫就喜欢跟他唱反调！

阮萌萌被厉君御拥在怀里，浑身上下都被他浓烈的男性气息包围。这样不可抗拒的气势，让她心跳失速。她也不知道自己是怎么了，被他一下一下吻着，吻得大脑晕乎乎的。

"搬不搬？不搬，就继续惩罚。"低冷的嗓音响在耳畔，将阮萌萌晕头转向的思绪拉了回来。

她抬起湿漉漉的杏眼，抗拒道：“干吗非要我搬回去……不是你说的，让我搬回家把属于自己的东西抢回来嘛。当初要我走的是你，现在要我搬回去的也是你。厉君御，你真的很奇怪！”

少女的质问让男人眸色微敛。他幽冷深邃的瞳孔里似乎掩藏着什么。

他眯眼，等了几秒，才面不改色地回答：“因为，你不在……你母亲会担心……你母亲担心会找我父亲，我父亲会来吵我……很麻烦。”

阮萌萌沉默，垂下脑袋。她才不想承认，刚才有那么一瞬间，她希望听到的理由是“他舍不得”。可惜……

算了，还是不想那些乱七八糟的事了，阮萌萌知道，她不在的话，就不能每天抽时间陪妈妈了，这样一想，好像的确是她不好。

可是……

“不管怎么样……等明天的寿宴结束再说吧。”她做出决定，抬眸看向厉君御深不见底的眸子，“如果明天的寿宴真能让阮娇娇她们丢脸……我，到时候再回去。”

第二天，周日，天气晴好。

阮家给丈母娘过六十大寿的宴席，就在这样一个晴朗的秋日举行。

御棠富丽堂皇的宴会厅门口，刚刚从月子里出来的秦芳正挽着阮兆天，接待着陆续到来的宾客。主桌上，阮老太太和秦老太太并排坐着。阮雪琴和秦芳的嫂子李萍坐在一旁，阮雪琴怀里抱着刚刚满月的阮明宇。一家人看起来其乐融融，好不融洽。靠近主桌的几张席面，全被秦芳拨给阮娇娇招待学生会和学校里要好的同学。

阮萌萌看着跟花蝴蝶一样满场飞、长袖善舞的阮娇娇，眸光越来越沉。厉君御……这就是，他给自己准备的惊喜？把御棠鲜少对外开放的宴会厅拿出来给阮娇娇母女，还有那个市侩自私的老太婆做面子……这就是他所谓的惊喜？！

从宴会开始阮萌萌就在等待。

金碧辉煌的宴会厅到处都贴着火红的“寿”字，在金色的背景衬托下，显得热闹而喜庆。随着越来越多的宾客到来，阮萌萌脸上的淡定越来越浅。那么多熟悉的面孔，几乎囊括了阮家的交际圈，有阮氏的老员工、高管，还有她姐曾经的合作伙伴，甚至……还有智学的同班同学。每一个人脸上都暗藏着惊艳和对秦家那位老太太的恭敬。

阮萌萌看着这一幕幕，只觉得心越来越沉。

“娇娇……这里好漂亮啊，我长这么大还是第一次来御棠参加宴会。”

“是啊是啊，我听我爸妈说，御棠的宴会厅跟君御酒店的宴会厅一样难订。在S市，除了几位显赫权贵，还没什么人能在这两个地方举办家宴。”

可不是家宴嘛，只是阮兆天丈母娘的六十大寿而已，就找了这么个千金难求的地方。众人莫不猜测，不是阮兆天突然发达了，走了大运，就是这位秦老太太背景深不可测。

接收着同学们或仰慕或微妒的目光，阮娇娇笑着挽紧身边男伴的手。

“哪有啦……其实这一切还要感谢顾铉哥哥，多亏了他替我们引荐。”说到这儿，阮娇娇侧眸，仰头用崇拜的眼神看向顾铉，“顾铉哥哥，谢谢你……”

“傻丫头，我是你未婚夫，我不对你好对谁好。”身旁穿着一袭白色西服，高挺帅气的顾铉，温柔地点了点阮娇娇小巧的鼻尖。

这样温柔的呵护惹来一众同学的起哄。

“啊……顾铉学长真是太温柔了……完美的白马王子！”

“就是啊，阮娇娇好幸福哦……我也好想有这么一个男朋友……”

“算了吧，这种好事哪轮得上我们。我劝你别乱想，你看看隔壁桌那个阮萌萌……眼神一直没从顾铉学长和娇娇身上移开过，你看看她那脸色，恐怕心里早就恨得牙痒痒的了，那就是中毒太深的后遗症！”

随着这句话，其他同学都将目光落向阮萌萌，他们果然发现，阮萌萌正冷着一张脸，盯着顾铉和阮娇娇。

众人顿时笑倒一片。

阮娇娇心里得意，面上却劝着：“算了……你们别笑我姐姐了，她心里也不好受的。”

说着，她轻轻扯了扯顾铉：“顾铉哥哥……”

顾铉会意地点点头，轻拍阮娇娇的手背安抚：“放心，我知道该怎么做。”

他想，娇娇说得对，萌萌那丫头对自己果然是余情未了，不管是交男朋友，还是故意说那些气话，原来都是为了让他吃醋。要不然这会儿，她又怎么会用那种哀怨又可怜的眼神，眼巴巴地盯着他和娇娇呢。

唉……顾铉微微叹气，既然如此，那他就找个时间好好跟阮萌萌谈谈吧。娇娇说过，她们是姐妹，她不介意把他分一点儿给阮萌萌。想到小时候总是跟在自己身后，用水汪汪的杏眸瞧着自己的小女孩，顾铉想，如果阮萌萌愿意当他的地下情人，或许他可以像过去那样施舍给她一点儿温柔。毕竟，和强悍的阮萌萌比起来，柔弱的娇娇才是离不开他的善良姑娘，他能给阮萌萌的只有这么多了。

而另一边，看起来目光定定的阮萌萌，实际上早已开始走神。她现在满脑子都是对某人的抱怨。

“厉君御……你这个王八蛋、骗子！你就是说话不算数的暴君、暴君！”

阮萌萌坐在座位上，心里满是对厉君御的吐槽。

这时候宾客已经全部到齐，阮兆天和秦芳相携走了进来。两人坐上主桌，阮兆天没看见阮萌萌的身影，不由得皱起眉头。萌萌也是阮家的主人，连秦芳的哥哥、嫂子都坐在主桌上，为什么他的乖女儿却不在。

“妈，萌萌怎么……”

“兆天，时间差不多了，该开始了……”阮老太太催促。

“可是妈……”

“好了，难道还要其他宾客等吗？这可是亲家母的六十大寿，阮萌萌有手有脚那么大个人，你还怕她丢了不成。”

偌大的宴会厅，人头攒动。坐在主桌的阮兆天根本看不到阮萌萌的身影。被老太太催了几次，阮兆天见时间的确差不多了，只能跟秦芳一起陪着秦老太太上台。原本说好是三个人上台的，谁知临上台前，秦芳又招手，喊来了阮娇娇。不但如此，阮雪琴还将怀里的阮明宇也交到了秦芳手里。

就这样，原计划上台讲话的三人变成了亲密的一家五口。

秦老太太今天穿了件红彤彤的中式外褂，头发梳得一丝不苟，整个人看上去神采奕奕、红光满面。她这辈子都没见过这么宏大豪华的场面。她站在台上，看着台下的宾客，除了她那些老邻居、老亲友之外，在场的其他人全是 S 市非富即贵的人物。

秦老太太脸上那个有光啊，乐得合不拢嘴。她就知道啊，还是她家芳芳有用啊，嫁了个好老公，让她老了还能耍这种派头，享这种福，这让她在那些老姐妹、老邻居面前真是长足了脸。

阮娇娇和秦芳也是一样，站在台上，以主人的身份满面荣光。

“各位亲朋好友，欢迎你们在百忙中抽空莅临……”台上，阮兆天带笑的声音传来。

被阮老太太赶去角落一桌的阮萌萌却再也沉不住气。她没办法直视台上幸福美满的“一家人”，也没耐心等待厉君御所谓的惊喜，失望透顶的阮萌萌拿起包，准备走人。

谁知她刚要起身，却被一只宽大的手掌按了下去。

“好戏还没上演，走那么急要去哪儿，嗯？”

一个低沉清冷的嗓音在身后响起，让她耳尖微微发酥，阮萌萌蓦地转头，刚刚还盛满失落的眸子被惊喜淹没。

“你……你什么时候来的……”漂亮的杏眸微微发亮，闪耀着让人移不开眼的光，但很快又落寞下去，“你来干什么，来看这场宴会有多完美？”

她别开眼，不想再看这个讨厌的男人。他就会骗她，拿她消遣，这么漂亮的宴会厅她也是第一次看见……却要用来给阮娇娇的外婆做面子。阮萌萌抬眸看向站在台上的一家五口，只觉得刺眼。

“我要是不来，你一个人怎么办？”厉君御顺势在她身旁的空位落座，低沉的嗓音里带着一丝不易察觉的宠溺。

这里是靠近角落的一桌，根本没有坐满。这样偏僻的角落里却坐着阮家的二小姐。而现在一个矜贵的男人陪着她坐下，将她的小脑袋摁进自己怀里。

“傻丫头，要是现在离开，才会错过我为你准备的惊喜……”厉君御话音刚落，宴会厅内喜庆欢快的伴奏音乐突然停住。

台上，今天的寿星秦母正拿着话筒讲话。听到喜庆的背景音猝不及防停了下来，鲜少面对这种大场面的秦母，对着话筒来了一句：“怎么回事？音乐咋没了！”

秦母嗓门大，对着话筒来这么一句，整个宴会厅里顿时就响起她咋咋呼呼的声音。台下宾客正觉得奇怪，这老太太看起来像名门贵妇，涵养怎么这么差？抱着孩子的秦芳连忙给阮娇娇使眼色。阮娇娇知道外婆什么德行，连忙扶住外婆，想接过话筒。

谁知就在这时，断掉的伴奏音乐又从音响里重新传了出来。铛——铛——沉重的哀乐声在富丽堂皇的宴会厅内响起。原本热热闹闹、极其喜庆的场面顿时冷了下来。台下的宾客都听呆了。这是怎么回事？好好的祝寿，怎么突然放起了哀乐！

台下宾客惊愕、奇怪，台上的阮家五口也一样不好过。阮兆天还好，见多识广，虽然脸色陡然黑了下来，但还沉得住气。他立刻指挥台下的秦刚和阮雪琴，去后台看看什么情况。秦芳和阮娇娇脸上一阵青一阵红，很难看，特别是阮娇娇，来了这么多同学，喜庆热闹的场面突然放起哀乐，简直就是让她丢脸。不过……她们俩脸色再怎么难看，也比秦母好多了。至少她们没有像秦母那样气急败坏地在台上跳脚。

“咋回事？咋会这样……快让他们把音乐停了、停了，哎哟，这是要咒我死啊！”秦母急得直跺脚。

她今天特意叫了老邻居、老姐妹，就是想在他们面前长长脸，可现在……好好的寿宴上放起了哀乐，这不是在丢她的老脸嘛！秦母这一着急，也忘了场合，更忘了自己手里还拿着话筒。她骂骂咧咧，捶胸顿足，把在阮家人面前不常说的脏话全都骂了出来。

台下顿时一片哗然，阮兆天的丈母娘骂起人来可真是顺口，这完全就是泼妇骂街啊！

好不容易哀乐声停了，阮兆天也黑着脸把话筒从秦老太太手里抢了过来，宴会厅大门外突然传来一声大喊："曹美凤女士，您订的花到了！"

台上，被叫到名的秦老太太茫然地道："我、我啥时候订花了？"

众人这才知道，原来秦老太太叫曹美凤。

还没等阮家人搞清楚是怎么回事，门外送花的人已经进场。好几十个穿着白布麻衣，手臂上戴着黑色袖章的男人，抬着二十几个大花圈，从宴会厅外走了进来。花圈很大，每个都需要两个成年男子才能抬起。不一会儿，二十几个大花圈就在宴会厅左右两侧依次摆开。黄白菊花构成的大花圈，将原本喜庆的宴会厅，衬托得惨淡无比。

有的花圈中央挂着大大的"奠"字。有的则挂着挽联——

"沉痛哀悼，一路走好！"

"音容宛在，逝者安息！"

还有一个更夸张，直接写着："千古流芳，生者坚强！"

当阮萌萌看见那个花圈时，一个没忍住，直接笑喷了。

她真不是故意幸灾乐祸笑秦老太太，实在是这"生者坚强"四个字太让人出戏了。不只是阮萌萌没忍住，现场还有许多宾客在看到花圈上写的大字后，也不厚道地笑了出来。

厉君御看着坐在自己身旁，再不复刚才满脸失落的小奶猫，深邃的眉眼中闪过一丝暖意。大掌将她的小脑袋瓜扣住，摁进胸口。他低声问："这个惊喜，满意吗？"

"嗯？"阮萌萌抬眸，对上厉君御深沉的视线。她想说满意，又怕他听了得意。

他见少女不吱声，蹙眉："还是不满意，觉得我做得过分了？"

他的手段向来如此，干脆利落，不给对手任何反击的机会，也不会对对手仁慈，而委屈自己。看到少女眉眼间的犹疑，厉君御以为这是阮萌萌对自己手段的质疑。

"不，不过分……你这么做都是为了我，我怎么可以觉得你过分。"

刚才有那么一瞬间，阮萌萌仿佛在厉君御深沉的瞳孔里看到了一抹失望。她知道他的手段再狠辣，出发点都是为了自己好。这世上，任何人都可以站出来指责厉君御，但她却不可以。

厉君御凝视着着急解释的少女，眸色微敛。

少顷，他捏起她的下巴，沉重地道："阮萌萌，听着……我做这一切之所以不过分，不是因为我在帮你，而是因为秦家那几个人，理应得到这样的恶果。人活在这世上，最要紧的就是拎得清自己的处境，摆得正自己的位置。曹美凤那个老太太，妄想在我御棠摆寿宴，就该做好面对这种处境的准备。你看看台上，如果没有我的安排，今天他们就是幸福美满的一家人。而你阮萌萌，只是被抛弃在角落的小可怜。"

这一刻厉君御在教她他的处世之道，即使话说得难听，却是不争的事实。

阮萌萌眸色闪烁，好似听懂了一些，又好似没懂。但是她却知道这一刻的厉君御看起来比以往任何时候都要高大伟岸，带给她无尽的安全感。这些所谓的道理，是她爸爸、她姐姐都不曾教给她的。而现在厉君御却用自己的手段，亲自示范给她看。

"阮萌萌，你要记住，'宽恕'只会让欺负你的人更嚣张，'放下'只会让抢走你利益的人更放肆。当别人侵占了你的权益，站在你应该站的位置上时，你要做的不是避开，而是勇敢还击。只有这样才会让那些人忌惮你、害怕你，从而不敢再肖想你的东西。"

厉君御看着她的眼睛，一个字一个字地说给她听。直到最后，他才语调冷冷地问："你，听明白了吗？"

阮萌萌怔了怔，恍惚过来："明白了……"

"明白就好，那现在告诉我，搬回去吗？"

阮萌萌："……"她怎么感觉说了半天，这才是他说话的重点？

阮萌萌抬头，看向已经乱作一团的台上，看向正在忙着到处"灭火"的父亲，轻轻点头："好，我跟你回去。"

台上，秦老太太已经沉不住气，随手抓起女婿手里的话筒，就要往台下砸。而台下，一位披麻戴孝的中年男人，正站在酒席中央，沉着声，用中气十足的声音沉痛悼念着。

“啊——曹美凤女士，你竟然就这样离开了我们！啊——敬爱的曹美凤女士，安息吧！你是多么伟大的女人，多么伟大的老母亲啊！你曾偷拿李家孩子的压岁钱，顺掉张家老奶奶的治病费，只为了给儿女们买过年的新衣裳。”

“你培养出的儿女，也是那样出人头地、光耀门楣！看，你的女儿抢走了别人的丈夫！看，你的儿子仗着妹妹嫁了个好夫婿，就挤走他人的工作岗位！啊——曹美凤女士，你是无私奉献的伟大母亲啊！”

表情沉痛念着悼词的中年男人仿佛是一位演说家，他不需要用话筒，低沉而饱满的声音就可以让在场所有宾客清楚地听到他说的话。

他不知道从哪里挖来这些往事，每说一句就引来秦家那些老邻居的共鸣。就连他所说的“李家”“张家”人今天也来了。因为曹美凤那卑微的虚荣心，她特意把这两家人请来，想让他们亲眼看看自己如今的得意和威风。而现在听到那中年男人的悼念，李家和张家的老邻居都忍不住声讨起来。

“对，我还记得，就是她偷了我妹妹的压岁钱，害得我被我爸揍了个半死，还说我撒谎成性，手脚不干净！”

“是啊，我奶奶那时候得了重病，邻里捐款好不容易凑齐了治疗费，结果第二天就没了。曹美凤那时候还哭，说自己没做过……唉，谁知过了几年，她自己跟人吹牛说漏了嘴。可怜我奶奶，年还没过完人就去了……”

李家和张家两家人的话，得到了其他老邻居的证实。台下的宾客听到这些人的佐证，再看台上的秦氏母女，只觉得要多厌恶有多厌恶，要多丢人有多丢人，甚至有些地位比阮家稍高一些，或者与阮家旗鼓相当的人家，已经站起身，往门外走了。他们不屑与这样的人为伍，更庆幸有人捣乱，才没让自己给这样的老太婆祝寿。

“你们……你们别走！谁准你们走的！你们给我站住！”

秦母急得跳脚，第一个人起身离开，就有第二个、第三个。没过一会儿，偌大的宴会厅居然走了个七七八八。

“芳芳、芳芳……你快让他们回来，让他们回来……

“娇娇、娇娇，你去，你去……”

秦母叫不动秦芳也叫不动阮娇娇，因为此时此刻她们只觉得自己比秦老太太还要丢脸。这本来是秦芳准备好的，带着母亲，带着儿女，以胜利者的姿态出现在外人面前的重要亮相，这同样也是阮娇娇精心准备的出场。一场热热闹闹的寿宴还未正式开席，就在主人公曹美凤女士被救护车载走的情况下画上了句号。

剩余的宾客，虽然在临走前，对阮家人说了不少安慰话，但实际上今天的寿宴，在他们脑海里留下了两个深刻的印象。

一是，阮兆天的丈母娘真不是个好东西！偷鸡摸狗品行不端，还满嘴脏话，以后哪怕要跟阮家交际，也必须离这种亲戚远点儿。二是，阮家那位三小姐看起来柔柔弱弱的，谁晓得下手居然那么没轻重！就算自己外婆再不好，她也不能气急败坏地把人推下台。这样的女孩以后还是不要结交为妙。

“外婆……外婆真不是我推下去的。我刚才只是想扶住她，她自己脚滑了……奶奶，顾铉哥哥……你们相信我，真的……”阮娇娇站在家人身边，哭得小脸都花了。

刚才的事发生得那么突然，其实大家都没看清楚，只是隐隐约约看到阮娇娇伸手了。但要说是她推人，还是扶人，这种事模棱两可，根本说不清楚。

“娇娇你放心，奶奶当然相信你。你这个孩子一向最有孝心，奶奶知道你做不出这种事。”

“奶奶……”阮娇娇噙着泪，楚楚可怜地望着奶奶，“可是刚才那些客人他们都说……”

“唉，他们都是看热闹不嫌事大。没事没事啊，你放心，等今天的事了了，奶奶会跟圈子里那些老姐妹解释的。你别怕，你是什么品行，那些叔叔阿姨都是知道的，不会误会……”

阮老太太一番好言相劝，总算是止住了阮娇娇的眼泪。

顾铉看着心疼，娇娇这么善良的女孩，怎么会有那么不要脸的外婆。他再看向站在一旁正哄着哭闹婴儿的秦芳，见自己未来的岳母脸色虽然不大好看，但也是端庄贤淑。这一对比下来，顾铉更是觉得阮娇娇和秦芳是被秦老太太给连累了。他暗暗决定，等他跟娇娇举行订婚宴的时候，可不能让秦老太太出席，绝不能把他精心准备的订婚宴搞砸了。

“你们御棠这样的地方，怎么会让那种人混进来？现在让你们抓人，人又都不见了。哼，那些人分明就是故意捣乱。我告诉你，这件事你们必须给我一个说法，要不然我绝不会善罢甘休！”阮兆天暴跳如雷的声音，从宴会厅外的走廊上传来。很明显这是和御棠的经理吵起来了。

听到外面的声音，顾铉安慰道：“你们不用担心，我小姨和御棠的老板相熟。刚才的事我已经告诉她了。这会儿已经开始替我们调查。”

阮家人都知道，顾铉母亲出自大家族沈家，沈家的女儿都嫁得极好。有他姨妈出面，今天来捣乱的人铁定是能逮着的。而实际上，顾铉口中的小姨正是厉君御的三婶沈兰。此时，已经带着阮萌萌来到厅外的厉君御手机响了，正是沈兰的来电。他瞥了一眼手机，毫不犹豫地冷着脸摁掉，不但没接顾铉口中那位“有本事姨妈”的电话，还顺便关了机。

“怎么了，谁的电话？”阮萌萌觉得奇怪，忍不住问。

“不相干的人，没事。”

厉君御揉了揉阮萌萌的脑袋，接着便牵起她的手，走向正跟经理争吵的阮兆天。阮萌萌皱眉，有些看不透这个男人，却不知道，厉君御牵着她的手过去，正是准备从阮兆天那里要回她的所有权。

“爸……”站在阮兆天身后，男人低沉的嗓音响起。

正和经理争辩的阮兆天，听到这一声熟悉的叫声，回头，露出一脸愕然：“你……你叫谁爸呢？谁是你爸！”阮兆天愣了一下后，突然反应过来。

这小子又占他女儿便宜!

“我跟你说，就算老爷子同意了，你也不能这么叫，都还没正经上门拜访过，我家萌萌也还没同意嫁给你……”

阮兆天边说，边要从厉君御手里牵回阮萌萌，谁知手还没碰到自家闺女，就看到他的宝贝女儿被这气质冷冽的男人往回一拽，护进怀中。

“爸，我知道了，改天一定登门拜访。”厉君御揽着阮萌萌，语气不咸不淡。

“你……”阮兆天气急。

这年轻人脸皮也忒厚了，他都强调了好几次，还不知道改口！

阮萌萌也略显尴尬。暴君大人演戏是不是太投入了？他们明明是假扮的，他还这么自然地叫她爸“爸”，果真是敬业。

阮兆天被厉君御淡然从容的态度气得肝疼，正想再教育这年轻人几句，顺便把自家女儿抢回来，眼角余光却不经意地扫到站在一旁的经理。他皱眉，纳闷。刚才还毫不退让跟自己争执的御棠经理，这会儿怎么就规规矩矩地退到边上去了？

阮兆天虽然年轻时爱玩，但也是在商场厮杀过的人。他稍稍回忆这经理对厉君御的态度，再回想起昨天相亲时，在包房里发生的事，就觉出了不同。他再次抬眼看向护着自己女儿的年轻人，眼底已全是浓重的探究和审视：“你……你跟御棠的老板，有关系？”

虽然这年轻人昨天说他跟御棠老板有私仇，但阮兆天压根不信。他要是跟御棠老板有私仇，昨天又怎么可能带人在御棠威胁张曜光，这里的经理又怎么可能在他面前，一副小媳妇样？想到这儿，阮兆天看厉君御的眼神已经渐渐变得凝重起来。

“嗯。”厉君御点头，毫不回避这个问题，“爸观察入微，我跟御棠的老板的确私交甚笃。”

在背后听到这话的经理暗自嘀咕。他家大少爷何止是跟御棠老板私交甚笃，他分明就是御棠的大老板。

“你……”阮兆天微微一滞。他真是被厉君御那声“爸”，喊得肝疼。

“我已经强调过，不许再叫我爸！”阮兆天拉下了脸，接着，过去扯阮萌萌的手，“你也是，萌萌……跟爸爸回去，以后不许跟这个人在一起。”

“爸爸……”阮萌萌虽然没弄明白她爸为什么突然变了脸，但隐隐约约察出问题所在。

果然，下一秒她就听到她爸气急败坏的声音响起。

“我告诉你，我阮兆天不傻。今天来闹事的那伙人，摆明了是冲着秦芳她妈去的。那伙人凭什么本事能在御棠闹事？呵……这背后要是没你的指示，我阮兆天把名字倒着写！”

阮兆天扯过阮萌萌，不由分说就要带走。他心里门儿清，一定是这小子知道秦芳跟萌萌关系不好，又知道秦芳她妈拿花瓶砸过萌萌的头，就想给那老太太教训。这分明就是为了讨好萌萌，给萌萌报仇。

要是平时有个人这么护着萌萌，他会高兴，还会拍手叫好。因为那打的是别人家的脸，是为他女儿出气。但今天厉君御这么做，打的不只是曹美凤的脸，厉君御打的还是秦芳的脸，是阮兆天的脸，是阮家的脸！就冲这一点，阮兆天也不会让自己女儿跟这种不分轻重、手段恶劣的男人在一起。

可是，他刚拽住阮萌萌的手往前走出一步，几道高大的身影已经挡在了阮兆天面前："抱歉，阮先生……没有我们少爷的允许，任何人不能离开这里。"

"你……"阮兆天回头，满脸愤慨，"你敢拦我们？！"

这臭小子做事情没轻没重，害阮家在亲朋好友面前丢了脸，不只不道歉弥补，居然还敢来硬的。

"不，你可以走。"厉君御语气淡漠，黑沉的目光直勾勾地落在阮萌萌脸上，"但她，必须留下。"

阮兆天去哪儿，他不在意，不过小奶猫刚刚自己答应跟他回去的，就不能食言。

"你——"阮兆天气得胸口疼，这臭小子看他的眼神居然是不加掩饰地嫌弃，但看萌萌的时候又温柔得很。

当着他的面，就敢直勾勾地对着他女儿放电，这臭小子也太不把他放在眼里了！

"我说过，我不同意你们在一起，你和萌萌从现在开始就当分手了……你刚才做的那些事太胡来，我看在你是为了萌萌出气的分上，这次就不跟你计较。我也不报警了，你走吧！"阮兆天朝厉君御挥挥手，觉得自己已经仁至义尽。

谁知他的话刚说完，就看到站在他身前的年轻人薄唇轻扬，竟勾起了一个凉薄的笑。

“原来爸也知道，我那样做是在为阮萌萌出气。”厉君御语调冰冷，唇角即使上扬，但笑意却不达眼底。

“既然爸知道，为什么要给欺负你女儿的人举行寿宴？为什么要选在只对政要开放的御棠宴会厅？又为什么一家五口幸福美满地站在台上，却把阮萌萌一个人孤零零扔在台下？”

厉家大少爷很忙，也很不耐烦应付麻烦，所以鲜少会对不相干的人说这么多话。可是这一次，他不只管了闲事，还一口气连问了三个为什么。这不但让阮兆天听呆了，也让一旁的经理和保镖们听得愣住了。他们家大少爷什么时候变得这么热心？

“我……我那也是逼不得已的。”阮兆天被厉君御的话说得脸青一阵白一阵。

他知道自己也有做得不好的地方。他重新再娶，就等于有了两个家庭，在两个家庭间平衡，终归会有疏忽的地方。但是他觉得自己已经给了萌萌足够多的爱。

“逼不得已吗？”厉君御唇角的冷意没有散去，带着嘲讽。

“逼不得已，给那个拿花瓶砸你女儿脑袋的老太婆祝寿？逼不得已，在你女儿被赶出家门快一个月的时候才找上门？逼不得已到，连你女儿转学了，只怕你都不是第一时间知道的，是吗？”

“我、我只是想给萌萌这丫头一点儿教训。一个月前她闯了大祸，我觉得把她宠得太过了，所以想冷一冷她。那只是吓唬她的……”

“等一下——”阮萌萌忽然不敢置信地抬头，侧过脸，反抓住她爸的手，“闯了大祸……爸爸，你是不是到现在还以为是我推秦芳的？”

她以为她爸来找她，是因为已经想明白了，相信她了。她从来没想过，居然到现在她爸爸还认为是她推秦芳下去的。

“萌萌，不是……”阮兆天本能地否定。

“那你说，你说的大祸是什么？”

“我……”阮兆天哑然。这一回他是真的不知道该怎么回答了。

阮萌萌松开左手，被阮兆天抓住的右手无力地垂了下去。她深吸一口气，又重新抬起左手，硬掰开抓在她右手上的大手。

“爸……你走吧，我不跟你回去了……那些股份你想留给谁就给谁。像我这么肮脏恶毒的人，根本不配继承你的东西。”说完，不等阮兆天挽留，阮萌萌转身，直接扑进了厉君御清冷却透着莫名安全感的怀抱。她累了，真的好累好累……

“萌萌，萌萌你别哭……爸爸不是那个意思。”看到阮萌萌埋在厉君御怀里，抽动着小肩膀，阮兆天慌了，“爸爸是相信你的，对，爸爸相信你……你别哭了，爸爸错了还不成吗？”

阮兆天想补救。实际上，在他心里，不管阮萌萌是不是故意推秦芳下去的，她都是他女儿。他只会教导她，但不会真的生气不理她。阮兆天其实不明白，他觉得自己根本没有追究这件事，他也不在意阮萌萌是不是故意的，为什么阮萌萌还是抓着这件事不放?

阮萌萌的心思，阮兆天当然想不明白。对一个从小没有母亲，又在暗地里受到继母虐待，受到奶奶苛待的女孩子来说，她最需要的就是家人的信任。阮萌萌不需要多么好的物质条件，她要的是阮兆天全心全意、无条件的信任！可惜，这一点，她爸爸永远都不明白。

阮萌萌不想再听她爸解释，她脑海里闪过她爸跟秦芳、阮娇娇、阮明宇，还有秦母站在台上其乐融融的画面；闪过在御棠的走廊里，秦老太太拿起花瓶，想往她头上砸的画面；闪过一个月前，在楼梯口，秦芳想把她往下推却自己摔下楼梯，她反手去拉，却被诬陷的画面，还有……好多年好多年以前，九岁不到时的画面。

在那间昏黄的小屋子，她坐在书桌前做着一道又一道习题。那时候的她，还是智学小学部最优秀的学生，是爸爸的骄傲，是老师眼中的优等生。母亲刚刚离开不久，姐姐在国外念书，阮兆天忙于生意，只有秦芳在家管教她。

还记得那时候，她每做对一道题，就会被站在书桌边上的秦芳，用一种细微的几乎看不见粗细的小针，扎在身体不起眼的地方。对一题，扎一针，她起先痛得大叫，但叫得越大声，秦芳扎得越疯狂。门外的奶奶和姑姑听见了，问里面的情况，秦芳说她不好好学习在抽她的手心，奶奶和姑姑就不管了。就这样，直到半个月后，她再也没办法做对一道题，浓重而扭曲的抗拒心理，也让年纪小小的她得了晕算的毛病。

小时候的阮萌萌不是没有反抗过，但那时候年纪尚小的她，并不懂成人世界的险恶。饮食里被下了药，身体总是无力，她想告诉爸爸，但刚刚跟秦芳新婚的爸爸，除了忙工作就是忙着跟秦芳恩爱。

爷爷住院，她见不着面。姑姑、奶奶根本不会相信她的话。更何况，秦芳还总是在她耳边周而复始地重复：如果她不乖乖听话，如果她敢告诉其他人，秦芳就会派人去 M 国害死她姐姐，让她姐姐再也没办法回国。小小的阮萌萌，就是在这样恐怖的环境下慢慢地成长起来。幸好，当她渐渐长大，她也渐渐学会了自保，懂得用伪装骗过秦芳。

直到后来，当她姐姐学成归国掌管阮氏，确定姐姐不会再有危险后，阮萌萌才将自己的秘密告诉给阮诗诗……

真奇怪，她怎么好像又做了那个梦。那个遥远的，仿佛是在记忆深处的小黑屋，一张书桌，一把椅子，一个小小的身影……还有一根永远不知什么时候会扎进皮肉里的针。

看到那道小小的身影，即使是在梦里，她的眼泪也不知不觉地滚落下来。

“阮萌萌……萌萌……”属于男人的清冷磁性的嗓音在耳畔低低响起，睡梦里的阮萌萌睁开迷蒙的杏眼，看到了厉君御深邃俊美的五官。

这是车上？她竟然累得在厉君御怀里睡着了。

“怎么哭了，嗯？”厉君御看着窝在怀里的小可怜，低低的嗓音里透着呵护。他从未像现在这样想哄一个人开心。

厉君御见阮萌萌还是呆呆地愣住，眼角挂着泪，没有回话，双臂一缩，将她圈得更紧。他垂眸，用只有两人才能听到的嗓音低声道：“不哭……他不要你，我要。”

少女漂亮的眸子闪了闪，窝在男人胸膛里的脑袋没有抬起……但水盈盈的杏眸里却第一次闪过一抹迷茫。她好像……好像听到了心动的声音？

第二天，上学。

吃过早饭，厉君御还是和原来一样亲自送阮萌萌去学校。到了学校外面，临下车前，正在纠结要不要骗吻的阮萌萌，就被一个微凉的薄唇堵住了唇瓣。

暴君大人说：“不要误会，这只是个安慰的goodbye kiss（告别吻）。”

原因是，他看到她现在孤零零一个人，觉得可怜兮兮的，所以才给她这个安慰的吻。

阮萌萌下了车，怔怔地挥手，看着远去的尾灯，心里却五味杂陈。从昨晚回到厉园后，她就发觉自己变得有些奇怪，明明应该伤心她爸的不信任，但满脑子居然都只剩下厉君御抱住她时说的那句话。

“他不要你，我要。”

整整一个晚上这句话都回荡在她的脑海里，就连睡梦中，都像是最能让人安心的话语，安静地守护在她身旁。哪怕是神经粗线条的阮萌萌，到了这种时候，也意识到了自己的反常。她觉得……她好像……好像在不知不觉中喜欢上了厉君御？！

不，不可能！阮萌萌使劲摇头，要将这个荒谬的结论摇出自己的脑袋。

正在这时，一只大掌拍在她肩膀上。

“棉花糖，你不是早就跟我哥先走了吗？怎么现在才走到校门口……”瘦瘦高高的美少年用怀疑的眼神看着阮萌萌，“摇脑袋……你昨晚落枕了？”

“啊，我？我才没有……”纷乱的思绪被忽然冒出来的厉君澈打断，看到他那张隐约和厉君御有些相似的脸，阮萌萌的小脸一下就红了。她低头，快步往校门里走。

厉君澈用狐疑的眼神盯着她脸上诡异的红晕，清澈的眸子眯了眯，他跟了上去。两人刚走进教学楼，就看到一楼LED电子屏前挤满了人。阮萌萌这才想起来，大家这是在看上周周测的成绩！

每次的周测排名，都会在下一周的时候，在一楼的LED屏上滚动播放。阮萌萌不担心自己，但很想知道慕纨绔和景胖子他们的成绩。她挤进人群，从最下面的榜尾往最上面看。

“654，653，652…”阮萌萌呼出一口气。

很好，她没在倒数三名里看到常驻顾客红黄绿三人的名字。这至少证明他们三个还是有救的。她再往上看，“651，650，…，640，…，620，…，600！”600名之后居然没有这次集训队伍中任何一个问题少年的名字。看到这里，阮萌萌隐隐有些激动，她双眼大睁，按捺住加速的心跳，水灵的杏眸飞快地往上看，心里透着一股既紧张又激动的情绪。

“590，…，580，…，530，…，520，…，510，…，503，502！”

居然到了502名，她才第一次看见眼熟的名字。红毛！红毛居然考到了第502名！要知道上次他是650名开外啊！

阮萌萌不敢相信自己的眼睛，紧张地抿了抿唇，一口气往上瞧。红毛502名，黄毛489名，绿毛480名……慕景行455，叶翰庭423，李一帆437……每个人都有进步，而且是长足的进步。但这还不是最让阮萌萌吃惊的……因为最让她吃惊的是，一直往上看到第300名，她居然还没有看到景向劲的名字。

景胖子这次难道是要逆天了吗！

300，…，200，…，100，…，50，…，10！她一直往上看到第5名，还没有见着景向劲的名字。阮萌萌觉得心脏都快从胸腔里跳出来了。景胖子难道真的逆袭了，第一次周测就考进了前5名？

这样的结果完全在阮萌萌预想之外，她很紧张，小手揪着校服的领口，目光往上。

第5名……不是……

第4名……不是……

第3名……不是……

第2名！第2名她终于看到一个熟悉的名字。可惜不是景向劲，而是理科满分文科偏科的越君澈。

而再往上，第1名的地方，稳稳当当写着阮萌萌三个大字。意料之外，却是情理之中，这一次的第一名还是阮萌萌。

“怎么会没有景胖子……”阮萌萌倏地皱眉，双肩沉下去，刚才还高昂的情绪瞬间泄气了。而在她身旁的美少年这时候却微不可察地吐出一口气。厉君澈从来没有一刻像刚才那样，紧张到恨不得一口气吞下十个蛋糕，才能安抚自己狂跳的心脏。

“萌萌姐，萌萌姐……你看到我们的成绩了吗？！哈哈哈，这个周末我们是不是可以放假了？”正在这时，几个熟悉的声音从人群后传来。

阮萌萌转头，就看到在人群外使劲跳的红、黄、绿三团杂毛。

她走出去：“你们三个考得不错，这个周末可以休假一天。但是……”

阮萌萌盯着红黄绿三人，脸色不定：“说，你们老大是怎么回事？为什么连成绩都没有？”

红黄绿三人你看我，我看你，欲言又止。虽然老大说了，他自己一个人扛就好，不让他们把这件事告诉萌萌姐，可红黄绿三人觉得，萌萌姐那么厉害，说不定能帮到老大。红毛看了看黄毛和绿毛，点点头。

“萌萌姐，老大他……他现在在学生会。”

阮萌萌：“学生会？他去那里干什么？”

“老大他考得太好了，学生会纪律组怀疑他作弊，把他的成绩给取消了……”

“我就是250，250就是我……我景向劲行得端坐得正，250这个名次是我凭本事考出来的。就算你们怀疑，也没资格把我的名字从排行榜上撤下来！”阮萌萌还没走到学生会办公室，就在走廊里听到景胖子铿锵有力的争论声。

“景向劲，你次次考试都在第650名以外。就连上一次的周测也只是649名。250名，你凭什么只用一周时间就能进步到这个位置？你要是没作弊，我叶枫就把名字倒过来写！”

景胖子笑了，吊儿郎当地说：“枫叶，嗯……这名字是比叶枫好听些，适合你。”

叶枫：“景向劲，你……”

“算了，叶枫。”坐在办公桌后，一直没说话的阮娇娇阻止了叶枫。

她按住叶枫的手，转而看向景向劲：“景同学，我们大家都知道你跟徐昊、尹永、辛宝宝三人是关系极好的朋友。这次考试，除了你的成绩超出预期之外，他们三个人也分别从650名以外，提升到502、489和480名。

“如果你咬定自己没有舞弊行为，我们学生会只能暂时取消你们四个人这次考试的成绩，一个一个慢慢调查。”她言下之意，就是要用红、黄、绿三个人的成绩威胁景向劲。

“你……你取消他们的成绩试试看！”景胖子挺起胸膛，恶狠狠地瞪向阮娇娇。

他好歹也是金狮集团二公子，比起家族势力，随便碾压阮家。这阮娇娇要是以为自己当了代理会长，就可以威胁他，他一定让她吃不了兜着走。阮娇娇被景向劲这么一吼，也不生气，反而是委屈又为难地看向叶枫。叶枫接收到阮娇娇求助的眼神，心下顿时一软。

虽然上次在阮老太太面前，阮娇娇的表现让他有些失望，但这个女孩毕竟是他暗恋多年的女神。她在他心里，永远都有不可替代的地位。就拿这次这件事来说，阮娇娇跟他提了提，表露出一点儿意思，他就主动揽下了收拾景向劲的累活。不过在叶枫看来，像景向劲这种常年倒数的差生，被收拾了也是活该。他根本不相信景向劲是凭自己的本事考到了第250名。

“景胖子，你少在这儿吓唬人了。你有几斤几两，我们心知肚明。你这次的成绩作废了，要是再废话，小心我把你作弊的事告诉你大哥！”

“你……你……”景向劲真是又气又恨。

他这辈子最大的死穴就是他大哥，偏偏叶家跟景家有来往，这才让叶枫长期用他大哥威胁他。景胖子是认命了，凡事牵扯进他大哥他就㞞。他想了想，取消成绩就取消成绩，大不了他下次再考好就是了。红黄绿好不容易考这么好，他不能连累兄弟。

就在景胖子要妥协的时候，办公室大门突然被人从外推开。阮萌萌带着厉君澈，还有红黄绿三人，一共五道身影出现在办公室门口。

“姐姐……你怎么来了？”看到阮萌萌，阮娇娇迅速站起身，她皱起眉，为难地道，“这里是学生会，不是什么闲杂人等可以随便进入的地方。姐姐，你要是有什么事，晚上回家再跟我说，好不好？”

果真是阮娇娇……态度柔弱到极致，但说出口的话却深藏讽刺。

她明知道阮萌萌跟阮兆天闹翻了，正在冷战中的阮萌萌是不可能回家的。她却要故意用这样的话刺激阮萌萌。幸好阮萌萌早就在秦芳母女多年的锤打中，练就了一身铁骨。她迎着阮娇娇的目光扬起了唇。她酒窝浅浅，甜美至极，和柔柔弱弱看上去愁云惨淡的阮娇娇形成了鲜明对比。

“闲杂人等不能随便进啊……”阮萌萌看了一眼办公室里头，点头，“嗯，我明白了。那你看看……他们两位可以进吗？”说完，她往后一退，侧身，露出了等在门外的另外两道身影。

“校、校长……理、理事长？！”

二十分钟后，整个学生会会长办公室终于安静下来。

二十分钟，校长跟理事长两个人指着阮娇娇的鼻子，整整训了她二十分钟！他们两人的声音中气十足，差点儿可以掀起房顶，即使在其他办公室也能清清楚楚听到他们训斥阮娇娇的声音。

“兴风作浪”“以权谋私”“任意妄为”“欺压同学”……短短二十分钟，学习会的其他人全都听见了校长和理事长对这位代理会长的评价。而全校排名第 250 的景向劲同学，早就开开心心地跟着阮萌萌离开了。

等到校长和理事长离开，阮娇娇已经全身瘫软，近乎麻木地瘫坐在办公椅上：“为什么……为什么？为什么所有人都要帮着她，为什么所有的好东西都属于她？明明……明明我也是爸爸的女儿，明明我们都姓阮啊！”

第十二章

最差的学渣们，居然一起补习

阮娇娇哭了，哭得脆弱又不堪，双肩抖动，看上去就像个易碎的瓷娃娃。

“娇娇……要不然，你还是不要跟你姐姐斗了。她现在好像真的攀上高枝了，我们、我们可能不是她的对手。你看，就连校长和理事长都被她请来了，接下来的竞选我怕她会……”

“不，我绝不会认输！”阮娇娇抬起头，柔弱的小脸竟现出几分狰狞，“我有办法的，我有办法……我会让竞选的人数不够，我会让她没办法竞选，我会让她的靠山不要她，我……我……叶枫，你要帮我，你会帮我的是不是？”

叶枫沉默。看到阮娇娇这样，他觉得心痛，但又觉得陌生。可是最终，他还是点下了头：“好，你要我怎么帮你？”

校园内，景胖子走路的脚步都轻快了许多。

“哈哈哈，爽，实在是爽！萌萌姐，你真不愧是我们老大，把校长请来就算了，居然能把神龙见首不见尾的理事长都请来……怎么办，我景向劲已经佩服得五体投地，恨不得要对你以身相许了！”

景胖子那个得意啊，走路都是飘的。他本来以为自己的名次不作数了，结果，阮萌萌把校长和理事长请来，对着阮娇娇一通训，他的名次就回来了。

“行了，你就别皮了……这次是凑巧，嗯……正好有人帮忙。以后，你们还是要少闯点儿祸，规矩一点儿。”

阮萌萌低下头，眸子里染上一抹羞赧。她能请来校长和理事长，当然少不了厉君御帮忙。想起刚才她一时情急，在电话里跟厉君御求助时，他提出的条件，阮萌萌小心脏抽了抽……厉君御，他真的要她那么做吗？

她正犯愁，耳边突然响起景胖子的声音：“对了对了，我这次考到 250 名，上次我才 651 名……越君澈，我进步了两百名以上，你穿女装的诺言，是不是该……嘿嘿嘿？”还别说，景胖子那一声嘿嘿嘿，真是要多猥琐有多猥琐。

美少年清澈的眸子闪了闪，他冷淡地道：“对，你的确进步了两百名。但是，你别忘了……我们的赌约是下次月考而不是周测。所以，一个星期后才是月考，你不用得意这么早。”

“我……我说过月考两个字吗？”景胖子抠脑门。

红黄绿连忙点头：“老大，你的确说过。”

“……”

景胖子无语，挠挠脑袋：“好吧好吧，下次月考就下次月考，看本少爷考个惊天地泣鬼神的成绩，一举把我们越君澈小妹妹拿下。哈哈哈，本少爷已经迫不及待想看到男神妹妹穿女装啦……”

景胖子那个得意，带着三个小弟乐呵呵地走了。剩下厉君澈站在阮萌萌身边浑身低气压。

阮萌萌看看他，用手指戳了戳：“那个……你，没事吧？”

她想到刚才红黄绿说的话，也难怪厉君澈会这么生气，景胖子那家伙忒奸诈了。景向劲能分到三年级 G 班，论实力本来就可以考在 300 名左右。只不过这一年，他越来越不爱学习，索性交白卷，跟红黄绿一起混。所以说，景胖子跟厉君澈打赌，分明就是在故意讹厉君澈。只怪厉君澈被景胖子拉低了智商，才会跟他打赌。

“我没事！”厉君澈清亮的眸子闪了闪，“我去食堂买点儿蛋糕，你……自己去教室。还有，我哥跟你说的那件事，你答应了？”

“什、什么事？”阮萌萌慌张地抬头，假装听不懂厉君澈的话。

美少年敛了敛眉，勾唇：“我都听到了。我名义上的大嫂，你有空担心我，不如担心你自己。别怪我没提醒你，我舅舅……可不是个好糊弄的人。”

就因为厉君澈的那句话，害得阮萌萌一整天都心神不宁。她不知道厉君御和厉君澈的舅舅究竟是什么样的人。为什么厉君御要让她假扮女友，放学后陪他一起去见舅舅呢？

课间，她正趴在桌上，怔怔地发愣。教室门外忽然传来一阵骚动。

“快，快过去……”

“听说就在一楼大厅，过去看看……”

门外不知发生了什么事，有许多同学匆匆跑过的身影。

阮萌萌觉得奇怪，抬眸看去，正好看见司蔻韵的身影。

“小司，发生什么事了？你们怎么都往楼下跑？”

司蔻韵看到阮萌萌，露出略微惊讶的表情：“萌萌，你怎么还在这儿？你不知道吗，景向劲和慕景行他们几个，在楼下搭了个台子，给你拉票。”

“拉票，拉什么票？”

“当然是学生会竞选的拉票啦，他们俩现在就在楼下宣传，你快跟我下去吧。”司蔻韵说完，就拖着还没回过神的阮萌萌往楼下跑。

等两人到了一楼大厅，那里早已围了里三层，外三层。而人群中央，真搭起了高台。高台上，慕景行、叶翰庭、李一帆，还有红黄绿三人，站了一排。景胖子站在他们身前，高举握拳的右手，铿锵有力地喊道：“同学们看到了吧……慕景行 455 名，叶翰庭 423 名，李一帆 437 名，徐昊 502，尹永 489，辛宝宝 480 名！多么可怕的潜力，多么惊人的进步！但最可怕最惊人的还不止这些！”

景胖子说着，大力地拍了三下胸脯。

“哈哈哈……各位观众，最可怕最惊人的是——250！”

“我景向劲这次周测考试，考到了 250！召集大家过来，就是要告诉大家，因为学生会工作失误，把我景向劲的名次错漏。实际上，我景向劲是这次周测的 250！”

胖子话音刚落，全场同学就笑作了一团。不仅是台下的同学笑，就连台上的慕纨绔等人也笑得前仰后合。这景胖子不去说相声，简直是相声界的损失。

大家笑，但景胖子偏偏不笑，反而一本正经地说：“这虽然是一件可喜可贺的事，但大家不用笑得这么激动。我叫大家过来，除了要宣布这个喜讯之外，最重要的一点就是要让同学们知道，我们这七个人之所以有这样的进步，全离不开一个人的教导。”

“没错！她就是阮萌萌……我们七人小组的特训老师！”景胖子抬手指向阮萌萌，所有人的目光都顺着他手势的方向看去。

“阮萌萌同学不但成绩优异，还不嫌弃我们这些学渣，反而带着我们一起进步。要不是因为她，我景向劲一辈子也不可能考到 250 名。而这一切只用了短短一个星期。”

“同学们，试想一下，在过去当了三年学生会会长的顾铉，还有两年副会长的阮娇娇，他们有没有给我们这些成绩不好的差生带来过这样的福利？”

“没有，从没有！不仅没有，他们还歧视我们，欺负我们，在各种场合故意排挤我们！”

“所以，下个星期的学生会竞选投票阶段，同学们应该知道，要把手中的票投给谁！”

景胖子在学校里的一番演讲很快就传遍了整个年级。从这天之后，不断有后面班级的同学，到三年级 A 班来找阮萌萌请教学习问题。不只这样，G 班往后几个班级的班主任，还把阮萌萌叫到办公室，想知道她是用什么办法，在短时间内改造了这群问题学生。当然，阮萌萌总不能告诉老师们她靠的是拳头。她把怎么欺负景胖子他们的内容隐去，只把如何在学习上规划指导的内容告诉了老师。

“其实现在的同学都不笨，最主要的还是对学习失去了信心。因为努力了也看不到进步，反而会让他们厌学。所以，我只让他们从最简单的背诵开始，把能够拿到的分数拿到，看到了成绩的进步，自然就会树立信心愿意学习。”

几个班主任听了，顿时觉得十分有道理。是啊，他们以前只觉得差生不愿意学，却从没想过他们为什么不愿意学习。其实是他们忘记去研究这些孩子的心理了。几位老师对阮萌萌赞不绝口，还逢人就说，智学这一届的孩子里头，真是出了一个了不起的学霸。她不但自己学习好，还十分乐意帮助同学。一时间，阮萌萌的风头彻底盖过了阮娇娇。仿佛没有人还记得，这次的学生会竞选中还有阮娇娇这么一个人。

当天下午放学，阮萌萌和往常一样走出校门。只是又和往常不一样的是，她屁股后面不但跟着问题儿童七人组，还跟着一长串同学。三十多个人，有男有女，高矮胖瘦一应俱全。他们全是因为听了景胖子的演讲后上门求助的。毕竟谁也不想当个学习不好，只会混日子的富二代。他们也想靠自己考高分。

阮萌萌觉得教七个是教，教三十七个也是教。她自己曾因为晕算的关系，没办法好好学习而遭人误会，现在只要这些同学愿意学，她多费点儿心思教也没什么。于是，她带着这三十多个同学，敲响黑色悍马的车窗。车窗降下，那张清冷中带着禁欲气息的脸从窗后显露出来，厉君御冰冷锋利的视线落在她的脸上，又扫向她身后的人群。他微微蹙眉，墨黑的瞳孔泛起幽冷的光。

阮萌萌察觉到男人的不悦，小肩膀瞬时抖了抖。咯……怎么办，她突然有些后悔了。

厉君御瞥了一眼不敢直视他的小奶猫，浑身上下仿佛笼在寒光里。很好……上次是七个，这次，呵呵……放眼望去将近四十人，还有男有女。她这是嫌撩了男生不够，还要撩女生了？

男人挑眉，锐利的视线落回阮萌萌巴掌大的小脸上，语气冰冷：“阮萌萌，不介绍一下？”

“呵、呵呵……那个，那个……他们都是我同学，想跟着参加课外补习。”平时在慕纨绔他们面前特别威风的萌主大人，这时候就跟小媳妇似的。

“你的意思，今后每天放学，这些人都要占用你的时间？”

“是、是吧……所以那个，御耀的会议室，能不能给我换个大点儿的？之前那个太小，不够用。”阮萌萌抬起杏眸眨了眨，可怜兮兮地望着他，清澈晶亮的水眸里闪烁着恳求的光芒。

原本只会嫌这种事麻烦，并且会毫不留情拒绝的厉君御，在被那双闪着水光的杏眸纠缠上时，所有拒绝的话都被卡在喉间。莫名其妙地，他竟然不想看到小奶猫失望。他双眼微眯，墨色的瞳孔一暗再暗。

他最终却是伸出大掌，隔着车窗，当着所有人面，占有性地将手掌放在阮萌萌毛茸茸的脑袋上。

“上车。”他低声说。

“可是他们……”

“交给凌东，他会安排。今晚的补习，找其他人代课……别忘记你答应我的事。”

厉君御没有拒绝，没有训她，反而还真的安排人给他们换了一间大会议室。

这样好说话的厉君御让阮萌萌有点儿受宠若惊。她坐在真皮座椅的这一头，悄悄打量正低头看着平板电脑的厉君御。她想道谢，但又觉得现在的厉君御看起来有些不一样。他换了一套深色的正装，是三件式，修身的马甲勾勒出清晰的肌肉线条。他里面白色的衬衣领烫得笔挺，领口系着黑色的暗纹领带，整个人透着凌人的矜贵优雅。

阮萌萌注意到那双漆黑的凤眸透出点点寒意，不自觉抿了抿唇。

这样的厉君御看上去好陌生，不似这些日子跟她一起坐车时，总是喜欢揉着她的脑袋，态度亲密的男人。这样的厉君御竟让她生出了第一次见到他时那种冷漠又无情的感觉。

男人正好侧眸看来，发现阮萌萌的愣怔，墨瞳微眯：“有事？”

“啊，没有……”阮萌萌本能地摇头，觉得自己这样好像有些傻。

她硬找了个话题：“那个，凌东是谁？这几天都没看到凌北，他人呢？”

不提凌北还好，她这一提，厉君御本就冷峻的眉眼顿时更冷了几分。一股慑人的寒意从他清冷的眼眸里倾泻而出。

阮萌萌小心脏忍不住抖了抖。她就知道今天的厉君御看起来不一样……真的是有种生人勿近的凉薄。阮萌萌忍不住往窗边移了移，跟看上去随时都可能发怒的暴君拉开距离。她不知道，这样的动作反而让男人眼底的寒意更重。

厉君御蹙眉看向坐得远远的阮萌萌，嗓音低冷："凌东是新的助手。怎么，你很关心凌北？"

凌北要是在这儿，一定会双手合十，跪求阮萌萌不要乱说话。可惜他不在。而阮萌萌猜不透厉君御的心思，只是稀松平常地点头："还好吧，凌北对我还挺好的，总是帮我……"

听到小奶猫的评价，厉君御深不见底的眸子寒光乍现。很好，三年内凌北都不用回国了。

"阮萌萌，你该清楚自己的身份。他对你好，帮你，只不过是他分内的职责……"你不用因为这一点，而刻意把另外一个男人记在心里。后面的话只是很快从厉君御内心深处闪过，快到连他自己都未察觉。

"嗯……你是想提醒我，我现在的身份也是厉家的大小姐了。凌北帮我并不是因为他觉得我好，只是职责？"

厉君御漆黑的眸光闪了闪，他没点头，只是纠正道："不，凌北只服从于我。

"不只是凌北，以后你还会认识凌东、凌西、凌南。他们是仅听命于我的手下……所以他们会优待你，只是因为你的身份改变……"

"我的身份？"阮萌萌盯着男人漆黑深沉的凤眸，不由自主地随着他的话重复。

"嗯。"厉君御轻哼一声，颔首，"因为对他们来说，你已经不仅仅是厉家大小姐。还记得我跟你提过的吗，今晚你要作为我的女友，陪我跟舅舅共进晚餐。"

也就是说，他们会对阮萌萌好，只是因为阮萌萌是他的女朋友。哪怕只是假的，这四人也会用百分百的态度尊敬她。

话音落下，车正好停在一家私人会所外面。

在阮萌萌还一头雾水时，厉君御已经伸手，牵过她的小手："走吧，舅舅已经到了，别让他等太久。”

跟厉君御舅舅见面的会所十分高级，只对特定的会员开放，幽深而安静，到处都透出古色古香的雅致。

阮萌萌被厉君御牵着，眼看已经走到包房门口就要进门，她却突然生出一种无法解释的忐忑。

“等一等。”阮萌萌伸手，扯住厉君御。

男人顿足，回眸，浓墨般的瞳仁在琉璃灯盏的照耀下闪过清冷的光。

“我……我有点儿紧张。你舅舅他……会不会不喜欢我？”就算只是假扮的情侣，但她心里一样不希望被他的家人嫌弃。虽然厉君御没有明说，可阮萌萌却能看出，他的舅舅应该是对他很重要的人。而她则莫名其妙地不想被他在意的人讨厌。

谁知她话刚说完，厉君御就蹙着眉，用冷冷淡淡的语气说：“我舅舅他一定不会喜欢你。”

阮萌萌：“……”

什么鬼？她没有听错吧……厉君御刚才说的是“不喜欢”，而不是“喜欢”？

“但是就算他不喜欢也无所谓。你只要跟他吃一顿饭，就算完成任务。至于他的话，不用放在心上。”

说完，他也不再解释，拽着她的小手就推开了包房门。

“舅舅，我们来了。”随着厉君御清冷的嗓音传来，坐在主位上的中年男人抬起了头。

男人棕发碧眼，身材高大，那英俊锋利的五官，犹如上帝亲自雕琢一般，完美深邃。最吸引人的是他那双深沉而神秘的眸子，犹如大海般波澜壮阔的深蓝眼眸强势、霸气。他只是坐在那里，一个抬眸，就带着一种慑人的威势。阮萌萌虽然早就做好准备，知道厉君御的舅舅不可能是普通人，但乍然见到这样英俊而强势的男人，还是忍不住倒抽了一口气。

听到身旁小奶猫的抽气声，厉君御垂眸，瞥了她一眼，眉宇间藏着连他自己都未发觉的不悦。他握住她的手紧了紧，占有欲十足。厉君御用冷冰冰的嗓音例行公事般介绍："这就是我舅舅，克里斯·雷丁顿，中文名越霆，以后你就跟我一起，叫舅舅。"

"嗯。"阮萌萌点头。

随后，她对着棕发碧眼的帅大叔甜甜一笑，表现乖巧地问好："舅舅好，我是阮萌萌，君御的女朋友。"

小奶猫乖巧起来，柔柔软软地叫出"君御"两个字，竟比她有求于他叫"亲爱的"时更加悦耳。厉君御冷色的墨瞳闪过微光。

阮萌萌却听到坐在对面的中年男人神情不悦地开口："叫雷丁顿公爵，我还没认可你的身份，叫什么舅舅。"

越霆剑眉冷蹙，毫不掩饰对阮萌萌的不喜。

虽然厉君御事先已经打过招呼，但被对面那位帅大叔当场否决，还是让阮萌萌的小心脏一紧。她倒不是委屈幽怨，就是觉得这么帅这么有气场的大叔，怎么会不喜欢自己呢？这让作为颜控的阮萌萌好受伤啊……

"舅舅，外公还在，就是要叫雷丁顿公爵也轮不上你。"厉君御毫不在意舅舅的态度。

他侧眸，大手揉着阮萌萌的脑袋："乖，听话，以后就叫他舅舅。他要是不答应，就叫越霆。"

"君御，我可是你舅舅，你这小子怎么可以胳膊肘往外拐？"越霆皱着眉，英气的脸上掠过凌厉。

厉君御却不理舅舅的抱怨，冷然道："有道理的话我才听。"

"舅舅的话难道没道理？舅舅可是要把波尔金家族的大小姐介绍给你。这个什么阮什么萌的小姑娘也长得……太丑了，不好看，怎么配得上你？"

太丑了！不好看？！

这下，一直安安静静坐在一旁看着舅甥俩你来我往的阮萌萌坐不住了。她这种颜控对自己的要求也是很高的，绝对忍受不了被人嫌弃颜值。阮萌萌一个控制不住，手里的玻璃杯裂开了一条缝。

在越霆和厉君御微讶的目光中，她抬起水灵灵的杏眸直视对面的男人："舅舅，你不喜欢我不要紧。但是话必须说清楚，我哪里丑了？"

"你……"越霆深沉如海的眸子一闪，显然是没想到，这小姑娘看起来娇滴滴的，但脾气却有些大。

嗯，这么看她倒是不那么让人讨厌，至少跟他家小姿的性格差不多。只不过嘛……他深邃的蓝眸闪过一抹可惜。就算这小姑娘脾气对了他的胃口，但长相上还是不过关。

越霆也不卖关子，直接指出阮萌萌的缺点：“你的眼睛不好看，单凭这点，就入不了我的眼。”

“我、我眼睛长得不好看？”阮萌萌都听傻眼了。她长这么大，还是第一次听到有人说她长得不好看，还是眼睛不好看的。

她长了一双杏眼，从小就最惹人爱的，不知道多招人喜欢。她爸疼，她爷爷疼，她姐姐更是喜欢捏着她的小圆脸说她可爱又漂亮。厉君御的舅舅，真的不需要去挂个眼科吗？

“不用一脸诧异地望着我，实话告诉你，你的眼睛太圆，可爱有余妩媚不足。没有一双妩媚桃花眼的女孩子，是配不上我外甥的。”

妩媚桃花眼？阮萌萌听得一头雾水。

倒是一旁的厉君御早就见怪不怪。他冷冰冰地道：“舅舅，你喜欢桃花眼是你的事。我告诉过你多少次，不要把你的审美强加在我身上。”

他舅妈是个标准的美人，最大的特点就是有一双勾魂夺魄的桃花眼。就因为这样，他舅舅便觉得这世上只有长了一双桃花眼的女人才叫好看。所以，自他成年后，舅舅便殷勤地给他介绍对象。而这些对象，无一例外全是有一双桃花眼的女人。

“君御，话不能这么说。你看看你舅妈，是不是既漂亮又能干……能娶这样的老婆，是福气。”

“呵。”厉君御勾唇冷笑，“舅舅，你说这种话之前，能不能先把舅妈追回来？听说她已经好几年不理你了。”

“你……”越霆气结。大外甥的嘴真是越来越毒，明知道小姿不理他的事，是他的伤，还猛往上面撒盐。

越霆强忍着被老婆嫌弃的疼意，板着脸，维持着冷肃的威严：“君御，波尔金家族的大小姐各方面条件都很不错。漂亮妩媚，性格明丽，而且家世显赫……你知道的，我和你外公是绝不会同意厉家给你物色对象的。为免外公担心，你就答应见一面怎么样？”

越霆毫不在意这样说会不会让一旁的阮萌萌尴尬。反正，这小姑娘没有桃花眼，他是绝对看不上的。在他眼里，已经自动将阮萌萌从厉君御女朋友的位置上划掉。

“哦，是吗……”厉君御微微挑眉，似乎是被他舅舅说得动心了，“那位波尔金家族的大小姐真这么好？”

“当然。”越霆英俊深邃的脸上终于浮出笑意，“要是不好，舅舅怎么会介绍给你。”

厉君御点头，淡淡地道：“既然如此，舅舅还是把这么完美的人选留给越泽表弟吧。反正雷丁顿家族跟波尔金家族世代交好，你们两家联姻岂不是美谈？”

“你……”越霆差点儿被大外甥这番话气得吐血，“你表弟今年刚满十岁！”波尔金家的大小姐都二十出头了。

“既然这样，不如舅舅自己收了。反正舅舅最喜欢有桃花眼的女人，刚好舅妈也不要你了，你趁机享享福？”

厉君御这句话算是彻底拂了越霆的逆鳞。越霆深邃的蓝瞳闪过一抹冷厉，满脸冷肃地拍案而起：“厉君御……我是你舅舅，小姿是你舅妈，我们是你的长辈。你就是拿这种态度跟长辈说话的！”

作为欧洲古老贵族雷丁顿家族的继承人，越霆沉下脸，冷厉的五官凝结成冰，顿时就生出强大的压迫力。然而，厉君御却连眉毛都没抬一下。

厉君御比他舅舅更加深沉的冷眸微微一挑，他冷漠地道：“你不过比我大了十岁，摆什么长辈架子。”

他舅舅比他妈妈小了整整十三岁，他外公老来得子，他舅舅年轻的时候任性，时常带着厉君御到处玩，他们舅甥俩在一起像兄弟。

“再说……”厉君御转眸，将视线从他舅舅那儿移到阮萌萌脸上，看着小奶猫泛着浅粉色，还气鼓鼓的小脸蛋，他忍不住伸手捏了捏她可爱的脸颊，“你不喜欢你老婆被人拿来比较，我也不喜欢女朋友被你批评……舅舅，你要是还想坐在一起心平气和吃完这顿饭，就不要再提相亲的事。”

大外甥的气场太强大，而且说出的话还让越霆没办法反驳。他用小姿，也就是越霆最深爱的妻子做比喻，即使越霆不喜欢阮萌萌那湿漉漉的杏眼，但也能明白外甥的感觉。自己深爱的女人，无论如何也接受不了别人的批判。

越霆薄薄的唇紧抿着，片刻后，他才拧着浓眉不太情愿地道：“好……你的婚事我不管。将来，自然会有你外公过问。”

“外公来也是一样，舅舅……萌萌现在是我女朋友。在她面前说这些，你认为合适吗？”

外甥态度太冷硬，越霆无言，只能坐下。

见外甥依旧冷着脸没理他，他便朝阮萌萌看去：“萌、萌萌是吧……要不下次，舅舅给你介绍一位整容医生，开个外眼角，割个大双眼皮怎么样？”

阮萌萌：“……”

一顿饭吃得阮萌萌哭笑不得。

厉君御的舅舅起先对她态度不怎么友善，但随着在餐桌上越聊越多，她倒是感觉这位帅大叔虽然看起来严肃，人却是很好的。不过……他的审美实在是偏执而奇葩。到最后他们道别时，他还在不停地让阮萌萌去割个大桃花眼出来。

饭后，成功扮演了女友角色的阮萌萌，受到了暴君大人的赞许。在回程的车厢内，她被厉君御摁在了后座椅上。

“呃……那个，厉君御……你、你靠这么近干什么？”阮萌萌抬起闪耀的杏眸，提防地看着忽然靠近的男人。依旧是软糯糯的声音，只可惜再不是“君御”，而是“厉君御”。

男人墨眉微蹙，沉黑的眼底闪过不悦。

“刚才表现不错，想要什么奖励？”厉君御修长的手指轻轻抬起阮萌萌的小下巴，无比靠近的距离，透着一股甜美而奇妙的气息。

前排的司机只是非常老练地默默地升起了隔板。

“奖励？”阮萌萌双眸迷茫，小下巴却不自觉地抬高了点儿。

当她意识到自己的动作代表着什么的时候，漂亮的睫羽瞬间颤了几颤。要命！刚才那一刻，她竟然是本能地抬起头想要……想要索吻？！明明已经是放学后，她不需要考试，不需要靠这个吻治愈她的老毛病。和厉君御接吻根本不是必须的……可是她……她究竟干了什么？

她居然会情不自禁地抬起下巴，就像在等待着厉君御的吻落下。这太反常了！从在御棠她跟她爸爸闹翻后，情不自禁投入厉君御的怀抱开始，好像就有什么东西变得不一样了。

怦怦怦——她的心脏狂跳，跳动的频率快到难以自抑。

就在阮萌萌觉得越来越不对劲儿的时候，厉君御已经轻轻地捏住她的下巴，俯下身。那张削薄的唇近在咫尺。

“接电话、接电话、萌主接电话……”一阵电话铃声却在这时突然响起，打破了车厢内旖旎的气息。

阮萌萌小身子往后一缩，她摸出吵闹的手机：“那个，我……我接个电话。”

也不待厉君御同意，阮萌萌就接起了电话。她略略低头，边接电话，边暗暗注意厉君御的状况。她发现他并没有退开，非但没退，那深不见底的视线似乎还凝在自己脸上，她能感觉到锐利的目光。

阮萌萌将脑袋埋得更低，不敢被他发现自己脸上的红晕：“喂……”

电话这头她刚开口，慕景行咋咋呼呼的声音就从听筒里传了出来。

“萌主……萌主快来救命啊！那个代课的曹老头究竟是什么人，可怕，太可怕了！他居然问我们见没见过砂锅大的拳头，还用铁尺打手板！我们三十几个人已经阵亡二十多个啦！”

阮萌萌：“……”这种时候打来这种电话，慕景行简直就是在坑她。

她略略抬眸，发现厉君御仍旧一动不动地用两手撑着座椅，把她圈在怀里。她只能抿了抿唇，小声道：“那个……曹老师人很好的，你们安心跟他学。我还有事，先挂了。”她说完便毫不犹豫地挂断电话，还顺便关了机。

阮萌萌做完这一切，才抬起眼睛，露出小酒窝，讨好地笑：“呵呵……慕纨绔电话，补习的事。”唉，她也不知道自己为什么有种心虚的感觉。

谁知，厉君御眸色却冷了，双臂微收，将她禁锢得更紧。他垂眸，冷冷地道：“我知道……不就是你那三十七个后宫吗。”

后、后宫？打死阮萌萌也想不到，有朝一日还能从厉君御嘴里听到这种词。她愣了愣，顿时觉得这天好像都要被厉君御聊死了。暴君是真的尬聊。不知道该如何回话，她觉得尴尬，眼珠子转了转，终于想到一个话题：“咯，那个……我发现你舅舅这个人好像还蛮有趣的哦。”

“……”厉君御沉默不语，冷冰冰的眼神没有任何回暖迹象。

阮萌萌缩了缩脖子，总觉得他幽冷的目光好像正落在自己脖颈上。办法，她只能再换个话题：“对了，你舅舅为什么要给你安排相亲啊？这种事情，不是应该由厉叔叔或者你爷爷安排才对吗？可是我听你舅舅说话，好像不太喜欢厉叔叔，他们是不是有什么误会啊？”

阮萌萌发誓，她只是突然不知该找什么话题，才灵机一动随便将脑子里闪过的话说了出来。如果她事先知道，厉君御听完她的话后会露出那样冷漠凌厉的眼神，就是打死她，她也不敢这么说。

只见厉君御听完她的话，大掌忽然从椅背上撤离。刚才还被牢牢禁锢的阮萌萌瞬间得到了自由。

阮萌萌见他忽然起身，离开自己，下意识叫他：“厉君御……”

“不许说话。”男人语气淡漠，冷冷清清的嗓音不凶狠，却透着十足的疏离。

阮萌萌被厉君御这句话训得一愣，看到坐回原位的厉君御有些怔怔的。刚才巴不得他离自己远点儿，不要那样摁住她，但现在他突然表现得很冷漠，却让阮萌萌觉得内心空空的。

阮萌萌觉得不对劲儿，忍不住问：“厉君御，你到底怎么回事……”

可惜话还没说完，她就见男人侧眸过来，冷冷地瞥了她一眼。那一眼充斥着浓浓的厌恶和冰冷的寒意，直击在阮萌萌心尖，几乎将她的心房碾碎。

“阮萌萌，听不懂我的话那就下车。我再说最后一次，闭嘴。”他，厉君御，在这一刻不想听到任何人的声音。

男人森冷沉肃的五官覆满寒冰，浑身上下都散发着刺骨的寒凉，阻挡着任何人，包括阮萌萌的靠近。

前方的司机早已瑟瑟发抖。这样的大少爷才是他熟悉的……哪怕隔着隔板，也无法减弱大少爷强大的威压。

砰砰——阮萌萌使劲敲了敲隔板，大声对前面的司机喊道：“停车！”

她喊完，那双杏眸就死死地盯着厉君御。可惜哪怕她叫了停车，对方冷峻的五官也没有一丝动摇。

“大小姐，这里离厉园还有半小时路程，这个地段不好叫车。”

阮萌萌知道司机说的都是对的。可刚才都被人那样嫌弃了，她再留在车上那就是自取其辱。

她脆生生的嗓音响起：“我说，停车！”

无奈，司机只好将车靠边停下。

阮萌萌最后瞪了厉君御一眼，见他依旧容色冷峻地坐在车内，连看都不看她一眼，她一狠心，下车，甩上车门。阮萌萌原本以为说不定她下了车，厉君御就会跟下来，就跟以前每次吵架一样，最后都会把她抱回怀里，轻轻哄回去。谁知她刚站稳，那辆黑色的军用悍马居然连停都不停，司机踩了油门就往前开去。

“厉君御，你……你这个喜怒无常、翻脸不认人的暴君！我阮萌萌要是再理你，我以后就跟你姓！”

一个多小时后，阮萌萌终于跑回厉园。看到出现在别墅外的阮萌萌，赵叔微微一怔：“大小姐，你……你跑回来的？你怎么样，累不累，要不要紧？”

司机老李回来就告诉老赵，大小姐跟大少爷吵架，被赶下车了。老赵一听，立刻派人出去找，还特意在门口等着。结果那些人刚出去没多久，就看到小姐回来了。赵叔看看时间，这才过了一个多小时啊，半个小时的车程，大小姐居然一个小时就跑回来了？

阮萌萌除了有点儿喘，倒没别的不适。谁让她天生运动神经发达呢，跑十公里对她来说小菜一碟。

“赵叔，我没事……对了，厉君御那个浑蛋呢，他在哪儿，我要找他！”

阮萌萌下了车越想越觉得自己吃亏。凭什么他赶她走，她就要走。还有，他莫名其妙发脾气，她根本不知道哪里惹他生气了，被他凶得一愣一愣的。反正，她心里憋着一股气，怎么都顺不下去，一定要回来找他问清楚。

“大少爷刚到家就被老宅那边叫走了……今晚大概不会回来。”赵叔内心惶恐，幸好老爷子、老太太那边，听说大少爷跟舅老爷吃饭，就把人叫走了。要不然，他还真怕大小姐回来，会跟大少爷打一架。

“老宅？”阮萌萌挑眉。

“对，是老爷子和老太太想见大少爷，应该又要替大少爷安排相亲了。”

这个“又”字深深触动了阮萌萌。想到刚才在车上厉君御突然变得极冷的模样，她忍不住问：“赵叔，厉君御是不是很排斥别人提‘相亲’两个字？”

“有吗？”赵叔皱眉，回忆了一下，“没有吧……老爷子给大少爷安排过好几次相亲，虽然最后大少爷都看不上对方，但也没有明显的排斥。”赵叔出卖起自家少爷来，那是脸不变色，心不跳。

阮萌萌一听，心里那种不快的感觉顿时更加重了几分。厉君御……他倒是艳福不浅。

在他面前，她提一下“相亲”两个字他就暴跳如雷，结果呢，他还不知道已经跟其他女人见过几次面，相过几次亲了。这一刻，阮萌萌完全没有发现自己的立场已经变了。那些被厉家老爷子安排给厉君御的相亲对象，全部变成了她口中的“其他女人”。

“大小姐，你怎么突然关心起少爷相亲的事了？你要是想知道，我可以慢慢跟你讲，我记得有王家，有苏家，还有……”

“不用了赵叔，晚饭我不吃了，我回房间。”她越听赵叔讲，越觉得肚子里有团火无处安放。阮萌萌觉得自己急需发泄！她上楼，回房间，摸出手机。再也不想管厉君御会不会生气，阮萌萌打开游戏，直接登录了自己的账号。

“萌主一统天下”登录游戏！可惜她正准备单排一把，界面里就弹出“宝宝天下无敌”的组队邀请。

【代练君，你终于上线了！快快快，我大哥今天不在家，可以代打！我们抓紧时间，赶快上分！】

被厉君御苦苦压制了两个星期的厉君玺犹如脱缰的野马，在广阔的大草原上狂奔。

阮萌萌漂亮的眉毛略微皱起。要是往常，她看到厉君玺发来这样的话，准会逗他两句。但今天她心情很差。她一句话也没回，直接接受了厉君玺的组队邀请，然后开打。

接下来……

——Doublekill（双杀）！ Triplekill（三杀）！ Quadrokill（四杀）！Pentakill！（五杀）！

——Ace（团灭对方）！

——Godlike（接近神的杀戮）！ Legendary（超越神的杀戮）！

听着不断从手机里冒出的击杀喊话，厉君玺全程鸭蛋嘴，那张精致漂亮的小脸蛋几乎一直维持着嘴巴大张的动作。

他发觉这场对战根本不需要自己参与。不仅不需要自己，也不需要自己另外三个队友。其他四个人会不会玩根本不重要，只要他们会躺在地上，喊 666 就足够了。反正“萌主一统天下”只要一个人就能把对面杀穿。从开打到结束，他们也不知道连胜了多少把。慢的二十分钟结束战斗，快的六分钟对面就投降了。

一整个晚上，除了听到“萌主一统天下”的击杀纪录，厉君玺听得最多的两句话就是“暴君已被击杀”“黑暗暴君已被击杀”。

厉君玺都纳闷了……

有的时候，那种明显大优，已经推到对方高地的局，只要中路河道的“暴君”刷新，“萌主一统天下”必定要停下手中的追杀，专门绕路跑去河道，把刚刚登场的“暴君”击败。不管任何时候、任何情况，“暴君”这个 NPC（非玩家角色），几乎已经成为萌主的眼中钉、肉中刺。厉君玺甚至觉得，比起虐对面的玩家，萌主更想虐的分明就是“暴君”。

不过，不管怎么样，经过了一个通宵的连胜，到了第二天早上，熬了一整夜的厉君玺看着自己闪闪发亮的星耀 5 段位，简直激动得要哭出来！星耀 5 啊！从黄金局开始代打，这是他从来都没上过的段位！有了这样的排名，看他们班的那些学渣，还敢不敢在背地里笑话他高分低能。厉君玺美滋滋地跟萌主道别下线。

他洗漱一番推门而出，正好碰到从隔壁房间推开门出来的阮萌萌。小厉君玺晶亮的眼眸微微眯起，哼……他真是不走运，一大早出门就碰到那个抢走他妈妈注意力的讨厌姐姐。

小厉君玺带着敌意的眼神朝阮萌萌看去，他不看还好，这一看差点儿吓一跳："你昨儿晚上做贼去了？怎么这么大的黑眼圈，跟熊猫一样，哈哈……"

他虽然早熟，但到底是小孩子心性。厉君玺看到阮萌萌黑乎乎的眼眶，捂着肚子笑话。谁知，阮萌萌抬起杏眸淡淡地瞥了他一眼后，冷冷地道："呵……笑别人之前，先照照镜子吧。"说完，她便头也不回地下楼。

就算经过了一晚上的发泄，她现在还是很不爽，根本不想理这个追在她屁股后面刷了一晚上 666 的小跟班。

十分钟后，回房间照过镜子，发现自己也顶着一对熊猫眼的厉君玺，用湿毛巾敷好眼眶，才慢吞吞下楼。跟他现在的头号公敌，最讨厌的笨女人顶着同款熊猫眼，实在是让他不爽。小厉君玺低着头，咬着牙，小脑袋里闪过无数恶整阮萌萌的方法。结果，他刚进餐厅，就被餐厅里冷冽的空气吓到了。他……他家大哥，什么时候回来的?

只见餐厅的长桌上，厉君御神色冷漠地坐在一侧。三哥和阮萌萌那个笨女人，就坐在大哥对面。大哥的脸色透着无形的冷意，而平时话很多，总喜欢没事乱笑的笨女人，脸上居然一点儿笑意也没有。她低着头吃饭，一言不发。还好唯一正常点儿的是三哥，他面前堆了七八块糕点，正在大快朵颐。

厉君玺略略低头，掩饰自己眼底的黑圈，硬着头皮走过去，坐了下来。

"大哥，早上好。"熊孩子问候道，例行忽略他三哥和阮萌萌。

厉君御轻轻颔首，却没回话。这样的冷漠，让厉君玺的心都快从嗓子眼里跳出来了。厉君玺内心不断恐慌，他总觉得自己昨晚熬通宵打游戏的事被大哥发现了。果然，他刚拿起刀叉，就听到他家大哥低沉清冷的嗓音响起："屡教不改，态度恶劣，还学会通宵打游戏了……"

哐当——他大哥话还没说完，厉君玺手一抖，就把叉子掉在了餐盘上："大哥……我错了！我昨晚就是一时睡不着，只是想随便玩玩。我保证，我再也不……不会……”

厉君玺小朋友说到这儿，抬头，所有的话都堵在了喉咙口。

怎么回事？为什么该责骂他的大哥，正一脸冷肃地盯着阮萌萌？而阮萌萌则迎着他大哥的视线，怒目回视。忽然之间，厉君玺皱了皱眉头，发现事情好像不那么简单！

厉君御幽冷的凤眸微微一凛。接着，他回头，侧眸看向身旁的厉君玺：“大人说话，小孩子不许插嘴。”冰冷的眼神和凉薄的语气，把厉君玺小朋友整个人都吓坏了。

但是唯一值得庆幸的是，说完这句，他大哥就转头不再看他，竟没有追究他连夜打游戏的事！

就在厉君玺暗自庆幸，轻出一口气的时候，又传来了另一个声音。

“你说得没错，我是通宵打游戏了，我不仅昨晚通宵打游戏，以后每晚，只要我喜欢，我还可以继续通宵。这不是屡教不改的问题，这是我的自由。”阮萌萌娇软中带着韧性的嗓音在空旷的餐厅中响起。

站在一旁的赵叔愣住了。用人们都吓得低下了头，不敢相信居然有人敢忤逆大少爷。就连厉君澈惺忪的睡眼也微微清明了几分，他露出微讶的表情。

唯独厉君玺……呆滞地抬头，盯着阮萌萌。怎么会……怎么可能这么巧？他昨晚通宵打游戏，她也通宵……她叫阮萌萌，游戏里那个人的 ID 也有个“萌”字。小厉君玺的脑袋里冒出无数的想法。但在场的人没有注意到他脸上的神情变化。因为厉君御俊美无俦的脸庞，此时此刻，已被凛冽的寒意完全覆盖，一副风雨欲来的阴沉表情。

他墨色冷瞳微敛，薄唇扬起一道冷冽的弧度：“阮萌萌，你最好清楚自己在说什么。我是你大哥，父亲把你交给我管教……”

“你才不是！”阮萌萌毫不犹豫地迎着他冷厉的眸子回视，“你不是我大哥，我们认识不到一个月，又没有血缘关系，你凭什么做我大哥？你又凭什么摆出一副哥哥的架势管教我？”

“还有……你说厉叔叔把我交给你，可我清清楚楚记得，厉叔叔分明是让二少照顾我……”

如果说开始那几句话，只是让厉君御冷峻的脸色更加阴沉，那么等阮萌萌说到最后这一句话的时候，在场的所有人都能清清楚楚地感觉到，从那抹高大笔挺的身影中所散发出的危险气息，凛凛寒意，森然冰凉。没有人敢在这个时候说话，就连赵叔和厉君澈都不敢劝架，只是不自觉地降低自己的存在感。仿佛谁要是多动一下，多出一声，都会成为暴君爪下的肉泥。

唯独阮萌萌仰着小下巴，毫无畏惧地直视厉君御。她不是不怕，她最怕的就是这种气场强大而且不怒自威的人。可是她真的不觉得自己错了。她讨厌死了厉君御喜怒无常的样子。他一会儿对她非常好，一会儿又因为莫名其妙的一句话跟她发脾气。

她甚至都不知道自己是怎么得罪他了。而更讨厌的就是他总摆出一副哥哥的模样，想要掌管她的生活，想要教育她。虽然不知道为什么，可一听到他说他是她大哥，他要管教她，就让阮萌萌产生一种本能的抗拒。她，非常不喜欢从他的嘴里听到那句，“他是她大哥”。即便，她根本不知道，自己这么排斥的原因究竟是什么。

空气突然安静了十几秒，就在厉君御的脸色越来越冷，就在所有人都以为，这是大少爷暴怒前兆的时候，男人脸上的冷意忽然收敛，所有强大的威压都在瞬间收敛不见。厉君御阴沉的墨瞳被冷漠和疏离覆盖。

他看着阮萌萌，嗓音淡漠得可怕：“好……既然这是你希望的，从今天开始我不再管你，也不是你的大哥。以后，你的事与我无关。”说完，他起身离去。

“我也不吃了，上课去了。”阮萌萌放下勺子，起身离开。

厉君澈见状，俊秀的眉轻蹙，他觉得自己应该跟上去。但他回头看了一眼桌上没吃完的甜点，又回头看看就要走出餐厅的阮萌萌，又看一眼甜点，又看一眼阮萌萌。最终，他舔了舔薄唇，放下了甜点，跟着阮萌萌出去。唉……厉君澈默默地想，他真是S国好弟弟，为自家大哥操碎了心。

等到所有人都离开之后，唯独一人还傻愣愣地坐在原处。

“君玺少爷……你没事吧？是不是被吓着了？”赵管家的声音拉回了厉君玺小朋友的思绪。

“我……我没事。那个赵叔，我吃完了，我上楼拿书包。”

厉君玺小朋友飞快地跑回房间，进门后立刻掏出手机。他迫不及待地点开微信，找到代练君的头像。

接着，他打开，微信名叫“萌主”的账号在朋友圈里发布的消息，他完完整整看了一遍，越看越确定……这个人一定就是阮萌萌！“萌主一统天下”就是阮萌萌那个笨女人？那个笨女人居然是游戏大神！厉君玺小朋友一脸惊愕，对着手机久久无法回神。

负气冲到大门口准备去上课的阮萌萌，正好碰上厉君御的车从她眼前开过。昨天还在开的军用悍马已经不见，他换回了之前那辆深色的限量版迈巴赫跑车。

当初因为她说了一句跑车太矮太窄，坐起来不舒服，第二天，那辆限量款迈巴赫就被换成了军用悍马。虽然她的话只是借口，实际上是她觉得跑车的内部空间太小，跟厉君御坐在一起太过亲密，有些尴尬，但当时的厉君御什么话也没说，第二天就直接换了辆车接她上下学。那件事仿佛还在昨天……可惜现在黑色迈巴赫从她面前开过，却没有任何停留。他们的关系真的回到了从前，就像两条没有交集的平行线一样。

不理就不理……看着远去的车尾灯，阮萌萌轻咬下唇。

别说厉君御不让她坐顺风车，就是他下令不让厉园任何人送她上学，她也不会低头。大不了，她靠自己双腿跑到学校就是了。

她正想着，身后传来一声清越的嗓音：“喂，阮萌萌……你准备在那儿站多久。快上车，要迟到了。”

她回头，正好对上厉君澈清澈透亮的眼眸。美少年靠在车窗边，对她招手。

上车后，阮萌萌抱着书包，将下巴搁在书包上闷闷不语，说不生气是假的，但要说不难过，也是假的。她想到厉君御刚才冷淡的样子，心里有股难以释怀的酸涩感。

“喂，棉花糖……”正在这时，上车后就一直没说话的厉君澈突然开口，“这回，你总该承认跟我大哥吵架了吧？”

每次跟厉君澈一起坐车，都会被追问的问题，终于坐实。

阮萌萌也不想争辩什么了，抬起眼眸，侧头看他："你不是都看到了嘛，还有什么好问的？"

美少年笑了笑，灿若星河的眼里闪过一抹狡黠："嗯，我是看到了。不过我很好奇，你们俩究竟为什么吵起来？别跟我说，就为了刚才那点儿鸡毛蒜皮的小事，我不信。"

厉君澈平时虽然不管事，却不蠢。他很早就在暗地里观察阮萌萌跟自家大哥的关系。虽然大哥不说，但大哥对人家女孩子的种种关心，分明是早就越过了所谓的哥哥关心妹妹的界限。可惜，他家大哥单身多年，完全不自知。

阮萌萌心里正憋着气，厉君澈这一问，她就跟倒豆子一样把昨天他们在车上吵架的事吐了出来。

"你……你居然当我哥的面问这种问题？"厉君澈眼神微讶。他顿时明白，他们俩为什么会闹成这样了。

说起自家大哥的禁忌，美少年的脸上挂上了一抹浅淡的愁色。

"赵叔说得没错，大哥看上去不怎么排斥相亲，但实际上那都是从外人的角度看而已。其实大哥非常不喜欢爷爷奶奶干预他的婚事。"

"就算他不喜欢……我问那一句也是无心的。他发那么大火，又不说为什么就把我赶下车，也是他不对啊。"

这个原因，阮萌萌其实早有猜测，只不过当时赵叔说不是，她才没多想。

厉君澈摇头："不，这不是关键。如果你只是提了相亲两个字，大哥也许会生气，但不会生那么大的气……"说到这儿，厉君澈看了一眼前方的司机。司机都没回头，立刻机敏地将隔板升了起来。

后车厢里，只有阮萌萌跟厉君澈两人。

美少年没了平时闲散的样子，清澈透亮的漂亮眼眸一点儿一点儿暗淡下来。

"棉花糖……在我们厉家有一个人的名字是不能提的。"他看着阮萌萌，决定告诉她厉家的禁忌。

因为对厉君澈来说，他越来越有种预感，眼前的少女，有一天，或许真会成为他的大嫂。

“不能提，谁？”阮萌萌不知道厉君澈为什么会突然变成这样。但是看到他暗淡的眼眸，她能感觉到一股强大的悲哀。而这种悲哀，让人想安抚，却又无能为力。

漂亮的少年抬起那双水亮的眼睛，勾唇，笑了，笑里却透着惨淡：“我的母亲，我们三兄弟的母亲，雷丁顿家族大小姐，越雪心。”

阮萌萌：“……”她怎么也没想到，这件事居然和厉君御的母亲有关。而且他们的母亲在厉家居然属于一种禁忌。她嗓子有些干哑，好半晌找不到声音，过了许久，才听到自己说：“可是……我没有提到你们的母亲。我那天只是问……”

“你只是问了，为什么舅舅和外公要给大哥安排相亲，而不是我父亲，对吗？”都不用听阮萌萌说明，厉君澈便已经猜到了。

“很久以前，有个亲戚家的小孩也曾这样问过。那时是在厉家的家宴上，他当着爷爷奶奶，还有所有厉家人的面这样问。你以为他是在关心大哥吗？不，他不是……他只是在故意挑衅。”

“所有人都知道，因为我母亲，雷丁顿家族和厉家彻底断绝来往甚至是彻底交恶。那个小孩那样问，只是为了提醒我们所有人，我们两家的关系之所以变成这样，都是因为我母亲……”

厉君澈的话解释了一切。

自从他们的母亲去世之后，雷丁顿家族就和厉家断交，等到厉君御成年，双方都在出手干涉他的婚事。不管是厉家还是雷丁顿家族，都希望大孙子（大外孙）能娶自己看中的女人为妻。这是一种争斗，也是一种对对方眼光的不信任。因为，厉君御的母亲越雪心，曾经亲手给厉家老爷子、老太太下毒，最后被软禁在别院，最后自杀。厉家认为雷丁顿家的女儿其心可诛。而雷丁顿家族，则认为大小姐是被冤枉的。她的死，被完全算在了厉家头上！

厉君御坐在车内，看着窗外飞驰的街景，眸色越发阴冷。

刚才在别墅外头，那抹小小的身影就站在那里。有那么一刻，他差点儿让停车，将那只惹人生气又养不熟的小白眼狼抓回来。可是……骄傲让他低不下头。她，提到了他的禁忌。

但没有人知道，如果仅仅是那样，他并不会舍得对那只小奶猫发脾气。真正让他暴怒的原因，何止如此。他真正讨厌的是她用那样轻描淡写又藏着笑意的小脸对他说出“相亲”两个字。难道她就那么迫不及待地想让他跟其他女人相亲吗?

因为厉君澈的一席话，阮萌萌心里既纠结又矛盾。她知道厉君御为什么生气，能理解那是他的禁区，无人能提，可是她之前并不是厉家的人，也不知道这些往事。可以说，那句问话完全是她无心之举。但那个小气的男人却为此对她发了那么大的脾气。她阮萌萌就不要面子的吗？阮萌萌思前想后，还是不准备低头。

“暴君、小气鬼……再也不理你了……”阮萌萌嘀咕着，走进了教学楼。

刚进大厅，她就看到焦急等在门边的司蔻韵和夏文轩。

“萌萌，你总算来了……出事了！”司蔻韵跑上来，握住阮萌萌的手，激动地道。

跟在她身后的夏文轩脸色也很不好看，透着些许焦急。

“怎么了，发生什么事了？”

跟在阮萌萌身后进来的厉君澈稍稍驻足，眼里流露出一丝疑惑，一大早刚来学校，能出什么大事。

结果，下一秒他就听到司蔻韵说：“是学生会竞选的事。我们不是填了表格提交上去了吗？审核组那边打电话去核实赞助和顾问的人选，结果……结果……”

“结果怎么了？”阮萌萌心尖微微发麻，就像被什么东西蜇了一下似的。虽然司蔻韵的话还没说完，可她心里却隐隐有一种不好的预感。

“结果……结果御耀科技那边说，他们已经取消了对我们的赞助。还有……之前谈好的，由御耀科技 CEO 出任竞选顾问的事，也……也被取消了。”司蔻韵说到最后，都有些不忍心了。因为她发现，阮萌萌脸上那双水亮闪烁的杏眼正一点点黯淡下去。失望，从她的眸底一闪而过。

“萌萌……”

“好，我知道了。”阮萌萌抿了抿唇，阻止了司蔻韵的话。

厉君御，真的断得很彻底，说了她的事从此与他无关，果然就再也不管她了。

“审核组那边，还要麻烦你们两个去说一下。你们俩都在学生会待过，比较有经验，应该能拖一拖吧？”

“嗯，审核组答应，如果在周五之前能找到新的赞助商和顾问，那么申请还有效。如果不能……”

如果不能，下周就是最后的选举阶段，阮萌萌的团队就会被取消资格。

“我知道了。麻烦你们了，我会想办法找到新的赞助和顾问。”阮萌萌说完，背着书包就往楼上去，脚步极快，没有停留。

“棉花糖，我哥肯定不是故意下这种命令的。你要不要打个电话问问，或许是有什么误会。”

厉君澈跟在身后，头一次为自己大哥的情商折服。哪有这样逼人家女孩子的。他不知道大哥怎么想的，如果这是大哥逼迫阮萌萌主动跟大哥求和的手段，那么他只能恭喜自家大哥，这回彻底搞砸了。

“不用了，我不会给他打电话的。”阮萌萌顿足，回头，刚才黯淡的杏眼又一点儿一点儿恢复明丽，变得坚定有神，“你大哥做得没错，我说过不用他管，他没有义务帮我……就该这样清清楚楚才对。”说完，她不理厉君澈，直接上楼去找老高。

御耀科技总裁办公室里，等着总裁开会的凌东正忐忑地站在厉君御身旁。

“那些话转告给智学审核组了？”右手摩挲着手机，一直沉默不语的男人终于开口。

凌东伫立一旁，恭敬地道：“是的，大少爷，都按您说的，一字不漏地转告了。”

厉君御沉默，本就阴沉的脸色更冷了几分，略显粗粝的拇指指腹抚过手机屏幕。既然这样，为什么小奶猫还没有打来电话，跟他对峙呢？

什么叫屋漏偏逢连夜雨，阮萌萌是彻底地体验到了。赞助商出了问题，竞选顾问也没有了，她势必要去找个公司，以及一个有管理经验的人合作。原本是打算到老高那里请假一天的，结果刚说完，她就被老高抓住了。

“小师妹，请假的事先放一边，你今天可要好好表现。今天市里临时加了一个全市统考。这是你来智学后，第一次参加这种全市的考试。一定要加油，争取拿个全市第一。”

阮萌萌这阵子成绩很稳定，也不胡闹交白卷了，基本上每次考完都是全校第一。高汉秋刚才还在市领导面前吹嘘了一番，说他新教出来的一个学生，非常优秀。

阮萌萌听完，脸色微讶，有些绷不住。现在考试，还是全市统考，可是她……

“小师妹，好好表现，你放心啊……等把这场试考完，就让你请假。别说是今天下午不来，就是明天后天都放假也不要紧。”

呵呵呵……阮萌萌默默擦汗。只怕，今天这场考试结束，老高就会巴不得她滚回家去，最好不要再在他面前晃荡了。她没有厉君御的吻，晕算的老毛病肯定又会复发。可是，打死她，她也不会去跟厉君御求和。无可奈何下，阮萌萌只好回到班上，坐回了自己座位。

没过多久，老高抱着试卷进来，宣布了临时统考的事。下面的同学顿时哀号一片。阮萌萌倒没有叫，只是脸色不太好看。她刚才已经随手翻了翻数学书，无数杂乱的数字涌进脑海，几乎要将她的大脑挤爆。

没法算，她完全没法算……她光看一眼那些数字，就像噩梦来临，只要稍稍心算一下，眩晕的感觉和那种藏在骨子里的疼意，又会如影随形。最后……阮萌萌只能坚持把文科卷和不需要运算的生物部分做完，剩下的数学、物理、化学蒙完了选择题后，只能交卷。

考试时间到，收卷。

试卷是从最后一排，往前一个人手上传的。所以，即使成绩不能当场出来，但因阮萌萌坐在最后一排，收卷时坐在她前面的人，几乎都将她那大半没做的数学卷和理综试卷看了个遍。

考完试还没十分钟，阮萌萌考砸，几乎交了白卷的消息，就已经不胫而走。而她被赞助公司和竞选顾问取消合作的事，这时候也同时传开。昨天，阮萌萌还是呼声极高的学生会会长竞争者，不到二十四小时，支持她的那些人就已经产生了动摇。

考完试，阮萌萌上天台透气。她刚坐了几分钟，慕景行、叶翰庭、李一帆和红黄绿就找了上来。

“萌主，你不要紧吧，老毛病怎么又犯了？”慕纨绔见到她，第一时间将坐在天台上的那抹瘦小的身影抱进怀里，他护着她，用仅能被两人听见的声音关切地问。

慕纨绔平时没正形，但实际上早把她当作亲人。慕景行看到阮萌萌一个人坐在天台上，略显落寞的背影，他只觉得心疼极了。

“慕纨绔，我没事……我能有什么事，我不是好好的嘛。”

“你……”慕景行低头，跟阮萌萌清亮的杏眸相对，差点儿说不出话来。

阮萌萌双眼亮晶晶的，透着水润，可是……却明显带着哭过的痕迹。

“你那个假男朋友，他为什么没吻你？！”

要不是不能被其他人听到，慕景行真想大骂越君御。他会不会照顾女朋友啊！就算是假的，他也不能这样啊……每天例行亲亲，是最基本的要求。何况，他还把女朋友惹哭了！哄女孩多简单啊……萌主这种只要男朋友脸长得好看，随便哄哄就能哄好的女孩，他居然都能弄哭！

“什么假男朋友真男朋友，我跟那个人现在什么关系都没有……”阮萌萌从慕景行怀里退出来。她才不是软弱的人，刚才一个人坐在天台上，只是风太大，才会湿了眼眶。她现在还有很多事要做，没时间在这里伤春悲秋。

“可是萌萌……”

“别废话，告诉我，你们几个考得怎么样？”

落寞可怜的阮萌萌，仿佛只是他一瞬间的错觉。眨眼间，娇小的女孩又变成了让慕景行和其他几人害怕的萌主大人！

“我、我考得还可以……昨天曹老师给我们押的三年级必考题，中了好几道。”

“是啊，虽然我们没弄懂原理，但那老头非要我们背下来。没想到还真有两下子，果然是三年级必考题，居然真考了！”

阮萌萌翻了个白眼，这几个人难道以为她会随便找人教他们吗？人家曹老头当然有两下子。虽然他总是被自己欺负，但好歹也是曾经的升级考命题人，国家特级教师。

“现在知道他厉害了吧……昨天还打电话跟我告状。”阮萌萌瞪了一眼慕景行，又看向其他人，“你们几个，今天放学后就去慕景行家补习，这几天要抓紧，周五就是月考。”

“萌萌，那你呢……你的成绩……”

“不用担心我。”阮萌萌对慕景行说，“我就算理科全空，也能进前300名。”

“可是……”慕景行还是担心。

“没什么可是了，我这几天可能暂时不来学校了。我跟老高请了假，赞助和顾问突然出了问题，我得出去找人顶替。”说到这儿，阮萌萌突然注意到红黄绿，见到他们三人站在一旁，怎么看怎么奇怪。对了！怪不得她觉得奇怪，红黄绿都在这儿，景胖子呢？

阮萌萌问了三个人。

红毛摇头：“不知道……今天早上就没来上学，打电话也没人接，可能是睡过头了吧。”

“是啊。”黄毛补充道。

“老大经常这样，以前也会睡过头，偶尔还会逃课。不过萌萌姐，老大最近进步很多了。你放心，我们待会儿就给老大打电话让他来学校。”

以为阮萌萌是在担心景胖子惹事，红黄绿都拍着胸脯担保。

可是阮萌萌并不是这样想的。她只是奇怪，景胖子虽然不靠谱，但最近真的上进了不少。而且，他被阮娇娇和叶枫质疑成绩，心里也是憋了一口气的。阮萌萌能感觉到景胖子的努力。而这样一个刚刚端正态度，变得努力上进的人，又怎么可能会因为睡过头，就不来学校了呢？

只可惜，还有许多事情等着阮萌萌去做，这个念头在她脑海里一闪而过，她却没有时间细问。她吩咐完其他人后，背着书包，离开了学校。

位于富临道的龙邦大厦，二十三楼的 RS 珠宝公司与二十二楼的诗萌服饰有限公司，是阮诗诗生前的私人产业。这两家公司虽不是什么大财团，但因有阮诗诗坐镇，近年的业绩增长迅速，也算是业内的后起之秀，论财力、规模、影响力，当然是没办法跟顾氏以及厉君御的御耀科技相比，不过，在现在这种紧要关头，倒是可以用来救场。

自从她姐阮诗诗去世后，阮萌萌的主要精力都用在了维护她姐在阮氏的布局，以及调查阮诗诗的死因上。她偶尔听负责这两家公司的职业经理人汇报过，但因为看不了账目，也只能随意听听。直到今天，当阮萌萌亲自到了龙邦大厦，上到二十二楼和二十三楼，才知道这两家公司早就已经在暗地里易主了！

“秦芳！不可能，我姐不可能把公司交给秦芳！”面对接待她的职业经理，阮萌萌道。

“二小姐，我们也知道不可能，但你姐姐生前签的资产转移，的确是这样的。”

经理为难道：“而且，不说你姐姐签了资产转移，就是没签，这家公司只怕也得落到你继母手中。”

太简单的遗产继承法了。阮诗诗去世，她没有指定遗嘱的资产将由第一顺位继承人，也就是她的父亲获取。

“你们家老太太那天陪着一起来的，当时就说了，要是我们拒不配合，她就去跟法院申请执行。她是你们奶奶，就算没有那份资产转移，她说一句话，阮先生还能不点头答应吗？”一席话将阮萌萌堵得说不出话来。

她爸爸……过去她能肯定，她爸可以顶住奶奶的压力不答应，但是现在她真的不敢肯定了。

她知道在这里跟经理说再多也是没用的，阮萌萌起身告辞。谁知，她刚走出办公室，就跟一个抱着大堆设计稿件的身影撞了个正着。阮萌萌毫发无损，对方却被她撞倒在地。

“你没事吧？”看到那抹娇小的身影差点儿被设计稿淹没，阮萌萌连忙将人拉起来。

“没事，我没事……”女孩揉了揉膝盖，笑着说，但她抬眼后，却愣住了，“你……你是阮……”

“宋惟一，设计部催着要图纸，你还在这儿闲聊！还不快点把设计稿都捡起来送过去！”经理发现外面的状况，立刻赶过来。虽然他极力掩饰，可是闪烁的眼神却泄露了他的心虚。

阮萌萌立刻察觉到了异常。经理明显不想让她跟这个叫宋惟一的女孩接触。那个女孩眼底也闪过急切，似乎有话想说。阮萌萌在经理看不到的地方，安抚似的按了按她的手背，表示自己已经知道了。接着，为免打草惊蛇，阮萌萌什么也没做，直接站起身离开。那个女孩一定知道什么，阮萌萌决定在公司楼下等她出来。

可阮萌萌等了还不到十分钟，一通电话打了过来。阮娇娇，她居然在这时候找上门。

“姐姐，我听说你去富临道搬救兵了。怎么，你找不到赞助吗？要是早知道你这么可怜，我就该把那两家公司留给你。”

“可惜……我妈妈说，那是她的公司，为了表示对我的支持，这次的竞选，这两家公司也写在了我的赞助名单上。姐姐，不好意思啊。”

自己刚走，阮娇娇的电话就打了过来，用脚指头想，她都知道是刚才的经理通知的秦芳和阮娇娇。

“阮娇娇，这两家公司是我姐姐的，阮家的人清清楚楚。你不用特意打电话来奚落我……告诉你，下周的竞选我不会输给你，我姐姐的公司，我也会拿回来。”

“是吗？那我等着看姐姐你表演了。哦，对了……差点儿忘了，我替姐姐准备的好戏还没上演呢，希望姐姐收到消息后，不会哭得太难看哦！”

只有两人的时候，阮娇娇也不装白莲花了，话里话外透着幸灾乐祸。可惜，她的幸灾乐祸阮萌萌早已免疫。从阮娇娇嘴里说出的话，阮萌萌一句也不会信。不想再听这朵盛世白莲废话，她挂了电话。

可是，她刚挂一秒，手机又重新响起。这一次，来电人显示的是“绿毛宝宝”四个字。绿毛，辛宝宝同学，给她打来了电话。

“喂，绿毛……”

“萌萌姐，出大事了！老大被他哥哥关起来了，他哥哥现在正派人到学校办转学手续！老大要被他哥送去国外，再也不回来了！”

“景胖子……”阮萌萌微微一怔，“你等着，我这就回去。”

“不，你别回学校！”绿毛语速极快，音调里藏着焦急，“阿红和阿黄去老大家里救他了，可是到现在还没消息，电话也打不通……学校这边有我拖着。萌萌姐，你快去老大家，把阿红、阿黄，还有老大救出来吧！”

“阿红、阿黄……”阮萌萌愣了愣，顿时无奈，“红毛和黄毛怎么也搭进去了？”

“因、因为……我们怕老大被送走，所以他们俩去老大家实施‘劫狱计划’。不过现在看来，应该已经失败了。”

阮萌萌：“……”

“萌萌姐你快去吧，我把地址发给你。老大的哥哥真的很恐怖！阿红和阿黄营救失败，一定会被他剁成肉泥的！萌萌姐，你一定要保住阿红、阿黄，救出老大！”绿毛说完就挂了电话。

几秒后，景胖子家的地址发了过来。阮萌萌低头一看，这个地址居然是……

她来不及细想，十万火急的事。绿毛把景胖子的哥哥形容得那么可怖，阮萌萌不敢再等刚才那个女孩，只能背着书包，拔腿就跑。

半个小时后，出租车停在了S市有名的富人区外面。这一片全是建筑古旧的独栋别墅，只有在S市极有名望的老牌家族才能在这片区域占有一席之地。顾家就在半山腰上。而景胖子的家，超乎阮萌萌意料，居然位于山顶。

出租车只能停在山下，山脚下有一个安全门岗。阮萌萌靠着自己可爱软萌的外表，和一本正经胡说八道的技能，骗得警卫一愣一愣的。警卫看她穿着校服，背着书包，她又能清清楚楚说出顾家的具体位置和家人的情况，警卫也没多想，就把她放了进去。

这种时候，她自然不能说是来景家救人的。她打着顾家的旗号冠冕堂皇地过了门岗后，拔腿就往山顶狂奔。幸好，阮萌萌体力好，从山脚跑上山顶的豪宅并没花费多少时间。

“啊——啊啊——啊啊啊啊！

“你打死我吧！打死我，我也不要出国，不要！”

阮萌萌刚跑到大宅外面，就听到景胖子撕心裂肺又夸张的叫声从大宅里传出来。

不好！想到绿毛对景胖子大哥的形容，阮萌萌二话不说，拍响了景家大门。

“开门，开门……”阮萌萌的叫声，引来了大宅里的警卫。

“你是哪位？我们大少爷现在有事，不见客。”警卫并没有把铁门外的女孩子当回事。

“麻烦你开开门，我是景向劲的同学，我……”

“哦，原来是二少爷的朋友，那就更不能进了。”那人说完，直接转身，往里走。看样子，他压根不准备搭理阮萌萌。

正在这时，景胖子又一声惨叫，阮萌萌听着都觉得揪心。就算胖子肉厚，也不能这样虐待啊。胖子的大哥究竟有没有人性？！不行，她得救人！她二话不说，深吸一口气，提劲儿一脚踹在铁门上。

门内的警卫听到巨响回头，见那女孩子不自量力地踹门，眼底闪过一抹轻视。谁知，下一秒，牢固的铁门居然应声倒地！景家大宅外的雕花铁门，那可是铸铁打造的，但现在却被一个女孩子一脚踹得塌了下来！警卫惊了，听到巨响从别墅内跑出来的几个保镖和用人也惊了。而阮萌萌顶着众人凌乱又惊愕的目光，一脚踩在铁门上，毫发无损地走进了景家大宅。

“我不转学，我不转！打死我，我也不转！”阮萌萌在大宅外面又一次听到景胖子的惨叫。

可是，当她走进大宅，看到的却是另一番景象……

“不、不要……你们不要过来，走开走开！”景胖子抱着大厅内的柱子，大叫。

他双手双脚环抱在石柱上，就连脸也一同埋在石柱和双臂之间。哀号连连中，他甚至连回头看一眼的勇气都没有。而在他身后，两个保镖模样的人正面色冷漠地拿着两把香菜，堵住他的退路。

景胖子回头，眼看两人手中的香菜就要挨着自己，立刻放声大叫起来：“哥……我亲哥，我大哥！我错了我错了……我求你，你看不顺眼就打我就抽我！不要再让他们过来了，不要！”可惜，景胖子叫得再大声，也无人理会。

两个保镖没有听到大少爷喊停，他们毫不犹豫地捏住景胖子的脸，掰开嘴，把手里的香菜塞了进去。

“啊——啊——我、我死了……”景胖子大叫一声，接着咚的一声，倒在了地上。

阮萌萌：“……”她真的好无语。

从进门后，阮萌萌就站在大厅门口的雕花屏风后面，正好将这一幕看了个真真切切。要不是亲眼所见，打死阮萌萌也想不到，景胖子叫得要死要活的，居然只是因为两把香菜！丢人，真的好丢人。

“门外的人，既然来了，就进来吧。”正在阮萌萌微讶之时，一个慵懒磁性的嗓音突然从厅内传来。

阮萌萌这才发现，原来在大厅另一头，背对大门的位置，还坐着一个人。只不过刚才她的注意力都被景胖子吸引，才没发现那个人。虽然对方并未表明身份，但阮萌萌大致也猜得到。能用这种语气在景家说话的，只怕就只有景胖子那个传说中凶残恐怖的大哥了。

阮萌萌稍稍吸了口气，绕过屏风，走了进去：“你好，我是景向劲的同学阮萌萌，专程来探、探……”

原本打算先自我介绍，再对景胖子这位凶残的大哥晓以大义，谁知她话还没说完，坐在沙发上的男人就转头看了过来。

霎时间，她所有准备好的话，都在看见对方的真容后，堵在了嗓子眼里。

美、美人！太美了，简直无法用言语来形容的美！那是一张妖孽到极致的俊美脸庞，惊艳、完美，却又不带一丝女气。男人的轮廓深邃而立体，鼻梁高挺，薄唇微抿，却带着一股蛊惑的性感，凤眼微微上挑，但墨色的瞳孔却闪着淡薄的冷光。

这样的视觉冲击，几乎让阮萌萌呆愣当场。阮萌萌以为景胖子的哥哥也会跟景胖子一样是个大胖子，无论如何也想不到，他居然会是一个美到极致、妖孽无比的男人。

“阮萌萌……”对方薄唇轻启，他似乎是在咀嚼她的名字，声音磁性好听得要命，慵懒又性感的嗓音差点儿让阮萌萌走不动路。

要命！她真的是天生的颜控，生来就喜欢漂亮的东西，对这种顶级帅哥的魅力更是无法抵挡。

厉君御无疑是她见过的最夺人心魄的男人，因为他沉冷的气质，透着股禁欲又高冷的诱惑，让人想倾尽全力去采摘那朵冷傲又孤高的高岭之花。而眼前这位，则跟厉君御是完全不同的类型。他斜挑的凤眼透着妖孽邪肆，但冰晶般幽深的冷瞳却带着神秘危险的气息。这样的男人，只要挑唇一笑，就会让世间的男男女女甘愿臣服在他的西装裤下。

第十三章
谁说我喜欢你了……我只是想亲你

“我知道你……”美人妖孽大哥抬起冷眸，看了过来，“你就是那个带坏小宝的女学生。”

带坏……小宝？原本还呆愣的阮萌萌，听到美人妖孽大哥的话，差点儿吓坏了。

小宝……他说的小宝，该不会指的就是景胖子吧？阮萌萌愕然回头，看向倒在地上不省人事的“大山”。她实在是无法将那座山丘跟小宝两个字联系在一起。

一个辛宝宝就已经让她凌乱了，这居然还来个小宝。不过等一等，阮萌萌忽然皱眉，指向景胖子：“带坏？你是说……我带坏了他？！”

美人点头，唇角扬起的弧度好看得要命。只是如果他看她的眼神能够温柔一点儿，不要这么冷冰冰的就更好了。

“我怎么可能带坏他，景向劲最近进步很大……大哥，你是不是有什么地方搞错了？”

对方长得美，来之前还准备跟这位“凶残大哥”据理力争，救景胖子出深渊的阮萌萌，这会儿跟对方说话，语调都不自觉放软了些。就连对方冤枉自己带坏了景胖子，阮萌萌都一点儿不生气，甚至还不自觉地叫了声“大哥”。美人闻言，唇角的笑意又深了些，只是冰凌般的凤眼却透着些许危险的寒意。那张妖孽至极的脸庞仿若会发光似的，深深吸引着阮萌萌的视线。

啊……果然，长得美的人真是怎么看怎么舒服，就连对方乖戾的笑都变得这样有韵味。

“小宝虽然常犯小错，但至少像个男子汉……蠢是蠢了点儿，却从不弄虚作假。可惜自从跟你交上朋友后，他这蠢货就连考试也学会作弊了。”

“阮萌萌，你拉拢小宝加入竞选团队的事，叶家已经转告给我了。我不管你让小宝作弊是竞选需要，还是故意害他，总之，小宝虽然笨，但不能坏，你要带坏我景易峥的弟弟，你猜，我会怎么收拾你……”

说完，他站了起来，一米八九的身高配上深色的西装，将那两条大长腿衬托得更加修长有力。

阮萌萌看着如此“美景”，即便对方投来危险的视线，她脑子里居然只有一个反应。原来景胖子的哥哥叫景易峥，真是一个好听的名字啊……

美人当前，阮萌萌大脑一片空白，直到对方走近，高大的身影几乎将她笼罩，她才怔怔回神。要命！她刚才欣赏美人，竟欣赏得忘了形，差点儿误了正事。

“那个，景先生……叶家人的话怎么能信呢，这是误会。”

“呵，叶家是我的合作伙伴，他们说的话至少比你的话可信。”

“可是景胖子……啊呸，是小宝，小宝他是你弟弟啊，你难道连自己弟弟都不相信吗？”

景易峥冷瞳微变，盯着阮萌萌那张软萌可爱的小脸几秒后，却冷然道：“我不是不信小宝，我只是不相信他挑朋友的眼光。你有一张很好看的小脸，或许是你教唆小宝。”

咯，咯咯……从妖孽至极的美人嘴里听到对自己容貌的肯定，阮萌萌还是很自豪的。只可惜现在不是得意的时候，她必须替景胖子证明。

“景先生，小宝他真没学坏，不只没学坏，他最近还变得很上进。所有的进步都是他辛辛苦苦用汗水和刻苦换来的。不信，我证明给你看……”说完，阮萌萌就往景胖子那儿跑。

两名保镖见大少爷没有下令阻拦，也就让开了道。

阮萌萌扑到景胖子身边，使劲拍他：“小宝，醒了……快醒醒……”

她拍了两下，景胖子没动静。她见两个保镖站得不算近，便压低嗓音，在景胖子耳边低声威胁道：“景胖子，你要是再装晕，我就把剩下的香菜都塞你嘴里。”话音落下，刚刚还一动不动的景胖子就哎哟一声，从地上弹了起来。

“景向劲，现在开始随机抽查，答错一题一巴掌。”阮萌萌也不废话，低声警告后，就抓住景向劲的右手，把他手掌心摊开，就和每次特训时的检测一样，错的人惩罚打手心。

“语文题：谓其毁诋大臣，失礼体，命左右批其颊。翻译。”

“（世祖）说他诽谤诋毁大臣，丧失了礼节规矩，命令侍从打他的脸颊。”

“数学题：$\sin(\alpha+\beta)$ 等于什么？”

“$\sin\alpha\cos\beta+\cos\alpha\sin\beta$。”

“历史题：说出华国古代政治制度变化。”

“夏朝家天下，商朝宗法、神权、王朝结合，西周分封制……”

语数外、政史地、理化生，S 国升级考需要的九门功课，她几乎全部考了一遍。

虽然阮萌萌问的问题并没有面面俱到，有的甚至还是很粗浅的基础题，但景向劲是景易峥的弟弟，景易峥清清楚楚地知道，自家小宝在这之前，究竟什么样。景向劲不是不聪明，却从未将聪明用在正道上，在学校能混就混，能偷懒就偷懒，英语学不好是因为记不住单词，数学学不好是因为记不住公式。但凡稍微努力点儿，他也不是现在这个样子。只不过，因为景家父母去世得早，这弟弟就是景易峥一手带大的，所以才对他下不去手。

“你一个小姑娘能把小宝教好，不容易。”不知何时，景易峥已走近，眼底透着赞许，“你用什么方法，因材施教还是心理辅导？”

“呵，呵呵……”阮萌萌干笑两声，放下景胖子的手。她总不能告诉人家景胖子的哥哥，教好不敢当，主要全凭她的武力威慑。

“不必谦虚，你很好，小宝就该多和你这样的女孩子来往。”

阮萌萌脸红了，他居然开口表扬她了，怎么办，好羞涩。

“从今天开始，你在这里住下。有任何需要可以告诉管家，用人们会以贵宾的礼仪待你。唯一的要求是，今后不论是学校还是家里，你都要管好小宝。”

什、什么鬼……住在这里？别说阮萌萌吓了一跳，就是景胖子也两眼瞪得铜铃大。他哥不是向来最讨厌家里有外人的吗，为什么会留萌主在家长住？不，重要的还不是这个。重点是，他哥居然这么容易就不提让他转学的事了，听他哥的意思，还要让萌主管教自己？

萌主……景胖子不自觉地转头，看了一眼阮萌萌垂在身侧的小手，别看那只手白白嫩嫩的，打在身上可是要出人命的！

阮萌萌和景胖子却是不知，景易峥之所以让阮萌萌留下来，不过是以为阮萌萌无家可归。先前，叶家来递话的那个小辈，把阮萌萌形容得十分不堪，说她行为不检，在家欺凌妹妹，害死姐姐，是个挑事精。不管这些传言是真是假，就凭阮萌萌能教好小宝，景易峥就不在乎那些流言。叶家的小辈不是说她被阮家逐出家门了吗？那正好，景家房间多，就让她留在景家管教小宝好了。

“景先生，谢谢你的好意。但是我现在有地方住，不需要……”

“叫大哥。”景易峥睨着坐在弟弟身边的女孩，方才还不觉得，现在没了偏见，竟觉得那张软软糯糯的小脸越看越可爱，就连抿唇时显露出的小酒窝也透着甜意。

“啥？”阮萌萌愣了，以为自己听错。

她之前看美人看得太入迷，不小心跟着景胖子叫了声“大哥”，美人都皱眉了，怎么现在却主动让她改口。

“你是小宝的朋友，跟他一样叫我大哥。”景易峥语调慵懒，妖孽般的凤眸里却浸出暖意，刚才还透着凉薄的冷眸此时已经漾起了笑，顿时，就将阮萌萌的注意力，完全吸引了过去。

跟被夺了魂似的，阮萌萌不自觉地改口：“大、大哥……”

景易峥点了点头，大掌在自家弟弟的脑袋上揉了揉，让他起来。看到跟着弟弟坐在地上的少女，想到从叶家那儿听来的话，知道这也是个从小缺乏父母关爱的孩子，他忍不住将修长的五指放到阮萌萌的发顶。

当大掌落下时，阮萌萌的脑袋不自觉地往后避了避。明明她很喜欢这个美人大哥的，可是……刚才有那么一瞬间，美人伸手过来的角度竟和某人相似。心莫名其妙地被蜇了一下，等她反应过来时，脑袋已经下意识避开。

大掌落空，被女孩躲开，景易峥也不恼怒，反而勾起性感的唇角，低声道："别怕……既然叫了我大哥，以后就跟小宝一样，凡事有大哥给你撑腰。"以为少女躲开是因为拘谨，景易峥安抚道。

可惜那一句"有大哥给你撑腰"，却让阮萌萌本就酸涩的小心脏抽得更紧。有一双冰冷深邃的眸子不停地在她脑海里浮浮沉沉。今早离开时，那最后的一瞥凉薄得可怕，就算现在回忆起来也让阮萌萌有种窒息的痛感。

"嗯，谢谢你景大哥……"阮萌萌不自觉改口，抬起杏眼看向眼前的美人，"不过，以后我还是叫你景大哥吧，我觉得比大哥好听。"

景易峥斜挑的凤眼微眯起来，有那么一瞬间，他似乎看到少女脸上一闪而过的落寞。不过，小女孩喜欢叫什么就叫什么，只要她愿意跟小宝亲近就好。

"好，随你高兴。"景易峥点头。

"那什么，还有……我就不住景家了。我有地方住的……"

"不行。"

阮萌萌原本以为，景易峥会跟刚才一样顺嘴答应，谁知却被他淡淡地拒绝了。

"你一个女孩子，在外面住不方便，也不安全。更何况，你帮了我们家小宝，我景易峥不喜欢欠人情。"

景胖子听到自家大哥的话，很想说一句，大哥，人家萌主就算一个人住，也绝对安全。他就不信，有哪个小毛贼敢去打萌主的主意。可惜景胖子现在在他哥身边装委屈可怜，不适合插话。

“可是景大哥，我真的有地方住，而且住得很好……”

阮萌萌的态度看上去很坚决，景易峥只以为这小姑娘不好意思，也不逼迫。

“那好，待会儿我送你回去。见过你住的地方，如果你真的住得舒服安全，我不勉强。”

送、送她回去？那不是很容易被发现她住在厉园！

阮萌萌无语至极，答应吧，就可能会被发现她的住处有猫腻；不答应，就得留下来。两害相权取其轻，无奈之下，她只好同意景易峥送自己回去的要求。

因为景易峥的要求，阮萌萌留在景家吃过晚饭，才准备离开。红毛和黄毛早就被放出来了，抱着景胖子，恨不得哭得满脸都是眼泪鼻涕。

景易峥原本对弟弟交往的这些朋友有些意见，但因为他们讲义气，对他们少了些偏见。而且，在知道红黄绿被阮萌萌教导后，能从倒数考到年级 500 名左右，他更是对阮萌萌刮目相看。

“萌萌，介意我这样叫你吗？”景易峥仿若琉璃般透彻的冷瞳看向阮萌萌，慵懒低哑的嗓音，叫着“萌萌”两个字，竟有种磁性撩人的味道。

阮萌萌这样的颜控，哪拒绝得了这种妖孽惑人的美男要求。她小脸微红，点了点头。一旁的景胖子和红黄毛差点儿看呆。这还是每次答错题，就下狠手打他们的萌主吗？景胖子更是内心忐忑，他觉得他不能看着自家大哥被误导。胖子很想大声告诉景易峥：“不，大哥，你误会了……萌主她不是你以为的那种女孩！”别看她现在害羞腼腆，真的凶起来会吓死人的！

正在这时，管家进来了：“大少爷，大门处的铁门塌了，车子暂时开不到里面来。烦请您移步，到大门外上车。”

景家的车库在外面，每次需要用车时，司机会把车开进来。但现在，因为那两扇沉重的雕花铁门倒了，车辆暂时进不来。

“大门坏了……”景易峥挑眉，冷色的瞳仁掠过一道寒光，“谁弄坏的？”

景家是老牌世家，整个景宅上下的装饰、物件无一不是金贵之物。更不要说，这里的一草一木都是景易峥母亲生前亲自打理布置的。

“是，是……”管家低头，不敢说。大少爷刚才说过，阮小姐今后就是景家的贵客，他可不敢得罪。

阮萌萌轻咳了一声，略显尴尬地举起右手：“那个……其实，是我干的。

“我刚才着急见景向劲，有点儿鲁莽了……就、就一不小心，把铁门踹倒了。”

一不小心，就把铁门踹倒？！红毛黄毛情不自禁地为老大家的铁门默哀……

而景胖子却想，这才是萌主的正确打开方式。这下他哥总不会误会萌主是软萌的妹子了吧。他刚这样想，转头朝他哥看去，却觉得情况有点儿不对，只见对其他女孩都冷冰冰的妖孽大哥，这时却用一种赞许的眼神盯着萌主。

景易峥只觉得，少女举起一只小手的样子，像是在课堂上跟老师报告错误的小可怜。看着她忐忑又可爱的模样，他冷色瞳仁里的寒光倏地隐没下去。

“没关系，只是两扇铁门而已……不必放在心上。”

只是两扇铁门……还而已？！景胖子整个人都凌乱了。那两扇铁门可是他大哥的亲妈，当年专程从欧洲订购回来的。换了其他人，只怕早就被他哥吊起来抽了。

阮萌萌完全不知道这其中的缘由，见景易峥神色如常，好似真的不介意，也就放下了心。

饭后，景易峥亲自送阮萌萌回家。

车上，司机专心致志地开着车。而在后座坐着的景易峥，妖孽俊美的脸上平静无波，只是那只大手却突然捉住了阮萌萌放在身侧的小手。

“啊，景大哥？”阮萌萌觉得手背被烫了一下，想收回，下一秒，小手却被景大少攥得更紧。

紧接着，一个冰凉的、有点儿硌手的东西塞进她手心里，阮萌萌微微一怔，低头，才发现放在自己手里的居然是一张黑卡。她这下是真傻眼了。美人这是要干什么？为什么要给她手心里塞黑卡！

“不用拒绝，我知道你家里的事……女孩子一个人在外面，没点儿钱傍身不方便。”

在发现叶家那个小辈可能骗了他之后，景大少就派手下去查了阮萌萌家的事。虽然圈子里的风言风语很多，但学生总是单纯些，从智学那边打听来的消息，阮萌萌是一个无家可归的小可怜。

“景大哥，不是……这个卡我真不能收……”阮萌萌手忙脚乱地想把卡退回去，但偏偏景易峥的态度坚决。

“你帮了小宝也就是帮了我，萌萌……景大哥说过，不喜欢欠人情。”

“可是……”阮萌萌真不想收下这张黑卡。

她帮景胖子只是因为景胖子值得帮，有没有这些感谢，她都一样会帮。可是景易峥却不让阮萌萌拒绝，那双微挑的凤眼里透着坚决。阮萌萌好说歹说，突然，澄澈的杏眼闪过一抹光亮。对了，如果景大哥不喜欢欠她人情的话，她正好可以请他帮自己！

因为喜悦，少女漂亮的杏眼闪着璀璨的光，粉嫩的小脸蛋被这闪烁的眼神映衬得耀眼夺目、光彩照人。

景易峥偏冷的眸色，倏地，闪过一丝异芒。

紧接着，他就听到少女柔软清透的嗓音响起：“景大哥，这卡我不能收，但我还真有事想请你帮我……”

接着，阮萌萌就把自己竞选学生会受阻的事告诉了景易峥。

听说小丫头竞选缺少赞助，还缺少顾问，而且自家小宝也难得正经地参加竞选，景易峥妖孽俊美的脸庞闪过赞许。他毫不犹豫答应下来：“这很简单，金狮集团接下这次的竞选赞助。至于顾问人选……萌萌，你觉得景大哥合格吗？”

“你……”阮萌萌咋舌。这哪是合不合格的问题，这简直就是超额完成任务了！

金狮集团可是S国顶级的几大财阀之一。而且景易峥身为集团总裁，纡尊降贵为他们一个小小的竞选当顾问，简直是大材小用。

阮萌萌谢过景大少的好意，但也委婉地提了自己的意见，希望他只派其他子公司和手下就好。

可是她浑然没有发现，和景易峥相比，厉君御难道就不是纡尊降贵吗？甚至，比起金狮集团，厉家的地位更加显赫。但当厉君御答应给她当顾问的时候，阮萌萌却没有生出任何不适的想法，归根到底，还是因为在她的潜意识里，已经把厉君御当成了自己人。而景易峥还是外人，她自然要客气。

不过现在的阮萌萌是全然没有发现这点的。她的婉拒景易峥也不接受。无奈之下，她只好感谢景大少的好意，跟他简略说了下他们团队竞选的理念，以及需要他帮忙的地方。

不知不觉，车子就快开到厉园了。

“啊，快到了……就在路边停就好了。”阮萌萌指了指窗外，对司机说。

“你家就住这儿？”妖孽美男看着车窗外光秃秃的街景，凤眸一黯。

阮萌萌知道这很扯，但她不能报出厉园的地址，只能硬着头皮说：“是、是啊……”

景易峥琉璃般的冷瞳微敛，下一秒，他对着司机下令：“掉头，回大宅。”

“景大哥……”

“萌萌，这么晚了，景大哥不能放任你一个女孩子自己走回家。如果你想用这种方式掩饰你的住址，那我只会把你带回景家。毕竟，你越掩饰，我和小宝就会越担心。”

阮萌萌：“我……”

美人剔透的冷瞳实在太好看了，而且在月色下，还带着一层清清浅浅的光晕。

阮萌萌知道，景易峥是关心自己。或许他以为，她住的地方很乱，所以她才故意半路下车，不敢让他看见。她稍稍一顿，想了想，抬眸看向景易峥："好，我带你去……不过我希望，景大哥可以替我保守秘密。"

厉园，厉耀阳书房内。

今晚难得厉耀阳在家，本是想跟三兄弟和阮萌萌一起吃晚餐，可惜阮萌萌却迟迟没有回来。他问跟萌萌在一个班上课的老三，老三表示不知道，问老大，老大那冷冰冰的脸色和带着微嘲的冷硬语气，差点儿把厉耀阳气得岔气。

"老爷、老爷……大小姐回来了……刚过了最外围的岗亭，正往大宅来。"

赵叔焦急中带着一丝亢奋的声音从书房外传来。

"听警卫说，大小姐是坐一个年轻男人的车回来的。开的是限量版宾利，据说那年轻人长得还挺俊……老爷，小姐这是不是谈恋爱，出去约会了？"

赵叔这一声，音量可不小。不只是书房内的厉耀阳听见了，就连其他房间的三位少爷，也听见了。

砰——楼上转角第一间房的房门被重重拉开又重重关上。接着是咚咚咚的脚步声。原来是厉君玺小朋友从房间里冲出来，头也不回地就往楼下跑。紧接着，第二间房的房门也打开了，厉君澈从房间里走出来，淡淡的目光落在右侧紧闭的房门上。

一秒、两秒、三秒。厚重的雕花木门被推开，一道伟岸修长的身影出现在门口。

"嘿，大哥……"厉君澈不怕死地跟自家大哥招招手。

厉君御脸色本就冷到极致，他看到自家弟弟，幽冷的墨瞳微眯，冷瞳里一闪而过的淡漠让人不寒而栗。

厉君澈立刻后悔了，自己这看好戏的心态，简直是在玩命。比起看好戏，他还是先保住小命为好。

“大、大哥……你也下楼等阮萌萌吗？呵呵，我跟你一样，也是听到赵叔的话，好奇……准备下楼看看。”虽然很尴尬，但厉君澈深谙保命的技能，这时候提阮萌萌，把仇恨值引到送她回来的年轻男人身上，总比自己引火烧身好。

果然，厉君澈话音刚落，就看到自家大哥本就冷厉的目光顿时又凛冽了几分。

被那毫无温度的视线注视，竟让他生出如履寒冰的错觉。

“我下楼倒水……这种无聊的事，我没兴趣。”说完，厉君御就面无表情地从自家三弟面前走过，全程冷冰冰的，仿若一块千年不化的寒铁。

可是……

美少年倚在墙边，就看着他家大哥装酷……

要不是怕死，他真想上去拍他大哥的肩膀，问一句：“大哥，你连水杯都不拿，也好意思说自己下楼倒水？”

厉园别墅门口，黑色的宾利停在道旁。

车边，阮萌萌正跟景易峥解释：“我住在这儿，是因为我的一个家人，不过具体原因暂时不方便透露。但我保证，我在这里住得很好……”

“真的？”景易峥剔透的冷瞳里，早已没了最初听到阮萌萌报出地址时的惊诧。

这样年纪的女孩子被赶出家门，却住进了S国最隐秘的世家之中，虽不用担心朝不保夕、风餐露宿，但豪门里的日子，特别是这种顶级豪门里的日子并不好过。

“嗯，是真的。”阮萌萌点点头。虽然厉君御跟她几乎冷战，但平心而论，厉家对她算是不错了。

“萌萌，你要是在这里住得不开心或是住得委屈了，就告诉景大哥。

景家的大门随时为你……”

“不用——”

景易峥话音未落，属于男童的娇叱声就打断了他的话。一道小身影从大宅内跑出来，张开双手，隔开了阮萌萌和景易峥。

“你是什么人，离我姐姐远点儿！”小厉君玺气喘吁吁地跑了出来，紧张地护住阮萌萌。他姐可是大神，而且还是会带他打游戏，带他上分的大神。好不容易见到活的大神，他绝不能轻易让这个男人把他姐拐走。

“我告诉你，我姐在这里住得很好，不离开，永远都不离开……你别想挖墙脚。”小厉君玺瞪着眼睛，故作老成地警告景易峥。

那张和景易峥妖孽俊美的轮廓相比毫不逊色的精致小脸，写满了防备。阮萌萌连呼吸都短了一截。她没听错吧？一直对她抱有敌意的小玺，居然说她是他姐姐，不许她离开？

“萌萌是你姐姐……那你是？”景易峥冷瞳微眯，斜挑的凤眼里忽而写满兴趣。

“我是厉君玺，厉家四少爷！你要是怕死，最好离我姐远一点儿！我告诉你，我姐才读高级学院，我妈妈不许她早恋！”说完，他转头拽住阮萌萌的手，就要把人往屋子里带。

“小玺，不许胡闹！”正在这时，一个低沉而不失威严的声音，从门内传了出来。

原来是厉耀阳出来了。他喝止住厉君玺，见到门外的景易峥，顿时眼前一亮。金狮集团厉耀阳自然有耳闻，虽然两家没有生意来往，但在商场上却是打过照面的。他知道景易峥年纪轻轻，就靠着自己将父母留下的产业打理得蒸蒸日上。厉耀阳对景易峥的第一印象极好。

而景易峥也曾在商业宴会上远远地见过厉耀阳。这位商界的传奇，更是他仰慕的对象。

“伯父好，我是萌萌的朋友，景易峥。”景大少很聪明，在听到小玺对阮萌萌的称呼后，就直接称呼厉耀阳为“伯父”了。

果然，这样的称呼深得厉耀阳的心。

中年美大叔不似平日在外的冷肃威严，此时笑得合不拢嘴：“好好……景家大少，青年才俊，果然不错。

“萌萌，朋友来了怎么都不让人进门坐坐。来来，都别戳在外面了，快进去。”

厉耀阳想起陈晴之跟自己交代的话，知道妻子想给萌萌找个可靠的结婚对象。此时，他见着景易峥了，觉得这年轻人看哪儿哪儿好，顿时起了撮合之意。

厉园富丽堂皇的大厅内，厉耀阳看着坐在沙发对面的景易峥，真是怎么看怎么满意。

“小景，一个人打理金狮集团这么大的产业，不容易啊，应该找个贤内助好好照顾你。伯父看你的年纪也不小了，有没有考虑过什么时候结婚？不过，像你这样的孩子，这么优秀，怕是已经订下婚约了吧？”

厉耀阳刚坐下来，就问了一大串问题。阮萌萌在厉君玺的“看护下”，陪坐在一旁，真是觉得尴尬得紧，特别是听到厉叔叔一口一个“小景”地称呼景易峥。那语气里的热络和自来熟，哪有他平时出现在外人面前的威严冷肃。

“伯父，我暂时还没考虑过结婚的事，也没有订婚对象。”厉耀阳是S国的传奇人物，一直备受景易峥尊敬。所以，即便他接连问了好几个私人问题，景易峥也都一一回答了。

“没有订婚对象啊……”厉耀阳浓墨般的剑眉顿时舒展，“没有也没关系，现在找正好……男人啊应该讲究成家立业，先成家再立业……有个贤内助替你打理好家里的事，你才能把更多的精力放到工作上。这个，你看我们家萌……”

砰——啪啦——哗——厉耀阳话还没说完，隔壁廊厅突然传来三声巨响。刚刚还其乐融融的氛围，顿时就被这三声巨响打破。

赵叔立刻跑去，过了一会儿，却一脸忐忑地走了回来。

“老赵，发生什么事了？”厉耀阳问。

“这个……老爷，您最好还是过去看看……这个……”赵叔走近，一副欲言又止的样子。

厉耀阳皱眉：“有事直说……我跟小景聊得正好，贵客当前，怎么能扔下不管。”

赵叔：“……”

好吧，既然是老爷要求的，赵叔抹抹额上的汗，低声道：“老爷，是大少爷……

“大少爷走过廊厅的时候，不小心把您收藏的那对累斯顿古董大花瓶、紫檀岁登图屏风，还有一个白玉枝莲玉佛摆件给碰倒了。”

“什么？！”

刚才还说不能丢下贵客不管的厉耀阳，二话不说就从座位上弹起来，连声招呼也没打，扭头就往隔壁廊厅走去。

厉耀阳酷爱收集古董珍玩，而且喜欢摆在外面，时常观赏把玩。他的许多珍藏平时就放在隔壁廊厅里。刚刚被厉君御“失手”碰倒的正是他最近找回来的几样“新欢”。厉耀阳心疼得不得了，偏偏撞上自家大儿子的时候，他还没开口责备，就收到大儿子冷厉中带着责怪的眼神。

“你……君御，你那是什么眼神？！”

“没什么……你看错了。”厉君御眸色不变，依旧冷冰冰的。他深深地看了自家父亲一眼，面无表情地绕过厉耀阳。

“你，君御……你这孩子，你回来……”厉耀阳看到儿子冷峻淡漠的眼神觉得肝疼。

偏偏厉君御对他的话置若罔闻，脚下步伐没有任何减缓。

这孩子，这一整天都这样，拉着一张脸，活像谁欠了他几个亿似的。厉耀阳忙着去“抢救”心爱的古玩，也没空管外面的事。却不知，离开廊厅的厉君御并没有直接上楼，他从廊厅绕到了大厅，一脸漠然地坐到了景易峥面前。

“你……就是阮萌萌新交的男朋友？”厉君御脸色冷峻，狭长的眸子里泛起冷光。他光是往那儿一坐，浑身上下就透出一股“我很不爽”的气息。

厉君玺小朋友一见自家大哥出来，全然不似父亲刚才的热络主动，反而用这种冷漠不悦的态度对待景易峥，那双漂亮的星眸里顿时就涨满了看好戏的兴奋感。

对，就该是这样！这个叫景易峥的男人，凭什么跟他抢姐姐！父亲那样做，根本就是在“卖女求荣”，就该像大哥这样，把这个胆敢觊觎他姐姐的坏人赶走！厉君玺小朋友很兴奋，恨不得站起来给他大哥呐喊助威。

而阮萌萌，却完全诧异地看着厉君御。不是说好不管她，两个人各不相干的吗？他又为什么出现在这儿，坐在这里，盘问景大哥？

与此同时，景易峥微挑的凤眼，看向了对面的厉君御。他自然知道厉家这位神乎其神的大少爷。听说他就像没有感情的机器人，待人冷漠疏离，做事要求完美，杀伐果决，却也不近人情。正因为这样，他才会在年纪轻轻的情况下便已接手了厉家大半的家业。

但就算如此，景易峥脑海里依旧闪过不解。传说中的厉大少孤高、淡漠，却从不会表露心底真实的感情。都说他喜怒不形于色，可是现在……

景易峥抬眸，看向眼底蓄满阴鸷敌意的男人。他妖冶的凤眼微微挑起，难得对这样的厉君御兴起了好奇。

“厉少误会了，我们不是男女朋友。”话音刚落，刚才还充斥整个大厅的冰冷寒意，突然消退了大半，“不过……萌萌是个很好的女孩，很可爱，我也很喜欢她。虽然现在她把我当大哥，不过以后，如果她愿意，也不是不可能发展成另外一种关系。”景易峥并未多想，就是觉得人家小女孩也要讲面子的，他直接撇清关系，可能会让萌萌难堪。这样滴水不漏的说话方式，只是为了维护阮萌萌作为女生的自尊。

谁知，他刚说完，刚刚回升的气温又倏地低至冰点。

坐在对面的厉君御，用近乎无情的目光看着他，冷着一张脸，冷然道：“阮萌萌还是高级学院生，没有早恋的打算。以后上了大学，也要专心准备考研考博，没有时间谈恋爱。所以，你还是趁早死了这条心。”

景易峥：“……”他那几句就是场面上的客套话，这位厉大少怎么好像当真了？

萌萌虽然可爱，可到底是小宝的朋友，景易峥压根就没往那方面想。

“另外……”厉君御低沉冷凝的嗓音透着毫不掩饰的凌厉，“既然不是什么亲密关系，称呼方面还是要注意。萌萌不是你该叫的……她也不喜欢叫别人大哥……所以没事，别乱套近乎。”

阮萌萌差点儿气炸了，厉君御怎么能这么跟景大哥说话！而且，他还莫名其妙开始盘问她的朋友，还说她要考研考博，就那样规划了她的人生。

阮萌萌再也忍不住，拉下脸，冲厉君御道：“谁说我不喜欢叫别人大哥……景大哥是我的朋友，我喜欢怎么叫就怎么叫。还有，如果我没记错，你明明说过……说过再也不管我了！”

“我的确说过……”厉君御语气清冷，侧眸看向那只惹他生气的小奶猫，“但父亲刚才拜托我，替他招呼好客人。所以，我只是在替父亲过问。”说罢，他转头看向另一侧的景易峥，清冷的眸子比看向阮萌萌时多了一抹阴鸷。

“景少，刚才的话就是我父亲的意思。你明白了，嗯？”冰冷到没有一丝温度的语气，带着毋庸置疑的威压，他几乎是在毫不掩饰地告诉景易峥，他不喜欢景易峥。他父亲，不喜欢景易峥。整个厉家，既不喜欢也不欢迎景易峥。

“我明白。”景易峥凤眼里的兴味散去，剔透的冷瞳闪过寒光，“我尊重伯父的意见……不过……萌萌是我非常重视的朋友，我很喜欢她，也愿意跟她来往。更何况，我已经答应萌萌要赞助她的竞选，所以……很抱歉，即便伯父反对，我也会继续跟萌萌来往。”

说罢，景易峥起身，对阮萌萌温和地道："萌萌，看来伯父对我还有些误会，景大哥先走了，有空来我家玩。"

"景大哥……"阮萌萌站起身，杏眸里满是不好意思。

阮萌萌也不傻，怎么会不知道厉君御分明就是在假传圣旨。厉叔叔明明很喜欢景大哥的，刚才还热情得很，根本不可能说出那种话。可她要是当场跟厉君御对峙，只会让景大哥的立场更尴尬。阮萌萌过意不去，只好什么也不说，跟着景易峥送他出门。

"大哥……"看到阮萌萌跟着景易峥离去的背影，厉君玺小心翼翼地看向自家大哥，"姐姐……会不会真被那个男人拐跑？"

那个叫景易峥的男人虽然讨厌，但真的长得好漂亮，当然了，在小君玺眼中，还是没有他家大哥漂亮。可是，他比起那些电视上所谓的偶像明星，却好看了无数倍。再加上，姐姐对他的态度似乎很好……

小君玺对手指了，他刚刚知道姐姐的真实身份，他不想姐姐被抢走。

"小孩子，不许胡说。"厉君御的脸黑沉得很，幽冷的目光，从阮萌萌离开后，就没离开过大门方向。

他见少女好半晌还未回来，俊眉便蹙在了一起，冷沉沉的目光转而落在一脸担忧的厉君玺脸上。

"小玺。"他看着坐在另一侧沙发上的弟弟，突然开口，"你……很怕阮萌萌被刚才那个人抢走？"

小男孩愣了愣，接着重重地点头："当然！大哥，你是不是有办法？"

厉君御冷厉的眸子里，眸光微闪。接着，他颔首道："是……不过小玺，你要帮忙。"

阮萌萌送走了景易峥，刚回头，手腕就被突如其来的一只大掌狠狠地扣住。

"你……"她吓了一跳，抬起头，正好撞进一双深沉幽冷的黑眸中，淡漠隐忍的深瞳似乎隐藏着灼灼的火光。

“厉君御，你干什么……”阮萌萌想把手抽出来，可是厉君御的力道却比她想象中更大。饶是天生怪力的她，竟也撼动不了分毫。

“我要干什么，你待会儿就知道……”男人咬着牙，蹦出冷硬的话。

厉君御十分霸道地将阮萌萌扯入怀中。他一手扣在她的腰际，一手托在她的小屁股上，直接将她抱起来，扛在肩上。正好这时，黑色的军用悍马开到了两人面前。厉君御毫不犹豫地拉开车门，将妄图挣扎的小奶猫塞了进去。

“厉君御，你要干什么……放我下去……”

厉耀阳心疼完自己的藏品，吩咐赵叔把“残骸”收拾后，这才拖着沉重的脚步走了回来。算了算了，旧的不去新的不来，他还是赶紧把萌萌和景家那孩子的事落实，正这样想着，他步入大厅，却愣住了。

“小玺，你姐姐和景少呢，怎么不见了？”

大厅里，只剩下厉君玺小朋友，抱着个 iPad，跷着两条小腿坐在那儿。

“哦，景哥哥临时有事，先走了。姐姐说明天学校里有东西要用，还没买，就去买了。”厉君玺小朋友为了不让他姐被拐走，脸不变色心不跳地说道。

“有事先走了啊。”厉耀阳皱了皱眉，暗道一声可惜了。这小伙子挺好的，年纪轻轻就当家立业，至少比自己二儿子靠谱。

“你姐姐什么东西没买？现在这个点了，一个女孩子出去买东西多不安全。我还是给她打个电话，叫她回来……缺什么，让老赵派人去。”

“不用了，爸爸……”厉君玺突然放下 iPad，跑过来牵住厉耀阳的手，“大哥正好也有事要出门，就顺便带姐姐一起去了。爸爸……大哥给我布置的财报好难啊，我都没看懂，你给我讲讲好不好？”

大儿子难得愿意跟萌萌相处，向来调皮难教的小儿子又难得亲近自己。厉耀阳想了想，也好……就让老大跟萌萌多接触一下，省得他对人小女孩总是冷冰冰的。就这样，厉耀阳在毫不知情的情况下，错失了“拯救无辜少女”

的机会。

黑色的军用悍马在宽阔的马路上急速飞驰。四十分钟后，车子开进了全 S 市最高、最显赫，也是最有名的厉盛集团总部大楼地下停车场内。

“你带我来这儿干什么？”阮萌萌从厉君御胸口抬起头，满脸抗拒地质问道。

从厉园出来到现在，厉君御一直沉着脸，一言未发。一路上，不管她怎么闹，怎么嘲讽，反正……他就是把她死死地摁在怀里，除此之外，对她的任何吵闹都无动于衷。

“你……你放开我，我要回家！”少女杏眸里都晕起了一层水雾。

可惜，抱着她的男人就跟个大冰块似的，没有任何回应不说，反而还收紧了双臂，将她圈得更紧，不知道，自己的胸膛硬邦邦的，用力抱起来硌得疼吗？

车子停稳，男人终于动了。他低眸，深不见底的目光扫在少女漾着水雾的杏眸上，墨瞳黯了黯。下一秒，不等阮萌萌反应，他就拉开车门，将她扛在肩头，扛了出去。

“呀——厉君御，你这个暴君！你怎么这么不讲道理……你放我下来！”阮萌萌真的要怒了！厉君御怎么这样？他全程一句话也不说，一句话也不解释，就这么扛着她上车扛着她下车。讨厌讨厌！这是把她当什么了，货物吗？！

可惜，即使肩上扛了个人，厉君御也像是感觉不到重量似的。他迈开大长腿，毫不迟疑地扛着少女，往电梯间走，虹膜扫视，总裁专属的电梯门自动打开。厉君御扛着肩上拼命扭的小奶猫，走了进去。

电梯平稳而快速地升起，不一会儿就到了顶层。叮一声后，电梯门再次打开。大厦顶层的灯大开着，在这样的夜里，依旧灯火通明。可惜已是下班时间，偌大的空间除了他们俩，空无一人。

厉君御扛着阮萌萌大步流星走进自己的办公室。

砰——办公室门被重重关上，锁死。

接着，沉默不语的男人，将扛在肩上的小奶猫，甩在了松软宽大的沙发上。

“厉君御，你……”

阮萌萌话还没出口，就觉得唇上传来一阵刺痛。

嘶——阮萌萌倒抽一口气：“厉君御，你居然咬我！”

被阮萌萌控诉的男人不但没退，反而压得更近。厉君御双手撑在沙发上，将她娇小的身体笼罩在沉重的阴影之下。

“你叫一声我咬一口，你叫两声，我咬两口。”男人冷幽幽的语气带着威胁，只是那双向来冷沉的黑眸亮得吓人。

“你……”阮萌萌往后退，捂着小嘴，没想到堂堂暴君也有这样无赖的时候。

她水亮的杏眸闪着毫不示弱的光：“要不是你莫名其妙把我绑到这儿来，我又怎么会大喊大叫？你让开，我要回家。”

以前怕他，那是她需要他帮忙，拿人手短，亲人嘴软，可现在……

现在他们都冷战了，他都不管她了，她才不要对他示弱。阮萌萌伸手推在厉君御硬邦邦的胸膛上，使劲儿……可惜，脸色阴沉的男人却纹丝不动。

少女挑眉：“你挡着我了，请你让开，我要回家！”

厉君御沉默，但高大伟岸的身躯却没有挪动分毫。

“回家可以……先把协议签了。”厉君御的音调冷峻淡漠，但波澜不兴的语气里却藏着一丝不易察觉的紧张。

阮萌萌抬眸，满头雾水：“协议……什么协议？”

“赞助协议。”他补充道，冷峻的目光比之前更加幽深也更加暗沉，“学生会竞选需要的竞选赞助，现在就和我签订协议。这次不是御耀，而是厉盛……厉盛集团赞助你。”

代表S国最高财势的厉盛集团，要赞助一个高级学院生的学生会竞选。如此大材小用，比金狮集团直接赞助更加令人咋舌和难以置信。如果是在两人闹翻之前，听到这样的话，阮萌萌一定会想也不想就点头答应，可是现在……

“不需要……赞助的事景大哥已经答应我了，就不劳烦厉大少纡尊降贵替我劳心了。”阮萌萌将脸撇到一旁，不想直视厉君御的双眼。

他的目光太深邃、太沉重。

那样的眼神会让她觉得心尖一揪，有种酥麻的酸楚感遍布心尖，很容易就会让她心软，不再跟他对着干。可是，她没有忘记他说不管自己时的决绝冷情。阮萌萌拼命提醒自己，不要心软、不要心软。

“阮萌萌……就算我不是你大哥，也轮不到景易峥。”厉君御本就冷峻的脸色更加阴沉。特别是叫她名字的时候，他将“阮萌萌”这三个字咬得极重。

“乖乖听话……”他看着她倔强又充满防备的眼神，忽然间又兴起一丝不忍。

他刚刚说完重话，现在却放软音调，低声哄道：“把字签了……我就带你回家。”

他边说，修长的手指边扣上少女的小下巴，将她撇开的小脸掰过来。厉君御抬起她的下颌，轻轻抚弄她下巴上的软肉，就像撸猫一样，动作轻柔而充满了宠溺意味。

可惜阮萌萌并不领情。她抬起晶亮的杏眸，直视厉君御黑沉幽冷的双眸：“不可以，我和景大哥已经说好了，不能言而无信。更何况，今天早上说再不管我的人，是你。主动撤销赞助的人，也是你……我怎么知道，现在答应了，你厉大少会不会事到临头又撤资呢？毕竟，也不是没有这样的事。”

阮萌萌的一席话，几乎算是毫不给厉君御面子了。话音落下，她就见男人阴晴不定的脸色骤然一凛，被寒冰覆盖的墨瞳凛冽得让人心惊。

阮萌萌小手抵在心口，瞪得大大的双眸，毫不示弱地迎着他幽冷冰凉的目光，实则后背的汗毛已经完全竖了起来。要不是为了争一口气，说不定她这会儿早就已经没有节操地抱着暴君大人的大长腿撒娇求饶。

空气在这一刻凝固。

厉君御墨玉般的瞳孔看向那张可爱的小脸，捏在她下颌处的手掌轻轻收了起来。

“你说得没错……”他开口，低到极致的嗓音透着禁欲的气息，“我的确说过再不管你。但……这不代表其他人可以插手。”言下之意就是，他厉君御不能管她阮萌萌，其他人也一样不能管。所以作为厉大少口中“其他人”的景易峥，自然也不能。

“你……”阮萌萌白皙微红的小脸上闪过几分倔意，“厉君御，你凭什么不让景大哥帮我……你、你简直不讲道理！”

男人挑眉，微昂的下颌倨傲至极：“我什么时候告诉过你，我是讲道理的人。”

阮萌萌差点儿被这句话给噎死。堂堂厉家大少爷，御耀科技的掌舵者，厉盛集团下一任的继承人，居然告诉她，他不是一个讲道理的人！他有本事当着公司的董事会高层，当着其他股民的面，也把这句话重复一遍啊。

阮萌萌被厉君御气得肝疼，用力推搡：“你让开，我不想跟你说话……反正这个协议我是不会签的，有景大哥就够了，我不需要你的赞助……我要回家，我……嗯……”她的话还没说完，男人冰冷的唇已经狠狠地堵在她那张惹人生气的小嘴上。

直到良久之后，厉君御才意犹未尽地结束这个吻。

“签不签，嗯？”墨瞳深深浅浅中藏着幽光，就像隐藏着什么情绪一样。

阮萌萌被厉君御吻得大脑断片，这时候怔怔的，完全没缓过神。不过，就算是这样，她也记得自己的决定。

“不，不签……”她摇头，本能地拒绝。

“嗯……”所有的抗拒都被封存在厉君御强势的吻中。

阮萌萌漂亮的眸子眨了眨，又眨了眨，她不敢置信地看着近在咫尺的俊脸。她卷翘的睫羽甚至已经沾染上了泪光，晶晶闪闪的小珠子挂在扇形的眼睫上，将她可爱迷人的小脸蛋衬得越发惹人怜爱。

真想狠狠地欺负这只小奶猫，这是厉君御吻她的时候，脑子里不经意闪过的念头。

第二个吻终于在良久后结束。

厉君御霸道清冷的气息离开她的唇瓣时，阮萌萌的脑子已经完全处于呆滞状态。

可是男人并不准备放过她。他扣住她的小下巴，再次问道："签，还是不签？"

"签不签？"

"不签，嗯……"

"签不签？"

"不签，嗯嗯……"

"再问你最后一次，签不签？"

"不签不签不……呜呜呜……"

大脑也被吻得缺氧，困意重重之下，她就连眼皮都快睁不开了。可是，她还一直记得自己的底线，记得厉君御凶她的时候，说不管她的时候，那淡漠无情的样子。

不签，不签，不签！就是厉君御把她吊起来打，她也不签！

厉君御没想到小奶猫居然能倔成这样，吻她，她不怕，打她……他又舍不得。最后，他只能将她困在沙发里，又亲又吓。

可折腾到半夜，这小奶猫都一点儿一点儿地打起瞌睡了，还是不肯松口答应他签字。

厉君御的视线从阮萌萌毛茸茸的小脑袋上往下移，最后定格在她的樱唇上，那双深不见底的黑眸逐渐灼热暗沉。可惜，折腾了好几个小时，阮萌萌这会儿早已睁不开眼。所以，她完全不知道，厉君御看她的眼神透着怎样的炙热。

良久之后，厉君御深深地叹了口气，大掌一捞，就将怎么都不肯服输的小东西抱了起来，放到自己怀中。这一晚，堂堂厉家大少爷就在沙发上将就了一夜。他靠坐在沙发上，肩膀给小奶猫当枕头，臂膀和胸膛给小奶猫当睡床。虽然长腿无处安放，他睡得很不舒服，可是……抱着小奶猫睡觉的感觉竟然异常地好。

而这一夜，忽悠自家老爸，成功替厉君御打好掩护的厉小四却悲哀地发现，事情好像有点儿不对！

阮萌萌居然整晚都没回家！而更可怕的是，带走阮萌萌的大哥居然也一块儿失踪啦！

第二天，从司机处得知大少爷昨晚一整夜都在总部“加班”的凌东，一大早就来到了总部大楼。按惯例刷卡上顶楼，来到执行总裁办公室外，凌东正要敲门，突然，一个属于女孩子的娇斥声，从厚重的实木门后传了出来。

“厉君御，我说不签就不签，你就是把我关一辈子我也不签！我要上学去了，你让开！”

少女话音刚落，紧接着就传来一阵乒乒乓乓的声音，凌东俊秀的唇角忍不住抽搐。这……这办公室里的是哪位？敢用这样的语气跟大少爷说话就算了，听起来……似乎还在砸东西？

正当凌东的好奇心就快抑制不住的时候，紧闭的办公室门突然被人从里面拉开。穿着一身校服，外面套了件外套的少女，从办公室里冲了出来。

那速度特别快，要不是凌东反应及时闪开了，铁定被撞个正着。凌东心道好险，虽然只是一个照面，但他已经看清刚才跑出去的女孩，就是厉家最近新找回来的大小姐。

凌东想，大少爷似乎不太喜欢她，但他们这些做手下的，却不能冲撞了大小姐。可怜的凌东并不知道自家大哥凌北的痛，也不知道厉君御这阵子，其实正在跟阮萌萌冷战。此时，凌东只以为是小姑娘找上门跟大少爷吵架了，也未多想，拉开办公室门进去。

谁知，他刚一进门，一份文件就照着他的脸甩了过来。

“拿去智学，告诉他们，这是阮萌萌参加竞选的赞助资料。”

凌东手忙脚乱地接住文件，翻开一看，下巴差点儿掉下来。

这、这是盖了厉盛集团公章，还有总裁签名的赞助合同。这样一份合同，要是拿到外面去，价值上亿都是往少了说，而现在却只是用来赞助一个高级学院生的竞选。

凌东不懂，大少爷明明说过不管大小姐的竞选了……为什么现在，又要反悔？可惜大少爷的决定他们是从来不敢质疑的。

“我这就去办，这里……我立刻派人进来收拾。”

凌东收起文件，正准备下去，突然想起大哥凌北让自己带的话。他顿足，转头看向坐在办公桌后，表情冷漠阴晴不定的男人。他滚了滚喉咙，大胆道：“少爷，我哥去非洲也有一段时间了。他说联系不上您，有重要的事情想向您汇报。您看，能不能把他从黑名单里移除……他……他……”

随着厉君御的视线越来越冷，凌东的声音也越来越低。到最后，他索性闭嘴。

“告诉凌北，没有三五年他别想回来……求情的话不要再说，我不想听。”

要是凌北在这儿，一定会怪自己弟弟没有经验。这明摆着大少爷现在就是心情最不好的时候，凌东说什么不好，偏偏要提自己。这一提，好了吧！原本已经消气的厉君御，顿时想到当初跟阮萌萌闹别扭的原因，这下更是迁怒凌北，不但不让他回来，就连他所谓的汇报也不想听。

凌东无奈，只能拿着合同出去了。

凌北此刻正拿着手机，对着厉君御的号码发愁。

“大少爷啊……你怎么就把我拉黑了呢！你让我查的那件事，好不容易有了眉目，你怎么就不接电话呢！”

唉……凌北叹息。

可惜这件事事关大少爷的“初夜”，不能让第三个人知道，要不然凌北真想告诉自己弟弟，让凌东替他传话，也好在大少爷面前将功折罪。

智学学生会办公室。

刚刚通过了学生会会长初选的阮娇娇，正得意扬扬地坐在办公桌后，欣赏自己的竞选照片。如果不出意外，下个星期，这张照片就会悬挂在校园宣传栏上。而同为竞选者的阮萌萌……很可惜，她恐怕连参加竞选的资格都没有。

正在阮娇娇得意之际，办公室门突然被敲响。进来的人叫阎琛，是跟阮娇娇一起参选的同伴。

“娇娇，好消息……昨天统考的成绩出来了。你的名次还是跟以前一样稳定，全年级第二……你猜，那个阮萌萌考了多少？”

阮娇娇脸上的得意之色早已隐去，她换上一副略显担忧的神情：“怎么了，我姐姐她考得不好吗？那怎么办，她还要竞选……”

“都这种时候了，你还担心她干什么。阮萌萌自己不争气，据说她的卷子一半没写，总成绩才年级 302 名，跌出了前 300 名。”

“你的成绩在全市都是前 10，她呢……哼，都不知道掉到哪儿去了。我看这周五的月考，她铁定还是进不了前 300 名。到时候，看她凭什么参加竞选。”阎琛很高兴，阮娇娇只是淡淡地抿唇。

看到阮娇娇的表情，阎琛顿时有些不好意思。他总觉得跟阮娇娇相比，自己好像有些太小人了。不过，阮娇娇就是这么一个善良单纯的女孩子。有心计的事，他们来做就好，只要能好好保护她，做什么坏事他都愿意。

正在阎琛沉思之时，门外突然传来仓促的脚步声。紧接着，办公室门被人推开。

“娇娇，不好了……”叶枫火急火燎地跑进来，“景胖子没转走，他哥刚才亲自送他上学，还跟审核组提交了赞助合同。确定金狮集团将赞助阮萌萌！”

初审组这边，老师正为难着：“景少，阮萌萌的竞选活动已经确认了由厉盛集团赞助，学校这边无法再做任何更改。”

负责审核的是位中年女老师，她扶了扶眼镜框，很是不好意思地跟景易峥解释。没办法，这位景家大少爷实在是长得太好看了，微挑的凤眼透着冷光，眼波流转之间带着一股动人心魄的美感。女老师两颊透着羞涩的红晕，想要拒绝这样的美人，实在不是一件容易的事。

“萌萌，申请是你提交的吗？”景易峥朝老师点了点头，侧眸看向身旁的阮萌萌。

女老师的心弦却为之一动。这声音也太好听了……低低沉沉的，带着一股慵懒的磁性，真是撩人得很。

阮萌萌摇头，小脸上却掠过一抹不易察觉的绯色。她用脚指头想都知道，这八成是厉君御那个暴君背后使的手段。

女老师连忙解释：“不不，这不是阮同学提交的……是……”

女老师看看左右，见没有其他人，压低音量告诉眼前这位景少：“是理事长那边直接发来的确认合同，我们也无权更改。”

景易峥点头道谢，琉璃般的冷瞳闪过一抹了然。而阮萌萌……小脸更红，脑袋埋得更低了。她就知道，果然是那个暴君干的好事。

“不要紧，既然不能更改，那就再添一个好了。学生会对赞助商的数量，应当没有规定。”

女老师见景易峥看向自己，愣了几秒，才突然反应过来：“没、没有……对对，景少这个办法好，当然可以两家一起赞助。这是申请表和赞助合同……”

美色当前，女老师完全不知道什么是拒绝。她三下五除二就替景易峥办好了赞助合约。金狮集团四个大字写在了厉盛集团旁边。堂堂两大财阀抢着为一个高级学院女生提供竞选赞助，这要是传到外头去，还不知道让多少人眼红。

办妥了赞助事宜，还需要确认竞选顾问的人选。这件事必须竞选者本人提交申请，所以即使是厉君御，也没办法提前插手。

阮萌萌看着申请表，脑海里闪过那抹冷峻的身影，但只是一瞬间，她就将那个人赶出了脑袋。她一笔一画，工工整整填上“景易峥”三个字。最后确认一遍竞选名单和自己的团队人员，阮萌萌将申请表交给老师。

“你听说了吗？阮萌萌这次的竞选赞助是金狮和厉盛！”

“原来你也听说了……我的妈呀，阮萌萌这是哪来的面子啊！金狮就算了，景向劲在她那边，他大哥愿意帮忙说不定都是看景向劲的面子。可是厉盛……那可是厉盛啊！”

“真不知道她是走了什么狗屎运，阮家也不是什么豪门世家，居然能跟厉家扯上关系。我爸上次想见厉盛的厉大少一面，在总部大楼下面等了十几天，连人影都没见着。你说，阮娇娇这次是不是输定了？”

“我看八成是……唉，可惜阮娇娇那么努力，人也挺好的，却碰上了阮萌萌这样好运的人。所以说这世道啊，还是有钱有势才能过得好！”

两个女生聊着八卦，从洗手间里走了出去，却不知，在洗手间最靠内的隔间里，话题的主角之一正躲在里头。此时此刻的阮娇娇双手握在门把上，指节间泛白，那张柔弱无害的脸正疯狂地扭曲着。

阮萌萌……她居然能搭上厉家！

凭什么，凭什么每一次走运的都是阮萌萌！

不——阮娇娇浑身颤抖，眼底闪过一抹阴狠……她必须毁了阮萌萌，必须！

虽然阮萌萌的全市统考成绩只有 302 名，不尽如人意，但是慕景行等人的进步，却让那些原本不看好他们这个团队的师生大跌眼镜。

慕纨绔从 455 名进步到 352 名，叶翰庭从 423 进步到 327 名，李一帆从 437 考到 308 名。而红黄绿三人，则从 502、489、480 的名次，分别进步到 399、387、385 名。看起来，他们距离 300 名还有一段距离，但如果仔细想想就会发现，上一次的周测是上周五考的，而这次的全市统考则在这周三，前后加起来连一周时间都没到。

成绩进步最大的李一帆已经 308 名了，最差的红毛也已经 399 名。试想一下，如果多给他们一段时间，那将会是怎样的结果。

“哼，他们得意不了多久了……这周五的月考，我一定不会让他们考进前 300 名。”电话里，阮娇娇正压低音量，在向秦芳汇报。

“妈，你放心好了。我已经用代理会长的身份，连同大学部的学长们向学校提交了申请。大学部将会以选拔人才为由，提高这次月考的难度。这次的考卷会由大学部负责出题。”

“你知道的，数学系的付教授最喜欢出的就是难题怪题。阮萌萌跟那几个废物明显偏科。提高了试卷难度，我看他们这次怎么死！”

快放学的时候，月考将临时改成智学大学部出题的事已经传遍了整个高级学院部。成绩差的学生，听到这个消息，都是愁眉不展。而所有人都以为这次一定会死得很难看的阮萌萌等人却优哉游哉，完全一副没事人的样子。

数学系的付教授嘛，他们知道。听曹老头提起过，那也是他曾经的得意门生。曹老头押题那么厉害，押自己学生出的题，总没问题吧？

放学后，因为景易峥的殷切邀请，阮萌萌将补习地点改在了金狮集团的大会议室里。台下，将近四十人齐刷刷看着台上的曹老头。而曹老头站在台上，正埋着脑袋，翻找着面前小山一样高的资料。

“小付出题啊……小付比较喜欢出这种类型的题目……还有这种！哦，差点儿忘了，这两种题型也是回回必考的，得记住了……

“来来来，每人一份……我给你们讲一遍，你们这些孩子要是记不住，那就死记硬背，要是死记硬背还记不住……萌萌……”

曹老头抬起那双混浊却透着精光的小眼睛。

阮萌萌了然地点点头，站在一旁，对另外三十七个人露出两个酒窝，笑意甜甜。这样的阮萌萌，看起来真是可爱甜美得紧……前提是她没有挽起袖子，握起拳头转动手腕。

砂锅大的拳头见过没有？

都不用阮萌萌亲自说，在座的三十七个同学就已经感觉到那股凌厉的“杀气”。谁都不敢怠慢，他们拿到复印件就开始乖乖听讲，哪怕听不懂，背也要把每道题记住。

两天后，周五，正是月考开始的日子。

而在凌晨五点的时候，一抹小小的身影从阮萌萌的房间里蹿了出来，偷偷地靠近了另一间卧室。

秋季的凌晨五点，整个厉园正被夜幕笼罩着。

阮萌萌站在厉君御卧室门前，左看右看确定走廊没人，才拿出慕纨绔特意替她准备好的“作案工具”，一把军用匕首，一双白布手套。

用铁丝或是发夹开锁的技能，阮萌萌是不会的，但这不妨碍她用更加简单粗暴的方法打开门锁。

阮萌萌戴好手套，握着军用匕首，慢慢地将匕首插进实木门的门板里。她屏住呼吸，控制着匕首划过木板的音量，尽量不发出大的响动。接着，她用最克制的力气，在最轻的音量下，将实木门的门板生生地剜出了一个洞。她戴着白手套的右手从洞里伸了进去，握住门锁，倏地就将整个锁芯，从木板里挖了出来。

OK，大功告成！

阮萌萌美滋滋地推门，小身影往内一闪，又轻轻关上房门。而被她挖出的锁芯，就那么孤零零地被丢在走廊外头。

再次单独面对厉君御，阮萌萌其实是有点儿紧张的。

自从那天在厉盛集团共度一夜后，阮萌萌就一直在极力避开厉君御。他要堵她，她就躲。他说要送她上学，那她就宁愿跑步去学校。他说要接她放学，她下课铃还没响就一溜烟从后门翻墙走了。放学后她就赖在金狮大厦补习，一直到很晚才跟慕纨绔他们一起离开。就连厉君御说要跟她谈赞助的事，也被她婉拒了。反正有景大哥帮忙，他要是生气要撤资那就撤资吧，也不是第一次了……

总之，每天都忙着监督其他人好好学习的阮萌萌，这两天是异常忙，忙到根本没空去想厉君御的事，也完全杜绝他跟自己独处的机会。

直到今天，月考开始的日子。

她从昨晚便开始辗转反侧，终于在凌晨五点的时候下定决心，摸进了厉君御的卧室。

其他人都那么努力了，她怎么能拖后腿？

为了不辜负其他伙伴，她只能偷溜过来，从厉君御这里借走一个吻。

阮萌萌一步一步走到厉君御床前。

房间里留着地灯，淡淡的光线中，她能看见铺设着深色寝具的大床上俊美无俦的男人正陷入沉睡。睡着后的厉君御看起来比平时多了几分清冷高贵，但又少了些许拒人于千里之外的冷傲。他狭长的双眸紧闭着，纤长浓密的睫毛往下微垂，在他眼睑下打出淡淡的浅影。

阮萌萌的视线从他紧闭的双眼划过，落到他高挺笔直的鼻梁上，最后往下，停留在那张削薄性感的薄唇上。她轻轻滚了滚喉咙，小手握紧。

亲……亲一口就好……她只要亲一口，今天的考试便稳了！

心里暗暗给自己打气，阮萌萌的小手轻轻地撑在床沿上，小身子往下，弯了下去，樱唇飞快地在他的薄唇上碰了一下，就似蜻蜓点水一般，几乎没有任何停留。下一秒，阮萌萌飞快地蹲了回去，就蹲在床的侧面，小口小口地喘气。

吓死她了，要是被厉君御抓包，那就丢脸了！

阮萌萌轻轻拍着心口，等了一下，发现床上的男人几乎没有任何反应，这才放松地出了口气。幸好，厉君御没醒。

不过……刚才那一下她是不是亲得太快了？要是效果不持久怎么办？

阮萌萌蹲在床边想了半天，最终决定，还是再吻一下比较保险。于是，少女又一次站了起来，对着男人的睡颜，弯腰下去，再次将自己的唇瓣送了上去。

这……这下应该够了吧？

阮萌萌抿着浅粉色的唇瓣，盯着厉君御安静的睡颜，脑子里一团乱。

不对，好像还不够？

她正准备离开，却突然想到一个问题。因为是月考，所以试卷全是按升级考标准出的。九门功课虽然压缩到一天考完，但考到最后一门理综的时候，已经是下午五六点了。厉君御的吻每次也只能维持十个小时左右，要是这样，到了下午她考最后一门的时候，肯定已经无效了。

怎么办？

阮萌萌漂亮的杏眼里闪过急色，突然，她想到了。

她慢慢地慢慢地接近他。这是最后一个吻了，就只是稍稍地更亲密一点儿而已……

别怕……阮萌萌给自己打气，娇小柔软的身体慢慢地覆了下去。

就在这时——

“你比我想象的更胆大。”一个低沉沙哑的嗓音，在这安静至极的卧室内蓦然响起。

突如其来的声响，让阮萌萌就像定格一般卡在了那里。

厉君御的大掌紧紧箍在阮萌萌柔软的小腰上。他不停地加深这个吻，直到良久之后，才突然捉住她的小手，将她整个人往下一拉。

阮萌萌猝不及防地跌落在大床上，撞进一个熟悉的怀抱。

“我……我可以解释……”阮萌萌脑子里一片空白，只是本能地惊呼着。

厉君御勾唇，狭长的凤眸里闪过一丝揶揄。

“好，我听你解释。”他说完，薄薄的唇就微微上翘，笑意比刚才更深。显然他现在的心情很愉悦。

他很想听听，这只胆敢进来偷袭他的小奶猫，究竟要说些什么。此时此刻的厉君御，完全没有了连续两天堵不到阮萌萌后产生的烦躁感。他就像最有耐心的猎人，等着落网的猎物做最后的挣扎。

而实际上，从阮萌萌搅动门锁的那一刻起，厉君御就已经醒了。果然，装睡是值得的，如果不是装了这么一回，他还不知道，原来自己养的小猫是这样一个口是心非的小东西。

“我……”阮萌萌乌溜溜的大眼珠子左转右转。她必须找一个理由解释……可是，她真的不知道在这样的情况下，她还能找到什么像样的理由。

小脸蛋早就因为被抓包的尴尬和羞赧，而烧得通红。

在厉君御灼灼的目光逼视下，阮萌萌只能无奈地选择妥协。她羞红着脸，小声道：“我……我没有别的意思，我……我只是想……想亲亲你……”

比蚊虫还细弱的嗓音，羞羞怯怯的。阮萌萌真的觉得丢脸死了。可当场被抓包，她就算想否认也否认不了。

“亲一亲，只是这样，嗯？”男人的嗓音磁性慵懒。

阮萌萌点头，不敢看厉君御深邃的双眸：“当、当然……”

“可从你进来以后，不止亲了一口，也不只是‘亲一亲’这么简单……”

“你、你别说了……我知道是我不对，可是……我、我真的不是……”

“我知道。你真的不是只想亲一亲这么简单。”厉君御突然接过话头。

他盯着少女，那双墨玉般深邃的黑眸里闪着微亮的光：“阮萌萌，你承认吧，你是不是喜欢我？”

“我、我喜欢你？！”阮萌萌被厉君御的话问得目瞪口呆。

她漂亮的杏眸瞪得大大的，愣了好一会儿，她才找回自己的声音：“谁说我喜欢你了……我承认，我是想亲你，而且不止想亲一口。可是、可是那不是因为我喜欢，只是因为……因为……”

心跳的速度几乎完全失衡，阮萌萌张口解释的时候，耳边全是心脏怦怦狂跳的声音。这一刻，她的大脑都是空白的。她只能本能地抬眸看向厉君御，看着他深沉沉幽的双眸，只觉得大脑缺氧的感觉更加明显了。

“只是因为什么？”厉君御盯着她，眸光深邃。

他看着少女白皙娇嫩的小脸从微红变成绯红，又从绯红变成深红，就像最上等的胭脂，一点儿一点儿在她莹白无瑕的肌肤上晕染开来。

阮萌萌被这样的眼神看得腿都软了。她下意识回应：“只是因为……因为……”

到了这种时候，不得不说实话，没有办法解释的阮萌萌突然下定决心。她抬起水亮的杏眸，勇敢地直视厉君御：“只是因为，我需要你的吻。没有你的吻，今天的月考就会考砸。所以我……”

“所以，你就是喜欢上我了。”男人勾唇，低沉沙哑的嗓音里透着一股淡淡的宠溺。

她、她什么时候喜欢上他了！阮萌萌简直为厉君御的理解能力折服。

可是她还来不及继续解释，小巧的下巴就被厉君御抬手捏住。

“原来这就是你这阵子跟我作对，不愿再叫‘大哥’的理由。小东西，虽然我还没有谈恋爱的打算，但如果你需要我的吻打气鼓励，才能考出好成绩的话……”说到这儿，厉君御突然倾身下来，在阮萌萌甜美娇气的唇瓣上咬了一口。

接着，阮萌萌听到男人性感至极的嗓音在耳畔响起：“那我，也可以勉强配合一下。”

第十四章

她好像怀孕了

“我不是那个意思，嗯……”

“你……你等一下，听我说……”

“厉君御，你不要……呀……”

“停，停住，别再亲了……”

昏暗的卧室里不时传来少女的惊呼声。

直到好一阵之后，把阮萌萌亲了个够的暴君大人才将怀中的少女放开。

阮萌萌拖着几乎无力的手脚，好不容易推开厉君御，跌跌撞撞地跑了出去。她回到房间，反锁上房门，冲进浴室对着镜子里的自己，才发现粉色的唇瓣早就被某人啃得又红又肿。

“呀——”双手捂住小脸，阮萌萌无法抑制内心疯狂到崩溃的情绪，大声叫了出来。厉君御，他居然把她的嘴亲成了这样。那个暴君，他还自恋到以为她去偷亲他是因为喜欢！阮萌萌无法接受事情变成这样。

临走之前，厉君御用清清冷冷的嗓音，对她说的那句“考试加油”，别以为她没听出来，那四个字里分明带着揶揄和戏弄！

讨厌死了。

阮萌萌把毛巾打湿，冷敷着嘴唇，只希望红肿的状态能消退下去。至于厉君御误会她喜欢他的事……等考试完了，她一定要和他说清楚！

“三少爷，四少爷，早餐已经准备好，可以下楼用餐了。”一大早，看着时间差不多的赵叔来到走廊外头，敲响卧室门。

“大小姐，大少爷，早餐……”赵叔叫门的声音突然顿住。他揉了揉眼眶，又揉了揉眼眶，确定自己没有眼花。

“大少爷，大少爷你在不在，你有没有事？昨晚厉园进贼了，门锁被……”赵叔激动得就要推门而入。

就在这时，卧室门从里面被拉开。浑身上下透着冷峻的厉君御，带着淡漠清冷的神情，出现在门后。

“大少爷……”赵叔稍稍松了口气，上下打量厉君御，确保大少爷没有任何损伤。

“我没事。”厉君御表情淡淡，嗓音低沉。

正在这时，另外三间卧室里的人，也走了出来。厉君澈、厉君玺，还有阮萌萌，正好出现在走廊里。

“赵叔，你刚才喊什么那么大声……昨晚厉园进了贼吗？”厉君澈看到走廊里站的人，漂亮的唇角弯了弯，他一脸好奇地凑上去。

厉君玺跟在厉君澈后头，经过阮萌萌身边的时候，往阮萌萌脸上瞟了一眼，顿时愣住了：“姐，你……你的嘴怎么了？怎么肿了，还有点儿红？”

自从知道阮萌萌的大神身份后，厉君玺小朋友心目中最厉害的人，就从他大哥变成了他大哥和他姐姐。厉君御虽然厉害，却不会带他玩游戏。而阮萌萌却不一样，不但会带他玩，还会带他上分，让他超神。厉君玺再早熟，也是个孩子，对于这样的姐姐怎么可能不喜欢呢？就因为这样，小厉君玺处处关心阮萌萌。这不，他发现姐姐的嘴唇微肿发红，就忍不住问道。

“我，我没事，昨晚辣条吃多了。”阮萌萌小脸一红，拿出早就想好的话，就算理由牵强，还是硬着头皮解释。

小厉君玺皱了皱眉："那是多辣的辣条啊……肯定很好吃。姐姐真坏，偷偷吃辣条不给我吃。"

她话音刚落，就听身后传来扑哧一声。原来是厉君澈，以手抵唇，笑得眼睛都弯了。

"辣条……呵呵……辣条……"美少年笑得不行，捂着肚子，走到形容冷峻、面无表情的厉君御面前。

他对着厉君御，不怕死地挑了挑眉："大哥，你一向都吃清淡口味的……原来现在喜欢吃辣了？"

厉君澈实在是太佩服阮萌萌跟他大哥了……这里头明显就有猫腻，一个却能拿辣条当借口，一个更是能面不改色心不跳。不怕死的厉君澈一时没忍住，就在他大哥面前露出了幸灾乐祸的神情。

厉君御看着眼前的三弟，清冷的眸子闪了闪："赵叔。"

"是，大少爷。"正一头雾水的赵叔，听到厉君御叫自己，连忙应道。

"上次医生体检的时候怎么跟阿澈说的，你再跟他重复一次。"

赵叔点头，转向厉君澈："三少爷，说起这个事你真的要注意了……医生说，长期食用甜食，会对身体造成极端不良的影响。就算是年轻人，一样有可能得糖尿病、高血脂。所以……"

赵叔话还没说完，就被厉君御接过话头，只听冷冷淡淡的嗓音在走廊里响起："所以，从今天开始，一个月的时间内，不许给三少爷吃任何甜食。如果他实在忍耐不住……"

厉君御薄薄的唇弯了弯，勾起一抹冷笑："那就给他吃辣条吧。"说完，也不去看自家三弟惊恐又不能接受的眼神，厉君御绕过站在走廊中间的三人，直接走到不敢抬头的阮萌萌面前。

他一手提起阮萌萌的后衣领，就把她往楼下带："你今天有考试，动作快点儿……吃了早餐我送你去学校，不许迟到。"

餐厅内，除了细微的餐具碰撞声，没有任何人说话。厉君澈是彻底蔫了，只能一边哀怨地吃着碗里的海鲜粥，一边看着不远处的各色蛋糕甜点，表情扭曲。而小厉君玺更是不敢冒泡。三哥都阵亡了，他还是老老实实吃饭，降低存在感。至于阮萌萌，呵呵……她选择像厉君玺一样沉默。

“时间差不多了，走吧。”厉君御放下餐具，动作优雅地擦了擦唇角，接着起身，走到阮萌萌座位后面，大手一提，就抓着阮萌萌的后衣领，将她轻而易举地提了起来。

又抓她的后衣领，又像这样甩她！可惜，因为心虚，阮萌萌敢怒不敢言，只能抓起书包，乖乖地跟着厉君御走。

目送阮萌萌跟着厉君御离去的身影，厉君玺小朋友默默地在心里为阮萌萌点了根蜡烛。唉，可怜的姐姐……要不是上次跟大哥顶嘴吵架，也不会像现在这样……

她去学校坐的车，又从迈巴赫换成了军用悍马。在厉园一直对阮萌萌冷冰冰，全程只用两根手指提着她的后衣领走动的男人，一上车，就让司机将前后座之间的隔板升了起来，接着，放在她后衣领的大手松开。在阮萌萌反应过来之前，身体突然腾空。转瞬之间，她就被厉君御打横放在了腿上。

“你、你干什么……”阮萌萌看着忽然抱住自己的男人，眼睛都直了。她完全不明白，刚才还对自己冷冷淡淡的人，为什么会变脸变得如此之快。

“这就生气了？”厉君御低眸注视着怀里的小东西，越看越觉得阮萌萌口是心非的样子可爱得紧。

“我知道，你不喜欢我提你的后衣领，不过在家里……牵手不方便。”他说着，就捏起她的小下巴，在她唇上啄了一口。

阮萌萌声音都哑了：“你、你在说什么……什么牵手不方便？还有，你为什么又亲我！”

“不然呢？”厉君御勾了勾唇，冷眸里闪过暗芒，“马上就到学校了……现在多亲一下，待会儿才能让你考得更好。”

阮萌萌从车上下来的时候，满脸都是未褪的红晕。好不容易进了考场，她在座位上调整了好一阵，才平复下纷乱的心情。正当她吸了口气，抬起头，不远处却突然传来几声不算高也不算低的嘲讽。

“看到了吗，那就是A班的阮萌萌。”

“就是上次市考考到302名那个吧？还好意思竞选学生会会长……简直丢脸死了，完全打破了A班的最低纪录。”

“就是……要是连这种人都能考进A班，我们凭什么不行？我听人说，她前几次考第一，都是有内幕的。听说是越君澈喜欢她，把自己的卷子给她抄……还有还有，她那个男朋友也很有势力，就是越君澈哥哥，兄弟两个都喜欢她，要不然怎么能让她进A班？”

“原来是这样……怪不得上次在大礼堂，那两个学生会的还被迫给她道歉。呵呵，她长得也不是多美嘛，看不出有什么魅力。”

几个女生凑在一起，对着阮萌萌指指点点，从头到尾就没有一点儿想要掩饰的意思。

阮萌萌漂亮的眉毛轻轻蹙了蹙，其中有两个声音很熟悉，她曾经在阮娇娇身边听到过。看来，这些人就是那些帮阮娇娇到处散布谣言的水军了。想到昨晚突然在智学贴吧里冒出的高楼，阮萌萌很清楚，这是阮娇娇的反击，或者说是她的抹黑也不为过。

昨晚，智学贴吧内，有人突然发了个所谓“盛世白莲扒皮高楼”的帖子。不过一会儿，那个帖子就被水军顶到了首页置顶的位置。

帖子里所谓的“盛世白莲”指的就是阮萌萌，说她吃着锅里的，看着碗里的，勾搭了有钱男朋友给她撑腰，又跟其他男人搅和不清。什么越君澈、慕景行、景向劲、叶翰庭、李一帆、夏文轩……就连红黄绿三人，也因为被有心人带节奏，而成为和阮萌萌搞暧昧的对象。这帖子的意图实在太直白，摆明了就是在故意抹黑跟着阮萌萌参加竞选的男生。而会做这种事的人，她不用猜都知道，只有一个阮娇娇。

“真是麻烦……”阮萌萌听到旁人的讽刺，并未多言，只是咕哝了一句。

接着，她就把笔袋打开，从里面挑了根书写最流畅的中性笔。这次考试，她本来准备稳稳考个第一就好，不想太出风头……但既然这些人喜欢闹事，那她只好勉为其难地陪他们玩玩了。只希望她发挥出真实水平，吊打这些人之后，能让他们闭嘴。

第一门语文考试，正式开始。

监考老师发下试卷五十分钟后，一个脆生生的声音突然在考场响起："老师我做完了，交卷。"

众目睽睽之下，阮萌萌交了试卷，起身离开教室。

第二门数学，试卷发下去四十分钟后，又一个嗓音响起："老师我做完了，交卷。"

英语，三十分钟后，阮萌萌："交卷——"

理综四十五分钟后，阮萌萌："交卷——"

文综五十分钟后，阮萌萌："交卷——"

每一门功课，阮萌萌都以最快的速度搞定。觉得她太张扬的监考老师，原本还想挑刺，结果看到那近乎完美的考卷后，也老实地选择了闭嘴。

学校的月考，从来没有不许学生提前交卷的规矩。所以，整个考场里的人，只能一次又一次看着阮萌萌创造纪录。

作弊？靠越君澈给她抄？呵呵，不好意思……这次越君澈不仅没有跟她一个考场，而且直到她交卷出了考场，整个智学包括越君澈在内的其他考生，都没有一人做完试卷。抄袭，也得有人给她抄才行！当阮萌萌成为全校交卷最早、试卷完成度最高的考生后，抄袭这种低级的污蔑便不攻自破。

最后一门考试的结束铃声响起，阮萌萌倚在教学楼一楼大厅的门框边上，笑看着慕景行、景胖子等人一个个从楼梯跑下来。

"萌主，我跟你说……我这次肯定超常发挥。曹老头押的那几道题简直太神了……就算题目不一样，但题型都是一样的，我居然全看懂了！"

"萌萌姐，我发现自己好像比以前变得更聪明了……那个，学生会选举结束后，我还能不能继续跟着你学习？"

"阮萌萌，谢谢你……我刚才跟其他人对了答案，数学至少考了102分！我……我还是第一次考上100分……如果我妈知道了，一定会高兴坏了。"

越来越多的人聚拢过来。除了慕景行、景向劲那七人小分队，还有另外三十个跟着阮萌萌一起补习的所谓差生，每个人脸上都带着既兴奋又激动的笑……

那种属于青春的，热血的情绪，感染着每一个人。所有人都为自己的进步感到欢喜，脸上洋溢的笑容是过去从未有过的自信和喜悦。而这一切，都是他们眼前，这个叫阮萌萌的女孩子带来的。这个转到智学不过一个月的女生，带给他们全然一新的自信。

“这么多人围在这儿，我还以为出了什么事……原来就是一群学渣废物聚会。”一声突兀的嘲讽突然打破众人的欢愉。

楼梯上，叶枫、阎琛，还有好几个阮娇娇的死忠拥护者，正跟着阮娇娇一起从楼上下来。

“阎琛，你说谁是学渣废物！”

“就是，把嘴放干净点儿，信不信我揍你！”慕纨绔和景胖子挽起袖子从人堆里跳出来，红黄绿，还有叶翰庭、李一帆也跟在后头。他们皱着眉，瞪着楼上这些自以为是、高高在上的“优等生”。

“揍我？景胖子，你哥前几天差点儿把你转走，你这么快就好了伤疤忘了疼？至于你，慕景行……”

阎琛的视线落到慕景行脸上，他突然大笑起来。

“你就是个可怜的孬种……暗恋阮萌萌，还不敢公开……看着她跟男朋友卿卿我我……嘿，怎么样，是不是心里的滋味不好受啊？！”

“我跟萌萌清清白白！”慕景行被阎琛的话气得脖子都红了，二话不说就要上去打架，污蔑他就算了，居然连他家萌主都敢污蔑！

“慕纨绔，住手——”关键时刻，阮萌萌拉住了想要冲上去揍人的慕景行，“在学校打架，你还想不想好了？你还看不出来吗，他们就是故意激怒你，想让你动手……下周一就要竞选了，你现在打架，周一的竞选怎么办？”

阮萌萌一席话，顿时让慕景行冷静下来，是啊，揍人一时爽，但是揍完之后就完全落入了对方的圈套。这些人害怕的不是被他揍，他们真正害怕的是失去学生会高高在上的地位。

“好，我就多让他们嘚瑟两天。等周一，萌主你一定要加油，把这些所谓的优等生拉下神坛。”

“呸，他们算什么优等生……这里面好几个都被萌主碾压过。看着吧，这次的月考成绩出来，一定打他们脸！”

阎琛故意找碴，想在教学楼下挑起纷端，可惜如意算盘落空了。看到被阮萌萌劝止后，跟着离开的慕景行等人……阎琛不屑地啐了一口：“孬种……明明就喜欢还不敢承认！”

他说这句话的时候，没有发现，站在他身后的叶枫眉间随之一紧。

“算了阎琛，那件事本来就是我姐姐的私事……你还是不要在外人面前提起的好。”阮娇娇柔柔弱弱的声音在这时响起。

她故意走到前头，扯住阎琛的袖口，一副欲言又止的模样。其他人一听，顿时觉得有内情，纷纷好奇地看向两人。阎琛皱眉：“娇娇，这事是我们最好的反击手段，怎么能不提！就算阮萌萌是你姐姐，这种时候你也不能对她手软。”

“可是……”阮娇娇细长的眉毛轻拧着，一脸为难。

“没什么可是……你要是做不出来，那就我来做好了。反正我不介意当这个坏人！

“再说了，若要人不知，除非己莫为。他们自己都不知廉耻，你还为他们留什么情面。”

阎琛这么一说，顿时引起旁人更大的兴趣。其他人纷纷忍不住追问。阎琛见左右都是自己人，也不隐瞒了，直接将昨晚的事说出来：“就是昨天晚上，有人在贴吧给娇娇发了条匿名信息。那里头，有个惊天大爆料，我保证抖出来，会让阮萌萌吃不了兜着走。”

“什么惊天大爆料，你快说啊……”

阎琛一笑：“嘿嘿，现在可不能说。你们等着瞧吧，现在就让慕景行和阮萌萌那对狗男女多得意一会儿。等周一竞选的时候，我一定会把阮萌萌虚伪恶心的面具给她撕下来。”

周日晚上十一点五十九分，阮萌萌略显紧张地坐到了电脑前。这次月考的成绩，将在周日晚上十二点，也就是周一零点的时候，在学校官网上公布。

阮萌萌并不担心自己的成绩，但是……她很担心慕景行和景胖子他们。

如果他们没进前 300 名，就没有参加竞选的资格！

她坐在电脑前，不停地刷新着屏幕。而之前还在不停闪动的 QQ 群，这时候也安安静静的。那是他们为了这次竞选组建的群，红黄绿半小时前还在里头狂欢胡闹，这会儿也紧张得不敢冒泡了。

十二点零零分零零秒！阮萌萌再次按下刷新键，网页刷新，成绩表弹了出来。榜单从上往下依次排列。刚一弹出来，在最醒目的位置赫然就是“阮萌萌”的名字。阮萌萌，总分 1050 分，排名第一。1050 分，代表着语数外三科各 150 分，理综、文综各 300 分，全部满分，也就是连一分都没被扣掉，就连作文都是满分，简直就是个奇迹！

不过，在看到分数之前，阮萌萌早已有了心理准备。她和姐姐，还有厉君澈不同，他们是真正的天才，擅长创新。而她的强项在于记忆。若是要做实验，发明什么东西，她就比不过姐姐和厉君澈了，但要说考试……没有什么，比的是脑子里的书本知识。毕竟，当年秦芳私下虐待她，让她没办法将自己脑子里的东西写出来时，却阴错阳差让她养成了不停吸收的习惯。

“晕算”让她无法将脑子里的数字正常转换出来，却阻止不了，她像照相机一样，将所有看过的书本知识都牢牢地记录在大脑中。而秦芳当年对自己的种种虐待，不过是为了替阮娇娇铺路，也不知道阮娇娇这次还能不能保住万年老二的宝座。想到这儿，阮萌萌漂亮的眸子往下一移，视线落到了第二名的位置上，睫毛轻轻一颤，闪过一抹讶异。

第二名居然不是厉君澈……但……也不是阮娇娇，而是一个她不认识的人。

“叶灵溪，这是谁？”阮萌萌对着电脑屏幕自言自语。

她记忆惊人，之前看过无数次学校的周测排行榜，居然从来没有在排行榜上见过这个名字，而且在记忆里，这也不是属于三年级 A 班的人物。一个从来没有上过榜的人，突然空降到了全年级第二的位置上。阮萌萌留意到这个人的分数，总分 900 分出头，每一科都很平均，相比之下反而是数学稍微差点儿。不是自己认识的人，她虽然有些惊讶，倒也不算震惊。

可是当阮萌萌的视线往下，移到第三名的时候……就被那上面显示的名字震惊得下巴差点儿掉下来。景向劲，总分 897 分，名次第三！景胖子居然考出了 897 分的高分，全校第三！

“怎么可能……厉君澈呢？阮娇娇呢？还有其他三年级 A 班的人，都被景胖子吃了吗？！”

要不是反复确认自己上的网站没错，阮萌萌差点儿以为自己上了个假网。景胖子从 250 名一跃成为第三名。慕景行从 352 名进步到 233 名，叶翰庭从 327 名进步到 207 名，李一帆从 308 名进步到 196 名。至于红黄绿三人，更是超级大跨越。三人都从 300 末尾的名次，分别涨到了 287、265、257 名！

除了这问题少年七人组之外，其他跟着参加课外补习的同学也各自都有不小的进步。

而与此相比，那些曾经雄踞排行榜前列的优等生，这次却全部惨遭滑铁卢。就连厉君澈……也掉到了 27 名，退步得匪夷所思。

而阮娇娇那边的人就更惨了。叶枫算是最好的一个，38 名。阎琛直接掉到了 76 名。

而阮娇娇……更是令人大跌眼镜，从上次统考全校第二的成绩，直接下滑到全校 108 名。

“哈哈哈哈哈——”QQ 群里，刚刚荣获第三的景胖子，已经跳了出来。

景向劲：【快快快……你们这些凡人快出来膜拜哥……哈哈，阮娇娇算什么，阎琛那小子算什么，都是哥的手下败将。哈哈哈……哥已经迫不及待想看到我们小澈澈穿裙子的样子了！】

绿毛：【老大，你太厉害了，你是我的偶像！】

红毛：【老大，如果我是女生，我一定对你以身相许！】

只有黄毛，不合时宜地插嘴：【老大……那个，你还只是老三，还不是真正的老大。真正的老大是萌主，你当个老三，应该低调点儿。】

景胖子发了个不屑一顾的表情：【老三怎么了！老三就足以碾压这个群里百分之九十九的人。哈哈哈，小澈澈你快出来呀，别躲起来……我们来商量一下穿女装的事！ @越君澈】

可惜，景胖子 @ 了半天，也 @ 不出厉君澈。倒是知道成绩后，也乐坏了的慕纨绔和其他人冒了出来，在群里闹腾着。阮萌萌无奈地对着屏幕摇头，关上电脑走出了房间。不行，她得去看看厉君澈那小子。他怎么莫名其妙掉了那么多分?

阮宅。

阮娇娇激动地将桌面上所有的书连同电脑全都推翻在地。

“为什么，为什么会这样……”阮娇娇双手撑着狼藉一片的书桌不敢置信。

那么难的题目，特别是大学部付教授出的数学卷，已经完全超过了高级学院生所学的内容，阮娇娇就不明白了，如此刁钻、怪异的数学题，为什么整个三年级的优等生几乎全军覆没，而阮萌萌和她的那群废物拥护者却全部做了出来。

她……她不服!

她不能接受，不能!

“妈——”阮娇娇气急攻心，拉开房门就跑上楼去敲秦芳的房门。房门打开，她还没看清，便委屈地对着里面的人喊道：“妈，阮萌萌考了第一，她的病什么时候好了！”

“什么，萌萌病了？她什么时候病了，生了什么病，我怎么不知道？！”

阮娇娇怎么也想不到，房门背后出现的人竟然会是阮兆天。她强制让自己颤抖的嗓音维持平稳：“爸……你、你不是在公司吗……”

“小宇不舒服，我刚打电话让你爸爸回来看看。”秦芳脸上带着淡淡的忧虑，接过了话头。她就像一个担心孩子的母亲，说起儿子都是心疼，丝毫没有因为被阮兆天听到刚才那番话而生出忐忑紧张。

“娇娇，你快告诉爸爸……萌萌她怎么了？她是不是在姓越的那小子家里过得不好，是不是被欺负了？生病了？”阮兆天很着急，两只手抓着阮娇娇，他甚至没注意自己的力气，抓疼了对方。

“你快告诉爸爸……你在学校能见到萌萌，爸爸不是让你多关心她，多看着她吗？是不是她出了什么事？”

“啊……爸爸，疼……”阮娇娇眉头轻皱，眼泪都差点儿掉下来。

阮萌萌、阮萌萌，到处都是阮萌萌。这个关心她，那个帮她，好不容易把阮萌萌赶出去了，爸爸却还是一心都扑在阮萌萌身上。呵……偏心偏心，这些人全都偏心！

“好了兆天，你先把娇娇放开让她说话。萌萌是她姐姐，她哪有不关心的道理……你看，你把她都捏疼了，她怎么能说顺畅话。”

秦芳这一提醒，阮兆天才赶忙松手。知道是自己不对，他哄了阮娇娇两句，话题却再一次转回阮萌萌身上：“娇娇，你快告诉爸爸……萌萌究竟怎么回事？你刚才说病好了是什么意思？你说清楚……”

阮娇娇眼光闪了闪，很想避开这个话题。可阮兆天一再追问，她知道避不过，正不知道该怎么办的时候，突然看到秦芳站在阮兆天身后，对她做了个口型。

“让她回家。”秦芳无声地说出这四个字。

阮娇娇觉得奇怪，好不容易把阮萌萌赶走了，为什么要让她回家？

但阮娇娇向来最听秦芳的话，当即按照秦芳的意思改口：“其实姐姐前段时间就已经病了，她在越家过得不太好，我每天在学校看到她都觉得她很憔悴很劳累……就因为这样，上次统考的时候还发挥失常了。我怕爸爸你担心，就不敢把这件事告诉你，只私下告诉妈妈想找妈妈商量。不过幸好，这段时间姐姐好像好多了，这次月考她又考了全校第一……我真替她高兴！”

“高兴什么高兴！”阮兆天毫不留情地打断阮娇娇的话，“我让你看好你姐姐，她生病了，看起来憔悴，这么大的事你居然不跟我说？啊，你姐姐现在是住在外面，不比你，在家有这么多人伺候你，有你妈照顾你。娇娇，你这么大个人，交给你这么点儿小事你怎么都做不好！居然瞒着我不说……也不知道你姐姐在那个男人家里受了多少委屈。不行，我要去找萌萌，我要把她接回来！”阮兆天说完就推开阮娇娇，要往外走。

“兆天，你别急……”秦芳见状，立刻拦下他，“萌萌肯定是要接回来的，但你现在也不知道她住在哪儿，到哪儿去找她？还有，她说不定还在生你的气，不肯回来……”

“那你说该怎么办？”阮兆天稍稍恢复了一丝理智。

是啊，他就算找到萌萌，那丫头还在生他的气他也劝不回来。

秦芳不慌不忙，说出自己的计划："很简单，萌萌讨厌的人是我……这样，我替你去亲自请她回来，给她赔礼道歉。到时候她满意了，自然会消气。"

"你？！"

"妈妈……"

这下，不只阮兆天，就连阮娇娇都跟着一起傻眼了。

为了让女儿回来，阮兆天同意了秦芳去道歉的办法。接着，他就说公司忙，匆匆离开。

阮娇娇见阮兆天走了，迫不及待地问："妈……你刚才为什么要那样说，你真要把阮萌萌接回来？"

现在，屋子里只剩下秦芳和阮娇娇母女俩，没有什么话是不能说的。

"为什么？呵……"秦芳勾唇，柔媚的唇角掠过一抹冷笑，"你自己看看，你爸爸这段时间有几个晚上是在家里睡的？每天都说公司忙公司忙……"

"妈……你，你的意思是说？"阮娇娇眼睛微睁，露出不可思议的表情。

"对，我怀疑你爸爸在外面有人了。"秦芳也不扭捏，直接把心里话告诉女儿。

"自从我生了明宇，你爸爸就没跟我同床过了。这本来也正常，最开始我以为是我在月子里的关系，可我出了月子，他也不怎么碰我。不碰我也就算了，他在家里的时间还越来越少。"

"你爸那个人，你又不是不知道，本来就是花花肠子……喜欢管着他的阮诗诗死了，他宠的阮萌萌又不在家，那心思还不得飞！"秦芳说得咬牙切齿。

阮娇娇却立刻明白了："所以，你才要让阮萌萌回来……因为阮萌萌在家的时候，爸至少知道每晚回家？"

就像以前一样，陈晴之在的时候，阮兆天就算在秦芳那里待得再晚，都很少留宿。因为，他说他要回家看他的宝贝女儿。秦芳当年是巴不得阮兆天成天在外面睡，不回家。可现在，当她自己成了这个家的女主人，却反过来要用前妻的女儿留下丈夫！

“是啊，谁让你爸就疼阮萌萌呢。就连明宇在他心里也比不过阮萌萌。不过我们也不亏。阮萌萌要真回来了，至少能帮我留住你爸。而且，我还能看看，她身上的‘毛病’好了究竟是怎么回事。”

“除这个之外，还有一点。”说到这儿，秦芳眼底的狠意终于退去，换上一抹得意。

阮娇娇不禁问：“还有什么？”

秦芳笑：“还有……当然是为了你，我的宝贝娇娇。顾铉虽然好，却不是最好的。你不是告诉我，阮萌萌那死丫头认识了景少和厉家的人吗？你呀，就先跟顾铉保持关系……然后，我们再找机会，把她跟景家、厉家的关系接管过来。”就像当初，接管阮萌萌跟顾铉的关系一样。

阮萌萌站在厉君澈卧室门前，敲响了房门。

咚咚咚——咚咚咚咚——一下一下又一下，她连敲了好几下，房里都没人应答。

不可能睡了……他明明知道凌晨要看成绩的，怎么可能睡得着？

阮萌萌起疑，尝试着扭动门把，房门却自己开了。门没锁？！她推门而入，房间里的灯都亮着。书桌前没人，沙发上没人，床上……也没人！整个屋子里的灯都开着，却空荡荡的。

厉君澈去哪儿了？

阮萌萌觉得奇怪，把卧室翻了一遍没找到人影，这才将视线转到浴室的方向。浴室门的门缝下，有微弱的灯光透出来。难道他在洗澡？阮萌萌贴在浴室门前听了听，能听到水流声。可是，她拍了好几次门，里面却没有任何回应。

厉君澈，他不会在里头做什么傻事吧？！

也不知道为什么，脑子里突然冒出美少年因为没有糖吃，就在浴室里割腕自杀的画面，阮萌萌都不敢多想，直接踹开浴室门冲了进去。满室的水汽缭绕，而在迷迷蒙蒙之中，她只见穿着白色浴袍的厉君澈正脸朝下，半边身子泡在浴缸里。

“厉君澈——”这臭小子，居然真的玩起了割腕！

半边脸泡在浴缸里，厉君澈俊秀精致的五官透着一丝凉意，就连薄唇都变得浅浅的，好似透明一般。

阮萌萌吓坏了，生怕自己抢救不及时。她三下五除二把厉君澈半扶半抱地捞起来，厚重的浴袍吸了水，变得更加沉重。幸好阮萌萌力气大，要不然都不一定拖得动。

“伤口、伤口……”阮萌萌着急地让几乎没有意识的厉君澈半靠在自己肩上。她娇小的身体勉强扛着他，低着头翻找他手腕上的割痕。

左手手腕，没有！

右手手腕，居然也没有！

阮萌萌愣了一下才猛然发现，自己刚才是傻了吧！

她匆匆忙忙进来，看到厉君澈倒在浴缸里就以为他割腕自杀。实际上，浴缸里的水虽然放得满满的，还漫了出来……淋浴蓬头依旧在放着热水，洗澡水汩汩地往外流，但整个浴缸里却连一点儿红都没看见。

割什么腕？哪来的割腕？居然是自己脑补过度！

阮萌萌登时就来了气，厉君澈好端端倒在浴缸里不出来干什么，害得她全误会了！

“棉花糖……你在干什么？”她正想着生气，就听到属于美少年的，清越中带着一丝迷离的嗓音从头顶传来。

阮萌萌登时抬起了头：“你……厉君澈，你……你还好意思问！”

你没事穿着浴袍睡在浴缸里干什么，搞笑吗？！难道不知道这样，很容易引起别人的误会？

“我……”厉君澈透着水雾的眼眸微微愣怔，他环顾左右，过了好一阵才突然吐出一句话，“我是不是老毛病又犯了？”

“老、老毛病？！”阮萌萌听得心尖一跳。

厉君澈跟自己一样，也有老毛病？

阮萌萌仔细观察他，果然像有病的样子，皮肤白得近乎通透，唇色还淡淡的，一副缺血的样子。

美少年点了点头，突然低头，看向阮萌萌，那双晶莹剔透的眼眸，直勾勾地看着阮萌萌粉嘟嘟的脸："棉花糖……我饿了，大哥不给我糖吃，我没劲头晕就快死了……你、你看起来好好吃，我能不能……"

"不能！"眼看厉君澈想低头，阮萌萌想也不想就把这臭小孩往一旁推。

谁知，她一时没控制好力气，使大了劲儿，直接把厉君澈那小子推到了浴缸里。不过那小子也不省心，居然拖着阮萌萌的衣角，把她一起拽了下去。

砰砰——哗啦哗啦——两人落到足以容纳五人的按摩浴缸内，激起了大片水花。正在这时，一个冷幽幽、冰凉凉的嗓音忽然从水雾缭绕的浴室门口传出来："阮萌萌，你们两个……在干什么？"

厉君御修长冷傲的身影，已伫立在浴室门口。看着那突然出现的身影，阮萌萌蒙了。

"我……"她泡在水中，完全找不到自己的声音。

而一旁的厉君澈看了看他哥，又看了看跟他一起跌落浴缸的阮萌萌……几秒之后，突然闭紧双眼，直接晕了过去。

两分钟后，穿着浴袍"昏迷不醒"的厉君澈，被面色冷峻的厉君御甩在了大床上。接着，男人转身，返回浴室里。他走进浴室，来到浴缸前驻足，低眸看向依旧泡在浴缸里头，一脸呆愣的小奶猫。看到她湿漉漉的脸蛋上闪着晶莹的水光，犹如上等白瓷的肌肤吹弹可破，厉君御深不见底的黑眸黯了黯。

紧接着，视线往下，是因为被水打湿而变得极其服帖，能够轻易勾勒出少女曲线的衣衫，墨瞳微沉，厉君御俯身，大手一捞，将浑身湿漉漉的少女从浴缸里抱了出来。

"衣服，脱掉。"他抱着她，冷然道。

"脱衣服？！"阮萌萌吓得眼都直了，愣了两秒反应过来，立刻护住胸口。

"你，你不要乱来啊……我跟你说，我刚才……"

"我说，脱衣服。"厉君御毫不理会阮萌萌的解释，冷眸微垂，睨着她，深不见底的眸子里暗藏警告。

这样的厉君御，吓得阮萌萌把到嘴边的拒绝都差点儿吞了回去。她瞅着他，可怜兮兮地说：“我……我还小……”她边说，小手还边把衣领攥得紧紧的，她明显是不想脱。

看着这样的小奶猫，他刚才乍然见到她跟三弟泡在浴缸里冒出的酸气才稍稍消退了些。

墨瞳微黯，冷意渐退，他睨着她冷冷地说：“阮萌萌，虽然你喜欢我，但也不许胡思乱想。让你脱衣服只是怕你着凉，不是你以为的那……种……事……”最后三个字他咬得极轻，磁性撩人的嗓音，居然能让人听出脸红心跳的味道。

“我……我喜欢你？”

被厉君御撞到她跟厉君澈掉到浴缸里，她本来是又羞赧又尴尬。结果现在，什么羞涩和尴尬都没有了，她简直想掰开厉君御的脑袋看看，他一天到晚究竟在想什么！怎么又成她喜欢他了？还有，他突然让她脱衣服，谁都会想歪的好不好！

阮萌萌没好气地瞪了厉君御一眼：“那你出去，你在这儿我怎么换衣服？”

厉君御却深深地看她一眼，随后伸手去扯一旁的浴袍，似要给她披上，但大掌还没落下，却突然顿住了。

“你坐在这儿等我，不许乱走。”说完，他便将架子上的浴袍扯下来，铺在洗脸池的大理石台面上，再稍稍弯腰，将怀中湿漉漉的少女放在了洗脸台上，让她坐在刚刚铺下的浴袍上。

这是很小很小的细节，铺了浴袍，就不怕阮萌萌坐在大理石上凉了。一般人不会特别留意，但厉君御却注意到了。可以说，这是非常暖心的举动。纵使在跟厉君御顶嘴，但被他这样照料，也让阮萌萌别扭的心情有一瞬间的放松。

厉君御将她安置好，便拉上门出去。接着，阮萌萌听到门外传来卧室门被拉开又关上的声音。

厉君御离开房间了？阮萌萌觉得诧异，不知道他想干什么。她正纳闷，考虑要不要溜回房间，就听到厉君御折返回来的响动。她再见到厉君御，他手里比起离开的时候多了一块浴巾和一件黑色的浴袍。

“现在可以脱了。”厉君御站在阮萌萌面前，语气依旧淡薄，只是那深沉黯淡的黑眸，却紧紧地盯着少女被服帖的衣物勾勒得万分美好的曲线。

他，绝不允许这样的小奶猫被外人看见，不脱衣服，便不许离开。

“你在这儿，我怎么脱？你先出去，我换好衣服就自己……”阮萌萌准备跟暴君商量。

谁知，她的话还没说完，站在她身前的男人已经极度不耐烦地上前，抱住了她。迟迟不肯动的阮萌萌，被厉君御大掌一揽，摁进了怀里。

男人站得笔挺，高抬下颌，修长伟岸的身躯将阮萌萌柔软馨香的小身体揉在怀中。他并未看她，只是顺着衣服的剪裁，摸到她身上那件连衣裙的拉链，从背后拉开。

刺啦——拉链一拉到底，镜子里出现了少女莹白晶亮的后背肌肤。

大片雪白通透的肌肤，就这样毫无征兆地闯入厉君御狭长凤眸的余光中。不是刻意想看，却无意入眼，厉君御全身的肌肉毫无防备地紧绷起来。强大的自制力，让他强忍着想要低眸看清的冲动。他抬起视线，刻意不去看镜子里的身影。他只是靠着大掌将少女身上的衣物除尽，再将自己的黑色浴袍套在她身上。

等给阮萌萌穿好黑色浴袍，厉君御这才退开一步。

还不待阮萌萌反应过来，她就看见眼前俊美冷厉的男人，当着她的面，两手往下，忽然扯住了他身上那件黑色针织上衣的下衣摆。黑色的针织上衣瞬间便被脱了下来。厉君御那堪比顶级男模的身材，就这样毫无防备地暴露在阮萌萌面前。

宽阔的双肩，结实而紧致的胸肌，往下是性感撩人的人鱼线和排列整齐的腹肌，几乎完美的黄金倒三角比例，衬着厉君御优美而流畅的肌肉线条，一分不多一分不少。

她她她……她是颜控没错！但厉君御也不用这样诱惑她吧！他当着她面就脱衣服，这简直就是要她命啊！

“你……你干什么……你别过来……我、我是有底线有节操的人，你、你走开，离我远点儿！”阮萌萌捂着鼻子，小脸蛋涨得红扑扑的，一个劲儿想往后退，直到屁股差点儿掉进洗脸池里，才堪堪停住。

厉君御抬眸，冷峻的五官闪过一抹隐匿的情绪。

这小奶猫，他好不容易才压下想要欺负她的心情。偏偏，她却不怕死地露出这样可爱又胆怯的小模样。看着她湿漉漉的杏眸，粉嘟嘟的脸颊，只让人有种想狠狠欺负的冲动，厉君御蹙眉，强压下心底的魔障，撇开眼不去看她。

他低着嗓音，冷冷淡淡地说：“阮萌萌，我的确说过会配合你，但只是为了给你打气，让你安心学习。”

男人的声音凉薄得很，他就像是最无情的人。他边说，边伸手从一旁的架子上又抽了一件浴袍下来。

“亲吻已经是我的底线，我不可能再做其他牺牲。所以……我脱衣服，只是因为我的衣服被打湿了，仅此而已。”说完，厉君御正好将浴袍穿好。

阮萌萌：“……”

怎么办，她现在觉得好丢脸，简直想找个地洞钻进去。她不但误会了厉君御的意思，而且……而且还让他更加以为她喜欢他了。

正在气氛尴尬、胶着之时，一声重响突然从浴室外面传来。

砰——那声音很响很重，就像是什么重物狠狠跌落在地上发出的巨响。

“外面好像出事了……”阮萌萌顿时从尴尬中反应过来，跳下洗脸台，就要往外面去，谁知小手刚碰到门把手，一只大掌就从身后横了过来，落在她的腰际，将她整个人拦腰抱了起来。

“呀，你放我下来……”阮萌萌惊呼一声，以为厉君御又要抓自己回去。在那种尴尬又暧昧的气氛下，她的心跳得都不像是自己的了，只想逃开。

谁知，她刚叫一声，耳后就传来厉君御清冷磁性的嗓音：“鞋都没穿，跑什么。”语气冷淡得很，还有点儿嫌弃的意味，但大掌却将她的小腰扣得更紧。

他从身后环抱起她，几乎将阮萌萌整个娇小的身躯，完完全全容纳在自己的羽翼之下。光溜溜的脚丫子离地，阮萌萌这才后知后觉发现，刚才她脚底下踩着的，是冰凉硌脚的大理石，而现在被厉君御抱起来后，脚底的凉意才终于消退。

“……”阮萌萌沉默了，第一次选择不跟厉君御顶嘴。

暴君虽然很讨厌，但这一刻她却能感觉到，他那浓浓的嫌弃里深藏的关心。她老老实实窝在厉君御怀里，任凭他抱着自己出去。

结果阮萌萌刚出浴室，就看傻眼了。厉君澈……他居然从床上滚了下来，摔在地上，这会儿正抬着右手，气若游丝地对着他们的方向求救：“大哥……给我糖……给我……”

穿着湿漉漉的浴袍倒在地上的厉君澈，英俊而苍白的脸上透出痛苦的神情。可怜的他，全身都泡进浴缸里了，却被自己大哥“简单粗暴”地扔在床上，也不知道给他换件干净的衣裳。

“棉花糖……棉花糖……”美少年澄澈剔透的眸子闪着水光，看着阮萌萌仿佛看到了最精美的糕点。他……他必须吃糖，再不吃糖，厉君澈感觉自己就快死了……

“厉君御，你……你要不要给他拿点儿糖吃，你看厉君澈的样子，我觉得他快断气了！”阮萌萌窝在厉君御怀里，忍不住指着倒地不起的厉君澈，替他求情。

可抱着她的男人却冷眸微眯，看着倒在地上的弟弟，他毫不动摇。

“只是心病，糖瘾犯了，不能惯他。”

三弟从那件事后就嗜糖成性，甚至产生了无法治愈的心病。而每一次给他糖，惯着他，就是在助长他内心的懦弱。更何况，“棉花糖，让我咬一口”？很好，连这种话都说得出口，厉君澈这辈子都别想吃棉花糖了。

“可是……任何人都会有心病的……他看起来很不舒服，这次考试也考砸了，八成就是跟这个心病有关，你是他哥哥怎么能不管他？”阮萌萌勉强在厉君御怀里转了个身，她急于替厉君澈求情。

这一刻，她觉得厉君澈就是自己。虽然不知道他所谓的“老毛病”“心病”是什么，但她能体会到厉君澈心里的痛。他一定和自己一样，曾经无助、恐慌、害怕着什么。

厉君御侧眸看来，冷冷地说："你……很关心阿澈？"低沉淡漠的语气，配着他宛若冰凌的墨瞳，带着让人无法忽视的寒意。

可惜，阮萌萌现在急着替厉君澈说话，就像在替自己说话一样……

她才不怕厉君御，她顶着他寒凉至极的目光点头："当然关心了，他这个样子，谁能不关心？而且他还是我竞选团队的一员，一天不吃糖就考到 27 名，三天不吃就成了这个样子，谁知道他永远不吃会变成什么样？

"你看看，这才三天而已，他就不行了……明天还要参加竞选，他可是我们队的招牌，难道要他这样去参加竞选吗？"虽然硬着头皮说了，但阮萌萌却不自觉地用公事来当借口。也不知道为什么，对着厉君御冷冷淡淡的目光，她实在不敢说自己是发自内心地心疼和关心厉君澈。

男人墨玉般的眸子凝在阮萌萌莹白的小脸上，几秒后，他才突然用冷峻至极的口吻说："慈母多败儿。"

"啊？"阮萌萌听得一愣。

慈母多败儿是什么鬼？是说她是"慈母"，厉君澈是"儿"的意思吗？这是什么比喻，厉君御究竟会不会用典故。还没待阮萌萌搞清楚，她就被厉君御放到了一旁的沙发上。

放她下来时，只听他磁性慵懒的嗓音低低响起："等你将来有了孩子，不许这么惯着。"说罢，厉君御站起身，心脏却猛然揪紧，泛起一股钝痛。

"等她将来有了孩子……"

话出了口，厉君御才突然意识到，他的小奶猫终有一天是要嫁人的。她会嫁给别的男人，生下别人的孩子。而他……

墨瞳骤然划过冷戾的寒霜，幸好，他想将阮萌萌重新抱回怀里，再不放手的本能反应，被强大的自制力压了下去。厉君御寒着脸，走到厉君澈身旁。他面色沉冷地抓起厉君澈，将这不省心的家伙略显粗暴地扔到床上，从阮萌萌看不见的角度，扒光了厉君澈身上湿漉漉的浴袍，把厉君澈扔进了被子里。

没一会儿，就有用人按照大少爷的吩咐，送来了一大壶热奶茶和各式各样精致的甜品。厉君澈闻到甜腻的香气，终于"起死回生"。

他裹着厉君御重新给他找来的干净浴袍，坐在小圆桌旁，吃得着急。

他恨不得把满桌的甜品全部塞进嘴里。美少年笑得漂亮的眉眼眯成了一条缝。

而阮萌萌依旧愣在沙发上，迟迟没有动静。她几乎完全愣在了当场。阮萌萌的耳边还不停地回荡着厉君御方才低声说的话——“等将来有了孩子……”

有了孩子？有了孩子！

直到这一刻，阮萌萌才猛然反应过来……

她，一个月前因为晕算的关系，为了继承姐姐的产业，冲动之下去爬了厉家二少爷的床！而现在，整整一个月过去了。在她几乎都把这件事忘在脑后，压根没想起来的时候，厉君御的一句话让她突然意识到一个可怕的事实——她的“好亲戚”已经有一个月没来看她了！

咚——阮萌萌突然从沙发上弹跳而起。

厉君御和厉君澈听到动静回头，正好看见裹着黑色浴袍，光着脚丫的少女，以极其夸张的速度拉开房门跑了出去。

“这……哥，棉花糖她怎么了？”厉君澈咬着手里的银勺，问他哥。终于吃到甜食的他，就像濒临死亡的游戏小人吃到补血包一样，不过片刻工夫苍白已褪下，直接满血复活。

厉君御低头，冷冷地瞥了他弟一眼。那眼神仿佛在说，吃你的东西别废话。随后，不理会厉君澈，厉君御也裹着浴袍跟了出去。可惜……站在阮萌萌卧室外敲门的厉大少，却吃了闭门羹。

“我……我睡觉了……我突然想起来明早还有竞选，得休息好。别敲门，我听不见！”阮萌萌略显仓皇的声音从卧室里传出来。接着，她便再不理会厉君御敲门的举动。

厉君御站在门外，幽冷的墨瞳眯起。他盯着眼前紧闭的房门，想起小奶猫明天的确很忙……最终还是决定暂时放过她，转身离开。

卧室内，阮萌萌都快炸了！

“怎么办？怎么办？我不会真怀孕了吧……”

“怎么可能真的中了，就一次而已！”阮萌萌抱着枕头，想哭。

现在她压根不想怀孕。不只是不想怀孕，她恨不得能倒带重来，恨不得时光回溯。如果可以，她希望自己从没见过厉君廷，从没跟他发生过关系。因为直到这一刻，她才发现她完了，她被厉君御说中了……

那种后悔慌乱，悔到恨不得流泪的反应，都在说明一件事，她好像真的喜欢上了厉君御……

想到现在的情况，她脑子里除了乱就是厉君御知道真相后震怒又厌恶的眼神。她只要一想到他会用那样的眼神看自己，心尖就揪起来，泛起浓浓的酸。而最讽刺可笑的却是，等她终于明白自己的心意时，才发现……她根本就配不上厉君御。

阮萌萌躲在被子里辗转反侧，又是上网查资料，又是看网络上其他人的发言。她折腾了一晚上，最终决定必须偷偷去买验孕棒。虽然网络上说怀孕一个月，验孕棒也有测不准的风险，但不管怎么样还是先测了再说，要是……验孕棒都测不准，那她只能想办法去趟医院。

虽然阮萌萌今年已经二十岁，没留级也是上高级学院五年级的年纪了，但说到底她还是没经验的小女生。当初因为阮诗诗没有继承人，她自己又有晕算的毛病无法守住姐姐的心血，一时冲动就做了找厉君廷借基因，生下孩子替她姐抢回公司的决定。但现在，当事情真如她计划那样发生了，阮萌萌却后悔了。

“这个孩子……不能留……”两手摸在平坦的小腹上，阮萌萌对自己说，可是话音刚落，杏眸里就漾起了水雾。

“不……不对……不能打掉，必须留下……”她咬着唇，摇脑袋。

“阮萌萌你别傻了，你跟那个人根本不可能。这个孩子，是继承姐姐心血的唯一可能……”

到了现在，到阮萌萌真正发觉自己喜欢上厉君御的时候，才明白，她跟厉君御是完全没有可能的两条平行线。不说肚子里可能怀了一个小宝宝，就是没有这个宝宝，她……她也配不上厉君御。因为，她的第一次给了另外一个男人。而那个男人，还是厉君御的弟弟。

没有可能了……再也没有可能……

过去能跟厉君御亲近，只是因为她压根没发现自己的感情。而现在，当阮萌萌明白喜欢厉君御的那一刻，就注定了她要远离厉君御。没有了暴君，她晕算的老毛病也会再犯，所以她依旧无法接手公司。说到底……一切又回到了原点，和一个月前没有任何变化。唯一的变化，只是她不小心丢了心，而她的肚子里又多了一个小生命。

一整夜没合眼，第二天换了校服下楼的阮萌萌，成功顶上了一对熊猫眼。

“姐，你是不是担心今天的竞选，没睡好？”

阮萌萌刚进餐厅坐下，在她对面的小厉君玺就注意到她眼眶下的黑影。小男孩连忙把桌上的各种菜捡了一盘，端到阮萌萌面前。

“喏，你别紧张，就是个小竞选……我们初级学院的竞选，那些参选者比我年纪大，还不是一样输给我。姐你多吃点儿，补一下……”说着，小厉君玺好像想起什么，又咚咚咚跑去厨房。

过了一会儿，熊孩子手里拿着几个小罐子回来。

“姐姐，这是核桃、杏仁，你没睡好要多吃点儿这些补补脑。喏，还有牛奶也别忘了喝……”平时不怎么热心甚至还有些冷漠的小厉君玺，这会儿对他姐是各种呵护慰问，就差把这些东西喂到他姐嘴里去了。

阮萌萌看到忙前忙后的厉君玺，本来凉凉的心不由得泛起暖意。她正想揉揉小厉君玺的脑袋谢谢他，一只大手忽然扯住了熊孩子的后衣领，将他连人带衣服提了起来。

“厉君玺，忘了什么是餐桌礼仪了，嗯？”

小厉君玺被自家大哥提着后衣领悬在半空中，明显感觉背后传来的冷厉寒意。

他吓了一跳，立刻认错：“大哥，我……我这就坐好。”熊孩子最怕他家大哥了，别管在外人面前装得如何淡漠，在他大哥面前就是个软面团子。

厉君御点了点头，将厉君玺放下。

厉君玺立马就乖乖地跑回自己位置上，坐好。他正想好好表现表现给他大哥看，却发现刚刚教训完他的大哥，居然非常“不守规矩”地坐在了三哥的位置上。接着，小厉君玺就看到他家大哥，端起了阮萌萌面前放置未动的牛奶，修长的手指握着玻璃杯，将牛奶送到阮萌萌的嘴边，低声哄道：“没睡好更不能挑食，来，张嘴。”

“我……哦，谢谢……我自己来就好。”阮萌萌眸光微颤，有那么一瞬间差点儿被心里泛起的酸意染湿眼角。幸好，她控制住了。

阮萌萌接过厉君御递过来的牛奶，乖乖抿了一口。她全程都很配合，没有斗嘴没有反叛，也没有不听话。但偏偏，这样乖巧懂事，还会说“谢谢”的阮萌萌，却让厉君御蹙起了眉。不知道是不是自己的错觉，厉君御觉得，今天的小奶猫有些快快的，看他的眼神还透着股疏离。

“待会儿竞选，我要以顾问的身份出席。”厉君御看着喝着牛奶的阮萌萌，低声说，嗓音低沉磁性，墨玉般的眸子紧紧盯着阮萌萌的小脸。

阮萌萌条件反射地皱起眉，想拒绝，可一抬头对上厉君御深不见底的黑眸，却有种说不出的愧意。

她……居然不敢看他。

“顾问名单早就报上去了，不能更改。”她低头，咬着玻璃杯边缘，小声说，虽然是拒绝，可说话的语气、小神态，都和以前毫无惧意的样子不同。

厉君御眉间的沟壑更深，他进一步试探：“没关系，如果顾问名单不能改，那就以你男友的身份参加好了。你今天竞选，我总该到场。”

男、男友……？！

坐对面偷听的小厉君玺，漂亮的眸子迸射出精光。正端菜上来的赵叔，差点儿把手里的餐盘打碎。而阮萌萌，则已经快把脑袋埋到桌子底下去了。厉君御在搞什么，不是说过在家不能跟她太亲近吗？他怎么能在餐桌上提起这件事！

一直以来在厉家，厉君御在外扮演她男友，而她扮演他女友的事，只有厉君澈知道。

而现在……

阮萌萌偷偷抬起脑袋，想看看小玺和赵叔的反应，谁知刚抬头，小下巴就被厉君御捏住了。

“嗯，考虑得如何？”厉君御凑近，绝美无俦的五官在她眼前放大。

阮萌萌一怔，小嘴微张，柔嫩的粉唇上覆了一层淡淡的白，是刚才喝牛奶时不小心蹭上的，让她整个人看起来既无辜又可怜。

“考、考虑什么？”她完全蒙了，不明白厉君御为什么会突然变成这样。

明明平时在人前，特别是在厉家人面前，厉君御对她都是很冷淡的，为什么今天早上，在她已经做出决定要远离他的时候，他却表现得这样亲近？

男人勾唇：“顾问，还是男朋友？”

“我……”阮萌萌哑然。

她，总得选一个啊。

可是，景大哥雪中送炭，阮萌萌绝对做不出放景易峥鸽子的事。但男朋友……

想到自己的肚子，想到她对厉君御已经不一样的感情，阮萌萌实在没办法，在跟厉君廷发生关系后，还跟厉君御纠缠不清。她根本无法选择，因为这是道送命题。

“好，你不说，我替你选。”厉君御倏地松开手，将堆成小山一样的餐盘，往阮萌萌面前推了推，“吃饱了我亲自送你去学校……身为你的男朋友，总不能错过女朋友的竞选。”

阮萌萌：“……”

厉君玺：“……”

赵叔：“……”

早在大少爷半夜要了大小姐房门钥匙，破了嘴唇出来的那个晚上，赵叔就已经看出了端倪。赵叔不禁捂脸……他替大少爷打掩护，没告诉老爷，是不是有些“助纣为虐”？毕竟大小姐还小啊……大少爷这样也太占人家小姑娘便宜了！

虽然阮萌萌极力反对，可厉君御决定的事，没有人可以改变。吃过早餐后，阮萌萌就被厉君御抓上了车。

其间，厉君澈匆匆从楼上下来……他昨晚闹晚了，今天差点儿迟到，让赵叔给他打包了一大盒点心，就想蹭他哥的车，顺道一起去学校。谁知，可怜的厉君澈刚站在车外，对车窗内的大哥表达了自己想蹭车的心愿，大哥却容色冷漠地命令司机开车。军用悍马绝尘而去，不受待见的厉君澈抱着他的甜点盒子吃了满嘴的灰。

厉君澈："……"他、他还是厉君御的亲弟弟吗？

密闭的车厢内，阮萌萌靠着车门，满怀忐忑。天知道刚才她有多么想让厉君澈上车。自从知道自己的心态后，她再也不具备一丝一毫跟厉君御独处的勇气。

阮萌萌两只小手紧了紧，握拳，想㞞着不说话……但又觉得自己不能㞞。不行，她必须跟厉君御说清楚。她不能也没资格做他的女朋友，即使是假的，也不行！

"那个……"阮萌萌转头，轻轻地叫厉君御。

她刚开口，就看见男人侧眸看过来。他低沉慵懒的嗓音低低响起："怎么，要亲亲？"

"什、什么？！"阮萌萌顿时瞠目结舌。

"你……你在说什么……"她觉得自己的舌头都在打结了。

"不然呢，没有我打气，竞选也会跟考试一样被搞砸吧？"厉君御看向一惊一乍的小奶猫，冰凌般的墨瞳闪着微光。

真好看，小脸蛋上浮起的红晕，羞怯可爱，她这样的反应让男人很满意。比起她起床后无精打采又想推开自己的表现，这时候的娇气害羞才是小女孩该有的神态。

可怜的萌主，完全被厉君御误会了。她需要他的吻只是治疗晕算的，跟打气真的没有任何关系！

可惜，某人并不听她解释，大手一捞就将仓皇失措、找不到合理措辞的阮萌萌抱到腿上。

"好了……这是打气的吻。"厉君御垂眸，看着那张被他吻得娇艳的唇瓣，粗砺的指腹轻轻抚过，"竞选加油，我的小女友。"

阮萌萌："……"

怎么办，她这下真的跳进黄河也洗不清了……

好想哭！

到了学校，厉君御作为“家属”，坐到了大会堂台下。而阮萌萌则匆匆进了后台。

“萌主，你总算来了……打你电话怎么没接，出大事了！”她刚进后台的休息室，就被慕景行捉住。

慕景行身后还跟着司蔻韵、叶翰庭、李一帆、景胖子和红黄绿三人。算一算，他们的竞选团队还差厉君澈和夏文轩没到。

“出什么事了？你别着急慢慢说。”阮萌萌的手机因为昨晚上了一通宵的网，没电关机了。不过，她倒不是很担心，因为慕景行这人向来夸张，一点儿小事都能被他说成大事。

“怎么能不着急啊，夏文轩临时退出竞选，他不来了！他真是个乌龟王八蛋，现在突然退出，这让我们去哪儿找人顶替！”

“怎么可能，你会不会搞错了？”阮萌萌觉得奇怪。夏文轩看起来很老实，不像是那种不负责任的人。

“是真的，萌萌……”司蔻韵走上前，满脸焦虑，“夏文轩今天一早就给我发了短信说他不来了，我打过去，早就已经关机。你看现在该怎么办，还有半个钟头就开始了，如果竞选人数不够我们会被取消资格的。”

“这个夏文轩也太不讲义气了！”景胖子突然拍着大腿骂，“我就说昨天那个人怎么那么像他……现在看还真是他……”

原来，景胖子昨天坐车回家的路上，经过叶家大门口，好像看到了夏文轩。他当时觉得奇怪，但又怀疑自己看错了。毕竟，夏文轩早就得罪了叶枫，不可能出现在那儿。

“这么说，夏文轩来不了，很可能是因为叶枫在背后做了手脚？”阮萌萌点头，说出结论。

慕景行却哼道：“什么叶枫，他就是个出头鸟，还不都是阮娇娇在背后指示。”

阮娇娇那点儿手段，慕景行真是太了解了。他们圈子里那些纨绔子弟、富二代，每个人都围着阮娇娇转，就只有他慕景行一个人不上当。其他人都跟叶枫一样，被当刀使，还自以为是护花使者，为了阮娇娇肝脑涂地。

“算了，现在说这些也没用……我们还是赶快想想，还有什么人可以顶替。”

临时缺人，缺的还是能考进年级前300名，并且有管理经验，有能力上台演讲，能撑住场面的人。因为这个要求，能用的人范围就缩小了许多。后面几个班跟着阮萌萌补习的同学，虽然有进步，但复习时间尚短，最好的一个才考到300多名，不符合进入前300的最低要求。无奈之下，阮萌萌、司蔻韵只能找到三年级A班和三年级B班的同班同学求助。可是，没有人愿意帮忙。

原本跟阮萌萌和司蔻韵关系还算不错的同学，这时候都毫不犹豫地拒绝了她们的请求。就连厉君澈知情后，亲自去邀请几个明显喜欢他的女孩子，也非常意外地被拒绝了。连美男计都不管用了，这是为什么？！

或许他们只是不想惹麻烦，或许，是早就有人猜中阮萌萌的对应方案，提前打好了招呼。

眼看还有十分钟就到入场时间，休息室里愁云惨雾。阮萌萌咬着唇苦想办法，看着身旁小伙伴一张张愁眉不展的脸，心里不由得懊恼和自责。都是她的错……是她把竞选想得太简单了……她早该想到，阮娇娇不可能善罢甘休。

“不行，我们不能就这么认输……”阮萌萌小手一拍，她突然站起来。

阮萌萌清脆坚定的嗓音，让人心头一震。原本低着头一筹莫展的伙伴都抬头朝她看过来。

“萌萌，你……想到办法了？”慕景行激动地问。

“没有。”阮萌萌摇头。

众人：“……”

“我虽然没办法，但是我知道我们不能继续坐以待毙。这样，我再出去想办法找找人……你们快点儿准备，特别是司蔻韵、越君澈你们几个待会儿要上台演讲的，把稿子千万背熟了。”阮萌萌叮嘱着，拉开门准备出去。

谁知，门刚开，一道高大修长的身影正好挡在外面。

阮萌萌呼吸一窒，抬起头："景大哥，你怎么到后台来了？"

作为他们这次竞选的顾问和赞助商，景易峥其实只用坐在观众席第一排的位置，等竞选介绍时，站起身点点头便好。景易峥微挑的凤眸稍稍下弯，勾起一抹笑，那张俊美的脸庞透出极致的诱惑。他看向阮萌萌略显着急的小脸，低笑道："听说你在到处搬救兵……作为你的竞选顾问，我就给你送人来了。"说完，景易峥侧身，让开半步。

另一道清丽瘦小的身影从他高大的身形后头，显露出来。

站在景易峥身后的女孩，有一张动人心魄的脸，大大的桃花眼微微上挑，水润的双眸带着点点星光。和阮萌萌仿若夏日繁星般耀眼发光的美不同，这个女孩子更柔美婉约，她有一头秀丽的长发，尖尖的小脸，水润的桃花眼透着淡淡的光泽。如果好好保养，这一定是一张明艳动人的脸。

可惜……女孩长得十分瘦弱，细胳膊细腿，尖尖的小脸上没有多余的肉，衬得她那双大大的桃花眼更显无辜。她的五官底子极好，整个人却长得十分瘦弱纤细，身无半两肉，还有些营养不良的羸弱，皮肤也并不红润，缺乏光泽，就连长发的发尾都有些干枯发黄。她明明有极其完美的底子，却被严重糟蹋。

阮萌萌不由得怀疑这个女孩子的身份……底子这样漂亮的大美人，看起来却面黄肌瘦，好像长期得不到照顾一般。可偏偏，这样的女生，还是景易峥口中的"救兵"。

"景大哥，这位是？"

"她在你们学校应当很有名了。她是转校生，刚刚参加完这次月考，排名第二。"

"第二！"景胖子忽然大叫起来。

紧接着，肉山一样高大的家伙，就咚咚咚跑过来。

"原来你就是那个第二名……我记得你的名字，叶灵溪！好哇，你抢了我的第二，你还敢在我面前出现，我……"

"小宝。"景易峥淡淡的嗓音响起，生生地将景胖子的声音掐断。

“啊……那个……哥……嘿嘿，我……嘿嘿嘿……”景胖子抠了抠脑门。要命，他一激动，居然忘了他哥还在这儿。

景易峥用一种不省心的眼神瞥了他弟一眼，接着才转向阮萌萌。

只是他刚才对着自家弟弟带着浓浓嫌弃的眼神已经染上暖意：“叶灵溪成绩优异，也有学生会管理经验，你别看她很瘦弱，其实能力很强。她周末打五份工，品学兼优，正好可以补上空位。”

“可是，她……”阮萌萌看向眼前瘦弱娇小的女孩，还是有点儿不敢相信。

这女孩子很漂亮，眼神很纯粹，是阮萌萌喜欢的类型。但……她看起来真的好虚弱、好瘦小，她真的可以站在台上跟竞争对手对峙辩论而不落下风吗？

叶灵溪发现阮萌萌在看自己，透着光泽的桃花眼闪了闪。她开口，声音温软：“你好……我是叶灵溪……我听说过你的事……嗯，萌萌，我可以这样叫你吗？”

哎哟妈呀，漂亮的小姐姐挑起桃花眼向自己看来的时候，阮萌萌觉得她整颗心都酥了。虽然小姐姐看起来瘦弱得很，但美人在骨不在皮。就算叶灵溪一副营养不良的样子，阮萌萌依旧觉得她漂亮得不要不要的。

“可以，当然可以！”阮萌萌想也不想就点头。

她身后还指望阮萌萌拒绝的景胖子，急得跳脚。而慕景行则无奈地扶额。他就知道……他家萌主永远都是这样，只要看到长得漂亮的人，不管男女都会走不动路。

叶灵溪闻言，水润的桃花眼顿时浮起笑意，微微凹陷的脸颊也因为她的笑，变得生动起来。阮萌萌也不含糊，既然叶灵溪成绩突出，又是景易峥推荐的人，她便选择了相信。她上前牵起人家漂亮姑娘的手，带着叶灵溪往休息室里去，给其他人介绍。

看着牵着手往里走的阮萌萌和叶灵溪，胖子忍不住凑近他哥耳边：“哥……这个叶灵溪究竟什么来头？你什么时候认识这种人了，我以前怎么没听过……”

景易峥妖孽的冷瞳顿了顿，瞥他家小宝：“怎么，我忘记告诉你了吗？她是你新定下的未婚妻，叶枫的妹妹。”

景胖子的未婚妻？

叶枫的妹妹！

景易峥的两句话，不只炸傻了景向劲，还把阮萌萌连带其他人也一起炸了个目瞪口呆。

这么漂亮的小姐姐，居然是景胖子的未婚妻？

阮萌萌看一眼牵在手里的漂亮小姑娘，再看一眼景胖子肉山一样的吨位。别说，虽然景胖子是自己人……可是，所有人都觉得，景胖子这回明显是占了便宜。

“你……你们那是什么眼神！”景胖子不服气了。他就算没他哥好看，但身体里好歹有景家的血统，也是有潜质的。难道没听说过吗？每个胖子都是一只潜力股，说不定他哪天减肥了，也跟他哥一样貌美如花！

“哥，你是不是年纪大一个人太寂寞了，所以就胡乱给我做媒？叶家上次忽悠你的事，你还没找他们算账……你……你怎么还把叶枫的妹妹介绍给我！”想他景二少可是S市一枝花，英俊潇洒、风度翩翩……他还想等上大学以后，当他的夜店小王子。他不要这么早就被他哥打包送人，而且……还是跟他最讨厌的叶枫的妹妹联姻！

“景小宝，你要是觉得香菜不够，可以继续作死。”景易峥都懒得看他弟，从又跳又闹的景向劲身旁走过，淡淡地警告。

景胖子一听，立刻捂住嘴，哪里还有一点儿刚才的暴躁。

景易峥走近众人，拉着看傻眼的阮萌萌坐在自己身旁，又招呼其他人坐下。他准备把自己的计划告诉这群年轻人。谁知，一直沉默不语的厉君澈却在这时站了起来。美少年俊秀的脸上带着一丝淡淡的凉意，他旁若无人地走过来，接着，硬生生地挤进了阮萌萌跟景易峥之间。

阮萌萌："……"

美少年却不说话，面无表情地托起下巴，一副等着看戏的神态，实在是让阮萌萌觉得莫名其妙得很。

景易峥的冷瞳闪了闪，他也不争，反而往一侧退了些，这才淡淡开口："叶灵溪今后就是我们家小宝的未婚妻，你们可以像信任小宝一样信任她。至于你们担心的……她的姓氏，大可以放心。她跟叶枫不但没有关系，相反，还是死敌。"

接着，景易峥用最快的速度解释了来龙去脉。

原来叶枫的父亲，也就是叶家现任家主叶伟柏，在年轻的时候一度郁郁不得志。他在叶家排行老二，继承权在他大哥那儿，上面长辈疼爱的则是他小弟。因为这样，叶伟柏在叶家一度没什么存在感，其他家族的适婚小姐，甚至不愿意嫁给他。

叶伟柏心灰意冷，在外派出差期间，认识了长相漂亮、温柔婉约的云芷蓉。叶伟柏彼时已经绝了继承家业的心，正是低迷之时，便决定再不回叶家，在外隐瞒了身份，娶了云芷蓉过上了普通小夫妻的生活。

谁知不到一年，叶家老大居然因车祸去世。叶家老三因为年纪小，撑不起大局，上面的长辈终于把目光落到了叶伟柏身上。叶家人重新找上门，请当时的叶二公子叶伟柏回去，同时，给他订下了显赫的婚事，大家族的女儿终于点头下嫁于他。

继承权、完美的婚姻、地位、名望……几乎一切都是叶伟柏想要的。而他唯一舍不得的却是那个无知天真的云芷蓉。

"后来，怎么样了？"阮萌萌忍不住问。

虽然，在这个故事说到一半的时候，她就已经猜出了大概，但是或许是女人的同情心在作祟，她真的很想知道那个叫云芷蓉的女人最后的结局。

"后来……"叶灵溪温软的嗓音忽然响了起来。

"后来，天真无知的云芷蓉跟着叶伟柏回到了 S 市。因为她的丈夫告诉她，S 市是首都，有更多发展机会。"

“再后来，叶伟柏就时常出差，一走就是十天半个月。半年后，云芷蓉发现自己怀孕了，她的丈夫归家的时间终于多了起来，还给她请了保姆……紧接着，一年后，云芷蓉生下一个女孩。”

说到这儿，叶灵溪放在膝盖上的双手收紧，后背也绷了起来，整个人显得十分压抑。但她的声音没有停，还在继续。

“有了孩子，云芷蓉觉得自己的生活更加美满幸福。就算丈夫工作很忙，偶尔不能回家她也把这个家打理得井井有条，不让丈夫有后顾之忧。直到女儿三岁的时候，有一天，叶伟柏刚刚上班没多久，家里闯进一群人。”

“一个打扮得珠光宝气的贵妇人，带着十几个保镖出现了。那个贵妇人自称是叶太太，指着云芷蓉骂她是狐狸精、第三者。那些保镖到处打砸，小女孩的哭声、女人的怒骂声，充斥着曾经温馨的家。”

“云芷蓉被女人亲手教训，她哭着说自己不是狐狸精，她有丈夫，她的丈夫是叶伟柏……可是，当一张鲜红的结婚照甩到她的脸上，她才发现……原来，她的丈夫叶伟柏早已和别人结婚。而被她锁在保险柜里珍藏得好好的结婚证，早就不翼而飞。”

也就是说，叶伟柏在云芷蓉不知情的情况下，利用叶家的关系，早就跟她办了离婚手续。接着，他娶了大家族的女儿为妻。而身为原配妻子的云芷蓉，却在不知情的情况下，变成了叶伟柏包养在外的二奶。

“云芷蓉不肯接受这样的结果，她要见叶伟柏，一定要见……那个所谓的叶太太听到后勃然大怒，一边骂着云芷蓉不要脸，一边甩了她十几个耳光。”

“不，不要说了……灵溪，不用说了……”阮萌萌扑向早已泪流满面的叶灵溪，一把抱住她瘦小的身子。

故事说到这儿已经很明了，叶灵溪一定就是那个可怜女人生下的女儿。而叶枫……则是那个叶太太的儿子。不只是阮萌萌，在场的其他人都不约而同地流露出复杂的神情。特别是叶翰庭，他是叶家旁支的孩子，叶枫是他堂哥……他也曾听闻过伯父有段风流往事。只是，他没想到真相居然这样残酷。

“不，我没事，让我说完……”

阮萌萌的怀抱很温暖，很安全。她将叶灵溪瘦弱的身躯抱得紧紧的，甚至还有一缕香甜的气息萦绕在叶灵溪鼻尖。叶灵溪不自觉地将脑袋靠在阮萌萌的心口，这种让人安心的甜蜜感，仿佛在三岁之后就不再拥有。

她靠着阮萌萌，吸了吸鼻子，低低地说：“我想你们都猜出来了，云芷蓉就是我母亲。那件事后，她就疯了……”

“而我名义上的父亲，那个叫叶伟柏的男人，从头到尾都没有出现过。他就像完完全全忘记了我们母女的存在。后来，我跟妈妈被好心人送去了福利院，从此便生活在那里。”

讲到这儿，叶灵溪抬起头，水亮的桃花眼看向坐在她对面俊美妖孽的男人。她用一种极其平静的语气描述道：“直到上个星期，景先生找到我……他问我，想不想报仇。”

第十五章

我想和你分手

“哥……那、那这个叶灵溪，还是我未婚妻吗？”就在整个休息室的气氛都很沉重时，景胖子的声音突兀地响起。

阮萌萌：“……”

慕景行：“……”

红黄绿：“……”

老大的神经还真是粗大，听了这么悲伤的故事，他的关注点却完全落在别的地方。

“不是啊哥，你们别这样看我……我、我就是听到她说，她是来报仇的。嗯，那是不是代表，她是我未婚妻的事，其实也只是一种合作？”

景胖子不是没有同情心的人，相反他还很乐于助人。但是，乐于助人归乐于助人，他不能把自己的终身大事赔进去啊！

“对，的确是合作。”景易峥点头，“但是，那仅仅是我和她之间的合作。灵溪很好，比你懂事、比你聪明、比你长得好看……景小宝，大哥替你挑的妻子人选，你有什么不满意吗？”

景向劲：“……”

他敢说不满意吗！

景易峥凤眸微挑，他冷着俊脸说：“叶家给我假消息，故意挑拨我们兄弟感情的事……我还没找他们算账。”

叶家喜欢玩挑拨离间，那好……他也让叶家尝尝被人挑拨的滋味。景易峥知道叶伟柏早年间的荒唐事，便派人查到了叶灵溪的下落。景易峥发现这女孩虽然身世坎坷，却上进努力，于是，他找到叶灵溪，提出做交易。

“叶伟柏对外只有两个孩子，一个是念高级学院的长子叶枫，一个是还在读初三的女儿叶倩倩。我跟叶伟柏说，景家有意跟叶家联姻……你们猜，叶家会怎么做？”

叶家会怎么做，当然是抱紧景家大腿不放手。叶家虽和景家有生意上的来往，但不论权势、财富各个方面都比不上景家，能够跟景家联姻，自然是极好的机会。可叶家没有适婚年龄的小姐，情急之下，叶伟柏就想起了当年被自己扔在福利院里的大女儿叶灵溪。

“因为景先生的布局，几天前我已经被叶伟柏接回了叶家，现在对外的身份是叶家的私生女。”叶灵溪说这句话的时候声音柔柔的，但唇角却微微上翘，带着一股嘲意。

真正原配的女儿变成了私生女，真正的私生子叶枫，却成了名正言顺的大少爷。财富权势，就是这么讽刺的东西。

“叶伟柏吩咐我多亲近景先生和景二少，所以……知道你们竞选缺人，景先生就带我过来了。请你们放心，我虽然没在贵族高级学院上过学，但在之前的学校一直都做学生会管理工作，演讲和辩论也很拿手……”

叶灵溪有些着急，似乎是怕阮萌萌质疑她的能力。她急于报仇，所有能够让叶家人丢人倒霉的机会，她都不愿错过。

阮萌萌看出她的急迫，轻轻拍着她的肩膀安抚：“灵溪……不，我以后还是叫你小溪好了。小溪你别担心啊，我们相信你，也欢迎你加入……”说着，阮萌萌就牵着叶灵溪的手让她起来。

他们团队里的每个人，这时候都走上去轻轻地抱了抱叶灵溪，接纳她，给她鼓励。叶灵溪很瘦小，看起来像易碎的玻璃娃娃，但那双桃花眼却异常明亮坚毅。就连向来事不关己的厉君澈也走上前，张开臂膀轻轻地抱了抱叶灵溪。最后，轮到景胖子……

胖子扭扭捏捏，慢慢走到叶灵溪面前……

他看着眼前瘦弱的女孩，那张比城墙还厚的脸居然一点儿一点儿泛红。

“你……叶灵溪……你……咯，欢迎你加入……”说完，胖子便一把扯过叶灵溪，往怀里一带，两只胖手将瘦弱的女孩抱住，收紧……差点儿没把叶灵溪本就纤细的腰折断。

大礼堂后台另一侧，早就等在此处，准备上场的阮娇娇，看着对面空荡荡的准备区，温柔的唇角浮起了冷笑。很好……阮萌萌那边果然是上不了场了。

呵，跟她斗，阮萌萌配吗？

她有顾家撑腰，有叶家帮忙，有一大堆无脑的死忠粉，随便流几滴眼泪，吸几下鼻子，自然就有人前赴后继地替她解决麻烦。

“嘿嘿，夏文轩果然没来……听说阮萌萌他们缺人，现在正到处找人救火。”阎琛走近，笑着在阮娇娇面前显摆，“娇娇，你看我出的主意好吧。幸好我把那些可能会被阮萌萌找去帮忙的人全都提前警告了一遍。就算是越君澈亲自出马，那些人为了家里的生意也要掂量掂量……”

说到这儿，阎琛一把揽住叶枫的肩膀，挑眉道：“叶枫，你昨天跟夏文轩说那么多废话，真是浪费时间……听我的，直接拿他家的生意威胁，要是敢来就整得他家破产，不就轻而易举解决了麻烦……”

阎琛还想显摆，顺便在阮娇娇面前表现。

“别烦我……”叶枫却在这时拍掉了阎琛的手。

“你……叶枫……”阎琛脸色一变，不知道叶枫发什么疯。

阮娇娇连忙拉住他：“阎琛，算了，你别生叶枫的气……他这几天心情不好，叶家的事，你也该知道的。”

“不就是个私生女嘛，有什么好在意的。那种不要脸的女人生的女儿，有什么好在意的……就算被叶伯伯接回来，还不是一样上不了台面。”

叶伟柏把私生女接回家的事，其他家族也有耳闻。不过大多数人没当回事，反正她就是跟景家联姻的棋子而已，不重要。

阎琛随意吐槽了几句，阮娇娇带着淡淡柔意的脸庞却越来越阴沉。私生女……即使阮娇娇知道阎琛不是故意的，可听到这三个字心里还是不痛快。

“啊，娇娇……你别误会啊，我不是说你。”阎琛这时候已经发现阮娇娇脸色变了，连忙补救，“我是说叶家那个私生女，跟你没关系……”

“嗯，我知道。我妈妈是我爸爸的合法妻子，我是我爸爸的女儿，我当然不是你说的那种人。”阮娇娇强忍着挤出一抹笑。要不是留着阎琛还有用，她真想让这人滚远点儿。

“对，对，就是这样……”阎琛立刻附和，他怕阮娇娇生气，还献媚地说：“娇娇，这次的竞选你放心大胆地上，所有的麻烦我都替你摆平了。不说阮萌萌他们凑不够人没法上场，就是真能上，我不是还有后手吗？”

“到时候，她要真敢来……我就让她尝尝身败名裂的滋味。”说到这儿，阎琛的目光往下，落在台下厉君御的脸上。

而阮娇娇的视线也随着阎琛一同转了过去。越君御……她心心念念想要得到的男人，从他出现，坐在台下的那一刻起，阮娇娇就发现了他的存在。不，不仅仅是阮娇娇，在场几乎所有人都注意到了这个男人。

他矜贵优雅，俊美无俦，但又带着拒人于千里之外的冷漠，光是往那儿一坐，便足以吸引全场人的目光。

“娇娇，只要阮萌萌敢来……我保管会让她的男朋友知道，她是怎样一个水性杨花的女人。到时候，所有人都会唾弃她，学生会会长的位置……呵呵，还轮不到这种不知廉耻的女人坐。”

阎琛话音刚落，准备区外就传来一阵脚步声。紧接着，他们以为不会再现身的阮萌萌带着自己的团队出现在了准备区内。

阮萌萌居然还敢出现！

阮娇娇和阎琛迅速对视一眼，都在对方眼中看到了不可置信。但表现最夸张、神情最震惊的却是站在一旁一直没说话的叶枫。

“叶灵溪！”叶枫大喊一声，突然冲向阮萌萌他们，“叶灵溪，谁允许你出现在这里！你给我滚出去，这里不是你该来的地方！”叶枫气得目眦欲裂，眼眶通红……

父亲接这个私生女回来，让他母亲哭了整整一个晚上，连眼睛都哭肿了。他不明白，父亲为什么要容忍一个私生女的存在。他的父亲在婚后不久就出轨了，在外面养了个小三，生下一个比自己小三个月的私生女，是他一直无法理解和原谅的行为。

这个私生女的存在，就是对他母亲、对他和他妹妹最大的侮辱。这么多年，父亲从没有管过这个私生女……现在，为了和景家的联姻，却要将她接回来。叶枫没有能力改变父亲从大局出发的想法，但是……他绝不允许叶灵溪以叶家人的身份，活跃在智学，活跃在他的圈子里。

叶枫越想越气，上去一把扯住叶灵溪瘦弱的胳膊：“叶灵溪，别以为你偷偷参加学校的考试，考到第二名就可以在父亲那里刷存在感……我告诉你，叶家收留你是看你可怜，你一个私生女没资格站在我面前，你给我滚！”他说完，手臂一甩，就要把瘦弱娇小的叶灵溪甩出去。

一道高大如山的身影突然站出来。而另外一只白皙的小手则抓住叶枫扬起的手腕。叶枫吃痛，松手。

叶灵溪纤弱瘦小的身子失去重心，往后一跌，正好跌在稳如泰山的胖子身前。

叶枫见状，眼底闪过一抹厌恶，对着抓住自己手腕的阮萌萌恶狠狠地质问：“阮萌萌，怎么……你现在也要帮这个私生女的忙了？”

“叶枫，你少在这儿恶人先告状……”景胖子将叶灵溪往后一拉，护在身后，扬起胖脸对上叶枫，“我们家小溪溪才不是私生女。”

“再说了，你自己不也一天到晚跟在阮娇娇屁股后面，巴不得做人家身后一条狗吗？你跟阮娇娇那个私生女走得近，怎么不去嫌弃她的身份？现在对着我们小溪溪，反而张口私生女闭口私生女地冤枉她……你要不要脸啊！”

景胖子说话是真不在乎场合，也不知道给人留点儿面子，一句话不只把叶枫说得脸红，还让站在一旁的阮娇娇也受了牵连。阮娇娇的脸一阵青一阵白，感受到其他人落在自己脸上的目光，她恨不得拿根针，把景胖子的嘴缝上。

可惜，景胖子不只没住嘴，还在继续：“哦，我知道了，怪不得你会那么喜欢阮娇娇……原来是什么锅配什么盖。私生子喜欢私生女，哎哟，真是天作之合，绝配！”

胖子的声音忒大了，所有人都能听到他一口一个“私生子”“私生女”。旁人不明白景胖子说的私生子是谁。但阮娇娇是私生女的事，大家却是早有耳闻，听到景胖子的话，纷纷议论起来……甚至有人开始质疑，阮娇娇作为阮家的私生女，凭什么敢站在阮萌萌面前跟原配的女儿竞争学生会会长的职务？

哪怕，当年的一切都是阮娇娇母亲的作为，与阮娇娇无关……但是，她就不会感到愧疚心虚，感到无颜面对阮萌萌吗？为什么她还敢跟阮萌萌站在同一个舞台上，同台竞争？

后台此刻早已闹得不可开交，乱作一团。阮娇娇和叶枫都被景胖子的话气得跳脚，偏偏嗓门没景胖子大，力气又没阮萌萌大，只能硬生生地吃着哑巴亏。

“好了好了，都闹什么，没看时间快到了吗……”终于，有老师过来维持纪律，“你们，准备上台……谁再闹事，小心取消资格！”

学生会竞选终于在万众瞩目中拉开序幕。

到了最后的决选阶段，场面变得白热化。

竞选规则很简单，两队分别派出代表，通过演讲陈述团队管理理念，并根据已有赞助资源展示己方承接和组织活动的能力。

演讲结束后，还有辩论。所谓的辩论，其实就是让一方攻击另一方，找出对方无法胜任的弱点。当然，如果己方提出的质疑被对方化解，那对方加分。所以大家辩论时不能胡乱攻击，必须抓对对方的弱点，有的放矢。等辩论结束后，就是双方的会长竞选人最后上台做总结。

而整个竞选过程中一直开放投票通道，所有师生一旦做出决定便可投票。高级学院部所有学生占总票数百分之五十的投票值。剩下的百分之五十，有百分之二十由学校老师出，还有百分之三十，则由校领导决定。

演讲阶段，每方需派出三人。阮萌萌这边原本准备由司蔻韵、夏文轩和厉君澈上场，但因为夏文轩临时缺席，只能换叶灵溪顶替。

司蔻韵之前就是学生会骨干，上台丝毫不怯场，第一个上去便侃侃而谈，用完美的表现赢了个开门红。

下一个上场的是叶灵溪。

当阎琛他们看到身材瘦小、被风一吹就能被吹走的叶灵溪拿着话筒上台，顿时发出一阵哄笑。

"哈哈哈……阮萌萌他们不是吧，夏文轩没来就派那么一个尿货上场。"

"哎哟，笑死我了……你们看那个私生女，连话筒都拿不稳，就跟难民营出来的一样。真是受不了，这是故意装可怜博同情呢。叶枫，这私生女这么会作，可别怪做兄弟的没提醒你，小心她在伯父面前装可怜……"

"装什么装……"叶枫看着台上的叶灵溪，不屑地说，"就是个上不得台面的东西。等回去后我就跟我爸告状，把她在学校丢人现眼的事全捅出去。"

叶枫越看叶灵溪越厌恶，右手紧紧握拳，暴出青筋。叶灵溪这个心机女故意吃那么少，把自己饿瘦就是为了博他爸的同情。要不是因为时机和场合不对，他恨不得冲上台把这个丢人现眼的私生女扯下台。

"各位校领导、各位老师同学大家好……我是转校的新生叶灵溪，很荣幸能站在这里代表……"

就在这时，叶灵溪温软柔和的嗓音从话筒里传来。不是众人以为的怯懦、小家子气……叶灵溪的声音不高不低，她咬字十分清晰，语调温软舒心，让人听起来就有一种很舒服的感觉。

明明没有提前准备，可面对台下人头攒动的场景，叶灵溪却毫不怯场。其他人不明白，这样一个瘦弱无助的女孩，为什么能拥有如此大的能量？

已经坐在观众席的景易峥，抬眸看向台上由自己亲手挑选的弟媳妇，琉璃般的瞳仁却闪过深光。他还记得手下调查来的信息，叶灵溪，十八岁，除了学习便是繁重的打工。她在剧院后台打杂，在片场当杂工和替身，每天五点起床送报纸送牛奶，超前学习再利用课余时间给同学补习。除此之外，她还会到社区里去宣传演讲，以求给福利院带回更多的赞助资金。繁重而艰苦的历练，虽然磨瘦了她的身骨，却锤打了她的筋骨。

看着台上那么瘦小却如发光体般耀目的女孩，景易峥妖孽的冷瞳微微弯了弯……

叶家，失去了一个好苗子，而他，却为自家小宝捡回了一个好媳妇。

叶灵溪的演讲出乎意料地获得了巨大的成功。她说话时温婉可人的神态、抑扬顿挫的语气，不仅柔柔地好听，而且能振奋人心。一席演讲结束，台下有一半的同龄人都觉得心里热热的，仿佛被带动起了激动的情绪。

反观阮娇娇那一方，派上去演讲的人不是说不好，却四平八稳丝毫激不起波澜，和叶灵溪相比瞬间逊色不少。但这还不是最致命的……真正带给阮娇娇那方致命一击的是阮萌萌这边最后上场的撒手锏——智学男神越君澈，一个俊秀而精致的美少年。

厉君澈深邃的五官带着一丝阴柔的美，他光是出现在台上，就让台下的女生们倒抽一口气。当他从前一位演讲者手中接过话筒，走到台前，轻咳一声……原本还喧闹的礼堂瞬间陷入安静。女孩子们全都不由自主屏住呼吸，生怕自己的一个呼吸会打扰到这位美少年。

“大家好……我是越君澈……”属于美少年清越好听的声音淡淡地从音响里传了出来。

台上清俊秀美的少年，拿着话筒娓娓道来。没有了平日里的慵懒随意，站在舞台上的厉君澈罕见地流露出一种属于贵公子的清冷高雅。几乎是毫无疑问，即便阮娇娇那边派上的全是经验老到、台风稳健的老手，但是很可惜……综合比较下来，现场的同学几乎义无反顾地倒向了阮萌萌那边。

没办法，谁叫阮萌萌那边的三人组表现那么好。

司蔻韵大方得体，叶灵溪温软有力，更不要说最后一个上场的厉君澈，光是往舞台中央一站，就能让台下的女生走不动路。拿着话筒穿着白衬衣的美少年，细碎的刘海不经意地随着他说话的动作轻轻摆动，这样的画面那样美好，那样迷人……

台下的女孩光是看着厉君澈的脸发花痴，也不知道他具体说了什么。

反正当厉君澈说完，全场的异性都陷入一种“越君澈说得棒，越君澈说得好，我们家越君澈说什么都是对的”错觉中。演讲结束，竞选还没到尾声，女生们就跑向投票箱投票了。

因为有厉君澈这个大杀器，阮萌萌这边的票数遥遥领先。

“娇娇，这下麻烦了……我刚才去统计处看了一眼，阮萌萌的票数已经完全超过我们！都怪越君澈，他一上来那些花痴就不会投票了，全部无脑地投给阮萌萌……再这样下去，我们输定了！”

“别乱说，怎么会输呢……”阮娇娇听到同伴的抱怨，毫不慌乱，她放柔了嗓音，安抚道，“你们放心好了，现在投票的只是一小部分人，绝大多数人还没开始投票……更何况，还有老师们和校领导的票呢。”

“就是。”阎琛立刻附和，“你们别自乱阵脚，我这儿不是还有撒手锏吗……等待会儿我把那个猛料爆出来，阮萌萌那个有钱有势的男朋友肯定会生气！

“你们也看到了，她那个男朋友就坐在台下……嘿嘿，得罪了她男朋友，我看她怎么办！理事长就第一个带头把她投下去！”

众人闻言，立刻看向台下。

是了，阮萌萌那位传说中的男朋友这时候正坐在台下。他身侧陪坐着理事长，虽然没听说过 S 市有姓越的大家族，也没人知道这个男人的身份，但所有人都知道，能够让理事长亲自作陪的男人，绝不会是什么普通人物。

而只要等阎琛把那个猛料爆出去……阮萌萌会得罪她男朋友不说，还会因此得罪整个校董会，到时候……嘿嘿嘿……

演讲结束，就是辩论阶段。

双方上台，各据一方。

阮娇娇那边率先发难，阎琛一上台就指着红黄绿的头发，开始拿他们的发色做文章。谁知他话音刚落，红黄绿就从包里掏出三把电动剃刀，当着全校师生的面，毫不犹豫地将他们一头红毛、黄毛、绿毛剃成了光头。

哼！剔完了头，红黄绿脸上还带着得意的笑。他们早就猜到对方会拿发色攻击他们。幸好他们有备而来，打了对方一个措手不及。

红毛一把抓过话筒：“我们过去不爱学习，混吃等死浪费光阴。但阮萌萌同学转来智学后，却告诉我们这样不对！是她关心我们这些没人关怀的差生，是她给我们补习让我们进步，是她……让我们找回了尊严和自信！”

“对！”一旁的黄毛和绿毛也附和道。

“虽然我们三兄弟一直说头可断，发型不可乱，但为了阮萌萌同学，我们愿意剃光头，愿意认真学习，愿意从今以后改过自新！阎琛，你有本事剃光头吗？！”说完，红黄绿三人就雄赳赳气昂昂地走到阎琛面前，将手里的三把剃刀啪啪啪拍在阎琛面前。

阎琛：“……”

他、他不敢，他当然不敢！神经病啊，这三个人，哪有人说剃头就剃头的，还随身带着三个电动剃刀！

阎琛看着红黄绿锃亮的光头，虽然他们的头发还有些坑洼，但阎琛再不敢拿他们三人的发色说事了。

“哼，尿货！”

“呸，孬种！”

“弱鸡，看不起你！”

红黄绿一人骂了一句，转身挺起胸膛回到自己的位置。

台上台下顿时响起哄然大笑，为红黄绿敢于当场剃光头表态的勇气，也为阮娇娇那方被人说得完全没脾气的窘态。

阮娇娇见他们落了下风，连忙示意身旁的另外两人把准备好的资料甩出来。于是，叶枫接过早就准备好的资料，走到台前：“好，既然你们肯改过自新，那我们就先不说发色的事……这次的选举是为了让学生会更好地为同学们服务。要胜任学生会的工作，作为同学们的榜样和引导，首要条件就是成绩优异。”

“对，这次的月考，阮萌萌同学、越君澈甚至是这次突然冒出来的叶灵溪、景向劲，的确都考得很好，但是……请大家看看以下这些参考数据。”

叶枫指着大屏幕，身后的屏幕立刻出现了他们早已准备好的数据，全是过去半年，站在台上的这些人每次周测、月考、期中期末试的考试成绩。

“大家可以清楚地看到，除了越君澈和司蔻韵的成绩，在这半年里持续稳定之外，其他人的成绩根本没有保证。不说慕景行、叶翰庭、景向劲等人都是最近一次月考才临时抱佛脚考上来的，单说阮萌萌自己……她身为学生会会长的竞选者，却在短短一个月内交了数次白卷。”白卷一事，绝对是阮萌萌被攻击的污点。

阮萌萌早就知道他们会以这个攻击她。她轻飘飘地瞥向叶枫，拿过话筒毫不掩饰地说：“对，我的确交过白卷，有什么问题吗？”

“呵呵……”叶枫冷笑，“当然有问题。

“阮萌萌，历届学生会会长均是成绩优异、品学兼优。阮娇娇同学只不过是这次月考失利，但她的总成绩却依旧排名全校前三。而你……算上你交白卷的那几次，你的平均分早就被拖累了，根本没资格竞选学生会会长。”

“谁说我没资格？”阮萌萌挑眉，水润的杏眸闪过霞光，“又是谁告诉你……智学的学生会会长必须要成绩好？”

“你……”叶枫倒抽一口气，没想到阮萌萌居然这么嚣张，“这还需要说吗？智学历届的会长，无一不是最优秀的！你一个交白卷的人凭什么竞选会长！”

“不凭什么……”

阮萌萌看着叶枫，看着台下的老师、同学、校领导，微微一笑。

“就凭我是阮萌萌。”

“你……你少吹牛！”叶枫差点儿咬到舌头，饶是有准备，他也没料到阮萌萌居然这么不要脸。

“姐姐，你不要胡闹了……这里是大礼堂，台下那么多老师和同学看着，还有校领导……”阮娇娇似乎看不下去了，明明是竞争对手，却摆出一副害怕阮萌萌出丑的姿态。她走到叶枫身边，轻轻地对阮萌萌说。

然而，叶枫手里的话筒是打开的，阮萌萌手里的话筒也是打开的，阮娇娇的话一字不漏地传进了台下领导、老师、同学的耳朵里。

台下众人不由得对阮娇娇高看了一眼。到了这种时候还知道提醒自己姐姐，阮娇娇果然是温柔善良、与人为乐的智学女神。

阮娇娇的惺惺作态，阮萌萌根本不放在眼里。

竞选，靠的又不是做戏。

竞选，靠的是实力。

阮萌萌勾唇，露出可爱的酒窝，她不在意叶枫和阮娇娇怎么说，只是对着台下众人说道：“我没有吹牛，就凭我是阮萌萌，我就有资格。

“各位领导、老师、同学，你们想想……外界提到我们智学，说的最多的是什么？除了说我们智学成绩优异之外，就是笑话我们都是高分低能、头脑发达四肢简单的弱鸡。我知道这样说很难听，但这却是事实。”

阮萌萌说得没错，智学因为强调成绩，招收的大多是高分低能，或者只崇尚所谓贵族运动的弱书生。奥数比赛、升级考总成绩遥遥领先，但是，每次轮到智学的校队出去比赛，就能输得屁滚尿流地回来。

“但是，如果是我阮萌萌担任了学生会会长职务，我有信心扭转外界对我们智学的印象。选了其他人，智学依然是那个智学，但如果选了我，我不但能弘扬智学的优良传统，还能带给智学新的风气。”

“新的风气？阮萌萌，就凭你？！”叶枫对着话筒嘴上不屑地说。他是真看不起阮萌萌，不相信她一个不学无术的纨绔二代，还能有什么本事。

“对，就凭我……”阮萌萌笑对叶枫，轻轻点头，“就凭我连续四年拿下了全国高级学院体育联赛第一名，不论是田径、球类、游泳，所有的金牌都是我的囊中之物，我就有这份自信。”

她连续四年拿下了全国高级学院体育联赛第一名？对了，阮娇娇这才想起来，阮萌萌之前就是靠着体育这个特长，一直留在公立学校排名第一的市青藤学院。她的确留级了两年，在此之前还真参加了四届体育联赛！

此言一出，满堂哗然。

就连坐在厉君御身旁的理事长也露出惊愕的神情。

“厉……不，越少……您这位小女朋友不得了啊！四届体育联赛金牌，还是总分第一……我们智学这是捡到宝了！她要是愿意参加这次的体育联赛，那我们智学肯定能够打破连续三十八年体育比赛零金牌的窘局。”

“呵，小女孩喜欢闹腾而已，不算什么。”厉君御深沉的凤眸没有丝毫波动，只是冷峻的唇角微微勾起了一些。

“不过，她被我宠坏了，脾气不大好。你们要是不投票，只想让她去比赛，她肯定不答应。”

“投投投，这就投……这么好的苗子，不用越少您吩咐，我们知道该怎么做。”理事长都不继续听了，起身就去投票。看到理事长行动，其他校领导和老师都跟在后头生怕落下。

而台下无声无息为自家小奶猫助攻的暴君大人，这时候才终于蹙起眉。

他家的小奶猫好像太耀眼了些……

他真想把她从台上抓下来，藏起来，不给其他人看。

竞选明明还没结束，但就在阮萌萌说出自己的“丰功伟绩”后，台下坐着的校领导便开始一个接一个地起身往投票区走去。这是给谁投票，几乎是一目了然的事。

台上阮萌萌站在那儿，纤细的腰身挺得笔直，她亭亭玉立地绽放着。柔美漂亮的脸蛋上嵌着水亮的杏眸，过去总是被姐姐保护在身后的少女一天天长大。当她不再低调，站在舞台上，就像是天然的发光体，轻易便能吸引周围人的目光。

阮娇娇藏在袖子里的手狠狠地握紧……尖锐的指甲嵌入掌心，疼意提醒她必须压抑心口疯狂肆虐的妒意。她深吸一口气，尽量挤出笑容。即使阮萌萌明显占了上风，即使阮娇娇发现台下的师生已经明显偏向阮萌萌，阮娇娇依然在笑。微笑是她的武装，善良无垢是她的招牌，即使内心嫉妒翻涌，但她表面依旧维持着柔弱无辜的模样。

阮娇娇微不可察地碰了碰阎琛的手臂，随后端着得体的微笑，慢慢退下台。

阮萌萌，笑吧……得意吧……很快，你就笑不出来了。

而台上，接收到阮娇娇提示的阎琛唇角上挑，他露出了一抹意味不明的笑。他看了一眼坐在台下，表情冷淡、矜贵俊美的厉君御，又看了一眼站在舞台一侧的慕景行等人……最后，视线定格在阮萌萌身上。他知道，是时候将那条劲爆的消息说出来了。

“阮萌萌……”阎琛拿起话筒，阴郁的语调带着一丝嘲意。

“行啊，体育好这一点真是厉害，我们其他人的确自愧不如。但是，我们智学就是再需要你，也不会让你这种品行败坏、私生活不检点、乱搞男女关系的女生来统领我们智学高级学院部！”

阎琛的话就像一枚深水炸弹扔在了大礼堂内。坐在台下的厉君御倏地冷下脸，本就冷峻的五官顷刻便被寒霜覆盖，满身寒凉。而坐在另一侧的景易峥，那张妖孽至极的脸庞也透出了阴沉。

台上，阮萌萌用一种看白痴的眼神看向阎琛。

“阎同学……虽然现在我们是竞争关系，但攻击对手也该讲究规则。你这种张口就来的毛病得改知道吗？要是总这么乱说话，小心出门被人套麻袋。”

“呵，阮萌萌你就装吧……你是不是以为自己做得天衣无缝，不会被人抓住把柄？呵呵呵……”阎琛奸笑，看向台下厉君御的方向。

突然，他伸出手指向台下那形容冷漠、不带一丝暖意的男人。

“越君御，那就是你的男朋友吧？听说，你们还订婚了，他现在是你未婚夫。阮萌萌，我说得对吗？你敢承认吗？”

礼堂里突然响起“越君御”三个字，阎琛这样直呼其名，带着嚣张的语气，正准备投票的理事长听到后吓得差点儿把手里的投票卡掉在地上。

是哪个兔崽子不想活了？堂堂厉少的名讳，就算是隐藏了姓氏的假名也不是旁人有资格直呼的！

理事长气得胡子抖，想阻止，但显然已经来不及了。

台上，阮萌萌受到阎琛的质问，眸光微微一颤。

厉君御，他……他和她的关系……

“怎么，你不敢承认吗？阮萌萌，你是不是害怕我戳穿你的真面目，就连自己的男友、未婚夫都不敢认了？！”

阎琛的嗓音里藏着得意。哼，他就知道阮萌萌这种水性杨花的女人，私下里跟慕景行、景向劲那些人搞不清楚，表面上却装得冰清玉洁。她明明都有男朋友了，甚至还订了婚，反而藏着掖着，却不敢对外公布，一看就是想吃着碗里的，占着锅里的。

不得不说，阎琛还真是误会了阮萌萌……她不敢认，哪是因为想脚踏几只船啊，她不敢认是因为……她跟厉君御的关系原本就是假的。那些不过都是一次次，当她遭遇危机时厉君御拉她一把，替她解围闹出的误会，甚至就连厉君御当着阮娇娇和奶奶的面承认是她未婚夫，也只是为了替她撑腰，震慑对方罢了。更不要说，现在的阮萌萌在明白自己的心意后更加不敢沾染上他。那个叫厉君御的男人，不是她阮萌萌能够妄想的对象。

“是，他是我男朋友，未婚夫……所以，你想说什么？”

可惜哪怕心里明白，面对阎琛的质疑，阮萌萌却不得不点头。她和厉君御的关系早已传遍全校。阮萌萌站在这舞台上，面对阎琛的质问，只能佯装镇定地回答。

听到阮萌萌的回应，阎琛露出一抹得逞的笑。

而台下，方才还寒着脸不可接近的男人，却在此时勾起唇角，冰凌般的眸子卸下冷戾。厉君御墨瞳微眯，忽然打消了要手下把阎家人教训一顿的念头。

“哈哈，你承认了，你承认了……阮萌萌，这可是你自己承认的！”台上，阎琛大笑，笑得阮萌萌和其他人都觉得莫名其妙。

就在这时，阎琛手指一转，忽然转向舞台旁侧的慕景行。

“既然越君御是你男朋友，是你未婚夫……那你说说，你为什么还要出轨，还要跟慕景行搞在一起？！阮萌萌，你就是个品行不端的女人！你给越君御戴绿帽子，你不知检点，你的品格根本不配出任智学的学生会会长！”

“阎琛，你把嘴巴给小爷放干净点儿！小爷什么时候跟萌萌搞在一起……”慕景行气得奓毛了。

这群唯恐天下不乱的家伙，一天到晚就喜欢往他跟萌主身上泼脏水。哼，他跟萌主从小一起长大，连她穿开裆裤的样子都见过，他把萌主就当亲人一样护到大，压根就没想过那种莫名其妙的感情。

一次次被污蔑已经让慕景行很火大了，更何况阎琛现在还是当着全校师生的面污蔑他们。慕纨绔恼了，也顾不上这是哪儿，撩起衣袖就要上去打架。

“哎哟哎哟，被说中了是不是？恼羞成怒了是不是？慕景行，你这个孬种……喜欢阮萌萌不敢表白，就会打着男闺密的幌子跟在她的屁股后头。怎么，偷情的感觉是不是很爽！还是说，你就爱这种调调？”

“爱你个螺旋大西瓜！”慕纨绔再也忍不住，一拳往阎琛脸上砸去。

就在这时，阎琛背后的大屏幕却突然一闪，刚才还满是数据的画面，变成了一张照片。

那张照片明显是偷拍的。拍照的地点就在学校天台。天台上，少年闭着眼，噘着嘴，等着少女亲近。而甜美清新的少女，则微微撑起身子，看上去正在一点儿一点儿靠近少年。两人靠得那样近，贴得那样紧密，仿佛下一秒就要亲上去。

阮萌萌和慕景行……他们居然亲在一起了！

“阮萌萌看到了吧，这就是你水性杨花、品行不端的证据！你跟慕景行偷情的证据全在这里了！哼，我看你现在还怎么解释！”

“这……这照片有问题，我和萌萌根本没亲在一起！”慕景行第一个反应过来。

这是那次，阮萌萌告诉他，晕算的老毛病被她大哥治好时发生的事。那次他为了替阮萌萌试验，跟别人亲吻能不能治疗老毛病，才舍生取义地闭上眼，噘起嘴，让萌主占他便宜的！但实际上，那次他们根本就没亲上去。萌主当时直接笑场了，还嫌弃他，害他丢了大脸。

现在阎琛的照片，虽然是那次的事，可是他和阮萌萌因为借位的关系反而显得靠得特别近。看起来，他们俩的唇瓣不差分毫，几乎已经碰在一起了。

“这张照片可不是PS的，也没有任何后期修改，你们要是质疑可以拿去检验！”阎琛双手在胸前交叉，好不得意。

不愧是他花了高价从摄影社那边买来的，要说这张照片，还多亏了摄影社那边某个社员无意中拍到，然后洗了出来。自从得到了这张照片，他就开始在学校里传播阮萌萌跟慕景行、景向劲甚至是越君澈的绯闻，包括学校贴吧里的那些高楼，还有让人散布阮萌萌私生活混乱的谣言。

他一步一步安排，终于，到了今天……砸下这份猛料。

“阮萌萌、慕景行，看到没，你们俩的嘴巴已经贴在一起了……如果说这都不是接吻，那什么是？这么大的实锤砸下来，我看你们还怎么洗清！”阎琛嘴角大大地咧开，几乎掩饰不住脸上的笑意。

台下的阮娇娇强忍着得意的心情，控制自己的表情，不让情绪外露。

但她心底却很兴奋……兴奋得已经等不及想看到阮萌萌失势后的颓废落魄。偷情的事实被捅出来，她那位显赫的男朋友一定不会再要她了。不仅如此，越君澈作为越君御的弟弟，也一定会离开阮萌萌的团队。

哈哈哈……没有了他们的支持，竞选团队自然分崩离析，阮萌萌的名声也彻底臭了……她再也无法在智学立足，再也没办法跟自己竞争！

阮娇娇得意，阎琛得意……

而慕景行只能一脸焦灼地看向阮萌萌。

“萌萌……”他轻唤一声仿佛被定身的阮萌萌。

阮萌萌回头，看向慕景行，看到他眼底的焦虑和担心。她知道，她跟慕纨绔根本什么事都没发生，她也知道这张照片完全就是借位的。可是，她要怎么解释呢……这种事，真的有口说不清。而且最重要的是，在这种关键的时候，她脑子里居然没来由地突然兴起一种“干脆就让厉君御误会好了”的念头。误会了，他大概就会讨厌她，从此以后再不管她。那样就能拉开距离，再也不会让她因为他的靠近而内疚、难过，却又难以自控地想要跟他亲近。

“那张照片……”阮萌萌拿起话筒，又看向照片，柔软的嗓音传了出来。

就在她准备承认自己的确更喜欢慕景行，的确跟慕景行在一起的时候，台下，一道修长的身影忽然站了起来。

厉君御的起身，惊动了台上台下一圈人，他冷峻精美的五官，孤高禁欲的气质，还有那与生俱来的强大气场，几乎很难不让人注意到他的一举一动。

而舞台上，唯一没有发现厉君御已经朝台上走来的阮萌萌，不过刚起了个头，忽然便不自觉地感到身体一僵。身后，有一股强大而熟悉的气息正笼罩而来，她几乎是本能地回头，抬眸，正好撞进厉君御那双深不见底的黑瞳里。

漆黑冰冷的凤眸，正朝阮萌萌的小脸看过来，他看清少女的目光也黏在自己脸上，男人凤眸微眯，幽深的眼眸里掠过一丝微不可察的妒意和警告。

阮萌萌被这一眼看得双腿发软，一股麻意直接从她后腰处往上直蹿后脑。她……心虚了……还莫名其妙地更加愧疚……

正在这时，一个不怕死的嗓音忽然响起。站在对面的阎琛得意扬扬地说：

“哟，好戏上场了……大家注意啊，捉奸现场马上上演！”

说完，他似乎嫌不够，还冲着厉君御喊：“越先生，那照片可是实锤，没 PS 没处理过的。你未婚妻都跟她的好朋友亲到一起去了，这种女的你就踹了吧，千万别心软！”

阎琛本意是想火上浇油，谁知他话音刚落，却听见厉君御寒凉中不带一丝温度的嗓音响起。

“是吗，亲到一起了？”厉君御忽然从阮萌萌手中接过话筒，磁性慵懒的嗓音就从话筒里传了出来。低沉的声音，性感撩人，好听得要命。

台下吃瓜看戏的女生们，忍不住倒抽了口气……这人就是越君澈的哥哥吗？越家人都是吃什么长大的，弟弟漂亮，哥哥更好看。而且他不只好看，气场还那么强大，浑身的气质又尊贵得让人恨不得仰视，现在，就连说话的声音都这样磁性撩人。有这样的极品，阮萌萌怎么可能偷情？除非是她瞎了眼！

阎琛被厉君御强大的气场震慑得差点儿说不出话。但他知道，现在正是让阮萌萌万劫不复的好时机，绝不能错过了。于是阎琛顶着男人冰冷刺骨的眼神，硬着头皮说：“是啊，你要不信自己看照片……照片里拍得清清楚楚，阮萌萌跟慕景行两个人都吻在一起了……”

阎琛话没说完，眼睛就直了，双眼瞪得老大，圆滚滚的。不只是阎琛，台下也响起一片惊呼。所有人都被眼前的一幕惊呆了！

没有任何人想到，走上台的那个男人不是去质疑，不是去责备，也不是去跟阮萌萌撇清关系，他上台居然是为了……

台上，厉君御忽然搂着阮萌萌的腰肢，将她整个人揽进怀中，接着，在阮萌萌还未反应过来之际，另一只手已经挑起她的下巴，他俯身吻了上去。

“嗯，厉……”阮萌萌反应过来，吓得想推开他，但下一秒，唇瓣就被他狠狠地堵住。

直到良久后，当全场的抽气声终于转变成安静，最后是寂静……厉君御才缓缓地放开怀里那个被他吻到喘不匀气的小东西。男人拿起话筒，用慵懒中带着餍足的性感嗓音，低低开口：“那不叫吻在一起，这……才叫真正地吻在一起。”

她被厉君御亲了！她被厉君御当着全校师生的面亲了！她……她从此以后就被完完全全打上了厉君御的烙印。学校里任何人看到她，第一反应都是——哦，那个女生，那是越君御的未婚妻！

不，不对，不应该是这样的！

她今天起床的时候还准备跟厉君御划清界限。她得去买验孕棒，得去查验自己是不是怀孕了……然后，不管怀没怀，她都不能再跟厉君御在一起了！没看清自己的感情时还好，她可以正常地面对厉君御，跟他撒娇，跟他斗气，跟他“假装交往”，可一旦看清，明白自己喜欢上了厉君御后，却不行了！

阮萌萌没办法，在知道自己已经跟其他人发生过关系的情况下奢望着厉君御给她的温暖。她做不到，因为内疚心虚，因为知道自己不配，因为……她知道自己喜欢上了他。

这场选举因为有厉君御强有力的“证明”，阎琛那蓄谋已久的所谓重磅爆料完全没对阮萌萌造成任何影响。他们想让厉君御厌弃她，从而让学校领导倒戈相向，可惜厉君御不但没有如阮娇娇那方所愿，反而还在全校师生面前跟自家小奶猫大秀恩爱。

因为厉君御的维护，阮萌萌几乎是毫无悬念地以高票获得智学高级学院部学生会选举的胜利。

也就是说，这一届的学生会会长由阮萌萌担任。学生会副会长越君澈。秘书长司蔻韵。其他还有组织部、宣传部、纪检部等各部部长，由慕纨绔、景胖子、叶灵溪他们出任。他们看起来似乎有些不靠谱，但新鲜的血液却能给智学带来新的希望。

竞选结束后，胖子等人正在休息室里商量着待会儿要去哪儿庆祝。阮萌萌却被厉君御堵在了后台无人经过的角落。

“你……你稍稍往后退点儿……太、太挤了。”阮萌萌边说边往后退，直到脚跟碰在墙角，已经无路可退才堪堪停住。

厉君御眸色深重，看着自己每往前一步，就要往后退一步的小奶猫，清冷俊美的脸庞浮起淡淡的凉意。他很不喜欢阮萌萌见了自己就往后缩的习惯。这坏习惯也不知道是从什么时候养成的，好像也就是这几天的事。

厉君御居高临下地看着娇滴滴的少女，故作冷淡地道：“阮萌萌，叫我过来的人是你。现在，你又嫌我太挤，嗯？”

“我……我叫你过来，只是有事想跟你说。”阮萌萌绞着手指，紧张地说道。

男人挑眉，看向墙角的小可怜：“怎么，想跟我说什么？”

他语调冷冷的，心里想的却是，这小东西大概是要跟他道谢，顺便解释一下，她跟那个叫慕景行的男生之间的关系。虽然厉君御并不相信那张照片，但他的小奶猫还是不该跟其他男生靠得过近。

就在厉君御如此想着之时，阮萌萌软糯中带着一丝犹疑的声音缓缓响起：“我……我想跟你分手。就是对外分手，告诉大家我们分开了……连假的情侣关系都解除的那种分手。”

“阮萌萌，你说什么？”厉君御森冷的嗓音骤然响起，下一秒，阮萌萌被他一个壁咚，按在了墙上。

突然贴近的高大身影，将阮萌萌整个人笼罩在怀里。她忍不住往后一缩，可惜后背抵着墙，缩不动。

“我、我是说……”

“有本事，就把刚才的话再说一遍。”男人居高临下，幽冷深邃的目光盯得阮萌萌头皮发麻。

可是就算害怕，阮萌萌还是要说：“我说……我要跟你分手。哪怕是假的情侣关系也要解除的那种分手。”

她跟他再也不是男女朋友关系，也不是未婚夫妻，哪怕是对外作假的关系也一并解除。不喜欢他的时候，可以用来伪装的关系，喜欢上之后，她却再也不敢奢求了。

阮萌萌说完，抬眼，迎向厉君御深不见底的冷眸。她面色如常，水灵的杏眼闪着坦然的光，她毫不畏惧厉君御那双深瞳里藏着的暴怒。

他犹如冰凌的瞳孔里除了怒意、戾气、寒凉之外，还藏着一丝不易察觉的不舍。厉君御垂眸看着那张总是能惹他生气，又能轻易挑起他心软的小脸，最终只是挑眉，唇角缓缓扯开一抹冷笑。

好，好极了，好得很。

片刻之后，厉君御才终于缓缓开口："很好，正合我意……像刚才那样，当着全校人做戏，我也觉得很麻烦。"

"是、是吗……"阮萌萌嗓音哑哑的。明明该是如她所愿的回答，为什么听起来却觉得心尖一揪一揪地痛，果然还是她太不自量力，奢求得太多了吗？

"不然你以为呢？"

厉君御看着被他压在墙上的小奶猫，嗓音低醇："校董会里知道我身份的人，不止一个理事长。刚才那出戏说不定已经传到我的圈子里。阮萌萌，我为了你，也算是费尽心思。"

阮萌萌："……"

她觉得揪心的感觉越来越明显，就连呼吸都变得困难起来。

厉君御："说喜欢我的人是你，说需要我的吻打气的人也是你……阮萌萌，你知不知道，对我来说，你真的是个麻烦。"

阮萌萌："……"

她知道，她都知道，所以……她才更加愧疚，更加不敢面对他。

厉君御："呵……不过现在正好。你自己提出来，也省得我为难。阮萌萌，你提的分手我接受。所以以后……"

他深深地看着她，最后才用低冷到几乎没有温度的声音缓缓吐出最后几个字："不许再靠近我。"说完，厉君御冷笑，毫不眷恋地离开。

失去了温暖的怀抱，没有了熟悉的气息笼罩，终于重获自由的阮萌萌，却脚下一软，靠着墙壁一点儿一点儿滑了下去。冷，好冷。阮萌萌看着厉君御远去的背影，心里忽然升起一片寒凉。

"哈哈哈，待会儿先去吃大餐再去 KTV，然后再去网吧通宵包夜！我不管我不管，大哥，你今晚不能给我设立门禁！"

"对了对了，小澈澈还要穿女装……小澈澈你可不能耍赖……"

休息室内正是闹得热火朝天的时候，突然，门被从外推开。一道娇小的身影出现在门外。

“萌萌……哎，你跑哪儿去了？大家都在等你去庆祝！”慕景行看到萌萌，立刻蹦上去。他一边挽住她，一边往她身后看，“你家那位呢，他怎么没来？他可是今天的大功臣，得跟我们好好庆祝。”

“不用了……”阮萌萌声音低低地开口。

“不、不用？怎么，你要先回去吗？”慕景行问。

景胖子也凑过来：“萌主，你跟我们一起去嘛，把你未婚夫也带着啊。”

“不、不用了……”阮萌萌摇头，眼眶一点儿一点儿地浸出红色，“我们分手了……所以，不用了。”

“萌萌……”慕景行脸色微变，看着眼眶里闪过泪意的阮萌萌，一时间手足无措。

不只是慕景行，其他人也一样露出慌乱的神情。他们明明刚才还在台上秀恩爱，大喂狗粮，怎么转眼就分手了？！

“棉花糖，你跟我大哥到底怎么回事？”刚才躲着胖子，一直缩在墙角的厉君澈，这时候站了起来，他走过去，站在阮萌萌面前。

看起来，棉花糖好像哭了？

厉君澈稍稍屈膝，弯腰蹲在阮萌萌面前想看得更清楚点儿。

“棉花糖，你们……真分手了？”和其他人不同，厉君澈是唯一一个知道真相的人。他甚至知道，他们那套假装恋爱的理论。

“是，我跟你大哥分手了，彻彻底底……不是男女朋友也不是订婚关系，什么关系都不是……”

厉君澈：“……”

他怎么觉得，棉花糖虽然没哭出来，却很伤心。她越伤心，他就越觉得自家大哥在作死。他正想说几句安慰的话，一只大手忽然从厉君澈身后伸出来，揉在了阮萌萌脑袋上。

景易峥不知何时走了过来，大掌落在阮萌萌发顶，轻轻地揉散她本就凌乱的发丝。男人微挑的凤眸带着淡淡的怜惜，温暖而干燥的大掌揉着阮萌萌的小脑袋，他抚慰着说：“分手了，如果不开心就哭出来……”

“景大哥……我没有不开心。”阮萌萌强忍着酸意说道，嗓音却微微发抖。

景易峥："好，你没有不开心。"

全世界的人都能看出阮萌萌不开心，不开心极了。但是景易峥偏偏"看不见"。他隔开了厉君澈，将自家弟弟和慕景行挡到一边，然后解开大衣纽扣，将还呆呆傻傻红着眼的小姑娘拉进怀里。清新而干净的气息，顿时吸入阮萌萌鼻子。她被景易峥揽进了怀里，属于成年男人的高大身体将她罩了起来。

景易峥的大衣外套被解开，娇小的身体就被景易峥揉在怀里，藏在大衣里，藏得严严实实。

"好了，现在可以哭了……躲在里面哭，没有人会看见。哭吧，哭出来就不会不开心了。"景易峥低沉的嗓音响起，温暖得让人觉得心尖发酸。

她忍不住了……再也忍不住了……一直故作坚强的阮萌萌终于在这一刻崩溃。她不怕寒风凛冽，却会在被温柔对待后露出最柔软脆弱的一面。眼泪几乎止不住地往下落，她从小声地抽泣，到最后抱着景易峥劲瘦的腰没形象地号啕大哭，把鼻涕眼泪全都抹在了景易峥极其昂贵的高定衬衫上。

整个休息室里全是阮萌萌的哭声，还有景易峥低沉温和的叹息。

许久之后，阮萌萌终于哭累了，平静了……

她发现景大哥是对的，哭出来，真的好多了……哭出来，好像全都放下了，没有那么不开心，心里那种酸酸闷闷的感觉好像也全都退了下去。

"怎么样，还难过吗？"景易峥看着慢慢平静下来的阮萌萌，低低地问。

阮萌萌摇头。

"好，那就收拾一下……跟我们去庆祝。今天是你们的胜利，作为会长你应该带着你的队员好好庆贺。"

听到景易峥的话，阮萌萌抬头。她看到满室都是她最亲密的朋友，都用既担心又紧张的眼神看着她。她在这里哭得那样难听，那样丢人，可是这里却没有一个人烦她。每个人都用紧张关切的目光默默地注视着她。这一刻，阮萌萌忽然发现……是啊，除了厉君御之外，这个世界上还有许多别的值得留恋的事。

她不该为了一份根本不可能的爱情就哭成这样。她是阮萌萌，是"萌主一统天下"，她应该振作起来。

当晚，将近十二点，厉家三少爷跟大小姐还未回家。客厅里，厉耀阳不停地看表，三儿子胡闹就算了，怎么还带着萌萌胡闹。萌萌毕竟是女孩子，要是让晴之知道女儿被老三带出去，玩到这么晚还不回家，指不定会怎么说他。

“老赵……你给他们打电话没有？就算是庆功宴，也不需要玩这么晚。”

管家赵叔知道厉耀阳着急，连忙汇报：“八点多的时候接过电话，那时候听起来应该是在 KTV 唱歌。不过后来电话就打不通了，大约是没电关机了……老爷，您放心，年轻人玩起来可能忘了时间……三少爷和小姐不会有事的。”

厉耀阳：“谁管阿澈那小子会不会有事，他一个男孩子能出什么事。我这不是担心萌萌吗，她毕竟是小女孩，万一不注意被有心人占了便宜……”

年轻人玩起来没分寸，厉耀阳是担心阮萌萌高兴起来被人灌了酒，老三又顾着自己玩，照看不好阮萌萌。

“哦，要是这样老爷就更不用担心了。我听说今天除了小姐和三少爷的同学外，景少也在。景少稳重，一定会照看好小姐。”

厉耀阳一听，紧皱的眉头舒展开了：“原来景家那孩子也在。那就好那就好，那孩子我看着不错，有他在我不担心。”

其实厉耀阳还有点儿私心，他觉得景易峥值得托付，身家清白还上进，不像那些纨绔子弟有许多花边新闻。他长得那么好看，要是能跟阮萌萌凑成一对，正好可以完成妻子的心愿。

正说着，隔壁廊厅突然隐约传来瓷器碎裂的响声。

厉耀阳挑眉：“老赵，你听到没……是不是有什么响声？怎么回事？”

赵管家低头，掩饰抽搐的额角：“是大少爷……大概又‘不小心’把您的什么古董摔了。”

赵叔默默擦汗，老爷怎么还看不懂呢？大少爷今天晚上已经下楼二十多趟了。往常一晚上几乎都不下楼的大少爷，今晚又是渴了要喝水，饿了要吃水果，还说吃多了要下楼走走消食。赵叔汗颜，要知道以往大少爷就算真要喝水吃水果，那也是吩咐他们弄好送上去的，可从来没有纡尊降贵自己下来。

“哎哟，这臭小子，又去糟蹋我的宝贝。”听到赵叔的话，厉耀阳噌一下从沙发上弹起来。

看着老爷忙不迭地跑去挽救宝贝的身影，老赵摇头。

唉……老爷要是还不开窍，只怕他那一批宝贝都不够大少爷糟蹋的。

隔壁廊厅，厉君御好整以暇地靠在一个博古架旁，看着已经摔在地上碎成几块的古董瓷器，唇角勾起一丝冷漠的笑。

“这……这是我的明青花连枝花卉纹豆啊！厉君御！这是孤品、孤品——全世界就只剩这么一件，这可是当年的皇家用品，我刚刚花高价从华国藏家手里收购回来的！”

厉耀阳跑过来看到满地的宝贝碎片，真是被自家糟心又败家的大儿子气死了，上次摔坏他三个宝贝，就差点儿将他气晕过去。这次，他好不容易收到新宝贝宽慰自己，结果还没焐热，又被大儿子“失手”毁了。

“厉君御，你怎么回事……这些都是珍藏，宝贝！”哎哟，厉耀阳真是气得肝疼。

厉君御却冷冷地瞥他父亲一眼：“是你的宝贝，又不是我的。这些东西摆在这儿碍事、挡路。”

“你……你……”厉耀阳指着大儿子，收到儿子冷漠的蔑视，气得说不出话。他憋到后来，憋得自己脸色青了白白了青，最后只能让赵叔把廊厅里所有的古董都收起来，然后锁好。

哼，大不了……他以后就不显摆他的宝贝了！

厉君御唇角带一丝冷漠，丢下凉薄至极的话，就冷着一张俊脸绕过厉耀阳，往客厅走。厉耀阳跟在大儿子后头，不甘心，嘴上就没停过“谆谆教诲”。结果，他刚到客厅就听到大门处传来响动。两人视线一转，看到厉君澈从门外进来，手里还横抱着一个女孩，正是睡得不省人事的阮萌萌。

“大哥，你在啊，来来来……快接一下……阮萌萌也不知道吃什么长大的，真是重死了。”

厉君澈一进门，看到他家大哥就非常上道地吐槽阮萌萌太重，喊他哥接一下。

谁知，厉君御站在原处没动，隔了几秒，才用极其冷淡的态度低声说：“重就丢下去，让她自己走。”

言下之意就是，他没空，别找他，他不抱。

他全程高冷脸，甚至连多余的眼神都懒得给窝在厉君澈怀里睡得无知无觉的阮萌萌。

“君御，你怎么说话的……萌萌这么可爱的女孩子，你会不会怜香惜玉！”

厉耀阳真是一万个揪心，老二吊儿郎当没个正形，谈恋爱能谈出九十九朵玫瑰来。老大呢，偏偏对女人没兴趣！

厉耀阳懒得管大儿子，迎上去：“阿澈，行了……你抱不动给我，我抱萌萌上去。”说着，他从厉君澈手里接过阮萌萌，掂了掂，还挺轻的……他默默想，看来老三的病还没好，所以才虚得很，抱不动。

厉耀阳低头，看见阮萌萌小脸酡红，不禁问：“萌萌这是怎么了？喝酒了？”

虽说过了十八岁可以喝酒，但厉耀阳依旧担心。

厉君澈瞥了他哥一眼，淡淡地说：“嗯，她今天特别高兴，赢了竞选所以多喝了几杯。”

“高兴”两个字，被厉君澈咬得极重。果然，他说完，就发现他哥本就僵硬的手臂肌肉比刚才更紧绷了几分。

厉耀阳听了点点头，倒觉得没什么。小女孩嘛，高兴就多喝了一点儿，算不上什么大事。于是他也没多问，抱着阮萌萌就往楼上走。

厉君御黑着脸，跟在父亲和老三身后上楼。厉耀阳和厉君澈把阮萌萌送回房间，厉君御则毫不停留，目不斜视地从他们身边走过，转身回了自己房间。

砰的一声，他把房门甩得震天响。

“你大哥今天怎么了？我怎么觉得他今天跟吞了火药一样？”厉耀阳将阮萌萌放在床上，叫来女佣给阮萌萌换衣服擦脸，自己则拉着三儿子退出房间。

“不是火药，大概是核弹。”厉君澈嘟囔一声。

厉耀阳：“你说什么……阿澈，你是不是知道什么没跟爸爸说？”

厉君澈连忙摆手：“没什么，大概是公司的事太忙了。爸，你成天陪着晴姨，公事都丢给大哥，大哥的脾气你又不是不知道，他肯定是嫌公司的人太蠢。”

厉耀阳想想也有道理：“没事没事，你二哥过两天就回来了，等他回来我让那小子这回不许走了，替你大哥分担些。”

“好了，你也早点儿睡，爸爸看看你晴姨。”说完，厉耀阳就下楼，留下厉君澈一人在走廊里。

厉君澈左右看了看，没人……接着，他闪到厉君御房门口，轻轻地敲响了门。

“大哥，你在吗？我有事跟你汇报。”

片刻后，卧室门被厉君御从里面打开。厉君澈闪进去，看到厉君御那张虽然优雅俊美，却透着冰凉冷意的脸，头皮不由得一紧。

“大哥……我刚骗爸的。”为了不被牵连，他连忙报告，“棉花糖没喝酒，她滴酒都没沾，一整晚都喝的饮料。但是……可能是心情不好，就这样，还是醉了。”

厉君御挑眉，冷冰冰的，不置一词。

厉君澈无语，大哥怎么这么冷淡？他还以为，大哥对棉花糖有点儿意思……但现在看起来漠不关心，好像又不是。厉君澈蹙起俊秀的眉，正纳闷，就听他哥低沉冷漠的嗓音响起。

“她喝没喝酒，醉不醉跟我没关系。厉君澈，你大晚上不睡觉，跑过来就为了说这些没营养的话，嗯？”

厉君澈：“……”

不是吧大哥，这不是你想听的吗？美少年觉得自家大哥太难搞了。他用一种狐疑的眼神看向厉君御，试探性地说：“哥，棉花糖今天哭了……”

厉君御：“……”

他依旧沉默，表情冷淡。

“她还被景家大少爷抱了……抱在怀里哭那种抱。”

厉君御：“……”

男人孤高冷峻的面容未变，只是墨玉般的瞳孔里闪过一抹阴鸷。

“棉花糖还当着其他人宣布，跟你分手了。你不是她男朋友，也不是她未婚夫，假的那种也不是。”

厉君御：“够了——”

如果眼神可以杀人，厉君澈敢肯定，他大概已经被他哥森冷锐利的眼刀凌迟了千百遍。

“阮萌萌的事与我无关，以后不许在我面前提她。”低冷至极的嗓音带着一股浓浓的嫌弃。

可是，这种嫌弃在厉君澈听来，却有股酸酸的味道。

“好吧，我知道了……”可惜他可不敢在他大哥面前点明。美少年点点头，准备出去，刚转身，却被自家大哥寒着嗓音叫住。

“大哥，还有事？”厉君澈回头，澄澈的眸子闪着光。哎哟，他都不知道自己这是怎么了，短短一个月，就从事不关己的冷漠少年变成了八卦因子躁动的助攻王。

厉君御冷冷地瞥了他一眼，薄唇轻启：“你们……最近有考试吗？”

考试？厉君澈面露惊愕，还以为他大哥憋不住，要问棉花糖的事，原来只是问考试。他想了想，点头：“这周五有例行周测……哦，明天应该也会有个小测试，三年级了，考试多。”

厉君御听了点点头，什么话也没说就让厉君澈走了。

厉君澈满心狐疑，不明白他哥突然问这个干什么。

等他离开，厉君御面色冷漠地走进浴室。片刻后，他带着满身的水汽，裹着浴袍出来，关灯、锁门、上床睡觉。

夜已深，一片寂静。

突然，睡到一半的厉君御从大床上坐起来。他眸子里凝结的寒霜一点儿一点儿退去，片刻后，他走到卧室门口，单手拧开了反锁的卧室门锁。

一小束微光，从走廊外倾泻进来。

这一晚，厉君御没有关门，穿着浴袍躺在大床上假寐。

第二天阮萌萌醒来，脑袋有点儿疼。

“奇怪，昨天也没喝酒……怎么就晕乎乎的。”她一边揉脑袋，一边往浴室走。

前一晚，她担心自己肚子里有宝宝，根本不敢沾一滴酒精，喝的全是饮料。但是，大概是应了那句酒不醉人人自醉，闷在 KTV 里胡闹，室内开了暖气，心情又憋闷，闹到后来，她就觉得困了，直接睡了过去。

她站在镜子前，看着镜子里的自己，眼睛还有些肿，不过昨晚睡眠充足脸色倒还好。阮萌萌用冰毛巾敷了敷眼睛，看起来差不多了。

“该面对的人，总要面对……平常心平常心。”阮萌萌嘟囔着拉开卧室门，准备下楼。

谁知，她一拉开门，就撞见正从卧室里走出来的厉君御。阮萌萌微微一怔，立刻想到应该用平常心对待厉君御。他们又不是仇人，只是撇清情侣关系，不再作假，她最多不过是以后不能喜欢他了……正常对待就好。

阮萌萌想到这儿，抬手，朝厉君御挥了挥：“早上好，大哥。”好久不叫的称呼，又换了回来。

然而，厉君御面无表情地从阮萌萌身旁走过，连个正眼也没给她，仿佛只把她当成一个无关紧要的陌生人。

“……”

阮萌萌悬在半空的手缩了缩。她看着厉君御透着疏离冷漠的背影，手一点儿一点儿垂了下来。好吧，是她提的分手，就算是假的关系，大概也让高高在上的厉大少伤了自尊。他不理自己，也是应当的。阮萌萌轻轻叹口气，重新收拾好心情，跟着下楼。

楼下餐厅。

“大少爷，你看起来好像没睡好啊，是不是昨晚又熬夜了？”赵叔替厉君御拉开座椅，发现大少爷眼下有些阴影，忍不住关心。

“公司里的事，已经处理了。”厉君御坐下，态度冷冰冰的。

早就候在一旁的凌东却觉得纳闷。

大少爷上次发脾气，把公司里略显散漫的那些人从上到下整治了一顿，最近，好像没什么公事需要熬夜处理吧？

正在这时，阮萌萌，还有厉君澈、厉君玺都下来了，看人多，凌东退到一旁，便未多问。

整个早餐时间，大家在一种诡异的安静中度过。阮萌萌埋头吃，不说话。厉君御更是冷漠得吓人。厉君澈吃他的甜品，一句话都不敢多说。唯独厉君玺小朋友什么都不知道，看看他大哥，看看他姐，总觉得这两人看起来奇怪得很。

吃过早饭，厉君御换了辆迈巴赫直接去上班。

至于阮萌萌……

她站在厉园门口，婉拒了厉君澈邀她上车的提议。

“我……我早饭吃多了，我跑步去学校。”

厉君澈：“……”

阮萌萌不是伤心过度了吧，从这里去学校开车都要半小时，她……她跑步？

“好了好了，你快走吧，别管我……”阮萌萌推着厉君澈上车，又指挥司机把他送走。

她看到厉君澈的车终于看不见了，才左右看看，跑出厉园，找了棵大树往后一钻，迅速脱下校服外套塞进书包，又从书包里抽出另外一件外套，套在身上。不过一会儿，阮萌萌特意化了个浓妆，改变了发型，看起来比实际年龄成熟，就从树后走了出来。好了，这样应该看不出她是谁了。

阮萌萌做好准备，低着头，走进了一家大型超市。在超市里拿了一车的东西，又在柜台附近磨蹭半天，最后她终于鼓起勇气，从柜台前面的小货架上抽了一根验孕棒。可惜她因为太紧张，手忙脚乱间用力过大，货架被她一碰顺势倒了下去。

哗啦——一整柜的验孕棒掉在地上，引来周围众人的注目。

阮萌萌连忙拉起外套，遮住脸。丢脸，真是丢脸死了！

“这位小姐，不好意思，请到隔壁柜台结账。工作人员需要清理这边的货柜……”一位工作人员过来，指引阮萌萌。

阮萌萌本就化了浓妆的脸更红了。阮萌萌点点头，话都不敢多说一句，她推着自己的小车走到隔壁。

那根被她拿下来的验孕棒，因为她太紧张，没注意，放在了小推车最上面。等她埋着头推着车到隔壁，才发现她前面已经有一个人正在结账，从背影看是一个身材高大修长的年轻帅哥。那背影看起来，还有点儿厉君御的影子。

不过，他手上拿的那盒东西是什么鬼？

避孕套！

跑超市就为了买一盒避孕套，阮萌萌顿时觉得，这个人跟厉君御那种修道士一样的男人根本不能比。

超市女厕内，看着验孕棒结果的阮萌萌，好半晌回不过神。

两条红线……居然是两条红线……

一条，没怀。

两条，怀了。

她，她真的怀上了！

阮萌萌摸着肚子，觉得呼吸越来越重，重得都快喘不过气。也不知过了多久，手机突然响了。铃声乍然响起，吓得她把手里的验孕棒甩了出去。阮萌萌连忙手忙脚乱地翻出手机，顺便将掉在地上的验孕棒捡起来，随手扔进垃圾桶。

“喂……”她夹着手机，边洗手边接电话。

“阮萌萌——”高汉秋中气十足的声音从听筒那头传来，“我的小师妹，我的小祖宗……你说早自习请假，我给你批了。现在第一节课都快下课了，你怎么还没来？你不知道大课间学生会要安排巡视啊？你今天才第一天上任，就开空窗……”高汉秋真是为自家小师妹操碎了心。

阮萌萌听到他的话才想起来这回事。都怪她，自从验孕棒的结果出来之后，她就拿着那根小棒子，在厕所里发呆了将近一个小时，完全忘记了学校的事。

“好好好，老高你别急，我这就过来。”

阮萌萌卸了妆换回校服，慌慌张张地赶回学校。

人虽然到了，但一整天她却跟丢了魂似的。她浑浑噩噩地安排了学生会工作，又浑浑噩噩地应付完随堂测试，最后到了放学时间，还浑浑噩噩地上错了车。直到她反应过来，她已经在厉君澈的车上。

“棉花糖……我跟你说话，你听到没？你傻了吗？喂……”身旁的美少年托着腮，一边咬着车上小冰箱里备好的焦糖布丁，一边叫阮萌萌。

见她半晌都没反应，他越发觉得今天的阮萌萌非常奇怪。

她在学校里魂不守舍，上了车也一副心事重重的样子，这样看起来，百分之百就是为情所困，受了情伤。唉，她既然那么喜欢他哥，又何必分手呢？

无奈，厉君澈伸手摇晃她：“喂，棉花糖……喂……”

“啊？你叫我？你说什么……”手臂被厉君澈摇了几下，阮萌萌终于清醒。

美少年没好气地叹气：“我说，待会儿我二哥见到你，肯定会调戏你。不过你也别怕，他人不坏就是喜欢撩人。反正，他说什么，你都别信，更别见他长得帅就犯花痴。”

“什么——你、你二哥？”阮萌萌睁大眼，一脸惊恐地看向厉君澈。

“是啊，二哥提前回来了。今晚的饭局就是给他接风的，喏，就快到了。”

厉君澈抬起下颌，指了指前方。阮萌萌顺着他下巴指的方向往前看，看到前方路旁高耸的建筑，才突然发现，他们居然已经到了七星君御酒店门口。

等等，七星君御酒店？这不是那一晚，她把厉家二少爷什么什么了的地方吗？

重临“案发现场”，还要跟“受害人”见面，阮萌萌还没下车，腿已经软了。

“厉君澈，我……我能不能不进去？”临下车，阮萌萌扯住厉君澈的衣袖可怜兮兮地问。

“为什么不去？父亲特别吩咐要把你带上，他说你现在也是我们家一分子，不能少。”

厉君澈觉得阮萌萌完全就是捣乱，平时在家里也没看她这么害羞，怎么出来吃个饭还磨磨蹭蹭的。他也不管她，死拽着她下车。可阮萌萌，哪是厉君澈拽得动的。她死死扣着车门，恨不得把厉家那辆专门接送三少爷上下学的宾利的门板扯变形。

突然，一个极其低沉的嗓音从两人身后传来。

“厉君澈，谁让你在酒店门口闹事？”

阮萌萌跟厉君澈同时转头，正对上厉君御幽冷深邃的黑眸，只见厉君御面无表情地站在他们身后，一脸的寒气。

“大、大哥……”厉君澈一见自家大哥，连忙松开阮萌萌。他不但松手，还顺势举起双手，做出投降的姿势。

阮萌萌整个人也跟定住了一样，看着厉君御好几秒没敢动。她也不知道为什么，早上还说平常心面对的，可现在乍一撞见，心脏却狂跳个不停，不是悸动，而是那种被吓得半死、恨不得找个洞钻进去的心虚慌乱。

不过幸好，厉君御只是淡淡地瞥了一眼厉君澈。

他看向厉君澈，目光微凉：“快点儿进去。”他说完，就冷着一张俊脸走进酒店大门。

自始至终，他就像完全没注意到阮萌萌这人一般，连个眼神都懒得给她。

咯——美少年轻咳一声，感到一丝尴尬，想补救一下：“棉花糖，我哥他其实……”

“没事，我明白。厉大少纡尊降贵帮我忙，让我占他便宜用他女朋友身份解围……我不知道感激，还主动提分手，是我不识抬举浪费了他的好意。他不理我，正常现象。”说到这儿，阮萌萌轻轻一笑，露出两个可爱的酒窝。

她拍拍厉君澈的肩膀：“放心吧，我没事……这样不也挺好的吗？他不理我，也省得我老被他管教……你知道，你哥很可怕的。”

厉君澈：“……”

好吧，他还以为大哥那样冷淡会伤到棉花糖，但看她眉眼弯弯的样子，好像也没受什么影响……看来，是他多想了。

“不过……”阮萌萌说到这儿，话锋一转，“你看你大哥连看都不看我一眼，肯定很嫌弃我。要不，今晚的饭局我就不出现了，省得败坏他胃口。”说着，她就趁机想钻回车里。

“不行，你给我下来……”厉君澈从后面抓住阮萌萌的衣领，仗着身高优势，就像拎小鸡一样拎着她。

厉君澈：“父亲让我必须把你带到，你不去，我会被他烦死……”

阮萌萌：“别、别啊……你让我回去吧，我真的不想去……你放开我，我给你买十根棒棒糖！”

厉君澈：“不行——”

阮萌萌：“五十根！”

厉君澈：“不……”

阮萌萌：“一百根！”

厉君澈：“……”

最后，在经过一番天人交战后，美少年厉君澈还是把阮萌萌硬拽进了酒店餐厅。没办法，他虽然非常垂涎一百根棒棒糖，但比起棒棒糖，自家老爸和大哥显然更恐怖。

第十六章

给厉君御“选妃”

“棉花糖快点儿。”厉君澈催促。

阮萌萌跟在他身后，低着头，都不想抬头。她都不知道自己上辈子造了什么孽……别人是前怕狼后怕虎，她是前怕厉君御，后怕厉君廷……

厉君澈只是用“向厉君御告状”威胁她，她就乖乖地跟了过来。

侍应生推开包房门，厉耀阳乐呵呵的声音便传了出来：“好了，萌萌和阿澈也来了……君廷，这就是我跟你提的萌萌。你还没见过，来来来，我给你们介绍。”

厉耀阳笑着走过来，牵起阮萌萌的手。

“萌萌，来，跟叔叔过来，叔叔给你介绍——这是叔叔的二儿子，君廷。”

厉叔叔亲自介绍，阮萌萌就算再怎么想降低存在感，这时候也不得不礼貌性地顺着他手指的方向抬头。一抬眼，她就看见站在桌边那抹颀长挺拔的身影。

这是一个非常年轻的男人，身形和厉君御有些相似，但仔细一看，他似乎比厉君御稍稍矮了那么一点儿。五官俊美无俦，只是比起总是冷着一张脸、高冷禁欲的厉君御，这个年轻男人的五官更加邪肆俊美，眉眼深邃中含着一丝玩世不恭的笑意。他站在那里，只微微勾唇，就透出一股撩人的气息。

作为颜控的阮萌萌，险些迈不开腿。但一想到这人就是厉君廷，是她……是她睡过的那个厉君廷。

“你好，我是阮萌萌……”阮萌萌草草打了个招呼，又迅速低下了头。

可惜厉君廷好似并不打算就这么放过这个“家庭新成员”，大长腿往前，他凑到她跟前。

“呵，很可爱啊。”厉君廷磁性撩人的嗓音响起，“老三，这么可爱的女孩子，你怎么没吃掉？不觉得她很像某种甜品吗？”

厉君澈默默抬头，以一种诡异的眼神瞥了一眼他家不怕死的二哥，果然，一见面就开撩，也不怕撩到铁板。

厉君廷见老三没搭话，也不觉尴尬，邪肆的唇角上挑。他忽然弯下腰，俯身下去，用修长的食指勾起阮萌萌低垂的小下巴。

阮萌萌全程处于蒙的状态，水亮的杏眸怔怔地眨了眨，她几乎僵在当场。厉……厉二少……他……他该不会想起什么了吧？！以为自己的秘密被厉君廷发现，阮萌萌动也不敢动地盯着那张忽然靠近的俊脸。

谁知，厉君廷盯着她娇美可爱的小脸蛋看了看，唇角忽而扬起一抹漂亮的弧度，他对她笑。

“萌萌……不介意我这么叫你吧？记住，我是君廷，以后你就叫我廷哥哥或者君廷。遇到任何麻烦都可以找廷哥哥帮忙，廷哥哥最疼像你这样可爱的女孩子了。”

“叫什么廷哥哥，叫二哥……”厉耀阳一巴掌拍在儿子的后背上，“小兔崽子，我可警告你，别拿外面那套来逗萌萌！”

“爸，现在都什么年代了，谁还叫二哥那种老土的称呼。再说了，女孩子就是用来疼的，萌萌这么可爱，我疼还来不及，怎么会逗她……”说着，他大手一捞，就将脸色羞红，完全不敢动弹的阮萌萌揽入怀里。

厉君廷侧眸低头，似乎是想跟阮萌萌咬耳朵。正在这时，一只微凉的大手突然扯住厉君廷的后衣领，毫不犹豫地将他甩到了一边。

“你——”厉君廷差点儿没站稳，一个踉跄回头，正要发火，却对上一张寒气凛然的俊脸。

厉君御清冷的黑眸中盛着寒冰，森冷刺骨，他几乎一个抬眸，便能让人如坠冰窖。

“大哥，你就这么给弟弟接风，嗯？”厉君廷挑了挑眉，也不生气，却吊儿郎当地呛他哥。

厉君御淡淡地瞥了他一眼，声音沉静而冷淡：“要接风就坐下吃饭，这是家宴。”说完，他脸色阴沉地入席。

厉君廷蹙眉，不怕死地跟过去：“又是公司里哪个不长眼的蠢货惹你生气？怎么跟吃了炸药一样……”

阮萌萌见两人走开，悄悄松了口气。小厉君玺这时候跑过来牵她，她跟着厉君玺，和厉耀阳、厉君澈一起落座。几人才刚坐好，就听见厉君廷对厉君御说：“大哥，作为你弟弟，我真的很为你的终身大事着急。老实告诉我，你是不是对女人没兴趣？还是说，你其实有什么难言之隐，那方面不行？”

话音刚落，空气就像突然凝固一般，倏地安静下来。原本开了暖气的包房，瞬间冷到冰点。

厉耀阳脑仁疼，恨不得拿根针把厉君廷的嘴巴缝上。这小兔崽子，每次都这样，一见自己大哥就喜欢挑事。

他正想劝和，却听见大儿子犹如从炼狱冰窖中传来的嗓音低冷地响起：“我行不行，自然有我的女人知道。你，管好自己。”

“你的女人，谁？你什么时候都有女人了……”厉君廷顿时来了兴趣。

厉君御用冷漠冰凉的墨瞳瞥了厉君廷一眼，并不搭理他。

厉君澈听懂大哥的话，双眸突然发亮，猛然看向阮萌萌。难道大哥跟棉花糖都已经到了那种地步？！

阮萌萌：“……”

她微微一怔，立刻低头，一张小脸羞得泛红。

她真不知道厉君御行不行啊……

她又不是厉君御的女人……

她、她都没跟他上过床，他们就是亲过而已。厉君澈那臭小子，能不能不要用那种眼神看她！

幸好，其他人的焦点都在厉君御和厉君廷两兄弟身上，错过了阮萌萌慌张又羞赧的神色。

“哥，你有女人的话，正好……我有礼物送你。”厉君廷见厉君御完全不搭理他，顿时起了戏谑之心。

他从外套口袋里摸出一盒东西，啪地甩在桌上。

一个银色的上面写着“超薄”“XXL”等字样的小盒子，出现在饭桌上。

阮萌萌听到声响，好奇，跟着抬头，视线无意识地落在桌上，看见了一盒有些眼熟的东西，接着……在所有人都始料未及的情况下——

“啊！”

阮萌萌大叫一声，两只小手捂住脸，她猛地蹲下，藏到了桌子底下，所有的血液都无法克制地往她头顶上冲，她本就羞红的小脸涨得通红。阮萌萌简直不敢相信，世界上怎么会有这么狗血倒霉的事！

原来今天早上她在超市里结账时，碰见的那个只买了一盒避孕套的家伙——就是厉君廷！

她今天早上买验孕棒的时候，会不会被厉君廷看到？会不会被厉君廷发现？会不会被厉君廷认出来？

不，不会的，不会那么巧……

她早上化了浓妆，跟现在不一样，厉君廷不一定能认出她。

对，对，不会的，不会的……

虽然拼命安慰着自己，但异常心虚的阮萌萌蹲在桌子底下，她捂脸——完全不敢出去。

“厉君廷——”桌边，这时已回神的厉耀阳，一巴掌拍在儿子的肩膀上。这糟心孩子，没事拿那种东西出来干什么！

“萌萌是个女孩子，快把你那盒东西收回去……无端端拿出来，吓坏人家小姑娘！”

厉耀阳训完人，又去安抚躲在桌下的阮萌萌，全程忘记了，在场的人除了阮萌萌之外，其实还有一个年仅八岁的初级学院生也需要关怀。厉君玺小朋友才八岁呀——其实，也很不适合看到那种东西。

“萌萌，别怕啊……”堂堂厉家掌权人蹲下来，把头探进桌子底下，“叔叔已经教训过君廷了，让他把东西收起来。你放心，那臭小子要是再敢乱来，叔叔肯定收拾他！”

“姐姐……”一道小身影，这时候也钻进来。厉君玺小朋友仗着“身矮的优势”钻进桌底，抱住他姐的手臂：“姐姐，就是一盒巧克力而已，你平时也吃巧克力啊，没事的。”

男童精致漂亮的脸上写满狐疑和担心，在他心里，能随随便便打上王者的姐姐简直就是大神的化身，这样的大神，为什么会害怕一盒巧克力呢?

巧、巧克力？！

想到厉君玺小朋友把那盒东西误认为是巧克力，阮萌萌的脸更红了。而除了神色冷漠的厉君御以外，其他人都是一脸尴尬。

“好了小玺，你先让开，让你姐姐出来。”厉耀阳头疼。

大儿子冷漠，二儿子花心，三儿子嗜糖，小儿子单纯。明明都是他的儿子，怎么差异那么大。

他叹口气，哄着阮萌萌：“萌萌你快出来……放心，有叔叔在这儿，不会有事。”

“厉叔叔，我没事……”阮萌萌脸蛋滴着血一样红，掩饰道，“我……我就是有点儿不太舒服，我能不能先回家？”阮萌萌躲在桌子下面，对蹲下来跟自己说话的厉耀阳恳求。

她稍稍抬起眼眸，小手捂着脸，只露出一对湿漉漉、亮晶晶的杏眸，看起来就跟可怜的小兽一样。厉耀阳一看，心就软啦……

哎哟，还是女孩子可爱啊，他养的四个儿子真是一个比一个糟心。

“行行行，你不舒服叔叔让人送你回去。乖啊，我们别怕，先出来。”在外面雷厉风行的厉耀阳，对着阮萌萌是又哄又劝。

阮萌萌听到厉叔叔终于答应让自己先走，顿时松了口气。

她跟着厉君玺从桌子底下钻出来。

她一站起来，就发现除了厉君御之外，厉君廷和厉君澈的目光都落在自己身上。阮萌萌发现厉君廷在看自己，立刻条件反射地扯起校服领口，遮住半张脸。

丢人，好丢人……想到自己一个把持不住钻到桌下去的行为，她粉扑扑的小脸更红了。

厉君廷看向阮萌萌的目光，本来只带了点儿戏谑和玩世不恭，但当阮萌萌扯起校服，遮住半张小脸的时候，他如墨的黑眸却冷不防地眯了起来。厉君廷凤眸低垂，眼底闪过一抹玩味。

"咳，君御……萌萌不舒服，要不你先送她回去？"厉耀阳清了清嗓子，尝试性地问道。

老大冷是冷了些，但好歹沉稳可靠。

把刚刚受到惊吓的小姑娘交给其他人，厉耀阳不放心。

听到厉耀阳的话，阮萌萌的小身子陡然一僵。而厉君御抬起一双冷眸，凉飕飕地扫向阮萌萌涨红的小脸。

大儿子的脸色阴沉不定，还透着一股活像人家欠了他几十亿的凛冽寒气。厉耀阳也只是尝试性一问，心里猜测大儿子多半会拒绝。谁知，两秒后，厉君御神情冷漠地站起身，迈着两条大长腿往外走："要走就快点儿。"他全程没多看阮萌萌一眼，大长腿跨出一步是阮萌萌的两步，但他走过她身边时却似乎放缓了速度。

阮萌萌愣了愣，不敢跟上去。她想回头跟厉叔叔请求换个人，谁知小眼神一转，正好对上厉君廷微眯的凤眼，粉扑扑的脸蛋顿时爆红，她哪还敢多话，三步并作两步，立刻跟在厉君御屁股后头走了。

厉君御腿长，脚步不停，阮萌萌连蹦带跳，一副生怕掉队的样子。她蹦蹦跶跶，就跟跳脱的小兔子一般，一边追一边埋怨厉君御气量小，就因为跟她撇清关系了，走路都不知道慢点儿等等她。

当两人往包房外走时，厉君廷的目光正黏在那一高一矮的身影上。

有意思……

他家那位生人勿近，能让方圆十里自动结冰的制冷机大哥，居然也会纡尊降贵地送女孩回家。更不要说，在他经过那可爱的"小蜜桃"身边时，分明还微不可察地放缓脚步。

厉君廷那双跟厉君御极其相似的凤眸，往上一挑，邪肆的唇角勾起了诡异的弧度。

回厉园的车上，凌东坐在副驾驶座上不停地擦汗，总觉得车上的气氛无比诡异。自从上车后，坐在后座的大少爷和大小姐就没开口说过一句话，就像冷战的情侣。

呸呸呸——他这是想到哪儿去了？

凌东摇摇头，但心里还是感到纳闷……明明之前两个人还挺好的。大少爷甚至让厉盛集团出资，赞助大小姐的学生会竞选，对她的关心更是超过了几位少爷。正在这时，后座传来一阵悠扬的手机铃声。凌东偷偷从后视镜里往后看，原来是大小姐的手机响了。

与此同时，阮萌萌低头，发现手机屏幕上显示的来电人是景易峥。她略一犹豫，接起了电话。

"喂，景大哥……"属于少女的绵软嗓音在车厢内响起，顷刻间，便打破了这满车厢的霜华。

而坐在阮萌萌身侧，一直蹙着眉，好似在闭目养神的厉君御，墨色的眉峰顿时比刚才皱得更紧了。

电话那头，景易峥慵懒温柔的嗓音响起："学生会筹办万圣节舞会的事，小宝刚刚告诉我了。资金和场地方面的问题，你们不用担心，做好策划书和预算后直接交给我的助理。这是你们第一次筹办活动，预算无上限，当作我送给你们的贺礼。"

"真的吗？"原本还缩在车角一言不发的少女，顿时露出惊喜的表情。

"太好了，景大哥你真是个好人，谢谢你！"娇美的嗓音就跟她吃了蜜一样甜。

这样可爱软绵的声音，听在其他人耳里，只觉得甜滋滋的——只是坐在她身边的"制冷机"除外。某厉君御牌"制冷机"，听到少女甜软的嗓音后，只觉得一股又一股酸气从心底冒了上来。

正在这时，电话那头的景向劲抢过他哥的手机，对着阮萌萌大喊：“萌主……万圣节舞会，记得告诉小澈澈让他穿女装！愿赌服输，可不能让他耍赖！”景胖子的嗓门很大，即使不开免提，透过听筒，大家也能在极端安静的车厢内把他说的话听得清清楚楚。

坐在前排的凌东额角又是一抽。

三少……女装?

凌东默默脑补了一下，别说，三少那种漂亮的美少年，要是穿女装说不定比那些女明星还好看。

他正想象着，手机里又传来一声吼：“对啦，萌主……万圣节舞会当天的开场舞，你有没有找好人陪你跳?你可是新上任的学生会会长，按照传统要负责开舞的！”

“呃，我……”阮萌萌默默汗颜。

胖子怎么哪壶不开提哪壶，她并不打算在厉君御面前商量这种事啊。可惜，电话那头的景胖子，显然领悟不到萌萌的尴尬，还在自顾自地说：“你要是找不到人陪你开舞，你看我怎么样?你别看我胖啊，其实我是个灵活的胖子，国标、华尔兹、恰恰样样拿手，全是我小时候学过的……”

阮萌萌：“……”

胖子这不要脸的毛遂自荐，差点儿让她绷不住，在厉君御面前笑喷出来。

“哎哟，哥……你干吗敲我头。”电话那头，忽然传来胖子吃痛的叫声。

紧接着，咋咋呼呼的声音就被景易峥磁性温柔的嗓音取代：“萌萌，别听小宝乱讲。他不能跳开场舞，那天他要陪着灵溪。”

“……”

阮萌萌默默在脑海里想象了一下，肉山状的景胖子跟瘦弱的叶灵溪跳舞的场面，呃……不得不说，那样的场面很有视觉冲击力。

“不过跳舞的事，你不用担心。那天我有空，开场舞景大哥陪你跳。”磁性慵懒的嗓音带着一点儿低沉的温柔。

景易峥主动邀约陪阮萌萌开舞的声音，从手机听筒里传了出来，原本就极度安静的车厢顿时更加安静了。车门明明紧闭着，车内还开了暖气，但瞬息之间……这狭小的车厢内仿佛充斥着十级暴雪的前兆。

冷，很冷……

阮萌萌下意识缩了缩脖子，侧眸去看厉君御。但她转头过去，却看到厉君御一脸冷漠地坐在另一侧，五官冷峻淡漠，但也不算阴沉难看。她想了想，这人平时就这样，一副孤高清冷的模样，坐在身边本来就是制冷机般的存在。他又怎么可能因为听到别人邀约她跳舞而不高兴呢？

对，一定是她想多了……

喜欢他的人是自己，他又不喜欢自己。想到这儿，阮萌萌低头对电话里的人说："这样的话，那就麻烦景大哥了……"

两人又客气了几句，阮萌萌才笑着挂了电话。

"哼——"

她刚挂断手机，一声微不可察的冷哼就从身畔飘了过来。

阮萌萌蹙眉……别以为她没听出来，厉君御刚刚那声冷哼里暗藏的嘲意！

"厉君御，你哼什么？"阮萌萌不高兴，转头看向厉君御，结果这一看，差点儿吓了一跳。

刚刚还闭目养神，上车后连个多余眼神都没放她身上的男人，不知何时已经转眸看了过来。此时此刻，他正用那双幽冷黑沉、深不见底的冷眸直勾勾地睇着她。他凝视她的眼神，冰冷锋利，犹如寒霜。

对上这样的厉君御，阮萌萌顿觉喉咙微哑。而厉君御，看着阮萌萌那张莹白中透着忐忑的小脸，冷沉沉的墨瞳不悦地眯了起来。

果然是只养不熟的小奶猫——跟景易峥那个男人说话的时候，就软着嗓音，带着甜笑，就连跟那个胖子说话，声音也软软的，可爱得紧。她看到老二会害羞脸红，跟老二一个眼神对视，水灵灵的杏眸就透着羞涩，扑闪扑闪诱人至极，而跟他在一起，不是顶嘴，就是拉着一张小脸，透不出一点儿笑意。

想到这些，厉君御本就冷淡的脸色越发阴沉。

正好车子停在了厉园门口。

厉君御大手拉开车门，他扔下一句“你听错了”，生着闷气，头也不回地甩上车门。

留下阮萌萌一脸愣怔，好半天没反应过来，厉君御这到底闹的哪门子脾气。她好像没招惹他吧？

正在这时，坐前排的凌东转过头来，遮住嘴小声说：“大少爷可能是喉咙不舒服——小姐，他‘哼’了，你没听错。”

阮萌萌：“……”

唉——回到卧室的阮萌萌，坐在大床上叹气。

现在的情况，内忧外患。姐姐留下的那家珠宝和服饰公司，她心里一直记挂着，却挪不出时间去查。学校里，虽然她赢了选举，但阮娇娇一直虎视眈眈地盯着她……就想等她出错。厉家这边，跟厉君御的事暂且不提了，可是厉君廷……还有爷爷定下的股份继承要求……还有就是最重要的，她肚子里的宝宝！

如果肚子一天一天大起来，宝宝肯定会被厉家人发现，到时候她要怎么解释，怎么瞒？

如果厉家人要她打掉孩子怎么办？还有还有，她又该怎么面对厉君廷？

太多太多的烦恼纷至沓来，觉得头疼的少女，抱着枕头在床上打滚，想着想着，就累得睡了过去。

少女躺在铺着蕾丝床罩的公主床上，恬静香甜的睡颜，仿佛坠入凡间的精灵，甜美可爱。也不知睡了多久，她卷翘的睫毛动了动，又动了动……

阮萌萌慢慢清醒，睁开眼——隐隐约约感觉，窗前似乎有道高大的身影。

谁！

她猛地惊醒，立刻从床上坐了起来。

“你——”阮萌萌倒吸一口凉气，两手下意识拢住领口，一脸惊悚地看向落地窗前那道修长挺拔的身影。

那个背影，那个人是——

阮萌萌吓得心肝乱颤。听到声响，男人转身，侧眸看来，邪肆优雅的唇角勾起了玩味的笑。

“Hi，小蜜桃……我们又见面了。”

“你……你要干什么？”阮萌萌吓得心肝乱颤，下意识拉起衣领，往后缩。

她心里乱成一团，不知道厉君廷忽然出现，是不是因为认出她就是那晚的人，来找她兴师问罪的。不过，那天晚上，酒店套房里黑漆漆的，她只能在一片漆黑中，隐约看出厉君廷五官深邃，轮廓俊美锋利，但具体长相如何却看不清楚。而他就更不可能看到她的脸了。

对，镇定，镇定……他认不出你的，想到这儿，阮萌萌不由得松了口气。

她放下刚才的胆战心惊，坐直身子，故作淡定地说：“厉二少，这里是女孩子的房间，你不该随便闯进来，更不该……翻窗。”

门是关上的，大落地窗旁侧，却有一扇半人高的小窗打开了缝隙。她进屋的时候没开窗，所以很显然，某人是爬窗进来的。

“走大门进来不方便，被人看见就不好了。”厉君廷勾唇一笑，狭长的凤眸里闪过薄光。

什么叫“走大门进来不方便，被人看见就不好了”？

厉君廷想干什么？想对她做什么？他要做的事情，已经到了敲门进来都不行的地步吗？

正在阮萌萌一脸蒙时，厉君廷右手插兜，迈开长腿走了过来，然后，在她愣怔的目光中，坐在了松软的床上。紧接着，他右手从兜里伸出来，将一盒东西扔到她面前。细细长长的一个纸盒子，就扔在她蜷起的脚边。纸盒子上赫然写着“早早孕快速检测试纸”的字样。

阮萌萌的脸霎时就白了。

厉君廷勾唇，邪邪一笑：“原来早上的人，真的是你——浓妆艳抹的验孕棒小姐。”

验孕棒小姐！

“你……你……”阮萌萌低头看着验孕棒，又抬头看向厉君廷，粉嫩的小嘴早已没了颜色，微微张着，一脸震惊。

“怎么……你就没有什么要对我交代的，嗯？”厉君廷墨眉微挑，略显邪魅的声音又响了起来。明明是分外邪肆慵懒的嗓音，但在阮萌萌听起来，却犹如丧钟。

厉君廷居然真认出她了！被他知道她怀了宝宝，那她该怎么办？

不，镇定……他应该只猜到她怀了宝宝，却不知道她就是那晚的女人。

对，厉君廷不可能知道！

阮萌萌如此想着，却听到厉君廷邪魅磁性的嗓音再次响起：“孩子的父亲是谁，我想……我应该有资格知道。”话音落下，厉君廷就好整以暇地欣赏起少女脸上的慌乱和无措。

呵……他果然猜对了，小蜜桃跟大哥的关系不简单。怪不得他家那个制冷机，在饭局上会说那样的话，又会心甘情愿地送她回家。原来，这颗小蜜桃早被他家大哥吃干抹净了。

唇角扬起一抹邪肆的弧度，厉君廷猜他就快要有小侄子了。

而听到厉君廷这番话的阮萌萌，却完全会错了意。她乱了，彻底乱了……

孩子的父亲……他有资格知道？

对，厉君廷当然有资格知道，因为他就是——

阮萌萌吓得心肝脾肺肾全都一抽一抽地痛，她没想到，自己只不过是做了一次坏事，刚跟“受害者”见面，就被对方给抓了个正着。现在，阮萌萌漂亮的小脸皱在一起，心里懊悔、愧疚、慌乱，五味杂陈。

几秒之后，阮萌萌就像是忽然下定了决心似的，抬起头。她用那双晶晶亮亮的杏眸，一眨不眨地盯着厉君廷。

“二少……我承认，是我对不起你！一个多月前的那个晚上，我不该闯进酒店总统套房把……把你给睡了。对此，我愿意道歉，随便你怎么骂我、打我、处罚我都行……但是，这个孩子，我必须留下！”

“你……把我给……睡了？”作为万花丛中过，片叶不沾身，有多年行驶经验的老司机，厉君廷厉二少，还是第一次在女人找上门，说怀了他的骨肉时露出这一脸蒙的神情。

“是是是，我知道，我对不起你。厉二少，我真的知道错了……”阮萌萌点头如捣蒜，小脸绯红，眼眶里甚至有泪光闪过。她不是爱哭的性格，但面对厉君廷，真的是羞愤得恨不得抱着他大腿痛哭。

她错了！别说是道歉，就是让她喊爸爸，她都愿意啊！

“你等等，等等……”厉君廷叫住阮萌萌，“你把事情给我交代清楚，前因后果到底怎么回事。”他虽然还有点儿蒙，但心里却有大致的轮廓——这恐怕是一场惊天大的乌龙。

“我……”阮萌萌眨巴眨巴眼，小脸涨得通红，杏眸水汪汪的。

这种事，让她怎么交代清楚……她就算脸皮再厚，面对厉君廷也是会歉疚害羞的！

厉君廷故作严肃地板起脸：“小蜜桃，睡了我的人是你。你甚至还瞒着我偷偷怀上了孩子……难道不需要跟我交代清楚，嗯？”

阮萌萌愕然。

是啊，对不起厉君廷的人是她，作为受害者，他的确有权知道事情的前因后果。阮萌萌抿了抿唇，只能把自己那天是怎么找死党弄到他的行程，怎么进的酒店……略过睡他的具体过程，前前后后的事全都仔细讲了一遍。

“二少，真的很对不起……我知道自己的行为肯定会给你造成了困扰。不过你不用担心，这个孩子我不会让任何人负责。我可以自己生下来养大，保证不会给你带来困扰，也不会打扰你的生活。我当时根本不知道妈妈还活在世上，生下这个孩子只是想要继承我姐的产业和心血……”

就在阮萌萌一口气说出前因后果，再动之以情晓之以理，希望厉君廷能让自己留下这个孩子的时候，一阵爆笑突然响起。

“哈哈……哈哈哈……哈哈哈哈……”厉君廷扶额，毫无形象地大笑起来，双肩甚至夸张地耸动起来，他笑得前仰后倒。要不是后背有床柱靠着，他说不定已经笑得掉到了床下去。这样的厉君廷，哪里还有一点儿翩翩贵公子的形象。

“二、二少？”阮萌萌觉得这样的厉君廷鬼畜极了。

她想过说出一切后，厉君廷或许会恼怒，或许会怪罪，或许会冷冰冰地要求她打掉孩子，但是任凭她怎么想，也没想到……他居然会爆笑？！这是什么操作？

“等等……我就好……”厉君廷忍了忍，好容易止住笑，肚子里的坏水却一个劲儿地荡啊荡。

他家那个制冷机大哥，明显是喜欢人家小蜜桃，而且百分百不知道，自己跟人家小蜜桃已经睡过了！

哈哈哈，他只要一想到，高冷禁欲的大哥居然是被阮萌萌这样的少女主动推倒的，唇角就忍不住勾起笑意。厉君廷挑起狭长的凤眼，看向阮萌萌，厉君廷挑起狭长的凤眼，看向阮萌萌，他一本正经地说：“我没事……只是知道自己要当爸爸了太开心，一时没忍住。”

厉二少不打算告诉阮萌萌真相。没有什么是比看他大哥吃瘪，逼着那口是心非的制冷机亲口承认自己爱上了小蜜桃更好玩的了，哇，他甚至开始想象，他家大哥吃醋生气的样子了。

阮萌萌：“……”

“不是，二少……”阮萌萌觉得她很有必要解释一下，“这个孩子我准备自己养大，跟你没……”

她话还没说完，就被厉君廷否决。

“我们厉家的骨肉怎么能流落在外？这样吧，反正我爸总说我定不下心，要给我相亲，也省得麻烦了，要不，我们俩凑合一下怎么样？”

“我……”阮萌萌的第一反应居然是拒绝。

明明几个星期前，慕景行提议她找厉二少商量，能不能假结婚的时候，她还觉得可行的，可短短几个星期过去，她的心境竟然全变了。她甚至都想放弃爷爷给的股份，不愿跟其他男人结婚了。

“小蜜桃，你听我说……我爸整天逼我相亲，但我最烦的就是那些大家闺秀，我喜欢自由。而你正好需要生下孩子，继承你姐姐的产业。所以，你配合我给我自由，我给你一个名正言顺生下孩子的机会，我们假结婚，你看怎么样？”厉君廷眼底飞快地闪过一道光芒。以他对他家大哥的了解，不下重药，根本不能让那个大冰块看清自己的心。

居然也是假结婚？！

阮萌萌眉眼闪动，几乎都要心动，如果必须找一个对象假结婚的话，厉君廷无疑是最好的人选。

“……”可是她心里还是有犹豫。她也不知道自己在犹豫什么，就好像没办法答应厉君廷的要求。

“小蜜桃，你占了我那么大的便宜，不可能连这点儿忙都不帮吧？”男人狭长的凤眸挑了挑，他露出邪肆又魅惑的表情，很帅很有型，作为颜控的阮萌萌肯定上钩。

但是，以她现在的心境，却没有被打动。然而，厉君廷不放弃，继续游说。他把自己说得各种可怜，被父亲逼婚，没有自由……总之，如果阮萌萌不嫁给他，就是占了他的便宜还见死不救。

“好吧……假结婚就假结婚。但是，你一旦有了喜欢的人，我们就分开。还有，孩子必须归我！”

见她终于松口，厉君廷邪邪一笑：“一言为定。”

放心吧，小蜜桃……我家那个口是心非的大哥，一定会在我们走进教堂前把你给拐走的。呵……厉君廷越来越期待今后的“精彩”生活了。

第二天，早餐时间，厉耀阳放下餐具，用餐巾擦了擦唇角。

“萌萌，对了……过两天是他们爷爷的寿辰，到时候会在老宅那边举行宴会，你也跟着一起去。等宴会结束，我就带着你妈妈去M国治疗。这几天，你有空多去看看她。”

因为阮萌萌经常去探望，陈晴之心情渐好，就连病情也暂时稳定下来。不过，为了更好地做手术前的准备，上星期她搬去了医院。

“嗯，我放学就去看妈妈。”

厉耀阳点点头，眉眼带笑。果然，女孩子就是可爱，是小棉袄……不像几个儿子，一个比一个糟心。他正如此想着，坐在下首的厉君廷突然发声：“爸，我也有件事想跟你说。”

厉耀阳抬眉：“什么事？”不知为何，看到老二俊美的脸上那吊儿郎当的笑，他额角就一抽一抽地疼，有一种准没好事的预感。

“哦，没什么……我就是突然觉得，你那天说我说得对。我年纪的确也不小了，该定下来了。”

厉耀阳一听，顿时露出欣慰的笑容：“你能这么想就最好了，我觉得李家、陈家的女儿……”

“不用了爸，我已经有了心仪的人选。”厉君廷毫不犹豫地拒绝了厉耀阳的提议。

“你有了心仪的人选？”厉耀阳露出惊愕的眼神。

不只是他，就连厉君澈、厉君玺都忍不住看向他们二哥，一脸震惊。他们家那个换女朋友速度比换衣服还快的二哥，也会有真心喜欢的女孩了？！餐桌上，唯独厉君御目不斜视，神情冷漠地端起咖啡杯。除此之外，就是阮萌萌……低着头喝汤，绯红的小脸恨不得埋进汤碗里。

“没错。”厉君廷点头，斜斜地看向坐在身旁的大哥。他非常不怀好意地勾起唇：“我喜欢小蜜桃，已经跟她说好，我们交往。”

话音刚落，哐当——厉君御手里的咖啡杯被他捏碎了。

“不行——”厉君御喉咙里透出仿佛冰凌被咬碎般，低沉冷厉的嗓音。他看也不看厉君廷，也不在意溅在袖口的咖啡渍，冷冷地瞥向坐在对面，那只满脸涨红不敢抬头看他的小奶猫，视线锐利而冷漠。

“为什么不行啊哥，我跟小蜜桃互相喜欢……”

“互相喜欢你个头！”厉耀阳这时候也反应过来了，拿起桌上的汤匙，就往厉君廷脑袋上扔。

“你这个臭小子，我就知道你这么积极没好事，果然一回来就作妖！”

“爸，你好歹也是厉盛总裁，能不能注意点儿形象！”厉君廷头一偏，躲过汤匙，对他家父上大人真是无语至极。

“注意什么形象，兔子还知道不吃窝边草……你这臭小子刚回来一晚，就把主意打萌萌头上！”

萌萌那么可爱、娇滴滴的，一看就不是厉君廷那小子的对手。什么相互喜欢，厉耀阳压根不信。他用脚指头想都知道，一定是厉君廷那小子为了逃避相亲，故意威胁逼迫萌萌。

厉君廷不理他爸，转头看厉君御：“大哥，我这回是认真的……爸泥古不化不同意，你向来不管我的感情问题，为什么也要反对？”

厉君廷的长相最似厉君御，只是比起自家大哥深邃冷峻的五官，他的轮廓更偏邪魅。厉君廷微微挑眉，凤眸闪过一缕诡光，他意有所指地问他大哥。厉君廷太清楚了，某人孤冷惯了，不逼一逼，他根本看不清自己的心。

厉君御从阮萌萌脸上收回视线，冷冷地瞥向厉君廷。他顿了顿，薄唇轻启：“你们是兄妹，不能乱来。”

厉君廷：“……”

这理由，还真是他家那个口是心非的大哥一贯的风格。

厉君廷正准备反驳，一旁传来声音。

厉耀阳：“等等啊，君御……老二这个不能算乱来。

“萌萌跟君廷没有血缘关系，跟我也没有抚养与被抚养的关系，我不是她养父，她也不是我养女。萌萌已经成年，是成年人，如果他们要在一起，不管从情理还是法理上来说都是没问题的。”

厉君御挑眉，侧眸冷冷地瞥向坐在上首的父亲：“所以……你的意思是，同意了？”他语气冷凝，寒气逼人。

厉耀阳连忙摆手：“当然不，一码归一码，我只是告诉你这个理由站不住脚。你就算要拆散他们，也不能用这个理由。”

拆散……他们？

呵——

厉君御唇角勾起一丝冷漠，什么时候，他成了那个棒打鸳鸯的角色。而那只可恶的小奶猫，却跟老二变成了“他们”。

厉耀阳说完老大就看向老二，完美错过儿子唇角那一抹讥讽。他对厉君廷说：“反正，我是不会同意你跟萌萌在一起的。你也不看看自己，你哪里配得上萌萌？”

厉君廷俊美的五官有那么一瞬间的扭曲。

“爸，我还是你亲生的吗？哪有这样说自己儿子的。”

“就因为是亲生的，我才知道你小子有多不靠谱。你先把你外面那些莺莺燕燕搞清楚再说……不行就是不行。”说着，他也不管厉君廷，转头看向已经快将脑袋埋到桌子底下的阮萌萌。

“萌萌，你告诉叔叔，是不是老二胁迫你了？你别怕，有什么事叔叔给你撑腰，他要是敢威胁你，你说出来……”

因为厉耀阳这句话，所有人的目光都集中到阮萌萌身上。即使低着头，阮萌萌都能清晰地感觉出，从她对面射来的那道如有实质的冷厉目光。厉君御的眼神沉冷得可怕，如果眼神可以杀人，阮萌萌相信，她大概已经死过很多次了。可是，就算再怎么可怕，想到自己的肚子，她只能勇敢地抬起了头。

“厉叔叔……君、君廷说的……是真的。我们相互喜……”她话音未落，坐在她对面的厉君御突然起身。

“爸，我想老二不适合继续留在国内，中东的石油项目目前缺人，我会派他过去主理。”冷冰冰的嗓音不含一丝回转的余地，他不是在商量，而是在通知。

“不是，大哥……我刚回来！”厉君廷佯装惊愕，实则笑得肚子都疼了。

哎哟，他家大哥要不要这样啊，搞不定喜欢的女人，就拿情敌出气。

可以啊——他家的制冷机终于长大了，学会护食了嘛。厉君廷有一种“吾家有兄初长成”的欣慰。没办法，在感情上面，他如果算是祖宗的话，他家大哥就只能算是心智未开的稚子。

“刚回来也可以走，你向来喜欢自由。何况中东的项目不能等——”说到这儿，厉君御话锋一转，“赵叔，给二少爷收拾行李，通知机场准备……”

“等等，等等——”厉耀阳原本以为老大是吓唬老二，看老大居然是来真的，连忙叫停。

“过两天就是老爷子的寿辰了，他哪能走？好了好了，中东的事先放一放……臭小子，你跟我上去，我有话跟你说。”

厉耀阳没好气地瞪了厉君廷一眼。厉耀阳就知道，自家二儿子是个男颜祸水，什么人不好撩，一回来偏要撩人家小萌萌，这下好了吧，真让萌萌喜欢上他了……

这要是被晴之知道，还不知道要怎么怪他。

“要聊什么晚点儿聊——”谁知厉君廷居然不领情，还拒绝道，“小蜜桃该上学了，我跟她说好，要送她上学。”他跟阮萌萌说好，要带她去医院，就算是逗他大哥，但小侄子总要保护好的，该做的检查一样不能少。

“送什么送，你不许去！”厉耀阳走过去，一巴掌拍在老二的后背上，他又转头笑眯眯地跟阮萌萌说，“萌萌啊……感情的事不能着急。这样，叔叔先跟君廷谈一谈，让君御送你去学校。”他说着，也不管阮萌萌同不同意，拧着厉君廷就往楼上去。

看着厉君廷被强行带走的身影，再看向一脸冷彻，仿若人形制冷机的厉君御，阮萌萌突然觉得头皮很麻。

车上，两人一路无言。

厉君御不说话，阮萌萌也不说话。她紧紧贴着一侧的车门，低头绞着手指。和厉君御单独待在一起，让她紧张。她不知道厉君御为什么坚决阻止她和厉君廷，大概就如他说的，他觉得他们在一起是胡闹。但是，为了肚子里的宝宝，就算厉君御不高兴，她也必须那么做。想到这儿，她又往门侧贴了贴，无形中拉开了与厉君御的距离。

察觉到阮萌萌细微的动作，厉君御布满寒霜的黑瞳猛然一缩。

"阮萌萌……"他突然叫她，用冷冰冰的嗓音，说出上车后的第一句话。

"——我们谈谈。"

阮萌萌心里莫名其妙地紧张起来。但她还是没抬头，就低着脑袋看着自己葱白似的手指，轻轻问："你想谈什么？"

厉君御墨瞳微敛，看向埋头不敢抬起脸的少女："老二不适合你，你们不该在一起。"

阮萌萌微微一怔，倒没想到，厉君御会说得这么直接。大概，他是真的不喜欢自己跟他的弟弟在一起吧。

"可是我觉得，我们很适合……"阮萌萌绞着手指说，却没看到，某人本就冷冽的眼神，在听到她的回答后更加寒凉。厉君御眯起眼，嗓音沉冷："老二还没定性，换女朋友的速度比衣服换季还快。你这种没有恋爱经验的小女生吃不住他。"

"没关系啊……我不在乎这个。"阮萌萌不在意地摇摇头。她在乎的只是身份，一个可以让她名正言顺生下宝宝的身份。

"更何况就像你说的，我没有恋爱经验……就算不是厉君廷，换了别人我也一样吃不住，都是一样的。"

厉君御墨玉般的瞳仁闪了闪。有那么一瞬间，他差点儿想说，他不一样，幸好，理智拉住了自己。

阮萌萌看了看窗外，发现快到学校了，胆子也大起来，所幸把自己心里的话全吐了出来。

“其实……我很感谢你前些日子对我的照顾。真的，大哥，我真的很感激你……但是我不能永远让你照顾，我已经二十了，明年就二十一了，该学会自己处理自己的事。”

她已经爬过厉君廷的床，还有什么资格跟厉君御在一起呢？如果继续靠近他，喜欢他，根本就是厚颜无耻地利用他对自己的好。阮萌萌自顾自地说着，完全没发现，从她喊那声“大哥”开始，厉君御的脸色就越来越冷。

“我跟君廷都说好了，先交往看看，等合适的时候就结婚……反正我们S国女生二十一岁就能结婚，男生二十二就可以，我们的年龄都已经要符合了。”“结婚”两个字，乍然从阮萌萌嘴里吐出来的时候，厉君御那张阴沉不定的俊脸顿时一僵。内心强大、向来喜怒不形于色的厉君御，第一次有一种心脏抽痛，仿佛被人狠狠攥紧的痛感。

“呀，学校到了……我的话说完了，那我先走了。大哥，拜拜……”

阮萌萌低着头，不敢看身旁的人。所以，她没有看到，那张一直优雅的俊脸，此刻的狼狈惨淡。她跑得很快，就跟小兔子一样，说完后拉开车门一溜烟就不见了。

“大少爷，现在是去御耀还是去厉盛？”坐在副驾驶座的凌东，在阮萌萌下车后，等了好半天没等来厉君御的下一步指令。他忍不住回头问，结果，一回头，差点儿傻眼。

“大少爷，你怎么了？是不是哪里不舒服？”

坐在凌东身后的男人，正闭眼靠在后座上，一双入鬓的墨眉紧皱着，眉间沟壑深重。他浑身沉浸在冷肃凛然中，看上去仿若心事重重。

“没事……打给我爸，我有事找他。”厉君御蹙着眉，没松开，就连眼也没睁。

凌东连忙将电话拨好，递给厉君御。男人接过手机，对着电话那头刚刚接起电话的厉耀阳，冷然道：“告诉老爷子，我同意相亲。条件是，厉君廷也一起。父亲，你最好好好跟老二谈谈，让他趁早打消娶阮萌萌的念头。”

车厢内，厉君御还在跟厉耀阳严正交涉。坐在前座的凌东，却越听越觉得不对劲儿。

他家大少爷向来都是绝对的权威，掌控欲强，最讨厌被人支配。老爷子想给他介绍大家闺秀，外祖父那边也想介绍，两方拉扯，最让大少爷反感。可是现在，他居然主动提议相亲——

凌东忽然觉得，大少爷为了不让二少爷跟大小姐在一起也太拼了吧。这招完全就是杀敌一千，自损八百啊！

厉君御“杀敌自损”，确保厉君廷会被相亲的事缠上，没机会娶阮萌萌之后，才放心地挂上电话去公司上班。

当天公司事忙，他稍稍加了个班，到晚上八点左右回到厉园，刚一进门，就看见厉耀阳坐在沙发上，厉君廷和阮萌萌分别坐在厉耀阳左右。厉耀阳正抓起厉君廷和阮萌萌的手，把它们重叠在一起。

“君廷，你这个臭小子以后要好好对我们家萌萌……不许欺负她！

“萌萌，以后有任何事就告诉叔叔。要是君廷敢花心，敢对你不好，你跟叔叔说……叔叔给你做主！”

阮萌萌似乎是觉得羞赧，低着头，点了点下巴尖，厉君御看不清她眼底的神色。

厉君御幽冷的眼底，却在她点头的瞬间，闪过一抹深深的刺痛。

他冷着脸走进去，用低冷如冰的语气打断三人和谐的气氛。

“父亲，你最好解释一下……为什么老二的相亲对象变成了阮萌萌。”

没想到厉君御会忽然回来，厉耀阳微微惊愕。而一旁的厉君廷邪肆的凤眸里，却闪着幸灾乐祸。

哼，大哥还想坑他！他小甜嘴厉君廷是那么容易被坑的吗？

“君御，今天怎么这么早就下班了……”厉耀阳眼神闪动，很明显是被儿子毫不掩饰的冰山脸吓到了。

可惜，厉君御根本不答话，依旧目光沉沉地看着他，那哪像在看父亲，俨然就是看仇人的眼神。厉耀阳忽然觉得头疼。

“君御，是这样……今天老二在家跟我剖白了他对萌萌的感情。他真的很喜欢萌萌，我能感觉到他没说假话，这次的确跟以前不一样……我想，我们应该给他们一个机会。”

厉君御眼底的寒意更深了，他冷笑道：“所以……相亲的事，你没办。”

“办，当然办了！”

厉耀阳立刻表态：“我跟老爷子说了，他知道你愿意相亲别提多高兴了。不过君廷的事，我暂时压下没说……你也知道你爷爷对君廷他们……”

“是吗？随你高兴就好。”厉君御冷哼一声，不想再听厉耀阳的解释。

好，真是很好……既然阮萌萌喜欢跟厉君廷在一起，那他还管什么。他们结婚也好分手也好都跟他无关，既然他们可以恩爱，他也可以找个女人相亲。厉君御用讥讽的眼神瞥了厉君廷和阮萌萌一眼，沉着冷脸，转身离去。

当晚，厉君御离开厉园，直接住到了酒店。

第二天，老爷子寿辰，阮萌萌被用人们打扮一番，跟着厉耀阳和厉君廷、厉君澈、厉君玺一同过去。而厉君御，则直接从酒店出发。在寿宴上等着他的，除了厉家人之外，还有厉老爷子连夜替他甄选的二十二位“后妃”。

厉家老爷子的寿辰，如果大办，势必震动整个S国。但厉老爷子年纪大了就越来越不爱应酬，也不喜铺张，是以这次寿辰只是低调进行。他们最开始只准备在厉家老宅办个家宴，把厉家三房的人，还有那些旁支亲戚叫来，给老爷子祝寿，都已经安排好了，结果宴会前一天，老爷子临时接到大儿子电话，告诉他大孙子同意相亲。这可把老爷子高兴坏了。

他连夜给S市那些有资格跟厉家联姻的家族，发了邀请函，不过一晚，便敲定了二十二位名媛闺秀出席寿宴。但就这样，老爷子和老太太还不太满意，直呼要不是时间仓促，他们还能把那些在国外的，其他城市的豪门千金都找来。毕竟，他们那样优秀的大孙子同意相亲，不搞五十个漂亮女孩来给他选，怎么对得起大孙子难得的退让。

“喂，棉花糖……你真要跟我二哥交往？”车上，阮萌萌正靠着车窗发呆，身畔传来一声低低的问话。

她陡然回神，从窗外移回视线，才发现，是厉君澈稍稍弯腰，侧身过来，低着头在她耳畔低问。而在他们两人之间，坐着厉君玺小朋友。上车后一直在低头玩手机的小厉君玺，此刻正八卦地仰起头，那双闪亮的黑瞳透着紧张的光，紧紧黏在阮萌萌脸上。

这是在开去厉家老宅，参加寿宴的劳斯莱斯幻影上。阮萌萌、厉君玺、厉君澈坐在车后座。而厉君廷正坐在前座，有一搭没一搭地低头跟什么人发着微信。

“嗯，我现在的确在跟你二哥交……”

她话还没说完，就听到厉君澈疑惑地问：“你们交往，那我大哥怎么办？”

“你……”阮萌萌差点儿被呛到，“你大哥跟我们交往有什么关系？”

厉君澈瞥了一眼前座的厉君廷，见他没注意，低声道：“因为我大哥……他喜欢你。”

咯、咯咯咯——阮萌萌猛咳几声。

“真的……”美少年语气微凉，只是清透的眼眸里掠过一抹急躁。

他有一种，自己精心养护的白菜被从外面冲进来的野猪拱了的心情。没错，阮萌萌就是那颗被他精心养护的“白菜”。而他家二哥，就是从外面冲进来的“野猪”。这颗白菜原本是要留给他大哥的，结果还没养大，就被二哥捷足先登了。你说气不气人！

阮萌萌好容易喘匀气，压低嗓音，正色道：“厉君澈同学，我觉得你的臆想症有点儿严重。就不说你家大哥以前跟我说话那凶巴巴的态度，哪里像喜欢我了……就说……就说他今天相亲的事吧。”

“听厉叔叔说，是他自己打电话回来，主动提起的。还有，二十二个啊！厉叔叔说老宅那边有二十二个名门闺秀在等他。就算你真说对了，我……最多也就是二十三分之一。”

厉君澈：“……”

他居然对阮萌萌的话无言以对。

厉君澈真是被他家大哥这一番“精彩的操作”，气得没脾气了。他都不知道，大哥是怎么想的，以前骄傲一点儿也就算了，现在倒好，直接作死。答应爷爷相亲——亏他想得出来！

厉君澈放弃了游说阮萌萌的打算，他坐回去，身子斜靠着窗，低头按手机。而当厉君澈坐好后，厉君玺小朋友却悄悄地扯了扯他姐的衣袖。

“嗯，怎么了？”阮萌萌低头问他。

“姐姐……其实，我不喜欢大哥也不喜欢二哥。”

厉君玺不想把姐姐让给别人，大神姐姐是他一个人的。而且，他也不知道他家三哥说的话是真是假。但如果是真的话，厉君玺眨了眨晶亮的黑眼珠，小声说：“但如果非要选一个的话……我选大哥。”

阮萌萌：“……”

厉君玺小朋友那句坚定的“我选大哥”，在到了厉家老宅，看到老宅大厅里聚在矜贵冷漠男人身边的二十二位佳丽后，化为泡影。

刚刚进门的厉君玺小朋友，悄悄扯了扯他姐的手。

厉君玺：“姐……大哥不好，都不选！你还是陪我当单身狗吧……”

阮萌萌差点儿没形象地当着陌生的宾客的面笑出声。厉君玺小朋友挺跟潮流啊，居然还知道“单身狗”这样的词。她揉了揉小厉君玺的脑袋，刻意不去看主厅内那道修长挺拔的身影，低头，跟着厉叔叔往里走。

此时此刻，厉耀阳正带着他们进场。一路上，厉家的旁支亲戚和其他的豪门宾客，全都用好奇又探究的眼神悄悄地打量阮萌萌。这个刚一进门就迅速吸引了全场目光的女孩，娇美闪耀得就像是夜空里最明亮的那颗星星。

穿着嫩粉色小礼服的少女，容颜出众，更不要说，从她踏进大门伊始，身边就跟着三位“护花使者”，厉家那位俊美邪肆的二少，清俊的三少，冷淡却漂亮得让人移不开眼的四少。二少和三少一左一右跟着她，毫不掩饰对那女孩的维护之意。而向来不喜欢搭理外人且性格冷漠的厉家小少爷，则黏人地牵着少女的手，一路走一路仰着头跟她说话，全然不似平时给外人留下的恶劣又冷漠的印象。

“父亲，我们来了。”

厉耀阳带着几个孩子来到老寿星身边，将礼物交给管家，说了几句贺词，接着就让厉君廷、厉君澈、厉君玺，还有阮萌萌，给老爷子祝寿。阮萌萌跟着兄弟三人一起喊了几句“福如东海、寿比南山，身体健康、长命百岁”

的贺词，刚说完，坐在上首的老爷子就不冷不淡地问了句：“这就是，你跟我说的女孩？”

厉老爷子头发花白，双目如炬，朝阮萌萌射来的目光却异常锐利。他身旁坐着一位老太太，从头到脚打扮得十分体面，脖子上、手上戴着上等的玉石，只是从头到尾都没拿正眼看站在他们面前的几个小辈。

“是的，父亲，这就是我跟你提过的……萌萌，阮萌萌。”厉耀阳朝阮萌萌轻轻点头，“萌萌，老爷子想看看你，来……”

厉叔叔的眼神很温和，很有安全感。阮萌萌接收到厉叔叔的视线，觉得莫名安心。

她勾起一抹淡笑，正准备上前再跟老爷子问声好，就听到厉老爷子老迈中透着不悦的声音响起：“不用了……让她跟着老二老三，别失了礼仪。我去看看君御……”

他说完，也不管阮萌萌已经侧身走出来会不会尴尬，起身便离开了。厉老太太也跟着起身，有一位打扮得同样隆重的美妇人搀扶着她，跟着往厉君御那边去了。从头到尾，厉家两位老人家别说是看阮萌萌，就连厉君廷、厉君澈、厉君玺也没多看一眼。

“别在意……”厉君廷慵懒随性的嗓音轻飘飘传来。

他的右手落在厉君玺脑袋上，对着阮萌萌邪邪地挑起凤眸：“我们家就这样……豪门恩怨。所以说，我最讨厌的就是回大宅这边来，难受……”

说完，厉君廷低头揉了揉厉君玺柔软的黑发，对拉下脸，显然不太高兴的小厉君玺说：“傻狍子，他们又不是第一天这样。乖啊，二哥疼……不气。”

厉君廷哄了一会儿厉君玺，阮萌萌才从他的话里，听明白厉家的情况。原来，在厉家本家这边，厉君廷、厉君澈、厉君玺三个孩子是不受宠的。厉老爷子和厉老太太对厉叔叔也很严苛，唯一的例外，只有厉君御。

“老爷子和老太太都很偏心，他们对其他人极其严厉，只偏疼幼子嫡孙。”幼子嫡孙，这个幼子指的是厉耀阳的三弟厉弘阳，嫡孙，则是嫡长孙厉君御。

“小蜜桃，看到没……跟在老太太身边那个就是我三婶。她是老牌世家沈家的女儿，沈兰。”

厉老太太当初怕小儿子年纪小，等二老去了后，在两个哥哥手里讨不得好，就给小儿子找了一位家族显赫的妻子。

“沈兰……”阮萌萌默默重复了一遍。她总觉得这个名字耳熟，好像在哪里听过。

“在我们家，三叔家的几个孩子才是真正受宠的。而我们几个都是充话费送的……唯一的例外，就是我哥了。所以你不用在意老爷子刚才的态度，他向来这样，我们都习惯了。”厉君廷一边给阮萌萌介绍厉家的状况，一边用下颌指了指不远处热闹的人群。

阮萌萌随他指点的方向看去，只见厉君御拿着酒杯，站在中央。他身旁围着二十多个前来相亲的女孩。厉老爷子和厉老太太正乐呵呵地看着大孙子相亲。远远地，看到厉君御被那么多女孩子簇拥着，阮萌萌即使早已做好了心理准备，心还是莫名其妙地抽痛。

不对，阮萌萌……你在想什么！要分手的人是你，不敢再奢求靠近的也是你，你应该明白自己的处境……你没资格再去想那些有的没的。她心里拼命地告诫自己，视线却在落到厉君御身上那一刻就移不开了，即使告诉自己不能看，不该看，但一双杏眼还是不受控制地看向厉君御俊美淡漠的脸。

正在这时，男人忽然抬眸，那双深不见底的黑眸朝她的方向看过来。

“……”呼吸瞬间停住，这一刻，偷看被抓个正着的阮萌萌，忘记要在第一时间别开眼。

等她愣了半秒，反应过来，正准备低头，就看见厉君御的嘴皮子动了动，似乎是说了什么。紧接着——站在厉君御身边的厉老爷子、厉老太太，以及那二十二位佳丽，全在同一时间齐刷刷地转头朝阮萌萌这边看过来。

阮萌萌没有错过那些人脸上惊愕的表情，心脏猛地一颤——接着骤然呆住。因为阮萌萌看见了，当所有人都转头朝她看来的时候，厉君御那张万年不变的冰块脸，居然若有似无地勾起了唇角。

那个笑，分明就是看好戏的意思！

他是故意的！

这一刻，阮萌萌完全不敢去猜厉君御到底说了什么！

时间倒退回十几分钟前，就在阮萌萌跟着厉耀阳踏进大宅的时候，厉君御的视线已经在第一时间锁定在那抹熟悉的身影上。

穿着一身粉嫩小礼服的少女，纯美得就像是误入凡间的天使，抹胸款式的小礼服挡不住她修长白皙的脖颈、小巧可爱的锁骨，还有那双纤细莹白的小腿。

昨夜负气离开的厉君御，本就堵了满肚子闷气，此时看见阮萌萌穿成这样，身旁还跟着英俊邪肆的厉君廷，男人本就暗沉的黑眸里闪过幽冷的光。而那些聒噪的女人还不知道收敛，她们想尽办法，在厉君御身旁找话题表现自己。这样的举动让厉君御本就阴沉的脸色更加寒凉。

他站在人群中，浑身却是生人勿近的寒意。周围围着的一群莺莺燕燕，全都闭上了嘴。这样的厉君御太可怕，即便她们是想要获得俊美男人的关注，想要成为厉太太，但也不敢在这样的厉君御面前造次。

有好几位名媛小姐都偷偷地给不远处的父母使眼色。父母领会，立刻就往厉老爷子、厉老太太那儿去打小报告，这也是当阮萌萌他们刚给老爷子拜了寿，说了两句话，老爷子就二话不说站起身，着急去看厉君御的缘故。

那边，被厉老爷子轰到一边去的阮萌萌，刚跟着厉君廷他们走开，这边，厉老爷子就带着一大群人，浩浩汤汤地走到了厉君御身边。

“君御，怎么样？有没有中意的女孩子啊，介绍给爷爷认识认识。”厉老爷子说话的声音比刚才柔和，看厉君御的眼神也满是欣赏和笑意。

他这个大孙子是最杰出、最能干的。厉老爷子心里打定主意，一定要选个最好的女孩子出来，才配得上他们家大孙子。

“没有。”可惜厉君御的嗓音冷冰冰的，充满了不配合。

“怎么会没有呢？”厉老爷子皱起眉，给身旁的老伴使眼色。

厉老太太立刻会意，笑着把她看过的，身份最显赫的几家小姐往前推了推。

“君御啊，我觉得在场的女孩子都挺不错的，尤其是这几位，喏……你看看，这是王伯伯家的孙女，长得漂亮，身材又高挑。这是孙叔叔的闺女，气质好又端庄。还有这位，这是秦家的孩子，刚刚拿了M国F大的双硕士学位回来，学历高又贤惠，你看看……”

被厉老太太点到名的三家小姐，都不约而同地朝厉君御点了点头，脸上带着羞赧的红晕，每个人都用既期待又害羞的眼神偷看厉君御。虽说她们出身名门望族，在外端的是名媛闺秀的派头，但到了厉君御面前，却没人敢拿派头，无一不使尽浑身解数，希望得到厉君御的垂青。

可惜就算厉老太太夸得再好，厉君御只是冷冷地瞥了一眼，随后，淡漠地说："第一个太胖，第二个太矮，第三个……太瘦……我不喜欢。"

王、孙、秦三家闺秀原本信心满满，听到厉君御的话立刻露出不敢置信的表情。什么太胖、太矮、太瘦！她们哪里胖？哪里矮？哪里……呃……那不是瘦，那是苗条！但三人就算不满，也只敢腹诽，不敢表露出来，甚至，还十分懊恼，恨自己得不到厉君御青睐。

"不急不急，不喜欢这种类型还有其他的……"厉老太太连忙又点了几家小姐的名，一一介绍，可惜获得的评价却是——

"皮肤太黑，我不喜欢。"

"笑起来太僵，一看就是玻尿酸打多了。"

"眼睛太小，没灵气。"

最让人觉得无语的一个理由是——"长得还没我好看，不要。"

厉君御冷着脸，一个接一个地点评。这些直接的拒绝，让在场的名门闺秀敢怒不敢言，一个个怄得牙痒痒，还偏偏没办法反驳。毕竟，在场所有的女孩子加起来，的确是没一人比厉大少好看啊！

"够了——"厉老爷子终于忍不住，叫停。他有些埋怨地看着孙子，抖着胡子问："这个不好那个不行，那你说说，你到底喜欢什么样的？"

话音落下，刚才还一脸寒气的厉君御眸色微变。随后，当着众人的面，他忽然抬起了头，那双黑沉沉的凤眸穿过大厅中重重人影，十分精准地锁定在不远处角落里，那一抹娇小的身影上。

他看着那只养不熟的小奶猫，恰好也抬眸看向他。两人视线交缠，他想要冷落她的意愿突然被抛到脑后。他薄唇轻启，语调轻轻的，带着一丝凉意："至少……也要长得比她好看。"

他话音刚落，所有人的视线都掉转方向——

而不远处的阮萌萌，则在同一时间，收获了上百束惊愕震撼的目光！

“君御……你、你喜欢那种类型的女孩子？”

厉老爷子的嗓音有些沙哑，还有一股子强忍着的怒气。他远远看着阮萌萌，看着那巴掌大的小脸，莹白雪润的肌肤，漂亮的杏眼，樱桃般的小嘴，她整个就像从画中走出的小仙女。嗯，是，他承认……那女孩的确很漂亮，肌肤胜雪，五官精致透着灵气——现在是没完全长开，若是再过几年，长开了，恐怕会更加娇美惑人。但……就算是那样，他也不会同意！那可是那个狐狸精的女儿！

老大连续娶了两个祸水，没一个是让他满意的。就因为这样，老大家的几个孩子，他是一个都看不顺眼，唯一一个有感情也最喜欢的，只有从小被他亲手带在身边教养又特别有出息的大孙子。

“爷爷，你误会了。”厉君御眉目冷淡，并不喜欢老爷子看那只小奶猫的眼神，“我是说，至少也要长得比她好看。”

厉君御见老爷子眼中依旧有敌视，冷着嗓音解释：“或者换个说法，我厉君御的妻子，至少不能是我们家最丑的一个。比不上我，至少也要比我妹妹好看。如果你觉得这个要求过分了，那就换一个——比君廷、君澈、小玺任意一人长得好看也行，只要能找到，我就娶了。”

“君御，你……”厉老爷子气得胡子乱颤。

别说是厉老爷子，就是一旁的宾客和厉家人，也被这句话堵得变了脸色。

比厉少四兄弟还好看的女孩子……这、这地球上恐怕还不存在吧！那、那只能退而求其次，比那位小姑娘好看？等等，妹妹……那粉雕玉琢的女孩子是厉少的妹妹？！

原本一些不知道阮萌萌来历的宾客，都在周围人的小声讨论中得知了她的身份。

“这么说，大太太嫁进厉家之前生过孩子？”旁人为这个消息惊诧不已。

这么多年来，这些宾客偶尔在厉家的家宴上见到厉家大太太，都为她精致绝美的容貌所震撼。大家都夸厉爷眼光好，找的两任太太都跟九天上的仙女一样，漂亮完美得让人艳羡，但现在才知道，后娶的那位大太太，居然是带着拖油瓶的？众人暗忖，怪不得厉老爷子和厉老太太，对那位大太太和大太太生的小孙子不待见了。这么说，厉大少应当也不会多喜欢那个女孩子，又没有血缘亲情，最多不过拿来当搪塞厉老爷子的借口。

大家正这样想着，却听见厉君御不冷不淡的嗓音响起：“对了，爷爷，还少说了一点。你挑的人除了要比萌萌好看之外，还要让萌萌喜欢。不是阮萌萌点头承认的女人，我不会娶。”厉君御说话的声音低沉磁性中，带着一股不经意的酸意。

那只小奶猫敢抛下他亲近老二，他说什么也要拉她下水，别以为躲到一旁，就能逃开。厉君御很想知道，如果老爷子问她意见，她敢不敢点头……

如果她敢，真的要把他亲手送给其他女人，他一定会让她后悔。

厉老爷子微皱起眉，显然没有想到，那个跟大孙子没有任何血缘关系的妹妹，会被他如此看重，找妻子的标准，要比着她来，就连答不答应，同不同意，也要问那女孩。旁人也同样震撼，实在没预料到，那位刚刚被带回厉家的女孩，在大少爷心目中有这样的地位。厉老爷子眯起眼，再次看向阮萌萌。

而在他身后，搀扶着厉老太太的三媳妇沈兰，却露出疑惑的眼神。

阮萌萌……这个名字，她怎么觉得那么熟悉?

厉老爷子倔脾气也上来了，偏要跟大孙子杠到底。

他知道，因为上一辈的旧事，厉君御对他这个祖父只有尊敬却少有亲近。相比起来，厉君御更亲近外祖父雷丁顿公爵。厉老爷子是真心喜欢大孙子，如果能让他撮合了大孙子的婚事，将来有孙媳妇帮忙说话，他们的关系也好修复。因为这层关系，老爷子鼓足了劲儿给厉君御介绍各家名门闺秀，就是想抢在雷丁顿公爵前头把大孙子的婚事定下来。

“去去去，去把那个叫……叫阮萌萌的女孩子喊过来——”他就不信了，一个寄住在厉家的小丫头，难道还敢看不上这些名媛小姐?

“爷爷干什么，为什么要那样看姐姐？”小厉君玺轻轻扯了扯二哥的手，问道。

属于小男孩的标志冷漠小眉头，微微蹙起来，他看阮萌萌的眼神带着小小的担忧。他姐姐那么好，那么厉害，他不喜欢姐姐被爷爷用那种挑剔加评头论足的眼神盯着。

"没事，我们不管他们。"厉君廷反手握住厉君玺，温暖的大掌将他微凉的小手包裹住。

厉君廷凤眸微斜，瞥向正微微愣怔的阮萌萌，心底却是一点儿不担心。虽然说在爷爷奶奶心目中，他们三个人加起来大概都抵不过一个大哥，但在他家制冰机大哥的心里，恐怕在场的所有人加起来也抵不过小蜜桃。要是老爷子和老太太挑刺，怕会被他家那位面冷嘴毒的大哥说得吐血。

厉二少刚安慰了小弟几句，就见老宅的管家张伯急匆匆走了过来。

"萌萌小姐……老爷子请你过去一下。"

刚才被厉老爷子无视的阮萌萌，现在却被他专程派人来请，这里面有古怪……

厉君廷挑了挑眉，厉君玺拉下了脸。而在一旁，刚刚拣了十几块甜品堆满餐盘，准备开吃的厉君澈，放下了甜品勺。

"张伯，爷爷找阮萌萌过去干什么？"美少年站起身，走到阮萌萌身旁，不着痕迹地将她挡在身后，秀气的俊脸上，那双平日里无精打采的黑眸透着微凉的光。

管家张伯虽然不怕几位少爷，但也不敢得罪，连忙解释："一点儿小事……应当是要问话，跟大少爷有关。"

几兄弟一听，脸上的警惕散了些，跟大哥有关，那应当没事。但一旁的阮萌萌却忍不住呼吸一窒，跟厉君御有关……难道是被老爷子发现，她……她跟厉君御，曾经假装"交往"过？因着这层关系，阮萌萌的小手不由得攥紧，心底有一股说不清道不明的紧张。

厉君廷看出阮萌萌的紧张，上前牵住她的手："没事，我们陪你去。"

张伯："这……"

老管家想阻止，老爷子要见的只有阮萌萌一人。他老人家向来不待见其他几位孙少爷，要是他们过去了，他说不定会不高兴。但厉君廷就像看不见老管家为难的脸色，也不管他，护着阮萌萌，带着两个弟弟径自朝人群拥挤处走去。

远远地，看到被老二一路"护送"过来的小奶猫，厉君御本就冰冷的脸色越发阴沉。他幽冷的黑眸就定在阮萌萌脸上，就似要将她看穿一般。阮萌萌被厉君廷牵着，一路走到厉老爷子面前，几乎不用抬头都能清楚地感觉到，那道如有实质的锐利目光。

厉君御为什么要这样看她？

他究竟搞什么鬼？

还有，他刚才到底说了什么……

就在阮萌萌脑子里乱成一团，胡思乱想的时候——厉老爷子沉重又严肃的声音传了过来：“小丫头，这些都是我们S市最优秀的名门淑女……你来瞧瞧，有没有你看着顺眼，觉得喜欢的？”

“我？”阮萌萌微讶地抬眸，水亮的杏眼里透着惊愕。厉老爷子不是要给厉君御选妻吗？为什么要问她喜不喜欢……

“别问那么多，老爷子让你看你就看，快点儿——”厉老太太催促，语气不悦。

一个没身份没背景的小丫头，能站在这儿亲自陪厉老爷子说话，已经是无上的荣幸。更何况，她家大孙子的姻缘，还要问这小丫头的意见，厉老太太觉得，这已经是给了阮萌萌天大的面子。

“哦，好……”阮萌萌傻傻地点头，虽然不明白厉老爷子的用意，但不是找她兴师问罪的，她已经大松了一口气。

顶着厉君御寒气凛凛的眼神，阮萌萌连忙朝站在一旁的二十二位佳丽看过去。结果，刚看第一眼，她就情不自禁地叫出声：“哇——这个小姐姐好漂亮，我喜欢！”

厉君御脸色一沉，厉老爷子和厉老太太却露出笑意，正想说那就这个……结果话还没说出口，又听到一声惊呼。

“不不不，这个小姐姐更漂亮……

“哇，还有这个，皮肤好白好嫩……吹弹可破，我喜欢……

“这个小姐姐也好好看，气质好哦……还有这个，这个也不错，眼睛闪闪的，跟会说话一样……哇，这个小姐姐笑起来好甜，是我的菜……”

阮萌萌这个颜控被厉老爷子推进了美人堆里，就跟厉君澈掉进糖堆里一样，看这个美，看那个漂亮——

本来嘛，这二十二位名媛闺秀都是厉老爷子替厉君御精心挑选的，姿色、仪态、气质、家世自是不会差，要不是厉君御眼光太毒，又心有所属，也不会将她们贬得一文不值。

“阮萌萌，你选好没有……你到底喜欢哪个？！”厉老爷子受不了了，沉声喊停。

“我……”阮萌萌依依不舍地回头，无视冷着脸的厉君御，冲老爷子说，“爷爷，我可以多选吗？”

“你——”老爷子气得差点儿一口气没顺过来，但想到有的选总比没的选好，只能点头，“好，那你就多选，挑几个顺眼的出来，再……”

“那我全都要了！”阮萌萌立刻兴奋地回答，“我每个都喜欢，每个小姐姐都好棒啊……”她话音刚落，站在厉老爷子身后的某人，脸色瞬间冷到了极点，黑沉沉的目光酝酿着风暴。

厉老爷子却没发现大孙子的异常，厉声道：“不许胡闹……怎么能全都要了。你今天必须给我选一个出来！”他真是被阮萌萌给气坏了，怎么也想不到，大孙子好不容易答应相亲，最后居然会因为一个小丫头闹得选不出来！

阮萌萌听出厉老爷子的怒意，但是……但是她真的觉得这二十二个小姐姐都好看。让她非要选一个，她根本选不出来。只要一想到选了这个，就会有另外二十一个漂亮姐姐伤心，她就不忍心。这一刻，她压根忘记了，她们是厉君御“选妃”的对象，只是以一种欣赏美的心态出发，想要保护这些娇娇弱弱的小姐姐。

“对不起爷爷，这些姐姐都好看……有的长得漂亮，有的皮肤好，有的气质好，有的身材靓，有的风情迷人。她们每一个都有自己的优点，我每一个都很喜欢……让我选一百次，我还是那个答案，全都要了。”说完，她还回头，冲那些漂亮的小姐姐眨眨眼，悄悄用小手比了个心。

女人们本来就喜欢听恭维的话，更何况是像阮萌萌这样，当着众人的面将她们夸出了花。她们原本以为阮萌萌过来，会跟刚才的厉君御一样，将她们评头论足贬低一番，谁知，她不只没说贬低的话，还将她们一个个夸上了天。再加上阮萌萌本就长得甜美可爱，笑起来酒窝浅浅的，用那种崇拜的眼神盯着她们，那满眼的欣赏毫不掩饰……那么纯粹，那么美好。

被这样的少女发自内心地赞美，换了任何女人，都对她兴不起一丝敌意，不只没有敌意，这二十二位名媛小姐甚至觉得阮萌萌可爱得不得了。

哼，比起那个冷冰冰，说话又刻薄的厉大少，这个小姑娘可爱多了。她要是个男孩子，她们一定嫁给她！就因为这样，在看到阮萌萌对她们眨眼、比心的时候……好几个名媛千金都忍不住眨眼回应，哪怕没有被选上，也一样比了个心，勾起唇角对她甜笑。

阮萌萌见小姐姐们回应了，心里那个甜啊……

她抿了抿唇，正想再说几句表达“爱意”的话，一抹高大的身影忽然从厉老爷子身后走了出来——

男人的大手捉住阮萌萌那只还想比心的小手。他头也不回，就在众目睽睽下将那个胆敢当着他面“勾三搭四”的小奶猫抓走了。

第十七章
吃醋

“阮萌萌——”

厉君御的大掌按在阮萌萌耳侧，将这个胆敢在宴会上跟其他女人眉来眼去的小奶猫摁在了墙上。

此时此刻……厉家老宅的后花园内，除了他们再无旁人。被厉君御冷着脸拉到这儿的阮萌萌，抵在花房的墙角，瑟瑟发抖。

“干、干什么……”阮萌萌小肩膀抖了抖，视线飘忽，拼命往大宅方向看。她就不懂了，厉君御当场把她“掳走”，厉君廷他们不来救她就算了……为什么连明显不喜欢她的厉老爷子也不喊个人来看看?

阮萌萌哪里知道，不是其他人不愿来，实在是——实在是刚才某人抓着她，冷脸离去时的样子太过可怕。即使是大宅这边的老管家张伯都不敢在这时候过来打搅。大少爷那眼神，分明是要杀人——这种时候谁上谁找死啊！所以，即便老爷子吩咐他们过去把人叫回去，张伯等人也只敢守在花园外头，不敢入内。

“干什么？哼……”厉君御冷哼一声，勾唇，嗓音透着凉，“你很能干啊，看这个漂亮，那个好看……每一个都喜欢。怎么，都想抱回家？”

阮萌萌：“……”

呃，厉君御是怎么看出来的？

她抬起眼眸盯着厉君御，有微微的惊愕和失神，水亮的眼珠子在月光照耀下闪过心虚的光。

男人蹙眉，冷眸里全是不满：“怎么，还真被我说对了……你都有老二了，还跟那些女人眉来眼去，就这么耐不住寂寞？”

“不知道你说什么……什么耐不住寂寞，你说话不要太难听。”阮萌萌皱了皱眉，满脸写着不高兴。

她这会儿缓过劲儿来，刚才心底莫名其妙的心虚和害怕都散去了。她现在回过味来，就觉目前的情况怪兮兮的。厉君御这是干什么？莫名其妙把她从宴会上抓出来，就为了说这些话？质问她……甚至指责她？她越想越不对劲儿，不高兴地说：“而且，那些姐姐都是女生，是同性！我对她们笑笑，怎么就成了眉来眼去？”

厉君御面色冷漠，低着嗓音一个字一个字更正：“女的，一样可以眉来眼去。还是要我提醒你，M 国和 H 国同性婚姻已经合法化。”

“你……”阮萌萌这回真是服了厉君御。

他什么意思啊，难道还真觉得她在勾引那些小姐姐，要跟她们结婚？

想到厉君御那句“耐不住寂寞”的评价，阮萌萌拉下脸。

“是啊，原来你才知道啊，我就是看她们漂亮，才跟她们眉来眼去。厉君廷都不管我，你管什么……那些姐姐个个长得好看、身材也好、气质优雅。我就喜欢她们那种，就喜欢撩她们，你有本事咬我啊？”

反正在学校里的考试她又恢复破罐子破摔，理科题放飞自我，全靠蒙的策略。她也不求着厉君御什么，便收起往常乖巧的样子，亮出了利爪。阮萌萌为了凸显气势，甚至还踮了踮脚，把腰挺直，还挺了挺胸，对上厉君御，谁知，话音刚落，就看到厉君御保持着右手撑在她左耳边的姿势俯身下来。

他微微偏头，轻薄的唇擦着她的右脸而过。紧接着，男人沉冷慵懒的嗓音就在她右耳畔低低响起："漂亮好看，比我更好看吗？"

阮萌萌："啊？"

厉君御："身材好，有我身材好？"

阮萌萌："……"

"还有气质……你是觉得我的气质比不上她们，嗯？"他最后一个"嗯"字微微上挑，带着质询的意味，又夹杂了一丝性感。

磁性撩人的嗓音从耳郭传入，那样近，那样低沉慵懒，阮萌萌双腿一软，差点儿跪在厉君御面前。阮萌萌脸颊涨得通红，露在嫩粉色小礼服外的两条莹白小腿，一个劲儿地打战。好不容易，阮萌萌用手扶住后背抵着的花墙，稳住不断下滑的身体，她才找回自己的声音。

"我……你……你说这个干什么？这根本不是一回事……"她心跳超速，跳得要多快有多快。这么近的距离，她甚至害怕厉君御听到自己的心跳声。

男人抬眼，微微侧眸，瞥向她近在咫尺，红得几乎要滴出血的耳垂。小巧圆润的耳垂肉乎乎的，可爱得紧，让人想要低头咬一口。这么想着，厉君御就这么做了，稍稍侧脸过去，轻咬在那可爱圆润的耳珠上。

"呀——"阮萌萌惊呼一声，被厉君御突如其来的动作吓得浑身轻颤。

下一秒，还来不及推开这个人，她整个身体就失去控制地往下滑，发软的双腿终于支撑不住她不断战栗的身体。明明是比谁力气都大的人，但这一刻，阮萌萌浑身的力气都跟被抽去一样，就像她刚才自我吐槽那样，眼看就要跪在厉君御面前。

结果，身体刚往下滑了一点儿，两只大掌就稳稳地托住她极速下滑的娇躯。

轰——

这一刻，阮萌萌整个人都蒙了。小脸越涨越红，不只是脸蛋，就连脖子、锁骨，再往下到露在外面的两条小腿，也都染上了一层粉色。

"你、你、你……你放开……"舌头疯狂打结，阮萌萌慌慌张张地阻止。

"你确定我放开，你不会跪在我面前拜早年？"

"我……"好吧，她承认，她会。

“可是你也不该咬我啊，要不是你莫名其妙咬我一口，我怎么会站不稳……”她边说，边丢锅，顺便尝试着想靠自己站稳。

但男人显然不会给她机会，大掌往上托了托，将她托得更高。

厉君御扫了一眼阮萌萌从头红到脚的羞色，最后将视线定格在水润，透着粉色光泽的唇瓣上，平视被他抱在怀里的小奶猫，压低嗓音：“是你让我咬的，你忘了，嗯？”

“我什么时候……”话还没出口，阮萌萌就想起来，她刚才好像的确说过一句——“你有本事咬我啊”。

于是，她泛着水光的杏眸眨了眨，眼底闪过一抹心虚、羞赧，粉嫩的小嘴却闭了起来，她找不到话反驳。厉君御将她可爱又诱人犯罪的小模样看在眼底，深眸微暗：“所以……我只是在满足你的请求。”

“你……”阮萌萌无法苟同，只觉得厉君御脸皮越来越厚。

他那张脸的确好看得人神共愤，但她想，厚度可能堪比城墙。

她深吸一口气，反驳道：“好，就算是我的问题……那么现在，厉大少可以放开我了吗？我现在的身份不仅是你名义上的妹妹，更是你二弟的女朋友！你再这样……”

“不放。”男人抬起幽冷的眸子，淡淡地扫了她一眼。

阮萌萌顿时说不出话了。

厉君御睨着她，用一种前所未有的专注而认真的眼神，又重复了一遍：“不放……”

厉君御：“你喜欢的那些女人，我比她们好看，身材气质也更好……”

阮萌萌：“……”

她觉得有点儿晕，厉君御为什么忽然说这个？

“我后悔了……我，不想把你让给老二。”

厉君御边说，边挪开放在她腰上的手，往上，修长的手指勾起她耳边掉下的一缕发丝，撩到耳后。男人微凉的手指轻轻地擦过她的耳尖。阮萌萌忍不住微微一颤，顿时觉得心跳加速，呼吸堵塞的感觉好像又复发了。

所以呢……他想说什么？为什么要跟自己说这么多莫名其妙的话？

她瞪着晶亮的杏眸看他，眼底透出迷惑。

“所以……”厉君御低头，深不见底的黑眸定定地看着她，“我们和好，别理老二……”

“继续，假装交往。”

“……”

几秒后——

“厉君御，你自己一个人假装去吧！——再见！”

阮萌萌在花园使出吃奶的劲儿把厉君御推开后，就自己回了宴会厅。

而厉君御……

听跟着去找他的老管家回来汇报，是冷着一张脸，把胆敢挡路的人都冻成了冰雕，接着，便一句话也没交代，直接离开。

厉老爷子听到老管家的汇报，脸色要多臭有多臭，看阮萌萌的眼神也带着不满。不过，他倒没多想。在厉老爷子看来，厉君御把阮萌萌抓出去，最多就是因为生气，把她带出去训了一顿，压根就没往阮萌萌可能是他大孙子看上的女人那方面想。

“哼，真是不懂事……你大哥要走也不知道拦着，不知道耀阳把你接回来养在家里有什么用！”厉老爷子不高兴地责怪了一句后，说累了，要休息。

男主角走了，老寿星又要休息，宴会自然不欢而散。不过，临散场前，那二十二个名媛小姐都过来找阮萌萌。没办法，这小姑娘太可爱了，说话又好听又萌萌的，她们看到这么可爱的小姑娘，就想宠着她，跟她玩。

“电话啊，好呀好呀，我的电话是……”

“嗯，微信也有……”

“什么，你也玩农药吗？好呀好呀，我也玩……玩得一般般，不过可以带姐姐们飞……”

阮萌萌跟那些名媛小姐交换完电话微信，互相加好好友，就被等在一旁的厉家三兄弟抓走了。

厉君廷蹙着眉，总觉得阮萌萌从后花园回来后，就像藏了心事，也不知道在花园，那个看起来像开窍的制冰机大哥跟她说了什么。厉君澈眼里则满满都是吃瓜群众的八卦和好奇，大哥刚才抓走了棉花糖，是和好了吗？

可是看起来又不像……大哥一个人走了，难道是和好失败？

唯一一个不关心这些的只有一个厉君玺。厉君玺小朋友抓着阮萌萌的手，边走边踮脚，想偷看她手里的手机屏幕。

哼……姐姐是他一个人的，为什么要跟那些莺莺燕燕加好友？

厉君玺小朋友不高兴了，吃醋了……

他不想被那些女人知道，姐姐是大神。要是她们都抱姐姐大腿……那以后打农药的时候，就会多出二十二个人跟他抢位置！

【本文里的一切游戏都是架空的，不能跟现实真实游戏构架、公司等相提并论。只是为了小说效果，以及让大家看得明白，不用较真哈。】

三兄弟加上阮萌萌，四个人各怀心事地坐上了车。厉耀阳早就安排好了，在宴会结束之后就要带陈晴之去M国动手术，所以车没直接开回厉园，反而是去了医院。待阮萌萌和厉君玺探望了陈晴之后，厉耀阳亲自送他们俩下楼。

在车旁，厉耀阳语重心长地对厉君廷说："好好在家待着，听你大哥的话，不许闹事。公司那边你要帮忙，两个弟弟你要照看着……对萌萌好点儿，别被我发现你小子在外面偷吃！"

厉君廷点点头，觉得他家老头很啰唆。

"还有——"厉耀阳见阮萌萌和厉君玺已经上车，抓住厉君廷的手，"你大哥这几天脾气不好，你别去撞枪口。我不想陪晴之治好病，从国外回来发现自己少了个儿子。"

"啧。"厉君廷挑了挑眉，"爸，你还怕大哥离家出走啊——"

"我是怕你被你大哥灭口！"厉耀阳没好气地说。

这傻儿子，成天跟他哥斗气，厉耀阳真担心，自己要是不在，老二哪天把老大给惹急了，说不定会被老大丢到非洲去挖钻石，人道毁灭。

厉君廷摸了摸鼻子，好吧，看来还是他亲爹好，至少知道担心儿子安危。不过，想想他正在进行的大计，厉君廷邪邪地一笑："放心吧，爸，等你回来说不定大哥不但不为难我，还会感谢我。你就放心好了，我有分寸。"说完，他也不继续废话，挥挥手就坐上了车。

目送载着三个不省心的儿子跟可爱的萌萌远去的车，厉耀阳叹了口气，唉……只希望老二不要搞出事，他不在的这段时间，他们几兄弟能和和气气的。

可惜，厉耀阳的愿望注定是要落空了。知子莫若父，厉耀阳前脚刚走，厉君廷等人回到厉园就出事了！

刚刚在宴会上负气离开的厉君御，此刻正站在别墅外面，抱着手臂斜靠在门边。他冷着一张俊脸，目光沉沉地看着那辆越行越近的劳斯莱斯幻影。

“哟，大哥……稀客啊。你居然舍得回来……我还以为，你今晚又要住酒店。”

车刚一停好，厉君廷就下车跟他家大哥“打招呼”。他斜飞入鬓的墨眉就快挑到天上去了，脸上仿佛挂着大写的“作死”二字。阮萌萌跟在厉君澈和厉君玺身后下车，垂着脑袋，不想看台阶上那个人。

厉君御发现那抹小身影对自己的无视，本就不悦的脸色往下一沉。

“老二，你房间闹白蚁，不能住人。你的行李在这儿，这两天别待在家，搬去酒店吧。”

“闹白蚁？！”厉君廷邪肆上翘的唇角，瞬间垮了下来。

他怎么不知道他家大哥居然这么狠，连“闹白蚁”这种可笑的理由都能想出来，这是要把他赶出家门呀！

“我房间闹白蚁，还有客房……”

“客房也闹白蚁。”厉君御冷冷地回答。

厉君廷：“那还有其他……”

“其他所有的空房也闹白蚁。”暴君大人站在台阶上，居高临下，气势凛然。那毫无转圜的语气，分明就是在告诉厉君廷，你小子别想找其他借口了，滚去外面睡吧！

“……”厉君廷深吸一口气。

好，他现在是知道了，这是他大哥在故意搞事，就是想把他赶走，不让他在家住，至于为什么……呵呵，那还不是醋王上线了，生怕他跟小蜜桃在同一屋檐下日久生情。可惜，魔高一尺道高一丈。他风流二少厉君廷，可不是这么容易被打败的。

厉君廷挑了挑眉，勾起一抹邪笑，看向垂着脑袋没吭声的阮萌萌，乐呵呵地问：“小蜜桃……你说，是我搬去你房间睡，还是你跟我去酒店住，嗯？”

阮萌萌怎么也没想到，厉君御和厉君廷过招，战火会突然烧到自己这儿来。这算不算是，神仙打架小鬼遭殃？

她皱了皱眉，抬起头，正好看见厉君廷勾唇，正对她眨着眼睛笑：“怎么样小蜜桃，考虑好没？趁着我房间‘闹白蚁’，我们正好可以试试同居。要是感觉好，干脆就住在一起。反正再过几个月，说不定就要结婚领证了。”

要命……

厉君廷不但把“闹白蚁”三个字咬得很重，还把“结婚领证”这四个字，说得十分响亮。

阮萌萌听到他说“同居”“结婚领证”……水亮的眸子闪了闪。她听懂了厉君廷话里的意思。这是在提醒她，再过几个月，她的肚子就大了。她需要一个家，给孩子找个爸爸，而这一切就像她提前和厉君廷谈好的那样，他们互相配合，协议结婚。

阮萌萌咬了咬下唇，好吧，死就死吧……谁叫她跟厉君廷现在就是一根绳上的蚂蚱。无奈之下，阮萌萌只能顶着厉君御几乎要将她的脸瞪出窟窿的冷冽目光，硬着头皮说：“我……我选跟君廷搬出去，我们去住酒店……”

“不行！”她话刚出口，就被厉君御冷厉冰凉的嗓音打断。

“为什么不行啊，哥……我跟小蜜桃交往，连爸都同意了。我们现在是男女朋友关系，很快就会是未婚夫妻，将来还要结婚。我们只是提前同居而已，小问题。”厉君廷挑着眉，顶着自厉君御身上散发出的强大威压，挑衅地问道。

他就不信，都到这种时候了，他家这位死要面子活受罪的冰块大哥还能嘴硬。喜欢人家小蜜桃就说呗……女孩子最抵不过的就是甜言蜜语，没有任何一个女孩能扛得住男人浪漫的追求。像他大哥那样，喜欢又不承认，只会冷冰冰地“凶”人家小姑娘，能得到小姑娘的芳心才有鬼了。

可惜，厉君廷还是太高估了他家冰块大哥的情商。他都已经把话说到这个份上了，厉君御却只是寒着脸，拧着眉冷然道："父亲不在，我说了算。不管之前怎样，现在，我不许你们交往。阮萌萌还有一年不到的时间就要参加升级考。她需要认真复习，不能分心……早恋同居，所有会影响学习的事全部暂停。"

"你……"厉君廷倒吸一口气，没料到他家大哥居然能这么狠。

这理由找得可真是绝了！S国的女孩，法定结婚年龄二十一岁。而他大哥，却能以所谓学习的名义勒令一个二十岁已经成年的女孩不许早恋！他自己喜欢人家的时候，怎么不提这茬。

厉君廷还要再辩，厉君御棱角分明的俊脸，却忽然一转，他侧眸，瞥向阮萌萌。

"你……留下，不许走。"他对阮萌萌说，又转回来，看向另一侧的厉君廷，言简意赅道，"你……滚。"

"我……滚？"厉二少用手指着自己，一脸的不敢置信。

可惜，厉君御根本不给弟弟辩解的机会，上前一把抓过阮萌萌的小手，牵起她就往别墅里走。

而另一边，早已得到吩咐，候在一旁的凌东，立刻堵住了还想进门的厉君廷。这回，不等二少"作死"，候在一旁的赵叔和凌东等人，提起地上的行李箱，架起二少就往外扔。

"二少，别闹了，快走吧……为你和萌萌小姐，为了我们所有人能平安活下来……你还是先到酒店去住，别惹大少爷发火啦！"赵叔语重心长地劝着，手底下却没停着，把不情不愿的厉君廷塞上车，行李塞进后车厢，门一关，就让司机和凌东一起，把二少打包送走。

被厉君御抓住手心拽回房的阮萌萌，听到房门砰一声在耳边关上的声音。紧接着，她还来不及反应，就又被厉君御扣住手腕，往后，一把摁在了门上。

一个标准的壁咚！

"……"

阮萌萌呼吸一顿，差点儿漏掉心跳。

下一秒，将她摁在门后的男人，就突然俯身压上来。那张俊脸在她眼前放大到极致，棱角分明写满冷厉的五官，比刚才在楼下的时候稍稍缓和了些，不似方才那样的高冷禁欲，他看她的眼神也不再是沉重的黑，反而透着些许灼热的暗芒。

阮萌萌心跳越来越快，总觉得厉君御看自己的眼神很奇怪，跟平时不太一样。她哪里知道，这是被刺激到极致后的眼神。从来没有人能将堂堂厉少刺激成这样。厉君廷不愧是厉君御的亲弟弟，知道自家亲哥的死穴在哪儿，所以刚才说的那番话一刺一个准。

此时此刻，男人如墨的深瞳里闪着幽光。那抹光不仅仅代表着吃醋、酸意……

阮萌萌被厉君御瘆人的目光看得心肝发颤。

就在这时，男人低洌冰凉的嗓音突然响起："阮萌萌，听好了……不许再跟老二来往。"

阮萌萌："……"

为什么不许？她不是很明白，厉君御现在，这种居高临下，冷冷警告的语气是什么意思。她不是非厉君廷不可，却很讨厌被厉君御威胁的感觉。颤抖的小心肝瞬间恢复正常，阮萌萌冷着脸回道："为什么不许？我和厉君廷现在在交往，你不能管我们……"

"你试试看，我能不能管。"厉君御垂眸，黑沉沉的视线落在她的脸上。

阮萌萌彻底无语。她实在没想到，厉君御居然能霸道成这样。而且，不只是霸道，他浑身上下还透着无形的寒气。

从那冷飕飕的语气和冰凉的瞳孔，就能看出他此刻心情不佳，阮萌萌不敢再硬碰硬，选择闭嘴。

可厉君御却沉下脸，越说越过分："不只是老二，跟其他异性也不许过分亲密。跟景家那两兄弟，你的死党，还有那群跟班，也要拉开距离。从现在开始，补课继续，所有心思必须放在学习上，不许再想那些乱七八糟的事。"

不许这个，不许那个……还要努力学习，天天向上，阮萌萌听着男人罗列出的一大堆条款，刚开始还觉得不耐烦，但是……越听却觉得越不对劲儿。厉君御为什么要管这么多？这些界限，明显已经不仅仅是为了学习。

“等一等……有句话我想问清楚。”阮萌萌终于忍不住，打断了厉君御的话。

“分手的时候，你明明说过不再管我，还让我离你远点儿的……可是你看，你现在不但又开始管我了，还告诉我不许跟这个异性来往，不许跟那个异性来往。你……你知不知道，你这样，真的很像是在吃醋。”

阮萌萌深吸一口气，抬起脑袋看向那个将她按在门板上的人。

“厉君御，你说……你是不是喜欢我了？”憋在心里的这句话，她终于问出口。

在决定了自我放弃，放下对厉君御的感情，不敢再奢求之后，阮萌萌终于再一次勇于面对自己的心。如果……她是说如果，如果厉君御真的喜欢她的话，她是不是也可以尝试着小小地自私一下，悄悄抓住这抹爱情的小尾巴呢？

厉君御显然没有料到，阮萌萌会问这样的问题。他低头，看着正仰头，用有些期盼的眼神看着他的少女，黑眸顿了顿，哑着嗓子说：“我……喜欢你……”

阮萌萌倒抽一口气：“——”

厉君御：“呵，我怎么可能喜欢你？”

阮萌萌：“……”

厉君御：“要不是父亲临走前交代我看好你，我才懒得管你……对，我的确说过不想再管你，别再靠近我……但现在是父亲的要求，我有什么办法。”

厉君御：“你不要一天到晚胡思乱想……小姑娘好好学习，天天向上，不许早恋。”

厉君御：“呵，喜欢你，真是会胡思乱想……这种小孩子才喜欢的爱情游戏，我没空陪你玩。让开，我要出去。”

厉君御：“记住……不许再跟老二来往，刚才我说过的那些人也是。好了，早点儿睡，晚安。”说完，厉君御彻底退了出去。

直到卧室门又砰的一声被他甩上，阮萌萌才突然回过神来。厉君御……他刚才那样是什么反应？他为什么要一个人念念叨叨，自言自语，说那么多话！什么时候，厉君御也变成了话多的人？

阮萌萌觉得不对，不对极了，一颗心扑通扑通跳个不停，完全平静不下来。

她想起前些日子，觉得自己和其他人滚过床单，所以愧对厉君御，觉得自己配不上他。再加上厉君廷突然出现，让她完全没勇气正视自己的感情。但是现在……厉君御反常的表现，还有最近他和厉君廷发生的种种冲突，那些情景一幕幕在脑海中浮现。

一个可能性忽然冒了出来。

厉君御是喜欢她的吧？是吧？是吧？他虽然说话刻薄，但那分明是在吃醋啊！还有还有……他刚才那样话痨一样自言自语的表现，其实是因为被她说中心思才语无伦次了吧？

越这样想，阮萌萌就越觉得自己的想法正确。她连忙锁上门，爬上床摸出手机，打给厉君廷。

厉君廷："小蜜桃，不枉费我疼你一场。第一个打电话过来关心我的人就是你，你真的太可爱……"

阮萌萌："二少，你等等，先听我说。"

厉君廷话还没说完，就听到一道晴天霹雳。

阮萌萌："我觉得厉君御喜欢我。呃……虽然这么说可能有点儿自恋，但是……"

厉君廷："等、等等……你先等等。小蜜桃，你是不是脑子糊涂了？我大哥喜欢你，你确定？！"

厉君廷语气里带着震惊，但在电话那头，却在疯狂抹汗。小蜜桃居然开窍了，自我发现了？不行不行，怎么能让她发现……

他家蠢大哥还没开窍呢。他还没让那个高高在上的制冷机抛下面子跪地求爱，怎么能这么便宜就让大哥抱得美人归！

"嗯……确定吧。"阮萌萌抿了抿唇，又不敢说得太肯定，"起码有百分之六十，不……百分之七十的可能性。"

他不喜欢她的话，为什么总是不让她跟其他异性来往呢？还有，厉君御今天在老宅的后花园，跟她说想要和好，假装重新交往的时候……

她想到他那微微昂起的下颌，带着一些高傲的感觉，其实他是想把“假装”两个字去掉的吧？想起这些事，阮萌萌更加肯定。

“二少，我想了想，我们的协议作废怎么样？对不起啊，我知道自己做得不对，也知道一切都是由我引起的……可是，如果厉君御真的也喜欢我的话，我想试一试的。”

“我……我想试着告诉他，那晚在酒店发生的事。如果他愿意接受已经不完整的我，我……想跟他在一起。”

咝——厉君廷在电话那头倒抽了一口气：“不行，绝对不可以！”

他看热闹不嫌事大，是想看他家的制冷机低头啊，才不想这么容易就让小蜜桃以身相许。于是，厉君廷再下一剂重药。

“阮萌萌，你是不是傻……好好想想，我哥那种独裁的暴君，怎么可能接受自己的女人有过其他男人。更何况，就算他可以接受，你告诉我，你想让他把你肚子里那块肉怎么办？”

厉君廷的话仿若一盆凉水，从阮萌萌头上浇下来，将她浇了个透心凉。是啊……她刚才是怎么了，魔怔了还是傻了？她怎么能奢望厉君御喜欢她——甚至奢望，他能因为那种喜欢而不介意她曾经的经历，不介意她肚子里还怀着别人的宝宝？

脑子里充血的激动退去，只剩下现实的苍白和无力，阮萌萌拿着电话，跌坐在床上，和刚才兴奋害羞的她判若两人。

“喂，小蜜桃……你还好吗？”好半天没听到阮萌萌的声音，厉君廷忍不住问。

他心里默默想，自己会不会下药下得太重了？虽然他的确很想看到他家大哥主动低头没错，但小蜜桃毕竟是女孩子。厉家二少爷向来怜香惜玉，虽然表面坑哥，但心里已经把阮萌萌当成自己的准大嫂。咯……都说长嫂如母，他忍不住想，自己要是这么坑自己亲妈，会不会被他亲妈拿平底锅拍死？

因为这难得兴起的罪恶感，厉君廷清咳两声，安慰道：“我想了想，其实你说得也有道理，我哥虽然独裁，但……”

“不……不是的……我错了，你说的才是对的。”厉君廷的话没说完，阮萌萌有些低软、闷闷的嗓音就从电话那头传来。

“是我想得太多……厉君御怎么可能喜欢我呢？呵……他只不过是不高兴我跟你在一起，觉得我们不合适而已。厉君廷，谢谢你提醒我，是我自己想岔了……我不该想那些有的没的，我肚子里还有宝宝，我不应该去招惹你哥。”

厉君廷：“……”

怎么办，他怎么觉得，他好像把小蜜桃打击惨了？不过厉二少心大，那小小的罪恶感很快就被他压了下去。

“对嘛，你这样想就对了。不过你刚才说，我哥如果也喜欢你，你想试一试，阮萌萌，这个‘也’字是什么意思？你是不是喜欢上我哥了？”厉君廷突然起了戏弄阮萌萌的心思，顺便，想替自家大哥确认一下“未来大嫂”的心。

阮萌萌呼吸一窒：“我……我……我怎么会……”

“别急着否认，你刚才亲口说，如果我大哥愿意接受你，你想试试。”厉君廷在电话那头换了个姿势，好整以暇地“审问”。

阮萌萌不断打结的反应，让厉君廷感兴趣极了。他忽然觉得，除了撩他大哥之外，逗他家未来大嫂也挺好玩。

“我、我不是……我只是……”阮萌萌咬着下唇，一时间都不知道该怎么解释。

“哦，对，我只是颜控犯了……其实，我也不是很喜欢你哥……就是他刚才靠得太近，我有点儿走不动路。嗯，就是单纯欣赏美的那种喜欢，你看我在宴会上看到那些小姐姐也一样走不动路啊，我就是这样的……不管男女，只要长得好看我都喜欢。”阮萌萌一口气说完，中间都不带停顿的。

她后悔刚才脑子发热时的冲动，恨不得时光能倒流，自己从没在厉君廷面前承认过她喜欢厉君御。电话那头，听到阮萌萌这番解释的厉君廷已经快笑倒了。

哎哟，逗他家大哥好玩，逗他家大嫂怎么也这么好玩，不行，他要忍住笑！

厉君廷刻意清了清嗓子，吸了口气稳住笑意，才低声道：“没错，你这样想就对了……这世上漂亮的，值得我们去追求的美人那么多，何必为了我哥那一棵老树放弃整片森林？”

“阮萌萌，你记住……我们俩在一起，是各取所需。我不想结婚，我还想玩……而你，除了为你肚子里的宝宝找个名正言顺的父亲外，也同样拥有自由。”

“你要是碰到喜欢的男人，可以撩，我不会管。但是，你要记住……我哥——绝对不行！”

在厉君廷的一番洗脑教育后，阮萌萌彻底打消了心里的念头。端正了“远离厉君御，不能对他动心，继续贯彻跟厉君廷假结婚不动摇”的中心思想后，阮萌萌一整个晚上，脑子里都不停地做着各种各样奇奇怪怪的梦。

她一会儿梦到厉君御跟她表白，一会儿梦到厉君御冷着脸，让她滚，一会儿又梦到她肚子里的孩子生下来，居然是只小奶猫，一会儿又梦到，她刚抱着孩子，就被厉君御带人给抢走了，还说什么孩子是他的鬼话。反正，她一整个晚上做着各种奇奇怪怪的梦，就没睡安稳过。

第二天早上起床，看着镜子里自己的熊猫眼，阮萌萌想哭。但更让她想哭的是……她居然觉得肚子有点儿隐隐的不太舒服的感觉。

不会是昨天在宴会上，吃错东西了吧？阮萌萌坐在马桶上，有些懊恼地捂着肚子犯愁。她昨天就不该胡思乱想，一晚上没睡好觉，会不会伤到肚子里的宝宝？第一次怀孕当新手妈咪的阮萌萌害怕了，连忙发了条微信给厉君廷。然而，厉二少兴许是还没起床，微信发过去就石沉大海了。

正在这时，门外传来赵叔叫他们起床的声音。阮萌萌连忙答应了，穿好校服佯装无事地下楼。这天的早餐桌上，厉君御并没有出现。所以，只有厉君澈、厉君玺，还有阮萌萌三人用餐的餐厅里显得气氛融洽。

赵叔一边让用人传菜，一边“体贴”地告诉阮萌萌：“大少爷昨晚去公司加班了，没回来。大小姐，你看要不要打个电话去关心一下？”

咳——正在喝牛奶的阮萌萌差点儿呛着。她好不容易止住咳嗽，连连摆手：“关心就不用了吧……厉君御不喜欢被人打扰。”

“对啊，姐姐还是不要给大哥打电话。”小厉君玺在一旁帮腔，“大哥昨天晚上走的时候，脸色好可怕……不知道大哥被二哥惹出的脾气，气消了没。要是没消，姐姐现在打电话过去，会被大哥迁怒的。”厉君玺小朋友心里只有他姐姐，听到赵叔的话，立刻摇头。

一旁的厉君澈把手里涂满果酱的吐司塞进自家弟弟嘴里。

“厉君玺，吃东西……大人说话小孩子少插嘴。”

“我才不是——嗯——”可怜的小君玺，话还没说完，又被自家三哥塞了一块牛角包。

赵叔默默在心底给三少点了个赞，又对阮萌萌说：“大小姐，还是打个电话问问吧？我们打过去，大少爷不一定会理，你是女孩子，他会给点儿面子的。你就帮我们问问，看大少爷今晚回不回来吃饭。这样，我们也好做准备。”

“……”

赵叔拉下脸来求她，阮萌萌实在拒绝不了，最后只能答应了。她当着赵叔的面给厉君御打电话。谁知，电话刚响了两声，就被挂断。

阮萌萌：“……”

赵叔擦汗：“这……兴许是在开会。要不然，晚点儿再……”

他话还没说完，厉君澈放在桌上的手机响了起来。美少年低头一看，俊脸顿时闪过一抹尴尬。哎哟，他家作死的大哥，居然把电话打他这儿来了！

“喂，大哥……”厉君澈小心翼翼地接起电话。

电话那头，属于厉君御低冷磁性的嗓音传来：“嗯。刚才家里来了电话，什么事？”

家里，来了电话？

呵，很好……

电话开了免提，里面传来厉君御的声音。阮萌萌唇角微抿，泛起一股自我嘲讽。她刚才一定是脑子抽掉了，才会答应赵叔打电话过去关心厉君御的情况。厉君廷说得果然没错，厉君御不可能喜欢她，她也不需要再犯花痴，好好地坚持跟厉君廷假装在一起就好，把厉君御从脑子里赶出去才对。

正在这时，阮萌萌忽然看见厉君澈抬眸朝她瞥了一眼。美少年澄澈的眼底闪过一抹诡异的光。阮萌萌心里顿时涌起一股不好的预感。她刚站起来伸手去抢电话，厉君澈就已经开口了。

厉君澈："没事，就是棉花糖关心你了，想问你晚上回不回来吃饭。"

阮萌萌："……"

饮恨，来不及了！阮萌萌懊恼地坐回座位，用一种"厉君澈你给我等着"的眼神瞪着坐在对面的美少年。

厉君澈勾唇笑了笑，澄澈的星眸带着闪亮。他再不助攻，感觉自家大哥就快玩丢了。美少年觉得，关键时刻还是得靠他出手。大哥要是真玩完了，他还怎么吃瓜看戏?

谁知，电话那头，厉君御冷冰冰的嗓音再次响起："不用管我，我晚上很晚回来。记得告诉阮萌萌，没事别打我电话。就说，我很忙，没空陪她玩。"

男人并不知道厉君澈开了免提，只是本能地想逃避话题，昨天在少女的房间被她逼问是不是喜欢她的场景还历历在目。从来没有喜欢过一个人的厉君御，根本弄不清自己七零八落的心情代表了什么。在弄清内心真正的感情之前，他选择逃避。

厉君澈愣了愣，完全没想到自家大哥会说这种话。他连忙看向阮萌萌，见阮萌萌只是低头盯着面前的餐盘，看不清神色，顿时有种自己好心办坏事的感觉……

他想说几句补救，厉君御比方才更加冷厉的嗓音又传了过来："还有，告诉赵叔，就算我不在也要守好大门，绝对不许放老二进来。"

厉君澈："……"

因为早餐的这段小插曲，阮萌萌的心情比早上起床的时候更差了。她拒绝了厉君澈跟她一起去学校的邀请，请赵叔单独给她备了辆车，这样做虽然比较麻烦，但会稍微轻松点儿，要不然，她跟厉君澈坐一辆车，他一定会不停地在她耳边提起厉君御。

因为要重新备车，出发的时间就比其他人稍晚了些。等阮萌萌到学校的时候，差不多还有十分钟就要关校门了。她下了车，稍稍加快脚步，刚走到校门口——

"萌萌……太好了，你终于来了。"

一个打扮美艳的少妇突然跳了出来。她一把抓住阮萌萌的手，用足以让周围人听见的音量大声说——

“我等了你好久，真怕你又跟以前一样，调皮逃课不好好上学……到时候，真不知道该去哪儿找你才好。”

忽然出现的美妇人正是秦芳。她穿了一身修身的长款风衣，勾勒出丰腴而苗条的身材，风情万种的波浪鬈发及腰，皮肤保养得水嫩而光滑。如果不说，绝对看不出，这是一个已经生了两个孩子，并且刚刚出了月子还在哺乳期的妈妈。可惜，就算外表再华丽，阮萌萌都清清楚楚地知道，这是一个内里已经坏掉，肮脏不堪的女人。

“神经病……”阮萌萌毫不犹豫地回道，从秦芳的爪子里扯回自己的手腕，就跟不认识她一样，绕过她就往校门里走。

可惜，她刚走两步，右手又被人扯住了。早等在一旁的阮娇娇，这时候也跳出来。她扯住阮萌萌的手臂，不让她走。

“姐姐，你怎么能这样说话……我妈妈亲自来找你，只是想跟你道歉的。她好歹也是你的长辈，你能不能稍稍有些教养！”

阮萌萌：“……”

阮娇娇和她妈都是神经病吗？说话就说话，动不动就抓着她的手腕干什么，不知道这样会让她觉得很恶心，很想吐吗？

阮萌萌正是心情最不好的时候，一大早来学校又碰见这种糟心事，顿时就不耐烦了。阮萌萌也不管这里是校门口，也不管这样传回阮家会不会让她爸爸再次对她“失望”，她回头一把甩开阮娇娇，毫不留情地对着这对母女说：“道歉就要有道歉的样子，你妈突然出现，张嘴就是‘逃课’，闭嘴就是‘不好好上学’，鬼知道她是来道歉还是来找碴的！”

“我、我妈妈不是的……”阮娇娇退后几步，直到被秦芳扶住，才稳住脚步。

她下意识地露出楚楚可怜的一面，想要解释，话还没出口，就被扶住她的秦芳拦住了。

“娇娇，你等一下。”秦芳涂着红色蔻丹的手，挡住阮娇娇。

接着，她拢了拢头发，风情万种地走到阮萌萌面前，众目睽睽之下，忽然对着阮萌萌弯下了腰。

鞠躬——秦芳居然对着阮萌萌低头鞠躬!

“萌萌，你说得对，刚才是我太着急了，因为关心你说错了话，没有考虑到你的心情。对不起，我在这里跟你道歉……”在阮家态度强硬，跟阮萌萌斗了多年的秦芳，第一次对阮萌萌说出“对不起”三个字，而且，也是第一次跟她鞠躬道歉。

无数的目光在秦芳弯下腰，向阮萌萌低头的时候，凝在了阮萌萌脸上。阮萌萌能清晰地感觉到，自秦芳身上散发的恶意，同时，也能清晰地感觉到，校门内外停下脚步看热闹的同学、老师们，看向她的眼神夹杂的猜测和质疑。

厉害，实在是太厉害了，比起只会哭哭啼啼卖惨、博同情的阮娇娇，秦芳简直就是王者级别的白莲之母。

阮萌萌知道，虽然她很不想理会秦芳，但现在的她已经不能再像刚才那样甩手走人了。秦芳以退为进的行为，让她必须得说些什么，才能把秦芳故意的抹黑消除。阮萌萌理了理思绪，正想开口，一个慵懒中带着一丝促狭的嗓音忽然传来。

“因为太关心她，所以才说错了话？呵，这还真是一个好借口。这样说的话，我去告诉你老公你在跟别人偷情，是不是也没问题？反正，我只是太关心你老公头上是不是顶着青青大草原，弄错了再道歉，也是可以的吧？”厉家风流倜傥的二少爷单手插着兜，带着一脸邪肆不羁的笑，从慢慢聚拢的人群外走了出来。

“厉、厉二少——”

“这是……这是厉家二少爷……厉君廷！”

“他怎么可能出现在这儿！他……他认识阮萌萌？他居然帮阮萌萌说话！阮萌萌真的认识厉家人！”

无数属于少女的尖叫，夹杂着男生们激烈的讨论声，在智学校门口响起。

和厉家其他的少爷不一样，厉二少天生爱玩，是S市夜店里出了名的常客。其他几位厉家少爷长什么样，普通人不得见，但厉二少却完全不同。他跟S市的普罗大众打成一片，就算你没在酒吧见过厉二少，也一定在各家奢侈品店见过他带女人消费。就算你没在奢侈品店见过厉二少，那也一定在各种娱乐八卦头条见过他那张勾人心魂的俊脸。要知道，厉二少厉君廷那张邪肆俊美、颠倒众生的脸，可是S国富二代适婚女性以及女明星们最向往的存在。

阮萌萌看到厉君廷，也顾不上秦芳母女了，立刻紧张地迎上去。她扯住他的衣袖，踮起脚小声说："你怎么来了？"

厉君廷虽然没厉君御高，但快一米九的身高对阮萌萌这种一米六五的人来说，还是太高了，她只能仰望。厉君廷被阮萌萌扯得稍稍弯下腰，侧着身子："不是你一大早发微信找我，带着哭腔说肚子疼吗？"

厉君廷邪肆上翘的唇角抿直，用只有两人能听见的嗓音说："我又回不了厉园，只能来学校门口堵你了……走，带你去检查。"

"你不说我都忘了……"阮萌萌嘀咕一句，下意识捂住肚子，"我真的有点儿担心……都怪你，昨天跟我说那么多有的没的，害我做了一晚噩梦……"

厉君廷觉得阮萌萌的动作太明显了，顺手把"自家大嫂"捂着肚子的小手抓住，然后拿下来。两人全程小声说话，旁若无人，压根就没把秦芳、阮娇娇她们放在眼里。而这样的场景落在旁人眼中，却觉得亲密至极。

"我上次听人说，阮萌萌跟她那个帅得让人睁不开眼睛的男朋友分手了……还以为是假的呢，谁忍心跟那么帅的男人分手啊。现在，我倒是懂了，原来是真的……毕竟，这位可是厉家二少爷。"

"嗯嗯嗯，我也听说了……看来传言是真的。越君澈的哥哥虽然很帅，但没厉二少有钱啊。再说了，厉二少长得也一样那么俊，那么美，我要是阮萌萌，我也选二少……"

不明真相的围观群众在一旁看热闹，全然不知道她们口中热议的，那位好看得让人睁不开眼的帅哥，不仅是越君澈的哥哥，也是厉二少的哥哥。

虽说厉家三兄弟同父同母，五官有相似之处，但三人或矜贵冷峻，或风流邪肆，或俊秀清澈……气质各不同。普通人见了只会觉得三人都是难得一见的大帅哥，但不点明，却很难联想到他们是同父同母的亲兄弟。

阮娇娇和秦芳这时候迅速交换了一下眼神，都在对方眼中看到了相同的算计。

原来，阮萌萌跟那个叫越君御的青年才俊分手了？哦，也对……若是阮娇娇有这样的运势，能认识厉二少，自然也会把那个姓越的男人踹了，抓住二少不放。怪不得学生会选举时，连厉盛集团都给阮萌萌赞助，看来……那时候，阮萌萌就已经勾搭上了厉二少。

秦芳眼底顿时闪过一抹精光，拉着阮娇娇走上前去。

“厉少你好，我是萌萌的妈妈，这是她妹妹娇娇……不好意思，刚才让你见笑了。你说得对，我说话的方式的确有欠妥帖。萌萌还小，我不该那样说……幸亏你提醒及时，多谢了。”秦芳的脸皮是真厚。

厉君廷刚才那样说，分明是在嘲讽她，但她不但不恼，反而硬接下话，面不改色地带着阮娇娇过来，“感谢”厉君廷的提点。可惜，阮萌萌并不打算给秦芳和阮娇娇面子，也不打算让她们借着自己攀上厉家。

阮萌萌冷哼了一声，直接对厉君廷说：“你别误会，她的确是我妈，但只是后妈。哦，还是那种小三上位，逼死原配的后妈。”

厉君廷一听，斜飞入鬓的眉毛微微挑了起来。阮家的事，他事先并不知晓，但这时候听阮萌萌一说，人精似的厉二少立刻明白过来。再看阮娇娇看他的眼神，春情荡漾，含羞似怯——作为情场高手的厉二少，哪会不明白阮娇娇这是在暗送秋波，勾引他呢。

邪肆的凤眸微微上挑，厉二少出乎阮萌萌意料地勾起一抹笑：“萌萌，这就是你的不对了……就算是后妈，那也是长辈。”

说完，他转头对秦芳和阮娇娇说：“你们是萌萌的家人，也就是我的家人。嗯……你叫娇娇对吗？”属于俊美男人的深邃视线定格在阮娇娇脸上，邪魅的唇角带上宠溺的笑。

“要是不说，我还真看不出你是萌萌的妹妹……比起你姐姐，你更可爱。娇娇，你微信多少，我们加个好友。”

阮萌萌张着嘴，看着厉君廷两三下就跟阮娇娇交换了电话、微信。当厉君廷提出他还有事，要带阮萌萌离开一下的时候，阮娇娇甚至主动表态，她可以帮阮萌萌请假。而她跟厉君廷说话的时候，全程保持着柔柔弱弱的笑脸，看厉君廷的眼神，几乎能浸出水来，完全把她跟秦芳想要骗阮萌萌回家的初衷抛在了脑后。而阮萌萌此时也是蒙的。

等到厉君廷在众目睽睽下带她上车，绝尘而去，她才回过神。

“你……你干吗要跟阮娇娇交换电话和微信？你刚才还夸她，比我可爱……她哪里比我可爱了？！厉君廷，你是不是疯了，阮娇娇就是超级无敌大白莲，你居然看上她了！”

“等、等一下——”厉君廷抬手，打断阮萌萌的话，接着一个甩尾，把车停在路边。

阮萌萌还来不及问他怎么了，就看到他按下车窗，面朝窗外猛烈地咳嗽起来。

“厉君廷，你怎么回事？你别吓我……”

“喀喀喀……喀喀……没事，喀……等等就好……”

厉君廷咳了好一阵，终于平息下来。他将车窗打开通风，又拿起车上的古龙水往身上猛喷了好几下，接着，深吸一口气，闻到熟悉的气味，才终于放松下来。

“啊，舒服多了……”修长的手揉乱了头发，他将黑发扒拉到脑后，露出锋利俊美的五官。

厉君廷仰在座椅靠背上，脸上带着终于活过来的表情。他又深吸了一口气，才侧眸看向阮萌萌：“你说你亲爹是不是眼睛有毛病？晴姨那样完美的女人不喜欢，偏偏要找你后妈那种庸脂俗粉？我刚才差点儿被你那个后妈身上浓烈又廉价的香水味呛得窒息——”

“还有你那个妹妹，我建议她最好去电影高级学院培训几年再出来勾搭男人。就那种演技，会被她骗的男人都是眼瞎，比那些想勾引我，爬我床的十八线小明星还不如！”

阮萌萌全程无语。她还以为厉君廷真看上了阮娇娇，结果现在听他吐槽，敢情他都是装的？

厉君廷一眼就看穿了阮萌萌在想什么，他撇了撇嘴：“你真以为我那么饥不择食，眼光差到连那种货色都吃？”

阮萌萌眨眨眼，难道不是吗……

“小蜜桃，你要真这么想，那就太伤我心了。”厉君廷攥紧外套衣领，作悲痛哀怨状。

“我那是忍辱负重啊，你知不知道……我在替你下套，套你的好妹妹呢。你等着瞧吧，小蜜桃，你那朵白莲花妹妹，很快就会后悔自己的选择。”

“你……你难道想亲自跟阮娇娇……嗯，发生关系？”阮萌萌吃了一惊，露出惊恐的表情。就算她再怎么讨厌阮娇娇，也没想过要让阮娇娇被人……

更何况，那人还是厉君廷。

这样一算，吃亏的反而是厉君廷，阮娇娇说不定还觉得自己赚大发了。

“你想哪儿去了，那种水准的女人，就算我再大公无私也吃不下嘴！”厉君廷挑眉，很是不屑地提起阮娇娇，“我堂堂厉家二少爷，要什么女人没有，再饥不择食也不会对她下手。你放心好了，我只是风流不是下流……反正你等着，我保证替你收拾她。”厉君廷继续开车，嘴角挂着笃定的邪笑，偏偏不说真话。

阮萌萌想问又问不出个所以然。

没一会儿，两人就到了医院。他们来的这家医院并不是S市有名的私立医院，相反，这只是一家普通的综合性公立医院。

“我有个学长在这里当医生，待会儿我带你进去，让他给你开单子查一查……私立医院不方便，容易把消息传我哥耳朵里。这种公立医院，又是熟人又安全。”厉君廷边走边在前面解释。

阮萌萌低着头跟在他后头，有点儿紧张，这一紧张肚子又疼了。她不禁担心，想到昨晚那些莫名其妙的梦，总怕自己一个不小心把孩子弄掉了。幸好，厉君廷的学长一见到她，问了问她的情况就很淡定地让她别担心。

那是一位长得人高马大、非常阳光帅气的医生，姓周。

周医生：“你肚子不舒服还是不要上上下下乱跑了。就在办公室里坐着等我，我让护士替你抽了血，催催化验结果，很快。”

周医生一个人有一间办公室，阮萌萌被带进去后就在里面等着。他叫来护士给阮萌萌抽血，又去亲自盯着化验。没过一会儿，护士进来把厉君廷叫走了。

她又等了一会儿，厉君廷跟着周医生一起回来。厉君廷手里拿了张化验报告，满脸喜气。

“小蜜桃，恭喜啊……HCG值1000，孕酮25，你怀孕了……要当妈妈了！”

怀孕了……她真的被确认怀孕了？！原本还不敢完全确定，甚至怀疑过自己的验孕棒会不会出问题的阮萌萌，在看到厉君廷手里那张纸后，终于接受自己怀孕的事实，心里，有股酸涩划过。这样一来，大概从此以后她就真正和厉君御是两个世界的人了。

不过，没关系……她好好把这个孩子生下来，然后把姐姐在国外的那些产业全部收回来，交给宝宝继承，发扬光大。姐姐那天才般的人，她留下的东西，不能就这样消失。

一时间，阮萌萌想到了许多，甚至想到姐姐从前说过自己将来不结婚……所以，早就取了好多小孩子的名字，要留给她的宝宝用。眼眶忽然有些湿……阮萌萌咬了咬唇，把那些不知道是因为想起阮诗诗浸出的泪，还是因为想到某个人夺眶而出的湿润，憋了回去。

她告诉自己别胡思乱想，转移话题般问周医生：“医生，那我肚子疼是怎么回事？需不需要检查，会不会对孩子有影响？”

“没影响。”周医生一脸淡定地摇头，“只要不是痛到难以忍受，或者出血，都不要紧。初期胚胎发育的过程中是有可能伴随这种轻微的疼痛的。”

“哦……”阮萌萌点点头。她想了想，自己的肚子的确只是有一点儿隐隐的痛感，和医生说的差不多。

“对了医生，我看电视里做检查的孕妇都可以查B超，能看到孩子的样子，还可以听胎心。医生，我能看看宝宝的样子，听听他的胎心吗？”

周医生似乎没想到阮萌萌会这么问，脸色一顿，好像有点儿僵。

厉君廷立刻摆手拦住：“听什么胎心，那是三个月后才有的东西。你肚子里的现在就是一棵小豆苗……不，就是颗小豆子，连苗都没有，哪能看得出来。你别难为学长了，他工作忙……走走走，回去上课。”

厉二少仿佛经验丰富，都不用周医生开口，就替阮萌萌解答了问题。

接着，他把阮萌萌送回学校，又火急火燎地走了，就好像后面有人在追他似的，看上去十分忙碌。

阮萌萌觉得奇怪，但想到厉二少花名在外，又顿觉自己好像看透了什么。她敢肯定，厉君廷百分之百是在忙着撩妹！

懒得管这个不靠谱的花花公子，阮萌萌往教室走，刚从走廊拐过去，就在拐角处碰到了阮娇娇。自从学生会竞选完之后，见到她几乎从不打招呼的阮娇娇，这次，却在见到她的那一瞬间，就亲亲热热地贴了上来。

“姐姐，这么快就回来了，怎么不多玩玩？你放心，我替你请过假了，高老师不会说什么的……”

“对了，二少带你去哪儿了？你们俩是怎么认识的，关系很好吗？二少刚才一直给我发微信，原来他跟你在一起的时候，还一直想着我呢……你看，我们聊了好多。”

阮娇娇平时还是挺会做戏的，当然，前提条件是，有她那群脑残粉在的时候。但现在，走廊上正好只有阮娇娇和阮萌萌两人，阮娇娇也不装了，面色绯红，春情荡漾，看样子被厉君廷撩拨得不轻。

她当着阮萌萌的面拿出了手机，把屏幕划开，给阮萌萌看。

“阮娇娇……你……”

阮萌萌看到这样的阮娇娇，差点儿接不上话，又瞥了一眼阮娇娇的手机屏幕，正是微信界面。阮萌萌不小心瞥到一句阮娇娇对厉君廷说的话，差点儿不忍直视。

“我怎么了？姐姐，你是不是吃醋了？呵，厉二少说，我比你可爱，他还约我周末一起出去玩呢……对不起哦，我抢了你的人呢。”阮娇娇还不知道自己已经上套，显摆得那叫一个得意。

“阮娇娇，没什么对不起，我根本不吃醋。”

阮萌萌原本还打算提醒一下阮娇娇，这时候已经改变了主意。她拂开阮娇娇挽着自己的手，跟阮娇娇拉开距离，往教室走。

“哼……别死鸭子嘴硬了，吃不吃醋你自己心里清楚。”对着阮萌萌的背影，阮娇娇低笑道，“你为了厉二少把你那位未婚夫甩了，还真是下了血本呢……可惜，人家厉二少转头就看不上你了。阮萌萌，你现在是不是很后悔懊恼呢……呵，你就等着我嫁进厉家那一天吧……”

后面的话，阮萌萌走远了，听不到了，但阮娇娇低低的笑声，却犹在耳边。好吧……她就等着，看阮娇娇会怎么嫁进厉家。只希望到时候，阮娇娇不要后悔才好。

入夜，十二点，厉园内属于少女的卧室内，突然传来一阵尖叫！紧接着，S 市最红火的夜场内，刚刚准备开始夜生活的厉二少，接到了一通电话。

“厉君廷，快……快来……我、我的宝宝……我的宝宝要没了！”

当厉君廷绕过自家警卫的防线翻墙进园，再从阮萌萌特意给他留的窗缝推开窗户，爬进屋的时候，看到的就是一头黑发如瀑布般散开的少女，穿着纯白色的棉质长裙睡袍，抱膝坐在柔软的公主床上。她的小脸正抵在膝盖间，藏在环抱的双臂中。阮萌萌听到响动，愣了愣，才怔怔地抬眸，露出一对哭得像兔子眼一样红通通的杏眸。

“厉……厉君廷……我的宝宝，我的宝宝没有了……我流产了……”看到厉君廷，阮萌萌小嘴瞬时一垮，水汪汪的杏眸里迅速聚集更多的泪意。

她吓坏了，真的吓坏了……

那么多的血，突然从下身流出来。她刚刚上网查过，怀孕一个月的时候如果出血，很有可能就是漏胎了。可她的出血量，远远超过漏胎的量……那么多的血，那分明是流产啊！

“你、你先别慌……小蜜桃，你先跟我说清楚，究竟怎么回事，怎么会流产……”厉君廷一边走近，一边觉得奇怪。

阮萌萌到底发生了什么事，她为什么会以为自己流产了？要知道，阮萌萌压根就没有怀孕。

今天在医院里那一套检查，都是在厉君廷的要求下演给阮萌萌看的。学长还跟他说过，阮萌萌以为自己怀孕了八成是因为经期不准。女孩子，压力过大或者宫寒，很容易经期不调。少则两三个月，多则半年不来姨妈的都有。至于验孕棒……呵，验孕棒的结果本来就不能完全相信，有出入和差错的实例不少，要不然干吗要去医院验血。

阮萌萌见厉君廷靠过来，总算有了一些安全感。她左手扯住厉君廷的衣袖，右手一把掀开被子：“你看……这个……”

她纤白的右手食指，指向粉色床垫上那一抹殷红的血迹。

“我睡觉睡到一半，忽然感觉有什么东西从身体里流出来……然后、然后我就开灯，结果……”

“厉君廷，我……我的宝宝没了。我流了好多血，就跟来大姨妈一样！我上网查过，像刚才那种流法，我的宝宝早就已经混着血水流下来了。而且……肚子里绞痛的症状，也跟网上说的一样。我垫了卫生棉，现在血还流个不停，我又不敢半夜告诉赵叔去医院……你说，我现在该怎么办？”被吓坏的阮萌萌，扯着厉君廷的衣袖，哭着看着他，那小模样要多可怜有多可怜。

而厉君廷呢？

此刻的他，邪肆不羁的墨眉正轻轻蹙着，脑子里全是骚操作。

——穿帮了！

——阮萌萌居然来大姨妈！学长不是说经期不调，两三个月都不会来吗？

——那现在怎么办，带她去医院假装一下，还是告诉她实话？

他经过十几秒的“漫长”挣扎，考虑到阮萌萌如果“血流不止”好几天，一定会发现被他骗了，反正也要穿帮，不如由他主动告诉她。

“小蜜桃，有件事……我认为有必要跟你澄清一下。”厉君廷深吸口气，看向阮萌萌，“其实……你没怀孕。”

“你、你说什么？！”阮萌萌张开嘴，怀疑自己听错了。

“咯，我说……你没怀孕。”厉二少邪肆的凤眸里闪过心虚。

“你——”阮萌萌想打人！

“我先声明，先前我也以为你是真怀孕。但去医院验过之后，学长说你只是经期不调不是怀孕。我……我当时怕你知道后，会见色忘义地去找大哥，到时候把我甩了不跟我合作怎么办？”

“咯，我是真的为你好，我大哥那个人太难搞了，他不可能喜欢上什么人，不会对人动心的……”

厉君廷一个劲儿解释，希望能让阮萌萌接受。他好不容易，刺激得他家那个冰山大哥的万年寒冰就快融化了，要是在这种时候，阮萌萌自己把持不住跑去找他大哥表白，那就什么好戏都没的看了！

“厉君廷，你还有理了——”他骗了她，害她刚才差点儿哭死，以为自己的宝宝没了，负罪感那么深，居然全都是假的。

“小蜜桃，你要讲道理。你……你那天晚上摸到酒店把我给睡了，我是无辜的……你睡了我，总不能不负责任吧？”见就快哄不住阮萌萌了，厉君廷只好把那一晚，阮萌萌告诉他，她是如何睡了他“厉二少”的事情经过又重复一遍。

喀，他默默在心里说了一句，“大哥对不起了”。厉君廷毫无心理负担地冒充了他大哥的身份。

可惜，阮萌萌这会儿已经是暴怒的边缘。厉君廷不提这事还好，他一提，阮萌萌又是气愤又是羞愧，汹涌的情绪快将她的胸腔撕裂。阮萌萌再也听不下去！她忽然扣住厉君廷的手腕和肩膀，在他反应过来之前，反手一记过肩摔就把厉君廷摔在大床上，紧接着，翻身上去，用膝盖顶住厉君廷的心口。

她扬起右拳，恶狠狠地威胁道：“厉君廷，你敢再多说一句话——我就让你见识见识什么叫作砂锅大的拳头！”

“……”

厉君廷被阮萌萌一个过肩摔，摔蒙了。他怔怔地看着她，脑子和双眼都处在放空状态。他……他家大嫂，什么时候从可爱的小蜜桃变成凶狠的母老虎了？我的妈呀！这么凶残的大嫂，他家那个冰山大哥见识过没有？过肩摔啊！

她刚才那一记擒拿的招数和投摔的姿势，行云流水、一气呵成，明显就是有多年“打架经验”的高手，跟平时那个看起来娇滴滴、甜滋滋的小蜜桃压根不搭边好不好。为什么会这样，阮萌萌看起来很娇弱啊，怎么会这么厉害！

厉君廷好半晌回不过神。等他终于能够找到自己的声音，正想说几句好话，让他家大嫂把他放开，一直紧闭的卧室门却在这时开了，修长高大的男人，拿着钥匙开锁，推门而入。

门被推开的同时，厉君御听起来有些不耐烦的低冷嗓音，也跟着传了进来："大半夜不睡觉，在闹什么？阮萌萌，你就是这样扰人清梦的……"

沉默。

可怕的沉默。

当厉君御抬眸，冷幽幽的视线定格在大床那两具"交缠"的身体上时，整个卧室都陷入了一种诡异又恐怖的沉默中。

大床上，阮萌萌和厉君廷就跟被人点穴一般，被定格在那儿。

阮萌萌的小手还扯着厉君廷的衣领。厉君廷刚从夜店过来，上身就穿了一件黑色的修身衬衣。而她刚才那一记过肩摔，早就把厉君廷的衣领扯开，露出一片小麦色的裸露胸肌。阮萌萌则只穿着一条纯白色睡裙，因为动作过大，裙摆往上撩起。一大截雪白的小腿和一小半大腿肌肤都暴露在了厉君御冷沉沉的视线之中。

很好——

厉君御阴鸷冷厉的黑眸陡然一沉。他大步向前，浑身裹着阴冷的寒气，瞬间就让屋子里的温度降至冰点。他生气，很生气——无形的怒意朝床上的两人席卷而去。

阮萌萌最开始是吓傻了，这会儿却是因为厉君御浑身上下散发出的冰冷寒意而忘记了挪动。她就像被冻住一样，只能眼睁睁看着厉君御迈着大长腿，一步步走近。她看见他墨眉皱起沟壑，满目的凛冽肃杀，就像要杀人一样。

紧接着，厉君御伸手，大掌朝她袭来。就在阮萌萌以为，夹杂怒意而来的厉君御，一定会毫不留情地抓起她的衣领，将她扔出去的时候，那只宽厚干燥的大掌，却忽然往下环住她柔软的腰，将她从厉君廷身上抱了起来。

阮萌萌："……"

没有预想中的暴怒责备，她被厉君御抱起来，窝在他怀里，后背紧贴着他紧绷的肌肉线条，虽然能感觉到他身体里汹涌的暴怒，但他抱着她的动作却出乎意料地温柔。

咦，没有生气吗？萌萌忍不住想，难道刚才感觉到的恐惧是她的错觉，正这样想着，耳畔突然传来男人冰冷低沉的嗓音："滚出去——"

滚出去?

阮萌萌吓了一跳，以为厉君御是在说她，下一秒，就听见床上的厉君廷，凉悠悠地说:“大哥，你不用这么生气吧。我和萌萌是男女朋友，等爸回来后，说不定就要给我们俩证婚了。”

此时此刻，早已经回过神来的厉君廷，顶着他家大哥阴恻恻好似能吃人的眼神稍稍坐起来。说不怕是假的，风流二少心里正打鼓呢。但他回过神的第一秒，就看清了形势，现在，正是逼他家大哥认清内心的最好时机。自然界的雄性，生来就被赋予了争强斗胜的天性。任何一个雄性都无法忍受自己看中的雌性被其他雄性占据。更何况是他家这位控制欲和独占欲都异于常人的大哥。

“婚前亲热亲热又怎么了，你连这种事都管，过分了啊……”厉君廷梗着脖子，吊儿郎当地说，挑衅意味十足。

“老二……”可惜男人根本不为所动，低沉冰凉的嗓音响起，比刚才的温度更低，“我只说最后一次，滚出去——”冷厉的嗓音威严而沉静，但在这沉静背后，却夹杂着危险的信息。

阮萌萌能感觉到横在自己腰间的大掌倏地收紧。这样的压力让她的肚子有点儿疼了……但偏偏她根本不敢出声。

“呵……”不怕死的厉君廷，却在这时候笑了出来，“大哥，你还真是别扭……”

厉君廷挑起眉，慵懒邪肆地说：“这明明是我女朋友的房间，你却要把我这个男朋友赶走。还要当着我的面把我的女朋友抱在怀里。大哥，你可别告诉我，这只是单纯地为了怕她早恋，耽误学习？”

厉君廷特意咬重“女朋友”三个字，果然就看到厉君御脸色一沉。

有戏!

他凤眸微转，掠过一抹精光。

正当厉君廷以为，自家高冷冰山被将军后，总该承认他对阮萌萌的感情了，却看到厉君御眸光微敛，深邃幽冷的黑瞳中闪过一抹寒光。

紧接着，男人性感的薄唇微掀起来，透出一句冷幽幽的话：“你别忘了，她是晴姨的女儿，也就是我的妹妹。作为大哥，我有责任看好她不被染指。”

话音落下，他大掌却松开，将刚才还抱在怀里的少女扔到一旁。厉君御说话的时候，全程冷漠脸，甩开阮萌萌的时候，连看也不看她一眼。就好像他真的只是因为责任才把她从厉君廷的“狼爪”中解救出来。

心，不自觉地钝痛了一下，被甩开的阮萌萌，忽然失去背后的支撑，踉跄一下才站稳。要是往常，她怎么可能被人这么一甩就差点儿摔跤，又不是真那么柔弱……

可是刚才，当她听到厉君御用冷冰冰的声音，澄清他们俩的关系，再毫不留情地将她甩开……肚子忽而就绞痛了一下，接着，双腿一软，好似失去了力量。不过幸好，她很快调整过来，咬着下唇站好，退到厉君御身后。直到这时候，阮萌萌才敢抬起头，去看那个让她不小心丢了心的男人，看着厉君御透着冰凉冷肃的背影，少女唇角的苦笑蔓延开来。

果然是她想岔了，他不喜欢她……

厉君廷说得对的，厉君御根本不可能喜欢她。

阮萌萌低头，告诉自己不再多想，站在厉君御身后，再不曾抬眼。

而阮萌萌被厉君御甩开，步伐凌乱，再重新站稳，抬眸用晦涩酸楚的眼神偷偷瞧着厉君御背影的全部动作，通通落入了厉君廷那双洞悉一切的凤眸里，此时此刻，厉二少的心都要凉了。

他家冰山大哥简直是神级作死，连他这种王者辅助都救不回来！算了，不管了！要闹就闹个大的，他家大哥能不能看清自己的心，能不能抱得美人归，就看大哥自己的了！厉君廷打定主意，挑起眉，朝面目冷清淡漠，跟黑面神一样的男人看去。

“呵，看来是我想多了，误会了大哥。原来，你只把萌萌当妹妹看啊——行啊，大哥，有你这句话我就放心了。既然这样，那我也不瞒你了。其实……我和萌萌，我们早就在一起了。你就算现在要扔我出去，也晚了。”说完，厉君廷就站了起来，大大方方地让开。

而随着他的离开，大床中央那一抹已经干涸的，红艳艳的血印子，则毫无遮掩地暴露在厉君御的视线中。

厉君御幽冷的黑瞳，倏地收紧。半秒前还一脸冷峻淡漠的男人，这一刻却已满面黑沉，目光阴鸷。他双拳紧握，右臂绷紧的肌肉线条，竟在微微颤抖。

在那一瞬间，厉二少感觉到一股强大的杀意，朝自己袭来。

“厉君廷——”隐着暴怒的沉冷嗓音响起，凌厉的拳锋，以极快的速度砸向厉君廷邪肆飞扬的俊脸。

厉君廷的衣领被厉君御扯住，眼看拳头就要砸到脸上……在他大哥强势的威压下，厉二少下意识闭眼，根本兴不起一点儿反抗的念头。二少心想，挨揍就挨揍吧，谁让他自己嘴欠，反正看好戏总是要付出点儿代价的。

没见他家大哥深不见底的黑瞳中有一闪而过的慌乱和妒意吗？呵，这辈子他能看到他家冰山大哥这样情绪外露的一面也算够本了。

就在厉君廷闭上眼，侧开脸，等着剧痛袭来的时候……那早该落下的拳头，却迟迟没有砸下。

嗯?

厉君廷觉得奇怪，微睁开眼。他看见一抹娇小的、单薄的身影张开双臂，挡在自己身前。

小蜜桃……居然救了他？！

与此同时，厉君御夹着凌厉杀气的拳头正停在阮萌萌眼前几寸的地方。他左手还扯着厉君廷的衣领，因为这个动作，阮萌萌想阻拦只能强硬地挤入两个男人之间。

“厉君御，放开他……”张开双臂挡在两人之间的少女，抬起眼，轻咬着下唇。

如此近的距离，可以看见她巴掌大的小脸上写满了倔意，犹如小兽的杏眸，在灯光照耀下波光闪闪。

拽住厉君廷，正要施行“家法”的男人，显然没想到小奶猫会突然介入，并一力护住老二。他墨玉般的瞳仁闪了闪，冰冷彻骨。

“你，维护他？”

占了她便宜的老二，她竟然要维护。

“是，我维护他……就像厉君廷说的，我们是男女朋友，厉叔叔已经同意了。等厉叔叔回来，我们差不多就能开始谈婚论嫁，我愿意跟他在一起是我的事。就算你是我名义上的大哥，我也不想让你过问我的感情问题。所以，请你出去，以后也别管我们的事……”

阮萌萌站得笔直，后背的脊梁骨比任何时候更加端正有力。她看着眼前面色阴沉的男人，一句一句跟他划清界限，迟早，也是要结束的，还不如现在就干脆把话说清楚。从明白自己喜欢上厉君御开始，她就已经知道是不可能的奢望。明明厉君御一次次挑明，告诉她，他只把她当妹妹，当责任，偏偏她却跟个花痴一样，因为他偶尔表现的不同，误会他喜欢她。

呵……他喜欢她……怎么可能……

她大概是脑子抽了，才会兴起这么荒谬又不自量力的幻想。

少女抬起头，逼着自己直视厉君御越来越沉冷的眼眸。她不是不怕，她比谁都怕……但她最后的尊严不允许她退开。他不喜欢她，她不能在他面前露出哪怕一点儿怯意，更不能被他知道，她真的对他动心了。

她边说，泪边从眼眶里滑落下来。即使她告诉自己不要哭，不该哭，可每说一个字，那种心如刀割、撕心裂肺的疼意，都能让她窒息。呵，真没用……她明明打定主意不能哭，却让眼泪打湿了自己的眼眶。

第十八章

终于承认，他喜欢她

无尽的沉默。

当厉君御看着那一颗一颗饱满晶莹的泪珠，从少女微肿的杏眸中掉下来，那一刻，心脏仿佛被一只无形的大手紧紧攥住。陌生的酸意、疼痛，还有一种从未有过的慌张，在他心底激荡。

该说些什么……做些什么？他不知道……就像喉咙被卡住一样。向来处变不惊的厉家大少爷，在商场上翻手为云覆手为雨的暴君大人，这一刻，却不知该说些什么、做些什么才能让眼前的少女停止哭泣，才能让心底那种前所未有的慌乱安定下来。

片刻后，厉君御拽住厉君廷的大掌，终于松开，环绕在周身的暴怒和危险气息一点儿一点儿散去。面无表情的男人最终只是垂下眼眸，用漆黑的瞳深深地看了一眼依旧张开双臂，瞪着他的女孩。

厉君御勾起僵硬的唇角，冷淡一笑："好，我不管你。祝你们……幸福。"

厉君御留下这一句话，转身离去。

等他走后，厉君廷才从惊魂未定中回过神。看见阮萌萌依旧保持着伸开双臂的动作，僵在那里，厉君廷伸手在阮萌萌眼前晃了晃。

“喂，小蜜桃，回神了……我大哥走了。”他刚说一句，就见一颗颗豆大的泪珠，从少女哭红的眼眶中掉下来。

厉君廷吓了一跳，连忙哄：“小蜜桃，你别哭啊……你放心，只要乖乖听我的话，坚持像刚才那样对我大哥强硬点儿。我保证，你很快就会苦尽甘……”

“你走——”厉君廷话还没说完，少女忽然转身拿起床上的枕头，砸在他的头上。

“小蜜桃——”

“你走你走你走……我也不想见到你！你出去，你这个骗子、坏人，你给我走——”阮萌萌现在只想一个人静静。她抓起枕头，闭着眼往厉君廷脑袋上砸。

花名在外，最会哄女孩子开心的厉二少，被阮萌萌砸得“一头鸡毛”，毫无形象地往外退。他一直退到门边，才拉着门把手说：“好好好，我先出去……你别生气，记住我刚才说的话！加油，小蜜桃——”

砰——回答他的是砸过来的拖鞋。

幸好厉君廷眼明手快，拉开门闪出去，这才及时护住了脸。

“好险……”厉君廷在门外拍拍胸口，转身，却对上了张着嘴，正满脸吃惊地看着他的赵叔。

厉君廷：“……”

好吧好吧，肯定是他家那个爱记仇又报复心强的冰山大哥，叫赵叔来抓他了。

厉君廷扒了扒自己乱糟糟的头发，把发型整理好，一脸生无可恋地说：“赵叔，先说好……赶我走可以，但不能像上次那样把我丢出去。你上次劲儿太大，把我的衣服和发型都弄乱了。”作为资深帅哥，他也是要面子的！

赵叔从上到下看了看厉君廷，那乱糟糟的发型和乱糟糟的衣服，赵叔觉得脑仁有点儿疼。他不禁压低音量劝道：“二少爷，老爷临走前特别交代，让我看着你，别让你作死。你说你这是……”

“这不是作死……赵叔你等着瞧，说不定我爸回来还要夸我干得漂亮。”

赵叔：“……”

唉，管家赵叔在心里默默叹了口气。

“算了，我一个下人管不了你们。二少爷，你今晚不用走——”赵叔将厉君御的话，转告厉君廷，“大少爷刚刚吩咐下来，把你的房间整理出来。以后，你可以不住酒店了。”

半个小时后，成功住回自己房间的厉君廷，穿着睡袍躺在大床上，怎么想怎么不得劲儿。他都刺激成这样了，他家冰山大哥为什么没反应？不把他赶出去就算了，还把他迎回来？！不得不说，厉君廷不见棺材不掉泪的心态十分强悍。他家大哥不对他横眉冷对了，他居然浑身不舒服，总觉得哪里不对劲儿似的。

“不行，还得去刺激刺激——”如此想着，厉二少从床上坐起来，深更半夜准备去敲自家大哥的房门。

谁知他来到门前，手刚碰到门把手，本应该反锁的房门却自己开了。

厉君廷：“……”他家大哥向来注重个人隐私，什么时候也会不关门睡觉了？

不管了——

卧室里没开灯一片漆黑，厉君廷做贼一样闪身进去，把门轻轻关上。

大床上隐隐约约能看到有一道横卧的身影……

厉君廷知道，他家大哥睡觉向来警醒，不可能不知道有人进来的。难道……他这是伤心坏了，躲在被子里偷哭？也不知道是哪根筋没搭对，厉君廷脑子里忽然飘过厉君御在被子里埋头偷哭的景象。老二不怕死的基因被激发起来。

他放轻脚步走到床边，正想看清厉君御究竟是不是在偷偷伤心，一只大手忽然从床上伸过来，扣住他的手腕。厉君廷还来不及看清，就被床上的厉君御扯了下去。男人一个翻身，将厉君廷压在大床上。

“……”

“……”

空气忽然有些安静——还透着一丝尴尬。

就是沉冷如厉君御，在黑暗中那幽冷的墨瞳也禁不住瞳孔一缩。

“滚——”片刻后，厉君御从喉咙深处吐出一个字，森冷凌厉的眼神仿佛能吃人。

“嘿……大、大哥……你这是在等谁啊？不关门又把人往床上拽，不会是在等我家可爱的小蜜桃吧？”

厉君廷此时已经回过神来。根据他纵横情场多年的经验，他百分百敢肯定，他家大哥刚才扣住他的手腕，把他往床上拽的行为，是把他当作了自己的女人。而在这栋别墅里，唯一有资格，被他大哥当作自己女人的人，只有小蜜桃。

“阮萌萌不是你外面那些女人，她是你女朋友。厉君廷，别拿她来开玩笑……”早已起身隐没在黑暗里的男人，用低冷的嗓音警告。

他站在阴影里，厉君廷看不清他脸上的神情，但森冷低沉的嗓音，却透出他此刻的心情。

厉君廷在黑暗中勾了勾唇，也跟着坐了起来。

“大哥，你知道我这个人的。我对任何女人都只有三分钟热度。哪怕是小蜜桃，也是一样。”刺激还不够，那他就再加把料吧。

“厉君廷，你再说一次……”果然，他话音刚落，厉君御的呼吸就变得冷厉起来。

厉二少看似不羁地扒了扒头发，站起身。

“再说几次都是一样的，小蜜桃也知道我是个不定性的人。但她能怎么办呢？她现在被家里赶出来只能住在我们家，父亲又看好我跟她在一起……寄人篱下的日子不好过，她还不是只能死心塌地地跟着我。”为了不让自己死得太难看，他边说，边往门边走。

厉君廷：“不过，就像小蜜桃说的那样，这种事就不劳大哥你操心了。我们俩在一起是你情我愿的事，大哥又不喜欢她，管那么多干什么……”

厉君御：“谁说我……”

厉君廷回头：“嗯，什么？”

厉君御："快滚，我要睡觉。"说完，他就沉着脸把厉君廷推出去，砰的一声甩上门反锁起来。

接下来几天，厉君御再没有管过阮萌萌和厉君廷的感情问题。只不过，每次在饭桌上，当厉君廷秀恩爱给阮萌萌夹菜添汤时，厉君御的脸都沉冷得难看。

时间很快过去。

这些天，不管是在厉园还是在学校，因为厉君廷张扬的作风，已经有许多人知道，阮萌萌和厉家二少爷正在交往。可怜的小君玺不得不接受自家姐姐被大灰狼二哥叼走的事实，每天在饭桌上，那双亮晶晶的黑眼珠子就盯着他家二哥看。但凡二哥敢顺手"揩油"，就会被小厉君玺抬起小手拍开。

而厉君澈……最初还苦口婆心地劝，这阵子也放弃了。算了，他就看着他家二哥怎么作死好了。

这天早晨，又是早饭时间，已经从心伤中走出来，可以淡定地面对厉君御的阮萌萌，坐在他对面安安静静地用餐。没过一会儿，厉君廷下来了。他跟大哥和两个弟弟打了招呼后，就"亲密地"揉了揉阮萌萌的发顶，用宠溺的语气说："小蜜桃，早上好……昨晚睡得好吗？"

阮萌萌扯了扯唇角，很想告诉厉君廷，他的动作和语气真的很浮夸。但想到两人之间的合作关系，她只能勾起唇角，回以甜笑："嗯，很好。你呢，睡得好吗？"

"我没睡好……昨晚跟阮娇娇聊微信聊到半夜，困。"厉君廷毫不掩饰自己的风流韵事，打了个哈欠，坐到自家大哥旁边。

阮萌萌知道他在给阮娇娇下套的事，点了点头，没说什么。而坐在厉君廷身边的男人，此刻却是满目的森冷阴鸷。

厉君廷还在继续作死："对了小蜜桃，你们明天的万圣节舞会，我不能陪你去了……娇娇约了我，让我陪她。"

阮萌萌乖顺地点头："嗯，没关系的……景大哥说他可以陪我跳开场舞。

你好好玩，不用管我。”

厉君廷闻言，夸张地甩了一记响亮的飞吻给阮萌萌。

“不愧是我厉君廷的女朋友，小蜜桃你真是善解人意。你放心，我不会自己一个人吃独食的，你那个景大哥我看就对你很好，很喜欢你的样子，要是有机会可以跟他发展一下，我不介意。”此言一出，别说厉君御的脸色陡然一沉，就是厉君澈和虎视眈眈的厉君玺都露出了鄙夷的眼神。

厉君澈：“二哥，你自己换女人跟换衣服一样，也不用带坏棉花糖吧？”

厉君玺：“就是……二哥坏！姐姐，你别听他的，他花心，快跟他分手！”

厉君廷不着痕迹地瞥了一眼脸色铁青，却沉默不语的冰山大哥，吊儿郎当地道：“你们这就不懂了吧……以前那套男人在外彩旗飘飘，家里红旗不倒的做法已经过时了。现在讲究平权，男女平等。我不是小气的人，既然我做不到对小蜜桃从一而终，她也不需要对我一心一意。”

“小蜜桃，碰到喜欢的男人尽管试试，反正又不会掉块肉。只要你记得，我们还是男女朋友，你将来是要跟我结婚的就够了。至于你要谈多少个男朋友，喜欢跟哪个帅哥约会，我都不——”

他话没说完，就听到一记重响从他身边传来。原来是厉君御将手里的玻璃杯重重地放在了桌面上。

“我去公司了。”男人站起身，沉着脸离开，全程没有将一丝目光落在阮萌萌身上。

可厉君廷知道，他家大哥已经到了爆发的边缘。一个他，再加一个景易峥，他就不信就这还刺激不了这个口是心非的制冷机。

明晚的万圣节晚会……呵，怎么办……他好像越来越期待了。

11 月 1 日是万圣节。

所以在万圣节前的 10 月 31 日，便是最热闹的万圣节前夜。通常这一天都会举办万圣节舞会。首次担任学生会会长的阮萌萌，接下了承办舞会的重任，同时，还要在舞会那晚亲自开舞。然而，谁也没想到，就在 10 月 30 日这天，放学后——厉园来了一位不速之客。

低调的宾利开进了厉园大门，副驾驶座上坐着穿着校服，刚刚从学校回来的阮萌萌。而驾驶座上开车的不是别人，正是面色沉静，眉宇间隐隐透着不悦的景易峥。他拧着眉，看着前方，偶尔侧眸看阮萌萌一眼，眼底的冷色才褪去一些。

别墅大门口，已经接到厉园外围警卫通知的赵叔，等在这里。

见车停稳，他连忙上前："小姐……景少——"

赵叔脸上有点儿紧张，这几天家里的气氛很不好，虽然大少爷让二少爷回来住了，但那种暗潮汹涌的感觉却越来越明显。在这节骨眼上，应该送小姐回来的二少不见人影，反而是景少把人给送了回来。他想到之前，老爷很看好景少，还曾想撮合他和萌萌小姐，顿时觉得脑仁更疼了。

"你好。"景易峥对老管家点了点头，态度明显比上次拜访时要冷几分。

他本就长得妖孽俊美，笑起来动人心魄，不笑的时候却有种冷艳的感觉，上挑的冷眸掺着寒气，冻得赵叔立刻反省，是不是自己刚才不小心说错了什么。

景易峥下车，在赵叔之前替阮萌萌拉开车门。

跟着下车的阮萌萌，有些抱歉地对赵叔一笑，好似在说——"对不起赵叔，让你被迁怒了"。

实际上，阮萌萌今天也是很无语的。她没想到，放学的时候会遇上景大哥，然后还被景大哥撞见了那样的情景……

这之后，景大哥似乎就有了怒意，拉着她上车要亲自送她回来，而且全程只是冷淡地问了她几个问题，看上去是真的生气了。

景易峥关好车门，将后车厢打开，用一种淡淡的语气对赵叔说："管家先生，麻烦你让人把这些礼盒送到萌萌房间。"

赵叔伸脖子一看，一整个后车厢，全是各式各样的奢侈品礼盒。他正疑惑都是些什么，就听到景易峥语气淡淡地说："这些是我替萌萌准备的礼服和配饰……"

阮萌萌："景大哥，我自己有……"

"明晚我是你的舞伴，乖，别拒绝我。"景易峥侧眸看向阮萌萌，语气明显轻柔许多。

阮萌萌："……"呃，面对温柔的景大哥，她还真不知道怎么拒绝。

赵叔闻言，右眼皮微微跳动。这位景少对萌萌小姐还真是没话说，怪不得老爷会看重他。光看后车厢里几乎快堆满的礼盒，大大小小少说也有上十套礼服搭配，不知为何，赵叔心里掠过一抹危机感。

正在此时，赵叔忽然听到景易峥开口问："厉先生在家吗？我想拜访厉先生，跟他谈谈。"

赵叔："不巧，老爷暂时不在国内。景少如果有事可以留言，我替你转告。"

景易峥微冷的眸子沉了沉，眉间沟壑加深，他摆手道谢，看上去是准备算了。但忽然他又改变主意，回头问："那厉大少在吗？有些事跟他说也是一样。"

赵叔右眼皮狂跳不止，比刚才跳得更凶了。他稍稍犹豫，然后点了点头："大少爷在的，就在里面。景少请到客厅稍等，我替你通报——"

赵叔安排人把小姐的东西拿上去，立刻去楼上书房敲门，心里不安的预感一直在扩大。他敢肯定……等大少爷跟景少谈完，说不定要出什么大事！

景易峥在楼下客厅里坐着，阮萌萌小心地在一旁作陪。刚才在路上，景大哥说了她不少问题，她……她有苦难言，这时候只能乖乖地坐在一旁，即使不想跟厉君御正面接触，也不敢跑。

没过一会儿，楼梯上就传来了脚步声。

厉君御早上去参加商业峰会了，身上还穿着尚未换下的正装，一双大长腿被剪裁得体的黑色西裤包裹着，他踏着不疾不徐的步子，双腿交错间，修长的腿晃得人眼花。

阮萌萌本能地抬头看了一眼，立刻低下头。即使已经被这个男人拒绝了一次又一次，她知道不能再花痴下去……但在同一屋檐下住着，每次不经意的一瞥，总能被厉君御的一举一动激起心底的悸动。不争气，不争气……阮萌萌恨不得将脑袋埋到地底——这一刻，她深深地厌恶自己的颜控属性。

而厉君御从楼梯上下来，看到的就是一脸冷淡沉静的景易峥，以及坐在他身旁，已经快将脑袋埋到膝盖里的阮萌萌。她在他身边坐立难安，在另外一个男人身边却乖巧得不像话。厉君御墨玉般的瞳孔微微一凛，暗藏不悦，视线落在景易峥那张妖孽俊美的脸上，他的脸色比刚才更凌厉了几分。

“厉少，打扰了。”景易峥起身，对厉君御问候。

“嗯。”厉君御点点头，迈着大长腿，坐了下来。

他冷着嗓音说：“听赵叔说，你找我有事。”

他就坐在阮萌萌和景易峥对面，看着本该坐在自己身侧的少女，低着脑袋坐在另一个男人身旁，冷沉沉的黑眸里寒芒更甚。

“对，我专程过来，是想拜访厉先生。但听说厉先生不在国内，只能把这件事转告给厉少。”

“哦，什么事？”厉君御薄唇轻启，语气冷淡得不成样子，那微凉的目光却没从阮萌萌脑袋上移开过。反正阮萌萌低着脑袋看不见，他正好将视线完全锁在她身上。

景易峥自然没有错过厉君御肆无忌惮放在阮萌萌身上的目光。他不禁微微蹙眉，心里藏着不解，但这也更加坚定了他接下来要说的话。

“我想请厉少替我转告厉先生……他上次说的话，我回去想过，受益良多。所以，我决定正式追求萌萌。”

“什、什么？！”阮萌萌猛地抬头，不敢置信地转眸看向景易峥。

我的妈呀！她没听错吧……

景、景、景美人要追求她？！

“你说，你要追求阮萌萌……”厉君御低沉冷厉的嗓音从喉咙深处传来。

景易峥迎着厉君御冷峻阴鸷的视线点头：“对，我已经决定正式追求她。”说完，景少侧眸看向阮萌萌，见少女正一脸呆滞地看着自己，可爱得紧，他忍不住伸出大掌揉了揉她的黑发，勾唇笑了。

这一幕，深深刺痛了某人的眼。厉君御俊美的五官倏地冷硬起来：“不行，我不同意。”

“为什么不行？厉少，虽然萌萌住在厉家，但你们无权阻止她被什么人追求。更何况……我看得出，厉先生希望我们在一起。”

“……”厉君御呼吸一凛。

在这一刻，他竟然找不到拒绝的理由，唯一可用的理由竟然是——

“因为，阮萌萌是我二弟的女朋友。她已经有稳定交往的对象，不能跟你在一起。”

“呵，厉二少……”

厉君御不提厉君廷还好，一提厉君廷，景易峥俊美的脸就冷了下来。

“大少难道不知道，厉二少风流倜傥，花名在外吗？更何况……”

景易峥上挑的凤眸微敛，用一种看小可怜的眼神看向一旁的阮萌萌。

“萌萌，你自己告诉大少，今天放学时发生了什么。”

阮萌萌：“……”

呃，不好吧……让她跟厉君御说，怎么有种告状的感觉？而且，她真的不觉得今天放学时景易峥看到的事有什么大不了的。她跟厉君廷本来就只是盟友，是一场交易。他们的关系真的不是景大哥想的那样子。

见阮萌萌微微愣怔，不敢说话，景易峥只觉得这小可怜是被厉家人欺负得太惨，连告状都不敢。琉璃般的瞳孔微冷，景易峥看向厉君御：“萌萌不敢说，那我替她说。

“今天放学的时候，我去接小宝，打算顺便把明天舞会需要的礼服带给萌萌。呵……结果就看见，她那个所谓的男朋友厉君廷，把萌萌甩在校门口不管，反而载着阮娇娇离开。”

“智学门口那么多人都看见厉二少跟别的女孩亲密地在一起。这样做，不但助长了那个女孩的气焰，同时还打了萌萌的脸。”

景易峥说到这儿，眉峰一拧，他冷然道：“既然厉二少这么不知珍惜，那我就不客气了。我喜欢萌萌，打算追求她……就算她有男朋友，也是一样。”景易峥态度坦荡且坚定，说出口的理由，即便是厉君廷在场也找不到话反驳。

厉君御完全没想到，景易峥登门拜访要说的就是这个。他的脸色越来越冷，目光越来越沉，就连心跳……也越来越乱。片刻之后，厉大少才面无表情地用冷冷淡淡的声音说：“这是老二的事，我管不了。但只要阮萌萌在厉家住一天，我就不会让她搅进这种乱七八糟的关系。”

“我明白。”景易峥点头，琉璃般的冷瞳闪了闪，“这正是我想说的另外一点——如果萌萌答应我的追求，我会接她去景家住。到时候，自然没有这层顾虑。”

他话音落下，厉君御放在身侧的手，终于不受控制地紧握成拳。

交往……搬走……这已经完全超越了厉君御的底线。

而偏偏被人追求的少女，这时候却是蒙的。阮萌萌只觉得客厅里的空气越来越冷，气压也低得可怕，她扫了一眼厉君御冷峻阴沉的脸色，知道景易峥当场宣布要追求她的话激怒了这位暴君。不过她这次只是单纯地觉得，像厉君御这种权势霸道的人，怎么可能容忍外人当着他的面追求他弟弟的女朋友。

阮萌萌连忙小心地扯了扯景易峥的衣袖。

“景大哥，那个……谢谢你刚才说的那番话，也谢谢你替我着想。但是……我和厉君廷的关系其实不是你以为的那样。我……”

“萌萌，不用多说。我知道，你一时半刻不敢走出这一步，但你放心，景大哥会等你。”

景易峥今天来，本来只是为了借厉家人之口，让厉君廷有危机感，并不是为了让阮萌萌为难。他勾唇，冲阮萌萌温柔一笑，又揉了揉她的脑袋，让她不要有负担，这才起身，冷淡地告辞。

看到景易峥离去的背影，阮萌萌拔腿就跑：“我去送送景大哥——”她说完，扔下面色阴沉不定的厉君御，离开了客厅。

“景大哥——”

别墅门口，阮萌萌叫住正要上车的景易峥。她跑过去，微喘着气，不是因为刚才跑得太快，而是因为心里忐忑不安外加紧张。

“景大哥，我有话想跟你说。”阮萌萌跑到景易峥跟前，险险地停住脚步。

景易峥低头，垂眸看着眼前忐忑不安的小姑娘，勾起唇角：“嗯，不急。什么事，你慢慢说。”

他态度温和中带着一丝宠溺，琉璃般的瞳孔闪过柔和的光。这样的景易峥让阮萌萌感到安全、舒心，就像大哥哥一样。但越是这样，她越要讲清楚。

“景大哥，谢谢你刚才对我的维护。但是，有件事我必须让你知道——我和厉君廷，我们……我们其实……唉，反正，我真的不吃醋，也不介意他跟阮娇娇的事。我……”

阮萌萌话没说完，一根属于男人的骨节分明的食指就轻轻抵在她的唇前。

“嘘，不用解释。”

景易峥妖冶惑人的眉眼柔和下来。他只当阮萌萌是担心自己和厉家发生冲突，才这样慌慌张张地解释。

"傻丫头，别胡思乱想，更不要有负担。景大哥刚才那样说，只是想帮你从厉家搬出来，让你跟厉君廷分开。"景易峥把自己的用意告诉阮萌萌。

他根本没有爱上阮萌萌……喜欢倒是有一点儿。这个女孩子可爱热情，纯善美好，对他家小宝和其他同学更是一力维护。这样美好的女孩子，谁不想护着她，宠着她呢。景易峥自然也是不例外的。所以他就更舍不得让厉君廷"糟蹋"她了。

"虽然我猜不透你和厉家的关系，但我不会放任你，被厉君廷那种花名在外的男人欺负。萌萌……厉君廷配不上你。"

"你放心，追求你的人是我，是我明知你有男朋友还要跟厉君廷竞争。景大哥不会放任你的名誉受损……所以，你只要一点儿一点儿地对厉君廷失望，再在心灰意冷的情况下，接受我的追求就好。"景易峥到最后也没听阮萌萌的劝。

看着宾利车越来越远的尾灯，阮萌萌只觉得无能为力。

要命……景大哥居然说，要在明天的万圣节舞会上当众跟她表白。

怎么办？怎么办……

厉君廷，都是你这个坏家伙，把景大哥都牵扯进来了！

当晚，阮萌萌躲在房间里，着急得一晚上没出来。

当晚，厉君御将自己锁在书房，化身工作狂。

当晚，厉二少带着阮娇娇横扫了S市各家高级商场。厉二少为了阮家小姐一掷千金的事，在S市传得沸沸扬扬。

第二天早饭时间，彻夜未眠的厉君御准时出现在餐桌上。他面色冷峻，浑身透着一股生人勿近的气息。厉君玺、厉君澈下来，看到面色沉冷的大哥，战战兢兢地打了个招呼。厉君御只是点了点头，连眼皮子也没抬一下。小厉君玺跟自家三哥交换了一个眼神，总觉得大哥今天看起来比平时还要可怕一万倍。

又过了一会儿，在夜店玩了一晚，显然还没睡醒的厉君廷顶着一头乱糟糟的头发走了下来。呵——他夸张地打了个哈欠，坐到了自家大哥身旁。厉君御瞥了老二一眼，顿时没了胃口。

厉大少放下刀叉，沉着脸问管家：“赵叔，阮萌萌呢？叫她下来，要迟到了。”

赵叔面露诧异，正要答话，一旁的厉二少不怕死地挑眉：“怎么大哥，你找我家小蜜桃有事？”

厉君御淡淡瞥了厉君廷一眼，幽冷的瞳孔闪过警告。他最近已经越来越懒得跟厉君廷说话。警告老二闭嘴后，厉大少看向赵叔，重复道：“叫阮萌萌下来吃饭。”他语气沉冷严肃，满满的大家长气质。他就好像只是在管教一个睡懒觉，忘记起床的小辈。

赵叔愣了愣，这才忐忑地吐出实情：“大少爷……那个……萌萌小姐一早就起床去学校了。她说今天要早去，学校事多，还要布置会场，六点就走了。”

刚才两位少爷自顾自地说话，他完全插不上嘴，这会儿，赵叔把话说完，立刻成功收获一记冰刃般的视线。老管家连忙佯装无事地退到一旁，实际心里疯狂打鼓。大少爷这几天真是看谁都不顺眼，他还是站远一点儿，以免被殃及。

赵叔倒是会看眼色，偏偏一旁的二少作死。厉君廷扒了扒头发，用一种看起来很洒脱不羁的姿势挑起眉，冲他家大哥笑。

“哥，你还不知道吧……我家小蜜桃今晚第一次主持大局，都不知道急成什么样了。每天不是忙着安排万圣节舞会的流程，就是忙着跟景家那位少爷练舞。”

“对了，说起景易峥……他还真是奇怪。他昨天居然跑到小蜜桃学校门口，用一种恨不得吃人的眼神瞪我。啧——”

厉君廷冷哼一声，换了个姿势凑近他家大哥耳畔。他拢起右手，就像说悄悄话一样，但音量并没有降低。

“大哥……我怀疑，他喜欢我家小蜜桃。要不然，他干吗要用那种嫉妒到发酸的眼神看我。”

“哦，是吗？”厉君御侧过脸，冷沉沉的目光落在作死却尚不自知的老二脸上。

“是啊，他那个眼神，酸死了……”厉君廷夸张地点头，视线突然聚在他家大哥脸上，一脸惊讶，“就跟你现在的眼神一样！都这么酸！”

哎哟，二少还真是不怕死啊！赵叔在一旁扶额，已经看不下去了。厉君澈也对自家作死的二哥无言以对。厉君澈赶在二哥进一步作死前，“好心”地说出真相。

“二哥，你昨晚不在家，是景少把棉花糖送回家的。他送棉花糖回来之后，就对大哥表示要追棉花糖。他说……你太花心，对棉花糖不好。”

美少年说完，一直坐着没吭声的小厉君玺，终于不高兴地哼哼起来。

“二哥，都怪你对姐姐不好，让外面的人有机可乘！讨厌，姐姐跟你在一起还能留在家里……她要是被外面的大灰狼叼走了，我……我就见不到姐姐了。”说着说着，厉君玺小朋友恨不得自己快快长大，把姐姐保护起来。不管是家狼还是野狼，全部让他们靠边站，不许靠近姐姐！

厉君廷微微一怔，也没想到景易峥会在这个节骨眼上跑来“告白”。他愣怔了几秒，忽然大笑起来：“哈、哈哈——景易峥要追小蜜桃……哈哈，太好玩了……”

真是太好玩了！他还在想要怎么才能刺激到他大哥，呵……景少这临门一脚，简直能媲美压垮骆驼的最后一根稻草。

“厉君廷，你还笑得出来？”属于冰山暴君的低冷深沉的嗓音打断了厉君廷得意的幻想。

厉君御睨着他家不靠谱的老二，难得地按捺住内心想揍人的冲动，提醒老二：“你是阮萌萌男朋友，她现在被人追……你准备怎么做？”

“我？”

厉君廷愣了愣，摇头：“不怎么做啊！景少人美身材棒，对我家小蜜桃又上心……他喜欢小蜜桃追就是了，我还能拦着不让人追啊？”

厉君廷哼了哼，无所谓地拿起汤匙想喝口粥。他还没拿稳，手上的汤匙就被他家冰山大哥无情地抽走。

“厉君廷，她是你女朋友……”厉君御嗓音更低了，冷漠的视线扫过厉君廷那张毫不在乎的脸。

赵叔在一旁看着，心里直打鼓。他真怕二少爷要是再作死，大少爷会把桌上那碗粥反手扣到二少爷脑门上。

厉君廷似乎也感觉到了危险，稍稍往后缩了缩，避开他哥锐利阴鸷的视线。他耸了耸肩："又没人规定谈恋爱一定要从一而终，喜欢就在一起，不喜欢就分开。小蜜桃有人追是好事，她太单纯了，就没谈过什么恋爱……多经历一点儿，对她有好处。"他说完，也不等厉君御开口，闪身就跑。这顿饭是吃不了了，再吃下去，他怕发生家暴。

厉君澈和厉君玺这时候也想找理由跑。二哥太作死了，作得大哥面如黑墨，冷厉低沉的气压几乎能将餐厅里所有人冻成冰。

厉君玺小朋友缩了缩脖子，丢下一句"我吃饱了"就闪了。

厉君澈慢了一步，才想说"我去上学了"，就被暴君大人叫住。

"老三，你留一下——"低沉冷凝的嗓音，吓得美少年差点儿把口袋里的棒棒糖抖出来。

"哥……"美少年转头，看向他家形容冷漠的大哥，澄澈的眸子里隐约闪着"泪光"。

他现在跪下来抱着他哥大腿哭，还来不来得及？！

美少年心里直打鼓，就在他以为自家大哥会把怒气撒在他身上时，却见男人微微蹙眉。犹豫几秒后，厉君御用一种极其冷淡却暗藏矛盾的语气开口："阿澈……你……今晚的舞会，你陪阮萌萌跳。"

"啊？"美少年惊了惊，怀疑自己听错了。

他家大哥不是吧，让他陪棉花糖跳舞？他还想活命的……

"老二不靠谱，景易峥不……熟。父亲走之前把阮萌萌交给我，我是她大哥，不能看着她跟不熟悉的男人交往。今晚的开场舞，你陪她跳，照顾好她……"厉君御低冷的嗓音在空阔的餐厅里响起，恍惚间，有些孤寂落寞的味道。

厉君澈听完他哥的话，脸上露出纠结的表情。犹豫了好几秒，美少年才扭扭捏捏地开口："大哥，这次我真帮不了你。"

厉君御脸色倏地冷下来，美少年连忙解释："不是我不想帮忙，实在是因为……因为我……那个……那个……我跟同学打赌输了。今晚……我是穿女装的……”

嗯，欧洲的中世纪公主裙，还有金色的卷发，全是作为胜者的景胖子给他准备的。

“我觉得，就算我答应了……棉花糖也不会愿意跟一个穿着中世纪公主裙的男同学跳舞。”别说是棉花糖会嫌弃他，就是厉君澈都嫌弃自己。

厉君御显然也没想到，他家老三居然混成了这样。他冷厉的眸光闪了闪，倒是没有为难这个可怜的弟弟。

“算了，你去上课吧。”

厉君澈顿时如蒙大赦，扭头就跑。但刚走两步，他忽然停步，转头对厉君御说：“大哥……对了，昨晚回来之前，我在别墅外面碰到了景少和棉花糖。我听到他跟棉花糖说，要在今晚的万圣节舞会上当众告白。大哥……棉花糖会不会真的被他抢走？”

——棉花糖会不会被景易峥抢走？

——棉花糖会不会被景易峥抢走？

——棉花糖……

不，是他的小奶猫。

他的小奶猫，会不会真被景易峥抢走？

老三临走前问的这句话就像魔咒一样，在厉君御脑海里转了整整一天。

厉家大少爷罕见地没去公司，取消了全部会议和应酬。他独自在厉园偌大的客厅里坐了整整一天，没有人敢靠近，没人敢多问一句……

毕竟在此之前，早上过来问候的凌东，中午过来请大少爷用餐的赵叔，都被大少爷冷厉阴鸷的眼神生生吓退了回去。直到日落时分，太阳下山，舞会就要开始——

厉君廷厉二少，带着两套衣服从楼上下来，十分得意地走到他哥面前。

“大哥，帮我看看……是这套黑执事的礼服好看，还是吸血鬼伯爵的好看？我觉得吸血鬼伯爵的适合我，邪魅狷狂……但是黑执事听说是最近很火的人物，年轻小姑娘都喜欢。”

厉君御冷冷地抬眸，瞥了一眼老二手里拿着的两套礼服。他沉默几秒后，却问了个不相干的问题：“景易峥要在舞会上向萌萌告白，你知道吗？”

低沉磁性的嗓音带着一丝不易察觉的疲惫。

最重要的是，一直刻意强调的“阮萌萌”三个字，已经在不自觉中变成了亲昵的“萌萌”。机智如厉君廷，自然没有错过这些细节。他勾唇笑了笑，决定再加把火：“我知道，小蜜桃中午打电话问过我。我跟她说了，享受就好。有男人追是好事，我不也跟阮娇娇跳舞吗……”

说完，他顺手把那套吸血鬼伯爵礼服扔在沙发上，对着另一套黑执事服低喃道：“嗯……还是黑执事好，小姑娘喜欢。”

厉君廷拿着黑执事服、美滋滋地往外走。他边走边嘀咕：“智学的万圣节舞会管得真严，不换装不让进。我还是提早出门，晚了就看不见景易峥向我家小蜜桃表白的盛况了……”

厉君廷全程看戏状，也没理他家大哥就匆匆走了。当然，那套吸血鬼伯爵的礼服也被他顺便“忘”在了沙发上。直到半个小时后，换装完毕的厉君廷出门，厉君御依旧坐在原处，一动不动，只是，那双深邃幽冷的黑瞳却看向那套伯爵礼服，久久不曾移开。

不去的话，他的小奶猫会接受另外一个男人的告白吗？

入夜后，整个 S 市的年轻人都躁动起来。

比起成年人，年轻一辈更喜欢万圣节前夜的气氛。这一夜，各种舞会、酒吧，到处都是打扮得或可爱或恐怖或俊美或仙气的人物。

而在智学的大礼堂内，早就重新布置一新的万圣节舞会，正如火如荼地举行。为了配合万圣节热闹而诡异的气氛，大礼堂四周被拉上了深色的布帘，到处都是幽暗的灯光。点着“蜡烛”的吊灯上缠绕着“蜘蛛网”，烘托气氛。金狮集团身为赞助商，提供了这次舞会所有的场景布置，除此之外，还提供了自助餐台，鸡尾酒酒吧，请来了 DJ 现场打碟，热闹非凡。

阮娇娇今晚为了配合厉君廷，特意穿了一身黑白色的束胸女仆装。她挽着身着黑执事服、俊美邪肆的厉二少进场，瞬间便吸引了大片目光。阮娇娇脸上的笑意加深，心里顿时漾起得意……

哼，阮萌萌的男朋友，今晚却是她的舞伴，她倒要看看，阮萌萌到时候该怎么收场？打脸不打脸？

阮娇娇这段日子成功搭上厉君廷，被厉二少捧在手里“宠”着的日子，让她越来越目中无人。现在的她，别说是叶枫和阎琛，就是顾铉也不放在眼里。比起身份显赫、俊美邪魅的厉二少，一个顾铉又算得了什么呢。就因为这样，今晚的万圣节舞会，她借故没陪顾铉，反而邀了厉二少参加。

此刻，阮娇娇正得意旁人的目光都落在自己身上，身后忽然传来一阵骚动。

紧接着，舞会上响起了一阵又一阵的抽气声。那些原本集中在她身上的视线全都转向了门口那个人。

只见一位穿着中世纪公主裙，仿佛从油画中走出来的贵族少女出现在众人面前。

“她”有着澄澈惑人的双眸。金发将“她”精致的五官衬托得更加立体，也更加明艳动人。晃眼看去，“她”就像是公主一般，举手投足间带着贵族气质，那样华丽、炫目，惊艳全场。

“这是谁？”

“我们学校什么时候出了这样的大美人！”

“除了个子太高，到处都很完美！”

“你懂什么，那是超模体形！Oh，不行了，我觉得头有点儿晕，呼吸有点儿困难……”

舞会上掀起一阵又一阵惊叹。没有人知道这位“美人”的身份，也没有人见过这样倾国倾城的容颜。就连阮娇娇也深深地被这个陌生女人绝美的容貌刺痛。

正当众人惊诧之时，一只胖手搭到美人肩上，穿着熊猫装的景胖子气喘吁吁地喊道：“越、越君澈……你走慢点儿，我们跟不上。”

在他身后，还有光着头，做和尚打扮的红黄绿，以及打扮成小天使的叶灵溪、流血护士司蔻韵、丧尸叶翰庭和独角兽李一帆。

“胖子，你小声点儿！”厉君澈压低嗓音，阻止胖子。

可惜，已经来不及了。

——越君澈！

——居然是越君澈！

胖子的话激起千层浪。

那个倾国倾城、容貌明艳动人的中世纪公主竟然是校园男神。刚才对厉君澈起了追求之意的男同学，顿时风中凌乱。特别是有几个，已经跟旁人说了这是他们的“梦中情人”，要去表白的男同学，更是想撞墙。倒是在场的其他女生，一扫刚才的嫉妒敌意，全都发出了激动的尖叫！

啊……越君澈！

——澈男神！

好美好美……好想把男神抱回家，关起来，包养！

“呵……那个欧洲公主，真好看。”厉君廷揽着阮娇娇，低笑，毫不掩饰自己对弟弟的欣赏。

实际上，看到自家三弟的女装打扮，他早就憋出了内伤。要不是怕暴露老三的身份，他真想上去调侃几句。

“二少……那是男生假扮的。漂亮归漂亮，但又不是女孩子。”阮娇娇连忙提醒，生怕厉君廷的注意力落到旁人身上，就是落到一个男生身上，也不行！

“哦，是吗？”厉君廷邪肆的眼波转了转，从自家三弟身上转到阮娇娇身上。他盯着阮娇娇看了几眼，忽然拉下脸：“娇娇……我想我没办法再跟你在一起了，我们分开吧。”

“你……你说什么？”阮娇娇一脸的不敢置信，“二少……是不是我哪里做得不够好？还是我刚才说错了话……你、你告诉我，我可以改……我不能没有你……”一直挂在唇角的笑消失了，阮娇娇此刻心急如焚，拉着厉君廷的手苦苦挽留。

“不是你的问题……是我。”厉君廷用一种为难的眼神看着她。

阮娇娇顿时更加急切：“你的问题……什么问题？你说出来，或许我们可以……”

厉君廷叹了口气：“是我突然发现，我还是喜欢胸大的女孩。你的胸，太平……”

胸太平……胸太平……胸太平……

这三个字，就像恶毒的咒语，把阮娇娇气得差点儿吐血。打死阮娇娇也想不到，这居然是厉君廷要跟她分开的理由！这、这都是什么理由啊！她好歹也有 A+ 啊！

厉君廷瞥了一眼站在入口处的“绝世美人”厉君澈，凉凉地说：“你看，那样的身材才是我喜欢的。”

阮娇娇：“可是他是男生！那个胸是垫的，是海绵……不，那里面肯定塞了两个苹果！”

厉君廷邪肆的凤眸闪过一抹诡异的光，他毫不留情地从阮娇娇手里抽出自己的手，邪邪一笑：“对，他是假的，但他提醒了我，比起你这种身材……”

他特意将目光在阮娇娇的胸口处流连了几秒：“我还是喜欢 D 以上的。”说完，他就甩开阮娇娇的手，毫不留情地走开，从头到尾，不给阮娇娇一丝一毫挽留的机会。

“不、不会……怎么会……”阮娇娇呆愣当场。

刚才厉君廷说话的时候，音量并未收敛，她甚至听到旁人的窃笑。待不下去……完全待不下去……阮娇娇仓皇失措地逃离，恨不得立刻订一张机票飞去 H 国。她要隆胸……她要去隆胸！她一定要挽回厉君廷的心！

舞会上，阮娇娇的出丑和离开并未引起太多的关注。现场很热闹，这种全体变装的舞会，最受年轻人欢迎。

正在这时，穿着一身剪裁得体燕尾服的男人走了进来。他身材高大修长，容貌俊美妖孽，黑发梳理整齐……和旁人的怪异装扮比起来，穿着一身正装的他，看起来不像是来参加万圣节舞会，反倒像是参加商业晚宴的。

“哥……你终于来了。”景向劲发现他哥，连忙走过去。

他看清景易峥的装扮后，却皱眉：“你怎么穿成这样？一点儿变装都没有，保安大叔怎么让你进来的？”

看到自家弟弟胖乎乎的熊猫装扮，景易峥琉璃般的冷瞳浮起笑。他揉了揉景胖子毛茸茸的“熊猫脑袋”，低笑：“我跟他说，我是老师，他就让我进来了。”

景胖子惊愕——原来还有这种操作。

景易峥扫了一眼会场，没看到阮萌萌的身影，不由得问：“萌萌呢，怎么没看见她？”

景向劲：“哦……她还在后面捣鼓自己的衣服。”

景易峥微微挑眉：“我给她准备了礼服，礼服不合身吗？”他特意穿正装，就是为了配合她的礼服。

“不是不是……”景胖子摇头，“大哥你太不了解现在女孩子的心了，你准备的那些礼服不是晚礼服就是公主裙，一点儿意思都没有。你看看现场，有谁这么穿……”

景易峥一看，这才发现，在场的年轻女孩穿什么的都有，但唯独没人穿那种正经的礼服。原来，这就是所谓的代沟。他正暗忖，下次不能再如此自大，要问问萌萌的意见，就见自家小宝突然举起毛茸茸的爪子：“看，萌主来了……”

紧接着，会场里掀起了一声比一声高的尖叫。

“啊……好美好漂亮！居然是“农药”里的貂蝉，我最爱的圣诞恋歌！”

阮萌萌的出场，比刚才厉君澈出现时更加轰动。农药这款游戏现在很流行，在场很多人都在玩。再加上阮萌萌的模样实在是神还原，几乎就像貂蝉再临，全场都是“貂蝉女神”的惊呼声。

她圣诞红的兜帽，圣诞红的小裙子，圣诞红的及腿长袜，露出一小截雪白的大腿肌肤，可爱中透着一点儿小小的诱惑，但又不失甜蜜的气息。

化了妆的杏眼，比平时更加水灵动人，还多了一些明丽妩媚的可爱，雪白的小脸蛋红扑扑的，阮萌萌抱着做搭配的圣诞礼盒站在门口，看见景易峥和其他人之后立刻露出甜甜的笑容。她酒窝浅浅的，头稍稍歪着，斗篷外面的两个鹿角也跟着歪向一边，可爱得简直想让人把她抱进怀里揉一揉。而红色的小斗篷最外沿的一圈白色兔毛，则将阮萌萌雪白粉嫩的小脸衬得越发白皙细腻。

明明圣诞节还没到，但看见站在门边可爱甜美的女孩，却让人有种看到圣诞礼物的错觉。她就像夹杂着翩翩雪花而至的圣诞恋歌，能温暖冬季里最寂寞的心，能带给每个孤独的人最温暖的笑。

景易峥琉璃般的冷瞳闪了闪，他微怔几秒后才反应过来。他走上前，走到可爱的少女面前，伸手做了个邀请的动作。景大哥是她今晚的开场舞伴，见他过来，阮萌萌自然而然地伸手挽住景大哥的手臂。他们俩走到会场里头，景胖子等人还没回过神来。

阮萌萌一见厉君澈，却不厚道地笑了出来。

“你……越君澈……你……哈哈哈……”她这一笑，刚才的甜美可爱顿时被破坏掉。

景胖子、厉君澈等人，这才从惊艳中回过神。

厉君澈用手里的扇子遮住脸，冷哼道：“笑什么笑……要不是你，我也不会被拖下水……”虽然他的脸垮了下来，但语气却一点儿也不带讨厌。

这样的棉花糖，哦不……是阮萌萌，可爱得就像甜美的红丝绒蛋糕。厉君澈清澈的瞳孔带着一抹渴望……他、他好想在阮萌萌粉嫩可爱的脸蛋上咬一口。不行，糖瘾犯了……厉三少没办法坚持下来替自家大哥看好未来大嫂。

他提起裙摆，转头就到自助台找甜品去了。美少年想，反正他今天的人设是中世纪公主，当着同学面吃两块蛋糕没什么吧。

那头，厉君澈刚走，景易峥就向阮萌萌邀舞了。根据传统，开场舞由学生会会长开启……之后，便会进入正式的狂欢。可是阮萌萌想到景易峥昨天离去时说过的话，虽然知道景大哥是为自己好，但告白什么的，她真的吃不消。

心里有些抗拒，阮萌萌下意识就想找慕景行解围，可扫了一圈，没看见慕景行。她连忙借故拖延时间：“等等，慕纨绔还没来呢……”

慕景行之前可是叫嚣着要扮“农药”里颜值最高的“李白”，怎么关键时候却不见他人。

叶翰庭：“萌主，你们去开舞吧，别等他了。他家今天有点儿事，来不了。”

阮萌萌觉得奇怪，慕纨绔家万圣节还有事？怎么没听他说起过？可惜，她再找不到理由拖延了。会场里节奏激烈的摇滚 DJ，已经变成了悠扬的舞曲。景易峥再次伸手，对眼前可爱又懵懂的少女说道：“美丽的貂蝉小姐，我可以请你跳支舞吗？”

音乐飘扬，穿着红色圣诞服的“貂蝉小姐”，被英俊妖孽的美男轻揽住纤腰，步入舞池。红色的圣诞服和黑色的燕尾服，虽然稍稍有些不搭，但因为两人颜值惊人，大家竟也觉得异常养眼。这大概就是所谓的“颜值即正义”吧。

阮萌萌被景易峥半搂着，有种手足无措之感。虽然之前，她在放学后找景大哥练习过几次舞步，但每一次，景大哥都是绅士有礼。但今晚，他的左手握着她的右手，右掌扣在她的腰……恍惚中，总让阮萌萌觉得不自在。就好像之前的景大哥是有距离的，但今晚的他，光是看她的眼神就透着一股和平日不同的深邃暗芒。

阮萌萌总觉得哪里不对，但又说不清楚……只能边跳，边默默在心里想着，希望时间快点儿过去，因为这样的景大哥实在让她无力招架。

舞池旁侧，穿着黑执事服的厉君廷隐没在阴影里。看着在舞池中央起舞的红黑身影，他低头看了看时间。

嗯，他刚才打电话回去，赵叔说大哥公司临时有事，已经出门半个小时了。公司临时有事？呵，鬼才信。厉君廷优哉游哉地算算时间，他家那个高傲的冰山大哥，差不多该到了。

而此时，一舞终结。随着音乐停止，阮萌萌也停下脚步。她正想走出舞池，右手却被景易峥的左手牢牢攥紧。

“嗯，景大哥？”阮萌萌本能地回头，紧张地看向景易峥。她有种预感，景大哥该不会是现在就要当众告白吧？

景易峥妖孽的冷瞳微眯起来，他挽住阮萌萌的手，看上去还真是要告白。

一声巨响，忽然从窗外传来。

为了营造气氛，大礼堂四周都挂上了黑色布帘，唯一例外处，就是对着湖泊的一面大大的落地窗。而此时此刻，落地窗外，湖泊上，绽出了一朵灿烂的烟花。

“哇，有人放烟花！”

“居然在市区里放烟花，好大的手笔！”

紧接着，一朵又一朵的烟花在湖面上绽放。智学虽然不在S市市中心，但也是繁华市区，能如此大费周章，在市区获得批准放烟花，准备这一切的人，一定用了不少手段。

礼堂内的同学都被湖面上蹿起的一朵比一朵璀璨绚烂的烟火吸引了注

意。阮萌萌顺势松开了景易峥的手，跟着景胖子、叶灵溪他们，挤进了人群。

她……还是没办法接受景大哥的告白。

而就在这时，一根通体漆黑，顶上镶嵌了猫眼石的手杖，出现在厉君廷的视线范围内。

紧接着，厉君廷看见拿着手杖的那个人，戴着白色的手套，再往上看，属于吸血鬼伯爵的黑色礼服包裹着那颀长挺拔的身躯，而在礼服之外，还披着一件黑色斗篷，浑然就是吸血鬼的标准装束。哦，很眼熟嘛……厉二少倚在墙角，吹了声口哨。这就是被他“不小心”落在家里的那套礼服。厉君廷视线往上，想看看他家那个口是心非的大哥，现在是什么表情，结果一抬眼，却觉得异常失望。

“啧，居然戴面具！”

暗金色的面具将男人俊美深邃的五官遮了一半。只有从露在面具外面削薄性感的唇和冷硬的下颌线条，能隐约猜出，这一定是个俊美无俦的男人。

而此时此刻，戴着面具，裹着斗篷，拿着手杖——俨然一副万圣节标准装扮的厉君御，已经走到了礼堂中央。因为窗外绽放的烟花，礼堂内早已热闹起来。舞曲被换成了节奏激烈的摇滚，屋外是绽放的烟火，屋内是攒动的人群。而即使是在纷乱的人群之中，厉君御还是一眼就看见了他想找的那抹倩影。

红色的……斗篷？

他的薄唇微微上翘，她是在扮她喜欢的圣诞貂蝉吗？

只是他笑到一半，唇角又重新抿了起来。因为厉君御想到了貂蝉的小短裙，还有那大开的领口。男人的脸色顿时阴沉下来。他再扫到跟少女隔了两个位置的景易峥时，冷瞳里的暗芒又加深了些许。他一路赶来，害怕来不及特意让人放的烟火，也不知道来不来得及打乱景易峥的告白。他好不容易压制下去的醋意，在这一刻又蹿了出来。

厉君御眸色一敛，大步上前，在人群中精准地扣住了少女纤细的手腕，戴着白色手套的大掌下滑，将少女的小手牢牢地握在手心。

正看烟火看得高兴的阮萌萌，忽然发现自己的手被人握住了。是谁趁着人多占便宜？！阮萌萌皱眉，反手就想把那人的手掰开，顺便把这个胆敢趁乱揩油的家伙抓住，谁知小手没抽出来，另一只去捉人的手，还顺势被戴着白色手套的大手反手握住。

对方只用了一只手，就抓住她两只手。要知道阮萌萌力气大，从来没人能这么制住她。唯一能用单手就把她控制住的人，只有……

想到这儿，阮萌萌诧异地回头——毫不意外地撞进一双深邃幽冷的凤眸里。男人藏在面具下的脸看不真切，但不妨碍阮萌萌一眼就从那冷傲禁欲的黑瞳看出对方是谁。

“厉……”她本能地叫出声。

厉君御为什么会出现在这里？

她脑子里刚闪过这个问题，站在她身前的男人就将粉嫩可爱的少女拽进怀里。他只用一只左手便扣住了她的腰，大掌收紧，将两人的距离拉近。右手往上，戴着白色手套的修长手指，抬起她小巧可爱的下巴。

在阮萌萌反应过来之前，男人已经弯腰，低头，毫不犹豫地吻了上去。他用宽大的黑袍裹住了少女娇小的身躯，知道她害羞，还将她头上的斗篷扯下来一些，遮住她的半边脸。

宽大的黑袍包裹着红色的斗篷，外面是喧闹的人群，不停绽放的绚烂烟火。而他，则在这热闹喧哗中亲密地拥吻着他的小奶猫。

若是闻到别的女人涂脂抹粉的味道，只会让厉君御觉得厌恶，但他的小奶猫，就连涂抹的唇彩，也是那样甜美可人。

阮萌萌被这突如其来的人、突如其来的吻，弄得面红耳赤，刚开始还能反抗，被厉君御吻了一会儿，居然不争气地浑身发软。

这……这可是学校的万圣节舞会啊！身边挤满了人，厉君御怎么可以忽然出现，就这样吻她！不，重点是，他为什么要吻她！他难道不知道——她现在是厉君廷的女朋友吗？就在阮萌萌急得都快哭出来的时候，抱着她拥吻的男人终于停了下来。

他的唇没离开，就贴在她的唇上，他用一种磁性又慵懒的嗓音轻轻地对她说：“萌萌，你要不要甩了老二，跟我交往看看？”

阮萌萌：“……”

“你……要跟我交往？”阮萌萌窝在厉君御的怀里，从红色的小斗篷里抬起脑袋，眨了眨眼，湿润的杏眸氤氲着水汽，在烟火和灯光的照耀下，泛起点点星光。

厉君御一低头，看见的就是她这可爱又诱人的小模样。他嗯了一声，又忍不住俯身下去，在她粉嫩的唇边啄了一口，藏在面具后的目光深邃无边。

阮萌萌条件反射地缩了缩脖子，躲开他的第二个吻："又想跟我假装交往吗？厉君御，这一点儿也不好笑。"小手顺势抵在他胸前拉开距离。

上一次在厉家老宅后花园的窘迫和难堪犹在眼前，她没有忘记，当她以为厉君御喜欢她时，当头淋下的那盆冷水。还有在厉园，当她因为他一句疑似吃醋的话，而想入非非的时候，是他冷淡凉薄的语气提醒了她。她不能乱想了，不能再胡思乱想……

少女的抗拒和疏离让男人深黑色的瞳孔微微一缩。

厉君御有种搬石头砸自己脚的挫败感。

堂堂厉大少几乎从没遭遇过挫折，更不曾有过任何后悔的心理，但现在，面对一脸防备杏眸里闪着抗拒的小奶猫，却第一次生出了深刻的懊恼。如果时光可以倒流，他一定不会再说出那样口不对心的话，一定不把他的少女让给其他人。

想到这儿，男人垂眸，目光深邃而沉静。他的视线黏在阮萌萌的小脸上，他一字一顿对她说："不是假装交往，是认真交往。阮萌萌，我喜欢你，我想跟你交往。"

阮萌萌："你……你说你……"

厉君御点了点头，薄薄的唇角微微勾起："嗯，我喜欢你。"

似乎怕少女听不清，他又重复一遍，用低沉磁性的嗓音再次确认。

"很喜欢。"

阮萌萌："……"

停顿了三秒之后，少女忽然发出一声尖叫。

虽然会场里很热闹，但这声尖叫还是让环住少女的男人微微愣怔。趁着厉君御被"惊吓"，稍稍松开桎梏的瞬间，阮萌萌用红色的小斗篷把脸一蒙，使劲推开抱着自己的男人，猫着身子就往礼堂外跑。

刺激，太刺激了！

她怀疑自己见鬼了……见了个假的厉君御，听了个假的表白，还接了个假的 kiss（吻）。或者，她刚才端起的饮料其实是鸡尾酒，她是不是喝了假酒才会出现这样的幻觉？

礼堂内挤满了年轻的男男女女，阮萌萌弯腰在人群中钻来钻去，无暇多顾。她脑子里乱糟糟的，跟糨糊一样，根本不敢往后看。她裹紧了红色的小斗篷，蒙着发烫的脸，就跟做贼一样。

他好不容易挤出人群，跑到礼堂外面，才在走廊外头转了个弯，后领就被一只大手抓住。

“阮萌萌，你居然敢跑……”属于厉君御的低沉冷凝的嗓音再度从身后传来。

紧接着，她就被那只大手往后一拉。整个人不受控制地朝后仰倒，然后跌进一个温暖宽阔的怀抱。

“你……你放手……”阮萌萌挥舞着小手，挣扎着想站起来，但身后那只大掌偏偏不放，牢牢地拽着她的后衣领。

另一只手把她脑袋上罩着的红色斗篷掀开，保持后仰姿势的少女，那张红通通、粉扑扑的小脸蛋，就这么显露出来。她沾了水一般的杏眸亮晶晶的，白皙粉嫩的脸庞却跟滴着血一般红，就连那张柔软可爱的小嘴也被染成了绯红色。这样可爱诱人的唇色，让人看了就情不自禁地想一亲芳泽。

厉君御墨玉般幽冷的瞳孔扫过少女粉嫩的唇瓣时，不由得加深。而阮萌萌却在抢救自己的斗篷。

“厉君御……你快放开我！你、你别拉着我了……待会儿有人过来，会看到……”

阮萌萌也不知道自己这是什么心理，从最初的受惊过度到现在的心虚作祟。她既怕厉君御又是拿她当消遣哄她玩，又怕他跟她过分亲密的举动会被旁人看见。

“看就看，我不介意。”男人语气淡薄，将想要逃跑的少女转了个身。

阮萌萌：“但是我介意……”

话还没说完，她就被厉君御拽进怀里，反身摁在了墙上。

又来？标准的壁咚！

阮萌萌立刻伸手，抵住厉君御压下来的身体。倾身下来的男人，明显是想吻她。

“厉……厉君御……你先冷静点儿，先听我说完……”阮萌萌将脸别向一边，躲开男人微凉的唇。她不知道厉君御是中了什么邪，前一天还对她冷冰冰的爱搭不理，为什么隔了一晚上就突然转性了。

他喜欢她？他是在逗她玩吧！阮萌萌毫不掩饰眼底的矛盾和拒绝。

索吻被拒的暴君大人深眸微黯，幽冷的眸光凝在阮萌萌的俏脸上。直到把阮萌萌盯得双腿发软，才听到他低沉的嗓音响起。

“好，你说。”

阮萌萌心里松了口气，连忙组织语言：“是、是这样的……我不知道你为什么忽然要对我说这种话。但是……有一点你必须要知……”

最后一个“道”字还没出口，少女的声音就卡在了喉咙里。因为厉君御虽然“慷慨”地让她发表意见，但大手却没闲着。他的左手扣在她的腰际，右手却在她说话的同时，沿着白皙的脖颈一路往上。大掌轻轻抚在她的左边脸侧，摩挲，深邃的黑眸透着无尽的宠溺。阮萌萌被这温柔的触感弄得浑身一颤，差点儿咬到舌头。

“你……你先别这样，先听我说完。”

“嗯，我在听。”厉君御低低应了一声，深眸往下，落到她的唇瓣上。

阮萌萌小身子一抖：“……”

要命，真是要命！这么近的距离，这么深邃俊美的五官在她眼前放大。明明是禁欲高冷的男人，偏偏要用那种温柔宠溺的眼神看着她。别说阮萌萌是重度颜控，就算不是，这时候也恨不得把矜持丢到一边，为美男折腰！

不，不行！清醒点儿阮萌萌，必须把话说清楚！

阮萌萌使劲抛开脑子里那些——“就这样从了暴君吧！”“美男在侧，先吃了再说！”“理智是什么，我不知道……我要亲亲！”的念头。她深吸一口气，抵住男色诱惑，清了清嗓，抬眸说：“厉君御，你冷静点儿。我是厉君廷的女朋友，你不能这样……”

“为什么不能？”暴君大人眉峰一挑，用冰凉的语气吐出这句话。

阮萌萌：“……”好吧，她被厉君御的回答噎得说不出话。

为什么不能？厉君御怎么能理直气壮地问出这种话？！她是厉君廷的女朋友，自然就是厉君御弟弟的女朋友。朋友妻不可欺，更何况是自己亲弟弟！

阮萌萌只要一想到自己跟厉君廷的“合作关系”，就不由得涌起一阵心虚。更不要说，她跟厉君廷还发生过……那种关系。想到这儿，少女眼眸低垂，闪过一丝暗淡。

视线一直放在她脸上的厉君御，自然没有错过小奶猫眼底那一闪而过的失落。就算她垂下眼帘，依然逃不过他的目光。厉君御墨瞳一冷，用阴恻恻的语气说：“所以才叫你甩了他。老二那个人，既花心又没有责任感，成天穿得像只花孔雀一样勾搭女人。他找过的女朋友能绕地球一圈……”

“绕地球一圈，是不是太夸张了？”阮萌萌忍不住抬头，替自己的“男朋友”辩解。

厉君御低眸，用略带醋意的眼神睨她一眼：“没有一圈也有半圈……”

阮萌萌：“……”

呃，这个语气，为什么听起来好酸。

而暴君大人低冷微凉的嗓音还在继续：“所以，你趁早甩了老二。他那样的男人，不值得托付……”

他看向被自己压在墙角的少女，低沉道：“而我不一样，我只喜欢你。”

我只喜欢你？

我只喜欢你！

我——只——喜——欢——你——

阮萌萌的大脑在这一刻停止转动，接着空白、燃烧、死机！她脑子里翻来覆去都是厉君御刚刚说过的那句——“我只喜欢你”。

只喜欢她，他是说只喜欢过她一个人吗？厉君御活了快二十四年的光阴里，喜欢的人只有她，她一个，就她一个的意思！

明明知道不该雀跃、激动、高兴……但脑子空白的少女根本顾不上那么多。她拼命告诉自己，不能那么快接受他，不能再一次被他戏弄，记住这个暴君之前是怎么欺负她的！心里明明在一个劲儿地作斗争，但阮萌萌的唇角却偏偏不受控制地上翘。

喜欢她，他只喜欢她……只喜欢她一个人……

“萌萌，我对你的喜欢比你想象的更多。”

她心里酸胀的感觉还来不及消化，厉君御低沉磁性的声音又在她的耳畔低响。

阮萌萌的整颗心都颤了起来。她忽然发现，面对自己的真心是多么重要！她喜欢的人也是厉君御。她为什么不勇敢地尝试？

“君御……”她反手抱住了他，在这个烟花绽放的夜空下，紧紧地抱住他。

就算要坠入深渊，她也要和他一起。

“我也喜欢你。”

阮萌萌在心里轻轻地说。

“我喜欢你很久很久了。”

夜空下，两个真心相爱的人紧紧地相拥着。

未来的路或许很难，不好走。但只要他们彼此相爱，就能一起走下去。

一直、一直走下去……